新潮日本古典集成

芭蕉文集

富山 奏 校注

新潮社版

目次

凡例（序文を兼ねて）…… 七

一 柴の戸 …… 三十七歳 一五

二 月侘斎 …… 三十八歳 一六

三 茅舎の感 …… 三十八歳 一七

四 寒夜の辞 …… 三十八歳 一八

五 高山伝右衛門（麋塒）宛書簡 …… 三十九歳 一九

六 夏野の画讃 …… 四十歳 二三

七 野ざらし紀行 …… 四十一歳～四十二歳・四十四歳完成 二四

八 山岸半残（重左衛門）宛書簡 …… 四十二歳 四四

九 自得の箴 …… 四十二歳 四七

一〇 垣穂の梅 …… 四十三歳 四八

二五　貝増卓袋（市兵衛）宛書簡　四十六歳　一六〇
二六　明智が妻の話　四十六歳　一六三
二七　洒落堂の記　四十七歳　一六四
二八　幻住庵の記　四十七歳　一六六
二九　此筋・千川宛書簡　四十七歳　一七二
三〇　四条の河原涼み　四十七歳　一七四
三一　小春宛書簡　四十七歳　一七五
三二　立花牧童（彦三郎）宛書簡　四十七歳　一七七
三三　雲竹自画像の讃　四十七歳　一七九
三四　水田正秀（孫右衛門）宛書簡　四十八歳　一八〇
三五　嵯峨日記　四十八歳　一八三
三六　堅田十六夜の弁　四十八歳　二〇一
三七　島田の時雨　四十八歳　二〇三
三八　雪の枯尾花　四十八歳　二〇四

三九 栖去の弁……四十九歳 二〇五
四〇 浜田珍碩宛書簡……四十九歳 二〇六
四一 菅沼曲水（定常）宛書簡……四十九歳 二〇八
四二 窪田意専（惣七郎）宛書簡……四十九歳 二一二
四三 向井去来（平次郎）宛書簡……四十九歳 二一四
四四 芭蕉を移す詞……四十九歳 二二一
四五 机の銘……四十九歳 二二四
四六 森川許六（五介）宛書簡……五十歳 二二五
四七 宮崎荊口（太左衛門）宛書簡……五十歳 二二七
四八 許六離別の詞……五十歳 二三一
四九 閉関の説……五十歳 二三三
五〇 森川許六（五介）宛書簡……五十一歳 二三五
五一 杉山杉風（市兵衛）宛書簡……五十一歳 二三八
五二 河合曾良（惣五郎）宛書簡……五十一歳 二四三

解　説

付　録

凡例（序文を兼ねて）

本書は、一代にして蕉風俳諧《しょうふうはいかい》を創造・樹立した松尾芭蕉の、懸命な精進の具体的情況と、その至高の芸境探求の道程とを、直接、彼の作品を読むことによって理解されることを期待して、作成したものである。従って、その意図するところに沿って、次のような諸種の措置をとった。

一、載せるところの全六十九篇の作品類は、芭蕉の人と芸術とを理解するために、重要なものばかりを選んだ。その具体的方法は、次の通りである。

1　三十六歳当時までの作品は、全部切り捨てた。その理由は、それまでの芭蕉は、既に著名な宗匠として俳壇に重きをなし、流行の先端を進む秀才ではあっても、要するに貞門《ていもん》流や談林《だんりん》調の俳諧を謳歌《おうか》する時代の子に過ぎず、彼独自の俳諧観がほとんど見られないからである。

2　作品以外に、書簡二十八通と遺書四通とを載せた。その理由は、それらの中には、芭蕉の人生観・俳諧観および制作方法論が率直に語られており、且つ、芭蕉の人柄を知る上でも興味深い内容のものが、はなはだ多いからである。

3　全六十九篇の作品類は、ジャンルに区分することなく、すべて執筆・制作の年月順に配列した。但し、『野ざらし紀行』『おくのほそ道』のような完成までに長年月を要した作品や、没後に門人の編成と考えられる『笈《おい》の小文《こぶみ》』などは、その行脚《あんぎゃ》の行実《ぎょうじつ》と意識とを尊重して、その事実の在った年月の個所に配列した。その理由は、自己の実生活そのものを俳諧化（芸術化）し、日々の精進を積み重ねることによって、その芸境を高めて行った芭蕉のような人とその芸術とを、真に理解するためには、その人の実生活と制作活動との足跡をたどって、総合的に理解することが必要だからである。芭蕉のような、生活と作品との総括的統一体としての価値が、個々の作品やその単なる集計より隔絶して偉大な芸術家の場合、そうした配慮が、特に重要である。

一、本文の作成においては、現在の学界で最良と認められている完成稿を、それぞれの作品類の底本として用いた。但し、特殊な場合を除いて、個々の底本の解説は省略し、且つ、読解を容易にするために、次のような措置をとった。

1　仮名・漢字の使用は、かならずしも底本にとらわれず、適宜、漢字を仮名に、また仮名を漢字に改めた。
2　漢詩や漢文書きの部分は、すべて書き下し文に改めた。
3　仮名・漢字の字体は、いずれも現行のものに統一した。
4　仮名づかいは、歴史的仮名づかいに統一した。
5　送り仮名は、原則として現行の方針に準じるが、かならずしも、それにとらわれない。
6　仮名に濁点の省略されている場合には、それを補った。
7　漢字は、原則として当用漢字を用いるが、かならずしも、それにとらわれない。
8　同一用語に諸種の漢字をあてている場合には、当時の用法として最も妥当な字に統一した。但し、その用字に特殊な意味やニュアンスを託している場合は、もとのままとした。

9　現在使い慣れない漢字や、現行の音訓と異なった用法の漢字には、つとめて振り仮名を付けた。但し、同一語が繰り返し出る場合には、原則として、見開き内の初出にだけ付けて、以下は省略した。
10　繰り返し符号は、漢字一字を繰り返す場合にだけ「々」を用い、その他の場合には使用しなかった。
11　句読点・「　」・『　』などを適宜使用した。
12　句・歌・漢詩などの前後には、各一行分の空白を置いた。
13　原則として、底本の姿を忠実に伝えるように努めたが、必要に応じて、新たに段落を設けた。
14　長篇の『野ざらし紀行』『笈の小文』『おくのほそ道』および『嵯峨《さが》日記』においては、項目の切れ目ごとに二行分の空白を置き、且つ、その頭注欄に、各項目の小見出しを、ゴチックの色刷りで掲げた。
15　書簡の追伸は、冒頭や行間に書かれているものも、すべて末尾に四字下げて書くように統一した。
16　明らかな誤字・脱字は補訂した。但し、いちいち、その旨は断らなかった。
一、注釈には、色刷りの傍注と、頭注との二種を併用した。その要領は、次の通りである。
1　傍注は、本文の難解な部分の現代語訳であるが、原文の意味を正確にうつし、且つ、叙述の流れを明らかにすることを主眼とした。従って、主客や接続の関係を明示するため、必要に応じて〔　〕を付けて言葉を補足した。

2 傍注とすべき現代語訳が、本文の傍の限られたスペースに入り切らぬ時には、これを頭注にまわした。その場合、それぞれの頭注記事の冒頭部に、まず現代語訳を記した。
3 句・歌・漢詩などの現代語訳は、すべて頭注にまわし、〈 〉を付けて記した。
4 頭注は、原則として、傍注の補足としての注釈であるが、年月順に編年構成した本書においては、その前後の作品類との関連の解明にも努めた。従って、頭注記事に（参照）の注記が多いのは、そのためでもあって、かならずしも、頭注の簡略化を意図したものであるとは限らない。
5 頭注は、注釈に諸種の異説のある場合にも、スペースの都合で、それらの批判論述は省略して、最も妥当と考える結論だけを記した。
一、それぞれの作品類の冒頭には、頭注欄に＊印をして解題を付記した。解題は、単にその主題・内容や特質を紹介するだけでなく、編年構成の本書の特色を生かして、芭蕉の生涯における年代的意義の解明をも意図した。従って、解題だけを通して読めば、蕉風俳諧の創造・樹立に懸命に精進する芭蕉の、実態とその道程の大要とを把握《はあく》することも、また可能である。
一、本文篇の後に、かなり長文の解説を付載した。題して、「芭蕉――その人と芸術――」という。この解説に意図するところは、列挙すれば、次のような諸点を説いたものである。
1 俳諧師芭蕉は、現代の俳句とは異質の、俳諧文芸の作者であったこと。
2 俳諧師芭蕉は、当時の職業俳諧師とは異質の、異端孤高の俳諧師であったこと。
3 芭蕉が、異端孤高の俳諧師としての道を敢《あえ》て選んだ理由と、その行動を開始したのが、本文篇の冒頭に掲げた「一、柴の戸」執筆当時であったこと。

4　芭蕉が、その生涯をかけて探究した蕉風俳諧の神髄は、「軽み」の風体であったことと、その「軽み」の具体的な様相。

従って、本文篇の理解を深めるためには、この解説に先ず目を通すのも、一つの方法である。

一、巻末に、付録として、芭蕉略年譜・芭蕉足跡略地図・所収句初句索引の三つを付載した。いずれも、本文篇と照合することによって、読解の助けとなることを願って、作成したものである。

本書の作成に際しては、先学の研究成果に負うところが多い。いちいち記名しないが、その学恩を鳴謝する次第である。また、新潮社出版部と印刷所との各位には、格別のお世話になった。同じく、深甚の謝意を表する次第である。

芭蕉文集

一、柴《しば》の戸《と》

延宝《えんぽう》八年冬・三十七歳

九年《ここのとせ》の春秋、市中《江戸市中》に住み侘《わ》びて、居《きよ》を[一]深川《ふかがは》のほとりに移す。「[二]長安は古来名利《名声と利欲》の地、空手《くうしゆ》《無一物》にして金《こがね》なきものは行路《世わたり》難し」と言ひけむ人の賢く覚えはべるは、この身の乏しきゆゑにや。

[三]柴の戸に茶を木《こ》の葉《は》搔《か》く嵐《あらし》かな　　ばせを

＊俳諧師《はいかいし》として身を立てる決意で江戸に出た芭蕉は、たちまち宗匠として名をあげたが、当時の俳壇の利欲のみに走る堕落ぶりに絶望し、せっかく獲得した名声を捨て、江戸市中在住九年にして郊外の深川の草庵《そうあん》（後の芭蕉庵）に隠栖《いんせい》してしまった。ここに、俳壇の俗流と絶縁した彼独自の蕉風俳諧の創造が開始されることになる。この一篇は入庵の年の冬の執筆で、文中には、江戸の俗俳に対する嫌悪《けんお》の情と、清貧の庵住に自足する心の安らぎとが語られている。彼の庵住は、決して点者《てんじゃ》としての営業用の居宅ではなく、また俗俳との競争に敗れての逃避的隠退でもない。（解説参照）

一　隅田《すみだ》川と小名木《おなぎ》川との合流点で元番所《もとばんしょ》と呼んだあたり。この翌年春、門人李下《りか》から芭蕉の株を庵に贈られて芭蕉庵の名が生じ、芭蕉とも号するようになる。

二　白楽天の詩「張山人の嵩陽《すうやう》に帰るを送る」（『白氏文集』）からの引用で、張山人が長安の都の地の名声と利欲とに狂奔するさまに嫌気《いやけ》がさして古里の嵩陽に帰隠することを吟じた作。

三〈草庵に独《ひと》り住む私に茶をすすめようと、嵐が焚《た》き物《もの》にする落葉を搔き寄せてくれることだ〉貧居ながらも名利の巷《ちまた》を離れて心安らかなため、戸外の嵐にまで親しみを感ずる自足の生活を言った。句の署名が既に「ばせを」となっているのは後年の版本による。

二、月《つき》侘《わび》斎《さい》

延宝九年秋・三十八歳

月を侘び《月を眺めて》、身を侘び《わが身の孤独を》、つたなきを侘びて《才能の乏しいのを》、侘《わ》[一]ぶと答へむとすれど、問ふ人もなし。なほ侘び侘びて、

侘[二]びて澄《す》め月侘斎が奈良茶歌　　芭蕉

＊深川《ふかがわ》に隠栖《いんせい》した芭蕉は、孤独・閑寂の境に徹することによって、詩魂を養うことになる。この一篇には、わが身を王朝和歌の哀れにも侘びた境地のものとして自覚し、その侘びの情感を俳味として生かそうとする意識が見える。「侘び」の語を繰り返して己《おのれ》の心情を責めあげているのを、敗北逃避した者の悲嘆の声と誤解してはならない。なお、最近、この前書の文に対して、信頼度の高い資料に未見であるため、疑念を懐《いだ》くむきもあるが、当時の芭蕉の心懐表白として迫真的と考え、敢《あえ》て掲載した。

一　須磨に流された折に在原行平《ありわらのゆきひら》の詠《よ》んだ歌「わくらばに問ふ人あらば須磨の浦に藻塩たれつつ侘ぶと答へよ」(『古今和歌集』) を踏まえる。

二〈月を眺めては侘びる月侘斎が、奈良茶飯を食って歌う歌声よ、侘びの限りに徹して澄みとおれ、あの月のように〉「月侘斎」とは風雅人めかした仮構の名で、実は芭蕉みずからをいう。「奈良茶歌」とは奈良茶飯を食って歌う歌。なお、「奈良茶飯」とは、炒《い》った大豆や小豆《あずき》などを入れて炊《た》いた茶飯・茶粥《ちゃがゆ》で、奈良の東大寺や興福寺に始まる簡素な食物。「奈良茶」とも略称する。門人支考《しこう》が『俳諧十論《はいかいじゅうろん》』に記《しる》すところによると、芭蕉は「奈良茶三石《さんごく》喰ふて後、はじめて俳諧の意味を知るべし」と語ったという。侘びの俳味の象徴として奈良茶を見ていたことが知られる。

三、茅《ばう》舎《しや》の感

延宝九年秋・三十八歳

老杜《らうと》[三]、茅舎破風の歌[四]あり。坡翁《はおう》[五]ふたたびこの句を《杜甫の歌の句を》佗びて、屋漏《をくろう》[六]の句作る。その世の雨を《杜甫や蘇東坡の昔をしのばせる雨音を》芭蕉葉に聞きて、独寝《ひとりね》の草の戸。

[七] 芭蕉野分《のわき》して盥《たらひ》に雨を聞く夜かな

＊ 佗びの生活に徹することによって、独自の俳諧を創造しようと志す芭蕉は、わが身の佗びた境地を、杜甫《とほ》や蘇東坡《そとうば》の系譜をも継承するものと考えていた。この一篇には、草庵《さうあん》の雨漏りのごとき貧寒な境遇にも、そうした意識から、かえって積極的に佗びの詩情を感得して、その境地を喜ぶ心が表白されている。この句文は、そのような芭蕉の徹底した佗びの心境を語るものとして、当時、門人の間に喧伝《けんでん》された。

三 杜甫を杜牧《とぼく》と区別して「老杜」と言う。唐の詩人。

四 杜甫の「茅屋《ばうをく》秋風の為に破らるる歌」(『古文真宝』)に「牀牀《しやうしやう》(どの寝床もみな)、屋漏りて乾ける処無し」なる句がある。「茅舎」は茅葺《かやぶ》きの粗末な住居。

五 蘇東坡。宋の詩人。

六 蘇東坡の「連雨江漲《みなぎ》る、二首」(『蘇東坡詩集』)に「牀牀、漏を避く幽人の屋」なる句がある。

七 〈野分が荒れて庭の芭蕉の葉には風雨の吹き当る音が激しく、また草庵の内は雨漏りがして、それを受ける盥に盛んにしたたる音がする。独寝の耳にそれを聞き澄ましていると、昔の杜甫や蘇東坡の佗びた生活の思いも、このようであったろうと偲《しの》ばれることである〉上五を「芭蕉野分して」と字余りにすることによって、激しい野分に託する心情の深刻さを表明している。

四、寒夜《かんや》の辞《じ》

天和《てんな》元年冬・三十八歳

深川三股《ふかがはみつまた》[一]のほとりに草庵を侘《わ》びて、遠くは士峰《ふじのみね》[二]の雪を望み、近くは万里の船を浮ぶ。朝ぼらけ漕《こ》ぎ行く船のあとの白浪[三]に、蘆《あし》[四]の枯葉の夢と吹く風もやや暮れ過ぐるほど、月に坐しては空《むな》しき樽《たる》[五]をかこち、枕によりては薄きふすま《ふとん》を愁《うれ》ふ。

艪《ろ》[六]の声波を打つて腸《はらわた》凍る夜や涙

＊この一篇は、芭蕉庵での侘びた生活の情況を語るのに、つぎつぎと杜甫《とほ》・沙彌満誓《さみまんせい》・西行法師《さいぎやう》・李白《りはく》の詩歌を踏まえている。かかる叙述形式は、創作においても生活においても、なお彼が敬慕する古人に学ぶに忙しかったことを示すが、同時に、それは、独自の俳諧《はいかい》を創造するための精進の姿を物語るものでもある。

一 隅田川《すみだ》と小名木川《おなぎ》とのY字形に合流する地点ゆえに「三股《みつまた》」と称する。

二 杜甫が成都《せいと》の草庵で詠《よ》んだ「絶句四首」(『聯珠詩格《れんじゆしかく》』)に「窻《まど》には含む西嶺千秋《せいれいせんしう》の雪、門には泊《はく》す東呉《とうご》万里《ばんり》の船」とあるのを踏まえる。

三 満誓の歌「世の中を何にたとへむ朝ぼらけ漕ぎ行く舟のあとの白波」(『拾遺和歌集』)を踏まえる。

四 西行の歌「津の国の難波《なには》の春は夢なれや蘆の枯葉に風わたるなり」(『新古今和歌集』)を踏まえる。

五 李白の「将進酒《しやうしんしゆ》」の詩(『古文真宝』)に「金樽《きんそん》をして空しく月に対せしむることなかれ」とあるのを踏まえる。

六 〈隅田川を漕いで行く舟の艪《ろ》のきしる音が波の上を伝わって来る。寒夜の草庵で、ひとりその音に聞き入っていると、腸《はらわた》も凍るような侘しさに襲われて、思わず涙を落してしまう〉上五を「艪の声波を打つて」と字余りに且つ漢詩的表現を用いることによって、艪の音に託する孤愁の深刻さを表明している。

五、高山伝右衛門《たかやまでんゑもん》（麋塒《びじ》）宛書簡

天和二年五月十五日・三十九歳

貴墨《御手紙》かたじけなく拝見致し、先《ま》づ以て御無異《御無事》に御座なされ珍重《めでたく》に存じ奉り候《さうらふ》。私異儀無く《異状なく》罷《まか》り在り候。よつて御巻拝吟致し候《そこで俳諧作品の御巻を拝見》。もつとも《言うまでもなく》感心少なからず候へども、[八]古風のいきやう《真門風の古くさい手法》多く御座候て、一句の風流おくれ候様《やう》に覚《おぼ》え申し候。その段、近ごろ御もつとも《誠に御無理もありません》。先づは久々ここもと俳諧をも《久しく私どもの俳諧をも》御聞きなされず、そのうへ、京《京都》・大坂《おほざか》[九]・江戸ともに俳諧ことのほか古くなり候て、皆同じ事《同じ手法》のみになり候。折ふ《時に従》し所々思ひ入れ変り候を《って種々に趣向の改まるものであるのに》、宗匠たる者もいまだ三四年以前の俳諧に

五月十五日　　松尾桃青《たうせい》[七]（書判）

高山伝右衛門様

＊この一書は、甲斐《かい》の国谷村《やむら》（山梨県都留《つる》市）の門人麋塒《びじ》から送って来た作品に対して、その批評・指導をした返書である。その内容は、当時なお流行の古風を極力排除して新風を創造すべきことを強調したもので、制作に際して警戒すべき古風の手法を箇条書きに列記し、且つ参考とすべき付合《つけあい》の作品を六例付載している。芭蕉は、論書を公刊して他の門流と争うことを好まなかったが、この書簡を見るに、門人に対する指導は懇切丁寧である。また、書中の厳しい時流批判の言葉によって、彼の深川隠栖《いんせい》が決して失意の逃避ではなく、身を挺《てい》しての俳諧の修行道であったことを知り得る。なお、麋塒は秋元但馬守喬朝《たじまのかみたかとも》の国家老で、江戸出府の折に芭蕉に入門した者であるが、芭蕉が天和二年十二月二十八日の江戸大火で庵を焼け出された時、芭蕉を甲斐に招き、翌年の五月頃まで世話した。「六、夏野の画讃」は、その当時の作である。

七　延宝三年（三十二歳）以降、芭蕉が生涯にわたって使用した別号。

八　松永貞徳《まつながていとく》の流れを汲む貞門一派の俳風を言う。貞門風は、寛永初年頃から延宝初年頃にかけて俳壇を独占し、この当時に至っても全国的になお隠然たる勢力を持っていた。

九　大阪。当時は「大坂」と書いて「おおざか」と濁って読んだ。

なづみ《なれ親しんで》、大かたは古めきたるやうに御座候へば、学者なほ俳諧に迷ひ《初学の者は相変らず古い俳諧にとらわれ》、ここもとにても《江戸においても》多くは風情《ふぜい》あしき作者ども見え申し候。然る所に《甲斐のような所に》、遠方御へだて候て《遠く離れて住んでおられて》、この段、御のみこみ御座無きは、御もつとも至極に存じ奉り候。玉句《あなたの句》の内、三四句も加筆《添削》仕《つかまつ》り候。句作の行きやう、あらましかくの如くに《次に記すようで》御座候。

一、[一]一句前句《まへく》に全体はまる事、古風・中興とも申すべくや《貞門や談林の手法とも言うべきでありましょうか》。

一、[二]俗語の遣ひやう風流なくて、また古風にまぎれ候事。

一、[三]一句細工《さいく》に仕立て候事、不用に候事《してはならないことである》。

一、[四]古人の名を取り出でて、「何々のしら雲」などと言ひ捨つる《安易な表現をする》事、第一《全く》古風にて候事。

一、文字あまり、三四字・五七字あまり候ても、句のひびき《調子》よく候へばよろしく、一字にても口にたまり候を《たとえ一字あまりでも口調が悪くもたつくのを》御吟味有るべく候事。

一 俳諧《はいかい》の付合《つけあい》において、付句《つけく》が前句《まえく》の意味に密着して、いわゆる「べた付《づけ》」となること。芭蕉は前句の余情や余韻に応じて付ける「匂付《においづけ》」を尊重する。

二 俗語とは日常の実用語や流行語。俳諧は俗語を用いることによって、和歌には無い新鮮さを出したが、勢い文芸性の乏しい卑俗な境地に堕した。芭蕉は俗語の中に新しい詩情を発見することによって、生新にして且つ文芸性の高い俳諧の創造を意図した。

三 技巧をこらして句を作りあげること。芭蕉は、常に「風雅の誠」を勧めることによって、胸中の風雅心が自然に句となって生れて来るのでなくてはならぬと、繰り返し門人たちに教えている。

四 勅撰和歌集をはじめとして、「峰のしら雲」などのように末尾を「しら雲」で結ぶ歌は非常に多い。貞門などでは、古《いにしえ》の歌人の名を出し、そのような有名な歌詞を踏まえて句作することを手柄とした。

五 前句の、〈子供らさえも、おのずから哀《あわれ》の情を催す〉と言うのを、野遊びの楽しみの中にも、季節の推移におのずから催す子供ながらの情感として応じ、〈茅花《つばな》の穂を抜いて遊び興じた春も何時《いつ》しか暮れ去って、早や木苺《きいちご》狩りをする夏になった〉と付けた。

六 才麿《さいまろ》とも号する。谷八郎右衛門。大和《やまと》の国宇陀《うだ》(奈良県宇陀郡)の人。延宝五年ごろに江戸に出て芭蕉や其角《きかく》と親しくなる。

七 前句の、〈身分の賤《いや》しい女と、このような鄙《ひな》びた恋をすることである〉と言うのを、『伊勢物語』初段

五 子供らも自《じ》然《ねん》の哀《あはれ》催すに
茅《つ》花《ばな》と暮れて覆《い》盆《ち》子《ご》狩る原　六 才《さい》丸《まる》
七 賤《しづ》女《め》とかかる蓬《よもぎ》生《ふ》の恋
よごし摘む藜《あかざ》が薗《その》にかいま見て　同
八 今や都は鰒《ふく》を喰《く》ふらん
夕《ゆふ》端《は》月《づき》蕪《かぶ》は葉越しになりにけり　九 其《き》角《かく》
一〇 と言はれし所杉郭公《ほととぎす》
心《こころ》野《の》を心に分くる幾《いく》岐《ちまた》　同
一一 山里いやよ遁《のが》るるとても町庵《いほり》
鯛《たひ》売る声に酒の詩を賦《ふ》す　愚句（芭蕉自身の句）

の、里で女をかいま見て恋歌を贈る話の俤《おもかげ》として応じ、〈土にまみれながら藜《あかざ》を摘んでいる女を田野でふと見かけてからというものは〉と、その恋の発端を述べる体《てい》で付けた。藜の若葉は摘み取って食用とした。

八 前句の、〈冬を迎えて、今や都では河豚《ふぐ》の馳走をもてはやすことであろう〉と言うのに対して、田舎《いなか》の冬の馳走を以て応じ、〈畑には冬の馳走の蕪がよく育って勢いよく葉をのばし、夕方に山の端《は》に出る月も、梢越《こずえご》しならぬ蕪の葉越しに眺められる程になった〉と付けた。蕪の葉越しと誇張した表現に興趣を込める。

九 榎本《えのもと》氏。のち宝井《たからい》氏と改める。江戸の俳人で延宝初年ごろより芭蕉に師事した蕉門の最古参。都会的な作風を得意とし、江戸俳壇の重鎮となる。

一〇 前句の、〈郭公の名所と言われた所を通り過ぎる折、杉木立の彼方《かなた》に郭公の鳴き声を聞いた〉と言うのに、西行の歌「聞かずともここを瀬にせん郭公山田の原の杉のむら立ち」（『新古今和歌集』）を踏まえて応じ、〈心当ての野を心当てに幾筋にも分れている野路をさまよい歩くうちに〉と、遂に郭公の一声を聞きつけるに至るまでの状況を述べる体で付けた。

一一 前句の、〈山里に遁世《とんせい》してしまうのはいやだ、俗世間を遁れるにしても町中の庵住でありたい〉と言うのに、晋《しん》の劉伶《りゅうれい》の「酒徳頌《しゅとくしょう》」の趣などを以て応じ、〈何よりの酒の肴《さかな》である鯛を売り歩く声を聞いては、酒杯を傾けつつ酒の功徳《くどく》をほめ俗世間をののしる詩を賦す〉と、市井の隠者の体を述べて付けた。

二二

葛《かー》西《さい》の院の住み捨てし跡

芋《ず》茎《いき》の戸蕗《ふき》壺《つぼ》の間《ま》は霜をのみ　同

一　前句《まえく》の、〈かつて葛西の院のあった所が、今は御所も他に移って住み捨てたままになっている〉と言うのに、葛西（東京都葛飾《かつしか》区）は野菜の産地であったので野菜の名を以て応じ、〈かつての御所の芋茎の戸や蕗壺の間も荒れ果てて、今はただ一面に白く霜がおりているばかりである〉と付けた。前句の架空の「葛西の院」なるものに対して、「藤壺」をもじって「蕗壺」と興じ、土地柄の野菜仕立の御所にユーモラスに言いなしたところを手柄とする。

六、夏《なつ》野《の》の画《ぐわ》讃《さん》

天和三年夏・四十歳

〔この絵に描いた〕笠着て馬に乗りたる坊主は、いづれの境より出でて、何をむさぼり歩《あり》くにや。このぬし《この絵の持主が》の言へる、これは予《私の》が旅の姿を写せりとかや。されば《それでわかった》こそ、[二]三界流浪《さんがいるらう》の桃尻《ももじり》、落ちてあやまち《けが》することなかれ。

[三]馬ぼくぼく我を絵に見る夏野かな

＊この画讃は、深川《ふかがわ》の芭蕉庵を焼け出されて、甲斐《かい》に流寓（一九頁＊参照）中の作。句は初め体験の作であったものを、自身の馬上の旅姿の絵を見せられて、前書《まえがき》を付けて讃としたものであろう。が、自己を客体視した画讃句となると、そこに彼の自照が見える。即ち、みずからを「坊主」と呼び、その旅を「三界流浪」と称し、「あやまちすることなかれ」と警告する。敢《あえ》て異端の境涯に身を置き、独自の俳境を求めて孤独の歩みを進める自己に対する、厳しい自覚といとおしみの心が感じられる。しかも、その表現はユーモラスで興趣を主とする。このような、深刻な内容を飄逸《ひょういつ》な表現に託するところは、既に彼の晩年の芸境を予告するものである。また、この一篇には、彼の行《あん》脚《ぎゃ》漂泊の境涯への心の傾斜の強まりも見える。

二　妄執《もうしゅう》のまにまに諸国をわたり歩く危なげな馬乗り姿の私。「三界」とは、仏教で欲界・色界《しきかい》・無色界を称し、一切衆生《いっさいしゅじょう》の生死往来する世界の意。謡曲「柏崎《かしわざき》」に「三界に流転《るてん》して猶《なお》人間の妄執の晴れ難き」とある。「桃尻」とは尻が安定せず乗馬のへたなこと。

三　〈私を乗せた駄馬は、炎天にあえぎながら、ボックリボックリと夏野にのろい脚を運ぶ。見れば、如何《いか》にも危なげな馬の背上の私の姿を写した絵である。何を求めて流浪しているのか知らないが、落馬して怪我《けが》をするなよ〉。

七、野ざらし紀行

貞享《じようきよう》元年八月〜同二年四月・四十一歳〜四十二歳

「[一]千里に旅立ちて、路糧《みちかて》を包まず《道中食糧を準備せず》、三更月下無何《むか》に入る」と言ひけむ昔の人の杖にすがりて《昔の太平の世の旅人に見習って》、貞享《ぢやうきやう》甲子《きのえね》秋八月、江上の破屋《隅田川のほとりの草庵》を出づるほど、風の声そぞろ寒げなり。

[二]野ざらしを心に風のしむ身かな

[三]秋十《と》年《とせ》却《かへ》つて江戸を指《さ》す故郷

深川の芭蕉庵——旅立

＊侘《わ》びの庵住に身を責めること四年余にして、芭蕉は「野ざらし」を覚悟の旅に出る。これは、その紀行文である（但し、ここでは数年の推敲《すいこう》を経た完稿による）。もちろん、これは文芸意識に成る作品であるが、同絵巻付載の芭蕉自筆の奥書には、「この一巻は必ず紀行の式にもあらず」と言い、且つ「旅寝してわが句を知れや秋の風」なる句を記している。従って、芭蕉がこの旅に期待したものは、行脚《あんぎゃ》漂泊を魂とする俳諧道《はいかいどう》を建立《こんりゅう》することであって、新しい紀行文の一体を創造することではなかったことが知られる。この紀行がもっぱら旅中吟詠の発句《ほっく》中心で、句集的性格が強いと評される所以《ゆえん》である。しかし、全体の構成は俳諧一巻の運びのごとく巧みである。ところで、注目すべきは、太平の世の旅立にしては異常な冒頭句の悲壮感である。これは、彼の独自の俳諧道建立への旅立の覚悟のほどを語るものであることを知らねばならない。そして、それは深川隠栖《ふかがわいんせい》の侘びの境涯に徹した当然の帰結であった。（解説参照）

一 「千里に適《ゆ》く者は三月《さんげつ》糧《かて》を聚《あつ》む」（『荘子』）と、「路に糧《かて》を齎《つつ》まず笑ひて復《また》歌ふ。三更月下無何《むか》に入る」（『江湖風月集』）とを合せて一文のごとく用いる。太平の世の旅を言う。「三更」は真夜中。「無何」は「無《む》何有《かう》之郷」の略で、楽しむべき仙人郷。

箱根の関——関越え

関越ゆる日は雨降りて、山皆雲にかくれたり。

霧[四]しぐれ富士を見ぬ日ぞ面白き

同行の門人千里

何某《なにがし》[五]千里《ちり》と言ひけるは、このたび道の助けとなりて、よろづ《万事につけて私を》いたはり《いたわり》、心を尽しはべる。常に莫逆《ばくげき》[六]の交り深く、朋友信有る《友として信頼できる》かな、この人。

深川《ふかがは》[七]や芭蕉を富士に預け行く　千里

富士川——捨子

富士川のほとりを行くに、三つばかりなる捨子の哀れげに泣く有り。この川の早瀬にかけて《この川の早瀬を見るにつけてそれにも比すべき》、浮世の波をしのぐにたへず、露ばかり

二〈野に行き倒れて髑髏《どくろ》となる覚悟で、独自の俳風を開拓すべく旅立つと、ひとしお心にしみ入るばかりに秋風の寂寥《せきりょう》を感ずるわが身の境涯である〉太平の世の旅ではあるが、俳人としての命をかけた試みであるがゆえの悲壮感がみなぎる。

三〈思えば江戸に移り住んで早や十年の秋を重ねた。これからその江戸を旅立って故郷の方に向うのであるが、今ではかえって心を許した門人たちのいる江戸を故郷のごとく感じ、去り難い思いである〉留別吟で送別の門人たちに対する挨拶《あいさつ》。賈島《かとう》の「桑乾《さうけん》を渡る」の詩に「幷州《へいしう》に客舎して已《すで》に十霜、帰心日夜咸陽《かんやう》を憶《おも》ふ。如今《じよこん》また桑乾の水を渡つて、かへつて幷州を指す是れ故郷」(『聯珠詩格《れんじゆしかく》』)とあるのを踏まえる。

四〈一面に深い霧が立ち込めている。それで、平生は間近く仰げる富士山が見えないが、それがかえって一興である〉「霧しぐれ」とは、まるでしぐれが降っているのかと思われるほど深い霧。

五　苗村氏。粕屋《かすや》甚四郎。大和《やまと》の国竹内《たけのうち》村(奈良県当麻《たいま》町)の人。江戸浅草に寓居していた。

六　意気投合して極めて親密な間柄。

七〈深川の芭蕉庵よ。今わたしは箱根の関を越えて遠く旅行くので、留守中は気がかりな庵庭の芭蕉を、頼もしげな富士山に預けて行くことにしよう〉。

の命《命の絶えるまでの辛抱と》待つ間と捨て置きけむ。一小萩《こはぎ》がもとの秋の風《秋風によって》、今宵《こよひ》や散るらん、明日や萎《しを》れんと、袂《たもと》より喰物《くひもの》投げて《投げ与えて》通るに、

二猿《さる》を聞く人捨子に秋の風いかに

いかにぞや汝《何とそこに泣いている捨子よ》。父に悪《にく》まれたるか、母に疎《うと》まれたるか。父は汝《なんぢ》を悪むにあらじ、母は汝を疎むにあらじ。三ただこれ天にして、汝が性《さが》の拙《つたな》きを泣け。

大井川越ゆる日は、終日《ひねもす》雨降りければ、

四秋の日の雨江戸に指《ゆび》折らん大井川　　千里《ちり》

一『源氏物語』に、桐壺《きりつぼ》帝が離れ住む幼い若宮（源氏）の身の上を哀れみ、それを「小萩」に言い掛けて、「宮城野《みやぎの》の露吹きむすぶ風の音に小萩がもとを思ひこそやれ」と詠《よ》んでいるのを踏まえて、ここでは捨子を秋風に吹かれる小萩にたとえた。

二〈哀猿《あいえん》の声にすら断腸の思いを懐《いだ》く詩人らよ。あなたがたは、秋風の中に命絶えんとして泣いているこの捨子の声を、何と聞くか〉古来、漢詩に、猿の声は断腸の思いをさせるものとする。なお、当時は貧困や飢餓などによる捨子が珍しくなかった。

三 全くこれは天命であるのだから、おまえの運命の恵まれないのを泣くよりほかはないのだ。

四〈折から秋雨が降っているが、江戸では門人たちが日数を指折りかぞえて、今日あたりは我々が大井川を川越しするころと、話し合っていることであろう〉当時、大井川は箱根の関と共に東海道の二大難所で、降雨出水の折には川止めされて渡れなかった。

大井川——川越し

五〈道ばたに咲いていた木槿《むくげ》の花は、私の乗っている馬にパクリと食われてしまった。何事が起ったとい

馬上の吟

五 道のべの木槿《むくげ》は馬に食はれけり

二十日余り《陰暦八月の二十日過ぎの》の月かすかに見えて、山の根際《ふもと》いと暗きに、六 馬上《ばしやう》に鞭《むち》をたれて、数里いまだ鶏鳴《けいめい》ならず。七 杜牧《とぼく》が早行《さうかう》の残夢《ざんむ》、八 小夜《さよ》の中山《なかやま》に至りて忽《たちま》ち驚く《はっと目がさめた》。

九 馬に寝て残夢月遠し茶のけぶり

一〇 松葉屋風瀑《ふうばく》が伊勢にありけるを《帰省していたのを》尋ね訪《おとづ》れて、十日ばかり足をとど《滞在する》

うわけではないが、ついさっきまで咲いていた花はもう影も形も無い。唐突のようでもあり、当然のような気もして、なんだか瞬間に幻を見たような思いである〉意識・心情の深さから、平凡な事柄に深遠な悟りにも似た禅機的心象を感得した句。

馬上の吟

六 杜牧の「早行」の詩（『樊川集《はんせん》』）に、「鞭《むち》を垂れて馬に信《まか》せて行く。数里いまだ鶏鳴ならず。林下に残夢を帯び、葉の飛ぶ時忽ち驚く」とあるのを踏まえる。

七 晩唐の詩人。杜牧の「早行」の詩に言うごとく、早朝に旅立って馬上になお夢心地でうとうととしていたが。

小夜の中山——馬上の残夢

八 歌枕。西行《さいぎょう》の歌「年たけてまた越ゆべしと思ひきや命なりけり小夜の中山」（『新古今和歌集』）などで有名。敬慕する西行らの歌枕の地なので心ひかれて、自然に目がさめた。

九〈早朝に旅立って馬上になお夢心地でうとうととしていたが、はっと目がさめてみると、有明の月は遠く山の端《は》にかかり、ふもとの村里からは朝茶をたく煙が立ちのぼっている〉歌枕の地の景観に、古来の詩歌の情を追懐した句。

伊勢——松葉屋滞在

一〇 松葉七郎太夫と称する神都伊勢の年寄師職家《としよりししょく》（一六二頁＊参照）の三代目で、当時は父の正親《まさちか》が当主。風瀑（俳号）は江戸の出店（伊勢屋と称する）に定住し、芭蕉に入門していた。

む。

腰間《えうかん》に寸鉄を帯びず《短刀さえも差さず》、襟《えり》に[一]一嚢《いちなう》を掛けて、手に十八《数珠》の珠《たま》を携《たづさ》ふ。[二]僧に似て塵《ちり》あり《俗人であり》、俗に似て髪《まげ》なし《まげを結っていない》。われ僧にあらずといへども、髪なきものは浮屠《ふと》の属にたぐへて《僧に類するものとして》、[三]神前に入ることを許さず。

暮れて外宮《げくう》に詣《まう》ではべりけるに、[四]一の鳥居の陰ほの暗く、御燈《みあかし》ところどころに見えて、[五]また上もなき《この上もなく尊い》峰の松風、身にしむばかり、深き心を《敬神の心を》起して、

[六]三十日《みそか》月なし千年《ちとせ》の杉を抱く嵐《あらし》

[七]西行谷《さいぎやうだに》の麓《ふもと》に流れあり。女どもの芋《いも》洗ふを見るに、

一 僧が首に掛ける頭陀袋《ずだぶくろ》。経巻《きようかん》や布施《ふせ》を入れる。
二 僧万里の「山谷《さんこく》先生画像賛并叙」(『梅花無尽蔵』)に「故に先生みづから賛を作りていはく。僧に似て髪あり、俗に似て塵なし」とあるのを踏まえる。
三 神宮は仏家を忌むものとして僧尼を拝殿まで入れず、別に設けた僧尼拝所から遥拝《ようはい》させた。
四 参拝本道の最初にある鳥居。
五 西行《さいぎよう》の歌「深く入りて神路《かみぢ》の奥をたづぬればまた上もなき峰の松風」(『千載和歌集』)を踏まえる。

参宮

六 〈この外宮の拝所に立つと、三十日のこととて月影も無く、千古の神代の幽暗をも偲《しの》ばせる思いがする。折から峰の松風が千年の樹齢の神杉にも吹き荒《すさ》んで、その荘厳神韻《そうごんしんいん》の気には慟哭《どうこく》せんばかりの感動をおぼえる〉外宮の僧尼拝所には五百枝《いおえ》の杉と称する神杉の大樹があった。なお、樹を抱くの語には、古来漢詩文において慟哭・痛憤の意を託する。
七 内宮《ないくう》の在る宇治館《たち》町の岩井田山の西麓で、西行庵住の地と伝える。麓《ふもと》を五十鈴川《いすずがわ》の支流が北流する。
八 〈西行がかつて庵住したと伝える西行谷の麓の五十鈴川では、女たちの芋を洗っているのが見える。西行であればこれを見て、江口《えぐち》の遊女に歌を詠みかけたように、きっと歌を詠みかけることであろうよ〉西行が江口の里で遊女に宿を乞い、ことわられたので歌を詠みかけて詰《なじ》ったところ、遊女もそれに応じて返歌したとの物

西行谷――芋洗う女

語が『撰集抄《せんじゆうしよう》』や謡曲「江口」にある。興ずる心と西行への思慕の情が見える。

九 この折の事実は『三冊子《さんぞうし》』に詳しい。それによると、この茶店は参宮本道たる古市《ふるいち》の色茶屋で、芭蕉はそのかたわらで休息していたのを「てふ」に請《しよう》じ入れられたもの。「てふ」はもとこの店の遊女であったが、恐らく俳諧《はいかい》の才能などを見込まれて主人の妻となった身。また先代の妻「つる」もこの店の遊女あがりで、且つ参宮途上の宗因《そういん》(談林《だんりん》俳諧の総《そう》帥《すい》)から「葛《くず》の葉のおつるのうらみ夜の霜」なる一句を乞い受けるほどの俳諧熱心であった。そして、芭蕉が「てふ」の名にちなんだ一句を与えたのは、この宗因の前例にならったものという。但し、路上の芭蕉に気付いて請じ入れたとの『三冊子』の説は無理で、事実は、俳諧熱心な一家のことを耳にした芭蕉が、興味を感じて立ち寄ったのであった。

茶店の女てふ

一〇〈蘭の香が馥郁《ふくいく》とただよう。さながらその花にとまっている蝶の翅《はね》に香をたきしめるかのように。そして、そのようにあなたは艶麗《えんれい》である〉。

一一『笈《おい》日記』に「廬牧亭《ろぼくてい》」とある。廬牧は恐らく隠居した師職俳人であろう。

閑人の茅舎

一二〈廬牧亭の庭には蔦が紅葉し、四五本はえている竹には風が吹き渡ってざわめき、そのたびに蔦の葉もひらめく。まことに簡素にして風雅な、好ましい閑居のたたずまいである〉廬牧亭を讃《たた》えた挨拶《あいさつ》の句。

八 芋洗ふ女西行ならば歌詠《よ》まむ

九 その日の帰《かへ》さ《帰途に》、ある茶店に立ち寄りけるに、てふと言ひける女、「吾《あ》が名に《私の名にちなんで》発句せよ」と言ひて、白き絹出だしけるに、書き付けはべる。

一〇 蘭《らん》の香《か》や蝶《てふ》の翅《つばさ》に薫《たき》物《もの》す

一一 閑人の茅舎《ばうしや》を訪《と》ひて

一二 蔦《つた》植ゑて竹四五本の嵐かな

長月《陰暦九月》のはじめ、故郷[一]に帰りて《帰って見ると》、北堂[二]の萱草《けんさう》も霜枯れ果てて、今は跡だになし。何事も昔にかはりて、同胞《はらから》[三]の鬢《びん》白く眉皺《まゆしわ》寄りて、ただ「命ありて」《お互いによくまあ無事で》とのみ言ひて言葉はなきに、兄《このかみ》の守袋をほどきて、「母の白髪《しらが》拝めよ、浦島[四]の子が玉手箱、汝が眉もやや老いたり」と、しばらく〔お互いに〕泣きて、

手[五]にとらば消えん涙ぞ熱き秋の霜

大和《やまと》の国に行脚《あんぎゃ》して、葛下《かつげ》[六]の郡《こほり》竹の内と言ふ所はかの千里《ちり》が古里なれば、日ごろ《数日間》とどまりて足を休む。

一 伊賀の国上野（三重県上野市）。

故郷——母の白髪

二 母の死去して既に久しいことを言う。古代の支那では母は家の北堂に住んだ。『詩経』に「いづくんぞ諼草《けんさう》（萱草《かやくさ》）を得て、ここにこれを背（北堂）に樹《う》ゑん」とあるによる。芭蕉の母は前年（天和三年）の六月二十日に没した。

三 芭蕉の兄の松尾半左衛門をさす。

四 浦島太郎が玉手箱を開いたように。芭蕉の帰省は延宝四年以来九年ぶりなので浦島太郎にたとえた。

五 〈母の白い遺髪を手にとると、それは今にも消え失《う》せてしまいそうである。亡き母を慕い泣く私の熱い涙のために。それはさながら淡い秋の霜の消え去りやすいように、哀れにも儚《はかな》い思いである〉「手にとらば消えん」と字余りにした上句《かみのく》に、亡き母を思慕する慟《どう》哭《こく》の情が込められている。

竹の内——綿弓

六 「葛城《かずらき》の下《しも》の郡」の略称。

七 〈この竹の内の里では、綿弓をはじき打つ音が盛んにする。私は、その綿弓の音を琵琶の音と聞きなして、旅情を慰めている。竹林の奥の閑静な千里の家に

七 綿弓《わたゆみ》や琵琶《びは》に慰む竹の奥

八 二上山当麻寺《ふたかみやまたへまでら》に詣《まう》でて、庭上《ていしやう》の松を見るに、およそ千歳《ちとせ》も経たるならむ。九 大いさ牛を隠すとも言ふべけむ。かれ非情《心を持たぬもの》といへども、仏縁《寺の庭に生えた因縁によって》に引かれて、一〇 斧斤《ふきん》の罪を免れたる《切り倒されずにすんだのは》ぞ幸ひにして尊《たつと》し。

一一 僧朝顔幾《いく》死に返る法《のり》の松

ひとり吉野の奥にたどりけるに、まことに山深く、白雲《はくうん》峰に重なり、一二 煙雨《えんう》谷を埋《うづ》んで、山賤《やまがつ》《木こり》の家ところどころに小さく、西に木を伐《き》る音東に響き、院々《ゐんゐん》の鐘《かね》の声は心の底にこたふ《しみとおる》。昔よりこの山に入りて世《俗世間》を忘れたる人の、一三 多くは詩にのがれ歌に隠る《詩作や詠歌を生きがいとした》。いでや唐土《もろこし》

くつろいで〉竹の内の里の鄙《ひな》びた風趣を讃《たた》えて、旅宿の世話になっている千里に対する謝意を表明した吟。但し、この折に芭蕉は、土地の庄屋油屋喜衛門の厚遇も受け、この句を末尾に据《す》えた「竹の奥」なる一文を呈している。その場合は、当然喜衛門に対する挨拶吟《あいさつぎん》となり、一句の意は、喜衛門が竹林の奥で綿弓の音を琵琶の音と聞きなして隠逸な生活を楽しんでいるのを讃えた意となる。綿弓は、繰り綿をはじき打って不純物を去り柔らかにする弓形の道具。

当麻寺——法の松

八 奈良県当麻《たいま》町にあり、二上山禅林寺とも称する。聖徳太子の弟麻呂子《まろこ》王の建立した万法蔵院《まんぽうぞういん》を移転改称したもの。中将姫が蓮糸《はすいと》で曼陀羅《まんだら》を織り彌陀《みだ》の本願を遂げたとの伝説で有名。

九『荘子』に「櫟社《れきしや》の樹を見るに其の大いさ牛を蔽《かく》す」とあるによる。

一〇『荘子』に「斤斧《きんぷ》に夭《えう》せられず、物害する者無し」とあるによる。

吉野——宿坊の碪

一一〈この寺の僧は老松にまつわる朝顔のごときものであって、儚《はかな》く幾代も死にかわっているが、寺の庭の老松ばかりは千年も変らずに茂り栄えている〉住持の僧は幾変遷《いくへんせん》しても仏法の久遠《くおん》なるを寺庭の老松の姿に見て、その鑽仰《さんごう》の心を詠吟した句。

一二 けぶるように降る雨。

一三 西行《さいぎやう》法師や南朝の人々をさす。

の[一]廬《ろ》山《ざん》と言はむも、また宜《むべ》ならずや《もっともではなかろうか》。

ある坊《宿坊》に一夜《いちや》を借りて

[二]砧《きぬた》打ちてわれに聞かせよや坊が妻

西行庵の跡――苔清水

[三]西上人《さいしやうにん》の草の庵《いほり》の跡は、奥の院より右のかた二町ばかり分け入るほど、柴人《柴刈る人》の通ふ道のみわづかに有りて、嶮《さが》しき谷をへだてたる、いと尊し。[四]かのとくとくの清水《しみづ》は、昔に変らずとみえて、今もとくとくと雫《しづく》落ちける。

[五]露とくとく試みに浮世すすがばや

もしこれ[六]扶桑《ふさう》に[七]伯夷《はくい》あらば、必ず口をすすがん。もしこ

一 江西省にある名山で、景勝の地にして仏教の霊跡としても有名。古来、高僧や文人が隠栖《いんせい》した。
二〈この秋の一夜の旅情の慰めに、砧を打って私に聞かせてくれまいか。宿坊の妻よ〉藤原雅経《まさつね》の「擣衣《たうい》の心」を詠《よ》んだ歌「み吉野の山の秋風小夜《さよ》ふけて古里寒く衣打つなり」(『新古今和歌集』)の感懐を心とした句。『三冊子《さんぞうし》』に、字余りにして独自の味を出した句と言う。「砧」は石や木の台の上で布を槌《つち》で打ちやわらげ艶《つや》出しする道具。昔から詩歌に閨怨《けいえん》の情を託するものとする。詩歌に伝統ある景勝の霊地に、一夜を旅寝する芭蕉の感興を表出した句。
三 西行上人《さいぎようしようにん》。西行法師。
四 西行庵の苔清水《こけしみず》。西行の作と伝える歌「とくとくと落つる岩間の苔清水くみほすほどもなきすまひかな」による。
五〈西行庵の苔清水は昔に変らず今も岩間からとくとくとしたたり落ちている。まことに尊い姿であるので、ためしに、この苔清水で俗世間の名利の塵《ちり》を洗い落して、西行の清逸の境地にあやかってみたいものである〉風雅の理想像たる西行に対する切実な敬慕の情を吐露した句。
六 日本の異称。
七 殷《いん》の人。周の武王の不義を諫《いさ》めたが容《い》れられなかったので、周の粟《ぞく》を食《は》むことを潔《いさぎよ》しとせず、首陽山《しゅようざん》に隠栖して蕨《わらび》で飢えをしのぎ、ついに餓死した隠士。
八 堯《ぎょう》帝から天下を譲ろうと言われて、汚れたこと

れ[八]許由《きよいう》に告げば、耳を洗はむ。

山を登り坂を下るに、秋の日既に斜めになれば、名あるところ《有名な名所の》どころ見残して、まづ[九]後醍醐帝《ごだいごてい》の御廟《みささぎ》を拝む。

[一〇]御廟《ごべう》年経て偲《しの》ぶは何をしのぶ草

大和《やまと》より山城《やましろ》を経て、近江路《あふみぢ》に入りて美濃《みの》に至る。[一一]今須《います》・山中《やまなか》を過ぎて、いにしへ《昔語りの》[一二]常磐《ときは》の塚あり。伊勢の[一三]守武《もりたけ》が言ひける「[一四]義朝《よしとも》殿に似たる秋風」とは、いづれの所か似たりけん。われもまた、

[一五]義朝の心に似たり秋の風

を聞いたと潁川《えいせん》で耳を洗って箕山《きざん》に隠栖したと言い伝えられている高潔の士。

九 南朝の天皇。建武の中興を成就したが、足利尊氏《あしかがたかうじ》の謀叛《むほん》に敗れ、失意のうちに吉野で崩御した。

後醍醐帝の御廟

一〇〈後醍醐帝の御廟は長い歳月に荒れ果て、一面に忍ぶ草が生え茂っているが、この忍ぶ草は何を思い偲んでいるであろうか。さぞかし帝の悲劇的な昔を追懐していることであろう〉「何を」とは、激情の表白であって、疑っているのではない。

一一 今須も山中も岐阜県関ヶ原町の内にある地名。

一二 源義朝の愛妾《あいしよう》。ここで盗賊に殺されたと伝える。

一三 荒木田《あらきだ》氏。伊勢の内宮《ないくう》の長官。俳諧《はいかい》の開祖と尊崇される。

常磐の塚

一四『守武千句』に載せる付句《つけく》で、その前句《まえく》は「月見てや常磐の里へかへるらん」。「月」に「秋風」、「常磐」に「義朝」と応じ、月を見て常磐の里へ吹き帰るというのだから、その秋風は夜ごとに常磐のもとに通った義朝のようなものだと興じた句。

一五〈義朝の愛妾であった常磐の塚のあたりには、蕭《しよう》蕭《しよう》として秋風が吹いている。この秋風の蕭殺《しようさつ》の気は、悲劇的運命に翻弄《ほんろう》された義朝の悲痛な心境にも似通う趣である〉義朝は血族相討ち父を殺し、自身も家臣に殺された。守武の句にあやかっての作であるが、守武の滑稽《こつけい》を主とするのとは、句の主意が全く相違する。

不《ふ》破《は》一

秋二風や藪《やぶ》も畠《はたけ》も不破の関《せき》

大垣《おほがき》に泊りける夜は、木因《ぼくいん》三が家をあるじとす。武蔵野《むさしの》を出づる時、

木因の家の客となる

四**野に行き倒れて白骨となる覚悟で**

野ざらしを心に思ひて旅立ちければ、

死五にもせぬ旅寝《たびね》の果てよ秋の暮

桑名《くはな》本統寺《ほんとうじ》六にて

一 岐阜県関ヶ原町にある。関所の跡で昔から歌枕として著名。

不破の関の跡

二〈あたり一帯には、ただ蕭々《しょうしょう》として秋風の吹きわたるのみである。昔の不破の関の跡は荒涼たる藪や畠と化してしまって、その蕭条たる情況は胸を打ち、悲愁の感に堪えられない〉藤原良経《よしつね》の歌「人住まぬ不破の関屋の板びさし荒れにしのちはただ秋の風」(『新古今和歌集』)を踏まえる。

三 谷氏。通称、九太夫。代々大垣の船問屋。大垣蕉門の中心的存在となる。

大垣の木因の家——旅寝の果て

四『野ざらし紀行』冒頭部の旅立の句に呼応する。

五〈野に行き倒れて髑髏《どくろ》となる覚悟で旅立って来たのであるが、そのようなこともなく無事に旅寝をかさねて、ついに晩秋の今日は大垣の木因の家にたどり着いて安らぐことが出来た。しみじみと旅路のほどが追懐されて、感無量である〉冒頭部の旅立の句に呼応させた吟。即ち、『野ざらし紀行』は最初ここまでで完結させる予定であったものと思われる。事実、以下の叙述は地の文が乏しく、句集的性格が濃厚となる。

桑名の本統寺——冬牡丹

六 東本願寺別院であって桑名御坊とも称した。当時

の住職琢恵《たつけい》は古益《こえき》と号して、芭蕉と同じく北村季吟門下の俳人であった。

七〈本統寺の庭には、雪中に冬牡丹が咲いている。と、折から千鳥の鳴き声が聞える。冬牡丹に鳴く千鳥は雪のほととぎすとも称すべきものであろう〉ほととぎすは夏の牡丹の咲くころに鳴くものであるのを、このように言って軽く興じた句。当初に予定した旅を終えての、くつろぎの気味が見える。

あけぼのの白魚

八〈早朝に浜辺に出てみると、あたり一帯は、まだ薄明りのさしかけた曙《あけぼの》時である。その岸辺の網の白魚ばかりが鮮やかに白く、一寸の長さに輝いて目を射るばかりに際立って見える〉早暁の白魚の鮮烈な美しさを吟じて、さながら印象詩のごとくである。杜甫《とほ》の「白小《はくしよう》」の詩に「天然《てんねん》二寸《にすん》の魚《うを》」とあり、桑名地方の俗諺《ぞくげん》に「冬一寸、春二寸」のごときのあることを芭蕉が知っていたにしても、「しろきこと一寸」と言い切った緊迫した表現の印象の鋭さは独自のものである。なお、一寸は約三センチメートル。

熱田神宮——参詣《さんけい》

九 熱田神宮。

一〇 境内に祀《まつ》ってある摂社・末社。

七 冬牡丹《ふゆぼたん》千鳥《ちどり》よ雪のほととぎす

草の枕《旅寝》に寝飽きて、まだほの暗きうちに浜のかたに出でて、

八 あけぼのや白魚《しらうを》しろきこと一寸《いつすん》

九 熱田《あつた》に詣《まう》づ

社頭《社殿のあたり》大いに破れ、築地《ついぢ》《土塀》は倒れて草むらに隠る。かしこに縄《なは》を張りて一〇小社の跡をしるし、ここに石を据《す》ゑてその神と名乗る《何々の神と書いてある》。よもぎ・しのぶ《しのぶ草》心のままに《生え放題に》生《お》ひたるぞ、なかなかにめでたきよりも《かえって立派に整っているのよりも》心とどまりける。

一 しのぶさへ枯れて餅《もち》買ふやどりかな

名古屋に入る道のほど諷《ふう》吟す（吟詠する）

二 狂句《きやうく》木枯《こがら》しの身は竹斎《ちくさい》に似たるかな

三 草《くさ》枕《まくら》犬も時《し》雨《ぐ》るるか夜の声

雪見に歩《あり》きて

一〈荒廃した熱田神宮の境内は、生え放題の雑草の中の忍ぶ草まで冬枯れていて、昔を偲《しの》ぶよすがもない。かたわらの茶店で餅を買って昼飯としていると、眼前の衰微のさまが深刻な感慨となって胸に迫って来る〉歴史の年輪を重ねて荒廃衰微した姿の中に、かえって神秘の情を感得しての句。前出の後醍醐帝《ごだいごてい》の御廟《ごびょう》や不破《ふわ》の関跡における句と同じ系列の作。『熱田皺筥《あつたしわばこ》物語《ものがたり》』に「神前の茶店にて」と前書。即ち、「やどり」とは休息した茶店をさす。

名古屋に入る道中——竹斎に似たる身

二〈狂句を詠《よ》みながら、木枯しの吹きさらす中を、侘《わ》び姿で旅し続けるこの身は、思えば、あの狂歌を詠み興じつつ旅をした竹斎とそっくりであることよ〉「竹斎」とは、仮名草子《かなぞうし》『竹斎』の主人公の藪《やぶ》医者の竹斎であって、奇矯《ききよう》な言動の限りを尽し、狂歌を詠み興じつつ旅寝を重ね、江戸下向の途中に名古屋でも医を開業した。上五を「狂句木枯しの」と字余りにしたのは、狂歌師の竹斎に対して、俳諧《はいかい》を詠む自分のことを言ったのには相違ないが、それを狂句と称し、敢《あえ》て句中に詠み込んだところに、強烈な風狂の意識が見える。これは、今回の旅の体験によって獲得した芸境であって、蕉風俳諧史に一時期を画するものである。

犬も時雨るるか

三〈冬の夜の旅寝の侘《わび》しさがしみじみと身にしみる。と、かすかに犬の哀れげな鳴き声が枕もとに伝わって来る。ああ、犬

雪見——雪の笠

も冷たい時雨《しぐれ》に濡《ぬ》れそぼって、私と同じく眠れずにいるのか〉字余りにした中七の「犬も時雨るるか」に、哀切な独語めいた情感が表出されている。名古屋の旅宿での吟。

雪の朝——馬をさえ眺む

四〈町で色々の物を売買している人々よ、この私の笠を売ってやろう。雪の美しく積ったこの笠を、その雪を載せたままで〉雪ぐるみ笠を売ってやろうと言うところに、徹底した風狂の意識が見える。

五〈馬に乗って旅人が通る。その馬の姿までも、つくづくと興味深く眺められる雪中の朝景色であることよ〉雪中を馬で行く旅人の姿に、ふと新鮮な詩趣を感得しての吟。

海辺——ほのかに白し

六〈海原《うなばら》は夕暮れて一面に薄暗くなった。その中に餌《え》を求めて飛び立つ鴨の嗄《しわが》れ声が響く。その方を透かして見ると、なお海上に幽《かす》かな白さの漂っているのが見える〉「海暮れて」「鴨の声」と積み重ねて、更に「ほのかに白し」と海上に残る微光を表明した手法は甚《はなは》だ印象的。鴨の声を白いと言ったのではないが、さりとて「海暮れてほのかに白し」と続けてしまうと、海上の夕暮のさまの説明に堕してしまい、且つ鴨の声が主題であるかのごとき誤解を招く。芭蕉が感動したのは薄暮の海上の微光の神秘的な印象である。なお、鴨は夕暮から夜にかけて餌を求めて飛び立つ習性を持つ。

故郷——越年

四 市人《いちびと》よこの笠《かさ》売らう雪の笠

旅人を見る

五 馬をさへ眺《なが》むる雪の朝《あした》かな

海辺《うみべ》に日《一日を》暮して

六 海暮れて鴨《かも》の声ほのかに白し

ここに草鞋《わらぢ》を解き、かしこに杖を捨てて、旅寝《旅寝を続けつつ》ながらに年の暮れ

ければ、

一 年暮れぬ笠きて草鞋《わらぢ》はきながら

と言ひ言ひも、二 山家《やまが》に年を越えて、

三 誰《た》が聟《むこ》ぞ歯朶《しだ》に餅《もち》負《お》ふ丑《うし》の年

奈良に出づる道のほど

四 春なれや名もなき山の薄霞《うすがすみ》

一〈ついに今年も暮れ去ろうとしている。思えば、私は頭に笠をいただき足に草鞋をはいて、日々を旅に暮しつつ年末を迎えてしまったことだ〉年末に家郷に帰って心安らぐと共に、この一年間を回顧して、旅の俳諧師の境に徹して行く自己の姿を顧みた吟。

二 故郷の伊賀の国上野（三重県上野市）の家。当主は芭蕉の兄の松尾半左衛門。

三〈あれは何処《どこ》の家の聟であろうか。丑年の年頭の挨拶《あいさつ》にと、歯朶を添えた鏡餅を背負って、嫁を乗せた牛を追って行くのは〉故郷に帰って、歳旦に年礼として鏡餅を贈る古来の習俗を眺め、懐旧の情に駆《か》られての吟。従って、表現もそれに相応した古風を用いて、「負ふ」に「追ふ」、「丑」に「牛」を言い掛けている。芭蕉はそうした制作意識を、みずから「この古体《こてい》に人の知らぬ悦《よろこ》び有り」（『三冊子《さんぞうし》』）と語っている。

奈良への道中——春なれや

四〈余寒の中にも春はもうそこまで来ているのだなあ。見れば、名も知られぬ山々に薄霞がかかっている〉「春なれや」の「や」は詠嘆で、待望の春のおとずれを喜ぶ心の表白。それは古歌以来の風雅人の繰り返し表白する伝統的な抒情《じょじょう》を継承したものであるが、古来和歌に尊重する香具山《かぐやま》や佐保山《さほやま》などを言わずして、「名もなき山」としたことによって、新鮮な庶民の現実感覚に転じ、和歌の亜流たることを脱した。なお、この句は陰暦二月上旬ごろの作であるが、奈良近辺では二月十四日の修二会《しゅにえ》の行《ぎょう》（次句参照）が終るまで余

二月堂に籠《こも》りて[五]

水取りや氷の僧の沓《くつ》の音[六]

梅林

京《京都》に上《のぼ》りて、三井秋風《みつゐしうふう》[七]が鳴滝《なるたき》[八]の山家を訪《と》ふ。

梅白し昨日《きのふ》や鶴《つる》を盗まれし[九]

樫《かし》[一〇]の木の花にかまはぬ姿かな

伏見《ふしみ》西岸寺《さいがんじ》任口上人《にんこうしやうにん》[一一]に逢《あ》うて

寒厳しく、人々はその行《ぎよう》明けを待望した。

二月堂——水取り

五 奈良の東大寺の堂。毎年陰暦二月朔日《ついたち》から十四日まで修二会（水取り）の行法を行う。

六〈二月堂では、厳しい余寒を衝《つ》いて、今や水取りの行法の最中である。夜陰の堂の内陣からは、多くの行法僧の床板《ゆかいた》を踏み鳴らす激しい沓音が響いて、凍りつくような夜気を震わせる〉「氷の僧」とは、寒気を衝いて厳しい行法を行う僧をさす造語。行法僧の履《は》く沓は檜《ひのき》の厚板製で、行法中激しい音をたてる。「水取り」を季語としたのは新趣向。宗教的感動の吟。

京都——三井秋風の山家

七 通称、六右衛門。名、時治《ときはる》。富豪で且つ風雅人。

八 京都西郊の鳴滝にある山荘。

九〈鳴滝の秋風の山荘を訪《たず》ねると、折から白梅が咲き薫《かお》っている。しかし鶴の姿が見えない。宋《そう》の隠逸の高士《こうし》・林和靖《りんわせい》にそっくりな御主人だから、同様に鶴も愛育していられると思ったのに。さては、昨日鶴を盗まれなさったのかな〉主人の高逸を称揚した挨拶吟《あいさつぎん》。

一〇〈樫の木が、折から春の花盛りであるのにも無関心で、ひとり青々とそびえている。その素朴で超然とした姿は、さながら高逸なあなたのようである〉「かまはぬ」の語に意志性を表出し、「樫の木」に主人の秋風の風格を託して称揚した挨拶吟。

伏見——西岸寺任口

一一 西岸寺三世住職宝誉《ほうよ》上人。「任口」は俳号。

一 わが衣《きぬ》に伏《ふし》見《み》の桃《もも》の雫《しづく》せよ

大津に至る道、山路《やまぢ》を越えて

二 山路来て何やらゆかし菫《すみれ》草《ぐさ》

湖水《琵琶湖》の眺《てう》望《ばう》

三 辛《から》崎《さき》の松は花より朧《おぼろ》にて

大津への道中――菫草

琵琶湖《びわこ》――辛崎の松

一〈私の衣に伏見の桃の露を滴《したた》らせ給え〉任口上人《にんこうしようにん》に対する挨拶吟《あいさつぎん》。上人は当時八十歳の高齢（翌年寂）で、句には上人に対する敬慕と徳化希求との心が込められている。桃は伏見の名産。

二〈山路を辿《たど》って来て、ふと気付くと、路傍に可憐《かれん》な菫草が咲いている。このような山路で、無心に清純な花を咲かせているのを見ると、理由もなく心が引きつけられてしまう〉芭蕉の親友の山口素堂《そどう》は、『野ざらし紀行』の序文中に、「山路来ての菫、道ばたの木槿《むくげ》こそ、この吟行（『野ざらし紀行』）の秀逸なるべけれ」と称讃《しようさん》している。それより察するに、この句は、前掲の木槿の句（二七頁参照）と同様に、意識・心情の深さから、平凡な自然現象の中に、かえって純粋で深遠な自然の生命を感得した作品であることがわかる。

三〈湖上はるかに遠望される辛崎（唐崎）の老松は、折から湖岸に咲き競っている桜よりも、更に一層おぼろげに霞《かす》んで見えて、まるで夢の世界のようである〉『去来《きよらい》抄』『雑談《ぞうたん》集』などに記録するところによれば、この句は理屈を排して自己の情感を率直に表白した即興感偶の吟詠で、芭蕉の得意作であった。「にて」留《ど》めは発句《ほつく》の体《てい》でないとて論議を呼んだが、芭蕉は自己の心懐に即した表現として譲らなかった。なお、芭蕉の湖畔の春景に対する感動の奥には、近江朝《おうみちよう》以来の古歌の心象が重なっている。

水口――二十年来の故人

四〈実に二十年を隔てて、奇《く》しくも旧友と再会し得た。まことに感無量で、命あってこそのことである。その我々二人の喜びを象徴するかのごとく、折から桜は生き生きと満開である〉上五《かみ》の字余りに深い感動を託する。且つ、西行《さいぎよう》の歌「年たけてまた越ゆべしと思ひきや命なりけり小夜《さよ》の中山《なかやま》」（『新古今和歌集』）の感慨をも踏まえる。なお、ここに再会した旧友は、後に伊賀蕉門の重鎮となった服部土芳《はつとりどほう》で、藤堂《とうどう》藩士の身分を捨てて、芭蕉門下として俳諧《はいかい》に専念すべく馳《は》せつけたものである。まさしく両人の命の触れ合いである。

道づれの僧――穂麦喰わん

五〈さあ、それでは、これから道づれとなって、いっしょに穂麦に飢えをしのぎながらの貧しい旅を続けよう〉旅の同行を乞《こ》われたのに答えた句で、同志を得ての喜びの情が表出されている。穂麦はそのまま食えるものではないが、それによって貧しい旅であることを詩的に具象化した。

六 鎌倉の円覚寺百六十三世住職。貞享《じようきよう》二年正月三日に他界。享年五十七。其角《きかく》（二一頁注九参照）の参禅の師であった。俳号、幻吁《げんく》。

大顚和尚の遷化を悼《いた》む

七 高僧の死ぬこと。

水口《みなくち》にて、二十年を経て故人《旧友》に逢《あ》ふ

四 命《いのち》二つの中に生きたる桜かな

伊豆《いづ》の国蛭《ひる》が小島《こじま》の桑門《さうもん》《僧》、これも去年《こぞ》の秋より行脚《あんぎや》しけるに、わが名を聞きて、草の枕《まくら》《旅寝》の道づれにもと、尾張《をはり》の国まで跡を慕ひ来たりければ、

五 いざ共に穂《ほ》麦《むぎ》喰《くら》はん草枕

この僧、予に告げていはく、円覚寺《ゑんがくじ》の六大顚和尚《だいてんをしやう》、今年《ことし》睦月《むつき》《正月》の初め七遷化《せんげ》したまふ由。まことや《まるで夢のような》夢の心地せらるるに、まづ道より其角《きかく》が

もとへ申[一]しつかはしける。

梅[二]恋ひて卯《う》の花拝む涙かな

杜《と》[三]国《こく》に贈る

白《しら》[四]芥《げ》子《し》に羽《はね》もぐ蝶《てふ》の形見かな

ふたたび桐葉子《とうえふし》[五]がもとにありて、今や東《あづま》に下らんとするに、

牡《ぼ》[六]丹《たん》蘂《しべ》深く分け出づる蜂《はち》の名残《なごり》かな

一　四月五日付の其角《きかく》宛芭蕉書簡。書中に次のごとく記す。「尾陽《びやう》熱田に足を休むる間《あひだ》、ある人われに告げて、円覚寺《あんがくじ》大顛和尚《だいてんをしやう》、ことし睦月《むつき》のはじめ、月まだほの暗きほど、梅のにほひに和して遷化したまふ由、こまやかに聞えはべる」。

二　〈梅花咲きにおう中に遷化された大顛和尚の、白梅にも比すべき高徳を慕いつつ、折から眼前に咲く白い卯の花を拝して、悲しみの涙を流すことである〉この句を評して、『三冊子《さんぞうし》』に、「その人を梅に比して、ここに卯の花拝むとの心なり」と言う。

三　坪井《つぼい》氏。名古屋の蕉門。芭蕉の「狂句木枯しの」の句（三六頁参照）を巻頭に据《す》える『冬の日』五歌仙の連衆《れんじゅう》の一人。芭蕉の愛弟《まなで》子《し》で『笈《おい》の小文《こぶみ》』の旅に随行する（七六頁参照）。

杜国に留別

四　〈愛すべき白芥子の花に、おのれの羽をもぎ残して、それを蝶は花への形見とすることよ。そのように、私はあなたとの別離の悲しみに堪えがたい〉一句全体が、杜国を白芥子に、芭蕉自身を蝶に擬しての詩的虚構の世界であるが、「羽もぐ蝶」なる比喩《ひゆ》は哀切にして且つ一種華麗な情感を伴う。なお『笈の小文』や『嵯峨《さが》日記』にも、芭蕉の杜国に対する並み並みでない愛情が語られている。

桐葉に留別

五　林七左衛門。「子」は親愛の意を表す添字。熱田の郷士《ごうし》。芭蕉は、この紀行の旅中、熱田神宮参詣《さんけい》（三五頁参照）の折に既に一度彼の家に泊っているので、「ふたたび」と言った。

甲斐《かひ》の山中に立ち寄りて、

甲斐——宿泊

七 行く駒《こま》の麦に慰むやどりかな

八 卯月《うづき》の末、庵《いほり》に帰りて、旅の疲れをはらすほどに、

深川の芭蕉庵——帰庵

九 夏衣《なつごろも》いまだ虱《しらみ》を取り尽さず

六〈牡丹の蘂の奥深くから、花弁を掻《か》き分けて出て来た蜂は、甘い蜜に酔って飛び立ちがたく、如何《いか》にも名残惜しげであることよ。そのように、私はあなたの厚遇に満ち足りて、立ち去りがたい思いである〉前出の杜国への留別吟と同様に、一句全体が、桐葉を牡丹に、芭蕉自身を蜂に擬しての詩的虚構の世界であるが、「蘂深く」と言い、「名残かな」と結んだところに、桐葉の心を込めた厚遇のほどと、芭蕉のそれに対する感謝・満足の気持とが表出されている。

七〈名馬を産するこの甲斐の山中では、旅行く馬もいたわられて麦の馳走に満ち足りている。そのような心の和《なご》む土地柄の、まことに長閑《のどか》な宿りであるよ〉長途の旅もいよいよ終りに近付き、心の安らぎを感じさせる吟。特定の人への挨拶《あいさつ》や観想の意は託していない。

八 陰暦四月。

九〈深川《ふかがわ》の芭蕉庵に帰り着いて旅疲れを休めているが、旅中の夏衣もまだそのままで、道中で拾って来た虱も取り尽していない〉帰庵しての安堵《あんど》から、旅の疲労が俄《にわ》かに出て、万事を放置している状態。野ざらしともならず無事に帰庵したが、芭蕉としては最初の文芸意識の長旅を行い、雅俗両面における心身の疲労は大きかったに相違ない。しかし、これによって旅の俳人としての自覚を固めることになった。なお、虱は漢詩などに隠者の風格を現すものとして扱う。

八、山岸半残《はんざん》（重左衛門《ぢゅうざゑもん》）宛書簡

貞享二年正月二十八日・四十二歳

一の文《一枚目の用紙》

芭蕉子[一]

半残雅《が》[二]丈《ぢやう》　正月廿八日

[三]御《ご》細翰《さいかん》かたじけなく拝見致し候《さうらふ》。御清書《御清書の句稿》うけとり申し候。先日了簡《れうけん》[四]残り候句ども、残念にて《気がかりで》、その後いろいろ工夫致し候て《考えをめぐらして》、大かたは聞きすゑ《合点が行き》、珍重に《結構な作品と》存じ候へども、少しづつのてには《語法》通ぜざる所ども、愚意に落ち申さず《私には理解いたしかねます》候。句々、秀逸妙々の所、捨て難き所々これ有り候へども、しかと《正確に》分明《ぶんみやう》ならず候あひだ、御残り多く《大いに気がかりで》、江戸まで持参、かれこれにも聞かせ申すべく《江戸の門人たちにも読み聞かせてみましょう》候。

＊この一書は、故郷の伊賀の国上野の門人半残から送って来た作品に対して、その批評・指導をした返書である。その内容には、特に注目すべき事柄が二つある。その一つは、このように他人の作品に対して批評の筆を取ることは好まぬから以後は辞退すると言っている点であり、もう一つは、手本とすべきは李《り》白《はく》・杜甫《とほ》・定家《ていか》・西行《さいぎやう》の作品であって、天和《てんな》期《き》以来世上に流行の漢詩文調を拒否している点である。芭蕉のこの二つの主張は生涯変らない。ところで、この書簡の執筆は、『野ざらし紀行』の旅の途次の帰郷中のことであって、且つ、半残の住む玄蕃町《げんばちよう》と芭蕉の滞在する赤坂町《あかさかちよう》とは近隣である。それに敢《あえ》て書簡を認《したた》めたのは、藤堂玄蕃《とうどうげんば》の家臣の彼は藩命で他国滞在中であったのであろう。同じく藤堂藩士の土芳《とほう》が帰郷中の芭蕉に会えなくて水口《みなくち》の宿《しゅく》まで追って出た（四一頁注四参照）のも、藩命で他国に出張滞在していたためであった。なお、当時の伊賀俳壇はなお貞門《ていもん》の古風の天下であったが、武家の土芳や半残などによって蕉風の種の蒔《ま》かれつつあったことが知られて興味深い。

一 自称に添える「子」は卑下の意。
二 男性に対する尊称。
三 詳細な内容の御手紙。
四 思案に余った句。よく理解できなかった句。

△「海士《あま》の蚊屋《かや》」[五]　「螢《ほたる》の夜」[六]と申す所にて、聞きまがひ候（意味を判断しかねました）。

△「京の砧《きぬた》」[七]　御講釈の上にて（あなたの説明によって）、あらかた聞え申し候（理解できました）。これは（この句は）、さも御座有るべく候か（あなたの説明通りとも言えましょうか）。

一、「禰宜《ねぎ》が桜」[八]は、しかも（たしかに）珍重秀逸[九]に候。祇園か賀茂などにて（祇園か賀茂などの格の高い神社）これ有り候へば、名句に有るべく候。一《いち》[一〇]の宮《みや》の景気移りかね候て（情景にふさわしくなくて）、判じ残し候。

　禰宜ひとり人は桜のまばらかな[一一]

と申すにて、一の宮の景気は尽し候はんか。されども、句の景[一二]は遥《はる》かに劣り申し候。

二の文（二枚目の用紙）

△「あれをのこ」[一三]　自他明らかに聞え難く候（自分のことか他人のことか判断しかねました）。自分の句に言ひ[一四]究《きは》め候はば、秀逸たるべく候。

五　半残の句稿中の一句。但し、句の全形は不詳。
六　「螢の夜」は恐らく句中の語。
七　半残の句稿中の一句。但し、句の全形は不詳。
八　半残の句「烏帽子《えぼし》着て宜禰《ぎね》が桜のまばらかな」（『小柑子《しょうこうじ》』）を指す。「宜禰」は「禰宜」と同意語。
九　俳諧《はいかい》用語で、最高の優秀作を「秀逸」、それに次ぐ佳作を「珍重」と称する。両語を重ねたのは、非常に賞讃《しょうさん》したもの。
一〇　伊賀の国の一の宮。敢国神社《あえのくにつのじんじゃ》。
一一　半残の句を芭蕉が改作したもの。改作の焦点は、半残の句の上五《かみ》「烏帽子着て」を捨てた点にある。その理由は、それが一の宮のごとき田舎《いなか》の神社に不似合であるため。
一二　一の宮の情景を詠《よ》んだのであれば私（芭蕉）の改作のごとくしないと不似合だが、しかしながら、そのように改めると、句に表現した情景そのものは、はるかに平凡なつまらぬものになってしまう、との意。
一三　半残の句稿中の一句。但し、句の全形は不詳。
一四　「あれをのこ」の「をのこ」とは自分（作者半残自身）のことを言っている句であると、はっきりわかるように表現なさったら、との意。

△帰路[一]

横[二]に乗っていづく外山《とやま》の花に馬子《まご》

△珍重珍重。風景の感、春情尽し候。「夜話四睡《やわしすい》」[三] これまた珍妙《結構な作》。一体おとなしく候《句作りに無理がありません》。そのほか二句、とくと追つて考へ申すべく候《念を入れて更に後ほど》。先づ[四]判詞むつかしく《誠に他人の句に判詞を書くことは煩わしく》、気の毒なる事《気詰りな事が》多く御座候ゆゑ、点筆を染め申す事《句を批評する筆をとる事は》はまれの事に御座候あひだ、重ねて御免なされくださるべく候《私に再度句評を求めることは御断り申し上げたい》。

一、江戸句帳など《江戸俳人の撰集などは》、なま鍛へなる《修錬の不足な》句、あるいは言ひたらぬ《表現の不完全な》句ども多く見え申し候を、もし手本と思し召し御句作なされ候はば、いささか違ひも御座有るべく候《見当はずれともなりましょう》。『みなし栗』[五]なども、さたの限りなる《言語道断の拙劣な》句ども多く見え申し候。ただ、李《り》[六]・杜《と》[七]・定家《ていか》[八]・西行《さいぎやう》[九]の御作など、御手本と御心得なさるべく候。先づ《ともかくも》この度の御句ども、江戸へ持参候て、よき句帳も出来《しゅったい》候はば《撰集出版の折には》、加入申すべく候《入集いたしましょう》。御了簡も御座候はば《公表しないとのお考えでしたら》、もつとも延引仕《つかまつ》るべく候《その場合には》。

一 次の半残《はんざん》の句の前書《まえがき》。
二 半残の句稿中の一句。〈馬子が馬に横乗りしてのんびりと通る。どのあたりの外山（浅い山）の花に花見客を送り届けての帰りなのだろうか、この馬子は〉。
三 半残の句稿中の一句。恐らくその前書であろう。豊干《ぶかん》と虎《とら》、寒山《かんざん》と拾得《じつとく》の四者の熟睡のさまを描いたのを四睡の図と言う。それを素材にした作品であろう。
四 以下の一文は、再度の句評を断ったもの。芭蕉は当時の俗俳の営利的批点活動を嫌悪《けんお》し、それらと同様に考えられることを警戒していた。（解説参照）
五 俳諧《はいかい》撰集。其角《きかく》編。天和《てんな》三年刊。当時流行の漢詩文調の代表的な撰集。漢詩文調は、芭蕉も一時傾倒したところであるが、この書簡を認《したた》める貞享《じょうきょう》二年当時には、既にそれから脱却していた。ただ、漢詩文の形骸《けいがい》を模倣して奇を衒《てら》うのは拒否したが、漢詩の詩情性は和歌の風雅と共に終生尊重した。（解説参照）
六 李白《りはく》。唐の代表的詩人。酒を愛して奇行多く、その詩は高妙清逸の趣がある。
七 杜甫《とほ》。李白と併称される唐の代表的詩人。世相詩に長じた。（二七頁注三参照）
八 藤原定家。『新古今和歌集』の代表的歌人で、且つその撰者の一人。
九 西行法師。『新古今和歌集』の代表的歌人で、芭蕉は終生最も敬愛した。前掲の『野ざらし紀行』の旅中にも、その遺跡に立ち寄っている。（二八頁九行〜二九頁一行・三二頁四行〜三三頁一行参照）

九、自《じ》得《とく》の箴《しん》

貞享二年十二月・四十二歳

貰《もら》うて喰《くら》ひ、乞うて喰ひ、やをら《どうにか》飢《かつ》ゑも死なず《飢えて死ぬこともなく》、年の暮れければ、

一〇 めでたき人の数《かず》にも入らむ老《おい》の暮《くれ》

＊この一篇は貞享二年歳暮の作であるが、当時の芭蕉の切実な心境の表白であったと見えて、その翌年にかけて数種の真蹟を書き残している。その間に多少の異同はあるが大差なく、ここには『栞《しおり》集《しゅう》』の「あつめ句」によって掲出した。芭蕉の場合、「貰うて喰ひ、乞うて喰ひ」とは決して単なる比喩ではなく、この句文の真蹟懐紙の何枚かは、人に呈することによって、現実に食糧などになったのではないかと考えられる。しかし、この清貧は、営利的な点取俳諧を拒否した芭蕉の敢《あえ》て選んだ生活（解説参照）であって、この句文にも悲愴感《ひそうかん》はなく、貧しさを友とする安らぎが見える。ただ、「自得の箴」（自戒反省の短文の意）という題は芭蕉自身が用いたようであるので、年末に当って自己の生活態度を反省し、覚悟を新たにする意識はあったものと思われる。その点、この句文は一見興じているようであって、その実、底に真面目《まじめ》で真剣な息吹《いぶ》きが感じられる。

一〇〈さあ、いよいよ今年も暮れた。私も人なみに、めでたく新年を祝う人々の仲間に入ろう。思えば、全く人々の情にすがって迎えたこの老年の歳末であるが〉四十歳を初老と言い、当時は実際に老人の扱いであった。

一〇、垣《かき》穂《ほ》の梅

推定・貞享三年春・四十三歳

[一]ある人の[二]隠《かく》れ家《が》を訪《たづ》ねはべるに、あるじは（主人は）寺に詣《まう》でけるよしにて、年老いたる男《をのこ》ひとり、庵《いほり》を守りゐける（留守番をしていた）。垣穂に梅さかりなりければ（垣のあたりに梅が満開だったので）、「これなむあるじ顔なり」（この梅こそまるで主人のようだ）と言ひけるを、かの男、「よその垣穂にてさうらふ」と言ふを聞きて、

[三]留《る》守《す》に来て梅さへよその垣穂かな

＊この一篇は、貞享《じようきよう》四年秋執筆の真蹟集中にあり、且つ、その文章の特色より考えて、貞享三年春の作品と推定し、ここに置く。「留守に来て」の句には、『蕉翁句集』などに「浅草《あさくさ》ある人の庵にて」と前書《まえがき》を付ける。従って、深川《ふかがわ》からほど遠からぬ浅草の知人の庵を、格別重要な用件もなく訪問した折の体験に基づく作であろう。軽くユーモラスに興じ、その文体には『徒然草《つれづれぐさ》』の逸話を連想させるものがある。一種の風狂ではあるが、もはや『野ざらし紀行』以前のごとき切実深刻な緊迫感はなく、軽快でおだやかな興趣を楽しんでいる。

一 実際に知人を訪問したのであるが、「ある人」として名を記さないのは、王朝以来の朧化《ろうか》表現の手法に倣《なら》ったもの。

二 俗世間を離れて、ひっそりと住んでいる庵。

三 〈運わるく留守に訪ねて来て、それでは垣のあたりに満開の梅でも主人と思って賞翫《しようがん》しようかと思ったら、なんとまあ、この梅までもがよその垣の梅なんだそうな〉「垣穂」とは、古くは垣根に対して垣の上部をさして言ったが、ここではその区別意識はない。

一一、四《し》山《ざん》の瓢《ひさご》

推定・貞享三年秋・四十三歳

瓢《ひさご》の銘《めい》四　　山《さん》素《そ》堂《だう》五

六一瓢《いっぺう》は黛山《たいざん》よりも重く　自《みづか》ら笑つて箕山《きざん》と称す
首陽《しゅやう》の餓《うゑ》に慣《なら》ふことなかれ　這《こ》の中に飯顆山《はんくわざん》あり

七顔公《がんこう》の垣穂に生《お》へるかたみ《生えていた瓢のかたみ》にもあらず、八恵子《けいし》が伝ふ種にしもあらで、我に一つの瓢あり。これをたくみにつけて《工匠に依頼して》、花入るる器《うつは》にせむとすれば、大にしてのりにあたらず《大きすぎて物差しに合わない》。九小竹筒《ささえ》に作りて、酒を盛らむ《入れよう》とすれば、かたち見る所なし《形に取り立てた趣もない》。ある人のいはく、「草庵のいみじき《大事な》糧《かて》入るべきものなり」と。まことに一〇蓬《よもぎ》の心あるかな。やがて用ゐて《そこで早速米入れに使って》、

＊芭蕉が親友の山口素堂に、深川の庵の瓢に命名を乞《こ》い、一篇の漢詩を贈られた。そこで、その漢詩に基づいて瓢を「四山」と名付け、この一篇を作った。冒頭の詩が素堂の贈った作で、芭蕉はそれに続けて句文を記している。深川に隠棲《いんせい》した当初の作品に見られた厳しい孤独の意識に比べると、同じ草庵の侘《わ》び住まいでありながら、このころの作品には、草庵生活に安住し日常を楽しむ安らぎの感が顕著である。徹底することによって生じて来た心のゆとりであろう。

四 器物などに記して、その来歴や功績を示す詩文。

五 山口素堂の略記。(四〇頁注二参照)

六 〈この一つの瓢は大きな黛山(泰山《たいざん》)よりも重く、高潔の士の隠栖した山の名を好んで箕山(三二頁注八参照)と自称する。しかし伯夷《はくい》・叔斉《しゅくせい》が義を守って餓死した首陽山(三二頁注七参照)の真似《まね》などするなよ。この瓢の中には飯の山があるのだから〉。

七 孔子《こうし》の高弟の顔回《がんかい》。『論語』に「一箪《いったん》の食《し》、一瓢《いっぺう》の飲《いん》、陋巷《ろうかう》に在り。人は其の憂《うれへ》に堪へず。回や其の楽しみを改めず。賢《けん》なるかな回や」とあるのをさす。

八 魏《ぎ》の宰相。『荘子』に恵子が王から大瓢《おおひさご》の種を贈られて五石《こく》も入る実がなった話のあるのをさす。

九 携帯用の酒入れ。竹筒で作る。

一〇 胸中に小智雑念のはびこるのを、『荘子』に「蓬の心」と言うによる。米入れとするに気付かなかったことを、徒《いたずら》に小智をめぐらした結果と恥じて言った。

隠士素翁《素堂》に乞《こ》うて、これが名を得さしむ《この瓢の名を付けてやった》。その言葉は右に記《しる》す。その句みな山をもつて送らるるがゆゑに、四山《しざん》と呼ぶ。中にも飯顆山《はんくわざん》は老杜《杜甫》の住める地にして、李白《りはく》がたはぶれの句あり。素翁、李白に代りて、わが貧を清くせむとす。且つ、むなしき時は《米がなく瓢がからの時は》、ちりの器となれ《ちりの積るにまかせよう》。得る時《米の有る》は一壺《いっこ》も千金《千金のねうちがあり》をいだきて、黛山《たいざん》もかろしとせむことしかり。

もの一つ瓢《ひさご》はかろきわが世かな

芭蕉桃青《たうせい》書

芭蕉

一 素堂《そどう》の銘の詩は、四句とも山を詠《よ》み込んでいる。

二 李白（四六頁注六参照）が杜甫《とほ》（四六頁注七参照）にたわむれて贈った詩に、「飯顆山前、杜甫に逢《あ》ふ」（『円機活法《えんきかつぽう》』）とあるのによる。「飯顆」とは飯粒《めしつぶ》の意。

三 注二の詩で、李白が杜甫に対して、飯粒がねばり付くように物事に執着するなと揶揄《やゆ》しているのを踏まえて、素堂から瓢の銘の詩を贈られたことを言った。

四 「壺《こ》」とは瓢のこと。難船した時は「一壺も千金」との諺《ことわざ》（原出典『鶡冠子《かつかんし》』）による。

五 素堂の銘の詩の冒頭に「一瓢《いっぺう》は黛山よりも重く」とあるのに応じ、首尾一貫させている。文末の「しかり」は、素堂の言に賛意を表し、合点した言葉。

六 〈私の草庵にあるものとては、ただ一つの瓢ばかり。その瓢も、入れるべき米が無くて、いつも軽やかな状態であるといったような、そのような身軽な私の草庵生活であるよ〉瓢に入れるべき米も無い生活を、貧しいものとして嘆くことなく、かえって身軽と喜ぶところに、草庵生活の日々も旅のそれと本質的に異ならないとする観念が見える。且つ、彼の旅の本意は乞《こつ》食行脚《じきあんぎや》にある（四一頁注五参照）。

七 芭蕉の別号。（一九頁注七参照）

＊この作品は、天和《てんな》元年ごろの吟に、それより五年後の貞享《じようきよう》三年ごろに至って、文章を添えて一篇に仕立てたものと推定されるが、一応ここに置く。まず、かかる吟が深川《ふかがわ》に隠栖《いんせい》した翌年に詠《よ》まれたことは、芭蕉の隠栖の心境が旅寝のそれと本質的に異ならぬものであったことを示す。そして、後年に至ってこのような一篇に仕立てたことは、現実に旅を体験して彼の人生即旅泊の意識が益々切実となっていたことを証する。しかも、この文章に見られる明るい風狂性は、『野ざらし紀行』の旅の体験を経た上で獲得し、身についた俳境と言えよう。

八『徒然草《つれづれぐさ》』に「よき細工は少しにぶき刀を使ふといふ。妙観《めうくわん》が刀はいたくたたず」とあるによる。妙観は摂津の勝尾寺《かつおでら》の観音像を刻んだ名工と伝える。

九『竹取物語』に登場する竹取《たけとり》の翁《おきな》。

一〇 渋柿《しぶがき》から採取した防腐性塗料。

一一 西行法師の侘《わび》しい旅の笠。旅笠を傍《かたわら》に富士山を眺める西行法師の後姿は、好んで画題とされ、「富士見西行」と称された。

一二 蘇東坡《そとうば》（宋の詩人）が雪空にかぶる笠。馬上に笠をかぶった蘇東坡が雪中を行く図は画題とされた。

一三 東歌《あずまうた》「みさぶらひみ笠と申せ宮城野の木《こ》の下露は雨にまされり」（『古今和歌集』）を踏まえる。

一四 遠い呉の国の雪空の下を旅しよう。『詩人玉屑《ぎよくせつ》』に「笠は重し呉天の雪」とあるのを踏まえる。

一二、笠《かさ》の記

推定・貞享三年秋・四十三歳

草の扉《とぼそ》《草庵》に独りわびて、秋風のさびしき折々、[八]妙観が刀を借り《妙観の刀さばきをまねし》、[九]竹取の巧みを得て《手さばきにならって》、竹をさき、竹をまげて、みづから笠作りの翁《おきな》と名乗る。巧み《細工》拙《つたな》ければ、日を尽して《日数をかけても》成らず、こころ安からざれば《思いわずらっていらいらするので》、日をふるにものうし《日がたつにつれて気が重くなる》。朝《あした》に紙をもて張り、夕べにほしてまた張る。[一〇]渋といふ物にて色を染め、いささか漆《うるし》をほどこして堅からん事を要す《堅くなるようにする》。二十日《はつか》過ぐるほどにこそ、ややいできにけれ《ようやくできあがった》。笠の端《は》の斜めに裏に巻き入り、外に吹き返して《そりかえって》、ひとへに《まったく》荷葉《かえふ》《蓮の葉》の半ば開くるに似たり。規矩《きく》の正しきより《寸法正しく作ったのより》、なかなかをかしき姿なり《かえって面白い姿である》。[一一]かの西行《さいぎやう》の侘笠《わびがさ》か、[一二]坡翁雪天《はをうせつてん》の笠か。いでや[一三]宮城野《みやぎの》の露見にゆかん、[一四]呉天《ごてん》の雪に杖《つゑ》を曳《ひ》かん。一霰《あられ》に急ぎ時雨《しぐれ》を待ちて、そぞろにめでて《たまらなく旅心をそそられて》、殊《こと》に興ず《心が浮き立つ》。興中にはかに感ずる事あり。ふたたび二宗祇《そうぎ》の時雨にぬれて《共感して》、みづから筆をとりて、笠《かさ》のうちに書き付けはべりけらし三。

四世にふるも更《さら》に宗祇のやどりかな　　桃《たう》青《せい》書

一 霰が降ると、早くこの笠をかぶって旅に出たいものだと気が急《せ》き、また、時雨の中をこの笠をかぶって旅をしたいものだと、その降るのを待ちわびて。

二 宗祇が、人生を時雨の仮の宿りのごときはかなく侘《わび》しいものと観じ、「世にふるも更に時雨のやどりかな」と吟じたのを、追懐し共感して。（注四参照）

三 句を書き付ける自己の行為を感動的に述べた。推量の意味はない。

四 〈宗祇は人生を時雨の宿りのごとくはかなく侘しいものと言ったが、私は更にそのはかなく侘しい人生を、宗祇の心を心として侘び住まいをすることだ〉注二の宗祇の句を踏まえ、「時雨」を「宗祇」と改めたのみで、宗祇の人生観に対する切実な共感を表明した。なお、宗祇の句は、二条院讃岐《さぬき》の歌「世にふるは苦しきものを槇《まき》の屋《や》に易《やす》くも過ぐる初時雨かな」（『新古今和歌集』）を踏まえる。宗祇は中世の代表的な連歌師で、各地の豪族をたよって漂泊の旅を続けた。芭蕉はそれを理想化して敬慕していた。「世にふる」の「経《ふ》る」は、時雨の「降る」に言い掛ける。

一三、雪《ゆき》丸《まる》げ

貞享三年冬・四十三歳

[五]曽良何某《そらなにがし》は、このあたり近く《深川の芭蕉庵の近くに》、仮に居《きよ》をしめて、朝な夕なに訪《と》ひつ訪はる。我くひ物いとなむ時は《私が食事のしたくをする時は》、柴《しば》折りくぶる助けとなり、茶を煮《に》る夜は、来たりて[六]氷をたたく《氷を砕き破る》。性《性情は》隠閑を好む人にて、[七]交り金《まじはりこがね》を断つ。ある夜、雪を《雪の中を》訪はれて、

[八]きみ火をたけよき物見せむ雪丸げ　　ばせを

＊この作品も、深川《ふかがわ》の草庵における芭蕉の生活情況を伝えるものとして興味深い。隠逸《いんいつ》の草庵生活であり、侘び住まいには相違ないが、その風狂の俳境のいよいよおおらかに明るくなっている点が目をひく。

五　江戸蕉門の一人。芭蕉の『鹿島詣《かしまもうで》』や『おくのほそ道』の旅に随行した。『おくのほそ道』には、「曽良は河合《かあひ》氏にして、惣五郎《そうごらう》といへり。芭蕉の下葉《したば》に軒を並べて、予が薪水《しんすい》の労を助く」（一一〇頁参照）とある。

六　「冬夜、氷を破つて茶を煮る興」（寛文五年刊仮名草子『よだれかけ』）、「童子、氷を敲《たた》いて夜茶を煮る」（元唐卿の「雪夜僧を訪ふ」の詩）などによる語。

七　断金《だんきん》の交りを結ぶ。親友として交る。『易経《えききょう》』に「二人心を同じうすれば、その利《と》きこと金《こがね》を断つ」とあるによる語。

八　〈君は囲炉裏《いろり》の火を絶やさぬように焚《た》きくべながら見ていなさい。これから私は面白いものを作ってお目にかけよう。それは雪丸げなのだ〉親しい友の来訪を、純真に子供のように喜ぶ気持が、会話調の弾《はず》んだ表現で、よく生かされている。「雪丸げ」は、雪をまるめ転がして、大きな塊《かたまり》としたもので、雪の日の子供の好む遊び。「雪まろげ」とも言う。

一四、深川《ふかがは》の雪《ゆき》の夜《よ》

貞享三年冬・四十三歳

あら物ぐさの《何とまあ私は》翁《おきな》や。日ごろは《ふだんは》人の訪《と》ひ来るもうるさく、人にもま《お目》みえじ《にかかるまい》、人をも招かじ《招くまい》と、あまたたび《何度も》心に誓ふなれど《誓うけれども》、一月の夜、雪の朝《あした》のみ《ばかりは》、友の慕はるるも二わりなしや《何とも困ったことだ》。物をも言はず、ひとり酒のみて、心に問ひ心に語る。庵《いほり》の戸おしあけて、雪をながめ、または盃《さかづき》をとりて、筆を染め《〔酒興にまかせて〕》筆を捨つ。三あら物ぐるほしの翁や《何とまあ私は狂気じみた老人であることよ》。

四酒のめばいとど寝られね夜の雪

＊この作品は、一般に「閑居の箴《かんきょのしん》」の題名で通っているが、それは後年に支考《しこう》が『本朝文鑑《ほんちょうぶんかん》』に採録する折に名付けたものと考えられる。従って、芭蕉生前の元禄四年刊『勧進牒《かんじんちょう》』所収の句に付した前書《まえがき》「深川の雪の夜」を以て題名とする。その方が、深川の芭蕉庵に侘《わ》び住まいする芭蕉の心境を表白した内容にも適合している。隠栖《いんせい》独居の侘びをこよなく愛する一方、月雪の風雅の折には語るべき友恋しさの情も止《や》みがたい芭蕉の心境が、ありのままに語られている。「箴」と称するような反省や自戒の意識は存しない。

一 白楽天の詩に「雪月花《せつげつくわ》の時は最も君を憶《おも》ふ」(『和漢朗詠集』)とあるのを踏まえるか。但し、月雪に友を恋うるは風雅の常道で、限定しがたい。

二 「わりなし」は芭蕉の慣用語で、道理を超《こ》えて止むに止まれぬ切実な心情を託して用いている。

三 『徒然草《つれづれぐさ》』序段に、「そこはかとなく書きつくれば、あやしうこそ物ぐるほしけれ」とあるのを踏まえる。

四 〈ひとり雪に興じて酒をのむと、ますます友を慕う思いがつのって、寝られない夜ふけの雪であるよ〉「寝られね」の「ね」は打消の助動詞「ず」の已然形で、共に語るべき風雅の友を慕う情がこめられている。

一五、鹿島詣《かしままうで》

貞享四年八月・四十四歳

[五]洛《らく》の[六]貞室《ていしつ》、須磨《すま》の浦の月見に行きて、「[七]松陰《まつかげ》や月は三五夜中納言《さんごやちゅうなごん》」と言ひけむ《句を吟じた》狂夫《きやうふ》の昔も《風狂な人の昔の行いも慕わしくて》なつかしきままに、この秋、鹿島の山の月見んと思ひ立つことあり。ともなふ人《同行する人》ふたり、[八]浪客《らうかく》《浪人》の士ひとり、ひとりは《もう一人は》[九]水雲《すいうん》の僧《旅僧》。僧は烏《からす》のごとくなる墨のころもに、三衣《さんえ》の袋《ずだ袋》を襟《えり》にうちかけ、[一〇]出山《しゆつざん》の尊像《そんざう》を厨子《づし》に崇《あが》め入れて《丁重に納めて》うしろに背負《せお》ひ、[一一]拄杖《しゆぢやう》ひき鳴らして、[一二]無門《むもん》の関《くわん》も障《さは》るものなく、天地《あめつち》に独歩して出でぬ。いま《更に》ひとりは《もう一人のこの私は》、僧にもあらず俗《俗人》にもあらず、[一三]鳥鼠《てうそ》の間《かん》《鳥とも鼠ともつかぬ蝙蝠》に名をかうぶりの《蝙蝠のようで》、鳥なき島《鹿島》にも渡りぬべく、〔庵の〕門《かど》より舟に乗りて、行徳《ぎやうとく》といふところに至る。舟をあがれば、馬にも乗らず、細脛《ほそはぎ》の力をためさんと、

＊『野ざらし紀行』の旅から江戸に帰って二年余りして、芭蕉は月見を兼ねて鹿島神宮参詣《さんけい》に出かける。これはその参詣記で「鹿島紀行」とも称するが、多くの真蹟類が「鹿島詣」と題するので、それに従う。なお、『野ざらし紀行』が旅中の吟詠を主とする（二四頁＊参照）のに比べて、これは俳文としての完成に主力をそそぎ、旅中の吟詠はすべて末尾にまわしている。このような構成は後出の『更科紀行《さらしなきこう》』にも見られる。

五 支那の洛陽《らくよう》の都の意から京都のことを言う。

六 安原《やすはら》氏。京都の貞門（一九頁注八参照）の俳人。

七 貞室が須磨の月を吟じた句「松にすめる月も三五夜中納言」（『玉海集《ぎよくかいしゆう》』）をさす。但し、芭蕉は一部を誤記している。「三五夜」は十五夜。「中納言」とは須磨に流された歌人在原行平《ありわらのゆきひら》のこと。

八 曾良《そら》。若いころ長島藩に仕官した。（五三頁注五参照）

九 宗波《そうは》。芭蕉は『栞集《しおりしゆう》』に「隣庵の僧」とも記す。

一〇 成道《じようどう》して山を降りた時の釈迦《しやか》の画像。

一一 旅僧や修験者《しゆげんじや》などの用いる杖。錫杖《しやくじよう》。

一二『無門関』に、「大道門無く、千差路有り。この関を透《とほ》り得《え》ば、乾坤《けんこん》を独歩せん」とあるによる。大悟自在の境地を言うものであるが、ここでは宗波の旅立のさまを誇張して面白く表現したもの。

一三「鳥なき里の蝙蝠《こうもり》」の諺《ことわざ》をもじって興じた表現。「からぶり」に「蒙《かうぶ》り」と「蝙蝠」とを言い掛ける。

徒歩《かち》よりぞ行く《歩いて行く》。

甲斐《かひ》の国よりある人の得させたる《くださった》檜《ひのき》もて作れる笠を、おのおのいただきよそひて《しかつめらしく頭にかぶって》、八幡《やはた》といふ里《さと》を過ぐれば、鎌谷《かまがい》の原《はら》といふ所、広き野あり。「[一]秦甸《しんでん》の一千里」とかや《とも言えようか》。目もはるかに見わたさるる。筑波山《つくばやま》むかふに高く、二峰《男体女体の二峰》ならび立てり。かの唐土《もろこし》に双劔《さうけん》の峰《みね》ありと聞えしは、[二]廬山《ろざん》の一隅《いちぐう》なり。

[三]雪は申さず先《ま》づ紫《むらさき》の筑波かな

と詠《なが》めしは《吟じたのは》、わが門人[四]嵐雪《らんせつ》が句なり。すべてこの山は《そもそもこの筑波山は》、[五]日本武尊《やまとだけのみこと》の言葉を伝へて、連歌する人のはじめにも名付けたり。和歌なくばあるべからず《和歌を作らなければ許されない》、句なくば過ぐべからず《句を作らなければ通り過ぎられない》。まことに愛すべき山のすがたなりけらし[六]。

萩《はぎ》は錦を地に敷けらんやうにて《敷きのべたようで》、[七]為仲《ためなか》が長櫃《ながびつ》に〔萩の枝を〕折り入れて、都《みやこ》のつとに《へのみやげに》持たせけるも、風流にくからず《風流でおくゆかしい》。きちかう《ききょう》・をみなへし・かるかや・をばな乱れあひて、[八]さをしかの妻こひわたる、いとあはれ《非常に哀れげな情》

一 『和漢朗詠集』の「秦甸《しんでん》の一千余里」の語を引用し、且つ、『東関紀行《とうかん》』に「秦甸の一千余里みわたしたらむ心地《ここち》して」とある叙述を参酌《さんしやく》した。「秦甸」とは秦の王都周辺の土地。

二 三二頁注一参照。

三 〈雪景色の筑波山《つくばさん》の素晴らしいことは申すまでもないことだが、それはそれとして、春空に紫色に霞むこの筑波山の眺めは何とも美しいものである〉。

四 服部《はつとり》氏。蕉門の古参の門人で、其角《きかく》（二一頁注九参照）と並んで江戸俳壇の重鎮となった。

五 『日本書紀《にほんしよき》』に見える「日本武尊《やまとだけのみこと》」と「秉燭者《ひとぼしびと》」との片歌《かたうた》の問答に、「にひばり筑波を過ぎていく夜《よ》か寝つる」「日日並《かかな》べて夜には九夜日《ここのよひ》には十日を」とあるのをさす。これを連歌師が連歌の起源として、連歌を「筑波の道」と名付けたことを言う。

六 感動的表現。推量の意味は無い。（五二頁注三参照）

七 橘為仲《たちばなのためなか》が、陸奥守《むつのかみ》の任果てて都へ帰る時、みやげに宮城野《みやぎの》の萩を長櫃に入れて持ち帰ったという故事（『無名抄《むみようしよう》』）をさす。

八 牡鹿《おじか》の美称。牡鹿の妻を恋い慕って鳴く声は、哀切なものとして、古来好んで和歌の題材とされた。

なり《趣がある》。[九]野の駒《こま》、ところえ顔《得意そうに》に群れありく《歩きまわる》、またあはれなり《興味深い情景である》。

日すでに暮れかかるほどに《頃に》、利根川《とねがは》のほとり、[一〇]布佐《ふさ》といふ所につく。この川にて、鮭《さけ》[一一]の網代《あじろ》といふものをたくみて《仕掛けて鮭を捕え》、[一二]武江《ぶかう》の市《いち》にひさぐ《売る》ものあり。宵《よひ》のほど、その漁家《ぎよか》に入りてやすらふ。[一三]夜《よる》の宿《やど》なまぐさし。月くまなく晴れけるままに、夜舟《よぶね》さしくだして鹿島に至る。

〔翌日は〕昼より雨しきりに降りて、月見るべくもあらず《見られそうにもない》。ふもとに、[一四]根本《こんぽん》寺《じ》のさきの《先代の》和尚《をしやう》《住職》、いまは世をのがれて《隠退して》、この所におはしけるといふを聞きて、尋ね入りてふしぬ《宿泊した》。「[一五]すこぶる人をして深省《しんせい》を発せしむ」と吟じけむ《と杜甫が吟じたように》、しばらく清浄《しやうじやう》の心を得るに似たり《得たような気持になる》。あかつきの空いささか晴れけるを《晴れたところが》、[一六]和尚おこし驚かしはべれば《和尚が起して下さったので》、人々おきいでぬ。月のひかり、雨のおと《雨だれの音》、ただあはれなるけしきのみ胸にみちて《まことに趣深い情景が胸を感動でいっぱいにするばかりで》、言ふべき言《こと》の葉《は》もなし《句も作れない》。はるばると月見に来たるかひなきこそ、ほいなきわざなれ《不本意で残念な》。[一七]かのなにがしの女すら《清少納言でさえ〔ほととぎすを聞きに行って〕》、ほととぎすの歌、え詠《よ》まで帰り《詠むことができずに帰るのを》わづらひしも《気に病んだのも》、わがためにはよき荷担《かたん》の人ならむかし《味方であると言えるだろうよ》。

九 野原に放し飼《が》いの馬。

一〇 千葉県我孫子《あびこ》市。鹿島への渡船場。

一一 当時、利根川は鮭の名産地。網代は漁獲用の設備で、河の中に竹や木を編んで立て、魚を誘導して捕える装置。

一二 武蔵《むさし》の国の江戸の市場。

一三『白氏文集《はくしもんじゆう》』の「夜臥《やが》には腥臊《せいさう》、牀席《しやうせき》を汚《けが》す」の語を転用して、「夜の宿なまぐさし」と言った例が、『挙白集《きよはく》』『十六夜《いざよい》日記』に見え、『東関紀行』にもこの詩句を踏まえた文がある。それらに倣《なら》った。

一四 根本寺二十一世住職の仏頂《ぶつちよう》和尚。芭蕉参禅の師と言われる。

一五 杜甫《とほ》の「龍門《りようもん》の奉先寺《ほうせんじ》に遊ぶ」の詩に、「人をして深省を発せしむ」(『古文真宝』)とあるのをさす。「すこぶる」は芭蕉の追加。人に深い反省の心を起させる、の意。

一六「驚かす」とは眠りをさます意。(二七頁「小夜《さよ》の中山《なかやま》」の項参照)

一七 清少納言《せいしようなごん》が、賀茂《かも》の奥にほととぎすを聞きに出かけたが、他の事柄にとりまぎれて、ほととぎすの歌を一首も詠《よ》むことができぬままに帰るのを気にした話が『枕草子《まくらのそうし》』にある。

一をりをりにかはらぬ空の月かげも
千々《ちぢ》のながめは雲のまにまに　和《を》尚《しやう》

二月はやし梢《こずゑ》は雨を持ちながら　桃《たう》青《せい》

三寺に寝てまこと顔なる月見かな　同

四雨に寝て竹起きかへる月見かな　五曾《そ》良《ら》

六月さびし堂の軒《のき》端《ば》の雨しづく　七宗《そう》波《は》

一〈本来いつも同じ光を放っているものである空の月の光も、それがさまざまに変ってながめられるのは、月にかかる雲の変化につれてのことである〉一切の万有は一心真如《いっしんしんにょ》の理体から顕現しているのに、衆生《しゅじょう》がさまざまに悩むのは、迷いの雲がその真如の月の光を陰らすからである、との意を託する。即ち、仏教的訓戒の仏頂和尚《ぶっちょうおしょう》の歌。

二〈雨後の雲行きはなお慌《あわただ》しく、漏れ出る月は雲間を疾走するかのようである。そして、しとどに濡《ぬ》れた梢からは、まだ雨だれが小止《おや》みなく滴《したた》っている〉「月はやし」なる語の清澄な緊迫感と、「持ちながら」なる語の余情とが、相伴って詩情を高めている。

三〈清浄《しょうじょう》森厳な寺に宿って、格別改まった気持で月見をすることであるよ〉本文中に「しばらく清浄の心を得るに似たり」とある心に通ずる。但し、「まこと顔なる」の語にはユーモラスな俳味をも宿す。

四〈雨が降っているので諦《あきら》めて寝てしまったが、あかつきに降り止んで、雨に打たれていた竹が起きかえるように、われわれも起き出して来て月見をすることであるよ〉。

五「一三、雪丸げ」および五五頁注八参照。

六〈雨後の月は如何《いか》にもさびしげな趣で、寺の堂の軒端からはなお雨だれが滴っている〉。

七　五五頁注九参照。

神前[八]

この[九]松の実生《みば》えせし代《よ》や神の秋　　桃青

拭《ぬぐ》[一〇]はばや石の御座《おまし》の苔《こけ》の露　　宗波

膝《ひざ》[一一]折るやかしこまり鳴く鹿《しか》の声　　曾良

田《でん》家《か》

刈[一三]りかけし田《た》面《づら》の鶴《つる》や里の秋　　桃青

八 鹿島《かしま》神宮の神前。

九〈鹿島神宮の境内には老松がうっそうと茂って森厳であるが、この老松が実生えした代と言えば、それは、さぞかし太古の神代の秋のことに相違ない〉神域の神々《こうごう》しさに打たれて神徳をたたえた吟。

一〇〈拭い清めたいものである。この鹿島明神の石の御座の苔むした上にしとどに置いている露を〉「石の御座」とは鹿島神宮の林の中にある石で、鹿島明神は天からこの石の上に降臨したと伝える。「要石《かなめいし》」と称し、地震のしずめとも言う。

一一〈見れば鹿までが神前に膝を折り曲げていることよ。そして、鹿島明神を畏《おそ》れ敬って鳴く声が境内にひびきわたっている〉敬神の心から、境内の神鹿《しんろく》の動作にも神を畏敬《いけい》する念あるものと解した。

一三〈収穫の秋とて、いっせいに百姓たちは田に出て稲を刈りはじめているが、その田面に恐れ気もなく鶴が降り立って、百姓たちに立ちまじりつつ餌《え》をあさっている。まことに長閑《のどか》な里の秋の風景であるよ〉「刈りかけし」とは、稲刈りを開始して、その作業中である意。

一 夜《よ》田《た》刈《か》りに我やとはれん里の月　宗《そう》波《は》

二 賤《しづ》の子や稲《いね》摺《す》りかけて月を見る　桃《たう》青《せい》

三 芋《いも》の葉や月待つ里の焼《やけ》畑《ばたけ》　桃青

野

四 股《もも》引《ひき》や一《ひと》花《はな》摺《ずり》の萩《はぎ》ごろも　曾《そ》良《ら》

五 花の秋草に喰《く》ひ飽《あ》く野馬かな　同

六 萩原や一《ひと》夜《よ》はやどせ山の犬　桃青

一〈収穫期の多忙とて、百姓たちは夜田刈りに励んでいるが、私もやとわれて夜田刈りをしよう。里の月はあのように美しいから〉月明りに浮かれ立つ気持を言った吟。夜田刈りは晴天明月の夜に限った。

二〈月の美しさは百姓の子の心にも通ずるのであろうか、籾《もみ》摺《す》り作業の手を休めて、あのように月に見とれていることよ〉風雅の美が賤の子の心にも通うことを知っての感動が主題。農村の単なる叙景ではない。

三〈芋名月《いもめいげつ》とて月見に珍重する里芋の葉の痛々しげであることよ。月見の日を待ち望んでいる里の旱《ひで》りで荒れたこの畑では〉旱天《かんてん》に枯死しようとする芋の葉のさまを見て、里人の心細い胸中を思いやった吟。

四〈萩の咲き乱れている野を分けて行くと、なんとまあ私のはいている股引は、風雅な萩の花の一花摺のころもとなることよ〉俗な股引のことを言って、その心は実隆《さねたか》の歌「初萩《はつはぎ》の一花ずりの旅心つゆ置きそむる宮城野《みやぎの》の原」（『夫木《ふぼく》和歌抄』）の風雅に通わせた。「一花摺」とは、一回だけ花を摺りつけて色を染め出すこと。

五〈秋草のいっせいに咲く秋を迎えて、野原では思いのままに草を食べて、野馬たちがのびのびとしていることよ〉広々とした秋の野の風趣に対する感興。

六〈萩の咲き乱れている野原のなんと美しいことよ。古歌にも風雅なものとする萩の原なのだから、せめて一夜だけでも山の犬を萩のもとに泊めてやりなさい〉

帰路自準《じじゅん》[七]に宿《しゆく》す

[八]塒《ねぐら》せよ藁《わら》干《ほ》す宿の友《とも》雀《すずめ》　　主人

[九]秋をこめたるくねの指《さし》杉《すぎ》　　客

[一〇]月見んと潮《しほ》引きのぼる舟とめて　　曾良

[一一]貞享丁卯《ぢやうきやうていばう》仲秋末五日

「臥猪《ふすゐ》の床《とこ》」と言えば、古来風雅な歌語。それを山の犬のこととして俳諧化《はいかいか》した。

七 小西氏。通称、加賀屋三郎右衛門。前号、似春《じじゅん》。京都に生れ、江戸に移住したが、この当時は行徳（五五頁九行参照）の神職となっていた。

八〈どうぞ塒を結んでお泊りください。塒用の藁《わら》を干して、おいでをお待ちしていた私の家を、はるばるとお訪ねくださった友雀の方々よ〉主人の挨拶《あいさつ》の句であって、芭蕉たちを友雀にたとえ、「藁干す」に歓迎の意と粗末な宿と謙退する意とを込めた。作者の「主人」とは自準のこと。以下の三句は三物《みつもの》の連句。

九〈私どもが秋にお訪ねするとて、春から杉苗を植え育ててお待ちくださった生垣《いけがき》の杉は、こんなに見事に育って、秋深い落ち着いた感じのお住居であります〉正客《しようきやく》が主人に挨拶を返した脇句《わきく》であって、「秋をこめたる」の語に主人の手厚い歓待に対する謝意と自準邸讃美《さんび》の意とを込めた。「くね」は生垣。作者の「客」とは正客の桃青（即ち芭蕉）のこと。

一〇〈舟に乗って月見をしようと、河口の潮の中をのぼって行く曳舟《ひきぶね》を呼びとめて〉前句《まえく》を曳舟の行くあたりの景と見て付けた第三の句。当時、利根川《とねがわ》には曳舟（岸から綱で曳いて川をのぼる舟）があった。おそらく、それに着想した吟。

一一 貞享四年の陰暦八月二十五日。

一六、笈《おひ》の小《こ》文《ぶみ》

貞享四年十月二十五日〜同五年四月二十三日・四十四歳〜四十五歳

[一]百骸九竅《ひゃくがいきうけう》の中に[二]物あり、かりに名付けて[三]風羅坊《ふうらばう》と言ふ。誠にうすものの風に破れやすからんことを言ふにやあらむ。[四]かれ[五]狂句《俳諧》を好むこと久し。つひに生涯のはかりごと《仕事》となす。ある時は倦《う》[六]んで放擲《はうてき》せんことを思ひ、ある時は進むで[七]人に勝たむことを誇り、是非《あれこれと思い》胸中に戦うて《悩んで》、これが為に身安からず。しばらく《一時は》[八]身を立てむことを《仕官して立身出世することを》願へども、これが為にさへられ《俳諧への執心の為に妨げられ》、しばらく《一時は》[九]学んで愚《ぐ》をさとらんことを思へども、これが為に《俳諧への執心の為に》破られ、つひに無能無芸にして、ただ[一〇]この一筋《俳諧の》につながる。

西行《さいぎやう》の和歌における、[一一]宗祇《そうぎ》の連歌《れんが》における、[一二]雪舟《せつしう》の絵における、

＊『鹿島詣《かしまもうで》』の旅から江戸に帰って二箇月後、芭蕉は上方《かみがた》（関西）方面に旅立つ。その紀行を一般に「笈の小文」と称するが、これは芭蕉が別の撰集名に予定した名称で、それをこの紀行の題名に流用したのは芭蕉没後における門人乙州《おとくに》の私意である。その内容も、芭蕉の未完の断片的な種々の草稿を乙州が編成したもので、芭蕉が一篇の紀行として完成したのではない。且つ、本稿の準拠する乙州の宝永板本《ほうえいはんぽん》は、元禄三年ごろに芭蕉の推敲《すいこう》した句文に依拠しているので、内容的にも『おくのほそ道』の旅以後の芭蕉の意識が顕著である。但し、便宜上その素材体験たる旅の年代に従ってここに配列し、且つ一般に通行の「笈の小文」なる名称を用いておく。

俳諧観

一 『荘子』に人体を「百骸九竅六蔵《りくぞう》」と称するによる。ここでは芭蕉自身の身体をさす。
二 自己の心を客観視して言った。
三 「風羅」とは容易に風にはらつき破れる羅《うすもの》。芭蕉葉の破れやすい趣に通じ「風羅坊」を別号ともする。
四 自己を客観視して三人称を用いた。
五 三六頁注二参照。
六 俳諧《はいかい》にあきて止めてしまおうと思い。寛文六年主君藤堂《とうどう》新七郎良忠《よしただ》の早世を機に致仕、寛文十二年専門の俳諧師となるべく江戸下向《げこう》するまでの間、伊賀と京都を往来していた当時の事実をさす。
七 江戸下向後、延宝八年深川隠栖《ふかがわいんせい》までの間、職業俳

人として俗俳に伍していた当時の事実。
八 注六と同じ当時の事実をさす。
九 注六と同じ当時の事実をさす。
一〇 深川隠栖以後の事実をさす。（解説参照）
一一 飯尾《いいお》氏。室町《むろまち》時代の連歌師で連歌文芸の大成者。
一二 室町時代の画僧で水墨画に長じた。
一三 千宗易《せんのそうえき》。千家《せんけ》流茶道の祖で侘茶《わびちゃ》の完成者。
一四「文は貫道の器なり」（『古文真宝』）や「吾が道、一《いつ》以て之《これ》を貫《つらぬ》く」（『論語』）などの語による。
一五『戴恩記《たいおんき》』に、世俗に迎合する歌人を難じて「人変じて夷狄《いてき》となり、再変して禽獣《きんじう》となる」とある。
一六「秋風にあへず散りぬるもみぢ葉の行方《ゆくへ》定めぬ我ぞ悲しき」（『古今和歌集』）などの歌の心懐。
一七〈「旅人」と人に呼ばれてみたいものだ。折からの初しぐれの中を旅し続けて〉この句に謡曲「梅が枝《え》」の一節を前書《まえがき》とした真蹟がある。それは、「初しぐれ」の語に託する和歌的情緒と共に、この旅立の意識が伝統的な旅の風雅への門出であることを示す。
一八〈また山茶花の咲く宿々に泊りを重ねて〉「また」とは、『野ざらし紀行』の旅中に吟じた「狂句木枯しの」の句（三六頁参照）に野水《やすい》が「誰《た》そやとばしる笠の山茶花」と脇句を付けたのを踏まえて言った。
一九 井手氏。俳号、由之《ゆうし》。磐城《いわき》の国小奈浜《おなはま》（福島県いわき市）の人。内藤家《ないとう》（六四頁注二参照）の臣。
二〇 二一頁注九参照。

一三利休《りきう》が茶における、その一四貫道《くわんだう》するもの《根本の精神は》は一《いつ》なり。しかも風雅《俳諧》におけるもの、造化《万物生成の神に随順し》にしたがひて四時《しいじ》《四季の変化》を友とす。《（それゆえに）》見るところ花《花の風雅》にあらずといふことなし。思ふところ月《月の風雅》にあらずといふことなし。一五像《かたち》《外の像が》、花にあらざる時は《風雅に見えない時は》夷狄《いてき》《未開人》にひとし。心、花にあらざる時は《内に思うところが風雅でない時は》鳥獣に類す。夷狄を出で、鳥獣を離れて、造化《ざうくわ》にしたがひ、造化にかへれ《帰一せよ》となり。

其角亭餞別《せんべつ》会

神無月《かんなづき》《陰暦十月》のはじめ、空定めなきけしき《天候不安定な様子で》、一六身は風葉《ふうえふ》の行く末なき心地して、《風に散る葉のように行くえ定めぬ思いで》

一七旅人《たびびと》とわが名呼ばれん初しぐれ
一八また山茶花《さざんくわ》を宿々《やどやど》にして

磐城《いはき》の住《ぢゆう》、一九長太郎といふ者、この脇を付けて《右のような脇句を》、二〇其角亭《きかくてい》において関《せき》送《送》

りせん《別の会を催す》ともてなす。

時[一]は冬吉野《よしの》をこめん旅のつと

この句は、露沾《ろせん》[二]公より下し賜らせはべりけるを、はなむけ《餞別》の初めとして、旧友・親疎・門人等、或《ある》は詩歌《しいか》・文章をもて訪《とぶら》ひ、或《ある》は草鞋《わらぢ》の料《れう》《料金》を包みて志をあらはす。かの[三]「三月《さんげつ》の糧《かて》を集むる」に力を《労力を》入れず《要しない》。紙子《かみこ》[四]・綿子《わたこ》[五]などいふもの、帽子《ぼうし》[六]・下沓《したうづ》[七]やうのもの《などのようなもの》、心々に贈りつどひて《贈って来たのが集って》、霜雪の寒苦をいとふに心なし《避けるのに心配がない》。或は小舟を浮べ《小舟を浮べて遊宴し》、別《べつ》墅《しょ》にまうけし《別荘で送別宴を催し》、草庵に酒肴《さけさかな》たづさへ来たりて行くへを祝し《旅の前途の無事を祝い》、名残《なごり》を惜しみなどするこそ、ゆゑある人の《身分の高い人の》門出《かどで》するにも似たりと、いと物《もの》めかしく《ものしく》覚えられけれ。

露沾邸餞別会

一 〈旅立つ今はまだ寒い冬だが、来春には吉野に遊んで、花見の句を旅のみやげとして帰って来ることだろう〉原句は九月の露沾《ろせん》邸での餞別句《せんべつく》で上五を「時は秋」とするが、「神無月《かんなづき》」で始まるこの文中に配する際、芭蕉が季を合せるために「冬」に改めたもの。

二 奥州磐城《いわき》の国平《たいら》（福島県いわき市）七万石の城主内藤右京大夫義泰《うきょうだゆうよしやす》の二男義英《よしひで》。風月を友とし俳諧を嗜《たしな》み、「露沾門《ろせんもん》」と称する俳系を形成するに至る。（解説参照）

三 『荘子』に「千里に適《ゆ》く者は三月糧を聚《あつ》む」とあるのを言う。旅立準備の苦労。（二四頁注一参照）

四 紙製の着物。紙に渋《しぶ》をぬって干した後、夜露にさらして揉《も》みやわらげて作る。防寒用。

五 真綿を、布で包まず、そのまま縫いあげた着物。防寒用。

六 布で作った円形の頭巾《ずきん》。

七 足袋《たび》。

八 紀貫之《きのつらゆき》。平安時代初期の歌人で、紀行『土佐《とさ》日記』の著がある。

紀行観

そもそも、道《旅》の日記といふものは、紀氏《きし》[八]・長明《ちやうめい》[九]・阿仏《あぶつ》[一〇]の尼《あま》の、文《ぶん》をふるひ情を尽してより《旅情を述べ尽して以来》、余はみな俤《おもかげ》似かよひて、その糟粕《さうはく》[一一]を改《新し》むることあたはず《い趣向を出すことができない》。まして浅智短才[一二]の筆に及ぶべくもあらず。その日は雨降り、昼より晴れて、そこに松あり、かしこに何といふ川流れたりなどいふこと、たれたれも言ふべく覚えはべれども《誰でも容易に書けそうに思われるけれども》、黄奇《くわうき》[一三]蘇新《そしん》のたぐひにあらずば言ふことなかれ《安易に書いてはならない》。されども、その所々《ところどころ》の風景心に残り、山館《さんくわん》[一四]・野亭《やてい》の苦しき愁《うれひ》も、且つは《後にはまた》話の種となり、風雲《旅》[一五]の便りとも思ひなして《の形見になるかとも期待して》、忘れぬ所々後や先やと《まとまりもなく》書き集めはべるぞ、なほ《全く》酔へる者の妄語《まうご》[一六]にひとしく、いねる人《眠っている人》の譫言《うはごと》するたぐひに見なして、人また妄聴《まうちやう》[一七]せよ。

鳴海宿泊

鳴海《なるみ》[一八]に泊りて

九 鴨《かもの》長明。鎌倉時代の歌人で、芭蕉が顕著な影響を受けた『東関《とうかん》紀行』の著者と考えられていた。

一〇 阿仏尼《に》。鎌倉時代の女流歌人で、紀行『十六夜《いざよい》日記』の著者として知られていた。

一一 酒のかす。滋味を取り去った後の不用物の意から、新味なく旧套《きゅうとう》依然として無価値なことに言う。

一二 芭蕉自身のことを謙遜《けんそん》して言った。

一三『詩人玉屑《ぎょくせつ》』に「蘇子瞻《そしせん》は新を以てし、黄魯直《わうろちょく》は奇を以てす」とあるのによる。蘇子瞻（蘇東坡《そとうば》）と黄魯直（黄山谷《おうさんこく》）との詩文が、それぞれ新鮮さと奇警さとを特色として賞讃《しょうさん》されたこと。

一四 辺鄙《へんぴ》な山中や野中の宿に旅寝する苦しい思い。『東関紀行』に「或は山館・野亭の夜のとまり、或は海辺水流の幽《かすか》なる砌《みぎり》にいたるごとに、目に立つ所々《ところどころ》、心とまるふしぶしを書き置きて、忘れず忍ぶ人もあらば、おのづから後のかたみともなれとてなり」とあるのに倣《なら》った叙述。

一五 山野の間の旅。

一六 とりとめもない言葉。

一七 いい加減に聞き流す。『荘子』に「予嘗《こころみ》に汝《なんぢ》が為《ため》に之《これ》を妄言《まうげん》せん。汝以て之を妄聴せよ」とあるのに倣った叙述。

一八 名古屋市緑区鳴海町。同地の門人下里知足《しもざとちそく》亭《てい》に宿泊。知足は千代倉《ちよくら》を屋号とする造酒屋。

一星崎《ほしざき》の闇《やみ》を見よとや啼《な》く千鳥《ちどり》

鳴海の宿

二飛鳥井《あすかゐ》雅章《まさあき》公のこの三宿《しゆく》に泊らせたまひて、「四都も遠くなるみがたはるけき海を中にへだてて」と詠じたまひけるを、みづから《雅章公手ずから》書かせたまひて賜りける《宿の者に下さった》よしを語るに《私に話してくれたので》、

五京まではまだ半空《なかぞら》や雪の雲

吉田宿泊

三河《みかは》の国六保美《ほび》といふ処に、七杜国《とこく》が忍びてありけるをとぶらはむと、まづ八越人《ゑつじん》に消息《せうそく》して、鳴海《なるみ》より後《あと》ざまに二十五里たづねかへりて、その夜、九吉田《よしだ》に泊る。

一 〈星崎の闇の夜空を見よと、私に呼びかけるのであろうか、哀切に啼く千鳥は〉鳴海《なるみ》は千鳥の名所であるが、単に歌枕なるがゆえの吟ではなく、「闇を見よとや」の語には、古歌の類型的抒情《じよじよう》を踏み越えた切実な旅寝の寂寥感《せきりようかん》が表白されている。

二 徳川時代初期の堂上派《どうじようは》の歌人。

三 鳴海の宿。東海道の宿駅であった。

四 雅章公の歌。第一句目は、「けふは猶《なほ》」(『雅章卿詠草』)。「遠くなる」に「鳴海潟《がた》」を言い掛けた。

五 〈江戸を旅立ってはるばると旅をして来たが、まだ京までの半ばを来たのみで、ふり仰げば折から空は雪気の雲が一面に立ちこめて心細い限りである〉雅章公の歌を踏まえて旅愁を言った吟ではあるが、芭蕉は京のみに憧《あこが》れて旅して来たのではなく、この地に長く滞在して多くの俳席を持っている。従って、雅章公が王朝の宮廷人以来の伝統的意識である京を離れ去り行く悲哀を表白しているのとは異なり、旅寝もまた庵住と本質的に変るものではないと自覚している芭蕉の吟は、言わば旅情そのものの哀感の表白である。

六 愛知県渥美《あつみ》町。渥美半島の先端近くにある。

七 四二頁注三参照。杜国は当時空米《からまい》売買の罪を得て屏居《へいきよ》中であった。

八 越智《おち》十蔵《じゆうぞう》。尾張蕉門。『春の日』の連衆《れんじゆう》の一人。

『更科《さらしな》紀行』の旅に同行。（九四頁参照）
九　愛知県豊橋市。
一〇〈寒さが身にしみる旅寝の宿《やど》ではあるけれども、気の合った越人と二人で物語りつつ寝る今夜は、心強いことだ〉同行の越人に対する愛顧の心をも表明している。

天津縄手

一一　豊橋市。渥美湾にそった細道は、景勝の地ではあるが冬の西風はきびしい。
一二〈淡《あわ》い冬の薄ら日の何と寒々としていることよ。その中を旅して行く私は、まるで馬上に凍りついた影法師のように縮《ちぢ》こまっている〉自己の姿を客観視した表現であるが、痛切な旅の悲哀に沈潜した吟。

伊良湖崎

一三　渥美半島の先端の岬《みさき》。
一四『万葉集』巻一に「伊勢の国の伊良虞《いらご》の島」とある。伊勢の側からは岬が島のように見えた。
一五　碁石貝《ごいしがい》。貝殻《かいがら》から白の碁石をつくる。『毛吹草《けふきぐさ》』に「伊羅期《いらごの》碁石貝」とあり、『和漢三才図会』にも碁石を伊良湖崎の土産《みやげ》としている。
一六　伊良湖崎の先端の小高い山。

[一〇]寒けれど二人寝る夜ぞ頼もしき

[一一]天津《あまつ》縄手《なはて》、田の中に細道ありて、海より吹き上ぐる風いと寒き所なり。

[一二]冬の日や馬《ば》上《しやう》に凍る影《かげ》法《ぼふ》師《し》

保美村より[一三]伊良湖崎《いらござき》へ一里ばかりもあるべし。三河の国の地続きにて、伊勢とは海へだてたる所なれども、いかなる故にか『万葉集』には[一四]伊勢の名所の内に撰《えら》び入れられたり。この州崎にて《崎の浜辺で》[一五]碁石《ごいし》を拾ふ。世に伊良湖白《いらごじろ》と言ふとかや。[一六]骨山《ほねやま》といふは鷹《たか》を打つ《取る》処なり。

南の海のはてにて、鷹《たか》[一]のはじめて渡る所《渡って来る所》といへり。伊良湖鷹《いらごだか》など歌[二]にも詠《よ》めりけりと思へば、なほあはれなる《心ひかれる》折ふし、

鷹[三]一つ見付けてうれし伊良湖崎

熱田《あつた》御《み》修《しゅ》覆《ふく》[四]

磨《と》[五]ぎなほす鏡も清し雪の花

蓬左《ほうさ》[六]の人々に迎ひとられて、しばらく休息するほど、

箱《はこ》[七]根《ね》こす人も有るらし今朝《けさ》の雪

一 鷹は北方大陸からの渡り鳥であるが、その一種の刺羽《さしば》は南方の渡り鳥で、晩秋から冬にかけて南国に去る。古来「鷹渡る」とはそのことを言う。

二 「ひき据《す》ゑよいらごの鷹の山がへりまだ日は高し心そらなり」（『壬二《みに》集』）、「巣鷹渡る伊良湖が崎を疑ひてなほ木に帰る山帰りかな」（『山家《さんか》集』）など。

三 〈折から一羽の鷹の空を渡るのを見付けることができて本当にうれしい。この伊良湖崎は「伊良湖鷹」とて昔から鷹の名所であるので〉単に和歌伝統の名所を回顧してなつかしんだのではなく、孤独な逆境にある杜国《とこく》（六六頁注七参照）に会い得たよろこびの情を、一羽の鷹に託した吟。

熱田神宮

四 熱田神宮の修理造営。芭蕉が貞享《じょうきょう》元年の『野ざらし紀行』の旅の途次に参詣《さんけい》した時には、熱田神宮は荒廃衰微の極にあった。（三五頁「熱田に詣《まう》づ」の項参照）

五 〈磨ぎなおした神鏡も清らかで、あらたかな熱田神宮の神域には雪が純白の花のように降っている〉現実に雪が降っていたにしても、一句に描くところは、神鏡はもちろん雪も、共に新装の清浄な神域における芭蕉の心懐を具象化した、一種の心象風景である。

蓬左（名古屋）

六 熱田神宮を蓬莱宮《ほうらいきゅう》とも称し、その左（西）の地一帯を蓬左と称した。現在の名古屋市。

七 〈私はこのように温かいもてなしを受けてくつろいでいるが、今頃は険しい箱根の山を越えて旅して行

ある人の会[八]

[九]ためつけて雪見にまかる紙子《かみこ》かな

[一〇]いざ行かむ雪見にころぶ所まで

ある人興行《こうぎやう》[一一]

[一二]香《か》を探《さぐ》る梅に蔵《くら》見る軒端《のきば》かな

く人もあることだろう。今朝のこの雪の中を踏みわけて〉名古屋の聴雪《ちようせつ》の家に迎えられての吟で、主人に対する挨拶《あいさつ》の意を託する。

雪見の会

八　一人の人の主催した会のごとく記しているが、次の雪見の二句は、前者は昌碧亭《しようへきてい》での作で、後者は夕道《せきどう》（書店、風月堂）亭での作である。文芸作品としての虚構である。

九〈私の着ているのは長旅によごれた古紙子《ふるかみこ》であるが、せめて折目だけでも正して、雪見の会には罷《まか》り出ることにしよう〉「ためつける」とは、衣服の折目を正して容儀をととのえること。「紙子」は紙製の着物（六四頁注四参照）。雪見の会に招待されたのを喜ぶ気持を表現して、主人の昌碧に対する挨拶の意も託する。

一〇〈さあさあ出かけましょう。この美しく降り積った雪を見に、雪に足を取られてころぶまで何処《どこ》までも〉浮かれ興ずる気持を表現して、主人の夕道に対する挨拶の意も託するが、前の句と並べて同一の会のごとく構成しているので、ここでは挨拶の意を抜いて解してよい。

防川亭俳席

一一　名古屋の防川《ぼうせん》の主催した俳席。

一二〈どこから匂《にお》って来るのかと風雅な梅の香をたどって行ったところが、福々しい蔵が見当り、その軒端《のきば》に早咲きの梅が咲き匂っていたことですよ〉主人の防川の、風雅で且つ家の豊かであることを賞して、挨拶とした吟。

たびたびの俳席

一 名古屋に滞在の間。六八頁の「蓬左の人々に迎ひとられて」以下の部分をさす。
二 三十六句つらねたのを一巻とする形式の連句。懐紙《かいし》二枚（二折《ふたおり》）に書く。
三 十八句つらねた連句で、半歌仙とも言い、懐紙一枚（一折）に書く。
四 以上に列挙している名古屋滞在中の四句も、これを立句《たてく》として、それぞれの席で連句が興行《こうぎやう》されている。

故郷への道中

五 伊賀の国上野（三重県上野市）。（三〇頁注一・三八頁注二参照）
六〈旅寝を重ねて忘れていたが、思えば今日は早や師走も十三日とて、世間の人々のあわただしげな煤はらいのさまを、旅の空で眺めることになったことよ〉世間一般の年中行事である煤はらい（十二月十三日を恒例とする）を、一所不住の旅人の身として眺めた感慨を表白した。旅立の吟「旅人とわが名呼ばれん初しぐれ」（六三頁参照）に通ずる心境の吟。

杖突坂——落馬

七『古今夷曲集《ここんいきよく》』に、「伊勢桑名の辺《ほとり》、ほし川・あさけ・日ながといふ三ヶ村をよめる」と前書きした西行上人の歌、「桑名よりくはで来ぬればほし川の朝けは過ぎて日ながにぞ思ふ」を収め、諸書にも引用されている。
八 三重県四日市市内。

一この間、美濃大垣・岐阜のすきものとぶらひ来たりて、二歌仙《かせん》或は三一折《ひとをり》など四たびたびに及ぶ。
（美濃の国の大垣や岐阜の風雅な俳人たちが訪問して来て）

師走《しはす》十日余り、名古屋を出《い》でて五旧里《ふるさと》に入らんとす。
（陰暦十二月十日過ぎに）

六 旅寝して見しやうき世の煤《すす》はらひ

七「桑名《くはな》より食はで来ぬれば」と言ふ八日永《ひなが》の里より、馬借りて九杖突坂《つゑつきざか》のぼるほど、荷鞍《にぐら》うちかへりて馬より落ちぬ。

一〇 歩行《かち》ならば杖突坂を落馬かな

九 四日市市采女《うねめ》町より鈴鹿《すずか》市石薬師町に至る間の坂道。日本武尊《やまとたけるのみこと》が東征の帰途に、この坂道を杖を突いて登ったと伝える。

一〇〈歩いてならば、その名のごとく杖を突いて無事に登ったであろう杖突坂を、なまじっか馬などに乗ったものだから、落馬してしまったことだよ〉自己の失態に興ずるがごとき表現に託して、心細いひとり旅の哀感を表白した吟。

故郷

一一〈懐旧の思い切ない旧里よ。老いて久しぶりに帰郷し、臍の緒を手に取ってみるにつけ、父母の慈愛の昔が追懐されて、思わず泣けてくる年の暮である〉この句に見える父母追慕の芭蕉の切情は、『野ざらし紀行』の旅の途次に帰郷した折の吟「手にとらば消えん涙ぞ熱き秋の霜」（三〇頁参照）に見える慟哭《どうこく》の情に通じるものである。臍の緒は、その子の生誕の日付などを記して保存しておく風習がある。

越年

一二〈元日の朝は失敗したが、二日の朝までも寝すごして失敗を重ねるようなことはやりますまい。はなやかな新春を迎えたのだから〉久しぶりに帰郷して、肉親に囲まれて迎春し、身も心もくつろいでの吟。

初春

と、ものうさのあまり《身も心も疲れはてて》言ひ出ではべれども、つひに季のことば入らず。

[一一]旧里や臍《へそ》の緒《を》に泣く年の暮

宵の年《大みそかの夜》、空のなごり惜しまむと《去って行く年のなごりを惜しもうと》、酒飲み夜ふかして、元日寝忘れ《元日の朝は寝すごし》たれば《してしまったので》、

[一二]二日にもぬかりはせじな花の春

初春

一 春立ちてまだ九日《ここのか》の野山かな

二 枯《かれ》芝《しば》やや陽炎《かげろふ》の一《いち》二《に》寸《すん》

伊賀《いが》の国、三 阿波《あは》の庄《しやう》といふ所に、四 俊乗上人《しゆんじようしやうにん》の旧跡有り。護峰山《ごほうざん》新大仏寺《しんだいぶつじ》とかやいふ。五 名ばかりは千歳《ちとせ》の形見《かたみ》となりて、伽藍《がらん》は破れて礎《いしずゑ》を残し、坊舎は絶えて田畑と名のかはり《跡形もなくて田畑と変り果て》、六 丈六《ぢやうろく》の尊像は苔《こけ》の緑にうづもれて、みぐしのみ現前と拝まれさせたまふに《仏像の御首だけが今も目の前に拝める御有様であるが》、七 聖人《しやうにん》の御影《みえい》はいまだ全く《無傷で》おはしましはべるぞ、その代の《創建当時の》なごり疑ふところなく、泪《なみだ》こぼるるばかりなり。八 石の蓮台《れんだい》・獅子《しし》の座などは蓬《よもぎ》・葎《むぐら》の上にうづたかく、九 双林《さうりん》の枯れたる跡もまのあたりに《いま目の前に見るかのように》こそ覚えられけれ。

一 〈指折りかぞえてみると、立春を迎えてまだ九日目にしかならぬ野山の春のたたずまいであるよ〉春を期待し、かすかな浅春の風趣にも敏感なのは、和歌以来の伝統的な風雅心であるが、口話調の「まだ九日」の語には、春暖を待ち望む庶民的な心情が表白されている。殊に伊賀は余寒の厳しい土地柄である。（三八頁注四参照）

二 〈野の芝はまだ寒々と枯れたままの姿である。しかし、よく見ると、その枯芝の上に、わずかに陽炎が一二寸の高さにちらついている。暖かな春はもうすぐそこまで来ているのだ〉前掲の句と同様の心情を表白した吟。「やや」とは、わずかに、少しばかり、の意で、陽炎の未だ目立たず、有るか無きかの程度であることを言った。

新大仏寺

三 三重県阿山《あやま》郡大山田村。上野市の東方。

四 俊乗房重源《ちようげん》。鎌倉時代の僧で、東大寺を復興し、七箇所の不断道場を興隆した。新大仏寺はその一つ。

五 創建当初は十一宇の大伽藍《だいがらん》であったが、後世衰微し、寛永十二年の大雨で山崩れに遭《あ》い荒廃していた。

六 一丈六尺の仏像は緑の苔の中に倒れ埋《うず》もれて。

七 俊乗上人の像。上人堂に安置していた。

八 共に丈六の仏の台座で、獅子を彫刻した台座の上に蓮華台《れんげだい》を載せ、その上に仏像を祀《まつ》ってあった。現在もこの二つの台座は遺構を留めている。

九 仏教伝説で、釈迦《しやか》入滅の時に沙羅《さら》双樹《そうじゆ》の林がいっせいに枯れて白くなったという。

一〇〈現実には仏像は倒れ埋もれて台座だけが残っているのだが、あたかも仏の尊像が眼前にあるかのように、一丈六尺の高さに陽炎が高々と燃え立っていることよ。この石の台座の上には〉現実に陽炎が燃え立っていたにしても、一句は写実ではなく、芭蕉の懐古の情を具象化した心象風景である。（六八頁注五参照）

探丸邸――花見

一一〈伊賀の藤堂新七郎家に出仕していた昔のさまざまの事を思い出して追懐の情にたえない。故主の嗣子《しし》探丸《たんまる》の邸《やしき》に招かれて花見の座に列していると〉芭蕉の故主良忠《よしただ》（俳号蟬吟《せんぎん》）は若死にしたが、新七郎家の芭蕉に対する愛顧は後まで変らなかった。

伊勢山田――西行・増賀追慕

一二〈昔、西行《さいぎょう》は伊勢神宮の神威に感激して「何事のおはしますかは知らねども忝《かたじけな》さに涙こぼるる」と詠じたが、いま外宮《げくう》に詣《もう》でてみると、何の木の花かは知らないが霊妙の香《か》が立ちこめ、その神威に打たれると共に西行の心が切実に追慕されることである〉現実に花の匂がしたにしても、一句は芭蕉の心象風景である。（注一〇参照）

一三〈増賀聖《ぞうがひじり》は伊勢神宮の示現《じげん》を得て衣類を乞食《こじき》に与えて赤裸《あかはだか》で下向《げこう》したというが、悟りの浅い私は、裸になるには二月の嵐をまだ膚につらく感ずることである〉神威に感激し増賀聖を追慕した吟。増賀の故事は『撰集抄《せんじゅうしょう》』『徒然草《つれづれぐさ》』に見える。「衣更着《きさらぎ》」は陰暦二月。

菩提山

一四 菩提山神宮寺《じんぐうじ》。行基《ぎょうき》の開基で良仁《りょうにん》の中興。この当時は荒廃していた。

一〇 丈六に陽炎高し石の上

一一 さまざまのこと思ひ出す桜かな

伊勢山田

一二 何の木の花とはしらず匂《にほひ》かな

一三 裸《はだか》にはまだ衣《き》更《さら》着《ぎ》の嵐《あらし》かな

一四 菩《ぼ》提《だい》山《せん》

一 この山のかなしさ告げよ野老《ところ》掘《ほり》

二 龍《りゆう》尚《しやう》舎《しや》

三 物の名を先《ま》づ問ふ蘆《あし》の若葉かな

四 網代民部《あじろみんぶ》雪堂《せつだう》に会ふ

五 梅の木に猶《なほ》やどり木や梅の花

一〈かつては、聖武《しようむ》天皇の勅願による行基《ぎようき》の開基として威容を誇っていた菩提山神宮寺《ぼだいせんじんぐうじ》も、今は見る影もなく荒廃している。この山の悲しい転変の歴史を語って聞かせてくれないか、山野と化した跡で野老《ところ》を掘っている里人よ〉「野老」は山野に自生する蔓草《つるくさ》で、山《やまの》芋《いも》に似て根は食料にする。ここでは「野老」の字が転変の歴史を語るにふさわしい老農夫を連想させている。

龍尚舎訪問

二 龍《りゆう》伝左衛門凞近《ひろちか》。尚舎は号。外宮《げくう》の年寄師職《としよりしよく》（一六二頁＊参照）。碩学《せきがく》にして且つ風雅人で、伊勢俳壇の重鎮であった。

三〈物の名も所によって呼びかたの変るものであるから、碩学の尚舎に物の名を先《ま》ず尋ねてみよう。蘆の若葉が萌《も》え出ているが、伊勢ではあの蘆のことを何と呼ぶのでしょうか〉「難波《なにわ》の蘆は伊勢の浜荻《はまおぎ》」との古《こ》諺《げん》を踏まえる。尚舎に対して敬意を表した挨拶吟《あいさつぎん》。

雪堂訪問

四 足代《あじろ》民部弘員《ひろかず》。通称は助之進。雪堂は号。外宮の三方家《さんぽうけ》師職（一六二頁＊参照）。父の弘氏《ひろうじ》は神風館《しんぷうかん》一世を称する俳人で、弘員はその二世。共に伊勢俳壇の中心的存在であった。

五〈梅の老木に更にやどり木した若い梅が花を咲かせているような、まことに父子二代にわたって風雅なお家柄であることよ〉弘氏・弘員の父子が共に梅翁《ばいおう》（西山宗因《にしやまそういん》）の談林《だんりん》派の俳人であったので、梅の比喩《ひゆ》を用いて挨拶した。

草庵の会

六 大江寺《たいこうじ》の境内にあった極めて質素な草庵で、二畳軒《じじょうけん》と称した。

七〈あたりの畑には里芋の葉が茂り、草庵の門辺《かどべ》は葎が一面に若葉をつけて、まことに俳席を催すにふさわしい場所がらであるよ〉里芋には俳味があるものとされた。

八「物忌《ものいみ》の子良《こら》」の略称。神官の娘で神饌《しんせん》の調進などに奉仕する童女。「館《たち》」はその詰所で、内・外の両宮にあった。

子良の館

九〈神前に奉仕する清浄な子良の館の裏にだけ一本あるという梅の花に、限りなく心ひかれることであるよ〉神官から教えられて、清浄な子良の館に咲く梅の花の、清香のほどを思いやった吟。属目《しょくもく》吟ではない。

神垣の涅槃像

一〇〈ここは外宮の神域の館町《たち》であるが、こんな所で思いもかけず涅槃像を拝んだことよ〉二月十五日の涅槃会《え》に、外宮の館町にあっての吟。神宮は当時極度に仏事を忌避《きひ》していただけに、驚くべき体験であったろう。但し、龍尚舎（前頁注二参照）のごとき仏教の学識ある師職も近くに住んでおり、可能性は考えられる。もっとも、この句は伊勢で詠《よ》まれた古歌「かみ垣のあたりと思ふゆふだすき思ひもかけぬ鐘の声かな」（『金葉《きんよう》和歌集』）を踏まえる。「涅槃像」は釈迦《しゃか》入滅の画像で、涅槃会に掲げて供養する。

六 草庵《さうあん》の会《くわい》

七 芋《いも》植ゑて門《かど》は葎《むぐら》の若葉かな

神垣《かみがき》のうちに（神宮の境内に）梅一木《ひとき》もなし。いかに故あることにやと神司《かんづかさ》（神官）などに尋ねはべれば、ただ何とはなし（格別に何の理由もない）、おのづから梅一本《ひともと》もなくて、八 子良《こら》の館《たち》のうしろに一本はべるよしを語り伝ふ（私に教えてくれる）。

九 御子良子《おこらご》の一本ゆかし梅の花

一〇 神垣や思ひもかけず涅槃《ねはん》像

彌生《やよひ》なかば過ぐるほど《陰暦三月中ごろ過ぎに》、そぞろに浮き立つ心の花の《浮かれ心が》、われをみちびく枝折《しをり》《道しるべ》となりて、吉野の花に思ひ立たんとするに《花見に出かけようと思った折から》、かの伊良湖崎《いらござき》にて一契りおきし人の《約束しておいた人が》伊勢にて出でむかへ、ともに旅寝のあはれをも見《体験し》、且つはわがために童子《どうじ》となりて道の便りにもならんと《侍童となって道中の手助けをもしようと》、みづから万菊丸《まんぎくまる》と名をいふ《名前を付ける》。まことに童《わらべ》らしき名のさま、いと興あり。いでや門出《かどで》のたはぶれごとせんと、笠のうちに《内側に》落書《らくが》きす。

二乾坤無住同行二《けんこんむぢゅうどうぎやうに》人《にん》

三吉野にて桜見せうぞ檜《ひのき》笠《がさ》

四吉野にてわれも見せうぞ檜笠　万菊丸

一 杜国《とこく》をさす。後日会合の約束をしたのは、六八頁の「鷹一つ」の句を詠《よ》んだ折のことであろう。

二 天地の間に一所を定めて住みつくことなく、仏と共に二人で旅をする、の意。巡礼や旅僧が笠に書き付ける文句。それをまねて書き付けたのであるが、仏と共に二人の意であるべきを、万菊丸が同行することになったので、万菊丸と共に二人の意にとりなし、且つ、笠に対して呼びかける次の句までそれぞれ書き付けたところが、「たはぶれごと」たる所以《ゆえん》である。

三〈花の名所の吉野につれて行って、見事な桜花を見せてやろうぞ。この檜笠よ〉笠に対してまで道連れであるかのごとく呼びかけているところに、浮かれ心がうかがえる。

四〈花の名所の吉野につれて行って、わたしも見事な桜花を見せてやろうぞ。わたしの檜笠よ〉右の芭蕉の句に呼応した吟で、芭蕉に同行する喜びの情があふれている。

旅の具多きは道さはりなりと《道中の邪魔であると》物みな払ひ捨てたれども、夜の料に《夜の寝具にと》と五紙子《かみこ》ひとつ、合羽《かっぱ》やうの物、硯・筆・紙・薬など、昼餉《ひるげ》なんど物《昼弁当などを》に包みてうしろに背負ひたれば、いとど《もともと》臑《すね》よわく力なき身の《身なので》、あとざまにひかふるやうにて《うしろの方に引っぱられるようで》道なほ進まず《さっぱりはかどらず》、ただものうきことのみ多し。

六草臥《くたび》れて宿《やど》かる頃《ころ》や藤の花

七初瀬《はつせ》

八春の夜や籠《こも》り人《ど》ゆかし堂の隅《すみ》

九足駄《あしだ》はく僧も見えたり花の雨　　　万菊

旅路の憂さ

五 六四頁注四参照。

六〈一日の旅程にすっかり歩き疲れ、ようやく今宵《こよい》の宿をとるころとなった。旅愁に堪えかねてふと見ると、薄暮の中に煙ったようにおぼつかなげに咲く藤の花の淡い色が、胸にしみ入るように感じられる〉「頃や」の「や」に、疲労と旅愁とが極限に達した嘆きが込められ、「藤の花」は、そうした心情の形象化としての意味を持つ。たそがれ時の藤の花に託して心情を表白する例は、古来の歌文にも見える。

七 奈良県桜井市。初瀬観音《はせかんのん》（長谷寺《はせでら》の観音）には王朝貴族の信仰・参籠する者多く、その状況が『源氏物語』その他の文学作品にも語られている。次の芭蕉の句は、そのような王朝文学の世界を追懐し、現実と二重写しにした吟。

初瀬観音

八〈春の夜は夢幻の思いに私を誘い込んで行く。見れば参籠中らしい人がいるが、あれは一体どのような人なのであろうか。初瀬観音の御堂の隅にひっそりとしているその人の姿を眺めていると、王朝の昔に恋の成就を祈願して参籠した佳人の物語などが髣髴《ほうふつ》として、限りなく心ひかれることであるよ〉「籠り人」とは、社寺に宿泊して祈念する人。初瀬観音は恋の成就を祈願する所として知名であった。

九〈無骨《ぶこつ》な高足駄をはいて行き来する僧の姿も見える。その逞《たくま》しげな姿が、桜花の春雨に煙る幽艶《ゆうえん》な趣と妙に調和して、興味深いことだ〉。

葛城山

[一]葛城山《かづらきやま》

[二]なほ見たし花に明けゆく神の顔

一　奈良県と大阪府との境界にある山。この山の祭神一言主神《ひとことぬしのかみ》は容貌《ようぼう》がみにくく、役《えん》の行者《ぎょうじゃ》が葛城山から金峰山《きんぷせん》に岩橋をかけようとした時、醜貌《しゅうぼう》を恥じて夜間だけ出て手伝ったとの伝説がある。次の芭蕉の句はそれを踏まえる。

二　〈この葛城山の一言主神は容貌がみにくいと言い伝えられているが、なおよく見たしかめたいものであるよ。夜明けと共に満山桜花の美しい姿を現して来るのを見ていると、神の顔もこのように美しいに違いないと思うので〉伝説を踏まえて面白く表現しているが、句の主題は葛城山の春の曙《あけぼの》の美景讃美《さんび》である。

臍峠

[三]三輪《みわ》　[四]多武峰《たふのみね》

[五]臍峠《ほそたうげ》　多武峰より龍門《りゅうもん》へ越ゆる道なり

[六]雲雀《ひばり》より空にやすらふ峠かな

三　奈良県桜井市の東北方の三輪山《みわやま》。

四　桜井市の南郊の山。

五　細峠《ほそとうげ》。多武峰より吉野の龍門岳への道中の峠。

六　〈雲雀がさえずりながら空高く舞いあがっているが、その雲雀より更に上の空で私は休んでいることよ、この臍峠は思えば険峻《けんしゅん》なものだ〉「空に」の語に、雲雀と競って自分も大空に駆け上っているようなはずんだ感情が表出されている。

龍門の滝

[七]龍門

七　吉野の龍門岳の麓《ふもと》にある滝をさす。

八龍門の花や上戸《じやうご》の土産《つと》にせん

九酒飲みに語らんかかる滝の花

一〇西《にじ》河《かう》

一一ほろほろと山《やま》吹《ぶき》散るか滝の音

一二蜻《せい》螟《めい》が滝

一三布留《ふる》の滝は、一四布留の宮より二十五丁山の奥なり。

八〈龍門の滝のほとりは今や桜の花盛りである。この美しい花を一枝折り取って、酒を嗜《たしな》む者への土産《みやげ》にしよう〉滝を愛した酒仙李白《りはく》を念頭に置き、龍門の滝の桜花だから土産にすれば上戸は格別よろこぶだろうと興じた吟。

九〈酒好きの者に語り聞かせてやろう、このように見事に咲き誇っている龍門の滝のほとりの桜花の情景を〉前の句と同じ意識の吟。「かかる」は「斯《か》かる」の意であるが、「滝が懸《か》かる」の縁で用いた。

一〇 西河《にじこう》の滝をさす。吉野大滝とも称するが、実は滝ではなくて、吉野川の急流。

西河の滝

一一〈ほろほろと岸辺の山吹の花が散り落ちることよ。岩根をとどろかせて奔流する大滝の響きにも堪えぬかのごとく、はかなげに〉紀貫之《きのつらゆき》の歌「吉野川岸の山吹ふく風に底の影さへうつろひにけり」(『古今和歌集』)を踏まえた作であり、吉野川に山吹を連想するのは当時の和歌・俳諧《はいかい》の常識であったが、この句に詠出された繊細《せんさい》な情感は新鮮で、独自の詩的世界を創造している。特に「ほろほろと」なる擬態《ぎたい》表現は斬新《ざんしん》な詩的感覚を表明し、単なる描写の域を超脱して感動的である。

蜻螟が滝

一二 蜻螟《せいめい》が滝。西河の近辺の滝。次に句を掲出する予定であったものと思われる。即ち、この紀行が、芭蕉の完成した作品でないことを示す。(六二頁*参照)

布留の滝

一三 奈良県天理市にある。

一四 石上《いそのかみ》神宮。

一津の国幾田《いくた》の川上に有り　三大和《やまと》

二布引《ぬのびき》の滝　四箕面《みのお》の滝　五勝尾寺《かつをでら》へ越ゆる道に有り

桜六

七桜狩り奇《き》特《どく》や日々に五里六里

八日は花に暮れてさびしやあすならう

九扇《あふぎ》にて酒くむかげや散る桜

一 摂津の国の生田《いくた》川の川上にある。「布引の滝」の所在を傍記したもの。

二 神戸市を流れる生田川の上流の滝。なお、この「布引の滝」と下記の「箕面《みのお》の滝」との記事は単なる備忘の記録のようであって、紀行文中の一節としては異常である。(前頁注一二・六二頁＊参照)

三 大和の国。「箕面の滝」の所在を傍記したもの。但し、「大和」としたのは誤りで、これも「津の国」(摂津の国)と記すべきところ。

布引の滝・箕面の滝

四 大阪府箕面市にある滝。

五 箕面市にある寺。

桜

六 このような季題だけを掲げるのは句集の分類形式であって、紀行文中の作品の前書《まえがき》としては不自然である。(注二・六二頁＊参照)

七〈あちらこちらの桜の花を見て歩くとて、思えば我ながら何とも殊勝なことであるよ、毎日毎日五里も六里も歩きまわるとは〉花見に夢中になっている自己の行動を、客観視して興じた吟。

八〈春の一日は咲き誇る桜花の美しさに心うばわれて暮れがたとなったが、その薄暮の中にひっそりと立っている「あすなろう」の姿に、限りないさびしさを感ずることだ〉はなやかな桜花を題とした連作の中にあって、むしろ「さびしさ」を主題としたこの吟に、芭蕉の性情がにじんでいる。「あすなろう」は檜《ひのき》に似た常緑樹で「翌檜」と書き、「明日《あす》は檜になろう」の意を託し、将来にむなしく期待するあわれさを込める。

九〈咲き誇る桜花に興じて、その木蔭で扇を大盃に見たて能狂言の所作《しよさ》よろしく花見酒を呷《あお》る仕種《しぐさ》をしてみることであるよ。はなやかな落花を全身にあびながら〉花見の逸興を自己の行動によって表白した吟。能狂言の風雅な所作を言いながらも、斬新な花見の場面とした。

苔清水

一〇吉野の西行庵の跡の清水。いわゆる「とくとくの清水」。『野ざらし紀行』の旅の途次にも立ち寄った。(三二頁参照)
一一〈桜花に降りそそぐ春雨が、幹《みき》をつたって滴り落ちている。その桜花の雫《しずく》とも言うべき滴りが、「とくとくの清水」となって湧《わ》き出ていることよ〉苔清水の脱俗的な風雅さを讃美《さんび》した吟。

吉野滞在

一二夜明けがたの空になお残っている淡い月。

一三後京極摂政藤原良経《よしつね》の詠歌。『新勅撰和歌集』所収の「昔たれかかる桜の種をうゑて吉野を花の山となしけむ」をさす。

一四西行法師の「枝折」を詠《よ》み込んだ歌。『新古今和歌集』所収の「吉野山昨年《こぞ》の枝折の道かへてまだ見ぬ方《かた》の花をたづねむ」をさす。「枝折」は道ばたの木の枝を折りかけて作る道しるべ。「枝折」の縁で「まよひ」と言った。

一五安原《やすはら》貞室が吉野で「これはこれはとばかり花の吉野山」(『阿羅野《あらの》』)と句を吟じたことをさす。

苔清水《こけしみづ》一〇

一一春雨《はるさめ》の木下《こした》につたふ清水かな

吉野の花に三日とどまりて《滞在して》、曙《あけぼの》・黄昏《たそかれ》の景色にむかひ、一二有明《ありあけ》の月の哀《あはれ》なるさまなど、心にせまり胸にみちて、或《ある》は一三摂政公《せつしやうこう》の詠《なが》めにうばはれ《心をうばわれ》、一四西行《さいぎやう》の枝折《しをり》にまよひ《心がまよい》、かの一五貞室《ていしつ》が「これはこれは」と打ちなぐりたる《感動をぶちまけた吟詠に圧倒されて》に、われ言はん言葉《吟詠》もなくて、いたづらに《むなしく》口を閉ぢたる、いと口をし。思ひ立ちたる風流いかめしくはべれども《ものものしかったけれども》、ここに至りて《こんな次第になって》無興《ぶきよう》《興ざめなことである》のことなり。

高《かう》野《や》[一]

父《ちち》母《はは》[二]のしきりに恋し雉《きじ》の声

散る[三]花に髻《たぶさ》はづかし奥の院　万《まん》菊《ぎく》

和[四]歌

行《ゆ》[五]く春に和歌の浦にて追ひ付きたり

紀《き》[六]三《み》井《ゐ》寺《でら》

高野山

一 高野山《こうやさん》。弘法大師開基の古義真言宗《こぎしんごんしゅう》の総本山金剛峯寺《こんごうぶじ》がある。芭蕉の故主良《よし》忠《ただ》（七三頁注一一参照）や父母の霊位もここに祀《まつ》る。

二〈今は亡《な》き父母がしきりと恋い慕われて、その痛切な思慕の情に堪えられない。高野の杉木立にこだまする哀切な雉の鳴き声を聞いていると〉行基菩薩《ぎょうきぼさつ》の高野山での詠と伝える「山鳥のほろほろと鳴く声聞けば父かとぞ思ふ母かとぞ思ふ」（『玉葉和歌集』など）を踏まえる。

三〈折から世の無常のことわりを示現するかのごとく散る花に、髻を結ったわが身の俗体であることを恥ずかしく思う。荘厳な高野山の奥の院では、僧形《そうぎょう》こそ似つかわしいものである〉「奥の院」は老杉《ろうさん》に囲まれた広大な墓地の奥に弘法大師廟《びょう》のある聖域。

和歌の浦

四 和歌の浦。和歌山市の南方の海辺で、『万葉集』以来の歌枕として知られる。

五〈過ぎ去って行こうとする晩春の景趣に、今この和歌の浦まで来て、ようやく接することができた〉古来和歌に、春の季節の終ろうとするのを、旅行く人に譬《たと》えて「行く春」と称するが、その語に応じて「追ひ付きたり」と表現したところに面白味を出した。主題は和歌の浦の晩春の景観の讃美《さんび》。

紀三井寺

六 金剛宝寺護国院。和歌の浦の東岸にある。次に句を掲出する予定であったものと思われる。（七九頁注一二一・六二二頁＊参照）

行脚《あんぎや》観

踵《きびす》[七]は破れて《傷ついて》西行《さいぎやう》にひとしく、天龍《てんりゆう》[八]の渡しを思ひ、馬を借る時は、[九]いきまきし聖《ひじり》のこと心に浮ぶ。山野《さんや》海浜《かいひん》の美景に造化《ざうくわ》[一〇]の功を見、或《ある》は無依《むえ》[一一]の道者《だうじや》の跡をしたひ、風情《ふぜい》[一二]の人の実《じつ》をうかがふ。なほ、栖《すみか》を去りて《住居を捨て去って》器物の願ひなし。空手《くうしゆ》なれば途中のうれひもなし《無一物なので道中盗難の心配もない》。寛歩駕《くわんぽが》[一三]にかへ、晩食《ばんしよく》肉よりも甘《あま》し。とまるべき道にかぎりなく《一日の行程に限度がなく》、立つ《宿を出で立つ》べき朝《あした》に時なし《きめた時刻もない》。ただ一日の願ひ二つのみ。今宵《こよひ》よき宿《やど》からん、草鞋《わらぢ》のわが足によろしきを求めんとばかりは、いささかの思ひなり《ささやかな願いごとである》。時々《じじ》[一四]気を転じ、日々《ひび》に情《じやう》をあらたむ。もしわづかに《少しでも》風雅ある人に出合ひたる、悦《よろこび》かぎりなし。日ごろは古めかしく、かたくななりと悪《にく》み捨てたるほどの《かえりみなかったほどの》人も、辺土《へんど》[一五]の道づれに語りあひ《旅の道連れとして》、埴生《はにふ》[一六]・葎《むぐら》のうちにて見いだしたるなど、瓦石《ぐわせき》のうちに玉を拾ひ、泥中《でいちゆう》に金《こがね》を得たる心地して、物にも書きつけ、人にも語らんと思ふぞ、またこれ旅のひと《一興で》つなりかし《あることだ》。

七 かかと。
八 西行法師が天龍川の渡船場で理不尽に船頭に鞭打《むち》たれながらも、これも修行と考えて怒らなかった故事（『西行物語』）。
九 証空上人《しようくうしようにん》が乗っている馬を堀に落されて罵言《ばげん》をはいたが、後悔して逃げ出した故事（『徒然草《つれづれぐさ》』）。
一〇 天地創造の神のたくみな腕前。
一一 あらゆる執着を捨て去った仏道修行者。
一二 風雅を愛する人の本領。
一三 ゆっくりと歩いて旅をして駕籠《かご》などには乗らず、おそく宿に着いての夕食は粗末であっても魚鳥の肉よりも美味である。『高士伝《こうしでん》』に「晩食以て肉に当て、安歩以て車に当つ」とある語による。
一四 その時その時の気のおもむくにまかせ、その日その日の新鮮な情感を楽しむ。
一五 へんぴな土地。片田舎《かたいなか》。
一六 貧しい小家や葎《むぐら》の這《は》いまつわった荒れた家。

衣《ころも》更《がへ》 一

二 一つ脱《ぬ》いで後《うしろ》に負ひぬ衣がへ

三 吉野出でて布子《ぬのこ》売りたし衣がへ　万《まん》菊《ぎく》

四 灌仏《くわんぶつ》の日は、奈良にて爰《ここ》かしこ詣《まう》ではべるに、鹿《しか》の子を産むを見て、この日においてを《釈迦と同じ日に生れるとはと》かしければ、

五 灌《くわん》仏《ぶつ》の日に生れあふ鹿《か》の子《こ》かな

衣　更

一 陰暦四月一日に夏の着物に着かえること。このような季題だけを掲げるのは句集の分類形式であって、紀行文中の作品の前書《まえがき》としては不自然である。（八〇頁注六・六二頁＊参照）

二 〈今まで厚着していたのを、一枚脱いで背負うことにした。世間では夏の着物に改める衣がえの季節だが、旅人である私の衣がえといえば、それだけのことである〉自己の旅人の境涯にある意識の表白であって、「旅人とわが名呼ばれん初しぐれ」（六三頁参照）や「旅寝して見しやうき世の煤《すす》はらひ」（七〇頁参照）などの句の感慨に共通するが、ユーモラスな表現になっているのは、旅心の安定を示す。

三 〈花見をすませて吉野から出て来たが、着ていた布子を売り払いたいものだ。旅中に衣がえの季節を迎えて〉芭蕉の書簡（貞享《じようきよう》五年四月二十五日付惣七《そうしち》宛）によると、万菊は実際に布子を売って、その代金を孝女伊麻《いま》にあたえている。「布子」は木綿の綿入れ。

灌　仏

四 釈迦《しやか》の誕生日。陰暦四月八日。

五 〈釈迦の誕生日である灌仏の日に生れあう鹿の子は、何と仏縁深く仕合せであることよ〉ほほえましく感じ、また鹿の子を祝福してやる心情からの吟。

六招提寺《せうだいじ》鑑真和尚《がんじんくわしやう》来朝の時、船中七十余度の難をしのぎたまひ、御目《おんめ》のうち塩風吹き入りて、つひに御目《おんめ》盲《しひ》させたまふ七尊像を拝して、

八若葉して御目の雫《しづく》ぬぐはばや

九旧友に奈良にてわかる。

一〇鹿《しか》の角《つの》まづ一節《ひとふし》のわかれかな

一一大坂《おほざか》にて、一二ある人のもとにて、

六 唐招提寺《とうしょうだいじ》を開基した鑑真和尚《がんじんかしょう》。天平勝宝《てんぴょうしょうほう》六年に唐から渡来したが、海路の苦難のために失明した。

鑑真和尚

七 寺中の開山堂に鑑真和尚の盲目姿の像を祀《まつ》る。

八〈開山堂のあたりは若葉の色も鮮やかである。この美しい若葉で、苦難に盲《めし》いた御目の雫を拭《ぬぐ》ってさしあげたいものである〉「若葉して」の「して」は動作の手段をあらわす。但し、折から四辺は若葉が照りはえていたことは事実であって、「雫」や拭う動作は虚構である。しかし、一句に託する芭蕉の感動の焦点は、虚構の「雫ぬぐはばや」の方にある。なお、「御目の雫」とは涙の意であるが、清らかで美しい表現である。

旧友との別れ

九 この時に奈良で会した伊賀の門人猿雖《えんすい》・卓袋《たくたい》・梅軒《ばいけん》・梨雪《りせつ》・示蜂《しほう》などをさす。(一〇二頁注一〜三参照)

一〇〈折から鹿の角はまず一節目の枝を出そうとしているが、そのように私もいま旧友たちと二つに別れ去って行こうとしていることだ〉「まづ一節」とは、鹿の角は最初の一節目で二枝に別れて、後にのびるに従って多くの枝が出るから、最初の一節目の意であると共に、再会を期する心を託して「とりあえず一時の間」の意を込めた。旧友との別れに際しての挨拶《あいさつ》吟。

一一 大阪。当時は「大坂」と書いて「おおざか」と濁って読んだ。(一九頁八行参照)

一笑宅

一二 伊賀の旧友一笑《いっしょう》。当時大阪に在住。

杜若《かきつばた》一語るも旅のひとつかな

須《す》二磨《ま》

月三はあれど留守《るす》のやうなり須磨の夏

月四見ても物たらはずや須磨の夏

卯月《うづき》（陰暦四月中ごろの）なかごろの空も朧《おぼろ》（春の趣をとどめ）に残りて、はかなき短夜《みじかよ》の月もいとど（まだなお）艶《えん》なるに、山は五（木々の若葉で黒ずんで見えて）若葉に黒みかかりて、ほととぎす鳴き出づべきしののめ（夜の明けがた）も海のかたよりしらみそめたるに、上野《うへの》六とおぼしき所は麦の穂浪《ほなみ》あからみあひて（一面に赤みを帯びて）、漁人《あま》の軒ちかき芥子《けし》の花のたえだえに見わたさる。

一〈折から庭は杜若の花盛りで『伊勢物語』の故事などを思い出すが、その杜若を話題として語り合うのも旅の興趣の一つである〉東国に旅した業平《なりひら》が「かきつばた」の五文字を詠《よ》み込んで望郷の一首を詠じたという『伊勢物語』の故事を踏まえ、且つ眼前の景によせて主人への挨拶《あいさつ》とした吟。

二 神戸市西部の海岸地帯。白砂青松の景勝で、古来の月の名所。歌枕。

須磨——月

三〈空に月は出ているけれども、まるで主人の留守中に訪《たず》ねて来たかのようで物足りないことだ。須磨の夏景色は〉夏の月に対する不満を言うことによって、王朝以来伝統的に風雅なものとする須磨の秋景色への憧憬《しょうけい》の念を表白した吟。

四〈空の月を見ても、なんだか物足りないことであるよ。須磨の夏景色は〉前の句と全く同想の等類句で、未完成の感が強い。芭蕉が紀行文中の一節として、このように等類句を列記する構成をしたとは考えられない。（六二頁＊参照）

五 まだ夜明け前なので、山の木々の若葉の色も黒くしか見えないことを言った。

須磨——夜明け

六 須磨寺付近の台地。須磨寺には、平敦盛《たいらのあつもり》の小枝《さえだ》の笛など、源平合戦の多くの遺品を留《とど》め、また、このあたりは光源氏《ひかる》の古跡として、『源氏物語』のゆかりで知名であった。（八八頁注四参照）

海士《あま》[七]の顔まづ見らるるや芥子の花

須磨——懐古（一）

東須磨・西須磨・浜須磨と三所《みところ》にわかれて、あながちに何わざするとも見えず《特に他と異なった事を生業としているとも見えない》。「藻塩《もしほ》[八]たれつつ」など歌にも聞えはべるも《歌にも詠まれて知られているけれども》、いまはかかるわざするなども見えず。きすご[九]といふ魚《うを》を網して《網で取って》、真砂《まさご》の上に干し散らしけるを、烏の飛び来たりてつかみ去る。これを憎みて弓をもて《弓を射て》おどすぞ、海士のわざとも見えず。もし《もしかしたら》古戦場[一〇]の名残をとどめて、かかることをなすにやと、いとど《ひときわ》罪深く、なほ《しかしまた》昔の恋しきままに、鉄拐《てつかい》が峰《みね》にのぼらんとする。導きする子の苦しがりて《道案内にと頼んだ子がいやがって》、とかく言ひまぎらはすを《あれこれ言ってごまかして行くまいとするのを》、さまざまにすかして《なだめすかして》、「麓《ふもと》の茶店《ちやみせ》にて物くらはすべき《何かごちそうしよう》」など言ひて、わりなき[一一]体《てい》に見えたり。かれは十六[一二]といひけん里の童子よりは四つばかりも弟なるべきを《年下であるはずだが》、数百丈《すひやくぢやう》の先達《せんだつ》

七 〈夜も明けそめて来ると、早起きの漁夫たちの顔が、まずちらほらと見えはじめることだ、芥子《けし》の花の咲く浜辺のあたりに〉早朝の静寂の中に、人々の営みのはじまろうとする刻限の面白さを言った吟。

八 在原行平《ありわらのゆきひら》の歌「わくらばに問ふ人あらば須磨の浦に藻塩たれつつわぶと答へよ」（『古今和歌集』）をさす。

九 「鱚子《きすご》」。「鱚」の別称。

一〇 源氏と平家とがこのあたりで戦ったことをさす。

一一 手段に窮して困り切った次第であった。「わりなし」は、芭蕉が切実な心情を託して用いる慣用語（五四頁四行参照）。「見えたり」とは自己の情況を客観視した表現をして興じたもの。

一二 義経《よしつね》を鵯越《ひよどりごえ》に案内した熊王《くまおう》と言う童子の話が『平家物語』にある。その熊王のことと思われる。但し、熊王は当時十八歳とあるのを芭蕉は誤記したようである。

として、一羊腸険岨《やうちやうけんそ》の岩根《いはね》をはひのぼれば、すべり落ちぬべきことあ《すべり落ちてしまいそうなことが何》またたびなりけるを《度もあったが》、躑躅《つつじ》・根笹《ねざさ》に取りつき、息をきらし汗をひた《ぐっしょり汗》して《をかいて》、やうやう雲門に入るこそ《頂上に登り着いたのは》、心もとなき導師のちからなりけら《案内者のおかげであると言えよう》し。

二須磨《すま》の海士《あま》の矢先《やさき》に鳴くか郭公《ほととぎす》

三ほととぎす消え行く方《かた》や島一つ

四須磨寺や吹かぬ笛聞く木下闇《こしたやみ》

明《あか》石《し》夜《や》泊《はく》

一 曲りくねった険しい山の道。

二 〈魚をさらう鳥を追っ払おうと、須磨の海士が矢のねらいをつける彼方《かなた》に、鋭く鳴きさけんで飛んだことよ、郭公が〉風雅な歌枕にして且つ古戦場である須磨の情趣を、矢先に鳴く郭公で具象化した。「鳴くか」の「か」は詠嘆。

三 〈ほととぎすが鋭く鳴いて飛び去って行った空の彼方。そのはるか彼方に島影が一つ夢のように浮んで見える〉鉄拐《てつかい》山頂より淡路島の方を遠望しての吟であろうが、その場合は淡路島はあまりに近く陸続きのように見える。従って、「島一つ」とは実景の描写ではなく、歌枕の地に古歌の情をしのび歴史を懐古し、その往古追懐の思いを形象化したものである。その意味で、消え行く方の島は心象風景と見るべきである。

四 〈平敦盛《たいらのあつもり》遺愛の小枝《さえだ》の笛を今にとどめる須磨寺に参ると、敦盛を哀惜する思いがとどめがたい。ふと耳をすますと、いま吹いている筈《はず》もない小枝の笛の音が聞えて来るような気がする。そのような思いにとらわれる須磨寺の木下闇である〉「吹かぬ笛聞く」に懐古の情を明白に表現した吟。平敦盛は一《いち》の谷《たに》の合戦で十六歳の若さで戦死した。芭蕉はそれを哀惜して、惣《そう》七《しち》宛書簡（貞享《じようきよう》五年四月二十五日付）に「須磨寺のさびしさ、口を閉ぢたるばかりに候《さうらふ》」と報じている。「木下闇」は茂った樹木の下のほの暗くなっている所。

明石夜泊

[五]蛸《たこ》壺《つぼ》やはかなき夢を夏の月

「[六]かかる所の秋なりけり」とかや。この浦のまことは〔この須磨の浦の真の情趣は〕秋をむねとするなるべし。悲しさ寂しさ言はむかたなく、秋なりせば、いささか心のはしをも言ひいづべきものを〔句として表現できるのにと〕と思ふぞ、わが心匠《しんしやう》[七]の拙《つたな》きを知らぬに似たり。淡路島《あはぢしま》手に取るやうに見えて、須磨・明石の海右左にわかる。呉《ご》[八]・楚《そ》東南《とうなん》のながめもかかる所にや。物知れる人の見はべらば、さまざまのさかひにも思ひなぞらふるべし。また、うしろのかたに山を隔てて、田井《たゐ》[九]の畑《はた》といふ所、松風《まつかぜ》[一〇]・村雨《むらさめ》の古里といへり。尾上《をのへ》つづき、丹波路《たんばぢ》へかよふ道あり。鉢伏《はちふせ》のぞき・逆落《さかおと》しなど、恐しき名のみ残りて、鐘掛松《かねかけまつ》[一一]より見おろすに、一《いち》[一二]の谷内裏屋敷《たにだいりやしき》、目の下に見ゆ。その代《よ》のみだれ、その時のさわぎ〔一の谷の源平の合戦〕、さながら心に浮び、俤《おもかげ》につどひて、二位《にゐ》[一三]の尼君《あまぎみ》、皇子《みこ》[一四]をいだき奉り、女院《にようゐん》[一五]の御裳裾《おんもすそ》

須磨――懐古（二）

五 〈明石の浜辺には、蛸壺のころがっているのが夜目にも見える。今ごろ海の底では、さぞかし蛸が蛸壺を絶好の住家と思って、はかない一夜の夢を結んでいることであろう。明け易い夏の夜の月に照らされてころがっている浜辺の蛸壺を見ると、そのようなことが想像されて、一種のユーモアと悲哀とを覚える〉蛸壺を見てのユーモラスな連想から、栄枯盛衰の歴史的回顧に伴う悲哀感を誘発されての吟。「蛸壺」は蛸をとらえる素焼《すやき》の壺。縄でつないで海底に沈めておいて、蛸が入っているのを翌朝に引き上げる。

六 『源氏物語』に「須磨には、いとど心づくしの秋風に（中略）またなくあはれなるものは、かかる所の秋なりけり」とあり、謡曲「松風」にも引用する。

七 心の中での工夫。心情を句に表現する技能。

八 杜甫《とほ》の「岳陽楼に登る」の詩（『杜律集解《とりつしゆつかい》』など）に「呉《ご》・楚《そ》東南に坼け、乾坤《けんこん》日夜浮ぶ」とあるによる。「呉・楚」は共に国名。眺望のよいこと。

九 鉄拐《てつかい》が峰《みね》の北側にある部落。

一〇 在原行平《ありわらのゆきひら》が須磨に配流された時、寵愛《ちようあい》した姉妹の海人《あま》。謡曲「松風」の主人公。

一一 義経《よしつね》が陣鐘《じんがね》を掛けたとの伝説のある松。

一二 一の谷の安徳《あんとく》天皇の内裏の屋敷跡。

一三 平清盛《たいらのきよもり》の妻。建礼門院《けんれいもんいん》の母。

一四 安徳天皇。幼少であったので「皇子《みこ》」と言った。

一五 建礼門院。高倉《たかくら》天皇の中宮《ちゆうぐう》で、安徳天皇の生母。

に御足《おんあし》もつれ、船屋形《ふなやかた》[一]にまろび入《い》らせ《ころぶように》たまふ御有様、内侍《ないし》[二]・局《つぼね》[三]・女嬬《にょじゅ》[四]・曹子《ざうし》[五]のたぐひ、さまざまの御調度《おんてうど》[六]もてあつかひ《処置に困って》、琵琶《びは》・琴《きん》なんど、褥《しとね》[七]・蒲団《ふとん》にくるみて船中に投げ入れ、供御《くご》[八]はこぼれて鱗《うろくづ》[九]の餌《ゑ》となり、櫛笥《くしげ》[一〇]は乱れて海士《あま》の捨て草《捨ててかえりみない藻草同様》となりつつ、千歳《ちとせ》[一一]の悲しびこの浦にとどまり、白波の音にさへ愁《うれひ》多くはべるぞや。

一　船の屋形。船上に造った屋舎。
二　内侍司《ないしのつかさ》の女官。天皇に常侍し、奏請・伝宣や後宮《こうきゅう》の諸礼式をつかさどる。
三　宮中に自分の局（室）を持っている女官。
四　宮中の掃除・点燈などの雑務を行う下級女官。
五　宮中の女官の用部屋の雑役に従事する女。
六　室内で用いる手まわり道具。
七　坐る時などに用いる敷物。
八　天皇の御食物。
九　魚。
一〇　結髪用具や化粧用品を入れる箱。
一一　千年の後になっても変ることのない非常な悲しみ。

一七、十八楼の記

貞享五年六月・四十五歳

美濃《みの》の国長柄川《ながらがは》[一二]にのぞんで水楼[一三]あり。あるじを賀島氏《かしまうぢ》[一四]といふ。稲葉山《いなばやま》うしろに高く、乱山《らんざん》[一五]西にかさなりて、近からず遠からず。田中《たんぼ》の寺は《の中の寺は》杉のひとむらに隠れ、岸にそふ民家は竹の囲みの緑も深し。さらし布《水にさらした布が川原のところどころに引き延べて干してあって》ところどころに引きはへて、右に渡し舟うかぶ。里人の行《行き》きかひしげく《来が絶え間なく》、漁村軒《のき》を並べて、網をひき釣をたるるおのがさまざま《それらの人のさまざまの姿までもが》も、ただこの楼をもてなすに似たり《全くこの楼からの景観のためにあるのかと思われる》。暮れがたき夏の日も忘るる[一六]ばかり、入日《いりひ》の影《光》も月《月光》にかはりて、波にむすぼるる《波にからまったようにちらめく》かがり火の影《光》もやや近く《次第に近づいて》、高欄《かうらん》のもとに鵜飼《うかひ》[一七]するなど、まことに目ざましき見ものなりけらし[一八]。かの瀟湘《せうしやう》[一九]の八《や》つのながめ、西湖《せいこ》[二〇]の十《とを》のさかひも、涼風《りやうふう》[二一]

＊この一篇は、『笈《おい》の小文《こぶみ》』の旅から帰東の途次、岐阜《ぎふ》の賀島（加島とも）善右衛門（俳号鷗歩《おうほ》、油屋を家業とする）の家に招待された折の作品。文末に「仲夏」（即ち陰暦五月）とあるが、事実は六月のことであった。

一二 長良川《ながら》。岐阜市東郊の稲葉山のすそを通って木曾川に流入する川。

一三 水ぎわの高殿《たかどの》。

一四 ＊参照。

一五 高低入り乱れて重なり合う多くの山。

一六 景観に心をうばわれて、長い夏の日も暮れがたとなるのを忘れるほどであったこと。

一七 夏の夜、舟にかがり火をたき、飼いならした鵜を使って鮎《あゆ》をとる業。長良川の鵜飼は当時も有名であった。なお、次の「一八、鵜舟」の項参照。

一八 詠嘆。推定の意は全く無い。近世の一般的用法。

一九 瀟湘八景。中国湖南省の洞庭湖近辺の八つの景勝の地。

二〇 西湖十景。中国浙江《せっこう》省の西湖沿岸の十の景勝。

二一 この水楼の一吹きの涼風の中に、八景・十景の風趣はすべてやどっているように思われる。「一味」は仏教用語で、仏説は機に応じて多様であるが、その本旨は同一であること。ここでは、「八」「十」に対して「一」と言ったのではあるが、八景・十景の風趣の本質たる精髄を得ているの意。

一味《いちみ》のうちに思ひこめたり。もしこの楼に名を言はむとならば、「十八楼」とも言はましや。

一 このあたり目に見ゆるものは皆涼し　　ばせを

貞享《ぢやうきやう》五仲夏《ちゆうか》二

一〈暑熱の夏の盛りであるのに、この水楼のあたりの景観は、目に見えるものは皆涼しげである〉水楼からの眺望を詳述した前文に続けて、最後に詠嘆のみを句として置いた吟。従って、一句の中には表現の具象性が乏しいが、それは前文に託したのである。かかる句は前文と一体であって、句だけを別個に独立させて解すべきものではない。

二 九一頁＊参照。

一八、鵜《う》舟《ぶね》

貞享五年六月・四十五歳

岐阜《ぎふ》の庄《しやう》三長柄川《ながらがは》の四鵜飼《うかひ》とて、世にことごとしう言ひののしる（世間で大変な評判である）。まことや（本当にまあ）、その興の人の語り伝ふるにたがはず、五浅智短才の筆にも言葉にも尽すべきにあらず。六「心知れらん人に見せばや」（風雅の心を解する人に見せたいものだ）など言ひて、七闇路《やみぢ》に帰る、この身の名残《なごり》惜しさをいかにせむ。

八おもしろうてやがて悲しき鵜舟かな　　芭蕉

桃青

＊前掲の「一七、十八楼の記」の成ったのと同じ岐阜滞在中の作品。

三 九一頁注一二参照。

四 九一頁注一七参照。

五 芭蕉自身のことを謙遜《けんそん》して言った。（六五頁三行参照）

六 源信明《みなもとののぶあき》の歌「あたら夜の月と花とを同じくは心知れらん人に見せばや」（『後撰和歌集』）を踏まえる。

七 謡曲「鵜飼」に「鵜舟のかがり影消えて、闇路に帰るこの身の、名残惜しさをいかにせん」とあるによる。「闇路に帰る」とは、謡曲では、もとの暗夜に返ると、亡者《もうじや》の冥途《めいど》に帰るとの二意を兼ねるが、芭蕉は夜路を宿に帰る意に流用した。なお、鵜飼は闇の夜に行うのを常とする。

八 〈活気に満ちた鵜飼のさまは、まことにおもしろいが、鵜飼舟のかがり火も消え去ると、やがてしみじみと悲しくなって来る、そのような鵜飼の情景であるよ〉謡曲「鵜飼」の詞章を裁《た》ち入れた前文に続けて、その謡曲に盛られた活気のある場面から哀愁の色濃い終幕へと転じて行く情感を、自己の現場での実感に重ね、謡曲の詞章中に繰り返し使用されている「おもしろ」「悲し」の語を活用して表現した吟。興趣から哀愁へと劇的に転落する鵜飼独特の情景に対する感動が主題であって、いわゆる「歓楽極まりて哀情多し」との諺《ことわざ》の作品化ではない。謡曲の詞章を末尾に踏まえた前文と一体の句として解すべきである。

一九、更《さら》科《しな》紀行

貞享五年八月・四十五歳

[一]更科の里、[二]姨捨山《をばすてやま》の月見んこと、しきりにすすむる秋風の心に吹きさわぎて、ともに風雲の情をくるはすもの《私と共に山野をさすらう旅に出たいと切望する者》、またひとり《もう一人》、[三]越人《ゑつじん》といふ。[四]木曾路は山深く道さがしく《けわしく》、旅寝の力も心もとなし《旅寝の頼みとなる者もなくて心配》と、[五]荷兮《かけい》子《し》が奴僕《ぬぼく》をして送らす。おのおのこころざし《厚意ある配慮を》尽すといへども、駅旅《宿場や》のこと《旅路の》心得ぬさまにて、共におぼつかなく、ものごとのしどろにあとさきなるも《事ごとに手順を間違えて失敗をかさねるのも》、なかなかに《かえって》をかしきことのみ多し。

何々といふ所にて、六十《むそぢ》ばかりの[六]道心の僧、おもしろげもをかしげもあらず、ただむつむつとしたるが《無愛想にむっつりしたのが》、腰たわむまで《折れ曲るほど》物おひ、息はせはしく、足はきざむやうに《せかせかと小またで》歩み来たれるを、[七]伴ひける人のあはれ

＊『笈《おい》の小文《こぶみ》』の旅の後、芭蕉は京都・近江《おうみ》・美濃《みの》を経て尾張《おわり》に出た。そして、それより越人《えつじん》を伴って木曾路をたどり、更科の月を賞して江戸に帰った。その尾張以降の旅の記が『更科紀行』である。八月十日頃から月末にかけての約二十日間の旅で、『鹿島詣《かしまもうで》』とほぼ同量の短篇であるが、その構成も酷似していて、旅中の吟詠はすべて末尾にまわし、俳文としての完成に主力をそそぐなど、『鹿島詣』と共通の意図に成る作品であることを物語っている。(五五頁＊参照)

一 長野県北部の更埴《こうしょく》市のあたり。

二 更埴市西南方の山。古来、姨捨伝説の地であり、観月の名所として、王朝以降の文学作品に頻出する。

三 六六頁注八参照。

四 中仙道《なかせんどう》の一部。木曾谷ぞいの街道。

五 山本武右衛門《ぶえもん》。名古屋の医者。『冬の日』『春の日』『阿羅野《あらの》』を編集し、尾張蕉門の重鎮となる。但し、元禄五年ごろ以降は蕉門から離反するに至る。

六 仏道修行の旅僧。

七 同伴者である越人や奴僕をさす。

がりて、おのおの肩にかけたる物ども、かの僧のおひね物《背負っている荷物》とひとつにからみて《たばねて》、馬に付けて、我をその上に乗す。高山奇峰、頭《かしら》の上におほひ重なりて、左は大河《たいが》ながれ、岸下《がんか》の千尋《せんじん》の思ひをなし《のように思われて》、尺地《せきち》も平らかならざれば《ほんの少しの平地もないので》、鞍《くら》のうへ静かならず。ただあやふき煩ひのみやむ時なし。

八桟橋《かけはし》・九寝覚《ねざめ》など過ぎて、一〇猿《さる》が馬場《ばば》・一一立峠《たちたうげ》などは四十八曲りとかや。一二九折《つづらをり》かさなりて、雲路《雲の中の道を》にたどる心地せらる。歩行《かち》より行く《あるいて行く》者さへ、目くるめき《目がくらみ》魂しぼみて、足さだまらざりけるに、かの連れたる奴僕いとも恐るるけしき見えず、一三馬の上にてただねぶりにねぶりて《いちずに居眠りばかりして》、落ちぬべきことあまたたびなりけるを《落ちてしまいそうなことが何度もあるのを》、あとより見上げて、あやふきこと限りなし。仏《ほとけ》の御心《みこころ》に衆生《しゆじやう》のうき世を見たまふもかかることにやと、一四無常迅速《じんそく》のいそがはしさも、わが身にかへりみられて《自分自身のこととして反省させられて》、一五阿波《あは》の鳴門《なると》は波風もなかりけり。

夜は草の枕を求めて《旅宿を求めて宿泊して》、昼のうち思ひまうけたるけしき《句に作ろうと心にとどめておいた風景》、結び捨て《即吟したま》

八　上松《あげまつ》町と木曾福島町との間の崖《がけ》の中腹にかけ渡してあった棚橋《たなばし》の名称（固有名詞）。木曾路の難所。

九　寝覚の床《とこ》。上松町にある木曾路の名所。木曾川の急流が大岩に激している奇勝。

一〇　猿が馬場峠。東筑摩《ひがしちくま》郡麻績《おみ》村から更埴市に至る間の峠。

一一　東筑摩郡の四賀村と本城村との間の峠。

一二　はなはだしく折れ曲った坂道。

一三　前段末の「ただあやふき煩ひのみやむ時なし」の所で芭蕉は馬を降りて、代りに奴僕を乗せたことになる。なお、ここ以下の五行にわたる記事は、『徒然草《つれづれぐさ》』第四十一段の、賀茂の競馬を見ようとして木に登った法師が木の上で居眠りをして落ちそうになる話が、心にあっての叙述と思われる。

一四　あらゆる物がたちまちのうちに生滅《しようめつ》し流転して行くこと。人生のはかなく頼りないこと。

一五　人生の無常迅速で波瀾《はらん》に富むのに比べれば、阿波の鳴門海峡の激流でさえ平静なものと言える。兼好《けんこう》の作と伝える歌「世の中を渡りくらべて今ぞ知る阿波の鳴門は波風もなし」を踏まえる。

たる発句など《ま検討してない句など》、一矢立《やたて》とりいでて、灯《ともしび》のもとに目を閉ぢ、頭たたきてうめき伏せば《苦吟しつつ横になっていると》、かの道心《だうしん》の坊《僧》、旅懐の心うくて《旅の思いがつらくて》物思ひするにやと推量し、我をなぐさめんとす。若きとき拝みめぐりたる地、阿彌陀《あみだ》のたふとき《霊験》、数をつくし《色々と沢山話し》、おのがあやしと思ひし事ども《不思議に思った種々の体験を》話しつづくるぞ、風情《ふぜい》のさはりとなりて《句を思案する妨げとなって》、何を言ひいづることもせず《一句もまとめ上げることができない》。とても《こんな次第で》まぎれたる月影の《気づかずにいた月の光が》、壁の破れより木《こ》の間《ま》がくれにさし入りて、二引板《ひた》の音、鹿《しか》追ふ声、ところどころに聞えける。まことに悲しき三秋の心、ここに尽せり。「いでや、月のあるじに《月見のごちそうに》酒ふるまはん」と言へば、〔宿の人が〕杯持ち出でたり。世の常に《世間一般のより》一めぐりも大きに見えて、ふつつかなる《やぼくさい》四蒔絵《まきゑ》をしたり。都の人は、かかるものは風情なしとて、手にも触れざりけるに、思ひもかけぬ興《きよう》に入りて、五碧碗玉卮《へきわんぎよくし》の心地《ここち》せらるも所がらなり。

六あの中に蒔絵書きたし宿《やど》の月

一 墨壺《すみつぼ》に筆を入れる筒のついた携帯用の筆記用具。
二 鳴子《なるこ》の類。田畑を荒らす鳥獣をおどす装置。
三 藤原季通《すえみち》の歌「事々に悲しかりけりむべしこそ秋の心を愁《うれひ》といひけれ」（『千載和歌集』）などの心。
四 漆と金銀の粉や箔《はく》などを用いて器物に描いた絵模様。
五 みどり色の石で作った碗《わん》や玉で作った杯《さかずき》。立派な美しい酒杯であることを言う成語。
六 〈あの杯のような満月の中に蒔絵を描いてみたいものだ。そのような絵心をそそられるほど美しい更科《さらしな》の宿で眺める名月であるよ〉名所の月を讃美《さんび》すると共に、その名月を前文の宿の杯と関連させて興じた吟。
七 〈まことに恐ろしげな木曾路の難所として聞えた桟橋のさまであるよ。見れば、蔦葛が命の限りといった調子でからみついているが、われわれもそのように、命がけの思いでしがみつくようにして桟橋を渡って行くことだ〉以下の三句は同じく桟橋（九五頁注八参照）での吟。
八 〈まことに恐ろしげな木曾路の難所として聞えた桟橋のさまであるよ。この桟橋を見て何よりも先ず追想するのは、信濃駒《しなのごま》をひきつれてこの桟橋を渡って行ったであろう昔の駒迎えの行事の光景であるよ〉「駒迎へ」とは、陰暦八月十五日（のち十六日）に諸国から朝廷に馬を献じた行事。信濃から望月《もちづき》の駒を献じたことは特に有名で、その行事が絶えて後も、和歌などに詠《よ》まれた。

九〈霧が晴れて深い谷底まで見はるかせるようになると、この桟橋はちょっと目を放しても落ちてしまいそうな気がして、恐ろしくて目を閉じたいのに一瞬も目を閉じることができない〉。

一〇 六六頁注八参照。

一一 九四頁注二参照。

一二〈姨捨山で月を見ていると、捨てられて月下にひとりで泣いている老婆の俤がうかんでくる。その老婆の俤を今宵《こよい》の友として月を眺めよう〉当紀行の冒頭に言うごとく、姨捨山の月見はこの旅の目的であった。従って、この句はこの紀行中の絶唱であり、芭蕉は姨捨伝説の幻想にひたって吟じている。このような夢幻的な抒情《じょじょう》は芭蕉の得意とする芸境の一種であり、この句を芭蕉は会心の作として門人に語ったと伝える。なお、姨捨伝説とは、親代りに老婆を養っていた男が、妻のすすめでその老婆を山に捨てたが、折からの名月を眺めて後悔し、翌朝連れて帰ったとの棄老伝説で、王朝の文学作品に頻出する。

一三〈十五夜には姨捨山の月を賞したが、十六夜になってもまだ去りがたい思いで、更科の郡の姨捨山のほとりで月を見ていることだ〉「まだ更科」に「まだ去らず」の意を言い掛けた。

七 桟《かけ》橋《はし》や命《いのち》をからむ蔦《つた》葛《かづら》

八 桟橋や先《ま》づ思ひ出づ駒《こま》迎へ

九 霧晴れて桟橋は目もふさがれず　一〇 越《ゑつ》人《じん》

一一 姨《をば》捨《すて》山《やま》

一二 俤《おもかげ》や姨《をば》ひとり泣く月の友

一三 十六夜《いざよひ》もまだ更科《さらしな》の郡《こほり》かな

一更《さら》科《しな》や三夜《みよ》さの月見雲もなし　二越《ゑつ》人《じん》

三ひよろひよろと尚《なほ》露けしや女郎花《をみなへし》

四身にしみて大根からし秋の風

五木曾の橡《とち》浮世の人の土産《みやげ》かな

六送られつ別れつ果ては木曾の秋

一〈さすがに月の名所とて、去りがたい思いの更科であるよ。われわれはその感銘深い月にひきつけられて、十五夜から三夜にもわたってこの更科の姨捨山《おばすてやま》のほとりで月見をしてしまった。が、三夜とも晴れわたって一片の雲もなく、まことに見事な明月であった〉芭蕉の前掲の句を受けて、「更科や」に「去りがたしや」の意を言い掛けた。

二　六六頁注八参照。

三〈ひょろひょろと危なげにのびて、その上に露までがしとどに置いて、いかにもかよわく心細げな姿の女郎花であるよ〉「女郎花」に心細い旅寝の思いを託する。

四〈まるで身にしみるように大根がからい。秋風に吹きさらされながら木曾路を旅して味わう大根は〉険しい木曾路の旅の辛苦を、からい大根と秋風との身にしみることを言って表出した。木曾路には「からみ大根」と称する味のからい大根を産したという。

五〈この木曾路には、いたるところに橡の実が落ちている。この木曾の橡の実は、町に住んでいる知友への何よりの土産であるよ〉深山の隠逸の士の食料とする橡の実であるので、「浮世の人」へのよき土産と言った。芭蕉は実際に土産としたらしく、それをもって荷兮《かけい》は「年の暮とちのみ一つころころと」と吟じている。

六〈いくたびか人々に見送られ、親しい人々との離別を重ねて、その果てはついに、このように山深い木曾路の秋を旅して行くことであるよ〉「果ては」の語には、貞享《じょうきょう》元年に「野ざらし」を覚悟で旅立って（二四頁＊参照）以来の自己を回顧し、行脚漂泊《あんぎゃひょうはく》の境涯に身を投じた行く末を思う深刻な思念をも託している。

七 長野市にある八宗（南都六宗・平安二宗）兼学の寺で、中世以降格別尊信された。

八〈折から明月が清光を放っている。思えば、「四門四宗」と称して仏道悟入の方法や宗派に異を立てているが、帰するところはただ一つで、この真如の月のごときものである〉「四門」とは仏道悟入の四種の関門。「四宗」とは仏教の四宗派。それらのすべてが、この八宗兼学の善光寺にそなわっていると鑽仰《さんごう》した吟。

九〈激しく吹き荒れて石を吹き飛ばす、その凄《すさ》まじさこそは、まこと浅間山の野分のさまであるよ〉三重式活火山の浅間山には軽石《かるいし》が多く、それをも吹き飛ばして荒れる野分の壮烈なさまを、石に焦点を据《す》えて「石は」と言った。

善光寺[七]

[八]月影や四《し》門《もん》四《し》宗《しゅう》もただ一つ

[九]吹き飛ばす石は浅《あさ》間《ま》の野《の》分《わき》かな

二〇、絈屋《かせや》市兵衛《いちべゑ》（卓袋《たくたい》）宛書簡

貞享五年九月十日・四十五歳

名古屋までの御状[一]、ならびに加兵衛《かへゑ》[二]持参、共に相達《あひ》し候《さうらふ》。先《ま》づ以て姉者人御事《あねじゃひとおんこと》[三]、かねて急々に見うけ《臨終が近いと》候ゆゑ、貴様[四]を別して《格別に》頼み置き候ところ、いよいよ御見届け《ついに臨終を見届けるまで御世話頂き》、大慶に存じ《有難う存じます》候。一両年不自由不調《家計が苦しく不如意の》の事ども《中の病没で》、さてさて残り多く《心残り》いたはしく存じ候。加兵衛事も、ないない《内心ひそかに》何事ぞはでかし申すべくと存じ候《何か不都合な事を仕出かしそうだとは思っていました》。このたびの事は小事にて候。先づ仕合せに御座候。無調法一ぺん事に御座候へば《ありふれた過失でありますから》、くるしからざる《とがめ立てなくてよい》あやまちと存じ候。貴様路金《ろきん》[五]など御とらせなされ《与えて下さった》候よし、半左衛門[六]殿よりつぶさに《詳細に》御申し越し、感心申し候《感激いたしました》。さては《ところで》加兵衛事、寒空《さむぞら》[七]にむかひ、単物《ひとへもの》・帷子《かたびら》[八]ばかりにて丸腰同前の体《てい》《裸同様の有様》、ふとん一枚用意なく

＊この一書は、『更科紀行《さらしな》』の旅を終えて江戸に帰った芭蕉が、故郷の伊賀の国上野の門人卓袋に送った返書である。その主な内容は、芭蕉の兄半左衛門の妻の他界の件と、芭蕉と同郷の加兵衛なる人物の芭蕉庵寄寓の件とである。この二件は共に俳諧《はいかい》とは無関係であるが、それだけ俳諧一筋の芭蕉にもかかる俗事の止《や》むを得ぬかかわりのあったことが知られ、そうした雑事に心身を悩ましながらの俳諧精進道《しょうじんどう》であったことが浮き彫りとなって、感銘深いものがある。なお、絈屋《かせや》市兵衛は絈屋を屋号とする絈糸商《かせいとしょう》で、氏は貝増《かいます》、卓袋は俳号。この当時なお武家中心であった伊賀蕉門において、彼は最も早く活躍した商人《あきんど》俳人の一人で、芭蕉と格別親密な間柄であった。

一 卓袋からの手紙。芭蕉が『更科紀行』の旅に出発前、約一箇月間尾張に滞在していた（九四頁＊参照）当時に受け取ったもの。

二 加兵衛の持参した卓袋の手紙。加兵衛は芭蕉と同郷で、近しい間柄のようであるが未詳。

三 芭蕉の兄半左衛門の妻。

四 当時は尊敬の意を伴う二人称の代名詞として「貴様」を用いた。

五 旅費。加兵衛が伊賀の国上野から江戸まで来る旅費。

六 服部《はっとり》半左衛門保英《やすひで》。伊賀藤堂藩の藩士であったが

候へば、当分《さしあたって》何から建立《こんりふ》いたすべきやら《準備してよいものやら》、草庵隠遁《いんとん》の客《隠遁の身の私の客とて》にあぐみものにて候へども《持て余し者でありますが》、拙者国《故郷》に居り申す時より不便《ふびん》に存じ《あわれに》候ものにて候へば、今以て不便ともとかく申し難き事ども《あわれとも何とも言いようのない有様で》、まことに[九]わりなき仕合せ《いたしかたのない次第であります》に候。先づ[一〇]春まで手前に置き《私の草庵に住まわせ》、草庵の粥《かゆ》などたかせ、江戸の勝手《様子》も見せ申すべく候。四十あまりの江戸かせぎ《四十歳を過ぎてからの》、おぼつかなく候。奉公とては、おほかた相手《雇う人》あるまじく候。寺方《てらかた》・医者衆の留守もり《寺院の住職や医者といった人の留守番など》などといふやうなる事か、何とぞ江戸の事にて《何とかなるかと広い江戸の事ですから》御座候あひだ、天道《てんたう》次第《自然のなりゆきに任せます》と存じ候。あまりよき事も有るまじきと、かねて《前もって》御覚悟なさるべく候。まことに《どうしても》不埒《ふらち》に候はば《職がなければ》、[一一]鉦叩《かねたたき》と拙者も存じ居り申し候。是《やむ》非なく候《をえない事です》。便《たよ》りもしかとせず候《ごぶさたしておりましたので》あひだ、早々申し残し候。以上

九月十日　　松尾桃《たう》青《せい》

絈屋市兵衛様

御《お》[一三]正《まさ》殿・子ども、御無事のよし、珍重《めでたく存じます》に存じ候。

（前行冒頭）御老母・御正殿・子ども、

致仕して芭蕉に入門し、伊賀蕉門の重鎮となった。蕉門の代表的論書たる『三冊子《さんぞうし》』の著者。俳号、土芳《どほう》。（四一頁注四参照）

七　この書簡を書いている陰暦九月十日は晩秋で、冬までに二十日間を残すだけである。

八　麻《あさ》や苧《からむし》で織った夏用の単物《ひとえもの》。

九　手段に窮して困り切ったこと。迷惑でも自分が預かって世話するより他に方法のないこと。「わりなし」は、芭蕉が切実な心情を託して用いる慣用語。（五四頁四行・八七頁一〇行参照）

一〇「春まで」と言ったのは、寒い冬の間をかばってやるため。また、芭蕉は翌春に『おくのほそ道』の旅に出発する計画を既に立てていた。

一一　鉦を叩き経文などを唱えて、物乞《ものご》いをして歩く乞《こ》食坊主《じきぼうず》。鉦叩坊主。

一三　卓袋の妻であろう。

[一]梅軒《ばいけん》老・[二]権左衛門殿・[三]与兵衛殿、御状にあづかり候《以上の三人から御手紙を頂きました》。あとより御報申し上ぐべく候《この人々には御返事申し上げるつもりです》。

一 伊賀の国上野の人。芭蕉が『笈《おい》の小文《こぶみ》』の旅を終って、京都から伊賀の門人惣七《そうしち》（俳号、猿雖《えんすい》）に宛てた貞享五年四月二十五日付書簡に、「梅軒何がしの足の重きも道連れの愁《うれひ》たるべき」「梅軒子は孫どのに土産《みやげ》ねだられておはしけむ」などとあるのによって、当時既に相当の老齢であったことがわかる。（八五頁注九参照）

二 植田氏。俳号、示蜂《しほう》（示峰とも）。伊賀蕉門の一人。（八五頁注九参照）

三 中野氏。俳号、梨雪《りせつ》（利雪とも）。伊賀蕉門の一人。（八五頁注九参照）

二一、芭蕉庵十三夜

貞享五年九月十三日・四十五歳

四木曾の痩《や》せもまだなほらぬに後《のち》の月　ばせを

五仲秋《ちゆうしう》の月は、六更科《さらしな》の里、姨捨山《をばすてやま》に七なぐさめかねて、なほあはれさ《あまり深い感銘を受けたので今なおその感》の目《銘が》にも離れずながら、長月《ながつき》十三夜《陰暦九月十三夜》になりぬ。今宵《こよひ》は、八宇多《うだ》の帝《みかど》のはじめて詔《みことのり》をもて、世に名月と見はやし《賞美し》、後の月、あるは九二夜《ふたよ》の月などいふめる《称するようである》。これ、才士・文人の風雅を加ふるなるや《風雅な行事を追加したのであろうか》。閑人の《名月は》もてあそぶべきものといひ《われわれ閑人の賞翫すべきものと考え》、且つは山野の旅寝も忘れがたうて《木曾路の山野の旅寝で見た月も忘れがたくて》、人々を招き、一〇瓢《ひさご》をたたき、一一峰の笹栗《ささぐり》を白鴉《はくあ》と誇る。隣の家の一二素翁《そをう》、一三丈山《ぢやうざん》老人の「一四一輪《いちりん》《明月》いまだ満たず二分《にぶ》かけたり」といふ唐歌《からうた》《漢詩》はこの

＊この一篇は、深川《ふかがわ》の芭蕉庵に知友・門人を招いて後の月（陰暦九月十三夜の名月）を賞した折の作品。『更科《さらしな》紀行』の旅を終えて江戸に帰りまだ日浅く疲れも癒《い》えないが、更科の姨捨山《おばすてやま》で賞した名月の感銘を追懐しながらの風雅の逸興である。

四〈険難な木曾路を旅して痩せたのもまだ恢復《かいふく》しないのに、今宵《こよい》はまた芭蕉庵で人々と後の月を賞して、姨捨山の月の感銘を追懐していることであるよ〉。

五 陰暦八月十五夜の名月。

六 九四頁注一・同頁注二参照。

七『古今和歌集』の歌「わが心なぐさめかねつ更科や姨捨山に照る月を見て」を踏まえる。「なぐさめかね」とは、極度の感銘を受けて心の静まらぬこと。（九七頁注一一～注一三参照）

八『中右記《ちゆうゆうき》』に「九月十三日、今夜雲浄《きよ》く月明らかなり。ここに寛平《くわんぴやう》天皇（宇多天皇）今夜明月無双の由仰せ出だされ、（中略）よりて我が朝には九月十三夜を以て明月の夜となすなり」とあるのをさす。

九 二度目の名月の夜の意で、後の月の異称。

一〇 中の酒を飲みほして空《から》になった瓢を叩いて興じ。

一一 木曾路の山から持ち帰った小粒の栗を白鴉《はくあ》の栗（杜甫《とほ》の詩語「白鴉《はくあ》谷口《こくこう》の栗」による）と仮称し興じて客にすすめる。（九八頁注五参照）

一二 芭蕉の親友の山口素堂《そどう》。（「一一、四山《しざん》の瓢《ひさご》」参照）

一三 石川氏。漢詩人。寛文十二年没。

一四 石川丈山《じようざん》作の、後の月見の詩句。

夜折にふれたりと、[一]たづさへ来たれるを、壁の上に掛けて草の庵《いほり》のもてなしとす。[二]狂客なにがし、「[三]白良《しらら》・吹上《ふきあげ》」と語りいでければ、月もひときははえある《輝きを増したように感じられて》やうにて、なかなかゆかしき遊びなり[四]けらし。

一 素堂《そどう》がたずさえて来た丈山《じょうざん》の漢詩の掛軸《かけじく》を。

二 風狂・風流な客。「なにがし」として名を記さなかったのは文芸的手法。事実は『更科《さらしな》紀行』の旅に随行した越人《えつじん》（六六頁注八参照）かと思われる。越人は酒を愛し平曲が得意であったと見えて、この年の冬に越人に贈った芭蕉の句文（『庭竈集《にわかまど》』所収）に、「性酒をこのみ、酔和する時は平家をうたふ」とある。

三 平曲の「月見」の一節で、「あるいは白良・吹上・和歌の浦、住吉《すみよし》・難波《なには》・高砂《たかさご》・尾上《をのへ》の月の曙《あけぼの》を、詠《なが》めて帰る人もあり」の部分をさす。

四 詠嘆。推定の意は全く無い。近世の一般的用法。（九一頁注一八参照）

二二、深《ふか》川《がは》八《はつ》貧《ぴん》

元禄元年十二月十七日・四十五歳

[五]七賢・四[六]皓《しかう》・五[七]老の□□（二字不明）処、三[八]笑《さんせう》・寒[九]拾《かんじふ》の契《ちぎ》り、皆こころざしの類するものをもて友とす。西行《さいぎやう》が寂[一〇]然《じやくねん》に親しく、兼好《けんかう》は頓[一一]阿《とんあ》に因《ちな》む。これ風雅に類するものか。東[一二]野《とうや》深川の八子《はつし》、貧に類す。老[一三]杜《らうと》の貧交《ひんかう》の句にならひて、管[一四]鮑《くわんぱう》のまじはり忘るることなかれ。

雪の夜のたはぶれに題《句題》を探りて、「米買《こめかひ》」の二字を得たり。

米[一五]買ひに雪の袋や投《なげ》頭《づ》巾《きん》　芭蕉

＊この一篇は、深川の芭蕉庵に八人の同門が会し、それぞれ貧にちなむ発句を詠《よ》んで興じた折、その冒頭に置いたもの。八人の句は、芭蕉の米買《こめかい》に続けて依水《いすい》の薪《まき》買、苔翠《たいすい》の酒買、泥芹《でいきん》の炭買、夕菊《ゆうぎく》の茶買、友五《ゆうご》の豆腐《とうふ》買、曾良《そら》の水汲《みずくみ》、路通《ろつう》の飯焚《めしたき》であって、何の蓄《たくわ》えもない芭蕉庵で、師弟協力して催す俳宴のさまに親密感があふれている。

五　晋《しん》の竹林《ちくりん》の七賢。世塵《せじん》を避けて竹林で清談した。

六　漢の四人の老隠士。眉髪《びはつ》白く「皓《こう》」と称する。

七　木火土金水《もくかどごんすい》の五星の精が老人の姿で現れたもの。

八　虎渓三笑《こけいさんしょう》。晋の東林寺の僧慧遠《えおん》は虎渓を渡るまいと誓っていたが、陶淵明《とうえんめい》と陸修静《りくしゅうせい》とを送って出て道々話に興じ、思わず虎渓を過ぎ三人が大笑したという。

九　寒山《かんざん》と拾得《じっとく》。唐の僧で奇行に富み親交を結んだ。

一〇　歌人。西行法師と親しく和歌の唱和をしている。

一一　歌人。兼好法師と共に和歌四天王の内に数える。

一二　「東野」は武蔵野《むさし》。「八子」は＊に記した八人。

一三　杜甫《とほ》（一七頁注三参照）の「貧交行」の詩に「君見ずや管鮑貧時の交」とあるのをさす。

一四　斉《せい》の宰相管仲《かんちゅう》は鮑叔牙《ほうしゅくが》が貧窮しても友情を変えなかったとの『列子』の故事より、親密な交友を「管鮑のまじわり」と称する。

一五　〈米を買いに行く折から雪が降って来て、雪を防ぐために米袋を投頭巾のように頭にかぶったことよ〉「投頭巾」は四角な袋状の頭巾で、傀儡師《くぐつし》・飴《あめ》売りが用い、踊りにもかぶる。「雪」に「行き」を言い掛けた。

一三、おくのほそ道

元禄二年三月二十七日〜
同年九月六日・四十六歳

[一]月日《つきひ》は百代《はくたい》の過客《くわかく》にして、行《ゆ》きかふ年《ゆく年くる年も》もまた旅人《たびびと》なり。舟の上に[一]《舟に乗って》生涯《生を送り》を浮べ、馬の口とらへて老《おい》を迎ふる者は《船頭や馬方は》、日々《ひび》旅にして旅を住みかとす。古人も[二]多く旅に死せるあり。予もいづれの年よりか、片《へん》雲《うん》の風にさそはれて《ちぎれ雲が風に飛ぶように》、漂泊の思ひやまず《望みが》。[三]海浜にさすらへ、去年《こぞ》[四]の秋、江上《かうしやう》の破屋《はをく》に蜘蛛《くも》の古巣《ふるす》を払ひて、やや《やがて》年も暮れ、春立てる霞の空に《空を見ると》、白河《しらかは》[五]の関《せき》越えんと、[六]そぞろ神《がみ》のものにつきて心を狂はせ《身辺にとりついて心を浮き立たせ》、[七]道祖《だうそ》神《じん》の招きにあひて《旅への誘いにあって》取るもの手につかず。股引《ももひき》の破れをつづり、笠の緒つけかへて、[八]三里に灸《きう》すゆる《すえる》より、[九]松島の月まづ心にかかりて、住める《住んでいた芭蕉庵は》かたは人に譲り、[一〇]杉風《さんぷう》が別野《べつしよ》に移るに、

序章――漂泊の思い

＊この紀行の完成は元禄七年初夏に至ってのこと。従って最晩年の作品であるが、行脚《あんぎや》の事実の意味を尊重してここに配した。『東関《とうかん》紀行』などに学びつつ（六五頁参照）も、斬新な詩境開拓と連句的構成（解説参照）による紀行の創造とに心血を注いだ作品。芭蕉唯一の完成作品たる紀行である。

一　月日は永遠の旅人であって。李白《りはく》の「春夜桃李園《たうりゑん》に宴《うたげ》するの序」の一節「夫《そ》れ天地は万物の逆旅《げきりよ》、光陰は百代の過客なり。而《しか》して浮生は夢の若《ごと》し」を踏まえる。但し、芭蕉は浮生こそ常住との覚悟で旅立つ。

二　西行《さいぎやう》・宗祇《そうぎ》・杜甫《とほ》・李白などをさす。

三　「一六、笈《おい》の小文《こぶみ》」の旅中のことをさす。

四　「一九、更科《さらしな》紀行」の旅より隅田《すみだ》河畔の深川《ふかがわ》の芭蕉庵に帰ったことをさす。

五　奥羽への関門をなす関所で歌枕。霞の空より白河の関に思いをはせたのは、能因《のういん》の歌「都をば霞と共に立ちしかど秋風ぞ吹く白河の関」（『類字名所和歌集』）などによる連想。

六　浮かれ歩く神の意に用いた造語。

七　道路の悪霊を防いで行人を守護する神。

八　膝頭の下の外側の灸点。そこに灸をすえると健脚になるという。股引や笠の手入れと共に旅立の準備。

九　奥羽一の歌枕で、この旅で最も期待した名所。

一〇　杉山市兵衛。江戸蕉門の最古参。鯉屋《こいや》と号する魚問屋で、芭蕉の経済的後援者でもあった。「別墅《べつしよ》」と

草[一一]の戸も住み替る代《よ》ぞ雛《ひな》の家

表八句《おもてはちく》[一二]を庵《いほり》の柱に掛けおく。

千住――旅立

彌生《やよひ》も末の七日《陰暦三月二十七日》、[一三]あけぼのの空朧々《ろうろう》として、月は有明《ありあけ》[一四]にて光をさ《光は失せて》まれるものから《いるが〔既に薄明りの空とて〕》、富士の峰かすかに見えて、上野《うへの》[一五]・谷中《やなか》の花のこずゑ、また[一六]いつかはと心ぼそし《いつ見られるかと》。むつまじきかぎりは《親しい人々はみんな》宵《よひ》より《前の晩から》つどひて、舟に乗りて送る。千住《せんぢゅ》[一七]といふところにて舟をあがれば、前途三千里《行く先遠い旅路》[一八]の思ひ《への憂い》胸にふさがりて、幻《まぼろし》のちまたに《無常流転の世の旅立とて》離別の泪《なみだ》をそそぐ。

行く[一九]春や鳥《とり》啼《な》き魚《うを》の目は泪《なみだ》

は別宅の意で、深川六間堀にあった杉風の採荼庵《さいだあん》。

一一 〈こんなささやかな草庵も流転の相から逃《のが》れることなく住人が変って、隠者のごとき私の出たあとは、雛人形《ひなにんぎょう》を飾る娘たちの住居となることであろうよ〉流転の浮生に対する自覚自戒の心が主題の吟。

一二 百韻形式の連句の初めの八句。その八句を懐紙の初折《しょおり》(一枚目)の表に書くので「表八句」と称する。右の句はその冒頭句。

一三 以下『挙白集《きょはくしゅう》』に「ろうろうと霞みわたれる山の遠近(中略)あけぼのの空はいたく霞みて有明の月少し残れるほど」とある描写に倣《なら》う。

一四 以下『源氏物語』に「月は有明にて光をさまれるものから、影さやかに見えて、なかなかをかしきあけぼのなり」とある描写をも重ねて倣うが、文意は異なる。

一五 共に江戸の桜の名所。

一六 西行が旅立の折に詠《よ》んだ歌「かしこまる幣《しで》に涙のかかるかなまたいつかはと思ふ心に」による。

一七 東京都足立区内。日光街道の第一番目の宿駅。

一八 漢詩文からの慣用句。「李陵《りりょう》が胡《こ》に入りし三千里の道の思ひ」(『東関紀行』)。

一九 〈まさに春は去って行こうとしている。それを悲しんで鳥は啼き魚の目は涙をうかべている〉胸中の惜別の情を託して描かれた心象風景。素材の魚鳥は漢詩文の慣用から得た。「行く春や」の語は、巻末句に「行く秋ぞ」とある(一五七頁参照)のと呼応する。

これを矢立《やたて》[一]《この句を》のはじめとして、《旅中の最初の吟として書き留めて》行く道なほ進まず。人々は途中に立ちならびて、うしろかげの見ゆるまでは《見えている間はと思って》と見送るなるべし。

草加――瘦骨の荷

今年《ことし》元禄二年《げんろくふたとせ》[二]にや、奥羽《あうう》長途《ちやうど》の行脚《あんぎや》[三]ただかりそめに思ひたちて、呉天《ごてん》[四]に白髪《はくはつ》の恨みを重ぬといへども、耳にふれていまだ目に見ぬさかひ《話には聞いているがまだ見たことのない土地を見てまわり》、もし生きて帰らばと定めなき頼み《あてにならぬ期待を将来に託して》の末をかけ、その日やうやう草加《さうか》[五]といふ宿《しゆく》にたどり着きにけり。瘦骨《そうこつ》の肩にかかれる物、まづ苦しむ《苦労する》。ただ身すがらにと出で立ちはべるを《身ひとつのつもりで旅じたくしたのだが》、紙子《かみこ》[六]一衣《いちえ》は夜《よる》の防ぎ《防寒用》、浴衣《ゆかた》・雨具・墨・筆のたぐひ、或《ある》はさりがたき《辞退しきれぬ》餞《はなむけ》などしたるは、さすがに打ち捨てがたくて、路次《ろし》の煩ひ《道中の荷厄介》となれるこそわりなけれ《[七]やむをえぬ次第である》。

室の八島――木の花さくや姫

室《むろ》[八]の八島《やしま》に詣《けい》す。同行曾良《どうぎやうそら》[九]が曰《いは》く、「この神は木《こ》[一〇]の花《はな》さくや姫《びめ》の

一 墨壺《すみつぼ》に、筆を入れる筒の付いた、携帯用の筆記用具。

二 「にや」の語に追懐の心情を込める。序章の「予もいづれの年よりか云々」(一〇六頁参照)に応じる。且つ、元禄二年は芭蕉の最も敬慕する西行《さいぎよう》の五百年忌に当る。

三 事実は新しい芸境開拓を意図した計画的な旅立であったが、世俗的な目的や準備のないことを言った。

四 遠い呉の国に旅して、白髪頭《しらがあたま》となるような旅の苦労を重ねるにしても。「笠は重し呉天の雪」(『詩人玉屑《ぎよくせつ》』)や「五天《ごてん》に到らん日まさに頭白かるべし」(『三体唐詩《さんていとうし》』)などによる。辺境の旅の苦労を言う慣用語。(五一頁一〇行・一五八頁一〇行参照)

五 埼玉県草加市。日光街道の第二番目の宿駅。

六 渋紙製の防寒着(六四頁注四参照)。当時の旅宿は寝具を貸さぬのが普通であった。

七 処置に窮したこと。芭蕉の慣用語。(五四頁四行・八七頁一〇行・一〇一頁三行参照)

八 栃木市の大神《おおみわ》神社。室の八島明神と称する。歌枕。

九 同じ修行行脚《しゆぎようあんぎや》の道連れである曾良。曾良については「一三、雪丸げ」参照。なお一一〇頁にも後出。

一〇 大山祇神《おおやまずみのかみ》の娘。「びめ」と濁る(『三冊子《さんぞうし》』)。

神と申して、富士一体[一二]なり。無戸室《うつむろ》[一二]に入りて焼きたまふ誓ひのみなかに、火々出見《ほほでみ》の尊《みこと》うまれたまひしより、室の八島[一三]と申す。また、煙を詠《よ》みならはしはべるも《詠むのが習慣となっているのも》[一四]、このいはれなり《かかる来歴によるのである》」。はた《また》、このしろ[一五]といふ魚《うを》を禁ず、縁起の旨《むね》、世に伝ふこともはべりし。

日光山麓——仏五左衛門

三十日《みそか》[一六]、日光山《につくわうざん》の麓《ふもと》に泊る。あるじの言ひけるやう、「わが名を仏五左衛門《ほとけござゑもん》といふ。よろづ正直を旨とするゆゑに、人かくは申しはべるまま、一夜《いちや》の草の枕《旅のやどり》も、うちとけて休みたまへ」と言ふ。いかなる仏の濁世塵土《ぢよくせぢんど》[一七]に示現《じげん》して、かかる桑門《さうもん》[一八]の乞食《こつじき》巡礼ごときの人を助けたまふにやと、あるじのなす事に心をとどめて見るに、ただ無知無分別[一九]にして、正直偏固《正直いってんばり》の者なり。剛毅《がうき》[二〇]木訥《ぼくとつ》の仁《じん》に近きたぐひ、気稟《きひん》[二一]の清質《せいしつ》、最も尊ぶべし。

一二 富士山の浅間《せんげん》神社の祭神と同一。即ち一体分身。

一二 姫が瓊々杵尊《ににぎのみこと》と結婚し一夜で懐妊したことを疑われたので、出口を塗りこめた産室内で火を放ち、火中で無事出産して不貞の疑いをはらしたとの神話。

一三 「室」は無戸室《うつむろ》、「八島」は竃《かまど》の意で、本来は竃の神の意であるのを付会した説。

一四 歌枕「室の八島」には煙を詠む習慣がある。

一五 このしろを焼くと火葬に似た臭気の立つによる。但し、このしろ縁起は、「子《こ》の代《しろ》」としてこの魚を焼いて死んだと欺き、子女の危急を救った伝説をいう。

一六 元禄二年三月は二十九日まで。事実は四月一日泊(『曾良随行日記』)。次項の日光山詣拝と同日のことであるが、分割し逆順にするために日付を改変した。

一七 仏が衆生済度のため現世に姿を変えて現れる事。

一八 僧。謡曲仕立の構成で、あるじを仏の示現した前《まえ》シテと見立て、自身を諸国一見のワキ僧に擬した。

一九 仏の示現かと思ったあるじが、ただの愚直な里人にすぎず、謡曲の運びと相違した現実に対する笑い。

二〇『論語』に「剛毅木訥、仁《じん》に近し」とあるによる。仁は儒教の最高とする徳性。

二一 生れつきの清らかな気質。謡曲の夢幻界から覚めて、現実の素朴なあるじへの親愛の表明に転じた。

卯月朔日《うづきついたち》[一]、御山《おやま》[二]に詣拝《けいはい》す。往昔《そのかみ》、この御山を「二荒山《ふたらせん》」[三]と書きしを、空海大師《くうかいだいし》[四]開基《かいき》の時、「日光《にっくわう》」[五]と改めたまふ。千歳未来《せんざい》を悟りたまふにや、今《東照宮の》この御光《みひかり》一天《満天下に》にかかやきて、恩沢《おんだく》八荒《はつくわう》[六]にあふれ、四民[七]安堵《あんど》の住みか穏やかなり。なほ《これ以上は》、はばかり多くて《おそれ多いので》、筆をさし置きぬ。

あらたふと青葉若葉の日の光[八]

黒髪山《くろかみやま》[九]は、霞《かすみ》かかりて、雪いまだ白し。

剃《そ》り捨てて黒髪山に衣更《ころもがへ》[一〇]　曾良《そら》

曾良は河合氏《かあひうぢ》にして、惣五郎《そうごらう》といへり。芭蕉の下葉《したは》[一一]に軒を並べて、

日光山――詣拝

一 陰暦四月一日。(前頁注一六参照)
二 日光山。徳川家康《いえやす》を祀《まつ》る東照宮がある。
三 観音の浄土「補陀落山《ふだらせん》」の音に当てた山名。
四 勝道上人《しょうどうしょうにん》が開基し、空海大師（弘法大師《こうぼう》）が補陀落山の碑文を書いている（『性霊集《せいれい》』）ことによる誤伝。
五 「二荒」を音読して「日光」の字を当てた。俗伝に、山腹の岩穴から春秋に暴風が吹き荒れたのを、空海が法力で鎮《しず》めての改名という。それを信じての文。
六 国の八方の果てまで。
七 士・農・工・商。国民全部。
八 〈ああ何と神々《こうごう》しいことであろう、生気に満ちた青葉若葉に降りそそいでいる日の光は〉初夏の日光山の爽快さをたたえて、内に東照宮の神威と空海の仏徳とを鑽仰《さんごう》する心を込めた吟。

黒髪山――墨染の曾良

九 日光山の主峰。男体山《なんたいざん》とも称する。歌枕。
一〇 〈私は髪を剃り捨て僧体となって旅立って来たが、四月一日の今日はその髪に縁ある黒髪山にたどり着いて、ここで夏衣に衣更えすることになった〉同行《どうぎょう》曾良を語る興味ある一項を構成するための芭蕉の代作。
一一 深川の芭蕉庵の近くに住んで。その情況は興味深く「一三、雪丸げ」に描かれている。

予が薪水《しんすい》の労を助く（家事を助けてくれた）。このたび、松島・象潟《きさがた》[一二]のながめ共にせんことをよろこび、且つは羈旅《きりよ》の難（旅の苦労）をいたはらんと、旅立つ[一三]あかつき髪を剃りて墨染《すみぞめ》にさまをかへ、惣五を改めて宗悟《そうご》とす。よつて黒髪山の句あり。「衣更」の二字、[一四]力ありてきこゆ（格別強い感銘をあたえる）。

裏見の滝――夏の初め

二十余丁、山を登つて滝あり。岩洞《がんとう》の頂《いただき》より[一五]飛流して百尺《はくせき》、千岩の[一六]碧潭《へきたん》に落ちたり。岩窟《がんくつ》に身をひそめ入りて滝の裏より見れば、裏《うら》見《み》の滝と申し伝へはべるなり。

[一七]しばらくは滝に籠《こも》るや夏《げ》の初め

那須野――小姫かさね

[一八]那須《なす》の黒羽《くろばね》といふ所に[一九]知る人あれば、これより野越《のごえ》（野を横断して）にかかりて直《すぐ》

一二 松島と並ぶ奥羽最高の歌枕で、この旅で期待した名所。（一〇六頁注九参照）

一三 曾良の剃髪・改名などは旧年（元禄元年）中のことであるが、文芸作品としての紀行中の同行《どうぎやう》らしく創作した。

一四 「力あり」とは、和歌や俳諧の秀逸を賞する慣用語。季語「衣更」に、脱俗の心と行脚《あんぎや》の決意とを込めて、一句に深い心情を表白している点を賞した。

一五 滝をいう慣用的漢語。李白《りはく》の詩句に「飛流直下三千尺」（『聯珠詩格《れんじゆしかく》』）。「百尺」「千岩」は縁語。

一六 あおあおとした深い淵《ふち》。滝壺《たきつぼ》をいう。

一七 〈しばらく滝の裏の岩窟に身をひそめ入って、滝に籠って精進《しやうじん》するの思いにひたることだ。折から夏行《げぎやう》のはじまる四月のこととて〉「滝に籠る」とは、滝の近くの堂に籠り、滝に打たれて水垢離《みづごり》を取る精進。「夏《げ》」とは、陰暦四月十六日から九十日間、一室に籠って念仏・読経《どきやう》・写経などに専念する僧の精進で、夏行・夏籠《げごもり》・夏安居《げあんご》などと称する。同行曾良の「衣更」の句に表白されている深い心情（注一四参照）に和して、精進道の清浄の心境を詠出した吟。

一八 栃木県那須郡黒羽町。当時、大関氏一万八千石の城下町。

一九 一一三頁一行に「浄法寺何某《じやうぼふじなにがし》」、同頁二行に「その弟桃翠《たうすい》」と記している人物をさす。

道《みち》《近道》を行かんとす。はるかに一村《いつそん》を見かけて《目あてにして》行くに、雨降り、日暮るる。農夫の家に一夜《いちや》を借りて、明くれば、また野中《のなか》を行く。そこに一野《の》飼《がひ》の馬あり。二草刈る男《をのこ》に三嘆きよれば《道案内を嘆願すると》、野夫《やふ》《無教養な野人ながら》といへども、さすがに情《なさけ》しらぬにはあらず、「いかがすべきや《どうしたらよいかな》。されども《道案内はできないけれども》、この野は四縦横《じゆうわう》にわかれて《道がわかれていて》、うひうひしき《この土地に初めての》旅人の道ふみたがへん、あやしうはべれば《心配だから「この馬に乗って行って」》、五この馬のとどまる所にて馬を返したまへ」と、貸しはべりぬ。小さき者《幼い子供》二人《ふたり》、馬のあと慕ひて走る。一人《ひとり》は小姫《こひめ》《童女》にて、名を《名を聞くと》「かさね」と言ふ。聞きなれぬ名のやさしかりければ《愛らしく優雅なので》、

六かさねとは八重《やへ》撫子《なでしこ》の名なるべし　　曾良《そら》

やがて人里に至れば、あたひ《お礼の金》を七鞍壺《くらつぼ》に結び付けて、馬を返しぬ。

一 野外につないで草を食わせている馬。草刈男が連れて出ていたもの。完全な放し飼いではない。
二 謡曲「錦木《にしきぎ》」に「狭布《けふ》の細道わけ暮して、錦塚《にしきづか》はいづくぞ。かの岡に草刈る男《をのこ》心して、人の通ひ路あきらかに教へよや」とあるのを俤《おもかげ》とした表現。
三 自分を馬に乗せて道案内してほしいとの嘆願。
四 古歌においても、那須野《なすの》は道多きところとする。
五『蒙求《もうぎゆう》』の「管仲《くわんちう》馬に随ふ」の故事や、謡曲「遊《ゆ》行柳《ぎやうやなぎ》」に「老いたる馬にはあらねども、道しるべ申すなり」とあるのなどを趣向とした表現。
六〈この童女の「かさね」という名は、花にたとえるならば、撫子《なでしこ》の中でも花弁を八重《やえ》にかさねた八重撫子の呼び名とも言うべきであろう〉「かさね」という名の愛らしい童女と出会った体験的事実を、謡曲や古歌の俤を借りつつ文芸的に構成し、紀行中の興味深い一項として定着させるため、同行《どうぎよう》曾良に仮託した芭蕉の代作。(一一〇頁注一〇参照)
七 鞍《くら》の前輪《まえわ》と後輪《しずわ》との間のくぼみ。人の乗る部分。
八 黒羽藩主大関氏(前頁注一八参照)の城代家老浄法寺高勝《たかかつ》。もと鹿子畑《かのこばた》氏。俳号、桃雪《とうせつ》・秋鴉《しゆうあ》。芭蕉と旧知。桃雪の俳号は芭蕉の命名。
九 事実は訪問を予報してあったが面白く虚構した。
一〇 岡豊明《とよあき》。もと鹿子畑氏。俳号、桃翠《とうすい》・翠桃。芭蕉と旧知。俳号は芭蕉の命名。江戸蕉門とかねて交遊。

黒羽――那須八幡参詣

八黒羽《くろばね》の館代《くわんだい》浄法寺《じやうほふじ》何某《なにがし》の方《かた》におとづる。九思ひがけぬ（予期せぬ訪問とて）あるじの悦《よろこ》び、日夜《にちや》語りつづけて、その弟一〇桃翠《たうすい》などいふが、朝夕《てうせき》勤めとぶらひ（まめまめしく来訪し）、みづからの家にも伴ひて、親族の方《かた》にも招かれ、日をふるままに（日を過しているうちに）、一《ひと》日《ひ》郊外に逍遥《せうえう》して、一一犬追物《いぬおふもの》の跡を一二一見《いつけん》し、一三那須《なす》の篠原《しのはら》をわけて、一四玉《たま》藻《も》の前《まへ》の古墳を訪《と》ふ。それより一五八幡宮《はちまんぐう》に詣《まう》づ。一六与一《よいち》、扇の的《まと》を射し時、「別《とりわけ》しては、わが国（故郷）の氏神《うぢがみ》、正八幡《しやうはちまん》」と誓ひしも（祈念したのも）、この神社にてはべると聞けば、感応殊《かんおうこと》にしきりに覚えらる（神徳の有難さが格別身にしみてくる）。暮るれば桃翠宅に帰る。

修験光明寺――行者堂参拝

一七修験光明寺《しゆげんくわうみやうじ》といふあり。そこに招かれて、一八行者堂《ぎやうじやだう》を拝す。

一九夏山に足《あし》駄《だ》を拝む首途《かどで》かな

一一 鎌倉時代に盛行した騎馬で走犬を射る武技。妖狐玉藻《ようこたまも》の前《まへ》退治の練習が起源（謡曲「殺生石《せつしようせき》」）。

一二 謡曲に頻出する「諸国一見の僧」などの慣用語法を意識しての表現。紀行中に数例見える。

一三 歌語として那須野のことを「那須の篠原」と称する。歌枕。

一四 鳥羽院《とばいん》の寵妃《ちようひ》。金毛九尾の狐《きつね》の化身で、安倍泰成《あべのやすなり》に調伏《ちようぶく》されて那須野に逃げ、三浦介義明《みうらのすけよしあき》らに射殺されて怨霊《おんりよう》が殺生石になったとの伝説。謡曲「殺生石」の題材。篠原神社に狐塚がある。（一一五頁参照）

一五 那須八幡。那須神社。

一六 那須与一《なすのよいち》。屋島《やしま》の合戦で、平家方の小舟に立てた扇の的を射落した話が、『平家物語』や『源平盛衰記』に見える。その折の与一の祈念の言葉として、前者には「南無八幡大菩薩、別してはわが国の神明、日光の権現・宇都宮・那須の温泉《ゆぜん》大明神、願はくはあの扇の真中《まなか》射させてたばせたまへ」とあり、後者にも同様の語が見える。

一七 当時の住職津田源光法印の妻は鹿子畑家の出自。

一八 修験道《しゆげんどう》の開祖役行者《えんのぎようじや》を祀《まつ》り、行者の使用と伝える一本歯の足駄を安置する。

一九 〈旅中に夏を迎えて、私はいま夏山で、役行者の健脚にあやかるべくその足駄を拝み、いよいよ奥州路に踏み出すに当っての覚悟を新たにすることだ〉。

雲巌寺——仏頂和尚山居の跡

[一]当国、[二]雲巌寺《うんがんじ》の奥に、[三]仏頂和尚山居《ぶつちやうをしやうさんきよ》の跡あり。

「[四]竪《たて》横《よこ》の五尺にたらぬ草の庵《いほ》
結ぶもくやし雨なかりせば

と、[五]松の炭して《松の燃えがらの炭で》岩に書き付けはべり」と、いつぞや[六]聞えたまふ《お話しくださった》。その跡見んと、雲巌寺に杖をひけば、人々すすんで共にいざなひ《気乗りして互いに誘いあって》、若き人多く道のほどうち騒ぎて、おぼえず《知らぬ間に》かの麓《ふもと》に至る。山は奥ある《いかにも奥深そうな様子で》けしきにて、谷道はるかに、松・杉黒く、苔《こけ》したたりて《水滴がしたたって》、[七]卯月《うづき》の天いまなほ寒し。[八]十景尽くるところ、[九]橋をわたつて[一〇]山門《さんもん》に入る。

さて、かの跡はいづくのほどにやと、うしろの山によぢのぼれば、石上《せきしやう》の小庵《せうあん》、岩窟《がんくつ》に結び掛けたり《寄せ掛けて建ててある》。[一一]妙禅師《めうぜんじ》の死関《しくわん》、[一二]法雲法師《ほふうんほふし》の石室《せきしつ》を見るがごとし。

[一三]木啄《きつつき》も庵《いほ》は破らず夏木《なつこ》立《だち》

一　下野《しもつけ》の国。
二　栃木県黒羽町の臨済宗の禅寺。
三　鹿島根本寺《かしまこんぽんじ》二十一世住職で、芭蕉参禅の師と言われる。しばしば雲巌寺に滞在し、後年ここで没した。（五七頁注一四参照）
四　仏頂和尚の道歌《どうか》。〈一所不住の覚悟の私は、小さな五尺四方にもたらぬ草庵を結ぶことすら不本意である。もし雨さえ降らぬものなら、こんな草庵などは結ばないのだが〉「竪横の五尺」とは方丈の半分の数を言ったので、草庵の極限的に狭小であること。
五　筆墨や料紙の用意もない極端に簡素な生活であることを示す。
六　「聞ゆ」は古くは「言ふ」の謙譲表現であったが、近世にはそうした意識は消失していた。
七　陰暦四月で季節は初夏に当る。
八　海岩閣・竹林塔・十梅林・龍雲洞・玉几峰《ぎよくき》・鉢盂《ぼう》峰・水分石・千丈岩・飛雲亭・玲瓏岩《れいろう》の雲巌寺十景。
九　瓜瓞橋《かてつ》。雲巌寺五橋の一。
一〇　雲巌寺の正門。
一一　南宋《なんそう》の禅僧。天目山《てんもくざん》の洞窟《どうくつ》に「死関」の額を掲げて、坐禅すること十五年間に及んだという。
一二　梁《りよう》の高僧とも宋《そう》の禅僧とも言うが、なお未詳。
一三　〈寺をつつき破ると言われている木啄《きつつき》も、この仏頂和尚の草庵だけは遠慮して破らなかったようだ。夏木立の中に昔ながらの姿をとどめている〉「木啄」は一と、とりあへぬ一句を《即吟の一句を書き付けたのを》柱[一四]に残しはべりし。

殺生石——馬方短冊を乞う

これより殺生石《せつしやうせき》[一五]に行く。館代《くわんだい》[一六]より馬にて送らる《馬をつけて送ってくださる》。この口付《くちづき》[一七]の男《をのこ》、「短冊《たんじやく》得させよ《書いてください》」と乞ふ。やさしきことを《優雅なことを》望みはべるものかなと、

野を横に馬引き向けよほととぎす[一八]

殺生石は、温泉《いでゆ》の出づる山かげにあり。石の毒気《どくき》[一九]いまだほろびず、蜂《はち》・蝶《てふ》のたぐひ、真砂《まさご》の色の見えぬほど、かさなり死す。

蘆野の里——遊行柳

また、清水《しみづ》[二〇]ながるるの柳は、蘆野《あしの》[二一]の里にありて、田の畔《くろ》《あぜ道》に残る。

名「寺つつき」とも言う。仏頂の高徳を鑽仰《さんごう》した吟。
一四 深川《ふかがわ》の芭蕉庵を出る時の作品も「庵《いほり》の柱に掛けおく」とある。(一〇七頁二行参照)
一五 金毛九尾の狐《きつね》の怨霊《おんりよう》が化したと伝える大石(一一三頁注一四参照)。那須湯本《なすゆもと》にある輝石安山岩。
一六 一一二頁注八参照。
一七 馬の手綱を引く馬方《うまかた》。
一八〈手綱を引く男よ、しばし馬をとどめて馬首を横に引き向けよ。いま野を横切ってほととぎすが鳴き過ぎた。その声の去り行くかたへ〉「馬引き向けよ」の強い命令口調には武士的な気迫がある。馬上で行く歌枕の那須野で馬方の優雅な要望に接し、心を謡曲「殺生石」の鎌倉武士の世界に馳《は》せ、りりしくも優雅な即詠で馬方に応答した吟。
一九 殺生石の怨霊の発する毒気。実は土中より噴出する硫化水素・炭酸ガスなど。「いまだほろびず」とは、謡曲「殺生石」では玄翁和尚《げんおうおしよう》の拄杖《しゆじよう》によって怨霊は退散したはずなのに、の意。
二〇 西行《さいぎよう》が「道のべに清水ながるる柳かげしばしとてこそ立ちどまりつれ」(『新古今和歌集』)と詠《よ》んだという柳。謡曲「遊行柳《ゆぎようやなぎ》」の題材。
二一 栃木県那須町芦野。奥羽街道の宿駅。「里」とは擬古的に表現したもの。紀行中に数例見える。

この所の[一]郡守戸部某《ぐんしゆこほうなにがし》の、「この柳見せばやな」と、をりをりにのたまひ《お話し》聞えたまふを《になっておられたその場所を》、[二]いづくのほどにやと思ひしを《どのあたりであろうかと見たく思っていたが》、今日《けふ》この柳のかげにこそ立ちよりはべりつれ。

[三]田一枚植ゑて立ち去る柳かな

白河の関――関の晴着

心もとなき日かず重なるままに《なお旅心不安定な》、[四]白河《しらかは》の関《せき》にかかりて、旅ごころ定まりぬ。[五]「いかで都へ」と《何とかして都へ知らせたいって》、たより求めしも、ことわりなり《もっともなことである》。なかにも《数ある歌枕の中でも》、この関は[六]三関《さんくわん》の一《いつ》にして、風騒の人、心をとどむ《歌人雅客たちが吟懐を残している》。[七]秋風《あきかぜ》を耳に残し、[八]紅葉《もみぢ》を俤《おもかげ》にして、青葉のこずゑ、なほあはれなり《一層感銘深いものがある》。[九]卯《う》の花のしろたへに《純白に咲いている上に》、[一〇]いばらの花の咲きそひて《白く咲き加わって》、[一一]雪にも越ゆる心地《ここち》ぞする。[一二]古人、冠《かんむり》を正し、衣装を改めしことなど、[一三]清輔《きよすけ》の筆にもとどめ置かれしとぞ。

一 領主蘆野《あしの》民部《みんぶ》資俊《すけとし》。俳号、桃酔《とうすい》。「郡守」とは領主を漢の官名めかし、「戸部《こほう》」とは民部を唐の官名めかしたもの。

二 西行《さいぎやう》のこの柳を詠《よ》んだ歌（前頁注二〇参照）に「立ちどまりつれ」とあるのを踏まえる。

三 〈百姓たちが田を一枚植え終るまで休んで、さて私は立ち去ることだ。この西行ゆかりの柳のもとを〉西行はこの柳に「しばし」と「立ちどま」った（前頁注二〇参照）が、私は懐古の情尽きがたく思わず長居して、田一枚植え終るを見てようやく「立ち去る」ことだと、西行の歌と対応させて西行追慕の切実な心情を表白した吟。

四 奥羽への関門をなす関所で歌枕。（一〇六頁注五参照）

五 平兼盛《たいらのかねもり》の歌「たよりあらばいかで都へ告げやらむけふ白河の関は越えぬと」（『類字名所和歌集』）をさす。

六 磐城《いわき》の白河、常陸《ひたち》の勿来《なこそ》、羽前《うぜん》の鼠《ねず》の奥羽三関。

七 能因《のういん》の歌「都をば霞と共に立ちしかど秋風ぞ吹く白河の関」（『類字名所和歌集』）を踏まえる。能因の歌の秋風の吹くこの関の趣を偲《しの》び、の意。

八 源《みなもとのよりまさ》頼政の歌「都にはまだ青葉にて見しかども紅葉散りしく白河の関」（『類字名所和歌集』）を踏まえる。頼政の歌の紅葉散りしくこの関の趣を偲び、の意。

九 定家の歌「夕づく夜入りぬる影もとまりけり卯の

花咲ける白河の関」（『夫木《ふぼく》和歌抄』）などの古歌を意識下に置いての表現。
一〇 古来著名な歌枕である白河の関越えとて、叙述に古歌が氾濫《はんらん》し、芭蕉は古来の風雅に陶酔しているが、そうした中で「いばらの花」は「青葉のこずゑ」と共に非和歌的眼前の実景で、伝統的風雅に根ざしつつ斬新な詩境開拓へと意欲する彼の姿勢が見られる。
一一 雪の白河の関も古来著名な歌材。
一二 竹田大夫国行《たけだのたゆうくにゆき》。能因の名歌（前頁注七参照）に敬意を表し、白河の関越えに際して、わざわざ衣冠を改め正したという。
一三 平安時代末期の歌学者藤原清輔の著『袋草紙』。
一四〈改めるべき衣冠も持たぬ私は、道の辺に咲く卯の花を折り取ってかざしにし、古人に対する表敬の関の晴着の代りとすることだ〉「かざし」とは王朝貴族が頭髪や冠にかざした花の枝や造花のこと。
一五 福島盆地を北流。歌枕。
一六 磐梯山《ばんだいさん》。歌枕。
一七 福島県のいわき市・相馬市・三春町のあたり。それぞれ内藤氏・相馬氏・秋田氏の領地。「庄」とは荘園の意で擬古的に表現したもの。紀行中に数例見える。
一八 福島県鏡石町近辺。蜃気楼《しんきろう》現象で知られていた。
一九 福島県須賀川市。奥羽街道の宿駅。
二〇 相楽《さがら》伊左衛門。奥羽俳壇の実力者。芭蕉と旧知。

卯一四の花をかざしに関の晴着《はれぎ》かな　　曾《そ》良《ら》

影沼

とかくして越え行くままに《あれこれ懐古しつつ関を越えて行くうちに》、一五阿武隈川《あぶくまがは》をわたる。左に一六会津根《あひづね》高く、右に一七磐城《いはき》・相馬《さうま》・三春《みはる》の庄《しやう》。常陸《ひたち》・下野《しもつけ》の地をさかひて《後方に隔てて〔磐城の国との間に〕》、山つらなる。一八影沼《かげぬま》といふ所を行くに、今日《けふ》は空曇りて物影うつらず。

須賀川——等躬宅俳席

一九須賀川《すかがは》の駅《宿駅》に二〇等躬《とうきゆう》といふ者をたづねて、四五日とどめらる。まづ、「白河の関いかに越えつるや」《どんな関越えの句を作りましたか》と問ふ。「長途《ちやうど》の苦しみ、身心《しんじん》つかれ、且つは風景に魂うばはれ、懐旧に腸《はらわた》を断ちて、はかばかしう思ひめぐらさず《十分に句を案ずることができませんでした〔しかし何とか次のような句を作りました〕》。

一風流の初めや奥《おく》の田《た》植《うゑ》歌《うた》

むげに越えんもさすがに（一句も作らぬ関越えもやはり残念でして）」と語れば（〔この句に〕）、脇・第三と続けて、二三巻《みまき》とな（三巻）しぬ（の連句を完成した）。

三この宿《しゆく》のかたはらに、大きなる栗《くり》の木《こ》かげをたのみて（たよって庵を結び）、世をいと（世俗をさけて）ふ（住む）四僧あり。五橡《とち》ひろふ深山《みやま》もかくやと、しづかに覚えられて（閑寂な生活のさまに共感して）、ものに書き付けはべる。そのことば、

六栗といふ文字は、西の木と書きて、西方浄土《さいはうじやうど》にたより（縁）ありと、七行基菩薩《ぎやうぎぼさつ》の、一生、八杖にも柱にもこの木を用ゐたまふとかや。

一 〈これこそ奥羽《おうう》の地に入って私の接した風流の最初のものであるよ。白河の関を越えて耳にした田植歌は〉和歌的伝統の風雅とは別趣の田植歌の鄙《ひな》びた風趣に、斬新な詩境開拓を期待した奥羽路の風流の早くもはじまったことを喜び、それを讃美《さんび》することによって等躬《とうきゅう》に対する挨拶《あいさつ》ともした。「風流の初めや」の語は、「大石田」の項に見える「このたびの風流、ここに至れり」の語（一三六頁四行）に呼応する。

二 この折は三十六句続けた歌仙《かせん》形式の連句を一巻完成している。「三巻」としたのは興の尽きぬことを示すための虚構。「脇」「第三」とは連句の二句目・三句目の称。

栗の木かげの脱俗庵住の僧

三 須賀川《すかがわ》の宿駅。

四 僧可伸《かしん》。俳号、栗斎《りっさい》。

五 西行《さいぎょう》の歌に「山深み岩にしただる水とめんかつがつ落つる橡《とち》ひろふほど」（『山家集《さんか》』）とあるが、その西行の言うところの生活もこのようなものであろうかと。

六 『法然上人行状絵図《ほうねんしょうにん》』によれば、上人は「栗の木とは西の木と書けり。西方《さいほう》の行人《ぎょうにん》としてむつましく覚えはべれば」とて、多年栗の杖を愛用したという。但し、行基については未詳。

七 奈良時代の勧進僧。東大寺を建立《こんりゅう》し、種々の社会事業を行った。

八 「杖とも柱とも」頼みとするとの諺《ことわざ》を踏まえる。

九 〈世間の人々の、目にとどめることもない簡素な

花よ。さながら草庵の軒のその栗の花のように、閑寂なあなたの生活である〉草庵のあるじ可伸の脱俗の生活を讃美し、挨拶ともした吟。
一〇 一一七頁注二〇参照。
一一 福島県郡山《こおりやま》市日和《ひわ》田《だ》町。奥羽街道の宿駅。
一二 丘陵状の小山。歌枕。
一三 「安積の沼」と称して歌枕。
一四 ここで端午《たんご》の節句を迎えた藤《とう》中将実方《さねかた》（一一二頁注九参照）が、菖蒲《あやめ》のかわりに「安積の沼の花かつみ」を葺《ふ》かせたという（『無名抄《むみょうしょう》』）。「みちのくの安積の沼の花かつみかつ見る人に恋ひやわたらむ」（『古今和歌集』）など、古歌にも詠《よ》まれている。
一五 当時「かつみ」は、真菰《まこも》とも、菖蒲《あやめ》の一種とも言われて定説なく、不詳とされていた。
一六 福島県二本松市。檜皮の北方約五里。
一七 謡曲「安達原《あだちがはら》」の鬼女が住んでいたという岩屋。
一八 「一見」は謡曲の慣用語法に倣《なら》う。（一一三頁四行参照）
一九 福島市。堀田氏の城下町。
二〇 王朝以来有名な摺衣の遺跡と伝える信夫《しのぶ》産の石。「もぢ摺」とは、もじれ乱れた線の模様を摺り出したもの。当時は石面の文字を摺り出すと誤解していた。
二一 福島市山口の近辺。歌枕。「里」とは擬古的表現。（一一五頁七行参照）

安積の沼の花かつみ・黒塚の岩屋

信夫の里――もじ摺の石

世[九]の人の見付けぬ花や軒の栗

[一〇]等躬《とうきゅう》が宅を出でて五里ばかり、[一一]檜皮《ひはだ》の宿《しゅく》を離れて《出はずれた所に》、[一二]安《あ》積山《さかやま》あり。道《街道》より近し。このあたり沼[一三]多し。[一四]かつみ刈るころも、やや近うなれば《そろそろ近付いているので》、[一五]「いづれの草を、花かつみとは言ふぞ」と、人々に尋ねはべれども、更に《いっこうに》知る人なし。沼を尋ね《沼のほとりを捜し》、人に問ひ、「かつみかつみ」と尋ねありきて《捜しまわっている間に》、日は山の端《は》にかかりぬ《傾いてしまった》。[一六]二本松より右に切れて、黒《くろ》[一七]塚《づか》の岩屋[一八]一見《いっけん》し、[一九]福島に宿る。

明くれば、[二〇]しのぶもぢ摺《ずり》の石を尋ねて、[二一]信夫《しのぶ》の里に行く。はるか山かげの小里に、石なかば土に埋《うづも》れてあり。里の童《わらべ》の来たりて教へける、「昔はこの山の上にはべりしを《あったのですが》、往来《ゆきき》の人の麦草《むぎくさ》をあらして《青麦を抜き荒し》この石を試みはべるをにくみて《この石にすりためすのに土地の人々が腹を立てて》、この谷に突き落せば、石の面《おもて》下ざまに伏したり」と言ふ。一さもあるべきことにや《そんなことが本当にあるのだろうか》。

二早苗《さなへ》とる手もとや昔しのぶ摺《ずり》

三月の輪の渡しを越えて《渡し場を渡って》、四瀬《せ》の上《うへ》といふ宿《しゆく》に出づ。五佐藤庄司《しやうじ》が旧跡は、左の山ぎは一里半ばかりにあり。六飯塚《いひづか》の里鯖野《さばの》と聞きて、尋ね尋ね行くに、七丸山といふに尋ねあたる。これ、庄司が八旧館《館の跡》なり。麓《ふもと》に九大手《おほて》の跡など、人の教ゆるにまかせて涙を落し《懐旧の涙を流し》、また、かたはらの一〇古寺《ふるでら》に、一家《いつけ》の石碑を残す。中にも、一一二人の嫁がしるし《墓碑》、まづ《何よりも》哀れなり。女なれども一二かひがひしき名《けなげな名声》の世に聞えつるものかなと、〔感涙で〕袂《たもと》をぬらしぬ。一三堕涙《だるい》の石碑も、一四遠きにあらず《眼前に見る思いである》。寺に入りて茶を乞へば、

一 世にありがちな土地の伝承に対する興味を示した語。それを信じたのではない。「里の童《わらべ》」の語る体《てい》にしたのも文芸的虚構による場面構成。
二 〈早苗とる早乙女《さおとめ》の手さばきの古代めいて見えることよ。さぞかし昔のしのぶ摺もあのような手さばきで摺ったのであろうと偲《しの》ばれることだ〉「しのぶ」は「昔偲ぶ」と「しのぶ摺」と言い掛ける。風雅な風習の廃絶をなげいた吟。
三 福島市鎌田《かまた》字月輪《つきのわ》。阿武隈川《あぶくまがわ》の渡し場。
四 福島市瀬上町。奥羽《おうう》街道の宿駅。
五 佐藤元治《もとはる》。藤原秀衡《ひでひら》の臣で、信夫《しのぶ》郡・伊達《だて》郡の庄司（管理者）。義経《よしつね》の忠臣継信《つぐのぶ》・忠信《ただのぶ》兄弟の父。
六 福島市飯坂町。「里」とは擬古的表現。（一一五頁七行・一一九頁八行参照）

飯塚の里――佐藤庄司の旧跡

七 飯坂町内にある小丘。
八 大鳥城または丸山城と称した。
九 大手門。城の正門。
一〇 佐藤一族の菩提寺《ぼだいじ》であった医王寺。
一一 継信・忠信兄弟（注五参照）の妻。
一二 継信・忠信兄弟が義経に従って出陣戦死して後、二人の妻は甲冑《かっちゅう》を着て夫の凱旋《がいせん》のさまを演じ、老母を慰めたとの伝説。
一三 晋《しん》の襄陽《じょうよう》の太守羊祜《ようこ》の没後、その徳を慕って峴山《けんざん》に建てた碑。望見して皆涙を流したので、杜預《とよ》が堕涙《だるい》の碑と名付けた。『円機活法《えんきかっぽう》』『蒙求《もうぎゅう》』などにも見え、

『東関紀行《とうかん》』にも「羊太傅《やうたいふ》（羊祜）が跡にはあらねども、心ある旅人はここにも涙をや落すらむ」などとある。

一四「遠き」は時間・空間の両義を兼ね、外国の故事を待つまでもない、の意。「それ地獄遠きにあらず、眼前の境界」（謡曲「鵜飼《うかい》」）などの語法による。

一五 事実は義経の笈と弁慶書写の経とで、芭蕉らは実見しなかったが文芸的に虚構した。「笈」は山伏や行脚僧《あんぎゃそう》が仏具や衣類などを入れて背負う脚《あし》付きの箱。

一六〈弁慶の笈も義経の太刀も、五月の端午《たんご》の節句には飾物とせよ。勇ましい武者絵の紙幟と並べて〉「紙幟」とは、武者や鍾馗《しょうき》の絵姿を紙に摺った座敷幟《ざしきのぼり》。義経や弁慶に対する追懐の情を主題とした吟。

一七 陰暦五月一日。実は翌二日のこと。五月冒頭の吟としたのは文芸的虚構。

飯塚泊・伊達の大木戸越え

一八 飯坂《いいざか》温泉。当時は飯塚温泉とも称した。

一九 土間に筵を敷いただけの部屋。当時の貧農の家に多かった。

二〇 芭蕉は胃腸病や痔疾《じしつ》で常々悩んでいた。

二一 福島県桑折町。奥羽街道の宿駅。

二二 この旅は、辺鄙《へんぴ》な片田舎《かたいなか》をめぐる旅であり。以下の漢文調で気韻生動する簡潔な文体は、極限状態を乗り越えて進もうとする芭蕉の、高揚した精神を表白するもので、彼の文体の一種である。

ここに、義経《よしつね》の太刀《たち》・弁慶《べんけい》が笈《おひ》をとどめて、什物《じふもつ》《宝物》とす。

笈も太刀も五月《さつき》に飾れ紙幟《かみのぼり》

五月朔日《さつきついたち》のことなり。

その夜、飯塚《いひづか》に泊る。温泉《いでゆ》あれば、湯に入りて、宿を借るに、土座《どざ》に筵《むしろ》を敷きて、あやしき《ひどく粗末な》貧家なり。灯《ともしび》もなければ、囲炉裏《ゐろり》の火かげ《ほ》《火明りに》に寝所《ねどころ》を設けて臥《ふ》す。夜《よ》に入りて、雷《かみ》鳴り雨しきりに降りて、臥せる上より漏り、蚤《のみ》・蚊《か》にせせられて眠らず《そこらじゅう食われて眠れず》、持病さへおこりて消え入る《死にそうな思いをした》ばかりになん。短夜《みじかよ》の空もやうやう明くれば《やっとのことで明けたので》、また旅立ちぬ。なほ夜のなごり《まだ昨夜の持病があとを引き》、心進まず、馬借りて桑折《こをり》の駅に出づる。はるかなる行末《ゆくすゑ》をかかへて、かかる病《やまひ》おぼつかなしといへど、羇旅辺土《きりよへんど》の行《あん》

一 俗界を離れて世の無常を覚悟しているからには。
二 「予道路に死なんや」（『論語』）などによる表現。
三 「七、野ざらし紀行」にも「ただこれ天にして」（二六頁五行参照）とある。
四 よろめく足を踏みしめて歩くさま。手負武者《ておいむしや》の気力を振りしぼって歩むがごときさま（次注参照）。
五 福島県国見《くにみ》町。伊達領に入る関門。佐藤庄司（一二〇頁注五参照）敗戦の古戦場。その追懐的表現。
六 宮城県白石市。山峡の隘路《あいろ》で、義経の軍勢が通過する時、鐙《あぶみ》を山肌に摺《す》ったという。

笠島——五月のぬかり道

七 白石市。伊達家の臣片倉《かたくら》氏の城下町。
八 宮城県名取《なとり》市。「笠島の里」とすべきを誤記。
九 藤原実方。左近《さこん》中将。平安中期の歌人。陸奥守《むつのかみ》に左遷され、笠島の道祖神の前を下馬せずに通り、神罰を受けて落馬死亡したという（『源平盛衰記』）。謡曲「実方」の題材。墓は道祖神のかたわらにある。（一一九頁注一四参照）
一〇 芭蕉の進行方向からすれば左側。「右」は誤記。
一一 笠島の北方約一里で、共に現在は名取市内。
一二 西行《さいぎやう》がこの実方の塚を訪れて、「朽ちもせぬその名ばかりをとどめおきて枯野の薄《すすき》かたみにぞ見る」（『新古今和歌集』）と詠《よ》んでいることによる。
一三 地名の「蓑」「笠」が雨に縁のあること。
一四 〈実方や西行にゆかりの笠島はどのあたりであろうか。折からの五月雨の泥道で行き悩み、そのあたり

脚《ぎや》、[一]捨身無常《しやしんむじやう》の観念、[二]道路に死なん、[三]これ天の命《めい》なりと、気力いささかとりなほし、[四]道縦横《じゆうわう》に踏んで[五]伊達《だて》の大木戸《おほきど》を越す。

[六]鐙摺《あぶみずり》・[七]白石《しろいし》の城を過ぎ、[八]笠島《かさしま》の郡《こほり》に入れば《入ったので》、「[九]藤中将実方《とうのちゆうじやうさねかた》の塚《墓》はいづくのほどならん」と、人に問へば、「これよりはるか右[一〇]に見ゆる山ぎはの里を、[一一]蓑輪《みのわ》・笠島と言ひ、道祖神《だうそじん》の社《やしろ》・[一二]かたみの薄《すすき》、いまにあり」と教ゆ。このごろの五月雨《さみだれ》に道いとあしく、身疲れはべれば、よそながら《遠くの方から》眺めやりて過ぐるに、[一三]蓑輪・笠島も五月雨の折《をり》にふれたりと、

[一四]笠島はいづこ五月《さつき》のぬかり道

[一五]岩沼《いはぬま》に宿る。

武隈の松

[一六]武隈《たけくま》の松にこそ、[一七]目さむる心地《ここち》はすれ。根は土ぎはより二木《ふたき》にわかれて、昔の姿うしなはずと知らる（古歌に言うごとき昔の姿をとどめているようだ）。まづ、[一八]能因《のういん》法師思ひ出づ。往昔《そのかみ》、[一九]陸奥守《むつのかみ》にて下りし人、この木を伐《き》りて[二〇]名取川《なとりがは》の橋杭《はしぐひ》にせられたることなどあればにや、[二一]「松はこのたび跡もなし」とは詠《よ》みたり。[二二]代々《よよ》、或《ある》は伐《き》り、或いは植ゑ継ぎなどせしと聞くに、いまはた《また》、[二三]千歳《ちとせ》の形ととのほひて（遠い昔の姿を完全に復元して）、めでたき松のけしきになんはべりし。

「[二四]武隈の松見せ申せ遅桜《おそざくら》」と、[二五]挙白《きよはく》といふ者の餞別《せんべつ》したりければ（旅立の折餞別吟をくれたので）、

[二六]桜より松は二木《ふたき》を三月《みつき》越《ご》し

を遠くから偲《しの》んで通り過ぎることだ〉流離遍歴の歌人に対する共感愛惜の情を、みずからも体験しつつある眼前の難路の描写によって表白した吟。

一五 宮城県岩沼市。奥羽《おうう》街道の宿駅。「宿る」とするのは、この項の締め括《くく》りとして置いた文芸的虚構。事実は岩沼に宿泊しなかった。

一六「二木《ふたき》の松」として知られる歌枕。岩沼市。

一七「いづくにもあれ、しばし旅立ちたるこそ、目さむる心地《ここち》こそすれ」（『徒然草』）などを意識した表現。

一八 平安中期の歌人。（一一六頁注七参照）

一九 藤原孝義《たかよし》。『袖中抄《しゅうちゅうしょう》』などに、藤原孝義がこの松を伐《き》って橋に造った旨を伝える。

二〇 仙台市南郊を東流する川。歌枕。

二一 能因《のういん》の歌「武隈の松はこのたび跡もなし千年《ちとせ》を経《へ》てや我は来つらむ」（『類字名所和歌集』）をさす。

二二『袖中抄』などに伐り植えされた歴史を伝える。

二三「千歳」は「松」の縁語。

二四〈芭蕉翁がそちらに行ったら、武隈の松をお見せ申しなさい。奥羽の遅桜よ〉「遅桜」とは遅咲きの桜。

二五 草壁《くさかべ》氏。江戸蕉門の一人。奥羽の出身。

二六〈桜よりも私を待ち受けていたのは二木の松で、その松を旅立ってより三月越しに見ることができた〉「松」に「待つ」を言い掛け、「二木《ふたき》」「三月《みつき》」と数を並べ、且つ「三《み》」に「見《み》」の意を含める。諸書収載の古歌「武隈の松は二木を都人いかがと問はば見きと答へむ」を踏まえた趣向。挙白の餞別吟《せんべつぎん》への応答句。

宮城野——画工加右衛門

[一]名取川《なとりがは》を渡つて、[二]仙台《せんだい》に入る。[三]あやめ葺《ふ》く日なり。旅宿をもとめて、四五日逗留《とうりう》す。ここに、[四]画工加右衛門《ぐわこうかゑもん》といふ者あり。いささか心ある者《風雅を解する者》と聞きて、知人《しるひと》になる。この者、年ごろ《数年来》定かならぬ名所《などころ》を《古歌の名所を考証して置いたから》考へ置きはべればとて、一日《ひとひ》《ある日》案内す。[五]宮城野《みやぎの》の萩《はぎ》茂りあひて、秋のけしき《秋の美景のほどが》思ひやらるる。[六]玉田《たまだ》・横野《よこの》、〔を過ぎ〕つつじが岡はあせび咲くころなり。日影も漏らぬ松の林に入りて、ここを[七]木《き》の下《した》といふとぞ。昔もかく露深ければこそ、[八]「みさぶらひ御笠《みかさ》」とは詠《よ》みたれ。[九]薬師堂・[一〇]天神の御社《みやしろ》など拝みて、その日は暮れぬ。なほ、[一一]松島・[一二]塩竈《しほがま》のところどころ、画に書きて贈る《贈ってくれる》。且つ、[一三]紺の染緒《そめを》つけたる草鞋《わらぢ》二足、はなむけす《餞別にくれる》。さればこそ《はたせるかな》、風流のしれ者《したたか者》、ここに至りてその実《じつ》をあらはす《本領を発揮することだ》。

[一四]あやめ草足に結ばん草鞋の緒

一 歌枕。（前頁注二〇参照）
二 仙台市。伊達《だて》氏六十二万石の城下町。
三 陰暦五月四日。端午《たんご》の節句の前日。夜、軒に菖蒲《あやめ》を葺《ふ》く習慣がある。
四 和風軒加之《かし》と号する俳人で、大淀三千風《おおよどみちかぜ》の高弟。北野屋と号する俳諧書林《はいかいしょりん》を営む。
五 仙台市東郊。萩の名所として古来の歌枕。
六 仙台市東北郊の玉田・横野を歌枕と定めたのは三千風ら（注四参照）の手による。これらに続けて歌枕つつじが岡（仙台市東郊）を言ったのは、源俊頼《みなもとのとしより》の歌「取りつなげ玉田横野の放れ駒つつじが岡にあせみ咲くなり」（『散木奇歌集《さんぼくきかしゅう》』など）を踏まえた修辞で、実際にあせびの花の咲くのは陰暦三月のころ。
七 仙台市木《き》の下《した》。歌枕。
八 東歌《あずまうた》「みさぶらひ御笠と申せ宮城野の木の下露は雨にまされり」（『類字名所和歌集』）をさす。
九 伊達政宗《だてまさむね》の再興した木の下の薬師堂。
一〇 伊達家第四代綱村《つなむら》がつつじが岡に移築した天神。
一一 奥羽《おうう》第一の歌枕（一〇六頁注九参照）。後出。
一二 歌枕。後出。
一三 紺色に染めた麻の緒をつけた草鞋《わらじ》。紺染めにしたところが画工らしい風雅な処置。
一四〈世間の人々は端午の節句とて、菖蒲《あやめ》を軒に葺き頭や腰につけて病魔を除くが、旅人である私は菖蒲草のつもりで足に結ぼう、この草鞋の紺の染緒をば〉画

[一五]かの画図《ぐわと》にまかせて《頼りながら》たどり行けば、[一六]おくの細道の山ぎはに、[一七]十符《とふ》の菅《すげ》あり。今も年々《ねんねん》、十符の菅菰《すがごも》を調《とと》へて《調製して》、[一八]国守《こくしゆ》に献ずといへり。

[一九]壺碑《つぼのいしぶみ》　[二〇]市川村《いちかは》多賀城《たがじやう》にあり

壺碑は、高さ六尺余《あまり》、横三尺ばかりか。[二一]苔《こけ》を穿《うが》ちて、文字かすかなり。[二二]四維国界《しゆいこくかい》の数里《すうり》を記《しる》す。「この城《じやう》、[二三]神亀《じんき》元年、按察使《あぜち》鎮守府《ちんじゆふの》将軍大野朝臣東人《おほののあそんあづまひと》の置くところなり。[二四]天平宝字《てんぴやうほうじ》六年、参議東海東山《とうかいとうさんの》節度使《せつどし》[二五]同じく将軍恵美朝臣朝獦《ゑみのあそんあさかり》の修造なり。[二六]十二月朔日《ついたち》」とあり。[二七]聖武《しやうむ》皇帝の御時《おほんとき》に当れり。昔より詠《よ》み置ける歌枕、多く語り伝ふといへども、山崩れ川流れて《川の流れが変り》道あらたまり、[二八]石は埋《うづも》れて土にかくれ、木は老いて《木は老い朽ちて》若木《わかき》にかはれば、時移り代《よ》変じて、その跡たしかならぬ《歌枕の遺跡は確実でないもの》

工加右衛門の風流な餞別《せんべつ》に対する感謝の気持と、世間一般の年中行事に旅人の境涯にあって接した感慨（八四頁注二参照）とを表白した吟。

一五 画工加右衛門筆の名所図絵。

おくの細道——十符の菅

一六 仙台市より多賀城市への道中の岩切《いわきり》付近。三千風ら（注四・注六参照）によって名所と定められたが、芭蕉がこれを紀行の題名としたのは、辺土の旅に新しい風雅を創造する意欲を込めたものである。

一七 編み目が十筋ある菰《こも》を編むに用いる菅。古来和歌の題材とする。

一八 仙台藩主伊達氏。

多賀城——壺碑

一九 伊達綱村時代に多賀城址《じょうし》から発掘された多賀城改築の記念碑。当時、これを歌枕の壺碑（青森県上北郡坪村《つぼむら》にあったという）と誤伝。

二〇 宮城県多賀城市市川《いちかわ》。

二一 碑面は苔におおわれて、まるで苔に文字を彫り付けたかのようで。

二二 四方の国境まで、それぞれ何里あるかを。

二三 第四十五代聖武天皇即位の年。

二四 第四十七代淳仁《じゅんにん》天皇の第五年。

二五 兼ねて按察使鎮守府将軍。

二六 天平宝字六年十二月一日。

二七 多賀城創建の時をさす。（注二三参照）

二八 「もぢ摺《ずり》の石」の項（一一九頁参照）、「武隈《たけくま》の松」の項（一二三頁参照）の体験を踏まえる。

ことのみを《ばかりであるのに》、ここに至りて疑ひなき千歳《せんざい》の記念《かたみ》、いま眼前に古人の心を閲《けみ》す。[一]行脚《あんぎや》の一徳、[二]存命《ぞんめい》の悦《よろこ》び、羈旅《きりよ》《旅の苦労》の労を忘れて、泪《なみだ》も落つるばかりなり。

末の松山・奥浄瑠璃

それより[三]野田《のだ》の玉川《たまがは》・[四]沖《おき》の石《いし》を訪《たづ》ぬ。[五]末《すゑ》の松山《まつやま》は、[六]寺を造りて末松山《まつしようざん》といふ。松のあひあひ《松林の木々の間は》、みな墓《墓地》はらにて、[七]翼《はね》をかはし枝をつらぬる契《ちぎり》の末も、つひにはかくのごときと、悲しさもまさりて、[八]塩竈《しほがま》の浦に入相《いりあひ》の鐘を聞く。五月雨《さみだれ》の空いささか晴れて、夕月夜《ゆふづくよ》《夕月》かすかに、[九]籬《まがき》が島もほど近し。蜑《あま》の小舟《をぶね》こぎつれて《こぎ連ねて帰港し》、魚《さかな》わかつ声々に、[一〇]「つなでかなしも」と詠《よ》みけん心も知られて、いとどあはれなり《いっそう感銘深いものがある》。

その夜《よ》、目盲《めくら》法師の、琵琶《びは》をならして、[一一]奥浄瑠璃《おくじやうるり》といふものを語る。[一二]平家《へいけ》にもあらず、[一三]舞《まひ》にもあらず。ひなびたる調子うち上げて《いなかじみた調子を張りあげて語るので》、枕《まくら》近うかしましけれど、さすがに《なんといっても片いなかの伝統芸能を忘れずにいるのだから》辺土の遺風忘れざるものから、

一 これは全く旅すればこその果報であり。以下の漢文調で気韻生動する簡潔な文体は、無常の体験（前頁注二八参照）の果てに「千歳《せんざい》の記念《かたみ》」に接して「古人の心」を感得した芭蕉の感動を表白するものであって、「伊達《だて》の大木戸《おおきど》越え」の項の叙述（一二一頁注二二参照）と同様、彼の文体の一種である。

二 命あってこその冥利《みようり》であって。「存命のよろこび、日々に楽しまざらんや」（『徒然草《つれづれぐさ》』）を踏まえる。

三 多賀城市内の小川。六玉川《むたまがわ》の一で歌枕。

四 多賀城市内の小池中の岩。「野田の玉川」と共に伊達《だて》綱村《つなむら》時代に歌枕として設定。

五 多賀城市内の末松山宝国寺《まつしようざんほうこくじ》裏の小丘。歌枕。

六 末松山宝国寺。伊達政宗《まさむね》時代に再興。

七 比翼連理《ひよくれんり》の契《ちぎ》り。男女の深い契り。「君をおきてあだし心をわが持たば末の松山波も越えなむ」「契りきなかたみに袖《そで》をしぼりつつ末の松山波越さじとは」（『類字名所和歌集』）などの古歌を踏まえる。

八 宮城県塩竈《しおがま》市内。千賀《ちが》の浦ともいう。歌枕。

九 塩竈沖の小島。歌枕。

一〇 「みちのくはいづくはあれど塩竈の浦こぐ舟の綱手《つな》かなしも」（『類字名所和歌集』東歌《あずまうた》）、「世の中は常にもがもな渚《なぎさ》こぐあまの小舟《をぶね》の綱手《で》かなしも」（同集、源実朝《みなもとのさねとも》の作）などをさす。

一一 仙台地方で行われた古浄瑠璃。御国《おくに》浄瑠璃とも。

一二 平家琵琶。平曲《へいきょく》。

一三 幸若舞《こうわかまい》。
一四 塩竈神社。奥羽《おうう》の一の宮。
一五 藩主。伊達政宗。慶長十二年に修築した。
一六 謡曲の慣用句。
一七 彩色した垂木《たるき》。垂木は屋根の棟《むね》から軒に渡した木。「采椽《さいてん》」（山から伐り出したままの材を用いた垂木）の語に倣《なら》った造語。
一八 謡曲の慣用句。

塩竈明神――和泉三郎

一九 藤原秀衡《ひでひら》の三男忠衡《ただひら》。後出の「平泉《ひらいずみ》」の項参照。
二〇 文治三年より元禄《げんろく》二年まで五百二年。
二一 父秀衡の遺命を守って義経《よしつね》に忠節を尽し、兄泰衡《やすひら》の追討を受けて勇戦ののち自害した（謡曲「錦戸《にしきど》」）。後出の「平泉」の項参照。
二二 韓退之《かんたいし》の「進学解《しんがくのかい》」に「動いて謗《そしり》を得、名も亦《また》これに随ふ」（『古文真宝』）とあるによるか。
二三 宮城県松島町。松島湾一帯が芭蕉の最も期待した歌枕（一〇六頁注九参照）。なお、次の「松島」の項参照。
二四 塩竈と松島との間の海上距離。
二五 松島海岸の島。陸地と渡月橋で結ぶ。歌枕。

殊勝におぼえらる。

早朝、[一四]塩竈の明神に詣《まう》づ。国守[一五]《こくしゅ》再興せられて、宮柱[一六]《みやばしら》ふとしく《ふとく立派で》、彩[一七]《さい》椽《てん》きらびやかに、石の階《きざはし》九仞《きうじん》にかさなり《高々と積みかさなり》、朝日朱[一八]《あけ》の玉垣《たまがき》をかかやかす。かかる道のはて、塵土《ぢんど》のさかひ《不浄の国土にまで》まで、神霊あらたにまします《あらたかに鎮座まします》こそ《こそ》、わが国の風俗なれと、いと貴《たふと》けれ。神前に古き宝燈《神燈》あり。鉄《かね》の扉《とびら》の面《おもて》に、「文治《ぶんぢ》三年和泉三郎[一九]《いづみのさぶらう》寄進」とあり。[二〇]五百年来のおもかげ《寄進者の姿が》、いま目の前にうかびて、そぞろに珍し《追慕の念やみがたい》。かれは勇義忠孝の士[二一]なり。佳名、今に至りて、慕はずといふことなし。まことに、人よく道を勤め、義を守るべし。「[二二]名もまたこれに従ふ」《声価もまたその人の行動に伴う》と言へり。

日すでに午《うま》《正午》にちかし。船を借りて、[二三]松島にわたる。その間[二四]《あひ》二里余《あまり》、[二五]雄島《をじま》の磯《いそ》につく。

[一]そもそも、ことふりにたれど、松島は扶桑《ふさう》第一の好風《かうふう》にして、およそ[二]洞庭《とうてい》・[三]西湖《せいこ》を恥ぢず。東南より[四]海を入れて、江《え》のうち三里、[五]浙《せつ》江《かう》の潮《うしほ》をたたふ。島々の数を尽して、欹《そばだ》つものは天をゆびさし、伏すものは波にはらばふ。或《ある》は二重《ふたへ》にかさなり三重《みへ》にたたみて、左にわかれ右につらなる。負《お》へるあり抱《いだ》けるあり、[六]児孫《じそん》愛すがごとし。松の緑こまやかに、枝葉汐風《しえふしほかぜ》に吹きたわめて、屈曲おのづから矯《た》めたるがごとし。そのけしき[七]窅然《えうぜん》として、[八]美人の顔《かんばせ》を粧《よそほ》ふ。[九]ちはやぶる神の昔、[一〇]大山祇《おほやまづみ》のなせるわざにや。[一一]造化《ざうくわ》の天工《てんこう》、いづれの人か筆をふるひ、ことばを尽さむ。

[一二]雄島《をじま》が磯《いそ》は、地つづきて海に出でたる島なり。[一三]雲居禅師《うんごぜんじ》の[一四]別室の跡、坐禅石《ざぜんいし》などあり。はた、松の木《こ》かげに世をいとふ人もまれまれ見えはべりて、[一五]落穂《おちぼ》・松笠《まつかさ》などうち煙《けぶ》りたる草の[一六]庵《いほり》しづかに住みなし、いかなる人とは知られずながら、まづなつかしく立ち寄るほど

言い古されたことであるが
日本一
好風景
に劣らない
海が入りこんでいて
入江の長さ
島の限りを集め尽したかのようで
積みかさなって
濃密で
吹くままに曲折して
自然のままなのに曲げ造ったかのようである
詩文や絵画に描出し
ことばで説明し尽し得ようか
また
俗世を避け隠れ住む人も

松島——扶桑第一の好風

一 「ことふりにたれど、同じこと、また今さらに言はじとにもあらず」（『徒然草《つれづれぐさ》』）を踏まえた表現。『松島眺望集』に「それ松島は日本第一の佳境なり」「けだし松島は天下第一の好風景」などとあるのをさす。
二 唐の湖南省。洞庭湖。詩文に著名な景勝。
三 唐の浙江省。詩文に著名な景勝。
四 以下、自然界の状況を描写するのに所作表現の語法を用い、あわせて漢詩文調の対句を駆使し、松島の絶景に対する感動を表白する。芭蕉の文体の一種。
五 浙江のような美しい潮をたたえている。「浙江」は唐の浙江省の銭塘江《せんとうこう》。激潮の壮観で著名。
六 杜甫《とほ》の「嶽《がく》を望む」の詩に「諸峰羅立して児孫に似たり」（『杜律集解《とりつしゆつかい》』）とあるによる。
七 恍惚《こうこつ》として見とれるばかりで。『荘子《そうし》』の用語で「恍惚自失」「茫々《ばうばう》の意」と注する。
八 美女が顔を化粧したかのような風趣である。蘇東坡《そとうば》の「西湖」の詩に「水光瀲灔《れんえん》として晴れて偏《ひとへ》に好し。山色朦朧《もうろう》として雨も亦《また》奇なり。もし西湖をとつて西子《せいし》（越《えつ》の美女西施《せいし》）に比せば、淡粧濃抹《たんしやうのうまつ》両《ふたつ》ながら宜《よろ》し」（『聯珠詩格《れんじゆしかく》』）とあるによる。
九 「神」の枕詞《まくらことば》。
一〇 山を司《つかさど》る神。（一〇八頁注一〇参照）
一一 天地創造の神のたくみな腕前。（八三頁二行参照）
一二 前頁注二五参照。
一三 伊達《だて》家第二代忠宗《ただむね》に招かれて瑞巌寺《ずいがんじ》を中興した禅

に、月、海にうつりて、昼のながめまた改《あらた》む《改まる》。江上《かうしやう》《入江の近辺》に帰りて宿を求むれば、窓をひらき二階を作りて《二階建てであって》、風雲《ふううん》の中《うち》に旅寝するこそ、あやしきまで妙《たへ》なる心地《ここち》はせらるれ。

[一七]松島や鶴《つる》に身を借れほととぎす　曾《そ》良《ら》

[一八]予は口を閉ぢて《句作を断念して》、眠らんとして寝《い》ねられず。[一九]旧庵をわかるる時、[二〇]素堂《そだう》、松島の詩あり。[二一]原安適《はらあんてき》、[二二]松が浦島の和歌を贈らる。袋を解きて、今宵《こよひ》の友とす。且つ、[二三]杉風《さんぷう》・[二四]濁子《ぢよくし》が発句《ほつく》あり。

十一日、[二五]瑞巌寺《ずいがんじ》に詣《まう》づ。当寺《たうじ》三十二世の昔、[二六]真壁《まかべ》の平四郎出家して入唐《につたう》、帰朝《帰国》ののち開山す。そののちに、雲居《うんご》禅師《ぜんじ》の徳化《とくげ》によりて、[二七]七堂甍《いらか》改まりて《改築されて》、金壁荘厳《こんぺきしやうごん》光をかかやかし、[二八]仏土成就《ぶつどじやうじゆ》の大伽藍《だいがらん》と

瑞巌寺——雲居禅師

僧。次の「瑞巌寺」の項参照。
一四 把不住軒《はふじゆうけん》。「把不住軒とて、雲居《うんご》和尚《をしやう》禅堂あり」（『曾良随行日記』）。
（『松島眺望集』）。「雲居の坐禅堂あり」（『曾良随行日記』）。
一五 松の落葉や松笠などを焚《た》いて。隠栖《いんせい》のさま。
一六 松吟庵。注一四の引用文に続けて、「また松吟庵とて道心者の室あり」（『松島眺望集』）、「北に庵《いほり》あり道心者住す」（『曾良随行日記』）。
一七〈松島のこの秀麗な景観よ。同じくは鶴の毛衣を借りて、松島の景観にふさわしい姿で鳴き渡れ、ほととぎすよ〉古歌に「千鳥《ちどり》も借るや鶴の毛衣」とあるによる趣向。「松」に「鶴」は取合せ。
一八 絶景に魂を奪われ句作できなかった。「絶景に向ふ時は奪はれて叶《かな》はず」（『三冊子《さんぞうし》』）と芭蕉は言う。
一九 深川の芭蕉庵。
二〇 山口素堂。「二一、四山《しざん》の瓢《ひさご》」参照。（一〇六頁一〇行参照）
二一 江戸地下《じげ》歌壇の雄。芭蕉・曾良と親交。
二二 宮城県七ヶ浜《しちがはま》町。歌枕。
二三 一〇六頁注一〇参照。
二四 中川甚五兵衛。江戸詰めの大垣藩士。江戸蕉門の一人。
二五 承和五年、慈覚《じかく》大師の開基。（注一三参照）
二六 法身《ほつしん》和尚の俗名。禅寺として瑞巌寺を再興。
二七 三門《さんもん》・仏殿・法堂《はつとう》・僧堂・庫裡《くり》・浴室・東司《とうす》。
二八 仏の浄土をこの世に現出したような大寺院。

はなれりける。かの見仏聖[一]《けんぶつひじり》の寺はいづくにや、と慕はる。

石の巻——港の殷賑《いんしん》

十二日、平泉[二]《ひらいづみ》と志し、あねはの松[三]・緒[四]だえの橋など聞き伝へて《人づてに聞いて》、人跡《じんせき》まれに、雉兎[五]《ちと》蒭蕘《すうぜう》の行きかふ道、そこ[六]ともわかず《どこがどこやら見当もつかず》、つひに道[七]ふみたがへて、石[八]《いし》の巻《まき》といふ港に出づ。「こ[九]がね花咲く」と詠《よ》みて奉りたる金[一〇]華山《きんくわざん》、海上に見わたし、数百《すひやく》の廻船《くわいせん》入江《いりえ》につどひ、人家地《所》をあらそひて《せましと建ち並んで》、竈《かまど》の煙《けぶり》立ちつづけたり。思ひがけずかかる所にも来たれるかなと、宿借らんとすれど、更[一一]《全く》に宿貸す人なし。やうやう貧《まど》しき小家《こいへ》に一夜《いちや》を明かして、明くればまた知らぬ道まよひ行く。袖[一二]《そで》の渡り・尾ぶち[一三]の牧《まき》・真[一四]野《まの》の萱原《かやはら》など、よそ目に見て、はるかなる堤を行く。心細き長[一五]沼にそうて、戸[一六]伊摩《といま》といふ所に一宿して、平泉に至る。その間[一七]《あひ》二十余里ほどとおぼゆ。

一　平安時代末期の僧。雄島《おじま》に十二年間庵住。把不住軒《はふじゅうけん》（前頁注一四参照）はその古跡でもあった。
二　岩手県平泉町。次の「平泉」の項参照。
三　宮城県金成《かんなり》町。歌枕。
四　宮城県古川《ふるかわ》市。歌枕。（注七参照）
五　雉《きじ》や兎《うさぎ》を追う猟師と草刈りや木こりなど。「文王《ぶんわう》の囿《いう》は方七十里。芻蕘《すうぜう》の者も往《ゆ》き、雉兎《ちと》の者も往く」（『孟子《もうし》』）。
六　古歌以来の慣用句。
七　「みちのくの緒だえの橋やこれならむ踏みみ踏まずみ心まどはす」（『類字名所和歌集』）による表現。
八　宮城県石巻市。古来の商漁港。
九　大伴家持《おおとものやかもち》が聖武《しょうむ》天皇に詠進した歌「すめろぎの御代《みよ》栄えむとあづまなるみちのく山にこがね花咲く」（『楢山拾葉《ならやましゅうよう》』）をさす。奥羽《おうう》の産金の報を祝しての作。
一〇　牡鹿《おじか》半島東南端の島。俗伝に産金の地とする。石巻港からは見えない。他の島を誤見しての記述。
一一　富貴の地の人情薄きを言う。『曾良《そら》随行日記』によれば、途次に一杯の湯を乞うも与える家なく、困却の体《てい》を憐んだ武家風の通行人の紹介で宿所を得ている。
一二　石巻市。北上川《きたかみがわ》の渡し場。歌枕。
一三　石巻市東郊。牧山《まきやま》のふもと。歌枕。
一四　石巻市。牧山の東北方。歌枕。
一五　北上川の改修によってできた細長い沼。
一六　宮城県登米《とめ》町。
一七　松島と平泉との間。

平泉——藤原三代の旧跡

[18]三代の栄《え》耀《えう》[19]一睡《いつすい》のうちにして（一睡の夢と消え去り）、[20]大門《だいもん》の跡は、一里こなた（手前に）にあり。秀衡《ひでひら》が[21]跡（館の跡）は、田野《でんや》になりて、[22]金鶏山《きんけいざん》のみ形を残す。まづ、[23]高館《たかだち》にのぼれば、北上川《きたかみがは》、[24]南部（南部領）より流るる大河《たいが》なり。[25]衣川《ころもがは》は、[26]和泉《いづみ》が城《じやう》をめぐりて、高館のもとにて大河に落ち入る。[27]泰衡《やすひら》らが旧跡は、[28]衣《ころも》が関《せき》を隔てて、南部口（南部領への出口）をさし固め、夷《えぞ》を防ぐと見えたり。さても、[29]義臣すぐつてこの城《じやう》にこもり、[30]功名一時《いちじ》の草むらとなる。[31]「国破れて山河あり、城《じやう》春にして草青みたり」と、[32]笠《かさ》うち敷きて、時のうつるまで泪《なみだ》を落しはべりぬ。

[33]夏《なつ》草《くさ》や兵《つはもの》どもが夢の跡

[34]卯《う》の花に兼《かね》房《ふさ》見ゆる白《しら》髪《が》かな　曾《そ》良《ら》

一八 藤原清衡《きよひら》・基衡《もとひら》・秀衡《ひでひら》三代の栄華。
一九 盧生《ろせい》の黄粱一炊《こうりよういつすい》の夢の故事を題材とした謡曲「邯《かん》鄲《たん》」による。当時、諸書に「一炊」を「一睡」とする。
二〇 平泉の館《たち》の南大門。
二一 平泉の館の中心であった伽羅《きやら》御所の跡。
二二 秀衡が、平泉鎮護のために、富士の形に築いて山頂に黄金の鶏を埋めた山。
二三 義経《よしつね》の居館跡の丘。ここで泰衡《やすひら》に討たれた（一二七頁注二一参照）。
二四 南部氏の旧領地。平泉北方の盛岡地方。
二五 北上川の支流。歌枕。
二六 和泉三郎忠衡《ただひら》の居館。（一二七頁注一九参照）
二七 秀衡の次男。（注二三・一二七頁注二一参照）
二八 高館の下の古関跡。歌枕。
二九 義経に殉じた忠義な家臣。弁慶や兼房《かねふさ》たち。
三〇 立てた功名も一時の夢と消えて、今はその跡が。
三一 杜甫《とほ》の「春望」の詩「国破れて山河あり、城春にして草木深し」（『杜律集解《とりつしゆつかい》』）。
三二 路傍などに休息する場合に言う慣用句。
三三 〈一面にぼうぼうと茂っている夏草。ここで勇士たちの立てた功名も、一時の夢と消えて変り果てた跡の姿よ〉この句の無常観は「序章」の項に呼応する。
三四 〈折から真白に咲いている卯の花に、昔ここで奮戦した老武者兼房の、振り乱した白髪頭のさまが髣髴《はうふつ》とすることよ〉懐古の切情を具象的に表出した吟。

かねて耳驚かしたる《話に聞いて驚嘆していた》二堂、開帳す。経堂《きやうだう》[一]は三将の像を残し、光堂《ひかりだう》[二]は三代[三]の棺《ひつぎ》を納め、三尊《さんぞん》[四]の仏を安置《あんぢ》す。七宝《しつぽう》[五]散りうせて、珠《たま》[六]の扉《とびら》風に破れ、金《こがね》の柱霜雪《さうせつ》に朽ちて、すでに頽廃空虚《たいはいくうきよ》の草むらとなるべきを、四面あらたに囲みて[七]、甍《いらか》《屋根》をおほひて風雨をしのぐ。しばらく《暫時ながら》千歳《せんざい》の記念《かたみ》とはなれり。

五月雨《さみだれ》[八]の降り残してや光堂

尿前の関——関越えの苦難

南部道《なんぶみち》[九]はるかに見やりて、岩手《いはで》[一〇]の里に泊る。小黒崎《をぐろさき》[一一]・美豆《みづ》[一二]の小島《こじま》を過ぎて、鳴子《なるご》[一三]の湯より尿前《しとまへ》[一四]の関にかかりて、出羽《では》[一五]の国に越えんとす。この道、旅人まれなる所なれば、関守《せきもり》にあやしめられて《不審尋問を受けて》、やうやうとして関を越す。大山《おほやま》をのぼつて、日すでに暮れければ、封人《ほうじん》[一六]の家を見かけて《偶然見つけて》宿りを求む。三日《三日間》風雨荒れて、よしなき《つまらない》山中《さんちゅう》に逗留《とうりう》

一 清衡《きよひら》・基衡《もとひら》・秀衡《ひでひら》の三将。但し、事実は文殊菩薩《もんじゆぼさつ》・優塡大王《うでんだいおう》・善哉童子《ぜんざいどうじ》の三像を祀《まつ》る。
二 四壁に金箔《きんぱく》を押した金色堂《こんじきどう》の俗称。
三 注一の三将。即ち藤原三代（前頁注一八参照）。
四 阿彌陀如来《あみだにょらい》・観世音《かんぜおん》菩薩・勢至《せいし》菩薩の三尊。
五 金《こん》・銀《ごん》・瑠璃《るり》など七種の宝。経文によって多少種類が異なる。
六 珠玉をちりばめた扉。
七 鎌倉時代に将軍の命で光堂を覆《おお》う鞘堂《さやどう》を造った。
八 〈すべてを朽ち腐らす五月雨が、ここだけは降らなかったのであろうか。長い歳月を経過して、今なお燦然《さんぜん》と光輝をはなっている光堂であるよ〉「五月雨」は長い歳月の間のことで、当日の天候のことではない。
九 南部領（前頁注二四参照）への街道。「はるかに見やりて」とは、心ひかれながらも行かずに引き返したことを言う。
一〇 宮城県岩出山町。「里」とは擬古的表現。
一一 宮城県鳴子町。荒雄川の北岸。歌枕。
（一一五頁七行・一一九頁八行・一二〇頁六行参照）
一二 鳴子町。荒雄川の中の小島。歌枕。
一三 鳴子温泉。義経《よしつね》の若君が産湯《うぶゆ》を使ったとの伝説の地。
一四 鳴子町。陸奥《むつ》と出羽《でわ》との国境に近く、仙台藩の関所があった。義経の若君が初めて尿《しと》をしたとの伝説の

す。

蚤《のみ》[一七]虱《しらみ》馬の尿《ばり》する枕《まくら》もと

あるじの曰《いは》く、「これより出羽の国に、大山を隔てて、道さだかならざれば、道しるべの人を頼みて越ゆべき」よしを申す。「さらば」と言ひて、人を頼みはべれば、究竟《くつきやう》[一八]の若者、反脇指《そりわきざし》[一九]をよこたへ《腰に差し》、樫《かし》の杖《つゑ》をたづさへて、われわれが先に立ちて行く。今日《けふ》こそ必ずあ[二〇]やふきめにもあふべき日なれと、辛《から》き思ひをなして、うしろについて行く。あるじの言ふにたがはず、高山森々《かうざんしんしん》[二一]として一[二二]鳥声聞かず、木《こ》の下闇《したやみ》茂りあひて、夜《よる》行くがごとし。雲端《うんたん》[二三]につちふる心地《ここち》して、篠《しの》のなか踏みわけ踏みわけ、水をわたり、岩につまづいて、肌《はだへ》につめたき汗を流して、最上《もがみ》[二四]の庄に出づ。かの案内せし男《をのこ》の言ふやう、「この道必ず不用《ぶよう》[二五]のことあり。つつがなう送りまゐらせて、仕合《しあはせ》し

地。

一五 秋田・山形の両県にわたる。

一六 国境の番人。

一七〈蚤や虱に食われて眠られぬに、更に馬がいきなり小便を枕もとで放つといった辺土の寝苦しい旅寝である〉当時獣類の小便を「ばり」と言う。それを「尿」と漢字表記して地名の「尿前」に掛けた。この地方では馬屋が母屋《おもや》内にある。およそ伝統的風雅に縁のない辺土の苦しい旅寝にも、旅の意味を感得しての吟。「飯塚泊」の項（一二二頁）と思い合される。

一八 筋骨たくましく強そうな。

一九 刀身に反《そり》のある道中差《どうちゆうざし》。

二〇 強盗などにあう危惧《きぐ》を言う。

二一 樹木の高くそびえ茂っているさま。

二二「一鳥鳴かず山更に幽《かすか》なり」（『錦繡段《きんしゆうだん》』など）。

二三 雲の端から土砂まじりの風を吹き下してくるような心地がして。杜甫《とほ》の詩に「已《すで》に風磴《ふうとう》に入りて雲端に霾《つちふ》る」（『杜律集解《とりつしゆつかい》』）とあるによる。

二四 山形県北村山郡の一帯。中世の最上氏の所領。「庄」とは荘園の意で擬古的表現。（一一七頁三行参照）

二五 不都合な事故。強盗などに襲われること。

たり」と、よろこびて別れぬ。あとに聞きて《済んでから》さへ、胸とどろくのみなり《恐れで胸がおののくばかりである》。

尾花沢――清風

尾花沢《をばねざは》[一]にて、清風《せいふう》[二]といふ者を訪《たづ》ぬ。かれは富める者[三]なれども、志いやしからず。都[四]にも折々かよひて、さすがに旅の情《なさけ》をも知りたれ《旅愁をも解する人》ば《なので》、日ごろとどめて[五]、長途《ちやうど》のいたはり《長旅の慰労にと》、さまざまにもてなしはべる。

涼しさをわが宿《やど》にしてねまるなり[六]

這《は》ひ出でよ飼屋《かひや》が下の蟾《ひき》の声[七]

眉掃《まゆはき》を俤《おもかげ》にして紅粉《べに》の花[八]

一 山形県尾花沢《おばなざわ》市。当時は「おばねざわ」と言い、『曾良《そら》随行日記』には「尾羽根沢」とも書く。

二 鈴木道祐。「清風」は俳号。紅花《べにばな》の問屋《とんや》で島田屋八右衛門と称する富商。芭蕉や曾良と旧知の俳人。

三 『徒然草《つれづれぐさ》』に「昔より賢き人の富めるは稀《まれ》なり」とあるのを下敷とした表現。

四 商用で京都や江戸に出て、中央の俳壇とも交際があった。『一橋《ひとつばし》』の序文に「陸奥《みちのく》の住、鈴木清風、俳諧《はいかい》の修業者となりて、都・江戸と渡りつくし」とある。

五 『曾良随行日記』によれば、尾花沢滞在は十日間に及ぶ。この項に表明されている安らぎの情況は、尿前《しとまえ》の関での苦難の記述の後を承《う》けて、甚だ効果的である。以下に配列する四句は、事実はここでの作ばかりでないが、巧みに構成して更に効果を高めている。

六 〈情味あふれる清風宅のこの涼しさを何よりのもてなしと、まるで自宅に帰ったように安らいで、うち寛《くつろ》ぐことであるよ〉「ねまる」とは寛いで坐《すわ》る意の方言。土地言葉を用いて、その土地への親愛感と清風の厚情に対する感謝の心情とを表明した挨拶《あいさつ》吟。

七 〈蟾蜍《ひきがえる》よ這い出しておいで。飼屋の床下で忍び音に鳴くお前の声は、たまらなく私を人恋しい思いに誘い込んでしまう〉『万葉集』の恋情を詠《よ》んだ歌に、「鹿火屋《かひや》（野鹿の害を防ぐ番小屋）が下に鳴く蝦《かはづ》」とあるのによって、鹿火屋を飼屋（養蚕小屋）に転用し、旅先での人恋しい心情をユーモラスに表現した吟。

蚕飼《こがひ》九する人は古代の姿かな　曾良《そら》

一〇山形領に立石寺《りふしやくじ》といふ山寺あり。一一慈覚大師《じかくだいし》の開基《かいき》にして、ことに清閑《清浄静寂な》の地なり。一見すべきよし、人々のすすむるによりて、尾花沢《をばねざは》よりとつて返し、その間《あひ》七里ばかりなり。日いまだ暮れず。ふもとの坊《宿坊》に宿借りおきて、山上の堂にのぼる。一二岩に巌《いはほ》を重ねて山とし、松柏年旧《しようはくとしふ》り、土石《どせき》老《年を経て》いて苔《こけ》なめらかに、岩上《がんしやう》の一三院々扉《とびら》を閉ぢて、物の音きこえず。岸《崖》をめぐり、岩を這《は》ひて、仏閣を拝し、佳景一四寂寞《じやくまく》として心澄みゆくのみおぼゆ。

一五閑《しづか》さや岩にしみ入る蟬《せみ》の声

八〈化粧する乙女の眉を掃《はら》う眉掃をば偲《しの》ばせる形で、折から紅粉の花の盛りであることよ〉「眉掃」は眉の白粉を掃う化粧用具。紅粉を製する紅粉花と共に化粧品仕立の華麗さが、前記の旅愁の吟と巧みに照応する。尾花沢地方は紅粉花の特産地で、清風はその問屋。

九〈蚕飼の仕事に立ち働いている人々は、『日本書紀』に見える蚕飼の折の服装もこうであったかと思われる清浄な古代めいた姿で、興味深いことである〉養蚕には不浄を忌み、飼屋に注連《しめ》を引き不浄の者を入れぬ風習がある。

立石寺——閑さ

一〇 山形市の宝珠山立石寺。

一一 平安時代初期の天台宗の僧。

一二 巨岩の重畳した山容を言う。状況描写に所作表現の語法を用い、感動を表白する芭蕉の文体。（一二八頁注四参照）

一三 山上の十二の支院をさす。

一四 物音や人声もなく寂しく静かなさま。

一五〈何という閑《しずか》さであろう。さながら岩にしみ入るかのような蟬の声は、私を切ないほどの清澄な心境に引き入れて行く〉立石寺の清閑・寂寞と、それに接しての芭蕉の清澄の心境。その外界の実況と胸奥の心境との二者を、一句に集約するに蟬の声を以てした。従って、「岩にしみ入る」とは、単なる実況の描写ではなくて、芭蕉の心象である。この句に象徴される閑寂の境地は、尿前《しとまえ》の関の苦難から尾花沢の安息を経て到達した一つの極点で、連句的な運びは巧妙を極める。

大石田――わりなき一巻

一 急流で著名な歌枕。
二 山形県大石田町。最上川の東岸にあり、酒田へ下る川船の基点。
三 辺土の素朴な俳諧ながら人々の心をなごやかに慰め。「蘆角一声」とは、「胡角《こかく》(胡人の角笛《つのぶえ》)一声霜後の夢」(『和漢朗詠集』)と「蘆《あし》の葉の笛を吹き波の鼓どうと打ち」(謡曲「猩々《しようじよう》」)とからの造語。なお、続けて「さぐり足して」「踏み迷ふ」とあるのも、「猩猩」の「足もとはよろよろと」を踏まえての表現。
四 元禄期の新風と貞門・談林の古風との二道。
五 と言って土地の俳人に指導を懇請されて。
六 熱意に絆《ほだ》されて感動押えがたく、俳諧一巻を指導してこの地に残した。「わりなき」は道理を超《こ》えて止《や》むに止まれぬ切実な心情を託する芭蕉の慣用語。(五四頁四行・八七頁一〇行・一〇一頁三行・一〇八頁九行参照)

最上川――船くだり

七 「須賀川」の項の句に「風流の初めや」とあるのに呼応する。(一一八頁注一参照)
八 本流は吾妻山を源流とする。支流と混同の誤伝。
九 最上川の大石田より上流にある難所。「碁点」は河中に岩石が点在し、「隼」は急流であるゆえの名。
一〇 最上川の左岸、戸沢村にある山。歌枕。
一一 山形県酒田市。最上川河口の商港。後出。
一二 東歌《あずまうた》「最上川のぼればくだる稲舟のいなにはあらずこの月ばかり」(『類字名所和歌集』)など。
一三 板敷山の対岸の滝。最上川四十八滝の一。歌枕。

一最上川《もがみがは》乗らんと《舟で下ろうと》、二大石田《おほいしだ》といふ所に日和《ひより》を待つ。「ここに古き《古風の》俳《はい》諧《かい》の種こぼれて、忘れぬ花の昔を慕ひ《今もなお俳諧隆盛の昔を慕い》、三蘆角一声《ろかくいつせい》の心をやはらげ、この道《俳諧の道》にさぐり足して、四新古二道《ふたみち》に踏み迷ふといへども、道しるべする人しなければ」五と、六わりなき一巻《ひとまき》残しぬ。七このたびの風流、ここに至れり《今回の奥羽の旅の風流はこんな俳諧指導にまで及んだ》。

最上川は、八陸奥《みちのく》より出でて、山形を水上《みなかみ》とす。九碁点《ごてん》・隼《はやぶさ》などいふ恐しき難所《なんじよ》あり。一〇板敷山《いたじきやま》の北を流れて、はては一一酒田《さかた》の海に入る。左右山おほひ、茂みの中に船を下す。これに稲積みたるをや、一二稲船《いなぶね》といふならし《いうのであろう》。一三白糸《しらいと》の滝は、青葉のひまひまに落ちて《青葉の間々に白い飛沫を見せて落下し》、一四仙人堂、岸にのぞみて立つ。一五水みなぎつて《満々と奔流して》、舟あやふし。

一六五月雨《さみだれ》を集めて早し最上川

一四 今の外川《とがわ》神社。義経《よしつね》の臣常陸坊海尊《ひたちぼうかいそん》を祀《まつ》る。
一五 「秋の水みなぎり来て舟の去ること速《すみや》かなれば……いと危き心地すれ」（『東関紀行』）に倣《なら》った表現。
一六 〈山野に降り続いた五月雨を、この一河に集めて来て、矢のように奔流する急流であることよ。この最上川は〉「集めて早し」とは、単なる情況描写ではなく、作者の感動をも託する。
一七 山形県羽黒町にある山。羽黒修験道《しゆげんどう》の本山。
一八 近藤氏とも称する。羽黒山麓の染物業者。俳号、呂丸《ろまる》。其角《きかく》（二一一頁注九参照）露沾《ろせん》（六四頁注二一参照）と旧交あり、この折に芭蕉に入門し、芭蕉より受けた俳諧指導の記録帳『聞書七日草《ききがきなぬかぐさ》』を遺す。
一九 和合院照寂。「別当代」とは一山を支配する別当職の代行者。「阿闍梨」とは天台宗の高僧の位。
二〇 羽黒山中の南谷の別当の別院、高陽院紫苑寺《しおんじ》。
二一 別当の住坊、若王寺《にやくおうじ》宝前院。
二二 〈ありがたさが身にしみることよ。はるか雪嶺から吹き渡って来る風は、雪の香を運んで来るのかと思われるばかりの清澄な南谷の薫風である〉「薫風南より来る」（『禅林句集』）により「かをらす南谷」に薫風の意を含め、且つ「霊地に妙香あり」の趣を出す。
二三 山頂の羽黒権現。今の羽黒神社。
二四 羽黒山の開祖と伝える崇峻《すしゆん》天皇の第三皇子。
二五 『延喜式』には記載せず。『東鑑《あずまかがみ》』の誤りか。
二六 『継尾集《つぎお》』などにそのように記すが誤伝。

出羽三山

六月三日、[一七]羽黒山《はぐろやま》に登る。[一八]図司左吉《づしさきち》といふ者を訪《たづ》ねて、[一九]別当代会《べつたうだいゑ》覚阿闍梨《がくあじやり》に謁《えつ》す。[二〇]南谷《みなみだに》の別院に宿《やど》して《〔私らを〕》、憐愍《れんみん》の情こまやかに《慈愛深く》、あるじせらる《〔私らを〕もてなして下さる》。

四日、[二一]本坊において俳諧《はいかい》興行。

[二二]ありがたや雪をかをらす南谷

五日、[二三]権現《ごんげん》に詣《まう》づ。[二四]当山開闢《かいびやく》能除大師《のうぢよだいし》は、いづれの代《よ》の人といふことを知らず。[二五]延喜式《えんぎしき》に、「羽州《うしう》、里山《さとやま》の神社」とあり。書写《書写する時に》、「黒」の字を「里山」となせるにや《黒の字を里と誤写して里山としたのだろうか》。「羽州黒山」を中略して「羽黒山」といふにや《〔そうだとすれば〕羽黒山と名付けたのかも知れない》。出羽《では》といへるは《という国名は》、「鳥の毛羽《もうう》を、この国の貢《みつぎもの》に献《たてまつ》る」と、[二六]風土記《ふどき》にはべるとやらん《記載するゆえの名だろうか》。月山《ぐわつさん》・湯殿《ゆどの》《湯殿山》を合せて、三山《出羽三山》

とす。当寺、[一]武江東叡《ぶかうとうえい》に属《しよく》して、[二]天台止観《てんだいしくわん》の月明らかに、[三]円頓融通《ゑんどんゆづう》の法《のり》の灯《ともしび》かかげそひて、僧坊棟《むね》を並べ、修験行法《しゆげんぎやうぼふ》を励まし《熱心に行い》、霊山霊地の[四]験効《げんかう》、人貴《たふと》び且つ恐る。繁栄とこしなへにして《永久不変を思わせる様相で》、めでたき御山《おやま》といひつべし。

八日、[五]月山《ぐわつさん》に登る。[六]木綿注連《ゆふしめ》身に引きかけ、[七]宝冠に頭《かしら》を包み、[八]強力《がうりき》といふものに導かれて、雲霧山気《うんむさんき》の中に氷雪を踏んで登ること八里、更に[九]日月行道《じつげつぎやうだう》の雲関《うんくわん》に入るかとあやしまれ、息絶え身凍えて頂上に至れば、日没して月あらはる。笹《ささ》を敷き篠《しの》を枕《まくら》として、臥《ふ》して明くるを待つ。日出でて雲消ゆれば、湯殿《ゆどの》《湯殿山》にくだる。

谷の傍《かたはら》に鍛冶小屋《かぢごや》といふあり。この国の鍛冶、霊水を選びて、ここに潔斎して剣《つるぎ》を打ち、つひに《完成した剣に》「月山《ぐわつさん》」と銘を切つて《作者名を刻んで》世に賞せらる。[一〇]かの龍泉《りようせん》に剣を淬《にら》ぐとかや《とか言い伝える》、干将《かんしやう》・莫耶《ばくや》の昔を慕ふ《故事が思い合される》。道に堪能の執《熟達者の執念》、浅からぬこと《並大抵でないことが》知られたり。岩に腰かけてしばし休らふほど、三尺ばかりなる《三尺ほどの高さの》桜の、つぼみ半《なか》ば開けるあり。降り積む雪の下に埋《うづ》れて、

一 江戸東叡山寛永寺。天台宗の関東方面の総本山。
二 天台宗の止観（妄念を止め諸法を観照する）の行法が明月の光のごとくに透徹し。
三 円満迅速に悟脱して諸法に通達する天台の宗法の伝統を継承し発展させて。
四 霊験効能。あらたかな御利益《ごりやく》。
五 出羽三山の最高峰。
六 こよりを編んで作る修験袈裟《けさ》。行者の登山装束。
七 白い木綿《もめん》で頭を包み巻く頭巾《ずきん》。行者の登山装束。
八 登山者の荷を担《にな》い案内に立つ人の称。
九 日や月が運行する天空への関門。
一〇 周の楚王の命で、干将が妻の莫耶と共に三年間呉山に籠《こも》って、龍泉の水に淬《にら》いで雌雄二振の宝剣を打ち出したとの故事（『太平記』）。「淬ぐ」とは、刀身を焼いては水に入れて、その鋼質を強靱にすること。
一一 雪中に痛めつけられながらも咲いている花に、花としての使命に忠実な自覚があるかのごとく感じての言葉。「わりなし」は切実な心情を表明する芭蕉の慣用語。（五四頁四行・八七頁一〇行・一〇一頁三行・一〇八頁九行・一三六頁四行参照）
一二 「雪裡《せつり》の芭蕉は摩詰《まきつ》が画、炎天の梅蘂《ばいずい》は簡斎が詩」（『禅林句集』）による。稀有《けう》の状の比喩。
一三 平安時代末期の歌僧で天台座主《ざす》。
一四 『金葉和歌集』に、「大峰にて思ひもかけず桜の花の咲きたりけるを見てよめる」と詞書して、「もろともにあはれと思へ山桜花よりほかに知る人もなし」

春を忘れぬ遅桜《おそざくら》の一一花の心わりなし〔殊勝である〕。一二炎天の梅花、ここにかをるがごとし。一三行尊《ぎやうそん》僧正の一四歌のあはれも〔歌に託した思いのほども〕、ここに思ひ出でて、なほまさりて〔一層感銘深く〕おぼゆ。総じて、一五この山中の微細《みさい》、行者《ぎやうじや》の法式《ほつしき》として他言《たごん》することを禁ず。よつて、筆をとどめて記《しる》さず。坊〔宿坊〕に帰れば、一六阿闍梨《あじやり》の求めによりて、〔次のような〕三山巡礼の句々、短冊《たんじやく》に書く。

一七涼しさやほの三日月の羽黒山《はぐろやま》

一八雲の峰いくつ崩《くづ》れて月の山

一九語られぬ湯殿《ゆどの》にぬらす袂《たもと》かな

二〇湯殿山銭踏む道の泪《なみだ》かな　曾良《そら》

（『百人一首』にも入集）とある作をさす。

一五 湯殿山は聖域とて詳細を語るのを禁じていた。

一六 一三七頁注一九参照。

一七〈清涼の気が四辺を包み、心も清まる思いであることよ。折から淡い光を放つ三日月の下に、黒々と静まり返っているこの羽黒山のたたずまいは〉讃美《さんび》の表現に挨拶《あいさつ》の心も託するが、一句に墨絵のような神韻が感じられる。「ほの三日月」に「ほの見える」を言い掛ける。

一八〈炎天下の入道雲が次々と崩れ去って、夕空には、中天高く聳《そび》え立つ月下の月山の偉容だけが眼前に迫って来る〉霊地月山を讃美して挨拶の心も託する。「いくつ崩れて」の語に、その対照として月山の不動の偉観を表白する。「月の山」の語は、月山と月下の山の意とを兼ね、且つ「月」に「築《つ》き」を掛ける。

一九〈語ることを許されぬこの湯殿山の尊厳さに打たれて、私はただ感涙で袂をぬらすばかりである〉湯殿山の尊厳を讃美して挨拶の心も託する。「湯殿」に「ぬらす」は縁語。「ぬらす袂」は涙をこぼす意で、多く恋の涙に言うのを転用した。且つ、湯殿山を恋の山とする本意（御神体は湯のわき出る女陰形の巨岩）により、感涙に御手付の濡《ぬ》れ場を匂わせた趣向。

二〇〈湯殿山では賽銭《さいせん》の散り敷く道を踏んで登る。その別世界の趣の尊さに、感動の涙のこぼれることであるよ〉地に落ちている物を拾わぬ山中の法で、賽銭は土砂のごとく散り敷いていたという。

一 山形県鶴岡市。酒井氏十四万石の城下町。
二 酒井家の家臣。図司《ずし》左吉（一三七頁一行参照）の縁者。蕉門の俳人。
三 一三七頁一行参照。
四 一三六頁七行参照。

鶴が岡の重行・酒田の不玉

五 伊東玄順。「淵庵」は医号。「不玉」は俳号。大淀《おおよど》三千風《みちかぜ》（一二四頁注四参照）門下の俳人であったが、この折に芭蕉に入門する。
六〈はるかに遠望するあつみ山。そのあつみ山から首《こうべ》を廻らせば彼方に広がる吹浦の海岸にかけて、広大な展望をほしいままにして夕涼みをすることだ〉「あつみ山」とは酒田南方約十里にある温海岳《あつみ》。「吹浦」とは酒田北方約六里の海岸。切字の「や」の使用と共に広大な眺望を具体的に表現するために用いた固有名詞。且つ、「あつみ・ふく・すずみ」なる語呂《ごろ》構成の面白さを狙《ねら》った吟。
七〈今日の暑い一日を海に流し入れてしまったことよ。この奔流する最上川は〉夕方に涼味立つ最上川の爽快さ。「暑き日」とは暑い一日の意であるが、最上川が夕日を海に流し入れるがごとき心象を伴うことを意識しての表現。

象潟——地勢魂をなやますに似る

八 いよいよ象潟に赴《おもむ》くとて期待で心が気負い立つ。「象潟」は秋田県象潟町。当時は松島と並称される景勝の多島湾であったが、文化元年の地震で地盤が隆起し、現在は陸地となっている。「方寸」は心のこと。

羽黒《はぐろ》を立ちて、鶴《つる》が岡《をか》[一]の城下、長山氏重行《ながやまうぢぢゆうかう》[二]といふ武士《もののふ》の家に迎へられて、俳諧一巻《はいかいひとまき》《興行》あり。左吉《さきち》[三]も共に送りぬ〔私をここまで〕。川舟に乗りて、酒田《さかた》[四]の港にくだる。淵庵不玉《えんあんふぎよく》[五]といふ医師《くすし》のもとを宿とす。

六 あつみ山や吹浦《ふくうら》かけて夕涼み

七 暑き日を海に入れたり最上川《もがみがは》

江山水陸《かうざんすいりく》の風光《美景》、数《かず》を尽して《数限りなく見て》、いま象潟《きさがた》[八]に方寸《はうすん》を責む。酒田の港より東北のかた、山を越え磯《いそ》を伝ひ、いさごを踏みて、その際《きは》《間》十里、日影やや傾《かたぶ》くころ、汐風真砂《しほかぜまさご》を吹き上げ、雨朦朧《もうろう》[九]として、鳥海《てうかい》[一〇]の山隠る。闇中《あんちゆう》に摸索《もさく》して、〔蘇東坡の言うごとく〕「雨もまた奇なり」《雨景もまた味なものであるが》とせば、雨後の晴色《せいしよく》また頼もしきと《一層期待できると》、[一一]蜑《あま》の苫屋《とまや》に膝《ひざ》を入れて、雨の晴るるを待つ。

その朝《あした》《翌朝》、天よく晴れて、朝日はなやかにさし出づるほどに、象潟に舟を浮ぶ。まづ[一二]能因島《のういんじま》に舟を寄せて、三年《みとせ》幽居《いうきよ》の跡を訪《とぶら》ひ、向うの岸に舟をあがれば、[一三]「花のうへ漕《こ》ぐ」と詠《よ》まれし桜の老木《おいき》、西行《さいぎやう》法師の記念《かたみ》を残す。[一四]江上《かうしやう》に御陵《みささぎ》あり、[一五]神功后宮《じんぐうこうぐう》の御墓《みはか》といふ。寺を[一六]干満珠寺《かんまんじゆじ》といふ。この所に行幸《みゆき》ありしこと、いまだ聞かず。いかなることにや。

この寺の[一七]方丈《はうぢやう》に坐《ざ》して[一八]簾《すだれ》を捲《ま》けば、風景一眼《いちがん》のうちに尽きて《一望のうちに皆見渡せて》、南に鳥海《てうかい》天をささへ《鳥海山》、その影うつりて江《え》にあり。西は、[一九]むやむやの関、道を限り、東に堤を築きて、[二〇]秋田に通ふ道はるかに、海《うみ》北にかまへて、波うち入るる所を[二一]汐越《しほこし》といふ。江《え》の縦横《じゆうわう》一里ばかり《各一里ほど》、おもかげ松島に通ひて、また異なり。[二二]松島は笑ふがごとく、象潟は憾《うら》むがごとし。寂しさに悲しみを加へて、[二三]地勢魂《たましひ》をなやますに似たり。

九　雨で四辺が暗くかすんで。蘇東坡《そとうば》の「西湖《せいこ》」の詩句（一二八頁注八参照）や、曾策彦《さくげん》の「晩に西湖を過ぐ」の詩に「多景朦朧として一景なし、雨奇晴好の句を暗《そら》じ得て、暗中に摸索して西湖を識る」（『続徒然草《ぞくつれづれぐさ》』）とあるのによる。且つ、以下二行の叙述はこの二詩を踏まえる。

一〇　象潟東南方の秀峰。出羽富士・秋田富士と称す。

一一　漁夫の苫葺《ぶ》きの小屋に雨宿りして。能因の歌「世の中はかくても経けり象潟の海士《あま》の苫屋をわが宿にして」（『類字名所和歌集』）による。

一二　能因法師の隠棲《いんせい》閑居した跡と伝える小島。

一三　西行の歌「象潟の桜は波に埋もれて花の上漕《こ》ぐ海士《あま》の釣舟《つりぶね》」（『名所方角抄』）をさす。

一四　入江のほとり。

一五　第十四代仲哀天皇の皇后。「后宮」は皇后の意。

一六　神功皇后所持の干・満二珠による寺名と伝える。

一七　長老・住職の居室。

一八　江楼などより眺望するに言う漢詩文の慣用句。

一九　象潟町関にあった関所。歌枕。

二〇　秋田市。佐竹氏二十万石の城下町。

二一　象潟の西の海沿いの低地。

二二　以下、擬人法を用いて美景を描写するのは漢詩文の手法に倣《なら》ったもの。

二三　その土地の形趣は、美女の西施《せいし》が憂愁に閉されているかのような風情である。蘇東坡が西湖の美景を西施の美貌に譬《たと》えた（一二八頁注八参照）のに倣う。

一象潟《きさ》《がた》や雨に西施《せいし》が合歓《ねぶ》の花

二汐《しほ》越《こし》や鶴《つる》脛《はぎ》ぬれて海涼し

三祭礼

四象潟や料理何食ふ神《かみ》祭《まつり》　曾《そ》良《ら》

美濃《みの》の国の商人《あきんど》

五蜑《あま》の家《や》や戸板を敷きて夕涼み　六低《てい》耳《じ》

岩上《がんしやう》に七雎鳩《みさご》の巣を見る

八波越えぬ契《ちぎり》ありてや雎鳩の巣　曾良

一〈何と魅惑的な象潟の情趣であることよ。それは宛《さなが》ら、雨に濡《ぬ》れて咲いている合歓《ねむ》の花のように、憂愁を湛《たた》えて目蓋《まぶた》を閉じている西施の風情である〉前文に言うごとく（前頁注二三参照）象潟の美景を西施に譬《たと》え、且つ「西施が眠り」に「合歓」（葉を夜閉じる）を言い掛けて比喩《ひゆ》を重層させた。

二〈波しぶきを上げている汐越。その浅瀬に降り立つ鶴の長い脛がしぶきにぬれて、海は如何にも涼しげである〉率直に実景を描写して爽快《そうかい》な吟。「鶴脛」とは人の脚を長く出した姿にも言うがここでは鶴の脛。

三汐越の鎮守、熊野権現の例祭。

四〈何と風光明媚《めいび》な象潟であることよ。このような所では、どのように清浄な料理をして食べるのであろうか。神祭の折には〉麗しい風光に接して、その土地の習俗の清浄さをも思いやった吟。

五〈象潟の漁夫の家の面白さよ。見れば、縁台の代りに戸板を敷いての夕涼みであるよ〉土地柄の面白さを詠出した吟。

六宮部彌三郎。岐阜の長良《ながら》の人。この地方に行商する商人で俳諧《はいかい》も嗜《たしな》み、芭蕉たちに北陸道の宿所を紹介したりしている。

七海浜に棲息《せいそく》する鳥で、『詩経』以来夫婦仲むつまじい鳥とされる。

八〈格別夫婦の契の固い雎鳩《みさご》のことであるから、岩の上を波が越えないとの約束でもあるのだろうか。あのように荒磯《あらいそ》の岩の上に雎鳩が巣をかけているよ〉清

越後路

酒田のなごり日を重ねて、九北陸道《ほくろくだう》の雲一〇に望む。遥々《えうえう》の思ひ胸を痛ましめて、一一加賀《かが》の府まで百三十里と聞く。一二鼠《ねず》の関《せき》を越ゆれば、越後《ゑちご》の地に歩行《あゆみ》を改めて、越中の国一三市振《いちぶり》の関に至る。この間《かん》一四九日、暑湿《しよしつ》の労に神《しん》を悩まし、病《やまひ》おこりて事をしるさず。

酒田の人々との惜別に滞在日数を重ねて
苦労
心
旅の記録を書き留めなかった

一五文月《ふみづき》や六日《むいか》も常の夜には似ず

一六荒《あら》海《うみ》や佐《さ》渡《ど》に横たふ天《あま》の河《がは》

市振——遊女と同宿

今日《けふ》は、一七親知らず・子知らず・犬戻《いぬもど》り・駒返《こまがへ》しなどいふ北国《ほくこく》一の難所《なんじよ》を越えて、疲れはべれば、枕引き寄せて寝《い》ねたるに、一八一間《ひとま》隔《へだ》てて表のかたに、若き女の声、二人ばかりと聞ゆ。年老いたる男《をのこ》の声

二人で話し合っているようである

原元輔《もとすけ》の歌「契りきなかたみに袖をしぼりつつ末の松山波越さじとは」(『類字名所和歌集』)を踏まえる。
九 北陸七国(四県)に通ずる街道。
一〇 はるかに遠い旅の空へと志す。
一一 加賀の国府。金沢。前田氏百二万余石の城下町。
一二 出羽と越後との国境の関所。当時庄内《しようない》藩の番所。
一三 越後と越中との国境の関所。但し、まだ越後国内で「越中の国」とするのは誤り。高田藩の関所。
一四 俗に「越後路九日、越中路三日」と言うのに合わせた。事実は鼠の関から十四日(滞在日共)。
一五〈苦難の旅の空に迎えた七月。この七月は七日に牽牛《けんぎゆう》と織女《しよくじよ》との二星が年に一度の儚《はかな》い逢う瀬を楽しむ七夕月《たなばたづき》とて、その前夜の六日の夜も早や常の夜とは全く異なった趣である〉惻々《そくそく》たる旅愁を表白した吟。
一六〈狂瀾怒濤《きようらんどとう》の暗夜の荒海。そのはるか沖合、悲痛な流謫《るたく》の歴史を秘めて浮ぶ佐渡が島の、夜空に流れる銀河の胸に染《し》み入るような輝きよ〉実景の忠実な描写ではなく、旅懐と史的懐古とによる心象風景として構成した吟。「横たふ」は状態を言うに所作表現を用いて強い感動を表白した。(一一八頁注四参照)
一七 新潟県青海《おうみ》町の外波《となみ》・市振間の難所。親子も互いに顧みるひまなく、犬や馬も通りかねる難路としての名称。
一八 襖一重《ふすまひとえ》隔てた表通り側の部屋《へや》。「耳とどめたまへるに、この西おもてにぞ人のけはひする(中略)若き声どもにくからず」(『源氏物語』)による物語的趣向。

も交《まじ》りて、物語するを聞けば、越後《ゑちご》の国一新潟《にひがた》といふ所の遊女なりし。二伊勢参宮するとて、この関まで男《をのこ》の送りて《送って来て》、明日《あす》は古郷《ふるさと》に返す《帰る男に》文《ふみ》したためて《書いて〔託し〕》、はかなき《とりとめない》言伝《ことづて》などしやるなり。三「白波の寄する汀《なぎさ》に身《身を》をはふらかし《捨て遊女の境涯に入り》、四海士《あま》のこの世をあさましう下りて《この世の最下層にまでおちぶれ果てて》、五定めなき契《ちぎり》、日々の業因《ごふいん》、いかにつたなし《どんな不幸な星めぐりなのだろう》」と物言ふを、聞く聞く《聞きながら》寝入りて、朝《あした》旅立つに《翌朝旅立つ折に》、我々に向ひて、「行方《ゆくへ》知らぬ《道筋知らぬ》旅路の憂《う》さ、あまりおぼつかなう《心ぼそく》悲しくはべれば、見え隠れにも御跡《おんあと》を慕ひはべらん。六衣《ころも》の上の御情《おんなさけ》に、大慈《だいじ》の恵《めぐみ》をたれて、結縁《けちえん》せさせたまへ」と泪《なみだ》を落す。「不便《ふびん》の事にははべれども《気の毒には思いますけれども》、我々は所々《ところどころ》にてとどまるかた多し。ただ七人の行くにまかせて行くべし。八神明《しんめい》の加護《かご》、必ず恙《つつが》なかるべし」と言ひ捨てて出でつつ、哀れさしばらくやまざりけらし。九

一〇一《ひとつ》家《や》に遊女も寝たり萩《はぎ》と月

一 新潟市。豊かな港町で古来遊女町が栄えていた。
二 「御蔭《おかげ》参り」「抜け参り」と称して、当時全国的に庶民の伊勢参宮が流行していた。
三 『和漢朗詠集』の「遊女」の歌「白波の寄する汀《なぎさ》に世を過す海士の子なれば宿も定めず」を踏まえる。
四 「海士の」は「定めなき」を修飾。（前注参照）
五 誰彼なしの客と契る遊女のつとめ、このような日ごとに課せられる前世の因縁による辛《つら》い業《わざ》。「かかる遊女となりはべりて（中略）この振舞をさへしはべること、実《げ》に前《さき》の世の宿習のほど思ひ知られて、うたてしくおぼえはべりしか」（『撰集抄《せんじゆうしよう》』の「江口遊女歌之事」）、「罪業深き身と生れ、殊にためし少なき河竹の流の女となる。前の世の報《むくい》まで思ひやるこそ悲しけれ」（謡曲「江口」）などによる。
六 法衣を着たお坊様でいらっしゃる御身の上のお情で、私どもに仏様の大慈悲の恵をお与え下さいまして、仏縁にあやからせて下さい（仏弟子として後に付いて行かせて下さい）。芭蕉も曾良《そら》も法体《ほつたい》であった。
七 伊勢参宮する人々。この年は遷宮の年で格別参宮客が多く、且つ街道筋の人も奉仕した。（注二参照）
八 神の守護。ここでは特に伊勢の大神宮をさす。
九 詠嘆。推定の意は全く無い。近世の一般的用法。
（九一頁一〇行・一〇四頁三行参照）
一〇 〈私と同じ旅宿に、今宵は薄幸の遊女も泊り合せた。その夜の庭前の萩と月明とは、まことに、そうした夜にふさわしい風物であった〉定めなき日を送る浮

曾良《そら》に語れば、[一一]書きとどめはべる。

越中路

[一二]黒部《くろべ》四十八が瀬とかや（とか称する）、数知らぬ川を渡りて、[一三]那古《なご》といふ浦に出づ。[一四]担籠《たこ》の藤波《ふぢなみ》は、春ならずとも、初秋《はつあき》のあはれ訪《と》ふべきものを（行って見たいものだと）と、人に尋ぬれば、「これより五里、磯《いそ》伝ひして、むかふの山かげに入（入った）り（所で）、蜑《あま》の苫葺《とまぶ》きかすかなれば（貧素なものですから）、[一五]蘆《あし》の一夜の宿（蘆茂る水辺の一夜の宿）貸す者あるまじ」と言ひおどされて〔あきらめて〕、[一六]加賀《かが》の国に入る。

[一七]早稲《わせ》の香《か》や分け入る右は有磯海《ありそうみ》

金沢——何処・一笑

[一八]卯《う》の花山《はなやま》・[一九]倶利伽羅《くりから》が谷を越えて、金沢は七月中《なか》の五日（十五日）なり。こ（丁度）こに、（その日）[二〇]大坂《おほざか》より通《かよ》ふ商人《あきんど》[二一]何処《かしよ》といふ者あり（来ていた）。それが旅宿をともにす（その何処の旅宿に同宿する）。

草の身の遊女と行脚《あんぎや》漂泊《ひようはく》の自分との、一見無縁のようで相似た境涯の者の同宿を奇遇と観じての吟。「萩と月」の語には、お互いをそれによそえる心も含める。

一一『曾良随行日記』に記載なし。類似の体験はあったろう（前頁注二・注七参照）が、物語的なこの項は虚構の脚色で、連句的構成の紀行中の恋の場とも見るべきもの。（一〇六頁＊・一一〇頁注一〇・一二二頁注六・一三四頁注五参照）

一二 黒部川下流が多くの川瀬に分岐している所の称。

一三 富山県新湊《しんみなと》市の海岸。歌枕。

一四 富山県氷見《ひみ》市。歌枕。藤の名所（謡曲「藤」）。

一五「蘆の一節《ひとよ》」に「一夜《ひとよ》」を言い掛けた修辞。

一六 百二万余石の大国。（一四三頁注一一参照）

一七〈あたりには稔《みの》った早稲の香が満ち満ちている。その豊穣《ほうじよう》の穂波の中を掻《か》き分けるようにして加賀の国へと入って行くと、右手には広々とした有磯海が望見される〉大国加賀の風格を讃美した吟。「有磯海」は富山県伏木《ふしき》港付近の海。歌枕。ここは富山湾の総称。

一八 富山県小矢部《おやべ》市の山。歌枕。曾良はこれを源氏山とする（『曾良随行日記』）が、木曾義仲《よしなか》の陣屋の跡と伝える源氏が峰は別に近傍にある。

一九 越中と加賀との国境。歌枕。義仲が平家の軍勢を追い落した古戦場。

二〇 八五頁注一一参照。

二一 大阪の薬種商人。この時より芭蕉に近付き、『猿蓑《さるみの》』にも二句入集する。

一笑《いつせう》[一]といふ者は、この道に好ける名のほのぼの聞えて《俳諧道の愛好者であるとの評判がほのかに広まって》、世《世間》に知る人もはべりしに、去年《こぞ》[二]の冬早世《さうせい》したりとて《若死に》、その兄[三]追善を催すに《追善句会を催したので》、

塚[四]も動けわが泣く声は秋の風

ある草庵[五]にいざなはれて《招待されて》

秋[六]涼し手ごとにむけや瓜茄子《なすび》

途中吟[七]

あかあかと[八]日はつれなくも秋の風

一　小杉氏。金沢の葉茶屋商人で通称茶屋新七。貞門の俳人であったが蕉風に転じ、当時は金沢蕉門の中心的人物。芭蕉の来遊を待望していた。

二　元禄元年十二月六日没。享年三十六。

三　一笑の兄。俳号、ノ松《べつしよう》。

四　〈一笑の塚よ、鳴動せよ。今ここに君の死を哀惜して慟哭《どうこく》する私の声は、蕭々《しようしよう》たる秋風に和して君の塚を吹き巡っている〉悲痛哀切の情を秋風に託して具象化した。篤実な人柄で天分豊かな一笑の若死にを痛恨する思いが溢《あふ》れる。この句をもとに一笑の追善集『西の雲』が刊行された。

五　金沢の斎藤一泉の松玄庵（少幻庵とも書く）。

六　〈まことに快い初秋の涼しさである。さあ、てんでに皮を剝《む》いて瓜や茄子の料理をし、御馳走にあずかろうではないか〉亭主の好意に感謝し興じた吟。

七　金沢に入る道中での吟。但し、発想はそれ以前。

八　〈あかあかと灼熱《しやくねつ》する残暑の夕日は、既に秋に入ったとも思えぬ厳しさで照りつけて、その暑気に堪えがたい。が、吹き来る風の気配はさすがに秋の趣で、救われる思いである〉「日はつれなく」とは、日射しの秋季に相応せぬ状態。発想には『古今和歌集』の著名な歌「秋来ぬと目にはさやかに見えねども風の音にぞおどろかれぬる」が与《あずか》ったであろうが、一句の主題は苦難の旅懐であって、単なる季節推移への感興ではない。芭蕉の得意とする吟で、多くの真蹟を留める。

九　石川県小松市。同所の日吉《ひよし》神社社司の宅での吟。

小松——多太神社の実盛が甲

一〇〈何と愛らしい地名であろう、小松とは。その地名と同じ小松の枝に吹く風が、あたりの萩やすすきをそよがせて、旅愁も慰められる思いである〉土地柄を讃美《さんび》し、社司藤村伊豆（俳号鼓蟾《こせん》）への挨拶《あいさつ》の意も託する。「小松」は地名と植物とに言い掛けた。
一一 小松の多太八幡宮。多太神社とも称する。
一二 斎藤別当実盛。初め源義朝《みなもとのよしとも》に仕え、平治の乱に敗れてのち平宗盛《たいらのむねもり》に仕え、平維盛《これもり》に従って源義仲の軍と戦い、白髪を染め老いをかくして勇戦し討死にした。
一三 錦の鎧直垂《よろいひたたれ》（鎧の下に着る衣装）の切れ端。
一四 甲の前面の庇のように出張っている部分。
一五 目庇の両側の後方にそり返った板。
一六 菊の花や葉につる草を絡《から》ませた模様。
一七 甲の前面から頭頂にかけて付けた龍の頭の装飾。
一八 目庇から左右に開いて上方に突っ立った装飾。
一九 源義仲。幼時に実盛に保護養育された。
二〇 実盛供養の趣旨を述べた文書。
二一 名は兼光。義仲四天王の一人。旧知とて実盛の首実検をし、「あなむざんやな」と落涙した旨が、謡曲「実盛」や『平家物語』などに見える。
二二 神社の縁起状。実は「木曾義仲副書」に見える。
二三〈何と痛ましいことよ。討死にした実盛の甲だけがここに留められ、その下でか細く鳴く蟋蟀《こおろぎ》の声を聞いていると、悲痛の思いに胸が疼《うず》く〉謡曲「実盛」の語（注二一参照）を借りて実盛哀惜の真情を表白した。

[九]小松といふ所にて

[一〇]しをらしき名や小松吹く萩《はぎ》すすき

この所、多太《ただ》[一一]の神社に詣《まう》づ。実盛《さねもり》[一二]が甲《かぶと》・錦《にしき》[一三]の切《きれ》あり。往昔《そのかみ》、源氏に属《しよく》せし時、義朝《よしとも》公より賜らせたまふとかや。げにも《いかにも》、平侍《ひらさぶらひ》のもの《下級武士》にあらず。目庇《まびさし》[一四]より吹返《ふきかへし》[一五]まで、菊唐草《からくさ》[一六]の彫《ほ》りもの金《こがね》をちりばめ、龍頭《たつがしら》[一七]に鍬形《くはがた》[一八]打つ《打ち付けてある》たり。実盛討死《うちじに》の後《のち》、木曾《きそ》[一九]義仲願状《よしなかぐわんじやう》[二〇]に添へて、この社《やしろ》にこめられはべるよし、樋口《ひぐち》[二一]の次郎が使せしことども、まのあたり縁起[二二]に見えたり。

[二三]むざんやな甲《かぶと》の下のきりぎりす

那谷寺

[一]山中《やまなか》の温泉《いでゆ》に行くほど、[二]白根《しらね》が岳《たけ》あとに見なして歩む。左の山ぎはに[三]観音堂あり。[四]花山《くわさん》の法皇《ほふわう》、[五]三十三所の巡礼とげさせたまひてのち、[六]大慈大悲の像を安置したまひて、[七]「那谷《なた》」と名付けたまふとなり。「那智《なち》」「谷汲《たにぐみ》」の二字をわかちはべりしとぞ《那と谷との二字を切り離し組み合わされたとのことだ》。奇石さまざまに、[八]古松植ゑ並べて《はえ並んでおり》、萱葺《かやぶき》の小堂岩の上に造りかけて《岩の上に寄せ掛けて建ててあり》、殊勝《霊妙な》の土地なり。

[九]石山の石より白し秋の風

[一〇]温泉《いでゆ》に浴す。その効《効能》、[一一]有馬《ありま》に次ぐといふ。

[一二]山《やま》中《なか》や菊は手《た》折《を》らぬ湯の匂《にほひ》

一 石川県山中町の山中温泉。
二 白山《はくさん》。歌枕。加賀・越前・飛騨《ひだ》の三国の国境にある名山。
三 石川県小松市の那谷寺の観音堂。
四 第六十五代花山天皇。仏門に入り法皇となる。
五 西国三十三所の観音の霊場。第一番の紀伊那智《きいなち》に始まり、第三十三番の美濃谷汲《みのたにぐみ》に終る。
六 観世音菩薩の像。
七 注五参照。那谷で異常な観音の霊験を感得された法皇が、この寺を中興したとの縁起伝説による。
八 以下、状況描写に所作表現を用いて感動を表白する。（一二八頁注四・一四三頁注一六参照）
九 〈奇石重畳する霊場那谷寺では、その石山の石より更に白々と、清澄な秋の風が吹き渡って霊妙の気に打たれる〉秋風を「白し」と見るのは古来の詩歌の伝統による。「石山」を近江《おうみ》石山寺とする旧解は無理。
一〇 山中温泉。（注一参照）
一一 兵庫県神戸市北郊の有馬温泉。古来著名な温泉。
一二 〈効能顕著といわれるこの山中温泉。ここでは長寿の霊薬と伝える菊は手折る必要がない。あたりには効験ある湯の芳香が満ち満ちている〉山中の霊泉を讃《さん》美《び》し、宿の主人桃妖《とうよう》（注一三参照）への挨拶《あいさつ》の意を込めた。周の慈童《じどう》が菊の露を飲んで七百年の長寿を保ったとの伝説（謡曲「菊慈童」）を踏まえる。

山中温泉――貞室の故事

あるじとする者は《泊った温泉宿の主人は》、[一三]久米之助《くめのすけ》とて、いまだ小童なり。かれが[一四]父、俳諧《はいかい》を好み、[一五]洛《らく》の貞室《ていしつ》、若輩の昔ここに来たりしころ、風雅にはづ《俳諧のことで恥》かしめられて《辱を受けて》、洛に帰りて[一六]貞徳《ていとく》の門人となつて、世に知らる。功名ののち、この一村《いっそん》、[一七]判詞《はんじ》の料を請けずといふ。いまさら《現在もなお》昔語《むかしがたり》とはな《なっ》りぬ《ている》。

曾良との別離

曾良《そら》は腹を病みて、伊勢の国[一八]長島《ながしま》といふ所に[一九]ゆかり《身よりの者》あれば、先立《さきだ》ちて行くに、

[二〇]行き行きて倒れ伏すとも萩《はぎ》の原　　曾良

と書き置きたり。行く者の悲しみ、残る者のうらみ、[二一]隻鳧《せきふ》の別れて雲に迷ふがごとし。予もまた、

一三 温泉宿和泉《いずみ》屋の主人甚左衛門。久米之助は幼名。当時十四歳。この折芭蕉から俳号桃妖を与えられた。

一四『曾良随行日記』には祖父とする。年次的にはその方が合うが、いずれにしても以下の話は俗伝。

一五 京都の安原《やすはら》貞室。貞門七俳仙の一人と称されるほどになり、芭蕉も注目していた。（一九頁注八参照）

一六 松永貞徳。貞門俳諧の祖。（一九頁注八参照）

一七 判詞の料を請求しなかったということである。「判詞の料」とは、俳諧宗匠が添削批評の謝礼として請求する金銭。点料。

一八 三重県長島町。

一九 曾良は若年時に長島藩に仕えており、旧知の者が多く在住した。（二四六頁注八参照）

二〇〈どこまでも行ける所まで行って、ついに道中で倒れ伏すようなことになるにしても、できることなら萩咲く野原で死にたいものである〉病身をかかえての別離の悲哀を、これも風雅を愛して行脚《あんぎゃ》する者の宿命と観じ、萩咲く野原で死に得れば満足であるとの心懐を表明した吟。

二一 二羽連れだっていた鳧《けり》（鳩に似て肢《あし》の長い鳥）の片方だけが相手と別れ飛び立って。蘇武《そぶ》が、共に匈奴《きょうど》に捕えられていた李陵《りりょう》と別れて、漢に召還される時の詩に、「雙鳧《そうふ》倶《とも》に北に飛び、一鳧独り南に翔《かけ》る。子《し》は当《まさ》に斯《こ》の館に留るべし。我は当《まさ》に故郷に帰るべし」（『蒙求《もうぎゅう》』）とあるのによる。「隻鳧」は「雙鳧」からの転用。

[一]今日《けふ》よりや書付消さん笠《かさ》の露

[二]大聖寺《だいしやうじ》の城外、[三]全昌寺《ぜんしやうじ》といふ寺に泊る。なほ加賀《加賀の国の領内》の地なり。曾良《そら》も前の夜、この寺に泊りて、

[四]終宵《よもすがら》秋風聞くや裏の山

と残す。[五]一夜《いちや》のへだて千里に同じ。われも秋風を聞きて[六]衆寮《しゆれう》に臥《ふ》せば、あけぼのの空近う[七]読経《どきやう》声澄むままに、[八]鐘板《しようばん》鳴つて食堂《じきだう》に入る。今日は越前《ゑちぜん》の国へと、心早卒《気がせいて急いで》にして堂下にくだるを、若き僧ども、紙・硯《すずり》をかかへ、階《きざはし》のもとまで追ひ来たる。をりふし《丁度その時》、庭中の柳散れば、

一 〈曾良と別れて今日から私もいよいよ一人旅となる。だから「同行二人《どうぎやうににん》」との笠の書付も消すことにしよう。その笠に置いている露で〉「書付」とは巡礼や旅僧が笠に書き付ける「乾坤無住同行二人《けんこんむぢゆうどうぎやうににん》」の文字（七六頁注一参照）。「露」には別離の涙の意を込める。

二 石川県加賀市大聖寺町。前田氏の支藩七万石の城下町。

三 曹洞宗《そうとうしゆう》の寺。山中温泉の和泉屋の菩提寺《ぼだいじ》で、当時の住職は久米之助の伯父《おじ》。その縁で宿所を提供されたのであろう。（前頁注一三参照）

全昌寺

四 〈夜通しまんじりともせず、秋風の吹き抜ける音を聞いていたことであるよ。裏の山の木立に荒《すさ》ぶその蕭条《しようじよう》とした響きを〉芭蕉と別れて病身の一人旅をする身の心細さを率直に表白した吟。

五 たった一夜の違いだのに、まるで千里も遠く離れてしまったような思いがする。蘇東坡《そとうば》の詩に「咫尺《しせき》相見ざれば、実《げ》に千里と同じ」（『蒙求《もうぎゆう》』）とあるのなどによる表現。

六 禅寺の修行僧の宿寮。

七 読経の声が、静寂の中に澄み通って聞えていたが、やがて。

八 禅寺で合図に打ち鳴らす板。雲板《うんばん》。

庭[九]掃いて出でばや寺に散る柳

とりあへぬさまして、草鞋《わらぢ》ながら書き捨つ。

さし当っての即吟として　草鞋ばきのままで走り書きして与えた

越前《ゑちぜん》[一〇]の境《さかひ》、吉崎《よしざき》[一一]の入江を舟に棹《さをさ》して、汐越《しほこし》[一二]の松を訪《たづ》ぬ。

終宵《よもすがら》嵐《あらし》[一三]に波を運ばせて
　　月を垂れたる汐越の松　　西《さい》[一四]行《ぎやう》

この一首にて、数景尽きたり[一五]。もし一弁を加ふるものは、無用の指[一六]を立つるがごとし。

汐越の松――西行の歌

九〈一宿《いっしゅく》の恩を受けた礼に、庭を掃き清めて出立したいものである。折から寺庭に盛んに散り乱れるこの柳の葉を掃き清めて〉寺院に一宿して去る時は、寺内を清掃して恩を謝する仏家の法を踏まえて、感謝の意を表明した吟。

一〇 加賀と越前との国境。

一一 福井県金津町。蓮如上人《れんにょしょうにん》開基の吉崎御坊があり、浄土真宗の聖地とされた。

一二 吉崎の対岸の浜坂の岬《みさき》にあった松。海岸に延びた枝が潮をかぶることより「汐越」の名が生じた。歌枕。

一三〈夜通し吹き荒《すさ》ぶ嵐に高波が打ち寄せ、その波しぶきをかぶった月下の松の枝々は、水滴に月光を宿して、まるで月の雫《しずく》を滴《したた》らせているかのように見える汐越の松の美しさである〉。

一四 実は蓮如上人の作であるが、当時は西行の作との俗伝も行われていた。

一五 汐越の松の種々様々の美観は言い尽されている。この歌を、敬慕する西行の作と考えたからでもあろうが、「月を垂れたる」との表現が、汐越の松の独特の美しさを完全に詠出し尽している、と共感しての言葉である。

一六 余分の無駄な説明を加えるものである、との意。『荘子』に「手に枝する（五本の指に更に一本加えること）者は、無用の指を樹《た》つるなり」とあるによる。

天龍寺——北枝との別離

一丸岡《まるをか》二天龍寺の長老三、古き因《ちなみ》あれば訪《たづ》ぬ。また、金沢の四北枝《ほくし》といふ者、かりそめに見送りて《ほんのそこらまでと見送りに出て》、この所まで慕ひ来たる。ところどころの風景、過《すぐ》さず思ひ続けて《見のがさず句を案じ続けて》、をりふし、あはれなる作意など聞ゆ《情趣豊かな趣向の句などを聞かせてくれた》。今すでに別れに臨みて、

五物書いて扇《あふぎ》引き裂く名残《などり》かな

永平寺

五十町《ちやう》山に入りて、六永平寺《えいへいじ》を礼《らい》す。七道元禅師《だうげんぜんじ》の御寺《みてら》なり。八邦畿《はうき》千里を避けて、かかる山かげに跡を残したまふも、九貴《たふと》きゆゑありとかや。

一 福井県丸岡町。但し、天龍寺は同県松岡町にある。「丸岡」は松岡の誤記。松岡は当時松平昌勝《まつだいらまさかつ》五万石の城下町。
二 曹洞宗《そうとうしゅう》で永平寺の末寺。藩主松平家の菩提寺《ぼだいじ》。
三 禅寺の住職の称。当時の住職は大夢《たいむ》和尚《おしょう》で、かつて江戸品川の天龍寺の住職であった人。
四 立花氏。通称、研屋《とぎや》源四郎。刀研師。この折に兄の牧童と共に芭蕉に入門し、加賀蕉門の中心となる。
五〈捨扇とて、秋ともなれば扇を手放す季節であるが、私は今その扇に惜別の吟を書き付けて二つに引き裂き、あなたとの堪えがたい別離の名残とすることであるよ〉初対面にして芭蕉に傾倒随順する北枝に対する真情の溢《あふ》れた吟。二人は遂に再会の機を得なかったが、北枝がこの折に記録した芭蕉の教説は、後年に「山中《やまなか》問答」と題して刊行され、現在に至るまで珍重されている。
六 曹洞宗総本山。道元禅師の開基。
七 わが国の曹洞宗の開祖。
八 王城のある京都を中心とした方千里以内の土地。「邦畿千里、これ民の止《とど》まる所」(『詩経』)の語による。
九『奥細道菅菰抄《すがごもしょう》』に、「「貴きゆゑあり」とは、相伝ふ、はじめ寺地を京師(京都)にて賜はらんとありしを、禅師のいはく、「寺堂を繁華の地に営みては、末世に至り、僧徒あるいは塵俗に堕する者あらんか」と、固く辞して、つひに越前に建立すといふ。このこ

となり」とある。
一〇 福井市。当時松平昌親《まさちか》二十五万石の城下町。
一一 神戸《かんべ》氏。福井俳壇の古老。「洞哉《とうさい》」とも書く。

一二 仏道修行の旅僧。
一三 『源氏物語』の「夕顔」の巻の光源氏《ひかるげんじ》が夕顔の宿を訪れる場面を連想しての語。なお、同巻に「昔物語などにこそ、かかることは聞け」なる語も見える。
一四 八月十五夜の名月は敦賀の港で眺めよう、と思って。敦賀は福井県敦賀市。歌枕。

福井——等栽

一〇福井は三里ばかりなれば、夕飯《ゆふめし》したためて出づるに、たそかれの道たどたどし。ここに、一一等栽《とうさい》といふ古き《旧知の》隠士あり。いづれの年にか、江戸に来たりて、予を訪《たづ》ぬ。はるか十年《ととせ》あまりなり《十余年昔のことである》。いかに老いさらぼひて《老いぼれて》《衰えやせて》あるにや、はた《或いは》死にけるにや、と人に尋ねはべれば、いまだ存命して、「そこそこ」と教ゆ。市中《町なか》ひそかに引き入りて、あやし《みすぼらし》の小家《いこいへ》に、夕顔・へちまの延《は》え《延びからまって》かかりて、鶏頭・帚木《ははきぎ》に戸ぼそ《入口の戸》を隠す。さては、このうちにこそ、と門《かど》をたたけば、侘《わび》しげなる《心ぼそげな》女の出でて、「いづくよりわたりたまふ一二道心の御坊《ごばう》にや。あるじ《主人は》は、このあたり何某《なにがし》といふ者のかたに行きぬ。もし用あらば訪ねたまへ」と言ふ。かれが妻なるべしと知らる。一三昔物語にこそ、かかる風情《ふぜい》ははべれと、やがて訪ね会ひて《早速等栽の出先を訪ねて会って》、その家に二夜《ふたよ》泊りて、一四名月は敦賀《つるが》の港に、と旅立つ。等栽も共に送らんと、裾《すそ》をかしうからげて《着物の裾を粋にからげて》、道の枝《し》折《をり》《案内》と浮かれ立つ。

敦賀——気比明神の遊行の砂持

やうやう《次第に》一白根《しらね》が岳《たけ》かくれて、二比那《ひな》が岳《たけ》あらはる。三あさむづの橋を渡りて《渡って行くと》、四玉江《たまえ》の蘆《あし》は穂に出でにけり《穂を出していた》。五鶯《うぐひす》の関《せき》を過ぎて、六湯尾峠《ゆのをたうげ》を越ゆれば、七燧《ひうち》が城《じやう》。八帰山《かへるやま》に初鴈《はつかり》を聞きて、十四日の夕暮、九敦賀《つるが》の津《港町》に宿を求む。

一〇その夜、月殊《こと》に晴れたり。「明日《あす》の夜もかくあるべきにや」と言へば、「越路《こしぢ》の習ひ《北陸路の常で》、一一なほ明夜《めいや》の陰晴はかりがたし」と、あるじに酒すすめられて、一二気比《けひ》の明神《みやうじん》に夜参《やさん》す。一三仲哀《ちゆうあい》天皇の御廟《ごべう》なり。社頭《境内は》神《かん》さびて《神聖な趣で》、一四松の木《こ》の間《ま》に月《月光》のもり入りたる、御前《おまへ》の白砂《はくさ》霜を敷けるがごとし。「往昔《そのかみ》、一五遊行《ゆぎやう》二世の上人《しやうにん》、一六大願発起《ほつき》のことありて、みづから草を刈り、土石をになひ、泥渟《でいてい》《どろ沼》をかわかせて、参詣《さんけい》往来のわづらひなし。一七古例今に絶えず、神前に真砂《まさご》をになひたまふ。これを「遊行の砂持《すなもち》」と申しはべる」と、亭主の語りける。

一 一四八頁注二参照。
二 日野山。福井県武生《たけふ》市の東南方の山。
三 福井市浅水《あそうず》町の浅水川に架した橋。歌枕。
四 福井市花堂《はなんどう》町。『名所方角抄』に「あさふづといふ所に江川あり、これを玉江といふ」とあり、歌枕で蘆を詠《よ》むのを常とする。
五 福井県今庄町と南条町との間。この当時は歌枕の関跡を留めるのみ。
六 今庄町湯尾。木曾義仲《よしなか》の古戦場たる峠路。
七 湯尾峠の東南方の山にある義仲の城跡。
八 今庄町南今庄の小丘。歌枕で鴈《かり》を詠むのを常とする。
九 前頁注一四参照。
一〇 陰暦八月十四日の夜。即ち、仲秋名月の前夜。
一一 やはり明日の名月の夜の晴天は保証できません。『日本歳時記』に、「十四日、明夜の陰晴はかりがたければ、まづ今宵《こよひ》の月を賞すべし」とあるのによる。「明夜」は仲秋名月の夜。
一二 気比神宮。越前の国の一の宮。
一三 第十四代の天皇。
一四 塩竈《しおがま》明神を描写して「朝日朱《あけ》の玉垣《たまがき》をかかやかす」とある（一二七頁三行）のに対応させた描写。
一五 時宗《じしゆう》開祖一遍上人《いつぺんしようにん》（遊行一世）の高弟他阿《たあ》上人。
一六 池沼に住む龍が明神を悩ませたのを、上人が埋立

月[一八]清し遊行《ゆぎやう》の持てる砂の上

十五日、亭主のことばにたがはず、雨降る。

名[一九]月や北国《ほつこく》日和《びより》定めなき

十六日、空晴れたれば、ますほの[二〇]小貝拾はんと、種《いろ》[二一]の浜《はま》に舟を走《は》す。海上《かいしやう》七里あり。天屋何某《てんやなにがし》[二二]といふ者、破籠《わりご》[二三]・小竹筒《ささえ》[二四]などこまやかにしたためさせ《こまごまと気を配って用意をさせ》、僕《しもべ》あまた舟にとり乗せて、追風《おひかぜ》、時のまに《たちまちの内に》吹き着きぬ。

浜は、わづかなる《みすぼらしい》海士《あま》の小家《こいへ》にて《が並び》、わびしき《貧素な》法華寺《ほつけでら》[二五]あり。ここに《この寺で》茶を飲み、酒をあたためて、夕暮の寂しさ、感に堪へたり《感動のきわみであった》。

てて神慮を安んじたとの故事（『一遍上人絵伝』など）をさす。

一七 上人の故事に倣《なら》った神事。歴代の遊行上人が敦賀湾の白砂を神前に運び敷くしきたりになっていた。

一八〈折から十四日の月が清い光を放っている。遊行上人の運んだ白砂の上に照るその光は、清浄そのものである〉砂上の清浄な月光に、敬神と遊行上人鑽仰《さんごう》との心を託した吟。

一九〈期待していた今宵《こよい》の仲秋名月。それだのに、昨夜の晴天と打って変って、北国日和定めなく、無情にも雨夜となるとは〉期待を裏切られた落胆の情を、亭主の予言を借りてユーモラスに表現した吟。

種の浜――ますほの小貝

二〇 薄紅色の小指の爪《つめ》のような小貝。西行《さいぎょう》の歌に「汐《しほ》染むるますほの小貝拾ふとて色の浜とは言ふにやあるらん」（『山家集《さんかしゅう》』）とある。

二一 敦賀《つるが》市色浜《いろのはま》。敦賀湾の西岸。

二二 天屋五郎右衛門。敦賀の廻船問屋《かいせんどんや》。俳号、玄流《げんりゅう》。

二三 薄い檜《ひのき》の白木を曲げて作った弁当箱。

二四 竹筒を利用した携帯用の酒入れ。

二五 法華宗（日蓮宗）の寺。本隆寺。

寂[一]しさや須磨《すま》に勝ちたる浜の秋

波[二]の間《ま》や小貝にまじる萩《はぎ》の塵《ちり》

その日のあらまし、等栽《とうさい》[三]に筆をとらせて、寺[四]に残す。

大垣——終着・蘇生の思い

路通《ろつう》[五]もこの港[六]まで出で迎ひて、美濃《みの》の国へと伴ふ。駒《こま》（馬の便を借りて）に助けられて大垣《おほがき》[七]の庄に入れば、曾良《そら》[八]も伊勢より来たり合ひ、越人《ゑつじん》[九]も馬を飛ばせて、如行《じよかう》[一〇]が家に入り集まる。前川子《ぜんせんし》[一一]・荊口《けいこう》[一二]父子、そのほか親しき人々、日夜とぶらひて（昼も夜も来訪して）、蘇生《そせい》の者に会ふがごとく（まるで生き返った者に会うかのように）、且つよろこび且ついたはる。

一〈寂しさの極まれる思いであるよ。須磨は『源氏物語』以来寂しさの極致とされているが、その須磨の浦の秋にもまさって一層寂しい趣《いろ》の、この種の浜《はま》の秋の夕暮時であるよ〉『源氏物語』によって須磨の秋を寂しさの極致とする芭蕉の意識は、『笈《おい》の小文《こぶみ》』にも見える（八九頁二行以下参照）。なお、「勝ちたる」の語は歌合《うたあわせ》の判詞を連想させ、須磨と比較して種の浜が勝と言うことによって、その感動の大きさを端的に且つ風雅に表現した。

二〈さざ波が浜辺に寄せては引いている。その波の引いた間に見ると、ますほの小貝に入りまじって、砂地一面に萩の花が散り敷いている〉「萩の塵」とは萩の花屑《はなくず》。即ち、散った萩の花。西行の歌（前頁注二〇参照）に心ひかれ、繊細な美しさに感動しての吟。

三 一五三頁注一一参照。

四 本隆寺に、この時の等栽自筆懐紙を現蔵する。

五 八十村《やそむら》氏または斎部《いんべ》氏とも。蕉門に異色の乞食《こじき》放浪の俳人。当初奥羽《おうう》行脚《あんぎゃ》の随行者にも予定された。一時は芭蕉の勘気を受けたりもしたが、後に許された。

六 敦賀《つるが》の港町。

七 岐阜県大垣市。戸田氏十万石の城下町。『野ざらし紀行』の途次にも宿泊（三四頁三行参照）。「庄」とは荘園の意で擬古的に表現したもの。（一一七頁三行・一三三頁一一行参照）

八 一四九頁六行参照。

(長旅の心身の疲労)旅のものうさもいまだやまざるに、一三長月《ながつき》六日になれば、一四伊勢の遷宮拝まんと、一五また舟に乗りて、

一六蛤《はまぐり》のふたみに別れ行く秋ぞ

九 六六頁注八・一〇四頁注二参照。
一〇 近藤氏。もと大垣藩士。当時は官を辞して隠栖《いんせい》していた。大垣蕉門の中心的存在となる。
一一 津田氏。大垣藩士。蕉門俳人。「子」は敬称。
一二 宮崎太左衛門。大垣藩士。御広間番を勤め知行百石。此筋《しきん》・千川《せんせん》・文鳥の三子と共に蕉門に入り、芭蕉と親交があった。(「二九、此筋・千川宛書簡」「四七、宮崎荊口(太左衛門)宛書簡」参照)
一三 陰暦九月六日。
一四 伊勢神宮の二十一年目ごとの遷座式。この年には、内宮《ないくう》は九月十日に、外宮《げくう》は同月十三日に行われた。
一五 奥羽行脚の「舟に乗りて」の旅立(一〇七頁六行参照)に呼応する。また新たな旅立である。その意味では「序章」(一〇六頁参照)にも呼応する。なお、芭蕉は大垣の舟町で乗船し、水門川を下り、揖斐川《いびがわ》を通って伊勢の国長島《ながしま》(一四九頁六行参照)に向った。
一六〈離れがたい蛤の蓋と身とを引き別《わ》けるように、親しい人々と別れて、伊勢の二見《ふたみ》が浦《うら》へと、私はまた新たな旅立をすることだ。まさに去り行こうとしている秋の寂しい空のもとで〉「蛤の」を「ふたみ(二見)」の枕詞的に(蛤は伊勢の名産)、「蛤のふたみに」を「別れ行く」の序詞《じょことば》的に、且つ「行く」を「行く秋」と言い掛けた修辞。更に「行く秋ぞ」の語は奥羽行脚の旅立句(一〇七頁八行参照)に「行く春や」とあるのと呼応する。但し旅立句ほど深刻ではない。

二四、紙《かみ》衾《ぶすま》の記

元禄二年九月上旬・四十六歳

古き枕《まくら》、古き衾は、貴妃《きひ》[一]が形見より伝へて、恋といひ[二]、哀傷とす。錦床《きんしやう》[三]の夜の褥《しとね》の上には、鴛鴦《ゑんあう》[四]をぬひものにして、二つの翼《つばさ》[五]にのちの世をかこつ。かれ[六]はその膚《はだへ》に近く、そのにほひ残りとどまれらんを《その移り香が残りとどまっていたであろうから》や、恋の逸物《いちもつ》[七]とせん、むべなりけらし《もっともなことであるよ》[八]。いでや《ところで》[九]、この紙の衾は、恋にもあらず、無常[一〇]にもあらず。蜑《あま》[一一]の苫屋《とまや》の蚤《のみ》をいとひ、駅《うまや》[一二]の埴生《はにふ》のいぶせさを思ひて、出羽《では》の国最上《もがみ》といふ所にて、ある人の作り得さ《私に下》せたるなり《さったのである》。越路《こしぢ》《北陸道》の浦々、山館《さんくわん》[一三]・野亭《やてい》の枕の上には、二千里《じせんり》[一四]の外《ほか》の月をやどし、蓬《よもぎ》・葎《もぐら》の敷寝の下には、霜に狭筵《さむしろ》[一五]のきりぎりすを聞きて、昼はたたみて背中に負ひ、三百余里の険難をわたり、つひに頭《かうべ》[一六]

＊奥羽行脚《おううあんぎや》の終着大垣に入った芭蕉は、門人如行《じよこう》の家に長旅の旅装を解いた（一五六頁「大垣」の項参照）。その折、門人竹戸《ちくこ》が芭蕉のために按摩《あんま》の労をとったが、芭蕉はその竹戸の真情がよほどうれしかったと見えて、奥羽の道中で愛用した紙衾《かみぶすま》（紙製の夜具）を形見として彼に与えた。この一篇は、その時に紙衾に添えて書き贈ったもので、飄逸《ひよういつ》な俳諧性《はいかいせい》と共に竹戸に対する親愛感の溢《あふ》れた好篇である。

一　楊貴妃《ようきひ》。唐の玄宗皇帝の寵妃《ちようひ》。皇帝は貴妃亡きのち、その生前に用いた枕や衾を形見として恋い慕い、その死を哀傷したとの故事（「長恨歌《ちようごんか》」）。和歌・連歌・俳諧に、好んで題材とする。

二　「古き衾、古き枕、恋なり、哀傷なり」（『増補はなひ草』）など、当時の歌壇・俳壇に常識化した作法。

三　錦《にしき》織りの夜の床の蒲団《ふとん》。

四　雌雄の鴛鴦を刺繡《ししゆう》して。「鴛鴦」はおしどり。夫婦仲のむつまじいことに譬《たと》える鳥。

五　玄宗皇帝は「天に在りては願はくは比翼の鳥（雌雄それぞれ一眼一翼で合して一体となって飛ぶとの想像上の鳥）となり」（「長恨歌」）と契ったが、貴妃の亡きのちは鴛鴦の二つの翼を見て、先立たれたのを嘆いた。

六　貴妃の用いた褥。

七　最もすぐれたもの。抜群で最高のもの。

を白くして、美濃《みの》の国大垣《おほがき》の府《城下》に至る。なほも[一七]心の侘《わ》びを継ぎて、貧者の情を破ることなかれと、[一八]われを慕ふ者にうちくれぬ。

八「けらし」は詠嘆。推定の意は全く無い。近世の一般的用法。（九一頁一〇行・一〇四頁三行・一四四頁一一行参照）
九 自分の紙衾を「恋の逸物」と並べて語るのは身の程知らずな次第だが、との謙退の心を込めた語。
一〇 人の死去の意より、和歌・俳諧で「哀傷」と同意に用いる。
一一 漁夫の粗末な苫屋に泊る時に蚤を防ぐ物として。
一二 宿場のみすぼらしい小家に泊る時の気鬱さを思いやって。
一三 辺鄙《へんぴ》な山中や野中の宿に旅寝する時に着て寝ては。『東関《とうかん》紀行』の文に倣《なら》う（六五頁注一四参照）。
一四 故郷を遠く離れた旅の空の月光に照らされ。『東関紀行』に「二千里の外の故人の心、遠く思ひやられて」とあるのに倣う。
一五「きりぎりす鳴くや霜夜の狭筵に衣かたしきひとりかも寝む」（『新古今和歌集』）による表現。「きりぎりす」は現在の蟋蟀《こおろぎ》。
一六 旅の苦労で白髪頭となって。（一〇八頁注四参照）
一七 この紙衾にこもっている私の心の侘《わ》びの境地。侘びの俳境は、「一、柴の戸」以下の諸篇に明白なごとく、深川隠栖《ふかがわいんせい》以来芭蕉の俳諧精神の根幹をなすものであった。奥羽行脚もその侘びの探究であるとしての言葉。
一八 前頁＊参照。

＊この一書は、宛名不詳（一六一頁五行参照）であるが、その内容より伊賀の門人卓袋（一〇〇頁＊参照）宛と推定される一通。大垣を出発して伊勢参宮に向う（一五七頁一行参照）途次、三重県久居《ひさい》の長禅寺に一泊した折の執筆。主たる用件は、間もなく帰郷するとて仮寓《かぐう》の世話を依頼したもの。但し、注目すべきは、既に旧主たる藤堂新七郎家（七三頁注一一参照）から別邸提供の内意が伝えられているのに、それを辞退して粗末な小借家を希望している点である。この事実は、新七郎家の芭蕉に対する変らぬ愛顧と、芭蕉の侘《わ》びの境涯を守る一貫した基本姿勢とを示すもので興味深い。

一　伊勢神宮の遷宮式奉拝がすんだら。
二　故郷の伊賀の国上野。
三　門人の路通《ろつう》（一五六頁注五参照）と李下《りか》（江戸深《ふか》川《がわ》の芭蕉庵は延宝《えんぽう》九年春に李下が庵に芭蕉の株を贈って以来の庵名）。
四　京屋権右衛門。俳号、一桐《いっとう》。伊賀蕉門。
五　藤堂新七郎良長（俳号探丸《たんまる》）の別邸。（＊参照）
六　窪田《くぼた》彦左衛門。大和屋と号する造酒屋《つくりざかや》。伊賀蕉門で俳号、宗好《そうこう》。宗七は通称。

二五、貝増卓袋《かひますたくたい》（市兵衛）宛書簡

元禄二年九月十日・四十六歳

[一]遷宮過ぎ、追つ付け[二]それへ参るべく候《さうらふ》あひだ、御待ちなさるべく候。同道も[三]一両人御座候。去年、[四]京屋かたより申し越され候《言って来られた所では》、[五]旦那《だんな》御下《しも》屋《や》敷《しき》に御置きなさるべきよし《滞在させて下さるよし》、内証《内意》これ有り候へども、他客見舞も《他国の客の来訪もあり》存知のほかの衆もこれ有り《思いがけぬ変り者の来訪もあり》、また、おのおの《あなたがた》の出入りも遠慮これ有り候あひだ、わきわきにて《あなたの家の近所で》小借家《こじやくや》これ有り候はば、御借り候やうの御心当てなさるべく候。なるほど《小借家のことゆえ》、侘《わ》びたる《貧素な》分《ぶん》は苦しからず候。なほ、[六]宗七《そうしち》西かたの下屋敷《別宅》にても苦しからず候へども、この段は、この方より好み候とは《わたくしの方から希望したとは》、御申しなさるまじく候。借家これ有り候はば、筵《むしろ》に薄縁《うすべり》、竈《へつひ》一つ、茶碗十ばかりにてよく候あひだ、随分御精《大いに精出し》

御出だしなさるべく候《て借家を探して頂きたい》。首尾により《都合よく見つかれば》、冬中も逗留《とうりう》いたすべく候。まづまづ《とりあえず》、近所の御衆に御心得なさるべく候《その旨を伝えておいて下さい》。くはしく書き申さず候。

以上

九月十日　　桃《たう》青《せい》

□七

定めて、御老母様・御《お》正《まさ》殿八・子ども、息災たるべくと存じ候。

七　宛名の記載不詳。（前頁＊参照）

八　卓袋の妻であろう。（一〇一頁一四行参照）

＊遷宮奉拝のために大垣より伊勢参宮した芭蕉（一五七頁一行参照）は、門人又玄《ゆうげん》の家に止宿滞在する。又玄こと島崎味右衛門清集《きよため》は御巫《みかんなぎ》家を称する神都の師職家（参宮客を止宿し神楽《かぐら》奉納などの神事を行う）で、然るべき家格の家柄であったが、激烈な師職間の繋争《けいそう》に敗れて、当時は殆ど逼《ひっ》塞《そく》状態であった。芭蕉が敢《あえ》てその又玄の家を選んで止宿滞在したのは、又玄の希望に従ったものである。師職家には、上位から順に、神宮家・三方《さんぽう》家・年寄《としより》師職・平《ひら》師職の四階級があったが、最下位の平師職でも本来多くの配下の者が所属し、殿《との》原《ばら》・仲間《ちゅうげん》・家の子といった人々から主人と仰がれ、一般の商家まで臣従の礼を取るのが神都の制度であったが、逼塞した又玄には召使う下婢《かひ》も居なかった。そこで、わずか十九歳の当主又玄は、妻と二人だけで献身的に芭蕉を歓待した。この一篇は、そうした若夫婦の真情に感謝して書き贈ったものであるが、特に落魄《らくはく》の夫に献身する若妻に対する愛憐《あいれん》の情が胸を打つ。諸書に記載するものは、後日になって追懐した説明文で、叙述も甚だ相違するので、ここには真蹟にもとづき、且つ、その体裁も真蹟の姿を尊重し、その折の感動を伝えるよう努めた。

一 明智光秀。織田《おだ》信長《のぶなが》に仕え、丹波亀山城主となったが、信長を本能寺に殺し、豊臣秀吉に攻められて敗

二六、明智《あけち》が妻の話

元禄二年九月中旬・四十六歳

[一]将軍明智《あけち》が貧のむかし、[二]連《れん》歌《が》会《くわい》いとなみかねて侘《わ》びはべれば《嘆いたので》、その妻ひそかに髪を切りて、会の料《れう》《資金に》に供《そな》ふ《あてた》。明智いみじくあはれがりて、「いで君、五十日《いそか》のうちに[三]輿《こし》にものせん」と言ひて、やがて言ひけむやうになりぬとぞ。

ばせを

月[四]さびよ明智が妻の
話せむ

又《いう》玄《げん》子《し》[五]妻に参らす。

死した。まだ流浪困窮していたころ、その妻が髪を切って金に替えて助けたとの故事を伝える（『太閤記《たいこうき》』など）。

二 連歌の会を主催するには、来会者をもてなすための費用を必要とした。その資金が無くて困却したことをいう。

三 おまえを輿に乗せてあげられるほどの身分になってみせよう。「輿」とは屋形に人を乗せて人力でかついで運ぶ乗物で、身分ある人が用いた。

四〈月の光よ。しみじみと心にしみ入るように照らしてくれ。髪を切ってまで貧しい夫に献身した明智の妻の話を、あなたと心ゆくまで語り合いたいから〉然るべき家柄の人でありながら、今は不運にも逼塞している又玄を助けて、けなげにも献身するその若妻の姿に感動し、明智の妻の故事を連想すると共に、明智の場合と同じように又玄も近き将来に必ず家運を挽回《ばんかい》するであろうと、その若妻を励ます心を込めた吟。

五「子」は親愛の意を表す添字。（四二頁五行参照）

二七、洒《しや》落《らく》堂《だう》の記

元禄三年三月・四十七歳

山[一]は静かにして性《せい》を養ひ、水は動いて情《じやう》を慰《ゐ》す。静・動[二]二つの間にして、住みかを得る者あり。浜田氏[三]珍夕《ちんせき》といへり。目に佳境を尽し〔思いのままに佳景を〕口に風雅を唱へて〔ながめ俳諧を吟詠して〕、濁りを澄まし塵を洗ふがゆゑに、洒落堂[四]といふ。門に戒幡《かいばん》[五]を掛けて、「分別《ふんべつ》[六]の門内に入ることを許さず」と書けり。かの宗鑑《そうかん》[七]が客に教ゆる戯《ざ》[八]れ歌に、一[九]等加へてをかし。且つそれ簡にして方丈なるもの二間《ふたま》〔簡素な住居で一丈四方の茶室が〕、休《きう》・紹《ぜう》[一〇]二子の侘《わ》びを次ぎて〔侘びの精神を継承して〕、しかもその矩《のり》を見ず〔法式にとらわれない〕。木を植ゑ、石を並べて、かりのたはぶれとなす〔気軽に侘びの心境を楽しんでいる〕。そもそも、おもの[一一]の浦は、瀬田《せた》[一二]・唐崎《からさき》[一三]を左右の袖のごとくし、湖《うみ》〔琵琶湖〕をいだきて三上山《みかみやま》[一四]に向ふ。湖は琵琶《びは》の形に似たれば、松のひびき波をしら〔松風の響きが波音に和して楽を奏〕

＊この一篇は、湖南の膳所《ぜぜ》（滋賀県大津市内）に滞在中の芭蕉が、同地の医師で近江《おうみ》蕉門の一人であった珍夕《ちんせき》（珍碩《ちんせき》とも、のち洒堂《しやどう》と改号）の住居「洒落堂」に遊び、主人の脱俗と居宅の佳境とを讃美《さんび》したもの。当時、珍夕は曲水《きよくすい》（一六六頁注八参照）と共に芭蕉の「軽み」の新風に随順し、芭蕉の期待する門人であった。

一 『論語』に「知者は水を楽しみ、仁者は山を楽しむ。知者は動き、仁者は静かなり。知者は楽しみ、仁者は寿《いのちなが》し」とあるのを踏まえる。「性」とは心の不変の本体を言い、「情」とは心の変化する作用を言う。

二 前文を受けて、「静」は山、「動」は水をさし、山水の佳景の間の住居であると賞した。

三 ＊参照。

四 脱俗・清閑な住居の意の名称。

五 戒めの言葉を記した旗。芭蕉の造語。門に掛けたのは来訪者に対する制止のため。

六 「分別」とは世俗の才知に長じた者。この戒幡の言葉は、禅寺門前の戒壇石に「葷酒《くんしゆ》（不浄物や酒）山門に入るを許さず」と刻記する標語に倣《なら》ったもの。

七 山崎宗鑑。室町期の人で、荒木田守武《あらきだもりたけ》（三三頁注一三参照）と共に俳諧《はいかい》の開祖と尊崇される。

八 京都西郊の山崎に閑居した宗鑑が、庵の入口に掲げたと伝える俳諧歌「上は来ず中は来て居ぬ（着座しない）下は泊る二夜泊るは下々の下の客」（『滑稽《こつけい》太平記』）。

ぶ《する》。[一五]比叡《ひえ》の山・[一六]比良《ひら》の高根をななめに見て、[一七]音羽《おとは》・[一八]石山《いしやま》を肩の[一九]あたりになむ置けり。[二〇]長等《ながら》の花を髪にかざして、[二一]鏡山《かがみやま》は月を粧《よそ》ふ。[二二]淡粧《たんしやう》濃抹《のうまつ》の日々に変れるがごとし《景趣は日々に転変するかのようである》。[二三]心匠《しんしやう》の風雲も、またこれに習ふなるべし。

[二四]四方より花吹き入れて鳰《にほ》の波　　ばせを

九 宗鑑の戯れ歌に言う四種の客（前頁注八参照）に更にもう一種別の客選別の基準を追加して。

一〇 千利休《せんのりきゆう》（六三頁注一三参照）と武野紹鷗《たけのじようおう》。共に中世末期の侘茶の宗匠。紹鷗は利休の師。

一一 「おもの」は貴人の食膳の意で、膳所の古名。

一二 膳所の東南隣。「瀬田の夕照」は近江八景の一。

一三 膳所の西北方約一里。「唐崎の夜雨」は近江八景の一。辛崎《からさき》とも書く（四〇頁五行参照）。

一四 膳所の東北方約二里。近江富士とも讃称する。

一五 膳所から唐崎の背後に望見される湖西の山。

一六 比叡《ひえい》の北の山。「比良の暮雪」は近江八景の一。

一七 音羽山。膳所の西南方約一里。歌枕。

一八 瀬田の南の山。「石山の秋月」は近江八景の一。

一九 北方の湖岸を膳所の前面と見て、南方の山の位置を言ったもの。なお、以下は洒落堂の佳境を描写するのに、人の身を飾るがごとく表現して、「肩に置く」「髪にかざす」「粧ふ」「淡粧濃抹」と言った。感動を表白する芭蕉の文体の一種（一一八頁注四・一四三頁注一六・一四八頁注八参照）。

二〇 長等山。園城寺《おんじようじ》（三井寺《みいでら》）背後の山。桜の名所。

二一 三上山の東の山。月の名所。歌枕。

二二 蘇東坡《そとうば》の詩句による。（一一八頁注八参照）

二三 主人珍夕の心匠の風趣も。（八九頁注七参照）

二四 〈四方の岸辺から盛んに落花を吹き入れて、鳰の海（琵琶湖）の波はまるで桜花で飾り立てたかのように見える〉洒落堂より眺めた湖岸の華麗な情景。

＊この一篇の完成は八月に至ってのことであるが、芭蕉の庵住は四月六日に始まるので、その行実《ぎようじつ》の意味を尊重してここに配した。その内容は、幻住庵の位置と由来、入庵に至る来歴、庵の環境眺望と庵住生活の情況、俳諧道《はいかいどう》一筋の自省であるが、この折に、「予また市中を去ること十年《とせ》ばかりにして」と深川隠栖《ふかがわいんせい》（一五頁＊参照）当時を回顧し、それ以後の自己の歩みを追懐しているのは、この庵住が更に新たな精進を開始するための自省の時期であったことを示すものとして、極めて重要である。そして、その叙述も、そうした重大な意味を託するにふさわしい彫心鏤骨《ちようしんるこつ》の完成品である。

一　石山寺のある石山の背後。（前頁注一八参照）

二　岩間寺（正法寺）のある岩間山の背後。

三　第四十五代聖武天皇が国家鎮護のため諸国に建立した寺。

四　近津尾《ちかつお》八幡宮。

五　阿彌陀如来《あみだにようらい》。神仏混淆《こんこう》の本地垂迹《ほんじすいじやく》説による祭神。

六　唯一神道《しんとう》（吉田神道）の家では、このような神仏混淆を甚だ忌避するのであるが。

七　両部神道では、仏が威徳の光をやわらげ、利益を与えるために、このように俗塵の世に姿を現されるのも。「和光同塵は結縁《けちえん》の始め」（『摩訶止観《まかしかん》』）、「その光を和《やわら》げ、その塵を同じくす」（『老子』）などによる。

八　菅沼外記《げき》定常。「曲水」は俳号。「子」は親愛の意を表す添字。膳所《ぜぜ》藩の重臣。後年奸臣《かんしん》を斬り自殺。

二八、幻《げん》住《ぢゆう》庵《あん》の記

元禄三年四月六日～同年七月二十三日・四十七歳

[一]石山《いしやま》の奥、[二]岩間《いはま》のうしろに山あり、国分山《こくぶやま》といふ。そのかみ《昔あった》[三]国分寺《こくぶんじ》の名を伝ふなるべし。ふもとに細き流れを渡りて、翠微《山の中腹に》に登ること三曲《さんきよく》二百歩にして、[四]八幡宮たたせたまふ。神体は[五]彌陀《みだ》の尊像とかや。[六]唯一《ゆいいつ》の家には甚《はなは》だ忌むなることを、[七]両部《りやうぶ》光をやはらげ、利益《りやく》の塵を同じうしたまふも、また貴し。日ごろは人の詣《まう》でざりければ、いとど神さび《いっそう神聖な感じで》、もの静かなるかたはらに、住み捨てし草の戸《草ぶきの庵》あり。蓬《よもぎ》・根笹《ねざさ》軒をかこみ、屋根もり壁おちて、狐狸《こり》ふしどを得たり《似合いの寝床となっている》。幻住庵といふ。あるじの僧なにがしは、勇士[八]菅沼《すがぬま》氏曲水《きよくすい》子の[九]伯父《をぢ》になりはべりしを、今は[一〇]八年《やとせ》ばかり昔になりて、まさに幻住老人の名を

のみ残せり。

[一一]予また市中を去ること十年《ととせ》ばかりにして、五十年《いそぢ》やや近き身は、[一二]蓑虫《みのむし》の蓑を失ひ、蝸牛《かたつぶり》家を離れて、奥羽《あうう》象潟《きさがた》の暑き日に面《おもて》《顔》をこがし、高砂子《たかすなご》《歩き難い深い砂地の》歩み苦しき北海の荒磯《あらいそ》にきびす《かかと》を破りて、今歳《ことし》湖水《琵琶湖のほとりに》の波にただよふ《漂着した》。[一三]鳰《にほ》の浮巣《うきす》の流れとどまるべき蘆《あし》の一本《ひともと》のかげたのもしく、軒端《のきば》ふきあらため、垣根ゆひそへなどして、[一四]卯月《うづき》の初めいとかりそめ《ほんのしばらくと》に入りし山の《思って入った山だのに》、[一五]やがて《そのまま》出でじとさへ思ひそみぬ《思いこんでしまった》。

さすがに春の名残《なごり》も遠からず、つつじ咲き残り、山藤《やまふぢ》松にかかりて、時鳥《ほととぎす》しばしば過ぐるほど、[一六]宿かし鳥のたよりさへあるを《鳴き声まで聞えて来るので》、木啄《きつつき》のつつくともいとはじなど《庵をつつき破っても気にするまいなどと》、そぞろに興じて《むやみと興がわいて》、[一七]魂呉《ご》・楚《そ》東南に走り、[一八]身は瀟湘《せうしやう》・洞庭《とうてい》に立つ。山は未申《ひつじさる》《西南》にそばだち、人家よきほどに隔たり、南薫《なんくん》《南風》峰よりおろし、北風湖《うみ》を浸して涼し。[一九]比叡《ひえ》の山、[二〇]比良《ひら》の高根より、[二一]辛崎《からさき》の松は霞こめて、[二二]城あり、橋あり、釣《つり》たるる舟あり、[二三]笠取《かさどり》に通ふ木樵《きこり》の声、ふもとの小田《をだ》に早苗《さなへ》とる歌、螢《ほたる》飛びかふ夕闇

九 菅沼修理《しゆり》定知。膳所藩士。法名、幻住宗仁居士《こじ》。
一〇 この庵に隠栖していたのは今から八年ばかり昔のことで、既に死んでしまっていて。
一一 芭蕉が、十年前の延宝八年冬に、江戸市中を去って、深川に隠栖した事実をさす。（前頁＊参照）
一二 奥羽への旅立に際し、深川の芭蕉庵を人に譲り漂泊の身となった事実をさす。（一〇六頁一〇行参照）
一三 琵琶《びわ》湖の鳰の浮巣（水上の巣）が流れ着いた一本の蘆の葉陰を頼みとしてとどまるように、私はこの幻住庵を頼みとして。
一四 陰暦四月の初め。事実は六日。（前頁＊参照）
一五 西行《さいぎょう》の歌「吉野山やがて出でじと思ふ身を花散りなばと人や待つらん」（『歌枕名寄』など）を踏まえる。
一六 かし鳥の異称。西行の歌「山路わけ花をたづねて日は暮れぬ宿かし鳥の声もかすみて」（『異本山家《さんか》集』）による。
一七 魂は「呉・楚東南に坼《さ》け」と吟じた杜甫の思いに通じ。（八九頁注八参照）
一八 身は瀟湘八景（九一頁注一九参照）や洞庭湖のほとりに立っているような思いである。琵琶湖を洞庭湖に擬する例は多い。
一九 一六五頁注一五参照。
二〇 一六五頁注一六参照。
二一 一六五頁注一三参照。
二二 湖岸の膳所《ぜぜ》城。瀬田の唐橋《からはし》。
二三 笠取山。山城の国宇治にあり近江《おうみ》に接する。歌枕。

の空に[一]水鶏《くひな》のたたく音、美景物《もの》として足らずといふことなし。中にも[二]三上山《みかみやま》は士峰《富士山》の俤《おもかげ》に通ひて、[三]武蔵野《むさしの》の古き住みかも思ひ出でられ、[四]田上山《たなかみやま》に古人をかぞふ。[五]ささほが嶽《たけ》・[六]千丈が峰・[七]袴腰《はかまごし》といふ山あり。[八]黒津の里はいと黒う茂りて《樹木が黒々と茂っていて》、「[九]網代守《あじろもり》るにぞ」と詠《よ》みけん『万葉集』の姿なりけり。なほ眺望くまなからむと《すみずみまで見わたそうと》、うしろの峰に這ひ登り、[一〇]松の棚作り《松の枝に棚を作り》、藁《わら》の円座を敷きて、猿《さる》の腰掛と名付く。かの[一一]海《かい》棠《だう》に巣を営び、主簿《しゅぼ》峰《ほう》に庵を結べる王翁・徐佺《じょせん》が徒《仲間》にはあらず。ただ[一二]睡癖《すいへき》山民と成つて、孱顔《さんがん》《高山》に足を投げ出だし、空山《無人の山》に[一三]虱《しらみ》をひねつて坐す。たまたま心まめなる時は《気のすすむ時は》、谷の清水を汲みてみづから炊《かし》ぐ。[一四]とくとくの雫《しづく》を侘《わ》びて、一炉の備へいとかろし《甚だ簡素である》。はた《また》、[一五]昔住みけん人の、ことに心高く住みなしはべりて、たくみ置ける物ずきもなし《手のこんだ趣味的な造作もない》。[一六]持仏一間《ひとま》を隔てて、夜の物《夜具類》納むべき所など、いささかしつらへり《作り設けてある》。さるを《ところで》、[一七]筑紫《つくし》高良山《かうらさん》の僧正は、[一八]賀茂の甲斐《かひ》なにがしが[一九]厳子《げんし》にて、このたび洛《らく》《京都》に上りいまそかりけるを、ある人をして額を乞ふ《ある人を介して額に庵名の染筆を願う》。いと

一 水辺に住む小鳥で、鳴き声の戸をたたく音に似ることから、古来その鳴くことを「たたく」と言う。
二 一六五頁注一四参照。
三 江戸深川《ふかがわ》の芭蕉庵。（前頁注一一・注一二参照）
四 瀬田川東岸の山。近傍に多くの古歌人の墓や社がある。
五 幻住庵の東の山。
六 幻住庵の西南の山。
七 幻住庵の南の山。
八 幻住庵の東南の里。
九 「田上や黒津の庄の痩男《やせをとこ》あじろ守るとて色の黒さよ」（『近江国《おうみのくに》輿地《よち》志略《しりやく》』）をさすか。但し『万葉集』には見えない。芭蕉の誤記と思われる。
一〇 「暑を避け松棚を結ぶ」（『文選《もんぜん》』）の語による。
一一 黄山谷《こうざんこく》の「潜峰閣に題す」の詩に「徐老は海棠の巣の上、王翁は主簿峰の庵」とあるのによる。徐老（徐佺）と王翁とは共に求道の隠士。
一二 眠り癖のついた山住みの人。怠惰なさま。中国古代の詩人に睡癖のあったと言われる者が多い。
一三 無為のさまを言う詩語。且つ、虱は漢詩などに隠者の風格を現すものとして扱う（四三頁注九参照）。
一四 西行庵の「とくとくの清水」の侘《わ》び住居の境地を慕って。（三二一頁注四・注五参照）
一五 幻住老人こと菅沼修理定知《すがぬましゅり》。（前頁注九参照）
一六 持仏を安置する一室を別個に設けただけで。

やすやすと筆を染めて、「幻住庵」の三字を送らる。やがて《さっそく》草庵の記念《かたみ》となしぬ。すべて《そもそも》、山居といひ《山の住まいであり》、旅寝といひ《旅寝のことゆえ》、さる《立派な》器《うつはもの》たくはふべくもなし《器具を備える必要もない》。[二〇]木曾の檜笠《ひがさ》、[二一]越《こし》の菅蓑《すがみの》ばかり、枕《まくら》の上の柱にかけたり。昼はまれまれ訪《とぶら》ふ人々に心を動かし、或《ある》は宮守《みやもり》の翁《おきな》、里の男《をのこ》ども入り来たりて、「猪《ゐのしし》の稲食ひ荒し、兎《うさぎ》の豆畑《まめばた》に通ふ」など、わが聞き知らぬ[二二]農談、日すでに山の端《は》にかかれば、夜座静かに、[二三]月を待ちては影を伴ひ、[二四]燈火《ともしび》を取りては罔両《まうりやう》に是非をこらす。

かく言へばとて、ひたぶるに閑寂を好み、山野に跡を隠さむとにはあらず《現世を捨て山野に隠遁してしまおうというのではない》。やや病身、人に倦《う》んで、世をいとひし人に似たり。つらつら《つくづくと》年月の移り来し[二五]拙《つたな》き身の科《とが》を思ふに、ある時は[二六]仕官懸命の地をうらやみ《仕官して立身出世に励む人をうらやみ》、一たびは[二七]仏籬《ぶつり》祖室の扉《とぼそ》に入らむとせしも、たどりなき風雲に身をせめ《行くえ定めぬ漂泊の旅の空に身を苦しめ》、花鳥に情を労じて《花鳥を吟詠するのに苦心して》、[二八]しばらく生涯のはかりごととさへなれば《一時の積りが知らぬ間に一生の営みのようにさえなって》、[二九]つひに無能無才にしてこの一筋《俳諧の》につながる。「[三〇]楽天は五臓の神《しん》を破り、[三一]老杜《杜甫》は痩《や》せたり。[三二]賢愚文質の等しからざるも、いづ

一七 九州高良山三井寺の第五十世座主《ざす》寂源僧正。
一八 京都賀茂神社の神官藤木甲斐守敦直《あつなお》。
一九 子息の敬称。芭蕉の造語。寂源は敦直の次男。
二〇 木曾の檜《ひのき》の薄板で編んだ笠。
二一 越路（北陸地方）の菅《すげ》の葉で編んだ蓑。
二二 朱熹《しゅき》の詩句「野人酒を載せて来たり、農談日西に夕《ななめ》なり」（『古文真宝《こぶんしんぽう》』）による。
二三 月がのぼると自分の影と二人になって月を眺め。
二四 燈火を点《とも》しては、ゆらめく自分の影法師との問答に熱中する。『荘子』の影と罔両（薄影）と問答した話を捩《もじ》って自分と影法師との問答（自問自答）とした。
二五 おろかな自分の過失多い人生を振り返って見るに。「拙き」とは天分の乏しく且つ不運であること。
二六 六二二頁六行参照。
二七 仏教に帰依し禅門に入ろうとしたが。（六二二頁七行参照）
二八 六二二頁四行参照。
二九 六二二頁八行参照。
三〇 白楽天は詩作の苦労で五臓（全身）の気力を損傷し。白楽天の詩に「詩は五臓の神を役《えき》す」（『白氏文集《はくしもんじゅう》』）とあるのによる。
三一 杜甫《とほ》は詩作の苦労で痩せ果ててしまった。李白の詩に「飯顆山《はんくわざん》前、杜甫に逢《あ》ふ。（中略）別来太《はなはだ》痩生。総《すべ》て従前に詩を作るの苦の為なり」（『円機活法《えんきかつぽう》』）とあるのによる（五〇頁注二一参照）。
三二 白楽天・杜甫の賢文なのに較べ自分は愚質。

れか一幻《まぼろし》の住みかならずや」と、思ひ捨て《断念して》て臥《ふ》しぬ。

二先づ頼む椎《しひ》の木も有り夏木立《こだち》

一「幻住庵」の名に掛けて「幻の住みか」と言った。白楽天や杜甫《とほ》のごとき天才詩人の業績も、自分の拙《つたな》い営みも、共に夢幻のごときものであるの意であるが、単なる諦観《ていかん》の表白ではなく、白楽天や杜甫のごとき天才詩人でさえ五臓の神を破り痩《や》せ細るような苦労をしたのだから、同じく風雅の道に志す者として、自分は自分の天与の能力に甘んじて精進するの外はない、との覚悟のほどを言ったものである。

二〈この幻住庵を、ともかくも頼みとして身を寄せることであるよ。かたわらには頼もしげな椎の大木もあり、夏木立も涼しげである〉上五「先づ頼む」で句切れし、幻の住みかにふさわしい幻住庵に先ずは身を寄せることよ、と興じた。西行《さいぎょう》の歌「ならび居て友を離れぬこがらめの塒《ねぐら》に頼む椎の下枝」（『山家《さんか》集』）を踏まえる。

二九、此筋《しきん》・千川《せんせん》宛書簡

元禄三年四月十日・四十七歳

御状かたじけなく拝見致し候《さうらふ》。いよいよ御堅固に《お達者で》御勤め、御両親様[三]御息災、珍重これに過ぎず候《これ以上めでたい事はございません》。拙者も頃日《けいじつ》[四]膳所《ぜぜ》へ出で申し候て、幻住庵《げんぢゅうあん》と申す庵に休息、遠境羇旅《きりよ》[五]の思ひをとどめ申し候。内々《内心では》春中そ[六]こもとへ参り、貴様[七]江戸前にと存じ候へども《あなたの江戸下向前にお会いしたいと》、あまり風景をかしき所ゆゑ、わりなく[八]とどまり候《何とも立ち去り難く滞在しております》。をりをり俳諧《はいかい》なされ候や、少々うけたまはりたく候。旧臘《去年十二月》[九]の雪の句御書き伝へ、感吟致し候《秀逸の句と存じます》。歳旦等《歳旦吟など》かねて如行[一〇]板木に《如行出版の歳旦帳に》御入れ候、いまだ見申さず候。愚句[一一]御覧なされ候よし、させることも御座無く候へども《格別の傑作というわけでも御座居ませんけれども》、出だし申し候は《歳旦帳に掲載しましたのは》、遠境書状の通じ知れかね候ゆゑ、無事と有りど《現在の在住地》を知らせんために板木に顕し《歳旦帳に掲載し》、

＊この一書は、幻住庵《げんじゅうあん》に入って間もない芭蕉が、大垣の門人である此筋・千川兄弟（一五七頁注一二参照）に宛てた返書であるが、入庵前後の近況や今後の予定などを報ずると共に、「軽み」の新風を発揮したと自認する歳旦吟《さいたんぎん》「薦《こも》を着て誰人います花の春」を自解して見せ、この句に対する世評の無理解を慨嘆し、且つ、今後探求すべき「軽み」の俳風を示教した書簡であって、芭蕉がこの当時から強力に唱道し始めた「軽み」の内容を理解し、そうした新風への展開過程を知る上で、極めて興味深く且つ重要な資料である。

三 荊口夫妻。（一五七頁注一一参照）

四 このごろ。ちかごろ。

五 遠くへ旅に出たい気持をおさえております。当時芭蕉は四国や九州方面に旅したい希望を持っていた。

六 大垣。

七 当時は尊敬の意を伴う二人称の代名詞として「貴様」を用いた。（二〇〇頁三行参照）

八 止《や》むに止まれぬ切実な心情を託する芭蕉の慣用語で、既に多出した。（一三八頁注一一参照）

九 翌元禄四年刊『俳諧勧進牒《かんじんちょう》』所載の此筋の句「底冷えやいつ大雪の朝ぼらけ」と千川の句「雪の夜や布子かぶれば足の先」をさすか。

一〇 一五七頁注一〇参照。

一一 芭蕉自身の歳旦吟「薦を着て……」。（＊参照）

また一つは、京の門人去来《きよらい》[一]などいふ者にそそのかされて申し出だし候。〔今から五百年昔に〕五百年来昔、西行《さいぎやう》の『撰集抄《せんじふせう》』[二]に多くの乞食《こつじき》をあげられ候。〔愚かな私が乞食姿の高僧に気付かずにいるのが悲しくて〕愚眼ゆゑよき人見付けざる悲しさに、再び〔西行法師〕西上人[三]をおもひかへしたるまでに御座候。〔京都の俳人どもは〕京の者どもは、「薦被《こもかぶ》り[四]を引付《ひきつけ》の巻頭に何事にや」と申し候由、あさましく[五]候。〔いつもながら京都には風雅を解する俳人は全く居ない〕「例の通り京の作者つくしたる」と、〔評判をこちらの門人たちはしております〕沙汰人々申すことに御座候。膳所《ぜぜ》の三つ物[六]、今少し致させやうも御座候へども、〔門人各自の能力の範囲で〕分限相応の心につとめたる句ども致させ候。なほ、〔連句〕俳諧・発句、〔手の込んだ技巧的な表現手法を用いないように〕重《おも》[七]くれず持つてまはらざるやうに、御考案なさるべく候。当春[八]の句ども、別紙に書き付け進じ候。江戸へ御遣しなさるまじく、〔私の句を勝手に出版物に載せるので〕板行に入るるに困りはて候。そこもと[九]門人衆のみ、御詮議《せんぎ》[一〇]なさるべく候。

一、千川子《せんせんし》[一一]、別屋御《べつをくご》拝領《はいりやう》の由、これも見申したく候。

以上

卯《う》[一二]月《づき》十日

山《さん》[一三]翁《をう》芭蕉

一 去来に勧誘されて彼の歳旦帳に句を寄せたのであります。「去来」は向井平次郎。京都蕉門の重鎮。蕉門の代表的論書たる『去来抄』の著者。元禄四年に芭蕉は去来の別宅落柿《らくし》舎《しや》に滞在し、その間に『嵯峨《さが》日記』（一八三頁＊参照）を記している。「などいふ者」とは去来に対する親愛感の表明であって、不詳なのではない。

二 鎌倉期成立の仏教説話集で、乞食行脚《あんぎや》の高僧伝などを載せる。当時、西行法師の著と信じられていた。

三 この歳旦吟は、乞食姿の高僧の徳を讃《たた》えた西行法師の風雅心を追懐することを主題とした吟であります。即ち、芭蕉の歳旦吟「薦《こも》を着て誰人います花の春」は、わずかに敬語「います」の使用で薦被り（乞食）姿の人が実は尊敬すべき高僧の仮りの行脚姿であることを暗示し、花の春（はなやかな新春）にも乞食姿で行脚している西行のような法師の風雅心を鑽仰《さんごう》した吟であることを言ったもの。当時、芭蕉はこうした属目の単純な描写かと思われるような表現に、さりげなく風雅の伝統を継承する深い心を託する手法を探求し、そうした表現手法を「軽み」と称した。そして、そのような表現に託された深い意味を察知するには、作者と同様にみずからの心を常に風雅な境地に高く持している必要があると説いた。

四 「薦を着て」などと乞食の句を、歳旦帳の引付の巻頭に載せるとは非常識である。「引付」とは歳旦帳

此《し》筋《きん》[一四]雅丈
千《せん》川《せん》雅丈

なほなほ、[一五]市右衛門様へ然るべく頼み奉り、このたび状数□
且つまた、[一六]路通《ろつう》正月三日立ち別れ、その後、逢ひ申さず候。頃《けい》日《じつ》は用事これ有り、江戸へ下り候由にて、定めて追つ付け帰り申すべく候。

に付載する知友の句。

五「薦を着て」との表現用語だけに注目して、一句に託された深い心に気付かぬのは、みずからの心に風雅心が欠如しているから（前頁注三参照）との見解に立っての非難の言葉。

六 三つ物の歳旦吟。「三つ物」とは、発句・脇・第三と三句目まで続けた連句で、歳旦には発句の外に三つ物形式の作品も詠《よ》んで歳旦帳に掲載した。

七「軽み」に反する表現手法。（前頁注三参照）

八 今年の春に詠んだ句ども。『ひさご』巻頭に据えた吟「木のもとに汁も鱠《なます》も桜かな」（元禄三年三月二日作）などをさすと思われる。この句も、芭蕉が「軽みをしたり」（『三冊子《さんぞうし》』）と自讃する作である。

九 大垣。

一〇 別紙に書き付けて送る私の当春の句を吟味して下さい。

一一 岡田氏の養子となり治左衛門と称するようになった折のことか。（一五七頁注一一参照）

一二 陰暦四月。

一三 国分山の幻住庵《げんじゅうあん》に在住中の執筆ゆえに「山翁」と称した。

一四 男性に対する尊称。（四四頁四行参照）

一五 深田氏。大垣藩士。大垣蕉門。俳号、残香《ざんこう》。

一六 一五六頁注五参照。

三〇、四条の河原《かはら》涼み

元禄三年六月上旬・四十七歳

一四条の「河原涼み」とて、二夕月夜《ゆふづくよ》のころより三有明《ありあけ》過ぐるころまで、川中に床《ゆか》を並べて、夜すがら酒飲み物食ひ遊ぶ。四女は帯の結び目いかめしく、男は羽織長う着なして、法師・老人ともに交《まじは》り、五桶《をけ》屋《や》・鍛冶屋《かぢや》の弟子子《でしこ》まで、いとま得顔に《よい折とばかり得意気に》、うたひののしる。六さすがに都のけしきなるべし。

七川風や薄《うす》柿《がき》着たる夕涼み　　翁《おきな》

＊この一篇は、幻住庵《げんじゅうあん》に在住中の芭蕉が、六月上旬に京都に出てしばらく滞在していた間に執筆したもの。推敲《すいこう》完成は八月に入ってのことであるが、体験の時期に従ってここに配する。

一 京都の賀茂川の四条河原で、陰暦六月七日の祇園《ぎおん》会《え》の日から同月十八日まで、川中に床《ゆか》（涼み床《どこ》）を設けて納涼する年中行事。

二 夕方に早く月の出る陰暦の七日以前の日。

三 月の入る前に夜の明ける陰暦の十五日以降の日。

四「帯の結び目いかめしく」「羽織長う着なし」とは、共に納涼の折にも古風な格式を重んじて服装を乱さぬさまを言ったもの。

五「桶屋・鍛冶屋の弟子子（年若い弟子）まで」とは、古風な格式を重んずる人々（注四参照）との対比の面白さとして当世風俗を出した。この一句は、推敲時に門人加生《かせい》（京都蕉門、のち凡兆《ぼんちょう》と改号）の提案に賛同し芭蕉が採用したもの（元禄三年八月十八日付加生宛芭蕉書簡）。

六「さすがに都のけしき」とは、老若男女こぞって徹夜の宴を張る豪華殷賑《いんしん》のさまと、古風の格式尊重の風俗とに対する讃嘆《さんたん》の表明。

七〈四条河原の川風は如何にも心地よい。涼み床で薄柿色の帷子《かたびら》（薄地の麻の単衣《ひとえ》）を着て夕涼みしている人のさまは、見るだに涼しげである〉「薄柿」は俳味のある色で瀟洒《しょうしゃ》な人体《にんてい》を示す。「涼みの言ひやう少し心得てしたり」（『三冊子《さんぞうし》』）と芭蕉自讃の吟。

＊この一書は、幻住庵に在住中の芭蕉が、金沢の門人である小春（宮竹屋伊右衛門。薬種商。奥羽行脚《ぎや》の途次の芭蕉に入門）に宛てた返書であるが、小春の句に対する批評と紹介するところの近詠の内容とが注目される。

八　一四五頁注二一参照。

九　類焼の災難。元禄三年三月十六日の夜から翌日にかけて、金沢で大火事があった。

一〇　老齢の身でありながら、今になお行脚漂泊の思いがやまず。「残生」とは余生の意で、老齢の芭蕉自身をさす。

一一　小春の吟「十銭を得て芹売の帰りけり」。

一二　ささやかな商いをして生活する芹売の境涯の身軽さ。小春の「芹売の十銭」の吟に、乏しきに甘んじて生活する者の心の安らかさを感得しての言葉。

一三〈私は現に今、京都に居るのだが、王朝以来の風雅の地たる京都への郷愁が胸を焦がす。一声鳴いて飛んだ時鳥の声を耳にするにつけて〉和歌的伝統の風雅の象徴としての京都、それは言わば芭蕉の胸中に常住する心象としての「永遠の京都」で、風雅の権化《ごんげ》たる西行《さいぎよう》への憧憬《しようけい》（一七二頁注三参照）と共に、彼の俳諧《はいかい》の背骨を形成する。このような伝統的風雅を、斬新な現世の諷詠《ふうえい》として表白すべき工夫が、「軽み」の主張となって、元禄三年当初よりの彼の探求する中心課題となっていた。なお、この句は六月上旬の京都滞在中（前頁＊参照）の吟。

三一、小春《せうしゆん》宛書簡

元禄三年六月二十日・四十七歳

何処《かしよ》[八]持参の芳翰《はうかん》落手、御無事の旨、珍重《めでたく》に存じ候《さうらふ》。類火[九]の難、御のがれ候由、これまた仕合せ申し尽しがたく候。残生《ざんせい》[一〇]いまだ漂泊《へうはく》やまず、湖水《琵琶湖》のほとりに夏をいとひ候《夏の暑さを避けています》。なほ、どち風に身をまかすべきや《どちらから吹く風に身をまかせて旅立とうかと》と、秋立つこころを待ちかけ候《待ち受けております》。且つ、両御句珍重《御作二句結構な出来ばえ》。中にも「芹売《せりうり》[一一]の十銭」、生涯[一二]かろきほど、わが世間《生活》に似たれば、感慨少なからず候。口質《こうしつ》他に越え候あひだ《吟詠の素質は優秀ですから》、いよいよ風情《ふぜい》《風雅》御心にかけらるべく候。

愚句、

京[一三]にても京なつかしや時鳥《ほととぎす》

暑気に痛み候て、早筆に及び候《走り書きいたしました》。

[一]季夏廿日　　　　ばせを

小《せう》春《しゅん》[二]雅丈

一　晩夏。即ち、陰暦六月。

二　男性に対する尊称。(四四頁四行・一七三頁一行・同頁二行参照)

三二、立花牧童《たちばなぼくどう》（彦三郎）宛書簡

元禄三年七月十七日・四十七歳

隠士秋之坊《あきのぼう》[三]閑居御とぶらひ[四]、珍しく[五]芳意《はうい》を得、大慶仕《つかまつ》り候《さうらふ》。先づ以て御細翰《さいかん》[六]かたじけなく、御無異《ぶい》の旨、珍重《これ以上めでたいことはありません》これに過ぎず候。去年頃日《けいじつ》《今ごろ》は、さかりとそこもと[七]に罷《まか》り在り候。一年《ひととせ》の変化夢のごとくにて、ひとしほ御なつかしく存ぜられ候。大火[八]のあと、いまだ万々御心も静かなるまじく候。されども、頃日《近ごろ》は乙州《おとくに》[九]参り候に《貴地に行ったところ》、またまた会《句会》なども少々御座候よし、いよいよ御はげみなさるべく候。世間[一〇]ともに古び候により、少々愚案工夫[一一]これ有り候て、心を尽し申し候。その段ほぼ乙州も心得申し候あひだ[一二]、御話なさるべく候。

拙者儀、山庵[一三]秋至り候ては、雲霧に痛み候て《雲霧の冷気が苦痛で》、病気[一四]にさはり候ゆゑ、

＊この一書は、幻住庵《げんじゅうあん》に在住中の芭蕉が、金沢の門人である牧童（研屋《とぎや》彦三郎。研刀業。奥羽行脚《おうあんぎゃ》の途次の芭蕉に弟の北枝《ほくし》―一五二頁注四参照―と共に入門）に宛てた返書であるが、「軽み」の新風探求とその唱道に努めている言辞が特に注目される。

三 金沢の門人。奥羽行脚の途次の芭蕉に、牧童らと共に入門。もと前田藩に出仕していたが、剃髪《ていはつ》して蓮《れん》昌寺《しょうじ》境内に隠栖《いんせい》。

四 幻住庵に来訪。この折、秋之坊は一泊している。

五 思いも寄らず貴方《あなた》のお話をうかがい、大喜び致しました。

六 詳細な内容の御手紙。（四四頁五行参照）

七 ちょうど貴地（金沢）に滞在している最中でした。芭蕉の金沢滞在は元禄二年七月十五日より同月二十三日まで（『曾良《そら》随行日記』）。

八 金沢の大火事。（一七五頁注九参照）

九 川井又七。伝馬役《てんまやく》で江戸・北陸などにも往来。大津蕉門。「軽み」の撰集『ひさご』の連衆《れんじゅう》の一人。

一〇 蕉門一般の俳風の停滞を警戒しての言葉。

一一 「軽み」の探求をさす。（一七一頁＊・一七二頁注三・一七五頁注一三参照）

一二 乙州の指導を受けて「軽み」の新風を会得《えとく》することを要望した言葉。

一三 国分山の幻住庵。（＊参照）

一四 胃腸や痔《じ》の持病。（一二一頁七行参照）

追つ付け出庵致し、名月過ぎには、[一]いづかたへなりとも風にまかせ《風の吹くにまかせて旅立とうと思っております》申すべくと存じ候。さりながら、[二]去年遠路に疲れ候あひだ、[三]下血《げけつ》などたびたび走り迷惑《困惑》致し候て、[四]遠境羇旅《きりょ》かなはず候あひだ、[五]東のかた近くへそろそろとたどり申すべきかとも存じ候。無常迅速のいとまも御座候はば《あてにはなりませんが機会がありましたならば》、またまた重ねて御意を得候事も《お目にかかることも》御座有るべく候。随分御無事に、御勤めなさるべく候。[六]諸善諸悪みな生涯の事のみ《善いも悪いも命あってのことです》。何事も何事も御楽しみなさるべく候《万事につけて風雅を楽しむ心を大切になさって下さい》。少し気むつかしく候あひだ《身体の調子がすぐれませんので》、早々貴報に及び候《とりあえずお返事いたします》。以上

七月十七日　　ばせを

牧《ぼく》童《どう》様

貴存[七]

[八]そこもとにて書き申し候物は、[九]御焼きなされず候由、米櫃《こめびつ》は焼け申すべきにと存じ候《焼けてしまったでしょうに》。[一〇]このたび、一二枚書き進じ候。急々書き候て、例の通り見苦しく候。以上

一　一七五頁四行参照。
二　元禄二年の半年に及ぶ奥羽《おうう》旅行をさす。
三　痔疾《じしつ》による出血。(前頁注一四参照)
四　遠くへ旅に出ることが出来ませんので。(一七一頁注五参照)
五　大垣の此筋《しきん》・千川《せんせん》らを訪問する予定を持っていた。(一七一頁四行〜五行参照)
六　健康に留意し、自愛するように求めた言葉。芭蕉自身が持病に苦しんでいる折から、切実な響きを持つ。
七　書簡の宛名に添記して、敬意を表明する慣用語。
八　金沢に滞在中(前頁注七参照)に私が揮毫《きごう》して差し上げた物は。
九　前頁注八参照。
一〇　米櫃は焼いてしまっても、芭蕉の揮毫は救出した牧童の風雅心に感動して、更に揮毫して進呈しようと言ったもの。

三三、雲竹《うんちく》自画像の讃《さん》

元禄三年七月・四十七歳

[一一]洛《らく》の桑門《さうもん》《僧》雲竹、みづからの像《肖像》にやあらむ、あなたの方《あちらの方に》に顔ふり向けたる法師を描きて、これに讃せよと申されければ、[一二]君は六十年《むそぢ》余り、予は既に五十年《いそぢ》に近し。[一三]共に夢中にして、[一四]夢の形をあらはす。これに加ふるに、また[一五]寝言《ねごと》を以てす。

[一六]こちら向け我もさびしき秋の暮

＊この一篇は、幻住庵《げんじゅうあん》に在住中の芭蕉が、京都の北《きた》向《むき》雲竹（東寺《とうじ》観智院の僧。大師流の書家。芭蕉の書道の師）の求めに応じて、来送した雲竹の自画像に讃したもの。その句文には、雲竹に対する親愛と共感との情があふれていて、心あたたまるものがある。

一一 京都。

一二 雲竹は当時五十九歳。「六十年余り」とは芭蕉の記憶違い。

一三 君も私も共に夢幻のような世の中に暮していて。『荘子』に「丘《きう》（孔子）や汝《なんぢ》と皆夢なり」とあるのによる。

一四 この君の自画像は、人生夢幻の相を表現している。

一五 まるで夢中の寝言のような埒《らち》もない句を讃することだ。雲竹の自画像の相に共感しての言葉であって、自作の句を不出来と謙遜《けんそん》したのではない。

一六 〈飄然《ひょうぜん》として彼方《かなた》を向いている僧よ、こちらを向いて話しかけてくれ。私もさびしいのだ、この夢の世の秋の夕暮れ時は〉眼前に雲竹その人が居るかのように呼びかけている調子に、親愛感があふれている。

三四、水田正秀《まさひで》（孫右衛門）宛書簡

元禄四年正月十九日・四十八歳

御芳翰《はうかん》《お手紙》かたじけなく、しみじみ拝見致し候《さうらふ》。御老母様・御内《奥様》・御むすめ子《御息女》、御無事の由、めでたく存じ奉り候。拙者[一]持病、暖気にしたがひ少しづつ快気候あひだ、御心安かるべく候。

一、[二]乙州《おとくに》江戸へ立ち候に付き、後のこと御精に入れらるべき旨《その留守中の近江蕉門のために御尽力下さる旨》、乙州かたよりも申し越し、鉄の盾をつき並べ候《近江蕉門は鉄壁の備えと存じます》。拙者も安堵《あんど》、よろこび尽しがたく候。

一、[三]歌仙さてさて感《感心》仕《つかまつ》り申し候。かほどまで[四]独働《ひとりばたら》き、大切の風雅《貴重な俳諧作品》、驚き入り申し候。すなはち[五]付墨《ふぼく》致し候。さりながら、ここもと《伊賀に帰って》も人々とり付き候て《も門人たちが寄り集まって来て》、この返事の内も[六]同名《どうみやう》が茅屋《ばうをく》ほこりの中へ《ほこりっぽい中へ》

＊この一書は、伊賀に帰郷中の芭蕉が、膳所《ぜぜ》の門人である正秀（伊勢屋と号する商家。「軽み」の撰集『ひさご』の有力な連衆《れんじゆう》の一人）に宛てた返書であるが、芭蕉のために膳所の義仲寺境内に新築中の草庵に関して、一所不住の境涯を願う身として、つとめて簡素な造りであるようにと望んでいる言葉が特に注目される。

一 胃腸や痔《ぢ》の持病。（一七七頁一〇行参照）

二 一七七頁注九参照。

三 三十六句続ける形式の連句作品。当時の連句の代表的な形式。

四 歌仙は普通二人以上の連衆で交互に句を詠《よ》み継いで制作するものであるが、それを一人だけで制作したこと。独吟と称する。

五 作品に評点を付し評言を付記すること。

六 芭蕉の兄の松尾半左衛門の住居。「茅屋」とは、あばらやの意で自宅の謙称。

大勢入り込み候て、御報も批判もしみじみならず《落ち着いて出来ません》候。疎《そ》なると《疎略な個》
ところどころ《所もありますが》、御免なされ下さるべく候。
一、同名かたへ、御手に《御手づくりの》かけられ候清茶一袋、さかな一種つかはされ、毎々かたじけなく、御厚志尽しがたく候。茶、拙者賞翫《しやうくわん》致し候。
一、[七]粟津《あはづ》草庵のこと、先づは御深切《御親切》の至り、かたじけなく存じ候。とかく《とにかく》拙者浮雲[八]無住の境界大望ゆゑ、かくのごとく漂泊致し候あひだ、その心にかなひ候やうに御取り持ち《御取りはからい》頼み奉り候。必ず《抜き差》とこれにつながれ《しならず草庵に執着して》、心を移し過ぎざるやうのことならば《それに心を奪われてしまうようなものでないならば》、いかやうとも御指図《さしづ》《設計》かたじけなかるべく候。しばらく足のとどまる所は、蜘蛛[九]《くも》の網《あみ》の風の間と存じ候へば、足駄蔵[一〇]《あしだぐら》も蔵ならず候。[一一]さすがの御仁に申すもくどく候へば、うちまかせ候。
一、風雅《俳諧修行に》このごろ盛りに思し召し候由《熱心に精進しておられる由》、もつとも[一二]、さこそと存ぜられ候。凡俗の人さへもてあそび候ものを《たしなむところの俳諧ですから》、随分御精御出だしな

七　膳所の義仲寺境内に新築中の草庵。「粟津」は義仲寺近傍の地名。
八　風のまにまに漂う浮雲のように一所不住の身であることが最大の希望であるゆえに。
九　蜘蛛の巣が風に吹き破られるまでの間。ほんの短い間との意。
一〇　足駄蔵のような堅牢《けんろう》な建物は私には無用であります。「足駄蔵」とは、湿気を防ぐために床を高くした蔵。一所不住とて簡素な住居を願う言葉は、「二五、貝増卓袋《かいますたくたい》（市兵衛）宛書簡」にも見える。
一一　あなたのような風雅の神髄を体得している人に。即ち、相手の理解を期待し、念を押すための表現。
一二　風雅人のあなたのことであるから至極当然のことで、さぞかし熱心に励んでおられることと存じます。

さるべく候。及肩老《きふけんらう》[一]へ、右の段御伝へ下さるべく候。一伝仕《つかまつ》[二]りたく候。何かと取り重なり候あひだ、先づ先づ早筆申し残し《取り急ぎ走り書きで意を尽しませ》候《ん》。以上

正月十九日　芭蕉

正《まさ》秀《ひで》雅[三]丈

昌房《しやうばう》[四]・探子《たんし》[五]両士へ御心得《御配慮》、かたじけなかるべく候。去歳中《きよさいちゆう》[六]御心をかけられ、御懇情《こんせい》の段々は、世上[七]がましく候へば、わざと御礼申し尽さず候。心底には、忘れがたきのみに候。

一　膳所《ぜぜ》の俳人。『ひさご』『猿蓑《さるみの》』に入集。「老」は年輩者に対する表敬の添字。

二　よろしくお伝え願います。書簡用語。

三　男性に対する尊称。（四四頁四行・一七三頁一行・同頁二行・一七六頁三行参照）

四　磯田氏。通称、茶屋与次兵衛。膳所蕉門の一人。

五　探志・探芝とも書く。膳所蕉門の一人。

六　幻住庵《げんじゆうあん》在住中およびその前後の膳所滞在中に、生活上の世話を受けたことをさす。

七　世間なみの御礼では感謝の気持を言い尽せませんので、わざと御礼をこまごまとは申し述べません。

＊これは芭蕉唯一の名実兼備の日記である。但し、芭蕉は日記文学の典型を創造するほどの意欲で執筆したのではない。従って、文芸性に富む内容ではあるが、紀行『おくのほそ道』や俳文『幻住庵の記』のように完成度の高い作品ではない。ただ、落柿舎《らくししゃ》滞在中の芭蕉の動静や心境、あるいは来訪する門人らとの交情など、当時の情況が如実にうかがえる点、興味深く貴重な記録である。

八 京都市右京区嵯峨。桜花・紅葉の名所。

四月十八日—落柿舎入居

九 一七二頁注一参照。

一〇 嵯峨にあった去来の別宅。荒廃していた豪商の別荘を入手修理したもの。

一一 医師。京都蕉門の一人。去来と共に『猿蓑』を編集。野沢氏と言われるが確証はない。（一七四頁注五参照）

一二 唐の白楽天の詩文集。（一六九頁注三〇参照）

一三 林鵞峰《はやしがほう》編。第三十八代天智《てんじ》天皇以降天正年代までの名家百人の漢詩を一人一篇宛採録批評した漢詩集。

一四『栄花《えいが》物語』『大鏡《おおかがみ》』（共に歴史物語）の異称。

一五『松葉名所和歌集』。諸国名所和歌集録の歌集。

一六 唐の国の様式の。大和絵《やまとえ》の様式に対して言う。

一七 果物《くだもの》や餅菓子《もちがし》などの類。

一八 夜具。寝具。就寝用の蒲団《ふとん》。

一九 副食物の材料類。

三五、嵯《さ》峨《が》日記

元禄四年四月十八日〜同年五月四日・四十八歳

元禄四辛未《しんび》卯月《うづき》十八日

嵯峨[八]に遊びて、去来《きょらい》[九]が落柿舎《らくししゃ》[一〇]に至る。凡兆《ぼんてう》[一一]、共に来たりて、暮に及びて京に帰る。予はなほ暫《しばら》く留むべき由にて（滞在するようにとのことで）、障子つづくり、葎《むぐら》引きかなぐり（雑草を引き抜き捨て）、舎中の片隅一間《ひとま》なるところ、臥所《ふしど》と定む。机一つ、硯《すずり》・文庫（書類箱）、『白氏文集《はくしもんじふ》』[一二]『本朝一人一首』[一三]『世継《よつぎ》物語』[一四]『源氏物語』『土佐日記』『松葉集《まつばしふ》』[一五]を置く。ならびに、唐《から》[一六]の蒔絵《まきゑ》書きたる五重の器（重箱）にさまざまの菓子[一七]を盛り、名酒一壺《いっこ》、盃《さかづき》を添へたり。夜の衾《ふすま》[一八]・調菜《てうさい》[一九]の物ども、京より持ち来たりて乏しからず。わが貧賤を忘れて、清閑に楽しむ。

十九日―小督遺跡探訪

十九日

[一]午《うま》の半ば、臨川寺《りんせんじ》[二]に詣《まう》づ。大井川[三]前に流れて、嵐山《あらしやま》[四]右に高く、松[五]の尾の里に続けり。虚空蔵《こくうざう》[六]に詣づる人、行きかひ多し。松の尾の**竹林**竹の中に、小督《こがう》[七]屋敷《やしき》といふ有り。すべて上下《かみしも》[八]の嵯峨《さが》に三[九]ところ有り。いづれか確かならむ。かの仲国《なかくに》[一〇]が駒をとめたる所とて、駒留《こまどめ》[一一]の橋といふ、このあたりにはべれば、しばらくこれによるべきにや。**小督の墓は**墓[一二]は三軒屋の隣、藪《やぶ》の内に有り。しるしに桜を植ゑたり。かしこくも錦繍綾羅《きんしうりようら》[一三]の上に起き臥《ふ》しして、つひに藪中《さうちゆう》の塵芥《ちりあくた》となれり。昭君村《せうくんそん》[一四]の柳、巫女廟《ふぢよべう》の花の昔も思ひやらる。

憂《う》[一五]き節《ふし》や竹の子となる人の果て

一 午後一時ごろ。
二 第九十代亀山天皇の離宮を禅院とし、夢窓国師が開基。景勝の地。落柿舎の東南。
三 上流を保津川、下流を桂川という。嵐山の下の流れに平安朝の貴族が管絃《かんげん》の舟を浮べて宴遊したところ。「大堰川《おおいがわ》」とも書く。
四 桜花・紅葉の名所。歌枕。臨川寺から大井川を隔てて西南。
五 嵐山の南に続く村落。「里」とは擬古的表現(一一五頁七行・一一九頁八行・一二〇頁六行参照)。
六 行基の開基と伝える法輪寺。虚空蔵菩薩《ぼさつ》を本尊とする。臨川寺から大井川を隔てて南の対岸。
七 第八十代高倉天皇の寵姫《ちようき》小督が平清盛《たいらのきよもり》のために退《しりぞ》けられて隠れ住んだ屋敷。『平家物語』などで著名な話。
八 嵯峨の地を南北に分けて上嵯峨(北)・下嵯峨(南)と称する。
九 小督の住居跡は、当時既に伝説化されて不確実であった。
一〇 源仲国《みなもとのなかくに》。高倉天皇の命で小督の隠家《かくれが》を尋ねた。
一一 臨川寺から大井川を隔てて南に、渡月橋に続いて有った小橋と伝えるが不詳。
一二『都名所図会《みやこめいしよずえ》』に「小督桜は、大井川の北、三軒茶屋の東、藪の中に有り」とある。
一三 錦《にしき》の刺繍《ししゆう》を施した織物と綾絹《あやぎぬ》や薄絹。高貴華麗な

嵐山[一六]藪の茂りや風の筋

斜日に及びて《夕日のころになって》、落柿舎《らくししゃ》に帰る。凡兆《ぼんてう》、京より来たり、去来《きよらい》、京に帰る。宵《よひ》より臥《ふ》す。

二十日

北嵯峨の祭[一七]見むと、羽紅尼《うこうに》[一八]来たる。

去来、京より来たる。途中の吟とて語る。

　つ[一九]かみあふ子供の長《たけ》や麦畠

落柿舎は、昔[二〇]のあるじの作れるままにして、ところどころ頽破《たいは》[二一]す。なかなかに《かえって》、作りみがかれたる昔のさまより、今のあはれなるさ

褥《しとね》の意で、天皇に侍しての宮中生活をさす。

一四『白氏文集《はくしもんじゅう》』（一八三頁六行参照）に「巫女廟の花は紅《くれなゐ》にして粉《べに》に似たり。昭君村の柳は眉よりも翠《みどり》なり」とあるのによる。「昭君村」とは胡《こ》国で悲劇の死を遂げた漢の後宮《こうきゅう》の美女王昭君の生れた村。「巫女廟」とは楚の懐王が夢に見た巫山《ふざん》の神女を祀《まつ》った廟。共に詩文の好素材として使用される。

一五〈まことに辛《つら》く悲しいことであるよ。寵姫もついには藪の中の竹の子と化する人の果てのことを思うと〉「憂き節」は成語で且つ「節」は「竹」の縁語。

一六〈嵐山の山麓《さんろく》のこの果てしない藪の茂りよ。その茂りをうねらせて風筋《かざすじ》が吹き抜けて、いかにも爽《さわ》やかである〉嵯峨野のこのあたりには広大な竹藪があった。（次頁五行参照）

二十日―落柿舎の風趣・徹夜の団欒《だんらん》

一七愛宕《あたご》山頂の愛宕権現の祭。陰暦四月の中の亥《い》の日が例祭日。

一八凡兆（一八三頁注一一参照）の妻。名、とめ。「羽紅」は俳号。夫と共に蕉門の俳人。この年春に剃《てい》髪《はつ》してから「尼」と称した。

一九〈つかみあいをして遊びたわむれている幼い子供のちょうど背たけ位であるよ。穂の伸びた麦畠の高さは〉田園の童画的点景の面白さを主題とした吟。

二〇一八三頁注一〇参照。

二一くずれ落ちて破れている。

まこそ心とどまれ。彫り物せし[一]梁《うつばり》、画《ゑが》ける壁も、風に破れ、雨にぬれて、[二]奇石・怪松も葎《むぐら》（雑草）の下にかくれたるに、竹縁《たけえん》の前に柚《ゆ》の木一本《ひともと》、花かんばしければ、

[三]柚の花や昔しのばん料理の間《ま》

[四]ほととぎす大竹藪《おほたけやぶ》を漏《も》る月夜

[五]尼羽紅《うこう》

[六]またや来ん覆盆子《いちご》あからめ嵯峨《さが》の山

[七]去来兄《きよらいあに》の室《しつ》より、[八]菓子・調菜《てうさい》の物など送らる。

今宵《こよひ》は、羽紅夫婦をとどめて、[九]蚊帳《かや》一張《ひとはり》に上下《かみしも》五人こぞり臥《ふ》した

一 柱の上に渡して屋根をささえる横木。「はり」。

二 珍しい形をした庭石や変った枝ぶりの松の植込み。

三 〈折から柚の花が咲き匂《にお》っている。この芳香を嗅《か》いで昔を追想してみよう、さぞかし豪奢《ごうしゃ》であったろう料理の間の客振舞《きゃくぶるまい》の情景を〉柚《ゆず》は香気高く料理に用いる。「料理の間」とは出来上った料理の盛りつけや膳《ぜん》立《だ》てなどをする部屋《へや》。著名な歌「五月《さつき》まつ花橘《はなたちばな》の香を嗅げば昔の人の袖《そで》の香ぞする」（『伊勢物語』など）を連想しての吟。（一八三頁注一〇参照）

四 〈ほととぎすが折しも鋭く鳴いて天翔《あまがけ》った。振り仰ぐと大竹藪の茂みを洩《も》れる月光も鮮《あざ》やかな夜空である〉「大竹藪」の語が雄大な響きを持ち、且つ清爽《せいそう》の気の溢《あふ》れた吟。（前頁注一六参照）

五 次の句は羽紅尼（前頁注一八参照）の吟との意。

六 〈また訪《たず》ねて参りましょう。そのころには苺《いちご》よ赤く色付いておれよ、嵯峨の山に〉芭蕉の滞在する嵯峨の地に心ひかれての吟。中七に女性の優しい心情が見える。

七 去来（一七二頁注一参照）の長兄向井元端《むかいげんたん》の妻。名、多賀《たか》。

八 一八三頁注一七・注一九参照。

九 一つ蚊帳に上手《かみて》と下手《しもて》とに分れ五人が頭を突き合せて寝たので。「五人」とは、芭蕉・去来・凡兆夫婦と、菓子・調菜の物などを持って来た向井家の下僕で

れば、夜も寝《い》ねがたうて《寝苦しくて》、夜半《よなか》過ぎよりおのおの起き出でて、昼の菓子・盃《さかづき》など取り出でて、暁近きまで話し明かす。[一〇]去年《こぞ》の夏、凡兆が宅に臥したるに、[一一]二畳の蚊帳に四国の人臥したり。「思ふこと四つにして、[一二]夢もまた四種《よくさ》」と書き捨てたることどもなど《興にまかせて書きなぐったりしたことなどを》、言ひ出だして笑ひぬ。明くれば、羽紅・凡兆、京に帰る。去来、なほとどまる。

二十一日

昨夜、寝《い》ねざりければ、心むつかしく《気分がすぐれず》、空のけしきも昨日《きのふ》に似ず、朝より打ち曇り、雨をりをりおとづるれば、ひねもす《一日中》眠《ねぶ》り臥したり。暮に及びて、去来、京に帰る。今宵は、人もなく、昼臥したれば夜も寝ねられぬままに、[一三]幻住庵《げんぢゆうあん》にて書き捨てたる反古《ほうご》《草稿》を尋ね出だして清書す。

あろう。
一〇 元禄三年夏に京都に出て納涼などした（「三〇、四条の河原涼み」参照）折に、芭蕉は凡兆宅にも止宿した（同年八月十八日付凡兆宛芭蕉書簡）。その時のこと。
一一 小さな二畳釣《づ》りの蚊帳に芭蕉（伊賀）・去来（肥前）・丈草（尾張）・凡兆（加賀）と生国の異なる四人が寝たとの話が『本朝文選《ほんちようもんぜん》』に見える。注一〇の時のことと思われる。
一二「夢に四種あり。一、四大（地・水・火・風）和ならざる夢。一、先見の夢。一、天人の夢。一、想夢」（『諸経要集』など）の説を踏まえ、且つ「十人寄れば十国の者」（世に同じものは稀《まれ》、の意の諺《ことわざ》）に言い掛けた。

二十一日―「幻住庵の記」清書

一三「一一八、幻住庵の記」の草稿。同記文は彫心鏤骨《ちようしんるこつ》の作品（一六六頁＊参照）で、完成後もなお浄書・味読を重ねていたことが知られる。

二十二日—閑居のむだ書・多数の来信

二十二日

朝の間、雨降る。今日《けふ》は、人もなく、さびしきままに、むだ書きして遊ぶ。その言葉、

[一]喪《も》に居る者は、悲しみをあるじとし、酒を飲む者は、楽しみをあるじとす。[二]「さびしさなくば憂《う》からまし」と西上人《西行法師》の詠《よ》みはべるは、さびしさをあるじなるべし。〔西行法師の〕また、詠める、

[三]山里にこはまた誰《たれ》を呼《よぶ》子《こ》鳥《どり》
　ひとり住まむと思ひしものを

一『荘子』に「酒を飲むものは楽しみを以て主《あるじ》とし、喪に処《を》るものは哀《かな》しみを以て主とす」とあるのに共感しての言葉。それぞれの場に徹すべきことを説いた言葉。芭蕉は深川隠栖《ふかがわいんせい》（一五頁＊参照）以来、老荘の脱俗的な境地に生涯共感を懐《いだ》いていた。

二「とふ人も思ひ絶えたる山里のさびしさなくば住み憂からまし」（『山家集《さんか》』）の歌をさす。一首の意は、来訪する人も無いと断念した山里は、孤独のさびしさに味到安住すべきである、と言うのであって、そのように、さびしさの境地に徹することを「さびしさをあるじ」と言った。芭蕉は西行法師を風雅の権化《ごんげ》のごとくに尊崇していた。

三「山里に誰をまたこは呼子鳥ひとりのみこそ住まむと思ふに」（『山家集』）の歌を、一部分誤記したもの。〈山里に、これはまた誰を呼ぼうというのだろうか、鳴き立てる呼子鳥は。私は、ただひとりだけで住もうと思っているのに〉誰を「呼ぶ」に「呼子鳥」と言い掛けた。呼子鳥とは閑古鳥《かんこどり》のこと。その鳴き声より「かっこう」とも称する。

四 木下《きのした》長嘯子。名、勝俊《かつとし》。近世初期の歌人。清新な歌風で知られ、家集に『挙白集《きょはくしゅう》』がある。

五『挙白集』に「やがて爰《ここ》を半日とす。客はそのしづかなることを得《う》れば、我はそのしづかなるを失ふに似たれど、思ふどちの語らひは、いかで空《むな》しからん」とあるのをさす。但し、引用に際しては、後半の「思

ひとり住むほど、おもしろきはなし。四長嘯《ちやうせう》隠士の曰《いは》く、「五客は半日の閑《かん》を得れば、あるじは半日の閑を失ふ」と。六素堂《そだう》、この言葉を常にあはれぶ《愛誦している》。予もまた、

七 憂き我をさびしがらせよ閑古鳥《かんこどり》

とは、八ある寺にひとり居て言ひし句なり。

暮れがた、去来より消息《せうそこ》す《手紙が届く》。九乙州《おとくに》が武江《ぶかう》より帰りはべるとて、旧友・門人の消息ども数多《あまた》届く。その内、一〇曲水《きよくすい》状《手紙》に、予が住み捨てし芭蕉庵の旧《ふる》き跡たづねて、一一宗波《そうは》に逢《あ》ふ由。

一二 昔誰《たれ》小《こ》鍋《なべ》洗ひし菫《すみれ》草《ぐさ》

ふどち」以下を切り捨てて、西行法師の歌と同様に、もっぱら孤独の清閑の境地を愛する意とした。

六 山口素堂。芭蕉の親友。(「一一、四山《しざん》の瓢《ひさご》」・「二一、芭蕉庵十三夜」・一二九頁六行参照)

七〈もの憂い思いでいる私を、孤独のさびしさに徹し切った心境にまで引き入れてくれ。さびしげな声で鳴く閑古鳥よ〉「閑古鳥」は呼子鳥と同じ鳥とされる(前頁注三参照)が、どちらの名称を用いるかで意識が異なり、閑古鳥と言う時には寂寥感《せきりようかん》を主題とする。

八 三重県長島町の大智院。元禄二年九月、奥羽行脚《おううあんぎや》を終えて大垣より伊勢参宮に向う(一五七頁一行参照)途次に止宿した折の吟。

九 一七七頁注九参照。武江(武蔵《むさし》の国江戸)に旅していたことは「三四、水田正秀《まさひで》(孫右衛門)宛書簡」の一八〇頁五行に見える。

一〇 一六六頁注八参照。江戸在勤中に深川の芭蕉庵の跡を訪《たず》ねたこと。

一一 鹿島詣《かしまもうで》の折に芭蕉に随伴した僧。(五五頁注九参照)

一二 曲水の手紙に記載の句。〈昔ここで誰が小鍋を洗ったりして生活したのであろうか。かつての芭蕉庵のほとりの小川には可憐《かれん》な菫草が咲いているばかりで、昔を偲《しの》ばせる何も残っていない〉『徒然草《つれづれぐさ》』所引の『堀川院百首』の歌「昔見し妹《いも》が垣根は荒れにけりつばなまじりの菫のみして」を踏まえる。芭蕉の旧跡を訪ねて懐旧の思いを表白した吟。

また、言ふ。

「[一]わが住む所、弓杖二長《ゆんづゑふたたけ》[二]ばかりにして、楓一本《かへでひともと》より外は青き色を見ず」と書きて、

[三]若楓《わかかへで》茶色になるも一《ひと》盛《さか》り

[四]嵐雪《らんせつ》が文《ふみ》《手紙》に

[五]狗背《ぜんまい》の塵《ちり》に選《え》らるる蕨《わらび》かな

[六]出替《でかは》りや稚《をさな》ごころに物哀れ

その外の文《手紙》ども、あはれなる事、なつかしき事のみ多し。

一 膳所《ぜぜ》藩の江戸屋敷中の曲水《きよくすい》の住居。

二 弓の丈《たけ》の二倍の長さ。約一丈五尺（四・五メートル程度）。庭の広さが一丈五尺四方ほどであること。

三 曲水の手紙に記載の句。〈わが庭のただ一本の若木の楓が、初夏を迎えて折から茶色の小花を沢山つけているが、これもほんの一盛りの間だけのことであるよ〉「卯月《うづき》ばかりの若楓」（『俳諧類船集《はいかいるいせん》』）との歌語を踏まえて、庭のささやかな情況を言った吟。

四 五六頁注四参照。

五 〈狗背《ぜんまい》が塵として選り捨てられる蕨採《わらびと》りである〉「塵に」は塵として、の意。蕨を詩歌に紫塵《しじん》・紫《むらさき》の塵《ちり》などと称することより、蕨が紫の塵なら狗背は紫の塵の中のまた塵と言うべきだと興じた吟。

六 〈出替りとて奉公人が暇乞《いとまご》いして主家を去って行く。が、その日には子供心にも別離の物哀れさが感じられるようである〉「出替り」とは、一季・半季の奉公人が雇用期限を終えて交替すること。当時は陰暦の二月二日と八月二日とで、この句は二月二日のこと。馴《な》れ親しんだ奉公人の去って行くのを見送る主家の子供の心情を思い遣《や》っての吟。

七 二十四日の記事も合せて記し、次に二十四日の日付けを欠いている。恐らく、二十三日の夜は月待ちして夜を明かしたためであろう。（注八参照）

八 〈月の出を拝んで拍手《かしわで》を打つと、その木魂に応じて早や白みはじめる夏の短夜の月であるよ〉二十三夜の月待ちの折の吟。月待ちとは、人々が寄り合い、飲

二十三日[七]

[八]手を打てば木魂《こだま》に明くる夏の月

[九]竹の子や稚《をさな》き時の絵のすさみ

[一〇]一《ひと》日《ひ》一日麦あからみて啼《な》く雲雀《ひばり》

[一一]能《のう》なしの眠《ねぶ》たし我を行行子《ぎやうぎやうし》

落柿《らくし》舎《しや》に題す

凡《ぼん》兆《てう》

[一二]豆植うる畑《はた》も木《き》部屋《べや》も名所かな

食を共にしながら月の出を待ち、これを拝する行事。その折に俳席なども催した。

九〈土の中から頭をもたげている愛敬《あいきよう》のある竹の子の姿。それを見ると、稚い時に竹の子の絵を書いて遊んだことが思い出されて懐《なつ》かしい〉嵯峨《さが》には竹藪《たけやぶ》が多かった。（一八五頁注一六参照）

二十三日・二十四日—発句作品・来信来客

一〇〈一日ごとに麦は目に見えてあからんで行く。そのように刻々に夏の気の深まる野辺では、春の遠ざかるのを悲しむかのように鳴き立てる雲雀の声が頻《しき》りにする〉季節の推移に対する感慨を雲雀の声に託して表白した吟。初案は「麦の穂や泪《なみだ》に染めて啼く雲雀」。

一一〈才能が無くて何の役にも立たぬ私は、ただもう眠たいばかりである。そんな私であるのに、起きよと言わんばかりに喧《やかま》しく鳴き立てて私の眠りの邪魔をしないでくれよ行行子〉自己を「能なし」とする芭蕉の意識は、「一六、笈《おい》の小文《こぶみ》」の「無能無芸にして」（六二頁八行参照）や「一八、幻住庵の記」の「無能無才にして」（一六九頁一三行参照）の語にも見え、深川隠《ふかがわいん》栖《せい》（一五頁＊参照）以来の老荘的脱俗の心境に発するものである。「行行子」は葦切《よしきり》。鳴き声が喧噪《けんそう》で「ギョギョシ」と聞えるところからの別名。この句では鳴き声の「仰々しい」の意に言い掛ける。

一二〈この落柿舎のあたりは、豆を植えてある畑も薪《たきぎ》小屋も、みな由緒《ゆいしよ》ある名所の跡ばかりであることよ〉名所に富む嵯峨の地にある落柿舎を讃美《さんび》した吟。

暮に及びて、去来、京より来たる。
膳所昌房《ぜぜしやうばう》[一]より消息《せうそこ》。
大津尚白《しやうはく》[二]より消息あり。
凡兆《ぼんてう》、来たる。堅田本福寺《かただほんぷくじ》[三]、訪《たつ》ねて《来訪して》、その夜泊る。
凡兆、京に帰る。

二十五日―来訪門人の吟・燭五分の俳諧・雷霆降雹

二十五日

千那《せんな》[四]、大津に帰る。
史邦《ふみくに》[五]・丈草《ぢやうさう》[六]、訪《たつ》ねらる。

落柿舎《らくししや》に題す　丈草

[七]深く峨峰《がほう》に対して鳥魚《てうぎよ》を伴《ともな》ふ

一　一八二頁注四参照。
二　江左氏。医師。大津蕉門の一人。
三　大津市堅田の本福寺第十一世住職の千那《せんな》。大津蕉門の一人で尚白（注二参照）の親友。
四　注三参照。
五　中村荒右衛門。尾張の国犬山の出身。京都所司代《しよしだい》配下の与力《よりき》。去来・丈草の親友。京都蕉門の一人。
六　内藤林右衛門。尾張の国犬山藩の藩士。致仕・遁世して京都に移り、史邦（注五参照）の紹介で芭蕉の門人となる。
七　丈草の詩。〈この落柿舎は嵯峨《さが》の山の峰を眼前に控えて、あたりでは鳥が鳴き魚が泳いでいる。その道は荒れるにまかせて、まるで田舎《いなか》の農夫の住居のようであるのを主人は喜んでいる。柿《かき》の木の枝さきには、今はまだ赤い実はなっていないが、青々としたその葉は、いろいろの詩を作って書き付けるに十分である〉「赤虬《せききう》の卵」とは赤い柿の実の異名。木の葉に詩歌を書き付けたとの故事は多い。芭蕉の滞在する落柿舎を

荒《くわう》に就《つ》き野《や》人《じん》の居《きよ》に似たるを喜ぶ
枝《し》頭《とう》今欠く赤《せき》虬《きう》の卵《らん》
青《せい》葉《えふ》題を分かちて書を学ぶに堪へたり

八小《こ》督《がう》の墳《つか》を尋ぬ　同

九強《た》つて怨《ゑん》情《じやう》を攪《みだ》して深《しん》宮《きゆう》を出づ
一《いち》輪《りん》の秋《しう》月《げつ》野《や》村《そん》の風
昔《せき》年《ねん》僅《わづ》かに琴《きん》韻《いん》を求め得たり
何《いづ》処《こ》ぞ孤《こ》墳《ふん》竹《ちく》樹《じゆ》の中《うち》

一〇芽《め》出《だ》しより二《ふた》葉《ば》に茂る柿《かき》の実《さね》　史邦

一一途中吟　丈草

讃《さん》美《び》した吟。

八「十九日」の小督関係の記事（一八四頁）参照。

九 丈草の詩。〈高倉天皇の寵《ちよう》姫《き》小督は、清《きよ》盛《もり》を怨《うら》み憂《ゆう》悶《もん》の情にもだえつつ、やむなく宮中奥深くの天皇のもとから身を引いた。そして隠れ住んだ嵯峨野は、秋の月光も淋しく村里を吹く風も心細い所である。その昔、天皇の使者として小督の隠《かくれ》家《が》を尋ねて来た仲《なか》国《くに》は、小督の弾《ひ》く琴《こと》の調《しら》べを耳にして、ようやく隠家を見付けて宮中に連れ帰ったが、それも一時のことで、今は何《ど》処《こ》に小督の独《ひと》り淋しく眠る墓があるのか、竹《たけ》藪《やぶ》の中を探しても、それさえ定かでない〉「強つて」は「出づ」の修飾で、天皇に対する慕情断ち難きを、清盛に強制されて、やむなく無理に断ち切って身を引いたこと。

一〇〈この落柿舎のほとりでは、芽出し早々から生長がよく、生き生きとした二葉の茂みを見せる柿の実《さね》であるよ〉発芽したばかりの二葉を敢《あえ》て「茂る」と言い立てることによって、落柿舎のある土地柄を讃美した吟。

一一 落柿舎に来る途中での吟。

[一]ほととぎす啼《な》くや榎《えのき》も梅桜

[二]黄山谷《くわうざんこく》の感句

[三]門を杜《と》ぢて句を覓《もと》む陳無己《ちんむき》
客に対して毫《ふで》を揮《ふる》ふ秦少游《しんせういう》

[四]乙州《おとくに》来たりて、武江《ぶかう》の話ならびに[五]燭五分《しよくごぶ》の俳諧《はいかい》一巻。[六]その内に、

[七]半俗《はんぞく》の膏薬《かうやく》入《いれ》は懐《ふところ》に
碓氷《うすひ》の峠《たうげ》馬ぞかしこき　[八]其角《きかく》
[九]腰の簣《あじか》に狂はする月

一〈ほととぎすが一声鳴いて天翔《あまがけ》った。思わず振り仰ぐ天空に聳《そび》え立つ榎の小粒な花さえも、この時は梅や桜の花のように風雅に感じられた〉ほととぎすの鳴き声を聞いた感動を言って、その土地柄を讃美《さんび》する心も託した吟。

二 黄山谷（宋《そう》の詩人）の詩の中の感銘深い句。次の二句は『黄山谷詩集』に見える。

三〈門を締め切って来客を断り、専心に詩句を推敲《すいこう》し探求する陳無己。来客を歓迎し、その面前で即吟して達筆に揮毫《きごう》する秦少游〉陳無己と秦少游とは共に宋の詩人。相反する詩作態度の面白さを言ったもの。芭蕉の句作態度は前者に近いが、共に感銘するところなので書き留めた。

四 一七七頁注九・一八九頁注九参照。

五 蠟燭《ろうそく》が五分《ごぶ》（約一・五センチメートル）燃える間に一巻を完成する速吟連句。乙州が江戸から持ち帰った作品。

六 燭五分の俳諧一巻の内に次のような佳作がある。記載する三例は其角の付句《つけく》ばかりであり、其角の独吟連句であったと思われる。

七 前句《まえく》の、〈半僧半俗の姿の人が膏薬入だけは大切に懐に入れている〉と言うのを、足腰の痛みを膏薬にすがって歩く苦難の道中の体《てい》と見て、〈碓氷峠の難路は馬に乗って越すのが賢明だ〉と、忠告する体で応じて付けた。碓氷峠は上野《こうずけ》の国から信濃《しなの》の国へ越える中《なか》仙道《せんどう》の険路。

野《の》分《わき》より流《る》人《にん》に渡す小屋一つ　　同

[一〇]宇《う》津《つ》の山《やま》女に夜《よ》着《ぎ》を借りて寝る

偽《いつは》りせめて許す精《しやう》進《じん》　　同

[一一]申《さる》の時ばかりより風雨雷霆《らいてい》[一二]、雹《ひよう》降る。雹の大いさ三分匁《さんふんもんめ》[一三]あり。[一四]龍《りゆう》空を過ぐる時、雹降る。

大なる、唐桃《からもも》[一五]のごとく、

小さきは、柴栗《しばぐり》のごとし。

二十六日

[一六]芽《め》出《だ》しより二葉《ふたば》に茂る柿の実《さね》　　史《ふみ》邦《くに》

八　二一一頁注九参照。

九　前句の、〈腰に簀《あじか》を下げて野仕事に出かけたが、あまりの月の美しさに気もそぞろとなって仕事に手もつかない〉と言うのを、配所に流された風雅な貴人が明月に昔の月見の宴などを追懐しての心境と見て、〈野分の吹き荒れてより後、住みかをなくした流人の住み付いている野小屋が一つ〉と、その人物のわびしい配所での生活の現状を言って付けた。「簀」とは竹や葦《あし》などで編んだ籠《かご》で、野菜や土などを入れて運ぶのに用いる。

一〇　前句の、〈宇津の山の宿で女に夜着を借りて寝る〉と言うのを、旅さきでの浮いた恋の場と見て、〈偽りの言葉もたくみに女をせめ口説いて、女はついに操まで男に許してしまった〉と、男の恋の駆け引きのさまを付けた。「宇津の山」は東海道の宇津谷《うつのや》峠。歌枕。

一一　午後四時ごろ。

一二　はげしい雷。

一三　三匁（約一一グラム）に同じ。

一四　「龍過ぐるとき即ち雹降る。四時皆有り」（『五雑《ござつ》俎《そ》』など）との古伝による。

一五　杏《あんず》の古名。雹の大きさを言うのに果実にたとえることが古来多かった。

二十六日—五吟一巡の連句

一六　二十五日に史邦の詠んだ発句《ほつく》（一九三頁一〇行参照）に、脇を芭蕉、第三を去来、四句目を丈草、五句目を乙州と付けて連句作品とした。

畠の塵にかかる卯《う》の花[一]　　蕉
蝸牛《かたつぶり》[二]たのもしげなき角《つの》振りて　　去
人の汲む間《ま》を釣瓶《つるべ》待つなり[三]　　丈
有明《ありあけ》[四]に三度飛脚《さんどびきやく》の行くやらん　　乙

二十七日

人来たらず、終日閑《かん》を得。

二十八日

夢に杜国《とこく》[五]がことを言ひ出だして、涕泣《ていきふ》[六]して覚《さ》む。

心神《しんしん》[七]相交《まじは》る時は、夢をなす。陰《いん》[八]尽きて火を夢見、陽《やう》衰へて水を夢見る。飛鳥《ひてう》[九]髪をふくむ時は、飛べるを夢見、帯を敷き寝にする

一〈畠の塵として、このように白い卯の花が一面に散り敷いている〉「塵に」は塵としての意（一九〇頁注五参照）。「かかる」は、かくのごときの意と散りかかるの意とを言い掛ける。ここでは畠の塵までが卯の花の散り敷いたもので美しいと言って、発句の土地柄を讃美《さんび》した心（一九三頁注一〇参照）に応じた脇。

二〈蝸牛が如何《いか》にも頼りなげな角を振り立てて〉「たのもしげなき角」とは、角とは言っても、蝸牛の角は牛などと違って如何にも貧弱であること。前句《まえく》の「かかる」を今まさに卯の花が盛んに散って降りかかりつつあるさまと取りなして、蝸牛がそれを被《かぶ》ってとまどうているを興じて付けた第三。

二十七日―終日閑居

三〈共同の釣瓶井戸で、前の人が水を汲んでいる間、釣瓶のあくのを待っている〉前句を井戸端《いどばた》の蝸牛のさまと取りなして、釣瓶のあくのを待つ間、それを面白がって見ている人体《にんてい》を付けた四句目。

四〈有明月《ありあけづき》のまだ見える早朝に、三度飛脚が早くも走り過ぎて行くようだ〉「三度飛脚」とは、上方《かみがた》（京阪地方）と江戸とを毎月三度定期的に往復した飛脚便。前句を朝の炊事で共同井戸の立て込むさまと見なして、早立ちの三度飛脚を付けた五句目。連句の初折表《しょおりおもて》（一〇七頁注一二参照）の五句目は月の定座《じょうざ》との作法に従い、「有明」の語を出した。

二十八日―杜国を夢見ての涕泣

五　四二頁注三・同頁注四・六六頁注七・七六頁注

時は、蛇《へび》を夢見るといへり。『一〇枕中記《ちんちゅうき》』、一一槐安国《くわいあんこく》、一二荘周《さうしう》が夢蝶《むてふ》、皆そのことわり有りて《道理にかなっていて》、妙を尽さず《決して奇妙ではない》。わが夢は聖人君子の夢にあらず。一三終日妄想《まうざう》散乱の気、夜陰の夢またしかり《同様である》。まことに、この者《杜国》を夢見ること、いはゆる一四念夢なり。我に志深く、一五伊陽《伊賀の国》の旧里《ふるさと》まで慕ひ来たりて、夜は床を同じう起き臥し、行脚《あんぎや》の労を共に助けて、百日がほど影のごとくに伴ふ。ある時はたはぶれ、ある時は悲しび、その志わが心裏《心の内》にしみて、忘るることなければなるべし。覚めてまた袂《たもと》をしぼる《涙を流す》。

二十九日

一六晦日《つごもり》

『一七一人一首』一八奥州高館《たかだち》の詩を見る。

一・同頁注二・八四頁注三参照。以下の杜国に関する一文は、芭蕉の杜国に対する異常な熱愛を示す。

六 涙を流して泣くこと。

七 精神の働きによって、夢は見るものである。「夢に六候《りくこう》有り。（中略）此の六つは、神《しん》の交《まじは》る所なり」（『列子』）との語による。

八 「陰気壮《さか》んなれば則ち大水を渉《わた》りて恐懼《きょうく》するを夢み、陽気壮んなれば則ち大火を渉りて燔焫《はんぜつ》する（火に焼かれる）を夢む」（『列子』）との語を捩《もじ》る。

九 「帯を藉《し》きて寝《い》ぬれば則ち蛇を夢み、飛鳥髪を銜《ふく》めば（くわえると）則ち飛ぶを夢む」（『列子』）との語による。

一〇 唐の李既済《りきさい》撰。人の世の栄枯盛衰のはかなさを説いた盧生《ろせい》の邯鄲《かんたん》の夢物語として有名。

一一 槐《えんじゅ》の木の下の夢の中に現れた蟻《あり》の国の名。人の世の栄達の儚《はかな》さを説いた南柯《なんか》の夢物語として有名。

一二 荘周（荘子）が夢の中で蝶に化し、楽しんで彼我の別を忘れたとの故事で、胡蝶《こちょう》の夢と称して有名。

一三 昼間は朝から晩まで煩悩《ぼんのう》のままにまに心気が乱れ。

一四 常に深く心に思っているために見る夢。

一五 以下は『笈《おい》の小文《こぶみ》』の旅中の体験の追懐。

一六 月末の三十日。前日の分と合せて記したもの。

一七 『本朝一人一首』。（一八三頁注一三参照）

一八 「高館の戦場を賦《ふ》す」と題する詩。

二十九日・三十日―奥州高館の詩の批判

[一]高館《たかだち》は天に聳《そび》えて星冑《かぶと》に似たり
衣《ころも》川《がは》は海に通じて月弓の如《ごと》し

[二]その地の風景、いささか以《もつ》てかなはず。古人といへども、その地に至らざる時は、その景にかなはず《実際の風景に一致しない》。

五月一日―来客来信

[三]朔《ついたち》
[四]江州《がうしう》平田明照寺《めんせうじ》[五]李由《りいう》、問はる《訪問される》。
[六]尚白《しやうはく》・[七]千那《せんな》、消息《せうそこ》あり。

[八]竹の子や喰《く》ひ残されし後《あと》の露　李由

[九]頃日《このごろ》の肌《はだ》着《ぎ》身に付く卯《う》月《づき》かな　尚白

一 〈高館の丘は天に聳え立って、空の星はまるで冑の鋲《びよう》のようである。衣川は海に流れ入って、空の月はまるで弓を張ったかのようである〉（一三一頁注二三・注二五参照）。

二 奥州高館の風景は、この詩に言うところと少しも一致していない。高館の丘はさほど高くなく、衣川は直接海に流入していないことをさす。奥羽《おうう》行脚《あんぎや》の折に実見したところ（一三一頁「平泉」の項参照）に基づいての言葉。芭蕉の行脚の最大の目的は、歌枕などの名所旧跡を自分の目で実見し確認することであった。ここの記事は、そのような芭蕉の意識が書かせたものである。

三 陰暦五月一日。

四 近江《おうみ》の国平田。滋賀県彦根市平田町。

五 河野通賢。明照寺第十四世住職。この日に芭蕉に入門する。即ち、来訪したのは入門のため。

六 一九二頁注二参照。

七 一九二頁注三参照。

八 〈あちこちに背たけの伸びた竹の子が露を宿して立っている。言ってみれば、これらは喰い残され組の竹の子だなあ〉早や食用にならぬまでに生長した竹の子を見て、それらを「喰ひ残されし」と言い立てて興じた吟。

九 尚白の手紙に記載の句。〈今日このごろ、夏の肌着もすっかり身になじんで来て、安定した四月の陽気

□〔一〇〕岐

待〔一一〕たれつる五月《さつき》も近し聟《むこ》粽《ちまき》　同

二日

曾良《そら》〔一二〕来たりて、吉野の花を訪《たづ》ねて、熊野《くまの》〔一三〕に詣《まう》ではべる由〔を話す〕。武江《ぶかう》〔一四〕旧友・門人の話、かれこれ取りまぜて談ず。

熊〔一五〕野路や分けつつ入れば夏の海　曾良

大峰《おほみね》〔一六〕や吉野の奥を花の果て

夕陽《せきやう》〔夕日近くなってから〕にかかりて、大井川に舟を浮べて、嵐山《あらしやま》にそうて戸難瀬《となせ》〔一七〕をの

である〉当時、陰暦四月一日に衣更《ころもがえ》と称して夏装束に改める習慣があった。四月も半ばに及んでの微妙な季節の感触を表白した吟。

一〇 原本一字不詳。諸説あるもなお信じ難い。尚白の手紙に記載のままに芭蕉が転写したものであろう。

一一 尚白の手紙に記載の句。〈待ちに待っていた五月も、もう目の前に迫った。いよいよ端午《たんご》の節句の聟粽の日がやって来る〉「聟粽」とは、結婚後最初の節句に、聟から嫁の実家に贈る粽。当日には、両人が揃って粽を持って行く。当時四十二歳の尚白は、恐らく嫁の実父としての心情を詠《よ》んだものであろう。

二日—江戸の話・大井川舟遊

一二 五三頁注五参照。

一三 熊野三社（熊野坐《くまのにます》神社・熊野速玉《はやたま》神社・熊野那智《なち》神社）。紀伊《きい》の国の修験者《しゅげんじゃ》の霊地として尊崇された。

一四 武蔵《むさし》の国江戸。

一五〈吉野山を越えて果てしなく続く熊野路。その嶮《けん》難《なん》の狭い山路を踏み分けつつ入って行くと、峠の彼方に俄《にわか》に展開した夏の海の爽快《そうかい》さよ〉。

一六 曾良の句。〈重畳として聳《そび》える大峰の霊山。吉野山の奥の大峰へと続くここが、言わば花の果ての地であるよ〉「大峰」は修験者の修行する根本霊場であった。

一七 大井川の上流にある山間部の急流。歌枕で「戸難瀬の滝」とも称する。

ぼる。雨降り出でて、暮に及びて帰る。

三日

昨夜の雨降り続きて、終日終夜やまず。なほ、その[一]武江《ぶかう》の事ども問ひ語り、既に夜明く。

四日

[二]宵《よひ》に寝《い》ねざりける草臥《くたびれ》に、終日臥《ふ》す。昼より雨降り止《や》む。明日《あす》は落柿舎《らくししや》を出でんと、名残《なごり》惜しかりければ、奥・口[三]の一間《ひとま》一《ひと》間《ま》を見めぐりて、

[四]五月雨《さみだれ》や色紙《しきし》へぎたる壁の跡

三日―江戸の話

一 前日に続けて更になお曾良《そら》と語りあったこと。「既に夜明く」とは徹夜で話したことで、曾良を迎えて江戸を懐かしむ芭蕉の心情がうかがえる。

四日―落柿舎惜別

二 昨夜寝なかったので。（注一参照）

三 家の奥の方や入口近くの。即ち、奥座敷や表座敷のこと。もとは豪商の別荘（一八三頁注一〇参照）で多くの部屋があり、広壮豪華であった（一八五頁八行～一八六頁四行参照）。

四〈果てしなく降り続く五月雨の陰鬱《いんうつ》さ。そんな日に、名残を惜しんで見めぐる座敷の、色紙を剝《は》ぎ取られた壁の跡形。それまでが妙に心にしみる思いがする〉「色紙」とは、句や歌などを揮毫《きごう》する方形の厚手の紙。折から降る五月雨の季感と、属目《しょくもく》の壁の剝ぎ跡とに、別離と追憶との微妙な心情を託した繊細《せんさい》な感覚の吟。

三六、堅田《かただ》十六夜《いざよひ》の弁《べん》

元禄四年八月十六日・四十八歳

[五]望月《もちづき》の残興《ざんきよう》なほやまず、[六]二三子《し》いさめて、舟を[七]堅田の浦に馳《は》す。その日、[八]申《さる》の時ばかりに、[九]何某茂《なにがしも》兵衛《へゑ》成秀《なりひで》といふ人の家の[一〇]うしろに至る。「[一一]酔翁《すいをう》・狂客《きやうかく》、月に浮れて来たれり」と、舟中より声々に呼ばふ。あるじ思ひかけず、驚き喜びて、簾《すだれ》をまき塵《ちり》をはらふ。「園（家の）中に（畑に）芋あり、大角豆《ささげ》あり。鯉《こひ》・鮒《ふな》の切り目ただささぬこそいと興なけれ（切り目が手料理でぶざまなのは不快でしょうが）」と、岸上に（岸近くに）櫂《かい》をならべ筵《むしろ》をのべて宴を催す。月は待つほどもなくさし出で、湖上はなやかに照らす。かねて聞く、仲秋の望の日（満月の日に）、月浮御堂《うきみだう》にさし向ふを（正面に上るその下が）[一二]鏡山《かがみやま》といふとかや。今宵《こよひ》も、なほそのあたり（まだその位置は余り）遠からじと（違わないであろうと）、かの堂上の（浮御堂の上の）欄干《らんかん》によつて〔眺めると〕、[一三]三上《みかみ》・[一四]水茎《みづくき》の岡《をか》、南北に

＊落柿舎を出て湖南の地にもどっていた芭蕉は、義仲寺の無名庵《むみようあん》で仲秋の名月を賞し、翌十六夜《いざよい》には湖上を舟で堅田に至り、同地の門人竹内茂兵衛成《なり》秀《ひで》の家に遊んだ。この一篇は、その折の月見の逸興を記《しる》して成秀に与えたもので、師弟の親密な交遊のさまがうかがえ、心のなごむ思いがする。

五 陰暦八月十五夜の満月。昨夜の十五夜の月見の感興がまだ後を引いていて。（＊参照）

六 二三人の門人たちに励まされて。

七 滋賀県大津市堅田衣川町。琵琶湖の西岸。「堅田の落雁」は近江《おうみ》八景の一。浮御《うきみ》堂《どう》（満月寺）がある。

八 午後四時ごろ。

九 ＊参照。

一〇 家の裏側が湖岸に面していたもの。

一一 酒気を帯びた風雅な老人や風流な者ども。「酔翁」とは、欧陽修《おうようしゅう》の詩に「飲むこと少なくして輒《すなは》ち酔ふ。而《しか》して年また最も高し。故《ゆゑ》に自《みづか》ら号して酔翁といふなり。酔翁の意は、酒に在らずして、山水の間に在るなり。山水の楽しみ、これを心に得て、これを酒に寓《ぐう》するなり」（『古文真宝《こぶんしんぽう》』）とあるのにより、また「狂客」とは、李太白《りたいはく》の詩に「四明《しめい》に狂客あり、風流の賀季《がき》真《しん》」（『古文真宝』）とあるのによる。即ち、共に脱俗的な風雅・風流な隠士の意に用いたもの。

一二 一六五頁注二一参照。

一三 一六五頁注一四参照。

一四 滋賀県近江八幡《おうみはちまん》市の西の岡。

別れ、その間にして峰ひきはへ《連なって》、小山いただきを交《まじ》ゆ。とかく言ふほどに、[一]月三竿《さんかん》にして黒雲のうちに隠る。いづれか鏡山《かがみやま》といふことをわかず《見分けられない》。あるじの曰《いは》く、「[二]をりをり雲のかかるこそ」と、客をもてなす心いと切《せち》なり《切実である》。やがて月雲外《うんぐわい》に離れ出でて、[三]金風・銀波、千[四]体仏《たいぶつ》の光に映ず。かの「[五]かたぶく月の惜しきのみかは」と、京極[六]黄門《くわうもん》の嘆息のことばをとり《借り》、十六夜《いざよひ》の空を世の中にかけて《なぞらえて》、無常の観《世の中の無常を悟る手立てとするのも》のたよりとなすも、この堂に遊びてこそ。「[七]ふたたび恵心《ゑしん》の僧都《そうづ》の衣《ころも》をうるほすなれ」と言へば、あるじまた言ふ、「[八]興に乗じて来たれる客を、など興さめて帰さむや」と、もとの岸上に杯をあげて《岸近くで酒杯を傾けている間に》、月は横川《よかは》[九]に至らんとす。

[一〇]錠《ぢやう》明けて月さし入れよ浮《うき》御《み》堂《だう》　ばせを

[一一]やすやすと出でていざよふ月の雲　同

一　月が空高く上って。「三竿」とは竹竿《たけざお》三本の高さの意で、日の高く上ったのに言うのを月に転用した。
二　おりおり雲のかかる方がかえって月の趣が深い。西行《さいぎょう》の歌「なかなかに時々雲のかかるこそ月をもてなすかぎりなりけれ」（『山家集《さんか》』）を踏まえての言葉。
三　秋は木・火・土・金・水の五行《ごぎょう》説の金に当るところから秋風の異名。「銀波」に対応させて言った。
四　浮御堂《うきみどう》に安置する一千体の阿彌陀仏《あみだぶつ》。
五　藤原定家《ふじわらのていか》の歌「明けばまた秋の半ばも過ぎぬべしかたぶく月の惜しきのみかは」（『新勅撰集』）をさす。
六　京都の京極に邸宅のあった黄門（中納言《ちゅうなごん》の唐風《からふう》の名称）の意で、藤原定家（四六頁注八参照）のこと。
七　私もまた恵心僧都の涙を流して悲しまれたのと同じ気持になることだ。恵心僧都（天台宗の高僧）が琵《び》琶湖《わこ》を眺望して、満誓《まんせい》の歌「世の中を何にたとへん朝ぼらけ漕《こ》ぎ行く舟のあとの白波」に共感落涙したとの故事（『袋草紙《ふくろぞうし》』）をさす。
八　王子猷《おうしゆう》が戴安道《たいあんどう》を訪《たず》ねたが、「興に乗じて来たり、興尽きて帰る」と言って、会わずに帰ったとの故事（『蒙求《もうぎゅう》』）を踏まえる。
九　比叡山《ひえいざん》の奥で恵心僧都の恵心院のあった所。
一〇〈錠を明けて月光を堂内にさし入れよ。恵心僧都の建立《こんりゅう》した浮御堂の千体仏を一層輝かすように〉この句よりして四行目の記事は虚構の心象風景とわかる。
一一〈十六夜《いざよい》にも似ずやすやすと出て、出てから躊躇《ためら》うかのように月は雲から姿をなかなか見せない事よ〉。

三七、島田の時雨《しぐれ》

元禄四年十月下旬・四十八歳

ばせを

印

時雨いと侘《わび》しげに降り出ではべるまま、旅の一夜を求めて、炉に焼火《たきび》して濡《ぬ》れたる袂《たもと》をあぶり、湯を汲《く》みて口をうるほすに、あるじ一二情《なさけ》あるもてなしに、しばらく客愁《かくしう》の思ひ慰むに似たり。（旅の憂いが慰められる心地がした）暮れて燈火《ともしび》のもとにうちころび、一三矢立《やたて》取り出でて物など書き付くるを見て、「一四一言《ひとこと》の印《しるし》を残しはべれ」と、しきりに乞《こ》ひければ、

一五宿借りて名を名乗らする時雨かな

㊞

＊奥羽行脚《おうあんぎや》にと江戸深川《ふかがわ》の芭蕉庵を旅立って以来、実に二年半ぶりに芭蕉は再び江戸に向うことになる。この一篇は、その途次、東海道の島田の宿《しゆく》で、塚本孫兵衛（大井川の川庄屋《かわじようや》。蕉門俳人。俳号、如舟《じよしゆう》）宅に泊った折に執筆したもの。短篇ではあるが、旅情ゆたかな作品である。

一二 塚本孫兵衛。（＊参照）

一三 墨壺《すみつぼ》に、筆を入れる筒の付いた、携帯用の筆記具。（一〇八頁一行参照）

一四 何か一言、お泊り下さった記念に書き残して下さい。

一五〈宿を乞《こ》い求めて、門口《かどぐち》で大声に名を名乗らせる。そんなことを私にさせる俄《にわか》に降り出した時雨であるよ〉「宿借りて」とは、宿を借るとて、宿を借ろうとして、の意。「名を名乗らする」の主語は時雨。あわただしく降り出した時雨を、擬人化してユーモラスに表現し打ち興じた吟。

三八、雪の枯《かれ》尾《を》花《ばな》

元禄四年十一月上旬・四十八歳

世の中さだめがたくて、この[一]六年七年《むとせななとせ》がほどは旅寝がちにはべれども、多病くるしむにたへ、年ごろちなみ置きける旧友・門人の情《なさけ》忘れがたきままに、重ねて[二]武蔵野《むさしの》に帰りしころ、ひとびと日々[三]草扉《さうひ》を訪れはべるに、答へたる一句、

私は一所に定住することができなくて
多病の苦痛に堪え通して
長年の間したしんできた

[四]ともかくもならでや雪の枯尾花　　ばせを

＊元禄四年十月二十九日、久しぶりに江戸に帰着した芭蕉は、日本橋 橘《たちばな》町の彦右衛門所有の貸家に入った。そこで、江戸の旧友・門人たちは相次いで、その仮寓《かぐう》に芭蕉を見舞った。この一篇は、それに答えて執筆したもの。短篇ではあるが、貞享《じょうきょう》元年に『野ざらし紀行』の旅に出発して以来、『笈の小文《おいのこぶみ》』の旅、『おくのほそ道』の旅、上方《かみがた》（関西地方）滞在と、七年間にも及んだ旅寝がちの生活を、しみじみと追懐している。

一　＊参照。

二　武蔵の国江戸。風雅に「武蔵野」と言った。（＊参照）

三　草庵。橘町の仮寓（＊参照）。

四　〈枯れ果ててしまうことなく生き続けているのであろうか、あの雪に埋《うず》もれた枯尾花は。老齢多病の私もそのように、長い旅寝の生活を生き抜いて、今こうして皆様にお目にかかれることです〉「ともかくもならで」とは、なんともならないで、枯れてしまうこともなくて。「枯尾花」は枯れすすき。枯尾花に託して、不思議と死にもせず江戸に帰り得た自分のことを言って、挨拶《あいさつ》とした吟。

三九、栖《せい》去《きょ》の弁《べん》

元禄五年二月・四十九歳

栖去の弁　　ばせを

五ここかしこ浮かれ歩《あり》きて、六橘町《たちばなちやう》といふところに冬ごもりして、七睦月《むつき》・如月《きさらぎ》になりぬ。八風雅もよしや是までにして《俳諧もいっそのことこれで終りにして》、口を閉ぢむとす《句を作らないでおこう》れば《と思うと》、風情《ふぜい》胸中をさそひて《風雅の情が心をかき立てて》、物のちらめくや、九風雅の魔心なるべし。一〇なほ放下《はうか》して栖《すみか》を去り、腰にただ百銭をたくはへて《ほんの銭百文だけを》、一一拄杖《しゆぢやう》一鉢《いつぱつ》に命を結ぶ。なし得たり《徹底したものだ》、風情つひに《風雅追求の果て》菰《こも》をかぶらんとは《乞食行脚の境涯にまで至るとは》。

＊江戸に帰住して、橘町の仮寓で越年した芭蕉は、滔々《とうとう》として流行する江戸俳壇の営利的な点取俳諧《てんとりはいかい》(解説参照)との違和感に悩まされる。彼がそのように商業化した俳諧を如何《いか》に苦々しく感じていたかは、「四〇、浜田珍碩《ちんせき》宛書簡」「四一、菅沼曲水《すがぬまきよくすい》(定常)宛書簡」「四三、向井去来《きよらい》(平次郎)宛書簡」などに詳しい。この一篇は、そのように堕落した江戸俳壇に身を置くことによって、かえって痛切に自覚した自己の俳諧の本質を表白したもので、彼はそれを「風雅の魔心」と称する。(二〇四頁＊参照)

五 過去七年間の旅寝がちの生活をさす。(二〇四頁＊参照)

六 二〇四頁＊参照。

七 陰暦の正月・二月。

八 営利に狂奔する俗俳と等し並みに俳人と呼ばれることを潔しとせぬ芭蕉の誇りと、点取俳諧の流行によって無惨にも冒瀆《ぼうとく》される風雅への痛切な哀惜の情とが、思い余って吐かせた言葉。(＊参照)

九 不可思議な力で自分の心をとらえて離さぬ切実な風雅心を名付けたもの。白楽天の「詩魔」なる詩語(『白氏文集《はくしもんじゆう》』)に暗示を得ての造語。(＊参照)

一〇 再び万事を放擲《ほうてき》して住居を去り。以下は、橘町に俗俳と軒を並べて住むことを嫌悪《けんお》し、再び旅寝の境涯を望むことを言った。

一一 托鉢僧《たくはつそう》のように乞食行脚《こじきあんぎや》の境涯に入りたい。「拄杖」とは僧の用いる杖。「鉢」とは托鉢用の鉄鉢《てつばつ》。

* この一書は、橘《たちばな》町の仮寓《かぐう》の芭蕉が、近江《おうみ》の門人珍碩（一六四頁*参照）に宛てた返書であるが、営利的な点取俳諧《てんとりはいかい》（解説参照）の盛行する江戸俳壇の堕落ぶりに較べて、上方《かみがた》（関西地方）の門人たちが芭蕉の俳風を継承し精進しているのを賞揚している点、特に注目される。

四〇、浜田珍碩《ちんせき》宛書簡

元禄五年二月十八日・四十九歳

二月三日の貴墨《お手紙》、十五日相達し、年始御ことぶきの事ども珍重《御祝辞などを頂きおめでとう存じます》。いよいよ御眼病快然《快復》のよし、さてさて過ぎざることに《まことに何よりも結構と存じます》候《さうらふ》。さりながら、春気にはのぼり申す時分にて御座候《春の陽気にはのぼせて眼病に悪い時候でございますから》あひだ、この節《せつ》、御心にて《用心して》御養生、食事大喰《たいしょく》御用捨《お控え》なさるべく候。拙者も先づは無事に罷《まか》り在り候へども、をりをり持病疝気《せんき》[一]おとづれ、迷惑《困惑》致し候へども、臥《ふ》せり申すほどの事は御座なく候。そこもと《あなたの》二つ物[二]のこと《批評》は、乙州《おとくに》[三]飛脚の便《びん》に書状進じ候。もはや相届き申すべく候へば、ここにて《この手紙には》申すまじく候へども、かへすがへす感吟少なからず候《つくづく拝見するに秀逸の句が少なくありません》。いよいよ御志御失ひなく御つつしみ《御自重なさって》、御修行ごもつともに《とりわけ御大切と》存じ候。且つまた、其角《きかく》[四]三つ

一 腸や下腹部の内臓の痛む病気の漢方名。芭蕉は胃腸や痔《じ》の持病があった（一八〇頁三行参照）。
二 一七三頁注六参照。
三 一七七頁注九参照。
四 二一一頁注九参照。
五 一七二頁注一参照。
六 当時は尊敬の意を伴う二人称の代名詞として「貴

物、京・大津《京都・大津の俳壇》驚き入り候よし、大慶に存じ候。もつとも、よく出来候へば、いづれも《誰であろうと》感心、ことわり《当然のことと》と存じ候。五去来《きよらい》三つ物、ことのほかよろしく、六貴様・去来二つにて色をあげ《二篇の作で風格をあげました》候。七愚案手ざはりよく写し候と、別して《格別》大悦《たいえつ》に存じ候。八愚句歳旦《私の歳旦句を》、九おのおの御褒美《ごほうび》のよし、満足せられ《満足に存じます》候。一〇ここも門人、いづれもいづれも驚感の旨《ひどく感動した旨》申し候。そのほかの沙汰《さた》《評判》、とかく御座無く候。一一この地、点取俳諧《てんとりはいかい》、家々町々に満ち満ち、一二点者《てんじや》ども忙しがる体《てい》に聞え候。その風体《ふうてい》は御察しなさるべく《作風の堕落ぶりはお察し下さい》候。言へば是非の沙汰に落ち候へば《口出しすれば非難の言葉となってしまうので》、よろづ《何事も》聞かぬふり見ぬふりにて罷り在り候。その中に、ひとりまぎれぬ者は《点取に毒されぬ者は》、其角ばかりにて候。

二月十八日　　ばせを

珍《ちん》碩《せき》様

一三貞春《ていしゆん》様御無事の由めでたく、一四あねご様・一五林甫丈《りんぽちやう》、一六御言伝《おんことづて》申し上げ候。

様」を用いた（一〇〇頁三行・一七一頁五行参照）。
珍碩をさす。

七 私の考案している俳風を、よく会得し発揮しているものだと。当時、芭蕉の考案する俳風が「新しみ」「軽み」であったことは、「四三、向井去来《むかいきよらい》（平次郎）宛書簡」の二一六頁一二行の記事などで明白であり、珍碩が曲水《きよくすい》と共に、元禄三年の春以来その芭蕉の俳風に忠実に随順する門人として期待されていたことは既に述べた（一六四頁＊参照）。

八 この年の芭蕉の歳旦吟「人も見ぬ春や鏡の裏の梅」をさす。

九 近江蕉門の人々が賞讃《しょうさん》したよし。（二〇八頁八行参照）

一〇 江戸の。

一一 以下は、江戸の営利的な点取俳諧の盛行のさまを慨嘆した言葉。（二〇五頁＊・前頁＊参照）

一二 点者どもは忙しそうにしている様子に見えます。「点者」とは、点取俳諧の作品に評点を付けることを専ら《もっぱ》仕事としている俳諧宗匠。作品を募集して評点を付けることは宗匠の収益となるので、「忙しがる体」とは、点者どもが商売の繁昌《はんじょう》を喜び、利益追求に狂奔しているさまを、非難と侮蔑《ぶべつ》とを込めて言ったもの。

一三 珍碩の母の法名（在家の尼）か。

一四 珍碩の姉。「ご」は尊敬の接尾辞。

一五 珍碩の叔父。「丈」は尊敬の接尾辞。

一六 よろしく申し上げて下さい。

＊この一書は、「四〇、浜田珍碩《ちんせき》宛書簡」と同日の執筆で、その内容にも関連する記事が見えるが、特に注目すべきは、世上の俳諧に携わる者の態度を三等級に分類して論じ、営利的な点取俳諧《てんとりはいかい》者流（解説参照）を最下位に、慰みの遊戯として嗜《たしな》む者を中位に、修行道として精進する者を最上位に位置付けている点である。後人はこの芭蕉の言葉を、「芭蕉翁三等の文」「風雅三等の文」などと称して尊重した。芭蕉の高潔な俳諧精神の窺《うかが》える貴重な記録である。曲水（一六六頁注八参照）は珍碩と同じく膳《ぜ》所《ぜ》在住の近江《おうみ》蕉門。

四一、菅沼曲水《すがぬまきよくすい》（定常）宛書簡

元禄五年二月十八日・四十九歳

二月十八日

こなたよりも愚墨進覧のところ《手紙を差し上げましたところ》、そこもとよりも《あなたからも》御《ご》音問《いんもん》に預かり《お手紙を頂き》かたじけなく、御対顔の心地《ここち》にて拝見仕《つかまつ》り候《さうらふ》。いよいよ御堅固に《お達者で》御座なされ候旨、千万めでたく存じ奉り候。

[一]竹助殿御沙汰《ごさた》、いづれの御状にも仰せ下されず候。御成人わるさ《成長してわんぱくが》日々につのり申す《日ごとに盛んになっていることと》べくと存じ奉り候。[二]御歳旦三つ物のこと《批評》は先書につぶさに《詳細に》申し上げ候。[三]愚句御感心のよし、[四]珍碩《ちんせき》より告げられ候。年々は《例年は》口にまかせ心に浮ぶばかりに申し捨て候へども《気軽に詠んで済ませましたが》、[五]もはやこれを歳旦の名残《なごり》にもやなど存じ候て《作り納めとすることにもなるかと思って》、少しは精を出だし候ところ、御

一　曲水の息子。元禄十年に夭死《ようし》する。
二　曲水の三つ物の歳旦吟。（一七三頁注六参照）
三　二〇七頁四行〜五行参照。
四　一六四頁＊参照。
五　既に何回か持病に苦しみ健康の不調を訴える記事が見られたが、ここの言葉によって、甚《はなは》だしい体力の衰えを自覚し、余命の長からぬを覚悟するに至ったことが知られる。
六　幻住庵の屋根を葺《ふ》き改めるように御下命の御予定とのよし。「二一八、幻住庵の記」によると、幻住庵は

耳にとまり候へば甲斐《かひ》ある心地せられて、よろこびに堪へず候。

一、[六]幻住庵上葺《げんぢゆうあんじやうしふ》仰せ付けられ候はんよし、珍重《よろこばしく》に存じ奉り候。浮世《俗世間》の沙汰少しも《少しでも》遠きは[七]この山のみと、をりをりの寝ざめ忘れがたく候《寝ざめ時に恋しく思い出します》。露命にかかり候はば《はかない命を長らえ得ましたら》、再び薄雪のあけぼのなど存ぜられ候《薄雪の置いたあけぼのの庵の風景を見たいと思います》。

一、風雅の道筋《俳諧に携わる者の態度は》、おほかた世上三等に相見え候《三等級に分類できます》。[八]点取に昼夜を尽し《昼も夜も熱中し》、勝負を争ひ、[九]道を見ずして走り廻《まは》る者あり。かれら風雅のうろたへ者に似申し候へども《俳諧の正道を見失ってうろたえている者のようだが》、[一〇]点者《てんじや》の妻子腹をふくらかし、[一一]店主《たなぬし》の金箱《かねばこ》を賑《にぎ》はし候へば、[一二]ひが事せんにはまさりたるべし。

また、その身富貴《ふつき》にして、[一三]目に立つ慰みは世上をはばかり、人ごと言はんにはしかじと、日夜二巻《ふたまき》・三巻《みまき》点取り《句の得点を競い》、勝ちたる者も誇らず、負けたる者もしひて《決して》怒らず、「いざ、ま一巻」など《もう一巻勝負しよう》、また取り掛り、[一四]線香五分《ごぶ》の間に工夫をめぐらし、[一五]こと終つて即点など興ずる事ども、ひとへに《まったく》少年の[一六]読みがるたに等し。さ

相当に老朽した建物であった（一六六頁八行参照）。

七　幻住庵のある国分山《こくぶやま》。（一六六頁二行参照）

八　点取俳諧。（二〇七頁注一二・解説参照）

九　俳諧に携わる者としての正しい態度を反省してみることもなく、あちこちの点取俳諧の席を走り廻って点取競争に熱中する者がある。

一〇　彼らのお蔭《かげ》で、点者の妻子は豊かな生活を営めることになり。（二〇七頁注一二参照）

一一　その家主にも、収益増加で、金をもうけさせてやることになるのであるから。

一二　悪事を働くよりはましであろう。この一句は、最下位のものとして唾棄《だき》すべき点取俳諧を、痛烈に皮肉っている。

一三　賭事《かけごと》や遊蕩《ゆうとう》などの道楽は世間体《せけんてい》をはばかることであり、他人の陰口を言ったりするよりは俳諧を嗜む方がよいと。当時、遊戯俳諧の一徳として、このような考えが一般化していた。

一四　線香が五分《ごぶ》（約一・五センチメートル）燃える間に一巻を完成する速吟連句。（一九四頁五行参照）

一五　一巻を完成すると即座に点を付けてもらって、その得点の多寡《たか》を競い合って興じるようなところは。

一六　現在のトランプの「ダウト」に似た技法の遊び。四十八枚が一揃《そろ》いのカルタから、赤札十二枚を除いた上で、鬼札一枚を加え、合計三十七枚の札を配り、各自が配られた手持の札を次々と打って、早く打ち終って手持札の無くなった者を勝とするカルタ遊戯。

れども、料理をととのへ、酒を飽くまでにして《十分に用意して》、貧なる者を助け《貧乏な俳諧仲間を供応し》、点者を肥えしむること《点者に金をもうけさせてやることは》、[一]これまた道の建立《こんりふ》の一筋なるべきか。

△[二]また、[三]志を勤め情《じやう》を慰め、あながちに他の是非をとらず《むやみに他人の是非善悪の評を気にすることなく》、[四]これより実《まこと》の道にも入るべき器《うつは》など、はるかに[五]定家《ていか》の骨《こつ》をさぐり、[六]西行《さいぎやう》の筋をたどり、[七]楽天《らくてん》が腸《はらわた》を洗ひ、[八]杜子《とし》が方寸《はうすん》に入るやから、わづかに[九]都鄙《とひ》かぞへて十《とを》の指伏《ふ》さず。君も則《すなは》ち[一〇]この十の指たるべし。よくよく御つつしみ《御自重なさって》、御修行ごもつともに《とりわけ御大切と》存じ奉り候。

一、[一一]路通《ろつう》ことは、[一二]大坂《おほざか》にて[一三]還俗《げんぞく》致したるものと推量致し候。その志三年以前より見え来たることに候へば、驚くにたらず候。とても西行・[一四]能因《のういん》がまねは成り申すまじく候へば、平生《へいぜい》の人《凡俗の人》にて御座候。常の人常の事をなすに、何の不審か御座有るべきや。拙者においては、[一五]不通仕《つかまつ》るまじく候。俗《俗人》に成りてなりとも、風《俳諧》

一　これもまた、正しい俳諧道《はいかいどう》を打ち建てる一助ともなるであろうか。最下位に評価した点取俳諧と同様の形式の俳諧であるが、営利・射幸を意図したものでなく、慰みとして興ずる遊戯である点に、低次元ながら打算的な俗情を超えた風雅の境地に通ずる性格のあることを認めての言葉で、これを三等級の中の中位に評価した次第。

二　以下に三等級の中の最上位としての理想の俳諧道を説くに当り、強調のために記した印《しるし》。

三　不動の志を立てて俳諧道に精進し、もっぱら句を詠《よ》むことによって情を慰め。

四　この俳諧道から仏道にも入り得る可能性があるのだと。「器」とは、器量・徳能・能力のあるもの、の意。中世の歌道においては、歌道を極《きわ》めれば仏道の悟りに達するとの観念があり、『正徹《しょうてつ》物語』などには、俊成卿《しゅんぜいきょう》や定家《ていか》卿が住吉大社に参籠して、明神から「和歌・仏道、全く二なし」などと告げられたとの故事を載せる。ここは、そのような伝統的観念に基づき、俳諧道もまた歌道に同じとの意識から言ったもの。

五　定家の歌の精髄を探求し。（四六頁注八参照）

六　西行の歌の風雅の伝統を継承し。（四六頁注九参照）

七　白《はく》楽天（唐の詩人）の詩の本領を見きわめ。（一六九頁注三〇参照）

八　杜甫《とほ》（「子」は尊敬の接尾辞）の詩の精神を会得

雅の助けになり候はんは《を興隆する一助になるのであれば》、昔の乞食《こつじき》より《こじき》まさり申すべく候。

曲《きよく》水《すい》様　　　　ばせを

する者。(四六頁注七参照)

九 都会も田舎《いなか》も通じて、指折りかぞえるに十人とはいない。芭蕉は、俳諧も定家・西行・白楽天・杜甫などの風雅の伝統を継承すべきもの、との信念を持っていた(四六頁一一行〜一二行・六二頁一〇行〜六三頁二行・一六九頁一三行〜一七〇頁一行参照)。

一〇 数少ない十人の中の一人でありましょう。

一一 一五六頁注五参照。

一二 八五頁注一一参照。

一三 僧籍にあった者が俗人にかえること。

一四 平安時代中期の歌人。西行と共に脱俗の歌僧として列挙した。

一五 絶交。ここでは師弟の間柄であるから、実質的には破門の意となる。敢て破門せぬところに、中位の俳人の価値も、それなりに認める芭蕉の態度がうかがえる。

四二、窪田《くぼた》意専《いせん》（惣七郎《そうしちらう》）宛書簡

元禄五年三月二十三日・四十九歳

いよいよ御無事に御入り《ご無事でいらっしゃって》、御《ご》一家《いっけ》何事無く候や《お変りございませんか》。[一]御痛み心もとなく存じ候《さうらふ》。拙者も[二]持病持病と申しながら、[三]年光《ねんくわう》既に[四]彌生《やよひ》の末に成り行き候。[五]花《桜花》もいたづらに散り果て、[六]公辺《こうへん》の花、[七]名利《みやうり》の客のみ騒ぎののしりて心得ず候ゆゑ、しかじか花にも《花見らしい花見にも》出で申さず候。[八]葎《むぐら》の内、畠の畝《うね》の一重桜に[九]張物の細引《ほそびき》結《ゆ》ひたる萱《かや》が軒端《のきば》の倒れかかりたるに《倒れかけた家に居るので》、[一〇]刈《かり》葱《ぎ》の酢味噌《すみそ》、躑躅《つつじ》の浸《ひた》し物《もの》先づ思ひ出でられ、[一一]京屋《きやうや》が句に案じ入りたる重き顔つき、[一二]土芳《どはう》が軽口《かろくち》、なつかしきものの初めにて候。[一三]次郎兵衛殿、頃日《けいじつ》俳諧召され候よし珍重珍重《このごろ俳諧を始められたそうで結構です》、さめぬうち心もとなく《が一時の思いつきかと》存じ候。[一四]発句《ほつく》も候はば、御書き付け御越しなさるべく候。

＊この一書は、橘《たちばな》町の仮寓《かぐう》の芭蕉が、伊賀の門人意専に宛てた返書であるが、名利《みやうり》の地である江戸の花見に興ざめし、しきりに故郷伊賀を懐《なつ》かしんでいるのが注目される。意専は前号猿雖《えんすい》で、通称は略して惣七とも言う（二〇二頁注一参照）。内《うちの》神屋《かみや》と号する商人俳人であるが、伊賀蕉門の古参で芭蕉の信頼あつく、土芳《とはう》（二〇〇頁注六参照）とも親交あり、その著『三冊子《さんぞうし》』の草稿を最初に書写して伝えたのも彼であった。

一 意専からの手紙に病苦の旨を報じてあったのに対する見舞の言葉。

二 二〇八頁注五参照。

三 年月。

四 陰暦三月。「彌生の末」は晩春の候に当る。

五 ついに花見心を催さぬうちに散ってしまったことを言う。

六 花の名所として公認されている江戸の上野《うえの》・谷中《やなか》（一〇七頁四行参照）などの桜花。

七 名声と利益とのことしか考えぬ俗悪な江戸人が、風流な花見客ぶって騒ぎ立てて不快ですので。芭蕉は江戸を第二の故郷として懐かしむ（二四頁六行参照）が、その半面、名利の地としての江戸には、深川隠栖《ふかがわいんせい》以来嫌悪感《けんおかん》を持っていた（「一、柴《しば》の戸《と》」参照）。

八 雑草の生《お》い茂った中で。以下は、橘町の粗末な仮寓の情況を報じたもので、それより連想して、山中の

三月二十三日　　ばせを

意専様

田舎《いなか》である故郷伊賀への郷愁が述べられて行く。

九 広場に細引縄《ほそびきなわ》を引き渡し、伸子張《しんしばり》を使って、洗濯《せんたく》し糊《のり》づけした布や染めた布の皺《しわ》をのばして乾《かわ》かす装置。

一〇 夏葱《なつねぎ》の酢味噌あえ、湯通しした躑躅の花の浸し物。共に故郷の伊賀で食べた料理。

一一 京屋権右衛門。俳号、一桐。伊賀蕉門の商人俳人。「重き顔つき」とは、真剣に苦吟している表情をユーモラスに表現して、次の「軽口」に対応させた。（一六〇頁一二行参照）

一二 一〇〇頁注六参照。「軽口」とは、軽妙でしゃれた句の詠《よ》みざま。

一三 伊賀の初心の俳人と思われるが不詳。同名の者としては、芭蕉と親密な間柄であった寿貞《じゅてい》（二四〇頁注三参照）の息子と武家俳人の小川風麦《ふうばく》（二四三頁注一〇参照）とが知られているが、前者は当時江戸に来ており、後者は既に知名の俳人で、共にこの場合は該当しない。おそらく意専の身内の者であろう。

一四 次郎兵衛の詠んだ発句。

四三、向井《むかゐ》去来《きよらい》（平次郎）宛書簡

元禄五年五月七日・四十九歳

一去日芳翰《はうかん》両度、このうち内記《ないき》殿《どの》御下《くだ》り、其角《きかく》まで御届け、〔内記殿には〕いまだ御《ぎよ》意《い》を得ず、御宿も存ぜず候《さうらふ》。〔内記殿は〕ゆるゆる御滞留なさるべく候あひだ、そのうち御目にかかるべく候。いよいよ御無事に、二元端老《げんたんらう》御一家《いつけ》共に、別条御座無く申し候や。ここもと相変る儀も御座無く候。少々この方より御無音《ごぶいん》のかたに御座候《ごぶさた気味でした》。心底には日々書状相ととのへ中すべく《心の内では毎日手紙を差し上げなければならぬ》と存じながら《と思っておりながら》、人に紛らされ候て延引に罷《まか》り過ぎ候。さてさて御なつかしく、「三なくてぞ人は」と詠《よ》みけむ、別れて人は恋しとこそ存ずるにて候へ。

一、四先書《せんしよ》、五史邦《ふみくに》こと委細に仰せ聞けられ候。〔辞職は〕奉公人の常、もつとも《とりわけ》

＊この一書は、橘《たちばな》町の仮寓《かぐう》の芭蕉が、京都の門人去来（一七二頁注一参照）に宛てた返書であるが、点取俳諧《てんとりはいかい》（解説参照）流行の江戸を見限って、他国にと志したのを江戸の門人たちが察知して、引き止めるべく深川《ふかがわ》に草庵を新築したので、近日に移転の予定であることや、京都の門人史邦《ふみくに》（一九二頁注五参照）が事情あって辞職したのに対する配慮など、当時の芭蕉や門人たちの諸種の情況を豊富に伝える貴重な書簡である。なお、元禄三年以降に顕著な「軽み」の新風（二九、此《し》筋《きん》・千川《せんせん》宛書簡」参照）に関する言葉の見えるのも、特に注目すべき点である。

一 先日は御手紙を二度頂きましたが、その二通のうち内記殿の江戸下向に託して下さった一通は、其角（二二頁注九参照）の宅まで御届け下さって拝見、但し内記殿にはまだ御目にかかれず、その御宿もどこか知らずに居ります。「内記」とは、中務《なかつかさ》省の官人で、去来の兄（注二参照）の関係での知人と思われる。

二 元端様も、あなた（去来）の御一家も共に。「元端」とは、去来の兄。宮中に出仕の儒医。「老」は尊敬の接尾辞。（一八六頁八行参照）

三 古歌に「ある時はありのすさびに憎かりきなくてぞ人は恋しかりける」と詠んでいるが、そのように私も。

四 二度の手紙（注一参照）のうち先着の一通。

武士の覚悟《覚悟すべきこと》にて御座候へば、驚くべき事にはあらず候へども、後[六]の御状にこのこと御座無く候あひだ、少々こと静まり候やと推察候。

去歳《去年》、人々[七]とりこみ、板木《はんぎ》・三つ物などとて少しは騒ぎ過《すご》され候へば、佞者《ねいしゃ》のにくみたるべく候。もつとも、これまた世の常にて御座候。なにさま《もちろん》、かやうのところも存ぜざるにはあらず、随分他のまじはり御やめ、是非[八]貪着《とんぢゃく》これ無きやうに、まことに忍び忍び御修行あれかしと存じたることに御座候。

拙者などながながと《〔史邦宅に〕》逗留《とうりう》、これまた史邦子《ふみくにし》ために[九]は大害の御事どもに存じ候。もし静まり候はば、いよいよ張り合ひにならざ《一層あなたも史邦と俳諧の競い合いにな》るやうに《らないように》、少しは御遠慮の体《てい》然るべく候。破れて《〔史邦が〕》御退《おんの》き《辞職》候段、是非無きことに候《やむをえないことであります》。すなはち人の平生《人生とは》かくのごとくに御座候。

[一〇]近き便《びん》、今一左右《いっさう》つぶさに承りたく存じ候。

一、団水《だんすい》[一一]こと、貴宅へ参り候よし、そのままになさるべく候《相手にしないで無関心でいなさい》。定め

五 史邦が辞職するに至った事情については詳細に拝承いたしました。（一九二頁注五参照）

六 二度の手紙（前頁注一参照）のうち後着の一通。

七 史邦の所へ大勢の者が押しかけ、俳書出版や歳旦の三つ物（一七三頁注六参照）などの事で少しばかり騒ぎ過ぎましたから、心のよこしまな者のにくしみを買ったのでありましょう。史邦の辞職するに至った原因を推測しての言葉。

八 決して俳諧に執着《しゅうじゃく》し過ぎることの無いように用心して。

九 自分（芭蕉）が史邦宅に滞在したことも、史邦を辞職に追い込んだ事件の一因であるかと推測しての言葉。

一〇 近日中に御手紙で、更に事の次第を詳細に知らせて頂きたく存じます。

一一 北条《ほうじょう》氏。西鶴《さいかく》門下の俳諧師。当時、京都に在住。

て是非《救い難い》の凡俗たるべく候。

一、加賀句《く》空《くう》[一]上京、すなはち《早速》御会ひなされ候よしにて、半歌仙《はんかせん》[二]遣はされ候。別に悪《あ》しき所も見え申さず候。相手業《あひてわざ》[三]にて候へば、[四]この位もつともたるべく《この程度のできばえが当然でありましょう》候。「雉子《きじ》[五]ほろろ」感心申し候。

一、珍碩《ちんせき》[六]のぼり《〔京都に〕》候とて、好春亭《かうしゆんてい》[七]へ御同道、一順、これまた一覧を遂げ候《その作品も一通り拝見し終りました》。なにさま《いかにも》珍碩め[八]作者《有能な俳人》にて御座候。随分に何事にても御知らせなさるべく《御知らせ頂きたく存じます》候。面上談話[九]の心にて、芳志・寸志、露命の楽しみ、過ぐるもの御座無く候。

一、[一〇]この方俳諧《はいかい》の体《てい》、屋敷町・裏屋・背戸屋[一一]・辻番《辻番所》・寺かた《寺院関係》まで、点取《点取俳諧》はやり候。もつとも点者《てんじや》[一二]どものためには、よろこびにて御座有るべく候へども、さてさて浅ましく成り下がり候《あきれるほど堕落しております》。なかなか《とてもとても》「新しみ」[一三]など「かろみ」《軽み》の詮議《せんぎ》思ひもよらず、随分耳に立つこと《耳ざわりな表現》、[一四]むつかしき手帳《入り組んだ奇警な趣向の句》をこしらへ、「磔《はりつけ》」「獄門」巻々《まきまき》に言ひ散らし、或《ある》は古き姿に手重く《古風な表現で類型的で》、句作り一円きかれぬことにて《全く納得できない次第であります》御

一 加賀の国金沢の俳人。芭蕉が奥羽《おうう》行脚《あんぎや》で金沢に来訪した折、蕉門に入る。

二 句空から、その折に詠《よ》んだ半歌仙の作品を送って参りました。「半歌仙」とは、三十六句続ける歌仙形式の連句の、前半十八句だけの作品を言う。

三 連句は複数の連衆《れんじゆう》による合作で、相手次第でできばえが左右されるものでありますから。この折の半歌仙は、去来と句空との二人を連衆とする両吟。

四 句空の力量が、去来に遠く及ばないことを見ての言葉。

五 去来の発句《ほつく》「滝壺《たきつぼ》もひしげと雉子《きじ》のほろろかな」をさす。

六 「二一七、洒落堂《しやらくだう》の記」「四〇、浜田珍碩宛書簡」参照。

七 好春亭へあなた（去来）が珍碩を御同道になり、一順の連句を詠まれた。「好春亭」とは、貞門（一九頁注八参照）流の俳人坂上好春の宅で、京都の去来宅近くにあった。且つ、好春は他流派であるが、芭蕉・去来らと旧知の仲であった。「一順」とは、連句の連衆が一わたり一句宛詠み終った作品。従って、仮りに五人の連衆であれば、発句から五句目までの連句作品。

八 「め」とは、珍碩に対する親愛感を表明した接尾辞。

九 まるで御目にかかって話しているような心地がするので、御親切な御手紙や一寸《ちよつと》した御便りを頂くこと

座候。愚案[一五]この節、巻きてふところにすべし。予が手筋《手法》かくのごとしなど顕《あらは》し候はば、もつとも荷担の者少々一統致すべく《それでもなお賛同する者が少々は結集して来ましょう》、然らば却《かへ》つて門人どもの害にもなり、沙汰《さた》《世評》もいかがに料簡《れうけん》致し候へば《案じますので》、余所《よそ》に目を眠り居り申し候《全く俳壇には無関心なふりをして居ります》。その中にも、其角《きかく》[一六]は紛れず居り申し候《点取俳諧に毒されずに居ります》。これも世上をにくみ候て《点取流行の世情をにくんで》、当年はしひて《あえて》俳諧・発句《ほつく》致さず候。愚老へ深切に相勤め候《私に真心こめて仕えてくれます》。前々よりは年もかさなり候ゆゑか、よろづおとなしく《万事にわたって温厚篤実で》、大悦《たいえつ》に存じ候。嵐雪《らんせつ》[一七]もつとも無為《ぶゐ》なる者にて候ゆゑ《成り行きまかせの者ですので》、前々と相変らず相勤め候《句作に励んで居ります》。

一、愚老住所、内々申し進じ候通り、橘町《たちばなちやう》[一八]と申して、浜丁《はまちやう》にて越《ゑち》[一九]前殿《ぜんどの》上がり屋敷の跡新地、江戸はづれながら江戸なか遠くもあらず候。人の住み捨てし《住んでいた後の》明店《あきだな》《明き家》、勝手よろしきやうに調度までしたため置き候へば《家具類までそろえてあるので》、霜月《しもつき》[二〇]・師走《しはす》、壁一枚ぬることもならざる時節ゆゑ、年明け候はば早々いづかたになりとも小庵結び候て、

は、はかない寿命ものびる思いがするほどの楽しみで、これ以上の楽しみは外にございません。
一〇 当方江戸の俳諧の情況は。以下の江戸俳壇の現状に対する慨嘆は、「四〇、浜田珍碩宛書簡」の文（二〇七頁六行〜一〇行参照）と一致し、江戸に帰って以来、芭蕉の胸を去らぬ苦い思いである。（二〇五頁＊参照）
一一 他の家の裏側に建ててある家。
一二 二〇七頁注一二参照。
一三 「一九、此筋《しきん》・千川《せんせん》宛書簡」参照。
一四 奇警・奇抜な趣向をこらし、作為の目立つ作品を、「手帳俳諧」または単に「手帳」と称した。
一五 私の志向する俳風（「新しみ」「軽み」）はこの際、伏せて胸中に秘めて置こうと思います。
一六 二一一頁注九・二〇七頁九行〜一〇行参照。
一七 五六頁注四参照。
一八 二〇四頁＊参照。
一九 松平越前守《まつだいらえちぜんのかみ》殿の江戸屋敷が幕府に没収された跡地に、新たに作られた町。「上がり」とは、幕府が召し上げること。
二〇 陰暦十一月・十二月。

引き籠《こも》り候までの足休めと存じ候て、越年《をつねん》までの心にて御座候へども、[一]少々江戸筋へ出で候を人も不審がり候体《てい》候。常人《凡俗の者》の目の付けどころ、をかしく浅ましく候《ばかばかしくあきれ果てたものです》。それゆゑ、却《かへ》つて《意地になって》当五月まで、そのまま住居致し候。幸ひと[二]桃隣《たうりん》など、人にちなみのため《人々とゆかりを持ったため》、[三]かたがた以《もつ》てうるさき所に、ながなが居り申し候。やうやう《だんだんと》暑さに向ひ、うつとしく候あひだ、近国遊山《ゆさん》にと心がけ候を、ほのかに[四]杉風《さんぷう》・[五]濁子《ぢよくし》、そのほか[六]枳風《きふう》・[七]李下《りか》、深川《ふかがは》の者どもなど[八]見とがめ候て、[九]卯月《うづき》初めより深川に草庵とりかかり《草庵の建築に》、頃日《けいじつ》《最近》既に成就候。九日・十日の内に《あと九日か十日の内に》移り申し候。[一〇]跡の店《たな》には桃隣を残し候。是非もなき《すくいがたい》汚泥《をでい》の中に落ち入りて、[一一]名利《みやうり》の点者《てんじや》となり果て候はんも不便《ふびん》《哀れ》ながら、先づ我ら[一二]召しつれ候者とて、[一三]其角《きかく》など連《れん》衆《じゆう》残らず取り持ち《世話をやき》、目をかけ候て、跡に残し候ほどには仕寄せ候へば《跡に残して心配ない程度には手立てをして置いたので》、愚眼よりは《私の気持としては》不便に存じ候へども、ぬしは本懐の体に《桃隣自身は本望達成の様子で》よろこぶ気色にて御座候。[一四]そのひろめに、集も夏秋かけてと存

一 かつて住んでいた深川《ふかがわ》の芭蕉庵より、少々江戸市中寄りの橘《たちばな》町に寓居《ぐうきょ》したのを、人々はいぶかしがっている様子であります。行脚《あんぎゃ》・隠栖《いんせい》の俳人とばかり思っていた芭蕉が、橘町などに寓居したので、市中の職業俳人どもが、点取《てんとり》俳諧《はいかい》営業の強敵出現かと猜疑《さいぎ》し、警戒の姿勢を示したことを言う。

二 天野勘兵衛。芭蕉の縁者で、芭蕉に随行して江戸に出て、橘町の仮寓に同居していた俳人。

三 それやこれやで。芭蕉自身が意地になっていることと、桃隣の都合との二つの事情をさす。

四 一〇六頁注一〇参照。

五 中川甚五兵衛。大垣藩士。大垣蕉門の一人。当時江戸在勤。

六 江戸蕉門の一人。

七 江戸蕉門の一人。(一六〇頁注三参照)

八 芭蕉に江戸を離れようとする心の兆《きざ》していることを察知したこと。

九 陰暦四月。

一〇 今まで住んでいた橘町の借家。

一一 名声や利益を求めて狂奔する点者。(二〇七頁注一一参照)

一二 注二参照。

一三 二一頁注九参照。

一四 俳諧宗匠として独立した披露《ひろう》に、撰集も夏から秋

にかけての間に出版させてやりたい、と考えております。

一五 松倉盛教《もりのり》。江戸蕉門の一人で、芭蕉の信頼が厚かった。

一六 各務《かがみ》氏。俳号、支考《しこう》。「盤子」はその別号。美濃《みの》蕉門の一人で、芭蕉没後に美濃派の一風を興す。前年に芭蕉に随行して江戸に出て、更に奥羽《おうう》へと旅立った。

一七「こいつ」とは、放埒《ほうらつ》だが愛すべき点のある男として、盤子（支考）に対する親愛感を込めて用いた言葉。

一八 旅に出たまま帰って来ないのも、無理もないことです。

一九 京都島原の遊女が歌い始めて、当時流行した小唄《こうた》の一種。

二〇 史邦が辞職するに至った件が、どのように落着したか、至急お知らせ下さい。二一五頁一三行の言葉の繰り返しで、芭蕉が如何《いか》に史邦の身の上を案じているかが察せられる。

ずるにて御座候。〔桃隣は〕若輩より我ら存知《ぞんぢ》の者にて、うつけぬ者《おろかでない者》にて御座候へども、ひさびさ離別《長い間はなれていたので》、いかなる心入れにやと《考えているのかと》予《かね》ては存じ候へども、さてさて見事なるやつ《見上げたやつ》にて、病養の手助け《私の病気養生の手助け》、朝暮の働き《家事の処理》、残るところも御座無く、それゆゑ其角も情深く存じ、もつとも《とりわけ》杉風・[一五]嵐蘭《らんらん》ごときの者も褒美《ほうび》致し候《賞讃します》。なるほど《この様子なら》跡に残し候ても気遣ひ御座無く候。

[一六]盤子《ばんし》は二月初めに奥州へ下《くだ》り候。いまだ帰り申さず候。こいつ[一七]は役に立つやつにて御座無く候。其角を初め連衆《れんじゆう》皆々にくみ立て候へば、是非無く候[一八]。もつとも投節《なげぶし》[一九]何とやら踊《をど》りなどで、酒さへ飲めば馬鹿尽し候へば《羽目をはずして騒ぐので》、愚庵気を詰め候こと成りがたく候《私の所で窮屈にはして居れない男なのです》。定めて帰り候はば〔京都に〕上《のぼ》り申すべく、そこもとへ訪《たづ》ね候も御覚悟になさるべくと存じ候ゆゑ、内語《ないご》かくのごとくに御座候《内々このようにお知らせをします》。史邦《ふみくに》へもひそかに御伝へ、沙汰《さた》無きやうに《問題を起さぬように》御覚悟なさるべく候。

一、史邦首尾[二〇]、はやはや御知らせ、〔史邦に〕この書状御見せ下さるべく候。

一、野《や》[一]童丈《どうぢやう》へ御申し下さるべく候。三翁公《さんをうこう》[二]より御招き候へども、例[三]のむつかし、いまだ御目にかからず候。以上

ばせを

五月七日

去《きよ》来《らい》 様

なほなほ、当暮《たうくれ》[四]には、〔京都に〕また上《のぼ》り申すべくと存じ候ところ、杉風《さんぷう》[五]、庵《いほり》を結び候あひだ、今年《ことし》は江戸にて月雪〔月雪の風雅を〕を楽しみ申すにて御座有るべく候。

一 京都蕉門の一人。仙洞御所《せんとうごしよ》に勤務。「丈」は尊敬の接尾辞。

二 「公」の尊称を付し、「例のむつかし」（注三参照）と言うところより、高貴の身分で俳諧《はいかい》を嗜《たしな》む人と思われるが不詳。

三 いつものように、私は高貴の方《かた》の御相手をするのは気が重いので。名誉・利益に無関心で、おもねることを好まぬ芭蕉の心情のうかがえる言葉。

四 今年《ことし》の年末。

五 杉風が深川《ふかがわ》に庵を新築してくれたので。（二一八頁七行～九行参照）

四四、芭蕉を移す詞《ことば》

元禄五年八月・四十九歳

芭蕉を移す詞

芭蕉

[六]菊は東籬《とうり》に栄え、[七]竹は北窓《ほくさう》の君となる。牡丹《ぼたん》は紅白の是非にありて〔紅白の優劣論が世上にさかんで〕、世塵《せぢん》にけがさる〔高貴な趣を失った〕。荷葉は平地に立たず〔はすの葉は普通の地面に生い立たず〕、水清からざれば花咲かず。[八]いづれの年にや、住みかをこの境《さかひ》に移す時、[九]芭蕉一本《ひともと》を植う。風土芭蕉の心にやかなひけむ、数株《すしゆ》の茎を備へ、その葉茂り重なりて庭を狭《せば》め、萱《かや》が軒端《のきば》も隠るるばかりなり。人呼びて草庵の名とす〔人々が草庵を芭蕉庵と名付けた〕。旧友・門人、共に愛して、芽をかき根をわかちて〔切り取り〕、ところどころに送ること、年々《としどし》になむなりぬ。[一〇]一年《ひととせ》、みちのく〔奥羽〕行脚《あんぎや》思ひ立ちて、芭蕉〔芭蕉〕庵すでに破れむとすれば〔庵は人に譲ってしまうことになったので〕、[一一]かれは籬《まがき》の隣に地を替へて、あたり近

＊この一篇は、深川に新築された草庵（二一八頁七行〜九行・二二〇頁七行参照）に移り住んで、かつて同じく深川にあった旧庵を追懐し、その名残《なごり》の芭蕉の株を移植した折の執筆。名利《みやうり》の巷《ちまた》を離れ、閑静の地に帰った安息の心情が溢《あふ》れている。延宝《えんぽう》八年に移り住み（「一、柴《しば》の戸《と》」参照）天和《てんな》二年に焼失した（一九頁＊参照）第一次芭蕉庵、天和三年に再建されたが、奥羽《おうう》へ旅立つ折に人に譲った（一〇六頁一〇行参照）第二次芭蕉庵に次いで、これは第三次芭蕉庵への入庵である。

六　菊は陶淵明《とうえんめい》に愛されて、東の垣根に栄え。晋《しん》の詩人陶淵明の詩に、「菊を東籬の下《もと》に采《と》り、悠然として南山を見る」とあるのによる。

七　竹は王子猷《おうしゆう》の北の窓にあって、「この君」と愛称された。晋の詩人王子猷が竹を愛して、「何ぞ一日もこの君無かるべけんや」と言ったとの故事による。

八　延宝八年の深川隠栖《いんせい》をさす。（＊参照）

九　李下《りか》の贈った芭蕉の株。（一五頁注一参照）

一〇　ある年。事実は元禄二年のこと。

一一　芭蕉の株は垣の外の隣地に植え替えて。芭蕉庵は人に譲っても、芭蕉の株だけは譲らぬところに、その愛着のほどがしのばれる。

き人々に、霜のおほひ、風のかこひなど、かへすがへす頼み置きて、はかなき筆のすさびにも書き残し（ささやかな手なぐさみまでの留別文にも）、「松はひとりになりぬべきにや」と、遠き旅寝の胸にたたまり（思いが積り）、人々の別れ、芭蕉の名残《なごり》、ひとかたならぬ侘《わび》しさも、つひに五年《いつとせ》の春秋を過ぐして、再び芭蕉に涙をそそぐ。今年《ことし》五月《さつき》の半ば、花橘《はなたちばな》のにほひもさすがに遠からざれば、人々の契りも（親密な間柄も）昔に変らず。なほこのあたり得立ち去らで、旧《ふる》き庵《いほり》もやや近う、三間《みま》の茅屋《ばうをく》つきづきしう（私の閑居にふさわしく）、杉の柱いと清げに削りなし、竹の枝折戸《しをりど》やすらかに（簡素な作りで）、葭垣《よしがき》厚くしわたして（作りめぐらして）、南に向ひ池に臨みて（南側に向って近くに池があって）、水楼となす。地は富士に対して（真向いで）、柴門《さいもん》景を追うて斜めなり。浙江《せつかう》の潮《うしほ》、三股《みつまた》の淀《よど》にたたへて、月を見るたよりよろしければ（月を見るのに都合がよろしいので）、初月《はつづき》の夕《ゆふ》べより、雲をいとひ雨を苦しむ。名月のよそほひにとて、まづ芭蕉を移す。その葉七尺あまり、あるいは半ば吹き折れて鳳鳥《ほうてう》尾を痛ましめ、青扇《せいせん》破れて風を悲しむ。たまたま花咲けども、はなやかならず。茎太けれども、斧《をの》にあたらず。かの山中不材《ふざい》の類木《るいぼく》にたぐへて、

一 西行《さいぎやう》の歌「ここをまた我《わ》が住み憂くてうかれなば松はひとりにならんとすらん」を引き、松に芭蕉の株を預けて、私が旅立てば芭蕉はひとりぼっちとなって寂しいことであろう、と思いやった。

二 事実は、元禄二年三月の旅立より同五年五月の第三次芭蕉庵に入るまで、三年三箇月間。

三 旅立の折に離別の涙をそそいだ（一〇七頁七行参照）が、無事に深川《ふかがわ》の庵に帰ることができて、また再会の喜びの涙を芭蕉葉にそそぐことだ。

四 元禄五年五月中旬。元禄五年五月七日付の「四三、向井去来《むかいきょらい》（平次郎）宛書簡」に、庵が新築されて、あと九日か十日の内に移り住む（二一八頁九行参照）とあった。

五『伊勢物語』の歌「五月《さつき》まつ花橘の香をかげば昔の人の袖《そで》の香ぞする」を踏まえて、「人々の契りも昔に変らず」の序詞《じょことば》のごとくに言いまわした。

六 江戸深川。（一五頁注一・一八頁注一参照）

七 第二次芭蕉庵。（二二一頁＊参照）

八 水ぎわの高殿《たかどの》。簡素な草庵であるが風流めかして言った。

九「四、寒夜《かんや》の辞《じ》」に、「遠くは士峰の雪を望み」とあった。（一八頁二行参照）

一〇 柴《しば》を組み合せて作った門は、富士の景観に適応するように斜めに付いている。杜甫《とほ》の詩に、「柴門正しからず、江を逐《お》うて開く」とあるのによる。

一一 一二八頁注五参照。

その性《さが》たふとし。僧懐素《くわいそ》[二〇]はこれに筆を走らしめ、張横渠《ちやうわうきよ》[二一]は新葉を見て修学の力とせしなり。予その二つをとらず。ただその陰に遊びて、風雨に破れやすきを愛するのみ。

一二 一八頁注一参照。
一三 陰暦八月の初めの月。
一四 中秋の名月（陰暦八月十五夜の月）の景物にしようと思って。以下の言葉は、「芭蕉」を自己の俳号にまで用いて、終生愛した理由がうかがえて、まことに興味深いものがある。
一五 約二メートルあまり。
一六 鳳凰《ほうおう》が尾を傷つけ痛めたかのようであり。「鳳凰（鳳鳥）」とは、古来中国の想像上の瑞鳥《ずいちよう》。『円機活法《えんきかつぽう》』の「芭蕉」の項に、「鳳尾青織」とある。
一七 青い扇が裂けて、吹く風に嘆き悲しんでいるかのようである。「かへす袂《たもと》も芭蕉の扇の、風茫々《ばうばう》と物凄《ものすご》き」（謡曲「芭蕉」）のごとく、芭蕉葉を扇にたとえる例は多い。
一八 斧で伐《き》り倒されるようなことはない。
一九『荘子』に「この木、不材を以て、その天年を終ることを得たり」とあるが、その『荘子』の言葉のごとく、芭蕉は山中の材木として役立たぬ種類の木と同類であって、天寿を全うするその性質がとうとい。
二〇 唐の僧で書家。家が貧しくて、紙の代りに芭蕉の葉に手習いした、と伝える。
二一 宋の人。芭蕉の新葉の次々と伸び広がるのを見て、そのように、新徳を養い新知を修めたいと願った、と伝える。

四五、机《つくゑ》の銘《めい》

元禄五年十一月・四十九歳

机の銘[一]

[二]閒《しづか》なる時は、ひぢをかけて、[三]嗒焉吹嘘《たふえんすいきよ》の気を養ふ。[四]閑《しづか》なる時は、書をひもどいて、聖意賢才（聖人の意思や賢人の才知）の精神を探り、[五]静《しづか》なる時は、筆をとりて、[六]羲《ぎ》・素《そ》の方寸《はうすん》に入る。[七]たくみなす几案《おしまづき》、一物三用をたすく。高さ[八]八寸、[九]おもて二尺、両脚に[一〇]乾坤《あめつち》の二つの卦《け》を彫り物にして、[一一]潜龍《せんりゆう》牝馬《ひんば》の貞《てい》に習ふ。これをあげて一用とせむや、また二用とせんや。（この乾坤二気で一つの働きと見るべきか）

蘭子《らんし》（嵐蘭）の求めに応ず

元禄仲[一二]冬　　芭蕉書

＊この銘文は、江戸の門人松倉嵐蘭《まつくららんらん》（二一九頁注一五参照）の求めに応じて書き与えたもの。閑窓浄机を愛する芭蕉の心境が表明されていて、短文ながら好篇である。

一　四九頁注四参照。

二　時間にゆとりがあり、ひまな時。

三　ゆったりと寛《くつろ》いで、もの静かな心境でいること。『荘子』に、「几《き》に隠りて坐し、天を仰いで嘘《きよ》す。嗒焉《たふえん》として其の耦《ぐう》を喪《うしな》ふに似たり」とあるのによる。

四　閑清な心境の時。

五　あたりが静寂な時。

六　王羲之《おうぎし》や懐素《かいそ》の書を習って、その心意を理解する。「王羲之」は晋《しん》の書家で楷書《かいしよ》・草書にすぐれ、「懐素」は唐の書家で草書の大家（前頁注二〇参照）。「方寸」とは心のこと（二一〇頁六行参照）。

七　巧妙に作ってあるこの机は、一つでありながら、以上の三種の用に役立つ。

八　約二十五センチメートル。

九　表面の幅は約六十センチメートル。

一〇『易経《えききよう》』に言う「乾《けん》」と「坤《こん》」との二つの卦。乾は☰、坤は☷の形であらわす。

一一『易経』の「乾の卦」に「潜龍用うることなかれ」、「坤の卦」に「牝馬の貞によろし」とある。前者は、池にひそむ龍が時の熟するのを待つ意、後者は、牝馬が柔順に地を行く徳に学ぶの意。

一二　冬の中ごろ。陰暦十一月。

四六、森川許六《きょりく》（五介）宛書簡

元禄六年三月二十日前後・五十歳

朶雲《だうん》《お手紙》かたじけなく拝見、いよいよ御無異《ぶゐ》に御勤めなされ候《さうらふ》よし、珍《めで》重《たく》に存じ奉り候。頃日《けいじつ》《このごろは》天気よろしからず候て、御左右《おんさう》もこれ無く《お手紙も頂けな》と推察申し候《いと思っていました》。しかるに[一三]、明日其角《きかく》[一四]・桃隣《たうりん》[一五]参るべきよし《貴宅に参上するよし》、さいはひ《恰好な顔ぶれ》の一座《の俳席で》、佳興あるべく候へども、桃隣存じの通り手まへ[一六]病人先月二十日ごろより次第次第に重病、この五六日しきりに悩み候て《苦しがりまして》、すでに十死《じつし》[一七]の体《てい》に相見え候。一昨夜は、桃隣[一八]夜伽《よとぎ》を頼み候体《てい》に御座候。しかれども、癆症《らうしやう》《肺結核》のことに候あひだ、急には事終り申すまじく候か《死んだりは致すまいと思います》。旧里《きうり》[一九]を出でて十年あまり二十年に及び《十年を越えて二十年近くにも》候て、老母に再び対面せず、五六歳にて父に別れ候て、その後は拙者介抱にて三十三になり候《私が面倒を見てやって三十三歳になりました》。

＊この一書は、門人許六から俳席に招請されたのに対する断状《ことわりじょう》。許六は近江《おうみ》の彦根藩士であるが、旧年来江戸在勤となり、桃隣《とうりん》（二一八頁注二参照）の紹介で芭蕉に入門、画事に長じ（「四八、許六離別の詞《ことば》」参照）、芭蕉の俳風をよく理解して俳論を得意とし、彦根蕉門の重鎮となった。芭蕉が許六の招請を断ったのは、折から芭蕉庵で病臥中の桃印《とういん》が重態で、その看病のためであるが、桃印については、芭蕉の「猶子《ゆうし》（甥《おい》）」（二二八頁一行参照）であったこと以上には不詳。但し、次の「四七、宮崎荊口《けいこう》（太左衛門《だざえもん》）宛書簡」と共に、芭蕉の桃印に対する愛情は、なみなみでなかったことを物語っている。

一三 それだのに、思いもかけずお手紙を頂き、そのお手紙によりますと。

一四 「四〇、浜田珍碩《ちんせき》宛書簡」「四三、向井去来《むかいきょらい》（平次郎）宛書簡」において、芭蕉は其角（二一一頁注九参照）を、江戸の点取俳諧《てんとりはいかい》の悪風に毒されぬ門人として、賞讃《しょうさん》している。

一五 「四三、向井去来（平次郎）宛書簡」において、芭蕉は桃隣が、点取俳諧の悪習に染まりながらも人情厚く、其角らの門人に賞讃されている旨を述べている。

一六 芭蕉庵に病臥する桃印。（＊参照）

一七 生きる見込みなく、きわめて危険な状態。

一八 桃隣に徹夜看病を頼んだような情況であります。

一九 故郷。おそらく芭蕉と同郷で、伊賀の国上野。

この不便《ふびん》はかなき《あわれで薄幸な》事ども、思ひ捨てがたく、胸を痛ましめ罷《まか》り在り候。いまだ、いつごろ御見舞とも《参上できるとも》定めがたく候あひだ、左様に御心得なされ下さるべく候。

一、見事の花、御意にかけられ《御恵与下さいまして》、病人にも花の名残《なごり》と存じ《見収めと思い》、見せ申《見せて》し候あひだ《やりましたところ》、よろこび申し候。以上

許《きょ》六《りく》様　　ばせを

先日御出で《御来訪頂き》、御残り多し。病人ゆゑ久々出でず候ところ《長く外出せずに居りましたところ》、曲水《きょくすい》[一]病気のよし、手前病人もその日は少し心持よく候ゆゑ、病人も我らをすすめ候て参れと申し候ゆゑ《私にすすめて曲水を見舞に行くようにと申しますので》、もし《もしかしたら》拙者ひたすら付きそひ候も《私が看病に付ききりで居るのも》窮屈にやと、昼のうち出で申し候。少し朝のあひだ[二]待ち申し候。御残り多く、そのうち近所へ御出で候はば、御立ち寄り仰ぐべく候《御立ち寄り頂きたく存じます》。

一　近江《おうみ》蕉門に属し、膳所《ぜぜ》藩の重臣であるが、当時江戸在勤中であった。（一六六頁注八・「四一、菅沼《すがぬま》曲水（定常）宛書簡」参照）

二　あなたが御来訪下さるかと、お待ち致しておりました。

＊この一書は、大垣の門人荊口（一五七頁注一二参照）からの度々《たびたび》の来信に対して、近況を報じた返書であるが、桃印《とういん》（二二五頁＊参照）がついに芭蕉庵で病没し、悲嘆やるかたなき思いのほどを訴えている。なお、すすめられるままに詠んだ「水辺のほととぎす」の吟と、その句の自解や人々の評言などを報じているが、それは必ずしも他人の評に賛同したのでなく、むしろ荊口の判断にまかせる形で、自己主張しているところが興味深い。

三 詳細な内容の御手紙。

四 元禄四年十月、近江から江戸に向う途中、大垣に立ち寄って以来、足かけ三年になる。

五 荊口の第三子。「子」は尊敬の接尾辞。（一五七頁注一二参照）

六 当時江戸在勤中であった荊口の長男此筋《しきん》と次男千《せん》川《せん》。（一五七頁注一一・「二二九、此筋・千川宛書簡」参照）

七 注六参照。「子」は尊敬の接尾辞。

八 一五七頁注一〇参照。

九 如行宅は、元禄五年九月四日に火災にあった。

一〇 俳諧熱心で優秀な人物。

四七、宮崎荊口《けいこう》（太左衛門《だざゑもん》）宛書簡

元禄六年四月二十九日・五十歳

たびたび貴《き》翰《かん》[三]御《ご》細書《さいしょ》かたじけなく、これよりも《私の方からも》をりをり御案内と存《お手紙したいと》じ候《さうら》へども、閑窓とは人の言はせざるに紛れて《来訪者多く閑静な生活とは言い難い忙しさに紛れて》、心外に移り行き《不本意にも無音に打ち過ぎ》、[四]日かず三年《みとせ》、一別を隔て候《長く御目にかかりません》。いよいよ御堅固《お達者で》に御座なされ候よし、珍重《めでたく》に存じ奉り候。御内室様・文鳥子《ぶんてうし》[五]、つつがなく御入りなされ候はんと存じ候。このはう[六]御両息、御無事に首尾よく御勤めなされ候。をりをり御目にかかり、お《〔あなたの〕》うはさども申すことに御座候。御発句《おんほつく》など、たまたま仰せ聞けられ候《思いがけなくも御知らせ下さいまして》。ことのほか感吟《感心》仕《つかまつ》り候。[七]此筋子《しきんし》へ申し、少々書きとめ置き申すべくと申すことに御座候。如《じよ》[八]行《かう》、[九]火事以後も相変らず風雅相勤められ候旨《俳諧に励んでおられるとのこと》、[一〇]厚志の逸物《いちもつ》、殊勝の至りに存じ候。拙者、当春、猶子《いうし》[一]桃印《たういん》と申す者、三十あまりまで〔三十歳あまりまで〕苦[二]労に致し候て病死致し、この病中神魂〔心〕を悩ませ、死後断腸の思ひやみがたく候て、精情〔心気〕くたびれ、花のさかり、春の行くへも〔春の過ぎ去って行くのも〕夢のやうにて暮し、句も申し出でず候〔作りませんでした〕。頃日《けいじつ》〔このごろは〕はほととぎす盛りに鳴きわたりて人々吟詠、草扉《さうひ》におとづれはべりしも〔芭蕉庵で鳴き声は聞いたものの〕、[三]蜀君《しよくくん》の何某《なにがし》も旅にて無常をとげたる〔旅さきで死んでしまった〕とこそ申し伝へたれば、なほ[四]亡人《ばうじん》が旅懐、草庵にしてうせたることも、ひとしほ悲しみのたよりとなれば〔ひときわ悲しい思いがかきたてられることになるので〕、ほととぎすの句も考案すまじき覚悟に候ところ、愁情なぐさめばやと、[五]杉風《さんぷう》・[六]曾良《そら》、「水辺のほととぎす」とて更にすすむるにまかせて〔との題で更に吟詠をすすめるのにまかせて〕、ふと存じ寄り候〔思い浮んだ〕句、

[七]ほととぎす声や横たふ水の上　（「声横たふや」か）

と申し候に、また同じ心にて、

一 甥《おい》の桃印。（二二五頁＊参照）
二 色々の苦労を重ねて。（二二五頁九行～一〇行参照）
三 蜀の君主であった望帝。退位を迫られて他郷に流離し、旅さきで憤死したが、その霊魂が化して蜀魂《ほととぎす》となったと伝える。
四 ほととぎすの鳴き声を聞くと、一層切実に、桃印が旅愁を懐《いだ》きながら、芭蕉庵で病没したことも思い出されて。
五 一〇六頁注一〇・二二〇頁注五参照。
六 五三頁注五参照。
七 〈ほととぎすが、折しも鋭く鳴き叫んで、天翔《あまがけ》った。その鳴き声は、余韻嫋《じようじよう》々として、薄明の水の上に漂い残って、消え去ろうともしない〉「横たふ」とは、一面に横に広がること。後出の改作および芭蕉の自解によって、その意が一層明確となる。水の上に漂う鳴き声の余韻に、亡《な》き桃印の幻影を追い求める切ない心情を託した吟。傍記の「声横たふや」は修正案で、この方が、「横たふ」の語に込める詠嘆が強まることになる。
八 〈折しも鋭く鳴き叫んだ一声が、薄明の江の上に余韻嫋々として、何時《いつ》までも消え去らず、漂い残っている。今、天翔って鳴いたほととぎすは、亡き桃印の魂魄《こんぱく》だったのではなかろうか〉。
九 〈明月に映《は》えて、水の光は遥《はる》かに天空にまで続き、やがては白露となって置く夜の気は、揚子江《ようすこう》の流れの

[八]一《ひと》声《こゑ》の江《え》に横たふやほととぎす

「[九]水光《すいくわう》天に接し、白露《はくろ》江《かう》に横たはる」の字《の詩中の字》、「[一〇]横」句眼なるべしや。二つの作いづれにやと推敲《すいかう》[一一]定めがたきところ、水間《みづま》[一二]氏沾徳《せんとく》といふ者とぶらひ来たれるに、かれ物定め《優劣判定の》の博士《はかせ》《判定者》となれと、両句評を乞《こ》ふ。沾《沾徳》いはく、「「[一三]江に横たふ」の句、[一四]文に対してこれを考ふる時は[一五]句量もつともいみじかるべければ、「江」の字抜きて「[一六]水の上」とくつろげたる句の、にほひよろしきかたに思ひ付くべき《調子のおだやかな方をよしとすべきである》」の条、申し出で候。とかくするうち、山口[一七]素堂《そだう》・原安適《はらあんてき》[一八]など、詩歌のすき者《愛好者たち》ども入り来たりて、「水の上」のきはめよろしきに定まりて事やみぬ。《「水の上」の句を可とする沾徳の判定が妥当と決定して論議は終った》させること無き句ながら《格別すぐれた句ではありませんが》、「[一九]白露江に横たはる」といふ奇文《すぐれた詩文》を味はひ合せて御覧下さるべく候。これまた、御なつかしさ[二〇]のあまり、書き付け申すことに候。以上

上に、一面に広がり立ち込めている〉『古《こ》文真宝《ぶんしんぽう》』所載の蘇《そ》東坡《とうば》の「前赤壁《ぜんせきへき》の賦《ふ》」に、「しばらくして月は東山《とうざん》の上に出で、斗《と》牛《ぎう》の間に徘徊《はいかい》す。白露江に横たはり、水光天に接す」とあるのをさす。

一〇 蘇東坡の詩（注九参照）の中の「横」の字を、句の眼目として借用し、「横たふ」と表現した作、と解すべきである。即ち、この句に用いた「横たふ」の語には、東坡の詩の「白露江に横たはり」の意が込められており、その点を眼目とした作であることを知るべきだ、との意。

一一 詩句の表現を、種々に考案し練ること。

一二 通称、治郎左衛門。内藤露沾《ないとうろせん》（六四頁注二参照）の直門で貴顕の家に出入し、江戸俳壇の有力者。

一三 「一声の江に横たふやほととぎす」の句。

一四 蘇東坡の「前赤壁の賦」の詩文。

一五 東坡の詩の意味まで背負って、一句の調子が非常に重苦しくなるから。東坡の詩を踏まえることによって、桃印追慕の心を託していることに気付かぬ意見。

一六 初案の「ほととぎす声や横たふ水の上」の句。「くつろげたる」とは、東坡の詩から引き離して表現した、との意。

一七 四九頁＊参照。

一八 一二九頁注二一参照。

一九 沾徳らの判定と逆に、注一〇と同趣旨の言葉を繰り返しているのは、判定に対する芭蕉の不満を示す。

二〇 荊口《けいこう》に、自分の不満の気持の理解を求めた言葉。

二三〇

卯《う》[一]月《づき》二十九日　　ばせを

荊《けい》口《こう》雅《が》[二]老《らう》人《じん》

なほなほ、[三]当年は江戸につながれ候。再会ゆるゆると願ひ申し候。

一　陰暦四月。
二　年長の風雅人に対する尊敬の接尾辞。
三　二二〇頁六行〜八行参照。

四八、許《きょ》六《りく》離《り》別《べつ》の詞《ことば》

元禄六年四月末・五十歳

許六離別の詞

[四]去年《こぞ》の秋、かりそめに《思いがけず》面《おもて》《顔》をあはせ、今年《ことし》五月《さつき》の初め、深切に《思いを込めて》別れを惜しむ。その別れにのぞみて、[五]一日《ひとひ》草扉《さうひ》をたたいて、終日《ひねもす》閑談をなす。その[六]器《うつはもの》、画《ゑ》を好む。風雅《俳諧》を愛す。予こころみに問ふことあり。「画は何のために好むや」、「風雅《俳諧》のために好む」と言へり。「風雅は何のために愛すや」、「画のために愛す」と言へり。その学ぶこと《学ぶ対象は》二つにして、用をなすこと《意図するところは》一《いっ》なり。まことや、「[七]君子は多能を恥づ」といへれば、品《しな》二つにして用一《いっ》なること、感ずべきにや《感嘆に値することである》。画はとつて予が師とし、風雅は教へて予が弟子となす。されども、師

＊この一文は、江戸在勤であった門人許六（二二五頁＊参照）が彦根に帰藩するに際し、その餞別《せんべつ》として書き与えたもの。俳諧《はいかい》も俊成《しゅんぜい》や西行《さいぎょう》などの風雅の伝統を継承すべきもの、とする彼の一貫した信念（四六頁一一行〜一二行・六二頁一〇行〜六三頁二行・一六九頁一三行〜一七〇頁一行・二一〇頁五行〜七行参照）が開陳され、且つ、自己の俳諧を敢《あえ》て無益の「夏炉冬扇《かろとうせん》」に譬《たと》えているところに、俗俳と異質の芭蕉の真骨頂がうかがえる。

四　元禄五年八月九日に、許六は桃隣《とうりん》（二一八頁注二・二二五頁注一五参照）の案内で深川《ふかがわ》の芭蕉庵を訪《たず》ね、入門した。

五　ある日、深川の芭蕉庵に訪ねて来て。

六　許六の才能としては。許六は狩野《かのう》派の絵に長じていた。

七　『徒然草《つれづれぐさ》』に「多能は君子の恥づるところなり」とあるのをさす。なお、この言葉は更に、『論語』に「吾《われ》（孔子《こうし》）少《わか》うして賤《いや》し。故《ゆゑ》に鄙事《ひじ》に多能なり。君子多ならんや。多ならざるなり」とあるのに基づく。

が画《ゑ》は精神徹に入り《徹底しており》、筆端《ひったん》妙をふるふ《妙技を発揮する》。その幽遠なるところ《微妙深遠な芸境は》、予が《私の理》見るところにあらず《解をこえた高い境地に達している》。予が風雅《俳諧》は、[一]夏炉《かろ》冬扇《とうせん》のごとし。[二]衆にさかひて、用うるところなし。ただ[三]釈阿《しやくあ》・[四]西行《さいぎやう》の言葉のみ《和歌ばかりは》、かりそめに言ひ散らされし《即興的に詠み捨てた》あだなるたはぶれごとも《その場かぎりの軽い気持の作品でさえも》、あはれなる《情趣の豊かな》ところ多し。[五]後《ご》鳥羽上皇《とばしやうくわう》の書かせたまひしものにも、「これらは歌にまことありて、しかも悲しびを添ふる」と、のたまひはべりしとかや。されば、この御言葉《みことば》を力として、その[六]細き一筋をたどり失ふことなかれ。なほ、「[七]古人の跡を求めず、古人の求めたるところを求めよ」と、南山大《なんざんだい》師《し》の筆の道にも見えたり《書道についての記文》。「風雅《俳諧》もまたこれに同じ」と言ひて、燈《ともし》火《び》をかかげて、柴門《さいもん》の外に送りて別るるのみ。

元禄六[八]孟夏《まうか》末

[九]風羅坊《ふうらばう》芭蕉述

印　印

一 夏の囲炉裏《いろり》と冬の扇。共に無用無益であることの譬《たと》え。『論衡《ろんこう》』に「無益《むやく》の能を作《な》し、無補の説を納むるは、なほ夏を以て炉を進め、冬を以て扇を奏《すす》むるがごとし。また徒なるのみ」とあるのによる。

二 世間の人々の求めるところに背《そむ》いていて、無用無益のものである。世間に流行する営利的な点取俳諧《てんとりはいかい》とは異なって、自己の俳諧は、実利実益と無関係な真の風雅であることを、逆説的に表現した言葉。この意識は、「四一、菅沼曲水《すがぬまきよくすい》宛書簡」などにも、鮮明に表白されていた。

三 藤原俊成《ふじわらのしゆんぜい》。「釈阿」はその法名。平安時代末期の代表的歌人で『千載和歌集』の撰者。定家《ていか》（四六頁注八参照）の父。

四 四六頁注九参照。

五 『後鳥羽院御口伝《ごとばのいんごくでん》』に、「釈阿はやさしく艶《えん》に心も深くあはれなるところもありき、ことに愚意に庶幾《しよき》する姿なり。西行はおもしろくて、しかも心もことに深くてあはれなる、有りがたく出来がたきかたも共に相兼ねて見ゆ。生得《しやうとく》の歌人と覚ゆ」とあるのをさす。

六 「まことありて、しかも悲しびを添ふる」道。俊成や西行の和歌の本質である風雅の伝統。（前頁＊参照）

七 弘法《こうぼう》大師の『遍照発揮性霊集《へんじようはつきせいれいしゆう》』に、「書もまた古意に擬《よ》するを以て善しとなし、古迹《こせき》に似るを以て巧みとなさず」とあるのをさす。

八 初夏の末。陰暦四月の末。

九 六二頁注三参照。

四九、閉《へい》関《くわん》の説《せつ》

元禄六年七月・五十歳

閉[一〇]関の説

色[一一]は君子のにくむところにして、仏[一二]も五戒の初めに置けりといへども、[一三]さすがに捨てがたき情のあやにくに《そうは言っても断念し難い恋心はままならぬもので》、あはれなる《情趣ゆたかな》かたがたも多かるべし。人知れぬ《人目をさけた》[一四]くらぶ山の梅の下臥《したぶ》しに《逢瀬に》、思ひのほかのにほひにしみて《恋のとりことなり果てて》、[一五]忍ぶの岡の人目の関も守《も》る人なくは、いかなるあやまちをかしいでむ。[一六]海人《あま》の子の波の枕に袖しをれて《遊女との恋におぼれて涙をながし》、家を売り身を失ふためしも《命をなくする例も》多かれど、[一七]老いの身の行く末をむさぼり《更に長生きしたいと切望し》、米銭《べいせん》の中に魂を苦しめて《物欲にとらわれて苦しい思いをし》、ものの情《なさけ》《情趣》をわきまへざるには、はるかに増して罪ゆるしぬべく、[一八]人生七十を稀《まれ》なりとして《「たとえそれまで生き得ても」》、身の盛りなることは、わづか

＊体力が衰え、持病に悩む芭蕉は、この年の残暑に堪えかね、約一箇月間草庵の門戸を閉じて引き籠《こも》った。この一篇はその折の執筆であるが、色恋よりも物欲を下位と断じ、無為の閑居の積極的な意義を説くところ、「一一、柴《しば》の戸《と》」以来の隠栖《いんせい》の価値観や、「四一、菅沼曲水《すがぬまきよくすい》宛書簡」に見える点取俳諧の営利性への嫌悪《けんお》意識が、芭蕉の俳諧精神の背骨となって定着していることが知られる。なお、顕著な『徒然草《つれづれぐさ》』への傾倒が注目される。

一〇 門戸を閉じて閑居するについての言葉。

一一 色恋。『論語』に「君子に三戒あり。少《わか》き時、血気いまだ定まらず、これを戒むるは色に在り」とあるのなどをさす。

一二 仏教の五戒の一つの「不邪淫《ふじやいん》」をさす。

一三 以下の三行は、『徒然草』第二百四十段を踏まえる。

一四 京都北郊の鞍馬山《くらまやま》の古名。「梅」「にほひ」は、「くらぶ山」からの縁。且つ、紀貫之《きのつらゆき》の歌「梅の花にほふ春べはくらぶ山やみに越ゆれどしるくぞありける」(『古今和歌集』)を踏まえる。(注一三参照)

一五 忍ぶ恋路を妨げる人目が無かったら。「忍ぶの岡」は「忍ぶの浦」のもじり。(注一三参照)

一六 一四四頁注三参照。

一七 以下の二行は、『徒然草』第七段を踏まえる。

一八 杜甫《とほ》の「曲江詩」に「人生七十古来稀なり」とあるのを踏まえる。

に二十余年なり。初めの老いの来たれること、一夜の夢のごとし。五十年・六十年のよはひ傾ぶくより、あさましうくづほれて、宵寝《よひね》がちに朝起きしたる寝ざめの分別、何事をかむさぼる。おろかなる者は思ふこと多し。一煩悩増長《ぼんなうぞうぢやう》して一芸すぐるる者は、是非のすぐるる者なり。これをもて世の営みに当てて、貪欲《とんよく》の魔界に心を怒らし、二溝洫《こうきよく》におぼれて生かすことあたはずと、三南華老仙《なんくわらうせん》のただ利害を破却し、老若《らうにやく》を忘れて閑にならむこそ、老いの楽しみとは言ふべけれ。

四人来たれば無用の弁あり。出でては他の家業をさまたぐるもうし。五孫敬《そんけい》が戸を閉ぢて、六杜五郎《とごらう》が門をとざさむには。友なきを友とし、貧しきを富めりとして、五十年の七頑夫《ぐわんぷ》、みづから書し、みづから禁戒となす。

八朝顔や昼は錠《ぢやう》おろす門《もん》の垣《かき》　ばせを

初老と称される四十歳を迎えるのは
あきれるほど身も心も衰えて
寝ざめ時の思案にも
むさぼる心が
利害得失の念の強い
者である
その得意とする一芸を生活の手段に用いて
営利専念の俗界で狂奔し
もっぱら利害得失を超越し
年齢を忘れて清閑の境地に居るのこそ
心苦しい
友なき清閑の境を友とし
貧しく利欲を離れた境を心の富として

一 欲深くむさぼる心が思いつのって、一芸に上達した者は。『徒然草《つれづれぐさ》』第三十八段に、「才能は煩悩の増長せるなり」とあるのによる。

二 堕落した俗世間の俗情のとりことなって、せっかくの一芸を生かすことができない、と悟るならば。「溝洫」とは、田の間の溝《みぞ》。

三 荘子の説いているように。「南華老仙」とは、荘子の別称。

四 『徒然草』第百七十段を踏まえる。

五 孫敬のように、つねに門戸を閉じて読書三昧《どくしよざんまい》に耽《ふけ》り。『蒙求《もうぎゆう》』に「孫敬、字《あざな》は文宝、常に戸を閉ぢて書を読み、睡《ねむ》れば則《なは》ち縄を以て頸《くび》に繋《つな》ぎ、これを梁上に懸く」とあるのによる。

六 杜五郎のように、何十年も門を閉じて外出もしないのが一番よろしい。木下長嘯子《きのしたちようしようし》の『うなゐ松』に、「杜五郎とやらんをまねばねど、この山に入りてのち二十年にもなりぬらん。いまだ柴《しば》のとぼそのほか足を踏み出づるかたもなく、ひたぶる世にもまじらはで、ひとりつれづれと籠《こも》りゐたるぞ慰めに」とあるのによる。

七 かたくなで一徹な男。芭蕉自身をさす。

八 〈垣根にひっそりと咲く朝顔の花よ。おまえと同じように、私は昼間は門に錠をおろして、もっぱら閑居を楽しんでいることだ〉朝顔の花の昼にすぼむのを、昼間門戸を閉じて閑居している自分の生活に通わせて、興じた吟。

五〇、森川許六《きよりく》（五介）宛書簡

元禄七年二月二十五日・五十一歳

[九]上略

一、「[一〇]神矢《かみや》の根」「[一一]螻蓑《けらみの》」、少分ながら御用に立ち、満足申し候《さうらふ》。[一二]おのおの感心、「[一三]関の足軽」、よきころあひの奇作に候。過ぐれば[一四]手帳の部に落ち候。世に鳴る者の[一五]三つ物、[一六]総じて地句《ぢく》など、みなみな手帳のほかは三歳児童の作意ほども動かず候。[一七]町者《まちもの》のこしらへの俳諧《はいかい》にも、[一八]わが党五三人は見あき候へども、いまだここを専《せん》と句をこしらへ候者どもも歴々相見え候。よき句をうるさがる心ざし感心あるべきことにや。歳暮の大荒れ、目をさまし候。「[一九]みなと紙の頭巾《づきん》」は、人々空《そら》に覚えて笑ひ候。

いささかながら句作の役に立ち
適当な程度に新奇な作品であります
奇警趣味の手帳俳諧に
評判の高い俳人の
奇警な技巧の
明らかに居るようです
新しい軽みの句境の
探求を面倒がるような心根は感心できません
歳暮吟の奔放な作風は
目を見張りました

＊この一書は、彦根蕉門の許六（二二五頁＊・二三一頁＊参照）たちが、歳旦吟の刷物《すりもの》を送って来たのに対する返書で、おのずから彦根・江戸をはじめ美濃《みの》・膳所《ぜぜ》など各地蕉門の歳旦吟に対する批評が中心となっているが、元禄三年以来の「軽み」の唱道（二一九、此筋《しきん》・千川《せんせん》宛書簡」参照）も引き続いて行われており、当時の芭蕉の志向する俳風を知ることができる。

九　この書簡は、前文を切り捨て、重要な句評の部分だけ記録したものであることを示す言葉。

一〇　神が軍《いくさ》に用いる石鏃《やじり》。佐渡《さど》の俗説に、毎年二月十日（九日とも）に空から降り、当日は神軍《かみいくさ》とて山に入らぬと伝える。

一一　形が螻の羽に似た蓑。北陸地方で用いた。

一二　「神矢の根」と「螻蓑」とを素材とした許六の二句「春立つや歯朶《しだ》にとどまる神矢の根」「完領《ししろ》負ふ賤《しづ》が螻蓑あたたかに」をさす。「完領」は木材の方言。

一三　木導《ぼくどう》の句「三月に関の足軽置きかへて」をさす。

一四　二一七頁注一四参照。

一五　一七三頁注六参照。

一六　大部分は地句の部類であって。「地句」とは、新鮮な技《わざ》や働きの全く無い平凡な句。

一七　都会の俳人。都会風の作者其角《きかく》・嵐雪《らんせつ》らをさす。

一八　私の仲間。杉風《さんぷう》・桃隣《とうりん》・野坡《やば》・子珊《しさん》などをさす。

一九　黄逸《こういつ》の句「煤掃《すすは》きや頭《かしら》を包むみなと紙」をさす。「みなと紙」は和泉《いずみ》の国湊《みなと》村に産し壁の腰紙に使う。

一、[一]愚門三つ物、[二]京板《きやうはん》にて御一覧なさるべく候。江戸[三]他家の事は、評判無益《むやく》と筆をとどめ候。[四]其角《きかく》・[五]嵐雪《らんせつ》が儀は、[六]年々古狸《ふるだぬき》よろしく鼓《つづみ》打ちはやし候はん。

一、[七]桃隣《たうりん》が[八]五つ物は、半ば愚風（私の俳風）に心をよせ、ところどころ[九]点取口《てんとりぐち》を交へ、はかばかしくも御座無く候へども（いっこうに効果があがりそうにありませんけれども）、[一〇]かれなほ口過ぎ（生活手段）を宗《むね》とするゆゑ、堪忍《かんにん》の部のよきかたに定まり候（商業俳人としては上等の方として許せましょう）。

一、[一一]宝生沾圃《ほうしやうせんぽ》が三つ物は、[一二]力なき相撲取《すまふとり》の、手合せを見事にしたるばかりか。されども、[一三]力相撲《りきずまふ》のねぢ合ひには増《まさ》り候はんと、（〔歳旦帳に〕）収め候。

一、[一四]野坡《やば》が三つ物は、去秋より愚風（私の俳風）に移り、いまだうひうひしくて（初心者の俳境であって）、さぐり足にかかりはべれども、年来の功すこし増《まさ》り、器量（力量）邪風に立ち越え候ゆゑ、見どころ多く、総じての第三（およそ連句の三句目は）、手帳の場を打ちなぐりたる（技巧的な作となる所を軽くさばいているのは）、一つの手柄ゆゑ、これ中《ちゆう》の品《ぼん》（位）の上《じやう》の定めに落ち着き候。[一五]愚句は、[一六]子供の気色荒れたる体《てい》に見うけ候へば、一（一段）

一　江戸蕉門をさす。
二　京都の俳諧書林《はいかいしよりん》である井筒屋庄兵衛から出版の歳旦帳。
三　蕉門以外の他の流派の俳諧師。
四　二一頁注九参照。
五　五六頁注四参照。
六　毎年毎年歳旦帳を出し続けて来た古強者《ふるつわもの》だから、それ相応のものを今年も出したことでしょう。この語調には、蕉風から離れて俗化しつつある其角・嵐雪に対する、突き放した冷たさが感じられる。
七　二一八頁注二参照。
八　三つ物（一七三頁注六参照）五組の作品。
九　点取俳諧（二〇七頁注一二・解説参照）風の、安易で俗化した詠《よ》みぶり。
一〇　二一八頁九行～一四行参照。
一一　服部《はつとり》栄九郎。能役者で宝生家十世の家元。江戸蕉門の一人。芭蕉の後見で立圃《りゆうほ》二世を襲《つ》いだ。
一二　俳諧の力量は不足だが、芭蕉の唱道する「軽み」の新風（前頁＊参照）には、よく随順していること。
一三　其角・嵐雪らの作風（注六参照）をさす。
一四　志太《しだ》氏。両替店越後屋《えちごや》の番頭。江戸蕉門の一人。「軽み」の新風（前頁＊参照）によく随順する。芭蕉没後に西国地方に蕉門を広め「蕉門野坡流」と称される。
一五　私の句。芭蕉の歳旦吟「蓬莱《ほうらい》に聞かばや伊勢の初便り」をさす。「蓬莱」とは、正月の祝儀の飾り物。

等しづめ候て、《と穏やかに仕立てて》目にたたせず候。《目立たぬようにしました》かの「伊勢[一七]に知る人おとづれて便《たよ》りうれしき」と詠《よ》みはべる、「便り[一八]」の一字を取り伝へたるまでにて候。

一、美濃《みの》[一九]如行《じよかう》が三つ物は、「軽み[二〇]」を底に置きたるなるべし。《〔美濃の歳旦吟を見るに〕》総じての第三は、《およそ連句の三句目は》手帳の部にありといへども、《技巧的な作となっているけれども》世上に面《つら》を出だす風雅の罪、許し置き候。《歳旦帳公開の必要上の事と》

一、膳所《ぜぜ》[二一]正秀《まさひで》が三つ物三組こそ、あとさき見ずに乗り放ちたれ。《全く自由奔放な作品である》世の評詞にかかはらぬ《とらわれない》志あらはれて、をかしく候。彦根五つ物、[二二]勢ひにのつとり、《乗じて》世上の人を踏みつぶすべき勇体《ゆうてい》、あつぱれ風[二三]雅の武士の手わざ《手腕》なるべし。世間、《世間の俳諧》この三通り[二四]のほかは、手に取るまでもなきものに候。

二月二十五日

森川許《きよ》六《りく》丈[二五]　　ばせを

御返事

三方《さんぽう》に海老《えび》・熨斗《のし》・昆布《こんぶ》・榧《かや》・橙《だいだい》・穂俵《ほんだわら》などを盛り付けたもの。

一六　前述の桃隣・沾圃・野坡らの句が、さながら子供の勝手気儘《きまま》を言い散らしたような句ぶりと見受けられるので。挿入句《そうにゅうく》であって、叙述は「愚句は」から「一等しづめ候て……」へ続く。

一七　慈鎮和尚《じちんかしょう》の歌「このたびは伊勢に知る人おとづれて便りうれしき花柑子《はなかうじ》かな」をさす。

一八　芭蕉の句（注一五参照）が、慈鎮の歌（注一七参照）から、「便り」の一語を取って「初便り」と言って、新年にふさわしい伊勢からの初便りを期待する心を表明した句であることを言ったもの。

一九　一五七頁注一〇参照。

二〇　二三五頁＊参照。

二一　一八〇頁＊参照。

二二　許六ら彦根蕉門の五つ物。（注八参照）

二三　以下の彦根蕉門の作に対する賞詞が、戦場の騎馬の武将の勇姿に対する讃辞《さんじ》のような表現となっているのは、彦根蕉門の人々が、おおむね彦根藩士であることによる。

二四　以上に挙げた如行と正秀との歳旦三つ物、および許六を中心とした彦根蕉門の歳旦五つ物の三通り。

二五　男性に対する尊称。

五一、杉山杉風《さんぷう》（市兵衛）宛書簡

推定・元禄七年閏《うるう》[一]五月二十一日・五十一歳

膳所《ぜぜ》[二]の便《びん》、啓上いたし候《さうらふ》。そこもと相変り御座無く候や、承りたく存じ候。拙者道中、島田[三]あたりまでは、つかへ[四]などもをりをりおとづれ候へども、次第に達者になり候て、みちみち《道の途中の》二三里、日により五里ばかりも養生のため歩行《ほかう》、足場よきところは《交通の便のよいところは》馬にも乗り、かたがた致し《あれこれと工夫をして》候て、つつがなく上着《じやうちやく》[五]いたし候。雨天おほかた《雨天の日が大部分で》、小雨《こさめ》にあひ候て、さのみ暑きほどのことは御座無く候。十五日《五月十五日》、島田へ着き候て、一夜とどまり候ところ、その夜大雨風、水出で候て、三日渡りどめ候て《〔大井川は〕三日間川越え停止となって》、十九日立ち申し候。いまだ高水《たかみづ》にて《増水中で》、馬の鞦《しりがい》[六]やうやう隠れぬほど《深さ》のことに候へども、島田の宿《しゆく》[七]は懇意の者どもゆゑ、馬・

＊元禄七年五月十一日に、芭蕉は二年半ぶりに江戸を離れ、東海道を西上、郷里の伊賀に約二十日間滞在の後、宇治・伏見・大津を経て、同年閏五月十八日に膳所《ぜぜ》の門人曲水《きよくすい》（一六六頁注八・二二六頁注一参照）の宅に入り、同月二十一日まで止宿する。この一書は、その止宿中に、江戸の門人杉風《さんぷう》（一〇六頁注一〇参照）に宛てて執筆したものである（日付を「五月十一日」とするのは後人の誤写）が、西上の道中の模様、各地の門人の動静、留守中の江戸の事情、なかんずく病床に残して来た寿貞への配慮など、種々の具体的な情況を知り得る。なお、同日執筆の次の「五二、河合曾良《かわいそら》（惣五郎《そうごろう》）宛書簡」とは、関連する記事が多く、照合併読すると一層内容が明白となる。

一　陰暦の閏年は十三箇月で、元禄七年は、五月の次に閏五月があった。

二　膳所藩主本多侯東下の便に寄託して、お手紙を差し上げます。

三　東海道の島田の宿《しゆく》。（二〇三頁＊参照）

四　胸や腹に痛みが走り、つまるように感ずる病気。芭蕉の持病の一種。

五　郷里の伊賀に到着いたしました。（次頁六行参照）

六　馬の尾から鞍《くら》にかけわたす組紐《くみひも》。

七　塚本孫兵衛（俳号、如舟《じよしゆう》）らをさす。（二〇三頁＊・二四三頁九行～二四四頁二行参照）

[八]川越《かはごし》、随分念入れ、[九]一手際《ひとてぎは》高水を越さするを馳走に致し候《増水の中を川越えさせるのを持て成しと致しました》。島田より一通、書状たのみおき候《寄託しておきました》。相届き候や。[一〇]二十五日の状、[一一]曾良《そら》・[一二]猪《ゐ》兵衛《へゑ》より参り候。早々、伊賀にて相達し候《受け取りました》。名古屋へかけより候て《立ち寄りまして》、三宿《しゆく》《三泊》二日逗留《とうりう》、[一三]佐屋《さや》へまはり候ところに、[一四]荷兮《かけい》例の連衆《れんじゆう》、道にて抜け駆け《近道を先まわりして》待ち受け候て、また佐屋半日一宿逗留、[一五]伊勢長島に泊り候て、明る日[一六]久居《ひさゐ》まで参り候て、二十八日、伊賀へ上着申し候《到着いたしました》。[一七]同姓よろこび、旧友ども日々かけ合ひ候て《代る代る来訪して》、今月《閏五月》十六日まで伊賀に逗留いたし候て、[一八]大和加茂《かも》猪兵衛在所《ざいしよ》《郷里》一宿、十七日大津へ参り、十八日より[一九]膳所に罷《まか》り在り候。[二〇]伊賀同名《どうみやう》かた暑く、蚊も多く候へば、夏中は膳所、をりをり京へ《京都へ》出で候て[二一]去来《きよらい》と語り、もしくは[二二]嵯峨《さが》去来屋敷に休足いたすことも御座有るべく候。いまだ草臥《くたびれ》もしかとやまず候へど《完全には治まりませんが》も、持病も指し出で申さず候《おこらないでおります》。次第次第暑さにむかひ候へばいかが《どうなる》と《ことかと》存じ候へども、前々より[二三]薬給《た》べ候医師なども変らず居り申し候あひだ、この方のこと御気《おんき》遣《づか》ひなさるまじく候。

八　川越し人足。
九　役職柄の腕前を発揮して。塚本孫兵衛（注七参照）らが、大井川の川庄屋《かわじょうや》（川奉行役《かわぶぎょうやく》）としての手腕を発揮したこと。
一〇　五月二十五日付の手紙。次の「五二、河合曾良（惣五郎）宛書簡」は、この手紙に対する芭蕉の返書（二四三頁二行参照）。なお、芭蕉は猪兵衛宛にも同日（閏五月二十一日）に返書を認《したた》めている。
一一　五三頁注五参照。
一二　松村氏。山城の国加茂《かも》の出身。江戸に移住し、芭蕉と身近な間柄の人物であるが、詳細な関係は不明。
一三　尾張の国佐屋村。
一四　荷兮やその取り巻きの俳人たち。（九四頁注五・二四六頁注五参照）
一五　一四九頁注一八・一九参照。同地の大智院泊。
一六　伊勢の国久居に一泊。（一六〇頁＊参照）
一七　兄の半左衛門をはじめ、松尾家の人々。
一八　「山城」の誤り（注一二参照）。加茂は大和の国に隣接する。
一九　前頁＊参照。
二〇　兄の松尾半左衛門の住居。（一八〇頁一〇行参照）
二一　一七二頁注一参照。
二二　落柿舎《らくししゃ》。（一七二頁注一・一八三頁三行参照）
二三　薬を頂いていた医師。大津蕉門の一人で医者の望月木節《もちづきぼくせつ》。芭蕉臨終の病床にも侍した。「前々より」とは、元禄二年から四年にかけての滞在中の事をさす。

［五月］先月十八日、深川《ふかがは》[一]へ子珊《しさん》[二]御同道のよし申し来たり候。〔子珊から〕さだめて俳諧［おそらく芭蕉庵で俳席を催そうとされたのでしょうが］の御志とは存じ候へども、はかばかしきことも成り申すまじく候[三]。［思うように興を尽すこともできなかったろうと存じます］十七日、沾圃《せんぽ》[四]会いたし候とて懐紙さし越し、［俳席を催したとて作品の懐紙を送って来たが］桃隣《たうりん》[五]発句《ほつく》[六]にて御座候。［たしかに］なるほど何《いづ》れ[七]出来《しゆつたい》候あひだ、伊賀あたり、［伊賀の門人たちは］［ともかくも江戸の新風を示すものとして筆写しました］まづ江戸いきと写し置き申し候。名古屋・伊賀・膳所《ぜぜ》、俳諧《はいかい》[八]なほいまだよき所に尻《しり》を掛け居り申し候。［今もまだ旧来の作風の境地で］［安閑としております］そこもとの風情《ふぜい》、［江戸蕉門の新風］存知もよらず候あひだ、［全く理解していないようですから］深切に御励ましなさるべく候。［詳細に指導や助言をしてやりなさい］名古屋は『深川集《ふかがは》』[九]を手本に、若き者ども修行のよし申し候。総じて俳諧評判の事などこれ有り候へども、［総括的に言って各地の俳諧の現状に対する意見がありますが］他にあたり候事もこれ有り候へばいかがゆゑ、［他の人々にさしさわる事があっては不都合と思いますので］書きしるし申さず候あひだ、ほのかに筆のはしを御悟り候て、［御推察下さって］もつともそこもと御励みなさるべく候。［格別あなたは俳諧に精励なさって下さい］

一、同名《どうみやう》[一〇]このたびは殊《こと》のほか力を得、よろこび候て、拙者も別して大悦仕《つかまつ》り候。委細書き付けがたく候あひだ、具せず候。［省略いたします］

一、猪兵衛《ゐへゑ》[一一]病気、［病気中］桃隣［桃隣に］御油断なく仰せ付けられ下さるべく候。［種々の御指示を御与え頂きたい］をり

一 江戸深川の芭蕉庵。

二 江戸蕉門の一人。杉風とは特に親しい。

三 芭蕉庵で病臥《びようが》中の寿貞《じゆてい》（次頁一行〜二行参照）に対する気兼ねが有ったろうことを恐れての言葉。寿貞に対する芭蕉の愛情は切実で、その病没した折の哀惜の情は痛切を極める（「五三、松村猪兵衛宛書簡」参照）。俳人でも才女でもなく、且つ、息子や娘を持つ未亡人の境涯で、「尼寿貞《あまじゆてい》」とも称される彼女に対する芭蕉の激情は、まことに異常である。寿貞は、生涯独身であった芭蕉が、男性として愛情を注いだ、唯一人の女性であった。おそらく、青年時代からの旧知の間がらであったろう。但し、世俗的事情は不明で、言わば芭蕉の心の中にのみ鮮烈な存在を示す女性。

四 二三六頁七行〜九行参照。

五 二一八頁注二・二二五頁注一五・二三六頁四行〜六行参照。

六 桃隣が俳諧（連句）の発句を詠《よ》んでいるのは、彼が沾圃主催の俳席に、正客として招待されたことを示す。

七 どの句もよくできていますので。

八 「軽み」の新風（二三五頁＊参照）に無関心である状態を非難した言葉。

九 洒堂《しやどう》（一六四頁＊・二〇七頁注七参照）が深川の芭蕉庵に滞在した折の記念集で、「軽み」の傾向が見える。元禄六年二月刊。

をり深川へ御慰みに御出であれかしと存じ候。されども、寿貞《じゆてい》[一二]
（深川の芭蕉庵へ俳席を催しに御出で頂きたいと存じます）
病人のことに候へば、しかじか茶を参るほどの事もえいたすま
（満足にお茶を差し上げるほどの接待もできないであろうと思）
じくと存じ候。これらが事どもなどは、必ず御事しげきうち、
（います）（決して御多忙中のことですから）
よろづ御苦労になされ下さるまじく候。猪兵衛・桃隣さしづに
（万事にお気づかい下さらないように願います）（猪兵衛や桃隣の指示に従って）
て、ともかくも留守相守り、火の用心よく仕《つかまつ》り候やうに仰せ付
（〔寿貞に〕）
けられ下さるべく候。このたび、所々状かずこれ有り候あひだ、
（あちこちから手紙が沢山に届きましたので）
重ねてつぶさに申し進ずべく候。以上
（〔今はこれまでとし〕後日再度詳細にお手紙いたします）

[一三]五月十一日　　ばせを

杉《さん》風《ぷう》様

荷《か》[一四]兮《けい》かたにて

[一五]世を旅に代《しろ》掻《か》く小《を》田《だ》の行きもどり

一〇 兄の松尾半左衛門。（二三九頁九行参照）
一一 二三九頁注一二参照。
一二 前頁注三参照。
一三 この日付は後人の誤写。（二三八頁＊参照）
一四 名古屋の荷兮の宅での吟。次に記す句の前書。（九四頁注五・二三九頁三行〜五行参照）
一五 〈この世そのものを旅と観念して、旅の空に日々を送り迎える私の境涯は、農夫が代掻き作業に精出して、田の中を際限なく行きつ戻りつしているようなものである〉「世を旅に」の語には、『おくのほそ道』冒頭部（一〇六頁二行〜五行参照）に表白する「人生即羇旅《きりよ》」との観念が生きている。「代掻く」とは、田植前の田に水を満たし、鍬《くわ》または馬鍬《まぐわ》を用いて土塊《つちくれ》をくだき、田面《たのも》を平らかにする作業。普通牛馬を使い、何度も田の中を往復する。「小田」の「小」は美称の接頭語。

野水《やすい》[一]隠居所支度《したく》[二]の折節《をりふし》

[三]涼しさを飛騨《ひだ》の工《たくみ》が指図《さしづ》かな

[四]涼しさの指図に見ゆる住まゐかな

句作り《〔右の〕》二色《ふたいろ》の内、越人《ゑつじん》[五]相談候て、「住まゐ」のかた《「住まゐかな」の句の方を》を採《と》り申し候。[六]「飛騨の工」まさり申すべく候や《「飛騨の工」の句の方がよいのではないでしょうか》。そのほか発句《ほつく》も致さず候《作りませんでした》。伊賀にて[七]歌仙一巻言ひ捨て申し候《気の向くままに吟詠しました》。

一 岡田佐次《さじ》右衛《え》門《もん》。備前屋と号する名古屋の富裕な呉服商。尾張蕉門の一人で、荷兮《かけい》（九四頁注五参照）・越人《えつじん》（六六頁注八参照）などと親しい。

二 建築準備。

三 〈夏の涼しさを、腕前のすぐれた大工の棟梁《とうりよう》が、まことに巧みに打ち出した隠居所の設計図であることよ〉「飛騨の工」とは、制令によって、飛騨の国から公事《くじ》に奉仕するため京都に送った木工労務者。それが当時は伝説化して、名工の代名詞として使用されていた。「指図」とは設計図。隠居所建築の設計図を賞讃《しようさん》して、野水に対する挨拶《あいさつ》の意を託した吟。

四 〈夏の涼しさが、設計図に巧みに表現されている、そのような素晴しい隠居所の計画であるよ〉前の句の別案で、同様に野水に対する挨拶の意を託する。

五 越人の意見を聞いてみたところが。

六 越人と反対の意見であることを述べて、杉風の意見をも求めた言葉。「住まゐかな」の句の方が、隠居所賞讃の意が明白で、野水に対する挨拶吟としての性格が濃厚となるが、そうした挨拶の場を離れた独立の作品としては、「飛騨の工」の句の方が、名工が巧妙に「涼しさ」を打ち出した腕前を嘆賞したところ、興趣ある吟と言える。

七 三十六句続ける形式の連句作品。当時の連句の代表的な形式。（一八〇頁八行参照）

五二、河合曾良《かあひそら》（惣五郎《そうごらう》）宛書簡

元禄七年閏《うるう》[八]五月二十一日・五十一歳

[九]先月二十五日御状〔五月二十五日付のお手紙〕、[一〇]小《を》川《がは》氏より届けられ候《さうらふ》て、拝見いたし候。[一一]小《を》田《だ》原《はら》まで御送りの礼〔礼状〕、[一二]島田より一通たのみ遣《つかは》し候。相届き申し候や。[一三]貴様御帰りの日に御書付〔あなたが御帰りの日に下さった案内書は〕、道々も[一四]次郎兵衛と申しやまず候〔便利な物と喜びあいました〕。箱根山のぼり〔のぼり道は〕、雨しきりになり候て、一里ほど過ぎ候へば〔歩いたらその間に〕、少し小降りになり候あひだ、[一五]畑《はた》まで参り、[一六]小《こ》揚《あげ》に荷を持たせ候て、宿《しゆく》まで〔次の宿場まで〕歩行いたし候て〔歩いて行って〕、下《くだ》り[一七]三《み》島《しま》まで駕籠《かご》かり、三島に泊り候。十五日〔五月十五日〕の晩がた、島田いまだ暮れ果てず候あひだ〔島田の宿に着いたが日がまだ暮れ切らないので〕、すぐに川〔大井川〕を越え申すべくやと存じ候へども、[一八]松平淡路《まつだひらあはぢ》殿[一九]金谷《かなや》に御泊り、宿《やど》も不自由にあるべくと、[二〇]孫兵衛かた訪れ候へば、是非ともにと留め候〔是非とも泊れと引き留めました〕。[二一]川奉行役《かはぶぎやうやく》の者にて候へ

＊この一書は、江戸の門人曾良（五三頁注五参照）に宛てた返書であるが、前掲の杉風《さんぷう》宛書簡と同日同所の執筆で、内容も関連する記事が多い。が更に、露川《ろせん》（沢市郎右衛門《さわいちろうえもん》。伊賀の出身で名古屋に移住した数珠《じゆず》商。尾張蕉門の一人）と荷兮《かけい》（九四頁注五参照）一派との不仲、支考《しこう》（二一九頁注一六参照）の伊勢俳壇進出、「軽み」の俳風、『続猿蓑《ぞくさるみの》』編集など、注目すべき記事が認められる。

八　二三八頁注一参照。

九　二三九頁注一〇参照。

一〇　小川次郎兵衛。俳号、風麦《ふうばく》。藤堂藩士で伊賀蕉門の有力者。曾良とは旧知の間柄。

一一　五月十一日に江戸を旅立った芭蕉（二三八頁＊参照）を、曾良は小田原を越えて箱根山麓《さんろく》まで送った。

一二　東海道の島田の宿《しゆく》。（二三八頁七行参照）

一三　曾良が芭蕉と別れて江戸へ引き返す日に、芭蕉の行く先々の地誌や神社について、案内記事を書き贈ったこと。（一七一頁注七参照）

一四　寿貞《じゆてい》（二四〇頁注三参照）の息子。

一五　足柄下郡《あしがらしもごおり》の畑。東海道の宿場。

一六　荷物を運搬する人夫。

一七　東海道の三島の宿。

一八　松平淡路守《あわじのかみ》。阿波《あわ》の国の藩主。

一九　東海道の金谷の宿。大井川の西岸。

二〇　塚本孫兵衛。俳号、如舟《じよしゆう》。（二三八頁注七参照）

二一　川庄屋《かわじようや》。街道《かいどう》筋の川越えの事を差配する職。

ば、「いかやうとも《どのようにしてでも》川を越させ申すべく候あひだ、まづ泊り候へ《とにかくお泊り下さい》」と申すうちに、大雨風一夜荒れ候て、当年の大水《今年最高の大出水》、三日渡りとまり《三日間川越え停止となり》候《ました》。さのみ俳諧の相手にもならざるほどの者ども《まともに俳諧制作の相手にもなり得ないほどの者どもは》、さきにも《本人もよく》よく合《が》点《てん》いたし《自覚していて》、俳諧話のみにて《俳諧の話だけをして》、近所草庵[一]のある所など見歩《あり》き、少しも《句や》の書きて《文を書いて》とらせ候へども、唐紙《たうし》[二]など、医者のかたまで才覚に《工面に》歩《あり》かせ候へども、一枚も御座無く、奉書[三]に竹などを書きてとらせ、三日《三日間》、[四]次郎兵衛足を休め、拙者も精気を養ひ、幸ひの水に出合ひ候《好都合な大出水に出合ったものです》。次郎兵衛、少し草臥《くたびれ》付き申し候ところ、三日《三日間》休み候に達者になり候て、随分つとめ候《精一杯に努力しました》。されども、もどり馬[五]あまり安きには、一里半・二里ばかりづつ乗せ申し候。尾張[六]・伊勢路にかかりては、肩も足も共に強くなり申し候。初旅[七]、奇特《きどく》《殊勝に》に続き申し候。

一、荷兮《かけい》[八]へ寄り候て、三夜二日逗留《とうりう》、荷兮よろこび、野水《やすい》[九]・越人《ゑつじん》[一〇]同前にて、語り続け申し候。朝飯・夕飯・夜食、一日[一一]に三所づつの振舞《招宴》にて、是非え参らざる《どうしても招宴に応じられない》かたより音物《いんもつ》《贈物》それぞれに心をつか

一 孫兵衛（前頁注二〇参照）が、連歌師宗長《そうちょう》の旧跡に建てた長休庵などをさす。
二 唐で製造して、わが国に輸入した紙。楮《こうぞ》の皮と嫩《わか》竹《たけ》の繊維とを材料とした紙で、書画用の高級品。
三 奉書紙。楮《ちょ》紙。楮《こうぞ》を材料として製した和紙。
四 前頁注一四参照。
五 客や荷物を運んだ帰り道の馬。客が無くても、どうせ帰らねばならぬので、割安で運んだ。
六 東海道の尾張の国（愛知県西部）を通過する部分から、伊勢参宮街道（三重県）にかけてのあたりに来たころには。
七 初めて経験する旅。
八 九四頁注五・二三九頁四行・二四一頁一〇行参照。
九 二四二頁注一参照。
一〇 六六頁注八・二四二頁四行参照。
一一 荷兮一派の門人たちが、争って芭蕉を食事に招待したことを言う。

ひ、[一二]例の浮気《うはき》者《もの》ども騒ぎののしり候。越人かたへは朝飯に参り、[一三]夏大根の人参汁《にんじんじる》、一風流と作をはたらかせ候《工夫をこらした料理でした》。いささか心入れ《少々考えるところが有》候ゆゑ《りますので》、[一四]鳴海《なるみ》・[一五]宮《みや》へは音信《おとづれ》ばかりにて《訪問しただけで宿泊しませんでしたら》立ち寄り申さず候へば、名古屋まで見舞に参り《出迎えに参りまして》、鳴海へ引き返すべきよし達て申し候を《引き返して泊るようにしきりに申しましたが》、いろいろ挨拶《あいさつ》いたし《言いなだめて》帰し候。[一六]名古屋古老の者どもは、少し俳諧も仕下《しさ》げたるやうに《退歩したように》相見え候。[一七]旦藁《たんかう》といふ者は、頃日《けいじつ》商ひにか《このごろ商》かり《売に熱心で》、風雅《俳諧》もやめて居り申すよし、てんぽなるうはさなど《移り気で軽率だとの評判などが》相聞え候。[一八]中老・[一九]若手さかりに勇み《さかんに張り切って》、俳諧もことのほか《格別に》精出だし候ゆゑ、よほど「[二〇]かろみ《軽み》」を致し候。秋冬の内、必ず迎ひを立つべきよし、達て《しきりに》申し候。まづ請け合ひ《一応承諾しておいて》、足早やに伊賀へ立ち越え候。[二一]露川《ろせん》かたは荷兮と出合ひこれ無きゆゑ《不仲で没交渉の状態であったので》、逗留《とうりう》の内[二二]だまり候て、町はづれ一里余りまで荷兮・越人[二三]大将にて若き者ども残らず送り出で、餞別《せんべつ》の句など道々申し候。

一二 荷兮は本来古風な作者で、芭蕉の唱道する新風に追随できず、元禄五年ごろ以降は蕉門から離反しつつあった。そうした荷兮一派の者たちが、いま芭蕉を迎えて、にわかに歓待に狂奔するさまを見て、苦笑する思いで述べた言葉。

一三 大切りの夏大根と一塩の鯛の切身とを入れた味噌《みそ》汁《しる》。

一四 鳴海の下里知足亭《しもざとちそくてい》。（六五頁注一八参照）

一五 熱田神宮のことより、その所在地である熱田を言う。但し、ここでは、同地の門人の林桐葉亭《はやしとうようてい》をさす。（四二頁注五参照）

一六 名古屋の古参の蕉門の門人たち。荷兮・野水・越人などをさす。

一七 杉田氏。尾張蕉門の一人。

一八 露川《ろせん》（二四三頁＊参照）をさす。

一九 尾張蕉門で露川一派の素覧《そらん》（三輪四郎太夫）と左次《さじ》（僧侶《そうりよ》）とをさす。

二〇 元禄三年以降に、特に芭蕉の唱道する俳風。（「二九、此筋《しきん》・千川《せんせん》宛書簡」参照）

二一 露川（二四三頁＊参照）やその一派の者（注一九参照）。

二二 露川一派の者は、荷兮一派と不仲なために、顔を合せるのを避けて、派手な歓待や見送りをしなかったことを言う。

二三 荷兮・越人の二人が、露川一派を意識し、勢力を誇示している情況がうかがえる。

[一]麦《むぎ》糠《ぬか》に餅《もち》屋《や》の店《みせ》の別れかな　荷《か》兮《けい》

[二]別れ端《ば》や思ひ出すべき田植歌　[三]傘《さん》下《か》

そのほか、《その他の句は》まづ《今は》忘れ候。越人も、挨拶《あいさつ》など《餞別吟》御座候。

荷兮かた《荷兮の一行と》別れ候あとを、露《ろ》川《せん》、[四]門人ひとり召し連れ、道にて待ちかけ、[五]佐《さ》屋《や》まで付き参り候て、佐屋に半日一夜とどまり、[六]ふらちなる言ひ捨て十句ばかり《勝手きままで言いたい放題の吟を十句ほど詠み》、俳談少々説き聞かせ候。これは《露川は》もと伊賀の[七]在辺《いなか》の生れにて候ゆゑ、「年々伊賀へ参り候あひだ、正月ごろ伊賀へ参るべく《今年も正月ごろに伊賀へ参ります》」と、《と言って》別れ候。

一、[八]長島大《だい》智《ち》院《ゐん》留守ゆゑ、久兵衛殿へ訪れ、夕飯粥《かゆ》を所望いたし、暮がた大智院帰られ候あひだ、一宿《いっしゅく》いたし候。藤田殿は病気のよし承り候ゆゑ、案内《連絡》申さず。もつとも寂び返りたる《いかにもひっそりと静まり返った》小地、誰出合ふ者も御座無きを幸ひのよろこびにて旅立ち候て、[九]久居《ひさゐ》に

一〈麦糠があたりに散っている。そのような侘《わび》しい餅屋の店先で、いよいよお別れをすることだ〉「麦糠」とは、小麦をひいて粉にする時にできる皮の屑《くず》。麩《ふすま》。鄙《ひな》びた餅屋の店頭の情景を言って、惜別の侘しい思いを表明した餞《せん》別《べつ》吟《ぎん》。

二〈いよいよお別れです。それにつけても、きっと後になって思い出すことでしょう。惜別の心にしみ入るように、折から聞えてくる、あの田植歌の哀調は〉「田植歌」とは、田植の時に早《さ》乙《お》女《とめ》などの歌う民謡で、鄙びた風趣があった（一一八頁注一参照）。田植歌の忘れがたさを言って、惜別の情を表明した餞別吟。

三 加藤治助。荷兮一派に属する尾張蕉門の一人。

四 素《そ》覧《らん》（前頁注一九参照）をさす。

五 尾張の国佐屋村。「五一、杉山杉風《さんぷう》（市兵衛）宛書簡」には、荷兮の一行が佐屋まで付いて来たように受け取れる記述をしていた（二三九頁四行〜五行参照）が、ここに述べるところが事実である。受信者に応じての配慮によるものであろう。

六 事実は、芭蕉・露川・素覧の三人による半歌仙（歌仙の前半の十八句続けた連句）を吟詠している。

七 露川は伊賀の国友生《ともの》（現在上野市内）の出身。

八 長島（三重県長島町）の大智院の住職良成。「久兵衛」は長島藩士吉田久兵衛豊幸《とよゆき》。「藤田」は家老の藤田八郎左衛門雅純《まさずみ》。（二四九頁注一九参照）

九 伊勢の国久居。（二三九頁注一六参照）

一宿にて伊賀へ二十八日に上着《じやうちやく》、[一〇]同姓よろこび、旧友[一一]土芳《どはう》・[一二]意《い》
専《せん》・[一三]半残《はんざん》、日夜語りよろこび申し候。蚤《のみ》・蚊多く、夏中は暮し
がたく候ゆゑ、[一四]膳所《ぜぜ》へ出で申し候。いまだ[一五]去来《きよらい》にも逢ひ申さず。
[一六]丈草《ぢやうさう》[一七]大津に居られ、[一八]盤子《ばんし》は伊勢山田をしこなし《伊勢山田の俳壇を勢力下に収め》、庵など結び
候て、[一九]長官一家《ちやうくわんいつけ》の洛中《らくちゆう》見物など取り持ち候とて《京都市内見物の世話に来ているとて》、大津へ一夜《〔私が〕大津へ一夜》
泊りに参り候ところ《泊りに出かけましたところ》、ひしと《ぱったりと》逢ひ候て、両夜《二夜》一日語り、また京《〔盤子は〕また京都》
へ上《のぼ》り候。[二〇]孫右衛門《まごゑもん》[二一]いよいよ声高《こわだか》によろこび、馳走《ちそう》いたし候。
茶時分《茶摘時分は》やかましく候ゆゑ、[二二]菅沼《すがぬま》殿に逗留分《とうりうぶん》にて候。追つ付け上
京、去来にも逢ひ申すべく候。[二三]嵯峨《さが》の屋敷、小さく改め《改築》候よし、
これよき閑地《閑静の地》に候あひだ、夏中はこれにも居り申すべく候。盆
後、[二四]伊賀半左衛門屋敷の中に[二五]草庵作り申すべきよし申し候ゆゑ、
盆後は八月中旬まで、また伊賀へ越え申すべく候。

一、[二六]沾圃《せんぽ》会感心、まづは早速相勤め候段《ともかく早速と俳席を主催した事は》、珍重《めでたく》満足のよし、御申し
伝へ下さるべく候。

一〇 兄の半左衛門をはじめ、松尾家の人々。
一一 一〇〇頁注六参照。
一二 二一二頁＊参照。
一三 四四頁＊参照。
一四 滋賀県大津市内。（二三八頁＊参照）
一五 一七二頁注一参照。
一六 一九二頁注六参照。
一七 滋賀県大津市。
一八 二一九頁注一六参照。
一九 伊勢神宮の長官。内宮《ないくう》の長官は荒木田《あらきだ》家、外宮《げくう》の長官は度会《わたらい》家。ここに言うのは、そのどちらか不詳であるが、神都においては共に絶大な権力を持ち、それと親密な関係を結んだ支考の社交性が注目される。
二〇 水田正秀《まさひで》。（一八〇頁＊・二三七頁七行参照）
二一 孫右衛門の声高は有名。それが、芭蕉を迎えた喜びで、一層声高となったこと。
二二 菅沼曲水《きよくすい》。（一六六頁注八・二二六頁注一参照）
二三 嵯峨にあった去来の別宅落柿舎《らくししや》。豪商の別荘を入手修理したもので、広壮であった。（一八五頁八行～一八六頁四行参照）
二四 伊賀にある芭蕉の兄の松尾半左衛門の住居。
二五 伊賀蕉門の人々が、芭蕉帰郷の折の宿所とし、芭蕉の指導を受け俳席を催す場所として企画した草庵。
二六 沾圃主催の俳席の作品は感銘を受けました。（二三六頁注一一・二四〇頁三行参照）

一二巻の歌仙《かせん》、名のこと、相心得候よし、御申し下さるべく候。追つて、くはしく申すべく候。用事ある御状、読めかね候あひだ、市之丞《いちのじよう》二御書かせ御越し候へと御申し、市之丞作意、大きに驚き、珍重めでたく候。重ねて委細。以上

ばせを
（書判）

閏《うるふ》五月二十一日

曾《そ》良《ら》様

題名考案の件は　承知したとの旨を　お伝え
詳細用件のお手紙は　代筆では徹底しかねますので
市之丞自身が書いてよこすように　市之丞の句の趣向は　大変意表に出た作で　まことに結構であります

一 芭蕉が、江戸在住中に、沾圃《せんぽ》・馬莧《ばけん》・里圃《りほ》の三人を連衆として巻いた四吟歌仙（一八〇頁注三参照）二巻をさす。共に『続猿蓑《ぞくさるみの》』所収。ゆえに、芭蕉の考案した題名は、『続猿蓑』であったと考えられる。

二 不詳。但し、馬莧（注一参照）は通称を権之丞といったので、それを誤記したものかと思われる。

＊閏五月二十二日に、芭蕉は膳所《ぜぜ》の曲水《きよくすい》宅（二三八頁＊参照）を出て、嵯峨《さが》の落柿舎《らくししや》に移り（二三九頁一〇行～一一行・二四七頁九行～一〇行参照）、六月十四日まで滞在する。この一書は、その滞在中に、江戸の猪兵衛（二三九頁注一二参照）に宛てて執筆したものであるが、桃隣《とうりん》（二一八頁注二参照）に対して営利的な前句付俳諧《まえくづけはいかい》（注七参照）に迷わぬように忠告し、また縁者や知人へ種々の配慮・伝言をするなど、注目すべき内容に富む。なお、この書簡には、更に前文が記されていたと思われるが、現在は不明である。

三 二一八頁注二・二三六頁四行～六行・二四〇頁三行参照。

四 一〇六頁注一〇参照。

五 二四〇頁注二参照。

六 風雅の神髄を会得している杉風・子珊の意に反しないように、「風雅の実」を探求しなさいと。以下の桃隣への忠告は、桃隣に点者（二〇七頁注一二参照）的営みのある（二一八頁九行～一四行・二三六頁四行～六行参照）のを気遣《きづか》ってのこと。

七 前句付の一種で、前句五句を出題し、それぞれに付句を求める遊戯的俳諧。優秀な付句に賞品を出すところより、大衆の射幸心をそそり、賭博《とばく》的様相を呈するまで堕落し、幕府が禁止令を出すに至った。

八 完全に生気を無くし萎《しお》れ縮むさまに言う諺《ことわざ》。

九 不詳。

五三、松村猪兵衛《ゐへゑ》宛書簡

元禄七年六月三日・五十一歳

一、桃隣《たうりん》[三]いかが相勤められ候《さうらふ》や。暑気の節、短夜といひ、会《俳諧の会》も心のままには成り申すまじく候。杉風《さんぷう》[四]・子珊《しさん》[五]、心にたがはざるやう[六]に「実《まこと》《風雅の実》」を御勤め候へと、〔桃隣に〕御申しなさるべく候。京都俳諧師《はいかいし》、五句付《づけ》[七]のことに付き閉門、俳諧沙汰《はいかいざた》びつしりと蛭《ひる》に塩かけたる[八]やうに候。様子段々《その次第様子を》、拙者口から申しのぼせ候も気の毒ゆゑ《気詰りですから》、具せず候《省略いたします》。かやうのところ《こんな結果になったのも》、ただ「実《まこと》《風雅の実》」を勤めざるゆゑと合点《がてん》を致し《自覚して》、むさとしたる《風雅の精神に反した》出合《であひ》・会など心持あるべき旨《慎重に用心するようにと》、桃隣へ御物語りなさるべく候。

一、市之進[九]殿、御無事に候や。しかるべく御心得たのみ存じ候《よろしくお伝え下さるようお願いいたします》。

一、この方《私かたは》、京《京都》・大坂《おほざか》[一]貧乏[二]弟子《でし》ども駆け集り、日々宿《やど》[三]を喰《く》ひつぶし、大笑ひ致し暮し申し候。

一、理兵衛[四]、細工これ無き時分《細工仕事の注文の無い時分》、せめて煩ひ申さず候やうに《病気にかからないでいるように》、御気を付けらるべく候。右の通り、寿貞《じゆてい》[五]にも御申し聞かせ下さるべく候。おふう[六]、夏かけて無事に候や。様子つぶさに《詳細に》、御申し越しなさるべく候。

一、宗波老《そうはらう》[七]・庄兵衛殿[八]へも、御心得なさるべく候《よろしくお伝え下さい》。さだめて《きっと》好斎老《かうさいらう》[九]たえず御見舞[一〇]下さるべきと、存ずることに候。追て《後日》、書状を以て《〔好斎老に〕手紙を出して》御意を得べく候《御挨拶するつもりです》。以上

六月三日　　桃青

猪《ゐ》兵《へ》衛《ゑ》様

一 大阪。（八五頁注一一参照）

二 素牛《そぎゆう》（広瀬源之丞《げんのじよう》。美濃蕉門。別号惟然《いぜん》）・支考《しこう》（二一九頁注一六参照）・洒堂《しやどう》（一六四頁＊・二〇六頁＊参照）などをさす。

三 芭蕉の滞在中の落柿舎《らくししや》をさす。（前頁＊参照）

四 寿貞（二四〇頁注三参照）の近親者で、猪兵衛（二三九頁注一一参照）とも身近な間柄の人と思われるが、なお不詳。但し、文面より、手細工仕事の職人であったことがわかる。

五 二四〇頁注三参照。

六 寿貞の娘。

七 五五頁注九・一八九頁注一一参照。「老」とは、年長者に対する尊敬の接尾辞。

八 不詳。

九 江戸深川《ふかがわ》の芭蕉庵の近くに住む隠者。「老」とは、年長者に対する尊敬の接尾辞。

一〇 寿貞の病臥する留守中の芭蕉庵を気遣《きづか》っての言葉。（二四一頁五行参照）

五四、松村猪兵衛宛書簡

元禄七年六月八日・五十一歳

[一一]寿貞《じゅてい》無仕《ぶし》合《あは》せ者。[一二]まさ・おふう同じく不《ふ》仕合せ。とかく申し尽し難く候《悲しい思いは言葉に言い尽せません》。[一三]好斎老へ別紙申し上ぐべく候へども《後ほど改めて手紙を差し上げますが》、急便にて、この書状《手紙》、一所《いっしょ》《一緒に》に御覧下され候《さうらふ》やうに頼み存じ候。万事御肝煎《おんきもい》り御精《ごせい》御出だしの段々、[一四]先書《せんしょ》にも申し来たり、さてさてかたじけなく、まことの不思議の縁にて、この御人たのみ置き候も《好斎老に寿貞の世話を頼んで置いたのも》、かやうに有るべき《このような事態になる》端《はし》《端緒》と存ぜられ候《であったかと思われます》。何事も何事も夢まぼろしの世界、一言《いちごん》理屈はこれ無く候。ともかくも、よきやうに御はからひなさるべく候。[一五]理兵衛もうろたへ申すべく候あひだ、とくと《よくよく》気をしづめさせ、取り乱し申さざるやうに、御示しなさるべく候《おさとしなさって下さい》。以上

＊ 芭蕉は、留守中の江戸深川の芭蕉庵に病臥する寿貞（二四〇頁注三参照）の世話を、猪兵衛（二三九頁注一二参照）や桃隣《とうりん》（二一八頁注二参照）などの近縁の者たちに依頼し（二四一頁四行〜六行参照）ておいたが、この一書は、その寿貞がついに永眠したとの猪兵衛からの急報に接し、哀惜痛恨の激情に堪えつつ、急遽《きゅうきょ》認《したた》めた返書である。

一一 この唐突な書き出しには、寿貞に対する、千万言にもまさる痛切な哀憐《あいれん》の情が込められている。俳人でも才女でもなかった寿貞に対する、このような芭蕉の真情の激発は、両人の間の愛情の深さを証するものである。但し、それを以《もつ》て、寿貞を、芭蕉の内妻・妾《めかけ》などと推測するのは、芭蕉の人生観と芸境とを解し得ない古来の俗説である。芭蕉は生涯独身であり、独身の男性に妾は有り得ない。芭蕉と寿貞とは、互いに切実な思いで結ばれていた、それぞれ独立の男女である。それでは解決とならぬと思うならば、それは低俗な好奇心というものである。（二四〇頁注三参照）

一二 二人とも寿貞の娘。（二四〇頁注三・前頁五行参照）

一三 前頁注九参照。

一四「五三、松村猪兵衛宛書簡」に、寿貞の世話を依頼していることをさす。（二五〇頁三行〜九行参照）

一五 前頁注四参照。

桃青（書判）

六月八日

猪《ゐ》兵《へ》衛《ゑ》様

＊六月十五日に、芭蕉は嵯峨《さが》の落柿舎《らくししゃ》（二四九頁＊参照）を出て、膳所《ぜぜ》にもどり、七月四日まで、おおむね義仲寺《ぎちゅうじ》境内の無名庵《むみょうあん》（一八一頁注七参照）に滞在する。この一書は、その無名庵において、江戸の杉風（一〇六頁注一〇参照）に宛てて執筆した返書であるが、門人の支考《しこう》・素牛《そぎゅう》・洒堂《しゃどう》・之道《しどう》などの動静、浪化上人《ろうかしょうにん》の入門、伊賀の門人たちの草庵普請、伊勢訪問の予定など、多様な内容である。但し、最も注目すべきは、「軽み」の代表的撰集『別座鋪《べつざしき》』発刊に関する記事と、芭蕉の「軽み」と「興《きょう》」との俳風を唱道するところの言葉とである。

一　同じく六月の十二日付の詳細な内容のお手紙。
二　芭蕉の兄の松尾半左衛門の住居。
三　二四七頁注二五参照。
四　寿貞《じゅてい》の息子。芭蕉に従って、上方《かみがた》（関西地方）に来ていた。（「五二、河合曾良《かわいそら》（惣五郎《そうごろう》）宛書簡」参照）
五　江戸。母親の寿貞が永眠した（「五四、松村猪兵衛《いへえ》宛書簡」参照）ための江戸下向。
六　二一九頁注一六・二四七頁四行〜七行・二五〇頁注二参照。
七　二五〇頁注二参照。

五五、杉山杉風《さんぷう》（市兵衛）宛書簡

元禄七年六月二十四日・五十一歳

六月三日御状《六月三日付の御手紙》、相達し候《さうらふ》。[一]同十二日御細書《ごさいしょ》、二十二日に京《京都》より廻り大津へ相届き候。いよいよ御無事のよし、珍重大慶ななめならず《まことにめでたい限りであります》候。拙者、まづ息災《まあまあ無事に》にて土用も過し候。随分性《しやう》をもまざるやうに《気根を痛めないように》合点《がてん》《自戒しておりましたが》いたし候へども、行くところ帰るところ、人多きに入り乱れ迷惑《困惑》いたし候。伊賀にて[二]同名屋敷《どうみやう》の内に[三]庵つくり《庵をつくろうと計画して》候とて、当月四日より門人ども普請はじめ、盆前に伊賀へ迎へ《〔私を〕》申すべきよし、段々《事の次第を》申し越し候あひだ、盆は旧里《きうり》の墓参など致すべくと存じ候。[四]次郎兵衛そこもと[五]へ下り候へども、[六]盤子《ばんし》・[七]素牛《そぎう》と申す両人一所《いつしょ》《一緒に》に付き添ひ申させ候て、不自由なること御座無く候あひだ、御気遣《おんきづか》ひなさるまじく候。盤子は[一]伊勢山田を仕伏せ候て《伊勢山田の俳壇を勢力下に収めて》、小庵を結び候よし、おひおひ申し来たり候ゆゑ、伊勢下りかかり申させ候へども《伊勢を訪問する手がかりを作られた次第ですが》、まづ[二]修行のため、且つは次郎兵衛[三]帰り候までは、木曾塚[四]無名庵《むみやうあん》に一所《いつしよ》に相勤め申し候《とどまっております》。近ご[五]ろ手柄と、ほめ申すことに御座候。右の首尾《次第》ゆゑ、山田へも少しの滞留に拙者も当秋冬の間に参らでは、盤子《ばんし》ため悪しく候あひだ、さだめて《かならず》参宮がてら参り申すべく候。

大坂《おほざか》[六]の之道《しだう》[七]・洒堂《しやだう》[八]両門人、別々に京《京都》まで飛脚、音物《いんもつ》《贈物》さし越し、之道は二《に》[九]上《あが》り三嵯峨《さんさが》に[一〇]一所に居り申し候《一緒に居りました》。越中《ゑつちゆう》[一一]の御堂東御門主《みだうひがしごもんしゆ》の御舎弟《ごしやてい》、浪化《らうくわ》と申す[一二]御隠居、[一三]御門跡御遷化《ごもんぜきごせんげ》に付き上京、忌中ながらに去来《きよらい》[一四]まで訪ねられ、対顔《面会》いたし候。門人になさるべきよし達て御申し候を《門人にしてほしい旨をしきりに言われるのを》、いろいろことわり《辞退》申し候へども、さまざま御ことわり御申し候て《道理を尽して懇望されて》、門人の約束いたし候。それにつき《そんな訳ですので》、『有磯海集《ありそうみ》[一五]』急々《きふきふ》御仕立て《仕上げたく》、門人の発句《ほつく》ども、去来たのまれ少しづつ取り集め候あひだ、そこもとより〔発句を〕御寄せなさるべく候。

一　二四七頁四行参照。
二　第一には、盤子（支考《しこう》）の修行のため。芭蕉が伊勢に行って、援助したりしないで、盤子の独力でやらせることを言った。
三　江戸から帰るまではと。母を亡くし、心細い思いで帰って来る次郎兵衛に対する思いやり。
四　義仲寺《ぎちゆうじ》境内の無名庵（前頁＊参照）。義仲寺には木曾義仲《よしなか》の塚があり、義仲の霊を祀《まつ》る。
五　伊勢山田の俳壇を勢力下に収めるとは、まことに大した手柄であると。伊勢山田は古来俳諧が盛んで、多くの宗匠が勢力を争っていた。
六　大阪。（八五頁注一一参照）
七　槐本《かいもと》氏。通称、伏見屋久右衛門。薬種商。大阪蕉門の一人。
八　浜田洒堂。近江《おうみ》蕉門の一人。当時、大阪に移り住んでいたが之道と不仲であった。（一六四頁＊参照）
九　三味線《しやみせん》の調絃法に言う「二あがり三さがり」の語を、枕詞のように「嵯峨」に言い掛けて戯れた。「嵯峨」とは、嵯峨の落柿舎《らくししや》（二四九頁＊参照）。
一〇　閏《うるう》五月二十二日から六月十四日までの落柿舎滞在中のこと。（二四九頁＊参照）
一一　越中井波《いなみ》（富山県井波町）の瑞泉院《ずいせんいん》十一世住職で東本願寺十五代法主常如上人《ほっすじょうにょしょうにん》の異母弟。
一二　当時、二十四歳の浪化を、「御隠居」と称するのは、僻地《へきち》に閑居の身分であることによる。
一三　東本願寺十五代法主常如上人が死なれたので。

一、『別座鋪《べつざしき》』[一六]、門人残らず驚き、もはや手帳にあぐみ候をりふし《既に技巧を手柄とする作風に飽きの来た折から》、かくのごとく有るべき時節なりと、大手《おほて》を打つて感心いたし候。右の通り、三神《さんじん》[一七]かけて挨拶《あいさつ》申し進じ候に御座無く候《お世辞で申し上げるのではございません》。もとより他へ出で申さず候ゆゑ、他門宗匠《他流派の》の沙汰《さた》《評判》承らず候。大坂にて、伊勢より出で候一有《いちう》[一八]と申す俳諧師《はいかいし》かたにて、才麿《さいまろ》[一九]見申し候て、「あまり世の風俗俳諧手詰り候やうになり候ところ《世間に流行の俳諧が行き詰ったような状態になったので》、なにさま《何とかして》、いかやうにもこれ有るべきことと《適当な打開策を講ずる必要があると》、内々《ないない》存じ候。これはこれは《〈別座鋪を拝見して〉》と驚き候」よし、一有・洒堂に語り候よし、相聞え候。才麿、いつはりに申すとは存ぜず候《思われません》。まづ、他はともかくも《他流派の宗匠はともかく》、曲水《きよくすい》[二〇]・正秀《まさひで》[二一]・去来・之道・洒堂大きによろこび候あひだ、桃隣《たうりん》[二二]・子珊《しさん》[二三]仕合せにて候。清書[二四]、貴様に見せ申さず候よし、両人共に初めての板行《はんかう》《刊行》に候へば、これも尤《もつと》もに候。何遍もあらため《点検し》、新たに目を頼みあらため候ても《別人に頼んで点検をくりかえしても》、二《ふた》ところ三《み》ところは相違《誤り》これ有るものに候。これまで段々江戸より出で候板木《はんぎ》[二五]《今までに沢山に江戸から刊行された本の》、門人の中とても《門人の刊行するものでも》拙

（注一一参照）

一四 去来（一七二頁注一参照）を訪問され、その紹介によって。

一五 浪化の芭蕉入門記念の撰集。元禄八年刊。題名は、芭蕉の発句「早稲《わせ》の香《か》や分け入る右は有磯海」（一四五頁七行参照）による。

一六 杉風・桃隣の協力を得て、子珊の編集した撰集。芭蕉が江戸を旅立つ（一三八頁＊参照）に際しての吟「紫陽花《あぢさゐ》や藪《やぶ》を小庭の別座鋪」による題名。その序文に、「今思ふ体は、浅き砂川を見るごとく、句の形・付心《つけごころ》ともに軽きなり。その所に至りて意味あり」と、芭蕉の言葉を伝え、「軽み」の風調を具現した撰集と評される。（一五三頁＊参照）

一七 和歌三神に誓って。「和歌三神」とは、和歌を守護する三柱の神。住吉《すみよし》明神・天満《てんま》天神・玉津島神《たまつしまのかみ》（衣《そ》通《とおり》姫）など異説が多い。

一八 斯波《しば》氏。医者。伊勢山田出身。大阪住。

一九 二〇頁注六参照。元禄二年以降、大阪に移住。

二〇 近江蕉門の一人。（一六六頁注八参照）

二一 一八〇頁＊参照。

二二 注一六・二一八頁注二参照。

二三 注一六・二二・二四〇頁注二参照。

二四 桃隣・子珊が、『別座鋪』の板下《はんした》の清書を、世話人のあなたにお見せしないで刊行したよし。「貴様」は尊敬の意を伴う代名詞（一七一頁五行参照）。

二五 書物を印刷するために彫刻した木板《もくはん》。

者下見いたさざるには、誤り少しづつこれ無き本は御座無く候。誤り[一]は人重ねて《再度刊行の折には》、覚悟いたし候やうに《注意するように》、御申しなさるべく候。の申し分《ぶん》。是非なく候《やむを得ないことです》。

一、野坂《やば》[二]・利《り》[三]牛《ぎう》[四]御除き、〔二人が〕腹立ち候よし、尤《もっと》もに候。この連衆《れんじゅう》、一所《いっしょ》に申し合せ置き候ところ《互いに協力するよう約束しておいたのに》、御隔て《冷遇》の恨み、有るまじきにもこれなく候。[五]一巻は御入れ候ても、苦しかるまじく候。〔私から〕両人かたへも、よろしく申しつかはし候。

一、[六]そこもと宗匠ども、〔別座鋪を〕とやかくと難じ《非難》候よし、御とりあへなさるまじく候《相手にならずに勝手に言わせておきなさい》。「随分追ひ付き候て《せいぜい新風に追随して》、米櫃《こめびつ》の底かすらぬやうに致せ《生活に窮することがないようにしろ》」と御申し《と言ってやり》、一円一円《いちゑんいちゑん》御構ひなさるまじく候《全く掛かり合わずにいなさい》。上方筋《かみがたすぢ》[七]の沙汰《さた》、杉《さん》風《ぷう》はただ《全く》実《じつ》の人柄《まじめ一方の》ゆゑ、拙者門人の飾りまでと存じ《添え物ぐらいに思っており》、子珊《しさん》といふ者は、前かた沙汰なき作者にて候に《別座鋪刊行まで全く無名の作者であったのに》、このたび両人の働き、「さてもさても」とて、いづれも驚き入り申し候。桃隣《たうりん》はかねて俳諧《はいかい》あがり候沙汰を人々申しならはし候ゆゑ《上達したとの評判を人々が一般に申しておりますので》、なほこのたび《やはり別座鋪での働》

一　誤りは、他人の非難を、甘んじて受けるしか仕様がない。
二　二三六頁注一四参照。
三　池田氏。両替店越後《えちご》屋の手代。江戸蕉門の一人。野坂らと共に、「軽み」の新風の撰集『炭俵《すみだわら》』を編集した。
四　『別座鋪』に、野坂・利牛らの作品を、ほとんど載せなかったこと。以下の文は、それを手落ちとして、注意したもの。
五　野坂・利牛らの作品も、歌仙一巻ぐらいは収載なさっても、よかったのではないでしょうか。
六　江戸の宗匠ども。『別座鋪』の新風に追随できず、その欠点を強いて捜して非難した嵐雪《らんせつ》（五六頁注四参照）らの一派をさす。
七　上方（関西）方面での評判では。
八　桃隣が点取《てんとり》俳諧の悪風に染まりがちなことを、芭蕉は前から常に心配していた。（二一八頁九行〜一四行・二三六頁四行〜六行・二四九頁二行〜九行参照）
九　元禄三年の歳旦吟（一七一頁＊参照）以来、芭蕉の強力に唱道して来た「軽み」の新風が、俳諧性の本質である「興」と相伴って、芭蕉最晩年の芸境の背骨となっていることが知られて、注目すべき言葉である。
一〇「人々にも」と言うところ、単に杉風個人に対する忠告でなく、当時の芭蕉の根本的な主張として、門

尤もと請け合ひ候《きは予期通りと承服しています》。おひおひ八打ち返し申さざるやうに《〔点取俳諧の境地に〕逆戻りしないように》、御申しなさるべく候。まづ「九軽み」と「興《きよう》」ともつぱらに御励み、一〇人にも御申しなさるべく候。少々くたびれ候あひだ、追《後日の手紙で》てこれを申し進ずべく候《この事を詳しく説明いたします》。以上

六月二十四日

ばせを（書判）

杉風様

一一嵯《さ》峨《が》

一二六月《ろくぐわつ》や峰に雲置く嵐山《あらしやま》

一三清《きよ》滝《たき》や波に塵《ちり》なき夏の月

人たち一般に示教した言葉である点、特に注意すべきである。

一一 以下に列記する四句の前書で、嵯峨の落柿《らくし》舎《しや》に滞在中（二四九頁＊参照）の吟であることを示す。

一二〈そよりとも風吹かぬ炎暑の六月。峰に目くるめくような入道雲を押し上げている嵐山の夏姿よ〉上五を「六月《ろくがつ》」と音読させ（芭蕉自身音読の振仮名を付ける）て、炎暑の情景にふさわしい語勢を出し、中七に「雲置く」と夏雲の重量感を言って、花時の春や紅葉の秋とは一変して、盛夏六月の雄大な嵐山の景観を表明した吟。

一三〈その名のように清澄な清滝川。その川波は一点の塵もとどめず澄み切って、夏の月光が川底まで明るく射し込んでいる〉「清滝」とは、嵐山の山中で大堰《おおい》川《がわ》の上流と合流する渓流《けいりゅう》。但し、事実は大堰川での吟であったのを、清澄感を強調するために、「清滝」と改作したもの。が更に、この句を、元禄七年十月九日に、臨終近い病床の芭蕉は、「清滝や波に散り込む青松葉」と改吟した。ところで、この改吟の句にとどめる旧作の姿としては、わずかに清滝の波が存するだけで、「夏の月」を捨てて夜景を昼間の景に転じ、塵なき清澄なさまから青松葉をも吹き散らす青嵐《せいらん》の爽快《そうかい》な情景へと改めている。この全面的な改吟は、永眠を三日の後にひかえた病床でのことであるから、表白するところの清新爽快な情景は、言わば芭蕉の心象風景である。死に至るまで、芭蕉の心を去らぬ句であった。

一 夕顔に干瓢《かんぺう》むいて遊びけり

二 朝露や撫《な》でて涼しき瓜《うり》の土《つち》

三 曲《きよく》水《すい》亭《てい》

四 夏の夜や崩《くづ》れて明けし冷《ひや》し物

そのほか、五 不定《ふぢやう》の句ども後《あと》より。

一〈折から夕顔の花が咲いている。その花の下で、手すさびに干瓢をむいて、その長い干瓢に遊び興じることだ〉「干瓢」とは、夕顔の果実の肉部を、薄く細長く皮をむくように削《そ》いだのを、乾《かわ》かして食品とするもの。そうしたものに興じるこの句は、童心にかえっての感興を表白した吟。前掲の二句の雄大・清新なのとは異質の作であるが、そうした興趣を尊重するのが、芭蕉晩年の俳風であった（前頁二行参照）。「夕顔に」の「に」は切字《きれじ》的用法。

二〈あたりには、しとどに朝露がおりている。そうした朝に、ふと撫でてみた手の内の、何という涼しさであろう。瓜のまだ土の付いたままの膚は〉微妙な感覚を、鋭敏に表白した吟。

三 六月十六日の夕方から、膳所《ぜぜ》の曲水亭（一六六頁注八参照）に門人たちと会し、一夜の歓を尽した翌朝の吟。

四〈短い夏の夜であることよ。が、見れば、すっかり崩れて、夜明け時の鉢の冷し物は、一夜の歓の跡を示している〉「冷し物」とは、大根・瓜《うり》・蓮根《れんこん》・桃・栗《くり》・梨《なし》などを、鉢の水につけて冷した夏の料理。宴席の終りがたに出す料理で、その冷し物が崩れて来ていることによって、時間の経過が知られる。且つ、その崩れた姿に、一夜の歓を尽した後の、一種けだるいような微妙な哀感が表白されている。

五 まだ成案に至らない句どもは、後日の手紙でお知らせします。

五六、骸《がい》骨《こつ》の絵《ゑ》讃《さん》

元禄七年六月下旬・五十一歳

六本間主馬《ほんましゆめ》が宅に、骸骨どもの笛《ふえ》・鼓《つづみ》をかまへて能《のう》するところを描きて、舞台《〔能の〕》の壁に掛けたり。まことに生前《しやうぜん》のたはぶれ《所業》、などか《どうして》この遊びに異ならんや。七かの髑髏《どくろ》を枕《まくら》として、八つひに夢うつつを分かたざるも《夢か現実か分けがたい境に入ったのも》、ただこの生前を示さるるものなり《全くこのような生前の所業のはかなさを示されたものである》。

九稲妻《いなづま》や顔のところが薄《すすき》の穂　ばせを

＊この一篇は、義仲寺《ぎちゆうじ》境内の無名庵《むみようあん》に滞在中（二五三頁＊参照）の芭蕉が、大津の能太夫本間主馬《のうだゆうほんましゆめ》の宅での俳席に、正客として参加した時、骸骨どもの能を演じている絵に讃したもの。骨相観に基づく句文で、人生は髑髏《どくろ》の舞のごとしとの無常観を表明したものであるが、「稲妻や」の句は印象的で凄味《すごみ》がある。

六 俳号、丹野《たんや》。通称、佐兵衛。（＊参照）

七 かの荘子が髑髏を枕として寝て。『荘子』に、「髑髏を援《ひ》きて枕として臥《ふ》す」とあるのによる。

八 注七の『荘子』の記事に、荘子は夢の中で髑髏に会って、再び人間にもどることをすすめると、髑髏は生前の無意味さに較べて今の境涯のまさることを言って断った、との話のあるのをさす。

九 〈突如、稲妻が一閃《いつせん》した。と、あでやかに舞っている人の顔のところが、薄の穂となって、青白く浮びあがった〉髑髏の目から薄の生え出た小野小町《おののこまち》の霊が詠《よ》んだと伝える歌、「秋風の吹くにつけてもあなめあなめ小野とは言はじ薄生《お》ひけり」（謡曲「通小町《かよいこまち》」）を踏まえる。無常観を主題とした吟であるが、具象的で怪奇な迫真性がある。

五七、河合《かあひ》曾良《そら》（惣五郎《そうごらう》）宛書簡

元禄七年七月十日・五十一歳

一、沾圃《せんぽ》[一]歌仙[二]珍重、沾徳《せんとく》[三]も出合ひ申され候よし、感吟申し候。京・大坂《おほざか》[四]・膳所《ぜぜ》[五]の作者、目はづかしき者ども見候あひだ、随分新意の「軽み」にすがり、劣りなきやうに勤められ候《さうらふ》やう、御伝へ下さるべく候。『猿蓑《さるみの》』[六]の追加、『別座鋪《べつざしき》』[七]『炭俵《すみだはら》』[八]の鳴り渡りおびただしく候ゆゑ、またいよいよ改め候はでは、先集のきず残念に候ゆゑ、八月中伊賀にてとくと改め、秋中には[九]出板申すべく、他へは[一〇]沙汰《さた》これ無く、沾圃へ御伝へなさるべく候。取り重なり候ゆゑ、何事も申し残し候。

ばせを

上出来　俳席に参加なさったそうで　見事な出来です　京都
すぐれた鑑識眼のある者どもが注目していますから　新趣向
の「軽み」を専らとして〔その者どもに〕
世評は好評さ
くさくたるものでありますので　一段と念を入れて検討しなくては　『猿蓑』の名を汚し
ては残念でありますから　入念に検討し　出版
筆がたてこみまして　意を尽さぬことばかり書きました　返書執

＊七月五日に、芭蕉は義仲寺《ぎちゆうじ》境内の無名庵《むみようあん》（二五三頁＊参照）を出て、同月十日過ぎごろまで、京都桃花坊の去来《きよらい》の宅に滞在する。この一書は、その去来宅において、江戸の門人曾良（五三頁注五参照）に宛てて執筆したもの。前半が欠落した不完全な書簡であるが、「軽み」の俳風を鼓吹し、『続《ぞく》猿蓑《さるみの》』の刊行計画や『別座鋪《べつざしき》』『炭俵《すみだわら》』の好評を伝えるなど、当時の芭蕉の最大の関心事が列記されていて注目される。

一 二三六頁注一一・二四〇頁三行・二四七頁一三行参照。

二 二四二頁注七参照。なお、「珍重」とは、優良な作品を評価する俳諧《はいかい》の慣用語。

三 二二九頁注一二参照。

四 大阪。（八五頁注一一参照）

五 主として蕉門の俳人たちをさす。

六 『続猿蓑』。沾圃ら編。元禄十一年五月刊。「軽み」の風体《ふうてい》の撰集として著名。（二四八頁注一参照）

七 元禄七年五月刊。（二五五頁注一六参照）

八 野坡《やば》（二三六頁注一四参照）・孤屋《こおく》（小泉氏。両替店越後屋《えちご》の手代。江戸蕉門の一人）・利牛《りぎゆう》（二五六頁注三参照）の共編。元禄七年六月刊。「軽み」の風体の撰集として著名。

九 芭蕉の計画では、『続猿蓑』を、元禄七年秋の内に刊行の予定であったことが知られる。

一〇 他の門人たちには知らせないで。当時、江戸蕉門では、其角《きかく》（二一一頁注九参照）・嵐雪《らんせつ》（五六頁注四参照）・桃隣《とうりん》（二一八頁注二参照）が撰集の出版を計画中で、互いに悶着《もんちゃく》している折であったので、芭蕉は、それらの門人に、沾圃の『続猿蓑』の編集にだけ協力していることを、知られないようにと配慮したのである。

二 男性に対する尊称。（一八二頁五行参照）

七月十日

曾良雅[二]丈

五八、向井《むかゐ》去来《きょらい》（平次郎）宛書簡

元禄七年八月九日・五十一歳

三文字屋便の御芳翰《三文字屋の飛脚便に託した御手紙》ならびに[一]江戸・大津の状ども御届け、これまたかたじけなく存ぜられ候《さうらふ》。いよいよ御無事の旨、珍重浅からず存じ《めでたい限りに存じます》候。御《ご》一家《いっけ》別条相聞えず《平穏な御様子で》、めでたく存ぜられ候。拙者、まづ無異《ぶい》に罷《まか》り在り候。頃日《けいじつ》《このごろ》は少々冷気

（この間、切り継ぎにより一部分脱落不詳）

[二]素牛《そぎう》・[三]丈草《ぢやうさう》、相変ること御座無く候や。

[四]ここもと、たびたび会御座候へども《俳席が催されますが》、いまだ「軽み」《軽みの風体に》に移りかね、しぶしぶの俳諧《停滞した俳諧の境地で》、さんざんの句のみ出で候て《ひどい句ばかりが詠み出されて参りまして》、迷惑いたし候《当惑いたしております》。[五]この中《ぢゆう》、[六]脇《わき》二つ致し候《二句詠みましたので》あひだ、お目にかけ候。

＊ 七月中旬に、芭蕉は去来の宅（二六〇頁＊参照）を出て伊賀に帰郷し、実家の裏庭に門人たちの新築した草庵（二四七頁一一行・二五三頁六行参照）に、九月七日まで滞在する。この一書は、その草庵（義仲寺《ぎちゆうじ》の草庵と同様に「無名庵《むみようあん》」と称する）において、京都の門人去来（一七二頁注一参照）に宛てて執筆した返書。中間が切り継ぎによって一部分脱落した不完全な書簡であるが、伊賀の門人が今なお「軽み」の風体《ふうてい》を体得せぬのを嘆じている点、特に重要である。そのほか、芭蕉の近作や近況など、注目すべき記事が見える。

一 江戸・大津から、京都の去来気付《きづけ》で送られて来た芭蕉宛の手紙どもを御届け下さって。芭蕉が帰郷前に去来宅に滞在していたことによる。（＊参照）

二 二五〇頁注二参照。

三 一九二頁注六参照。

四 芭蕉帰郷中の伊賀の国上野。

五 過日来の俳席で。

六 連句の二句目。（一一八頁注二参照）

七 発句の、〈耳をすましていると、おりおり聞えてくる。雨戸にさわる、かすかな荻の葉擦《はず》れの音が。そのかそけさに、秋風のそよ吹くさまが察せられる〉と言う秋の庭の風趣に味到して、〈放してやった所には、じっとして居らないで、彼方《かなた》の草むらから、涼しい鳴き声を送って来る松虫であるよ〉と、素直に発句の情趣に即応して付けた脇。『三冊子《さんぞうし》』に、この脇を、「発

句の位を思ひしめて、匂《にほひ》よろしく事もなく付けたる句なり」と評する。発句の作者は、伊賀の門人の広岡雪芝《ひろおかせつし》（山田屋と号する造酒屋《つくりざかや》）。

八 発句の、〈すさまじく荒れに荒れて、その果ては海に出て、はるかに海上を荒れ狂って行く野分であるよ〉と、颱風《たいふう》一過のさまを言うのに応じて、〈鶴が頭を高く上げて、あたりを見まわしている。粟畑の穂の間に立って〉と、野分の収まって後の、静かな田園の情景を付けた脇。『三冊子』に、この脇を、「野分すさまじく荒れ、やうやく収まりて後を言ふ句なり。静かなる体《てい》を脇とす」と評する。発句の作者は、伊賀の門人の窪田意専《くぼたいせん》（二一二頁＊参照）。

九 大阪（八五頁注一一参照）。但し、ここでは、当時大阪在住の門人の洒堂《しやどう》（二五四頁注八参照）や之道《しどう》（二五四頁注七参照）をさす。

一〇 洒堂と之道とは、共に前々から芭蕉の来阪を懇望し、従って芭蕉もその予定でいたのに、今になって全く連絡を絶ったことに対する怒りの言葉。その原因としては、当時、洒堂と之道との不和（二五四頁注八参照）が昂《こう》じていたことが考えられる。

一一 注九・注一〇参照。

一二 潮江《しおえ》長兵衛。大阪蕉門の一人。当時、洒堂と之道との仲（注一〇参照）を取り持っていた。

一三 二五四頁四行〜六行参照。

一四 神嘗祭《かんなめのまつり》の神事。新穀を神宮に奉る祭儀で、当時は九月に行われた。

○ [七]をりをりや雨戸《あまど》にさはる荻《をぎ》の声
　放す所にをらぬ松虫

○ [八]荒れ荒れて末は海行く野分《のわき》かな
　鶴《つる》の頭《かしら》をあぐる粟《あは》の穂

「鶴」は、常体《じやうてい》の気色に落ち申すべく候や。
（「鶴」の句は　ありきたりの趣に堕しているでしょうか）

一、[九]大坂《おほざか》より、つひに一左右《いつさう》これ無く、[一〇]さてさて不届者ども。さながら打ち捨て候も、おとなしからずと存じ候て、頃日これより[一一]洒堂《しやだう》まで案内いたし候へば、[一二]車要《しやえう》かたより、「早々待ち申す」などと申し来たり候。一円《いちゑん》心得がたく候あひだ、名月過ぎ、まづ[一三]参宮と心がけ、九月の[一四]御神事拝み申すべくと存じ候。素牛など伊勢の出合ひ所望に候はば、ひそかにその旨心得られ候やう
（何の連絡も無く／そのまま／まに放置しておきますのも／おだやかでないと思いまして／先日私の方から／手紙を出しましたら／早々の来阪をお待ちします／全く納得がいきませんので／伊勢参宮／伊勢で私と会うのが希望であるならば／内々に私が伊勢に行くことを承知しているよう）

に、御伝へなさるべく候。ここもと、国司[一]帰城、どこやら事《なにかにつけて煩わ》やかましく候あひだ《しい状態でありますので》、おつつけ《そのうちに》他境へ移り申すべく候。

一、高橋条助《でうすけ》[二]殿、御上り《〔京都に〕》、御語りのよし、なつかしく存じ候。曲水《きよくすい》[三]子《し》、無事と存じ候。年内いま一度参会、かたく契り置き候。これらの人々、すぐれたる器《うつは》《器量人》にて候。なほ重ねて申すべく候あひ《手紙を差し上げますか》だ《ら》、まづ《今回は》、かくのごとくに御座候。以上

ばせを

八月九日

（書判）

去《きよ》来《らい》雅丈[四]

なほなほ、江戸へも書状《手紙》つかはしたく候。重ねて御無心申し進じ申すべく候《また飛脚便のお世話をお頼みすることと思います》。名月、この方にて《当方伊賀で》山家《さんか》を楽しむべく候《山家の月見を》。

そこもと、御風流御座なさるべく候《月見の俳席を催されることと思います》。

一 藩主藤堂高久は、この年八月六日に上野に来て、九月六日に伊勢の津に去った。（『永保記事略』）

二 近江《おうみ》蕉門の一人。俳号、怒誰《どすい》。膳所《ぜぜ》藩士。菅沼《すがぬま》曲水（一六六頁注八・二二六頁注一参照）の実弟で、高橋家を継承。

三 注二参照。「子」は親愛の意を表す添字。

四 男性に対する尊称。（二六一頁二行参照）

＊九月八日に、芭蕉は二箇月近く滞在した家郷の無《む》名庵《みょうあん》（二六二頁＊参照）を旅立って、大阪に向い、九日に洒堂亭《しゃどうてい》（二五四頁注八参照）に投宿する。この一書は、その旅宿において、京都の門人去来（一七二頁注一参照）に宛てて執筆したもの。冒頭は、去来から芭蕉の故主の藤堂新七郎家（七三頁注一一・一六〇頁＊・同頁注五参照）に牡丹が献上されたことへの謝辞であるが、以下、『続猿蓑《ぞくさるみの》』を支考《しこう》（二一九頁注一六参照）を相手に編集し終り、去来に刊行の世話を依頼する重要な記事が見える。追記の、遠慮の無い借金の申し込みは、師弟間の親密さと芭蕉の清貧とを示す。

五 牡丹の荷の飛脚便に託された御手紙ですが。

六 あなた（去来）から牡丹を贈られた藤堂新七郎良長公のよろこびは。（＊参照）

七 牡丹の名木。白い花の茂安《もあん》、濃紅の花の倉橋《くらはし》、緋《ひ》牡丹の並河《なびかわ》など。これらを良長に贈ることは、元禄四年以来の計画であった。

八 ＊参照。

九 大阪。（八五頁注一一参照）

一〇 ＊参照。

一一 大阪の俳人たちと近付きになりました。知名な芭蕉の来阪とて、多くの俳人が集まって来た事を示す。

一二 洒堂（＊参照）が、知名な芭蕉の来訪とて、俳人仲間に通報し、大仰な情況になったのに対する言葉。

一三 二〇六頁注六参照。

五九、向井去来（平次郎）宛書簡

元禄七年九月十日・五十一歳

[五]牡丹《ぼたん》の便《びん》の御報ながら、つぶさに相達し候《詳細な内容を拝見しました》。御無異《ごぶい》に御暮しなされ候《さうらふ》よし、満悦浅からず《よろこばしい限りに》存ぜられ候。[六]牡丹のよろこび、おほかたならず《なみなみではなく》、拙者よりよくよく礼申し進じ候へと申され候。[七]よき木をつかはされ《お送り下さって》、拙者別して《格別うれしく》珍重に存ぜられ候。

拙者、[八]八日に伊賀を出で候て、[九]九日大坂《おほざか》へ到着いたし候。[一〇]洒堂亭《しゃだうてい》を仮の旅宿《りよしゆく》と相定め候。少々、昨日より今日《今日に》かけて、[一一]近付きに罷《まか》り成り候。何とぞ目に立たぬやうに、[一二]おとなしくあしらへかしと存ずる《ひかえめに扱ってもらいたいものと》ことに候。[一三]貴様も《あなたも》一夜泊りになりとも御入来《ごじゆらい》候はば、大悦本望たるべく候。

一、『猿蓑後集《さるみのこうしふ》』[一]、伊勢より支考《しかう》[二]参り候を相手に、やうやう仕立て候《やっと編集を完了しました》。いそがしまぎれに取りかため候へば《仕上げましたので》、心もとなく《不安に》存じ候へども、前集[三]に大負けはすまじきやうに存じ候。もつとも、下見《草稿の点検》・板《はん》のあらまし《刊行作業の大略》、[四]またまた貴様《あなたが》御世話なされ下されず候はでは、成り申すまじく候。

『浪化集《らうくわしふ》』[五]沙汰《さた》[六]なきよし、心もとなく《不安に》存じ候。発句ども、御集め置きなさるべく候。

一、『続猿蓑《ぞくさるみの》』清書[七]、もし平助《へいすけ》[八]御頼み下され候はば《〔執筆を〕御依頼できるならば》、成り申すまじく候や《お願いして頂けないでしょうか》。手初心に候へども《書法は未熟ですけれども》、臥高《ぐわかう》[九]にさせ申すべく候や。近ごろ[一〇]残念に候。おつつけ《そのうちに》そこもとへ上せ申すべく候《〔草稿を〕お送りいたしますから》あひだ、序文[一一]早御越し下さるべく候《序文を早急に書いて送って下さい》。いかやうとも相談いたすべく候《〔序文の形式は〕どのようにでも希望にそうよう相談に応じます》。

一、すなはち《早速と》板《はん》のこと申しつかはし候《『続猿蓑』刊行のことを手配しますから》あひだ、たしかなる便《びん》に《確実な飛脚便で》、この書状《手紙》[一二]江戸へ急便に頼み存じ候。以上

九月十日　　ばせを

一　『続猿蓑《ぞくさるみの》』。

二　二一九頁注一六・二五三頁一〇行～二五四頁一行参照。

三　『猿蓑』。元禄四年刊。芭蕉の監修のもとに、去来と凡兆《ぼんちょう》（一八三頁注一一参照）とが編集。

四　前集の『猿蓑』（注三参照）刊行の折も去来の世話になったので、「またまた」と言った。なお、「貴様」とは、当時は尊敬の意を伴う二人称の代名詞で、既に多出した。

五　浪化（二五四頁注一一参照）の芭蕉入門記念の撰集『有磯海《ありそうみ》』（二五五頁注一五参照）のこと。

六　浪化より何の連絡も無いよし。去来が協力して編集を進めていた（二五四頁一二行～一四行参照）のに、浪化より連絡の無いとのことで、不審に思っての言葉。

七　板下《はんした》の清書。当時の木板《もくはん》印刷では、板下通りの字体で印刷されるので、能書の者を求めた。

八　不詳。

九　近江《おうみ》蕉門の一人。

一〇　平助に板下の清書を書いてもらえないのは、甚《はなは》だ残念であります。

一一　この『続猿蓑』の去来の序文は実現しなかった。『続猿蓑』の刊行が予定より遅れて、芭蕉没後の元禄十一年五月になったので、序文の草稿は執筆されていたが、支考などの意向で、計画変更されたとも考えら

なほなほ、ここもと様子《私の大阪滞在の予定は》、定めがたき体《てい》に候。ふと発足《にわかに旅立つ》の気味も知れず《気になるかも知れません》候。一三金《きん》二歩《ぶ》ばかり、御才覚御越し《都合をつけて御送金》なされ下さるべく候。一四返進いたすこと《返済については》、急なることも、のびのびなることも御座有るべく候。その段、拙者勝手になされ下さるべく候。また、返進《返済》せぬことも御座有るべく候。

れる。
一二 江戸在住の『続猿蓑』の編者沾圃《せんぽ》らをさす。
一三 金一両の半分。当時、金一両は四歩に換算された。
一四 以下、随分勝手な言い分であるが、去来に対する遠慮の無い親密さを示す(＊参照)。また、このような借金申し込みの言葉は、他の手紙にも見えて、点取《てんとり》俳諧を業とせぬ芭蕉の、終生清貧であったことが知られる。

六〇、杉山杉風《さんぷう》（市兵衛）宛書簡

元禄七年九月十日・五十一歳

夏より七月[一]までの御状《お手紙》、もつとも遅速御座候《さうら》へども、段々《次々と》相違なく相達し候。ひさびさ《ひさしぶりに》伊賀に逗留《とうりう》ゆゑ、たよりも致さず《お返事も致しませんでした》候。心もとな《〔それを〕気に》く存ぜられ《は致しておりました》候。いよいよ御無事に御勤め、御家内相変ること御座無く候や、承りたく存じ候。おさん女《ぢよ》[二]、祝言《しうげん》[三]、当月中にて御座有るべくと推量申し候。さだめて御取り込みなさるべく《おそらくお忙しくしていらっしゃることと思います》候。さだめて《かならず》首尾よく相ととのひ申すべくと《〔婚儀が〕成立することでしょうと》、御左右《おんさう》《御通知》待ち入り候。

一、拙者、まづ《まあまあ》は無事に長《なが》の夏を暮し、やうやう秋立ち候て《やっと立秋の季節を迎えて》、頃日《けいじつ》[四]、夜寒むのころに移り候。いかにも《どうやら》秋冬のあひだつつがなく暮し申すべきやうに覚え候あひだ、少しも御気遣《おんきづか》ひなさるまじく候。

＊この一書は、江戸の門人杉風（一〇六頁注一〇参照）に宛てたものであるが、「五九、向井《むかい》去来《きよらい》（平次郎）宛書簡」と同日同所の執筆で、内容も関連する事柄が多い。が更に、近詠紹介の記事が見え、また、『別座鋪《べつざしき》』『炭俵《すみだわら》』の好評を伝える記事などは、「五七、河合曾良《かわいそら》（惣五郎《そうごろう》）宛書簡」とも共通するもので、「軽み」の風体発揮を鼓吹する芭蕉の、よろこびのほどが察せられる。

一 陰暦の七月は初秋。
二 杉風の次女の「おさん」。「女」は、当時、女性の名や号の下に付けた接尾辞。
三 泰地《やすじ》忠兵衛との婚礼。
四 ちかごろ。最近。
五 二六三頁九行〜一〇行参照。
六 大阪。（八五頁注一一参照）
七 以下三行、二六五頁六行〜七行参照。
八 陰暦九月九日。菊の節句。
九 二五四頁注八参照。
一〇 二六四頁一一行参照。
一一 次に奈良での吟を三句紹介するに当り、それは近詠の一部分であって、他は後日の手紙に譲ることを言ったもの。
一二 〈今日は重陽の節句で、あたりには菊がひときわ香《かぐわ》しく匂《にお》っている。そのような奈良の旧都には、古代からの仏像たちが、高雅な芳香に浸って、ひっそりと静まりかえっている〉「菊の香」「奈良」「古き仏」と列挙して、そこに醸《かも》し出される古雅な情趣を表明し、旧都奈良を讃美《さんび》した吟。

一三〈今日は重陽の節句で、あたりには菊がひときわ香しく匂っている。そのような奈良の旧都の古雅な趣は、『伊勢物語』に言う古代の「昔男」の風情《ふぜい》を、今に留《とど》めているものと言えようか〉『伊勢物語』の冒頭に、「昔男、うひかうぶりして、平城《なら》の京《きやう》、春日《かすが》の里に知るよしして云々」とあるのを踏まえて、旧都奈良の古代の風趣を讃美した吟。

一四〈「びい」と鳴く、その余韻を引いた含み声が何とも物悲しい。そのような、奈良の秋の夜の、鹿の声であるよ〉「尻声」とは、終りを長く引いた鳴き声。秋の夜の鹿の声は、最も抒情的《じよじようてき》な素材として、古来の歌に詠《よ》み古されたところであるが、そのようなマンネリ化した伝統的抒情を、「尻声」といった革新的視点から把握《はあく》し、且つ、擬声語まで句中に詠み込んで俳諧化し、しかも、秋の夜の鹿の哀情を端的に表白した得意の吟。奈良に到着した九月八日夜の作。

一五 大阪。（前頁＊参照）

一六 杉風の在住する江戸。以下二行は、江戸の酒店稲寺屋が、大阪の伊丹《いたみ》屋の出店であるので、両店の間の飛脚便に託して、早急に手紙をくれるように求めたもの。

[五]おつつけ参宮心がけ候ゆゑ〔そのうちに伊勢参宮するつもりですので〕、まづ[六]大坂《おほざか》へ向け出で申すべく、[七]去る八日に伊賀を出で候て、[八]重陽《ちようやう》の日南都〔奈良〕を立ち、すなはちその暮れ〔日暮時に〕大坂へ至り候て、[九]洒堂《しやだう》かたに旅宿《りよしゆく》、仮に足をとどめ候。[一〇]名月は伊賀にて見申し候。[一一]発句《ほつく》は重ねて御目にかくべく候。

[一二]菊の香《か》や奈良には古き仏たち

[一三]菊の香や奈良は幾世《いくよ》の男ぶり

[一四]びいと啼《な》く尻声《しりごゑ》悲し夜《よる》の鹿《しか》

いまだ句体《くてい》定めがたく〔決定しかねています〕候。他見なさるまじく〔他の人に見せないで下さい〕候。おつつけ〔そのうちに〕、[一五]こもと逗留の句ども、御目にかくべく候。早々御状御越しなさるべく〔早急にお手紙をお送り下さい〕候。[一六]そこもと両替町か駿河《するが》町酒店《さかだな》にて、稲寺屋《いなでらや》十兵衛と申す者、ここ[一]もと伊《い》丹屋《たみや》長兵衛店《たな》（出店）にて候あひだ、早々御左右（早急に御様子を）承りたく候。子珊《しさん》[二]、秋の集もよほされ候や（秋の撰集を編集されましたか）。[三]さ候はば、ここもとの俳諧《はいかい》一巻下し申すべく候（連句作品一巻をお送りします）。上方《かみがた》[四]筋、『別座鋪《べつざしき》』[五]『炭俵《すみだはら》』[六]にて色めきわたり候（皆々興奮しております）[七]。両集とも手柄を見せ候。少しは、[八]桃隣《たうりん》[九]にも、「師恩たつときすべをわきまへ候へ」（芭蕉先生の御恩の尊い次第を認識しなさい）と、御申しなし候べく候。桃隣、俳諧にはかに変り上り候（飛躍的に一変して向上したと）[一〇]と、もつぱらの沙汰《さた》（評判）にて候。急便早々

九月十日　　ばせを（書判）

杉風《さんぷう》様

なほなほ、四五日中に、またまたくはしく申し進じ申すべく候（手紙を差し上げることにします）。まづ、大坂《おほざか》[一一]へ出で候を御知らせのため、早々申し残し候（取り急いで意を尽しませんでした）。

一　大阪。
二　二四〇頁注二参照。
三　この秋の撰集を編集する企画は、ついに実現しなかった。
四　関西地方。
五　二六〇頁注七参照。
六　二六〇頁注八参照。
七　関西地方における好評を伝える言葉。（二六八頁*参照）
八　以下二行は、桃隣も協力した『別座鋪』（二五五頁注一六参照）の好評と、その後の桃隣の飛躍的な俳諧向上とがうれしくて、思わず興じて書いた言葉。
九　二一八頁注二参照。
一〇　二五六頁一三行〜二五七頁一行参照。
一一　大阪。（八五頁注一一参照）

六一、秋の朝寝

元禄七年九月二十二日・五十一歳

一二あるじは、夜《よる》あそぶことを好みて、朝寝せらるる人なり。宵寝《よひね》はいやしく《見苦しく》、朝起きはせはし《朝早く起きるのは気ぜわしい》。

一三おもしろき秋の朝寝や亭《てい》主《しゆ》ぶり　翁《おきな》一四

＊九月九日から大阪に滞在中の芭蕉（二六五頁＊参照）は、同月二十一日の夜、車要亭《しやようてい》（二六三頁注一二参照）の俳席に参加して、同亭に一泊、翌朝この一篇を亭主の車要に贈った。前夜の俳席では、芭蕉以下大阪蕉門の七人の俳人が会して半歌仙（二一六頁注二参照）を興行しており、興至って深夜に及んだ結果、翌朝は亭主も芭蕉も朝寝したのを、おもしろがって記した作品である。但し、「四九、閉関《へいかん》の説《せつ》」にも、「宵寝《よひね》がちに朝起きしたる寝ざめの分別、何事をかむさぼる」（二三四頁二行〜三行参照）などの言葉があり、芭蕉は、悠々閑々《ゆうゆうかんかん》たる無為の朝寝に、積極的な価値を認めていたのである。そして更に、このような芭蕉の価値観の根底には、世俗的な名声と利益とを追求して狂奔する俗俳たちに代表される、非芸術的な俳壇の醜悪な実態を峻烈《しゆんれつ》に拒否する精神があった。

一二　車要。（＊参照）

一三〈何とも心楽しいものだ、秋の気持のよい朝にゆっくりと寝ているのは。亭主ともども朝寝して、このような気ままを許してくれるのは、何よりのもてなしというものだ〉「亭主ぶり」とは、主人の客あしらい。

一四　芭蕉翁。「翁」は、この場合、老人であるゆえに自称として用いたのであって、尊称ではない。

＊この一書は、九月八日に家郷を離れて（二六五頁＊参照）、大阪に滞在中の芭蕉（二七二頁＊参照）が、家郷の実兄の松尾半左衛門に、離郷以来の近況を報じたものであるが、急激な体力の衰えを自覚し、健康を害しておりながら、心配をかけまいとの配慮が全文に行き届いていて、涙ぐましい書簡である。

一　実際は、後文に言うごとく、健康の不調が主たる理由であった。

二　ちかごろ。最近。

三　二一二頁＊参照。

四　二六九頁一行〜三行参照。

五　大阪。（八五頁注一一参照）

六　松尾半左衛門（＊参照）の息子《むすこ》で、芭蕉の甥《おい》に当る。

七　心配をかけまいとしての言葉。事実は、離郷の当初から、芭蕉の体力の衰弱は誰の目にも顕著で、又右衛門（注六参照）が随行したのも、それを心配した半左衛門の配慮であり、また、その時に随行した一人の支考《しこう》（二一九頁注一六参照）の『芭蕉翁追善之日記』によると、芭蕉は一キロメートルも歩くと路傍の草の上に倒れ込み、宿にも早目に投じて宵寝《よいね》するといった調子で、「今年は殊《こと》のほか弱りたまへるなり」と記《しる》している。

八　間歇熱《かんけつねつ》の一種で、毎日または隔日の一定時間に発

六二、松尾半左衛門宛書簡

元禄七年九月二十三日・五十一歳

[一]かれこれつかまつり《種々の雑事に追われておりまして》、いまだ書状を以て申し上げず《手紙を差し上げずにおりました》候《さうらふ》。いよいよ御《お》堅固《達者で》に御座なされ候や、承りたく存じ奉り候。[二]頃日《けいじつ》、[三]意専《いせん》よりたより《手紙》御座候て、そこもと《あなた様には》相変る儀御座無き旨は、相伝へられ候《知らせてもらいました》。わたくし、[四]南都《奈良》に一宿、九日に[五]大坂《おほざか》へ参着、道中に、[六]又右衛門《またゑもん》かげにて《助けられて》、さのみ《たいして》苦労もつかまつらず、[七]なぐさみがてら《〔旅路を〕楽しみながら》に参り着き申し候。大坂へ参り候て、十日の晩より震ひ付き申し《全身に震えが来まして》、毎晩七つ時《午後四時》より夜五つ《午後八時》まで、寒気《さむけ》・熱・頭痛参り候て、もしは《もしかしたら》[八]瘧《おこり》に成り申すべきかと薬食べ候へば《薬を服用しましたら》、二十日ごろより、すきと《すっきりと》止《や》み申し候。それにつき《そうした次第で》、心むつかしく《気分がうっとうしく》、早々御案内も申し上げず《早速と手紙も差し上げずにいましたが》、やうやう《やっと》[九]亀屋《かめや》・博多屋《はかたや》へ今二《こんこ》

十二日に見舞ひ、《の二十二日に連絡を取り》をりふし《丁度おりから》一〇京屋くだられ候あひだ、《大阪に来られましたので「この手紙を」》啓上つかまつる。《書きました》
いまだ《今なお》逗留《とうりう》も知れ申さず候へども、《引き続き逗留するか未定ですが》一一長逗留は無益《むやく》のやうに存じ奉り候あひだ、二三日中に一二長谷《はせ》・名張《なばり》越えにて一三参宮《伊勢参宮》申すべくと存じ奉り候。相変ること御座無く候へども、《格別変った事柄では》御案内のため、《御報告しておこうと》かくのごとくに御座候。《このように書きしるして置きます》一四又右衛門かたへ、別紙に及ばず候あひだ、《別の手紙を出しませんので》慮外ながら《失礼ながらあなた様か》御心得あそばされ下さるべく候。《ら御礼をおっしゃって下さるようお願いします》以上

九月二十三日　　桃青（書判）

松尾半左衛門様

なほなほ、一五ばば様・一六およし、御心得たのみ奉り候。《よろしくお伝えをお願い致します》

熱する病気。
九 共に伊賀の国上野の出身の商家と考えられるが不詳。
一〇 二一三頁注一一参照。
一一 洒堂《しやどう》と之道《しどう》とが不和で、その調停も成功せず、不快な情況であったことも原因しての言葉。（二五四頁注八・二六三頁注一〇参照）
一二 奈良県桜井市初瀬《はせ》と三重県名張市。古来、大阪方面から伊勢参宮する場合の、近道街道筋であった。
一三 伊勢参宮は、既に六月ごろから芭蕉の予定するところであった。（二五四頁四行〜六行・二六三頁九行〜一〇行・二六九頁一行参照）
一四 芭蕉を助けて大阪まで随行して来た又右衛門は、大阪に安着した旨を報告する必要もあって、早速帰郷していた。以下は、その労を謝する心を示した言葉。（前頁注六・注七参照）
一五 松尾半左衛門の妻。既に老齢であり、家族内での子供たちの称呼を用いて、親愛感を出した。なお、半左衛門は、貞享《じようきよう》五年に一度妻を亡くしている（一〇〇頁二行〜四行参照）ので、ここに記したのは後妻と思われる。
一六 芭蕉の末妹。

六三、窪田《くぼた》意専《いせん》（惣七郎《そうしちらう》）・服部《はっとり》土芳《どはう》（半左衛門）宛書簡

元禄七年九月二十三日・五十一歳

先日、御連翰《ごれんかん》かたじけなく《連名のお手紙有難く拝見》、御無事のよし珍重《めでたく》に存じ奉り候《さうらふ》。拙者も、[一]そこもと生壁《なまかべ》さし出で候ところ、〔大阪に〕[二]参着以後、毎晩毎晩震ひ付き《全身に震えが》申し候て《来まして》、やうやう頃日《けいじつ》《このごろ》、つねの通りに罷《まか》りなり候。[三]ここもと、おつつけ《そのうちに》立ち申すべく候。[四]長居無益《むやく》がましく存じ候て、[五]早々看板破り申すべく候《早急に店仕舞することにいたします》。随分人知れずひそかに罷り在り候へども、とかくと事やかましく候て《何やかやと煩わしい有様でして》、もはや飽き果て候。

一、[六]両吟感心《お見事》。[七]拙者逗留《とうりう》の内は、[八]この筋見えかね、心もとなく《もの足りなく》存じ候ところ、さてさて驚き入り候。[九]「五十三次」前句《まへく》共秀逸かと、[一〇]いづれも感心申し候。そのほか[一一]珍重あまた、総体《そうてい》「軽み」あら

＊この一書は、伊賀の門人の意専（二一二頁＊参照）と土芳（一〇〇頁注六参照）との連名の手紙に対する返書であるが、「六二、松尾半左衛門宛書簡」と同日同所の執筆で、内容も関連する事柄が多い。但し、芭蕉が七月から九月にかけて帰郷滞在中（二六二頁＊参照）の伊賀蕉門には全く見えなかった「軽み」の風体《ふうてい》（二六二頁八行〜九行参照）が、急激に発揮されるようになったのを知って、驚きよろこぶ言葉は印象的である。芭蕉最晩年の芸境たる「軽み」唱道が、如何に熾烈《しれつ》なものであったかが察せられる。

一 伊賀に滞在中（二六二頁＊参照）に、吹出物が出ましたが。「生壁」とは、塗《ぬ》りたてで、まだ乾《かわ》いていない壁。吹出物が出た痘痕面《あばたづら》にたとえる。

二 以下二行、二七二頁六行〜九行参照。

三 大阪。

四 前頁注一一参照。

五 興じた表現。俳諧師《はいかいし》として店を張っていたのではない。但し、続く「随分人知れず云々」との文によって、芭蕉を迎えた大阪俳壇の、色めき立っていたことが知られる。

六 意専と土芳との両吟連句。

七 私が伊賀に滞在していた内は。（＊参照）

八 「軽み」の風体をさす。（二六二頁八行〜九行参照）

九 注六の両吟連句中に、東海道五十三次を素材とし

はれ、大悦《たいえつ》すくなからず候。委細に御報申したく候へども《くわしく作品の批評を致したいですけれども》、一二いまだ気分もすぐれず、なにかと《何やかやと》取り紛れ候あひだ、一三伊勢より便《びん》次第に、細翰《詳細な手紙》を以て申し上ぐべく候。右の気分ゆゑ、発句もし《思う》かじか得つかまつらず《ようには作れないでおります》候。

一四九日《ここのか》、南都《奈良》を立ちける心を

一五菊に出でて奈良と難波《なには》は宵月夜《よひづきよ》

秋《しう》 夜《や》

一六秋の夜を打ち崩《くづ》したる咄《はなし》かな

秋《しう》 暮《ぼ》《秋の夕暮》

た付句《つけく》があったのをさす。
一〇 俳諧用語で、最高の優秀作を「秀逸」と称する。
一一 俳諧用語で、「秀逸」に次ぐ佳作を「珍重」と称する。
一二 この言葉によって、同日執筆の半左衛門宛書簡に「二十日ごろより、すきと止み申し候」（二七二頁九行参照）とあったのは、兄に心配をかけまいとの配慮であったことが知られる。
一三 伊勢から、都合のよい飛脚便があり次第に。（二七三頁三行参照）
一四 九月九日。（二六九頁二行・二七二頁五行参照）
一五 〈重陽の節句に、菊の香に包まれて旅立ち、奈良から難波に来たが、到着したころには宵月夜となった。あの宵月は、奈良と難波とを、ともども照らしていることであろう〉いま宵月夜の難波に在って、その宵月の光に、去り難い思いで旅立って来た奈良の旧都への慕情を表白した吟。（二六九頁五行・六行参照）
一六 〈秋の夜の寂寥《せきりよう》の思いを、一気に打ち崩してしまった和気藹々《あいあい》たる我々の咄の座であるよ〉九月二十一日の夜、車要亭《しやようてい》に、大阪蕉門の七人の俳人と会した折（二七一頁＊参照）の吟。『芭蕉翁追善之日記』によると、同夜は小雨そぼ降り寂寞《じやくまく》としていたのを踏み破った吟とのことであるが、参会者の中には不仲の洒堂《しやどう》と之道《しどう》と（二七三頁注一一参照）の両人も同席しており、両者の和解を取り持つ芭蕉の心も籠《こも》った吟。但し、和合の座の背後の深沈たる秋夜の寂寥感は厳しい。

[一]この道を行く人なしに秋の暮

ばせを

（書判）

二十三日

意《い》専《せん》様

土《ど》芳《はう》様

いづれもかたへ御心得《どなた様がたへもよろしくお伝えを》、殊《こと》には半残子《はんざんし》[二]たのみ奉り候《お伝えをお願い致します》。

一〈自分の足もとから彼方《かなた》へと遙《はる》かに続いているこの道を、通って行く一人の人影も見えず、秋の日は寂《じゃく》寞《まく》として暮れ去ろうとしている〉一句に籠《こも》る、心も凍るような寂寥感《せきりょうかん》は、表白するところが、既に芭蕉の心象風景と化していることを示す。芭蕉はこの句を、最後には「この道や行く人なしに秋の暮」と改めて、「所思」と題したが、それは、もはや痛切な胸奥の思いを留《とど》め難く、風景描写的形式を、かなぐり捨てて、象徴詩と化したものである。言うところの「この道」とは、虚業たることを承知で己の生命をそれにかけざるをえなかった俳諧道であり、また、その俳諧道の一筋に殉じて燃やし尽した宿命的な自己の一生である。そうした芭蕉の「この道」の自覚は、延宝八年冬の深川隠栖（一五頁参照）に始まり、貞享元年八月の『野ざらし紀行』の旅立ち（二四頁参照）で決定的となった。即ち、「野ざらし」を覚悟の旅の俳諧師としての芸魂である。この何人の追随も許さぬ旅の俳諧師としての精進の成果として、独自の「軽み」の芸境も創出されるに至ったのである。

二 四四頁＊参照。

＊この一書は、引き続き大阪に滞在中の芭蕉（二七二頁＊参照）が、遊刀（近江《おうみ》蕉門の一人。膳所《ぜぜ》の住人で、折から大阪に来ていた）の帰郷するのに託して、膳所の門人の正秀（一八〇頁＊参照）に送ったものであるが、来阪の一つの重要な目的であった洒堂《しやどう》と之道《しどう》との不和調停（二七三頁注一一参照）の成功を、喜び伝えている言葉が特に印象的である。みずからは高次元の芸境探求に懸命の精進をする一方、多数のさまざまの門弟の和合に苦慮する芭蕉の姿が、具体的にうかがえる。

三 ＊参照。
四 伊賀へ素牛（二五〇頁注二参照）来訪の折に託してお届け下さった。
五 「飛び入りの客に手を打つ月見かな」の句は。素牛に託した正秀の手紙に記載されていた月の句。
六 二六六頁一行〜五行・八行〜一三行参照。
七 渋紙製の防寒着。（六四頁六行・一〇八頁七行参照）
八 例によって、どうなるかわかりません。
九 陰暦十一月。
一〇 陰暦八月十五日の名月の前後には、芭蕉も伊賀に帰郷していた。（二六四頁一一行参照）
一一 一八二頁注五参照。
一二 一八二頁注四参照。

六四、水田正秀《まさひで》（孫右衛門）宛書簡

元禄七年九月二十五日・五十一歳

[三]遊刀《いうたう》帰られ候《さうらふ》あひだ、啓上いたし候《〔それに託して〕手紙を差し上げます》。御無事に、今ほど《このごろ》御隙《おんひま》のよし、珍重これに過ぎず候《これ以上めでたい事はありません》。[四]伊賀へ素牛《そぎう》たよりの節、御状ならびに月の御句感心《御手紙の文面も月の御句も感深く拝見》、[五]「飛び入りの客」すなはち《早速》[六]『続猿蓑《ぞくさるみの》』に入集《につしふ》申し候。何とやらかとやら、行くさきざき日づもり違ひ候て《日々の予定が狂いまして》、当年秋もなごりに《終りぎわに》罷《まか》り成り、やうやう《いつのまにか》[七]紙子《かみこ》もらふ時節に成り候へども、いまだ紙子はもらはず、時雨《しぐれ》は催し候。

当年の内、なに《何とかして》五七日の内なりとも、御意《ぎよい》を得候やうにと存じ候へども、《お目にかかりたいものと思っておりますが》[八]例の不定《ふぢやう》に候。[九]霜月の内には、なにとぞ心がけ申すべく候《〔お目にかかれるよう〕何とか努力いたします》。もし、《もしかしたら》名月[一〇]前後は、伊賀へ[一一]探芝《たんし》か[一二]昌房《しやうばう》など御誘ひ、御訪《おんたづ》ねにもあづ《御来訪いただけ》

かり申すべくやと《るかも知れないと》、[一]同名《どうみやう》半左衛門も相待ち申し候《松尾半左衛門もお待ちしておりました》。もし、[二]そこもとへ参らず候はば《参上できない場合には》、御左右《おんさう》申すべく候あひだ《御通知いたしますから》、伊賀へ御出で候やうに、御覚えなされ下さるべく《心組みをなさっていて下さい》候。[三]ここもと衆《しゆ》の俳諧も、あらあら《あらかた》承り候。[四]之道《しだう》・[五]洒堂《しやだう》両門の連衆《れんじゆう》[六]打ち込みの会、相勤め候《主催しました》。[七]これよりほかに、拙者はたらきとても御座無く候。[八]重陽《ちようやう》の朝、奈良を出で[九]大《おほ》坂《ざか》に至り候ゆゑ、

[一〇]○ [一一]菊に出でて奈良と難波《なには》は宵月夜《よひづきよ》

また、洒堂が、予が枕《まくら》もとにて鼾《いびき》をかき候を

[一二]床《とこ》に来て鼾に入るやきりぎりす

[一三]十三日は、[一四]住吉《すみよし》の市《いち》に詣《まう》でて

一 芭蕉の兄。(二三九頁九行・二四〇頁一二行参照)
二 正秀《まさひで》の在住する膳所《ぜぜ》。
三 大阪の俳人たちの。
四 二五四頁注七参照。
五 一六四頁＊参照。
六 流派や技能の相違する作者たちを合同して行う俳諧の会。之道と洒堂とは共に蕉門でありながら互いに反目し、芭蕉はその調停に苦心していた(二七三頁注一一参照)のであるから、打ち込みの会を主催できたことは、両者の和解の成立を示すもの。そうした芭蕉の努力は、九月二十一日の車要亭《しやようてい》での吟「秋の夜を打ち崩《くづ》したる咄《はなし》かな」(二七五頁八行参照)などにも見られた。
七 この一文には、遠慮した表現の中にも、苦労の報われた芭蕉の喜びの情があふれている。(前頁＊参照)
八 重陽の節句。陰暦九月九日。(二七五頁五行参照)
九 大阪。(八五頁注一一参照)
一〇 以下に近詠を列記するので、通信文と区分する意味で付けたしるし。
一一 二七五頁注一五参照。
一二 〈寝床に来て、洒堂の野太い鼾の合間合間に、可《か》憐《れん》な鳴き声を立てることよ。蟋蟀《こおろぎ》は〉蟋蟀のことを、当時は「きりぎりす」と言った。野太い鼾と可憐な蟋蟀の鳴き声との合唱に、ユーモアを感じての即吟ではあるが、無心に眠る洒堂に対する愛情が、根底に感得

枡《ます》一五 買うて分《ふん》別《べつ》かはる月見かな

一合枡一つ買ひ申し候あひだ、かく申し候《このように吟じました》。
少々取り込み候あひだ、早筆御免《走り書きで失礼します》。

九月二十五日

芭蕉

される。之道との不和で手を焼かせる洒堂も、芭蕉にとっては、やはり愛すべき門人であった。

一三 陰暦九月十三日。後の名月の日。

一四 大阪の住吉神社で、陰暦九月十三日に、新穀を神前に供える祭礼。当日、境内の市で枡を売り、それを用いると富をさずかるとて、「住吉宝の市」「宝の市」あるいは「枡の市」などと称して賑《にぎ》わった。

一五 〈住吉神社の祭礼に詣で、宝の市で一合枡を買ったら、にわかに世帯じみた心境となり、肝腎《かんじん》の月見の風雅は取り止《や》めて帰ってしまった。奇妙な月見になったものだ〉『芭蕉翁追善之日記』の記録によると、当日は昼過ぎから雨天となって、月見の可能性は無くなり、且つ、芭蕉は来阪以来の身体の不調（二七二頁七行~八行・二七四頁三行~四行参照）が完治していなかったのか、夕暮がたから悪寒《おかん》に悩まされるような状態になって、月見を中止したのが事実であった。それを、「枡買うて分別かはる」と虚構したところに、芭蕉の最晩年に強調する「興」（二五七頁二行参照）の詩情が発揮されている。更に、富貴を願わぬ芭蕉が、市井の人々と同じく枡を買った行為には、行動詩人としての彼の面目が躍如としている。

六五、菅沼曲翠《すがぬまきよくすい》（定常）宛書簡

元禄七年九月二十五日・五十一歳

遊刀《いうたう》[一]貴墨、かたじけなく拝見つかまつり、伊州[二]へも素牛《そぎう》たよりに御《ご》細翰《さいかん》、文章・玉句感心《文面も御句も感深く拝見》、且つは過ぎつる昔も思ひ出でられ候《さうらふ》。このたび、また御句あまた《沢山拝見》、感心《感動》つかまつり候。御秀作《秀逸の御句》も少々相見え候。是非存知寄り申し上ぐべく候へども《句に対する私の見解を申し上げたく思いますが》、なにかと心いとま御座無く《多忙》取り重なり候あひだ《にしておりますので》、暫時閑暇を得候時分、委細貴報申し上ぐべく候《詳細にお知らせ申し上げましょう》。さて、洒堂《しやだう》[三]一家《いつけ》衆《しゆう》[四]、そこもと御衆、たつて御勧め候につき、わりなく[五]《何とも》杖をひき候《断り難く大阪を訪ねました》。おもしろからぬ旅寝の体《てい》、無益《むやく》[六]の歩行、悔み申すばかりに御座候。まづ[七]伊州《伊賀》にて山気《さんき》に当り、到着の明くる日[八]より寒《さむ》気《き》・熱、晩々におそひ、やうやう頃日[九]《やっと近ごろ》、常の持病ばかりに《平生の持病だけに》罷《まか》り成り

＊この一書は、膳所《ぜぜ》の門人曲翠（前号、曲水。一六六頁注八・二二六頁注一参照）に宛てた返書であるが、「六四、水田正秀《まさひで》（孫右衛門）宛書簡」と同日同所の執筆で、内容も関連する事柄が多い。但し、伊賀から奈良を経て大阪に出た（二六五頁＊参照）折の、わずか二日間の旅路にも苦労したことを告げ、急激な体力の衰えと健康の不調のために、曲翠から勧誘された大和行脚《やまとあんぎや》を辞退している言葉は、行脚漂泊の境涯を以て自己の人生であり芸術であると観念している芭蕉であるだけに、まことに痛々しい限りである。これが現存する生前最後の書簡となる。

一　遊刀に託してお届け下さったお手紙。（二七七頁＊参照）

二　伊賀へも素牛（二五〇頁注二参照）来訪に託した詳細なお手紙を頂き。

三　洒堂一門の俳人たち。当時、洒堂は大阪に定住して、多くの門人を擁し、芭蕉の来阪を希望していた。且つ、洒堂はもと曲翠と同じく膳所在住の蕉門であった（一六四頁＊参照）ので、ここに名を挙げた。

四　曲翠をはじめ膳所在住の門人たち。

五　「わりなく」とは、止《や》むに止まれぬ切実な心情を託する芭蕉の慣用語で、既に多出した。（一七一頁六行その他）

六　二七三頁二行・二七四頁五行参照。

七　二七四頁三行参照。

候。[一〇]ここもと、おつつけ（近い内に）発足つかまつるべく候。もしは（あるいはあなたの所（膳所））貴境へめぐり申すべくやと、（へ廻ってみませんかと）[一一]支考《しかう》なども勧め候へども、まづ大寒《たいかん》いたらざる内に[一二]伊勢まで参り候て、その後の勝手につかまつるべく候。（都合次第に致したいと思っております）伊賀より[一三]大坂《おほざか》まで十七八里、ところどころ歩《あゆ》み候て、[一四]貴様行脚《あんぎゃ》の心だめしに（試みにしようと）と存じ奉り候へども、（思いましたけれども）なかなか二里とは続きかね、[一五]あはれなるもの（みじめな状態に体力が衰えくじけてしまいましたので）にくづほれ候あひだ、御同心（私と同行の行脚は）かならず御無用に思《おぼ》し召すべく候。随（〔私と同行では〕）分おもしろからぬことと、（ひどく不快な結果になると）御合点《おんがてん》なさるべく候。（承知して諦めて下さい）[一六]達者なる若法師め（仲間）しつれられ候はんこそ、（として連れて行かれるのこそ）珍重（結構）たるべく候はん。ここもと愚句、（最近の私の吟詠は）珍しきことも得つかまつらず候。少々ある中に、

[一七]秋の夜を打ち崩《くづ》したる咄《はなし》かな

[一八]この道を行く人なしに秋の暮

八　二七二頁七行～九行・二七四頁三行～四行参照。「寒気《さむき》」は「寒気《さむけ》」の訛《なま》り。

九　芭蕉の持病は、慢性の胃腸病と痔疾《じしつ》とで、しばしば下血《げけつ》の症状《しょうじょう》があり、奥羽行脚《あんぎゃ》以降には次第に悪化したと見えて、その悩みを訴える言葉も多くなった（一二一頁七行・一七七頁一〇行・一八〇頁三行・二〇六頁六行・二一二頁三行・二一九頁三行・二三八頁三行・二三九頁一二行参照）。この書簡執筆後間も無く、九月二十九日の夜から激しい下痢《げり》の症状を起し、ついに芭蕉の命を奪うに至る病魔も、この持病との関係が考えられる。

一〇　大阪。

一一　支考（二一九頁注一六参照）は、芭蕉が九月八日に伊賀を発足（二七二頁＊参照）以来、芭蕉に随従して大阪に滞在していた。

一二　二七三頁注一三・二七五頁二行参照。

一三　大阪。（八五頁注一一参照）

一四　あなた（曲翠）との行脚。『芭蕉翁追善之日記』によると、曲翠は芭蕉と共に大和地方を行脚することを計画していた。なお、「貴様」とは、当時は尊敬の意を伴う二人称の代名詞で、既に多出した。

一五　二七二頁注七参照。

一六　支考（注一一参照）や素牛（前頁注二参照）をさす。

一七　二七五頁注一六参照。

一八　二七六頁注一参照。

一「人声やこの道かへる」とも、句作り申し候。二京《京都》・江戸の状したため候をりふしに御座候て、早々何事をもわきまへ申さず候《取り急ぎ何事も意を尽さぬ次第であります》。以上

ばせを

九月二十五日　（書判）

曲《きょく》翠《すい》様　三貴存

なほなほ、四子供たち御無事のよし、めでたく存じ奉り候。

一　前掲の句の別案として、「人声やこの道かへる秋の暮」とも考えてみたこと。「この道を……」→「この道や……」（二七六頁注一参照）との推敲《すいこう》過程は、風景描写的表現から深刻な胸中を表白する象徴詩へと変貌して行く情況を明示するもので、最晩年に芭蕉の唱道した「軽み」の芸境が、決して平淡な叙景などを意味するものでないことを、実作において証明していることにもなる。なお、別案の「人声や……」の句にしても、暖かい愛の連帯としての「人声」を言うことによって、逆に、孤影をひいて歩む自己の孤独を表明したもので、その姿を描かずして、その「人声」のみを言うところ、やるせない寂寥感が胸にせまってくる。やはり、この句も決して素朴な実景描写の作ではない。

二　京都・江戸の門人からの手紙への返書であろうが、現存しない。予定のみで、執筆できなかったことも考えられる。

三　書簡の宛名に添記して、敬意を表明する慣用語。（一七八頁一一行参照）

四　曲翠の息子の竹助などに、芭蕉は格別親愛感を持っていた。（二〇八頁六行～七行参照）

六六、松尾半左衛門宛遺書

元禄七年十月十日・五十一歳

お先きに立ち候段《先立って死んで行くことを》、残念に思《おぼ》し召さるべく候。いかやうとも《〔私の死後には〕何事にも》[五]又右衛門《またゑもん》たよりになされ、御年寄られ《長生きされて》、御心静かに御臨終なさるべく候《生涯の最後の日をお迎え下さい》。ここに至りて《死期を迎えたからとて》、申し上ぐること御座無く候《さうらふ》。[六]市兵衛《いちべゑ》・[七]治右衛門《ぢゑもん》殿・[八]意専老《いせんらう》を初め、残らず御心得たのみ奉り候《皆様によろしくお伝え下さるようお頼みします》。中にも、[九]重左衛門《ぢゆうざゑもん》殿・[一〇]半左《はんざ》殿、右の通り。[一一]ばば様・[一二]およし、力落し申すべく候。以上

十月　　　　桃　青（書判）

松尾半左衛門様

[一三]新蔵《しんざう》は殊《こと》に骨折られ、かたじけなく候。

＊支考《しこう》（二八一頁注一一参照）の『芭蕉翁追善之日記』によると、九月二十九日の夜、激しい下痢症状《げりしやうじやう》を起して容態の悪化した芭蕉は、十月十日の暮がたに至って高熱を発し、病状急変。死期を悟った芭蕉は、ついに遺書の筆を執った。家郷の兄の半左衛門に宛てたこの一通が、すなわちそれである。記《しる》すところは、先立つことの挨拶《あいさつ》と、伊賀蕉門の人々への訣別《けつべつ》だけの簡単な文である。日々が真剣勝負であった芭蕉には、辞世の吟も無い。なお、芭蕉の病状悪化の報に接して、十月七日には各地の高弟が病床に馳せ参じていた（『芭蕉翁追善之日記』）が、伊賀の門人だけが一人も参しておらず、このように遺書に訣別の言葉を連ねているのは、兄の耳に入って心配をかけるのを防ぐため、芭蕉が伊賀への通報を抑《おさ》えていたことによる。かかる配慮は「六二」の書簡にも見られた。

五　兄の半左衛門の息子。（二七二頁五行・二七三頁五行参照）

六　貝増《かいます》市兵衛。（一〇〇頁＊参照）

七　岡本治右衛門。俳号、苔蘇《たいそ》。伊賀藤堂藩士。

八　窪田《くぼた》惣七郎《そうしちろう》。（二一二頁＊参照）

九　山岸重左衛門。（四四頁＊参照）

一〇　服部《はっとり》半左衛門。（一〇〇頁注六参照）

一一　兄の半左衛門の妻。（二七三頁注一五参照）

一二　芭蕉の末妹。（二七三頁一〇行参照）

一三　片野《かたの》新蔵。俳号、望翠《ぼうすい》。井筒屋《いづつや》と号する商家。

＊前掲の「六六、松尾半左衛門宛遺書」を執筆した折、芭蕉は更に三通の遺書を口述して、支考（二八一頁注一一参照）に筆録させた。これは、その内の一通であるが、前半は、遺品の所在や委譲の件、後半は、遺稿の補訂や作品の誤伝訂正の依頼であって、死に至るまで、一文一句もゆるがせにせぬ芭蕉の、悲壮な気骨に打たれる。

六七、支考《しかう》代筆の口述遺書（その一）

元禄七年十月十日・五十一歳

一、[一]『三日月《みかづき》の記《き》』　伊賀にあり

一、[二]発句の書付　同断

一、『新式《しんしき》』　これは[三]杉風《さんぷう》へ遣《つかは》さるべく候《さうらふ》。落字《脱字》これ有り候あひだ、本写を改め《精写原本を調査し》、校せらるべく《比較補訂して頂きたい》候。

一、[四]『百人一首』[五]『古今序註《こきんじよちゆう》』　抜書《ぬきがき》。これは支考へ遣さるべく候。

一、[六]『埋木《うもれぎ》』　[七]半残《はんざん》かたに、これ有り候。

[八]江　戸

一『三日月日記』とも称する。元禄初年ごろ、江戸深川《ふかがわ》の芭蕉庵に来訪する門人たちの発句を編集した稿本『芭蕉庵三日月日記』を、芭蕉が伊賀滞在中（二六二頁＊参照）に精撰完成したもの。

二『連歌新式』（『連歌新式追加 並《ならびに》新式今案《きんあん》等』の略称）。『三冊子《さんぞうし》』にも、俳諧《はいかい》の作法の根幹は、この書に基づく旨を説いている。但し、芭蕉の筆写本。

三 一〇六頁注一〇参照。

四 北村季吟著『百人一首拾穂抄《しゆうすいしよう》』。但し、芭蕉の抜書本。

五 了誉著『古今集序註』。但し、芭蕉の抜書本。

六 北村季吟著『俳諧埋木』。但し、刊本ではなく、延宝二年三月十七日に、季吟が芭蕉に贈った書本《かきほん》と考えられる。

七 四四頁＊参照。

八 以下は江戸関係の記事の意。

一、杉風かたに、前々よりの発句・文章の覚書《おぼえがき》、これあるべく候。文考、これを校し《点検し》、文章ひきなほさるべく候《文章を修正補訂して頂きたい》。いづれも草稿にて御座候。

一、羽州《うしゅう》[九]岸本八郎兵衛発句二句、『炭俵《すみだはら》』[一〇]に拙者句になり《私の句として出ているが》、「公羽《こうう》」[一一]と「翁《おきな》」との紛れにてこれ有るべく《紛れによるものと思われるので》、杉風よりきつと御ことわりたまはるべく候《手抜かりなく事情を説明して訂正させて頂きたい》。

九　出羽《でわ》の国鶴岡（山形県鶴岡市）の酒井藩の陪臣。芭蕉の奥羽《おうう》行脚《あんぎゃ》の折に入門。俳号、公羽《こうう》。

一〇　二六〇頁注八参照。

一一　岸本八郎兵衛の俳号。（注九参照）

六八、支考《しかう》代筆の口述遺書（その二）

元禄七年十月十日・五十一歳

一、猪兵衛《ゐへゑ》[一]に申し候《さうらふ》。当年は寿貞《じゅてい》[二]ことにつき、いろいろ御骨折り[三]、面談にて御礼と存じ候ところ《お目にかかって御礼を申したいと思っていましたが》、是非なきことに候。残り候二人[四]の者ども、途方を失ひ《途方に暮れて》うろたへ申すべく候。好斎老《かうさいらう》[五]など御相談なされ、しかるべく《適当に》料簡《れうけん》あるべく候《対応策を立てて下さい》。

一、好斎老、よろづ御懇切。生前死後〔御恩は〕、忘れ難く候。

一、栄順尼《えいじゅんに》[六]・禅可坊《ぜんかばう》[七]、情深き御人々、面上に《お目にかかって》御礼申さず、残念のことに存じ候。

一、貴様[八]病気、御養生随分御つとめ有るべく候。

一、桃隣《たうりん》[九]へ申し候。再会かなはず、力落さるべく候。いよいよ杉《さん》[一〇]

＊「六七」の口述遺書（その一）と同様、支考が引き続き芭蕉の遺言を筆録したもの。内容は、江戸深川《ふかがわ》の芭蕉庵にゆかりのある人々への訣別《けつべつ》であるが、執筆年月記の後の、筆録者支考に対する謝辞（次頁四行〜五行参照）だけが異質である。この遺書を収録する竹人《ちくじん》の『芭蕉翁全伝』の注記によると、この支考に対する謝辞と署名・捺印《なついん》だけは、芭蕉が手ずから行ったという。芭蕉の支考に対する信頼と感謝の切実な心情、また支考の面目と感激のほどが推察される。

一　二三九頁注一二参照。

二　二四〇頁注三参照。

三　芭蕉の不在中、深川の芭蕉庵に病を養う寿貞の世話や、その没後の処置などに尽力してもらったこと。（「五三」「五四」の松村猪兵衛宛書簡参照）

四　寿貞没後に取り残された二人の者ども。寿貞の娘の、まさ・おふう。（二五一頁二行参照）

五　二五〇頁注九参照。

六　深川の芭蕉庵の近くに住み、寿貞らの世話をした人。詳細は不明。

七　栄順尼と同様に、芭蕉庵の近くの住人で、寿貞らの世話をした人。詳細は不明。

八　猪兵衛をさす。猪兵衛の病気については、「五一、杉山杉風《さんぷう》（市兵衛）宛書簡」に記事があった（二四〇頁一四行参照）。なお、「貴様」とは、当時は尊敬の意を伴う二人称の代名詞で、既に多出した。

九　二一八頁注二参照。

一〇　一〇六頁注一〇参照。

一一　二四〇頁注二参照。

一二　江戸蕉門の一人。杉風・子珊らと親しい。「子」は親愛の意を表す添字。

一三　芭蕉は桃隣に対して、特に杉風と子珊とを頼りとし、その指導を受けるように、以前から指示していた。（二四九頁二行〜四行参照）

一四　桃隣についての芭蕉の最大の心配は、彼が営利的な点取俳諧《てんとりはいかい》を志向していることであった（二一八頁九行〜一四行・二三六頁四行〜六行参照）。且つ、点取俳諧は、当時ますます堕落して、賭博《とばく》的様相を呈し、幕府が禁止令を出すほどの情況になっていた。芭蕉は、桃隣がそうしたものに関与せぬように、厳しく忠告している（二四九頁四行〜九行参照）。ここに言うところの「一日暮し云々」も、賭博的射幸心などを持たず、地味に俳諧に精進すべきことを説いたものである。

一五　「六六五、菅沼曲翠《すがぬまきよくすい》（定常）宛書簡」においても、芭蕉は文考を「達者なる若法師」（二八一頁七行参照）と称している。

風《ぷう》・子珊《しさん》一一・八草子《はっさうし》一二よろづ御投げかけ《一三 何事につけても頼りとし》、ともかくも一日暮しと存《一四 日々を平穏に暮すようにと考えるべきです》ずべく候。

元禄七年十月

文考、このたび前後の働き驚き、深切《親身になって》まことを尽され候。この段、《こんな次第で》頼み存じ候《心強く思いました》。庵の仏は《芭蕉庵の仏像は》、一五すなはち出家のことに候へば《〔文考は〕言わば僧の身であるから》遺し候。

ばせを

（朱印）

＊「六八」の口述遺書（その二）に、更に引き続いて、支考が筆録した芭蕉の遺言。内容は、遠隔地に在住する古参の門人たちに対する訣別《けつべつ》であるが、俳諧《はいかい》を「老後の楽しみ」と称している言葉が、特に注目される。末尾の署名・捺印《なついん》だけは、芭蕉が手ずから行ったものである。

一　一〇六頁注一〇参照。

二　芭蕉の、俳諧を「老後の楽しみ」とする主張は、既に早く、貞享《じょうきょう》三年十二月一日付の下里知足《しもさとちそく》宛書簡に、「老養、御楽しみなさるべく候」と述べている言葉にうかがえる。当時、芭蕉は四十三歳、知足は四十七歳で、共に初老を越えてはいるが、「老後」と言うほどの年齢ではない。ことに芭蕉は、それから後に、蕉風開拓の厳しい精進を開始することになる。従って、彼は決して、俳諧を安易な老後の慰みと考えていたのではない。この場合、思い合わされるのは、彼が「さび色よく現れたり」と評した句、「花守や白き頭《かしら》を突き合はせ」に見られるような句の「さび」を、去来《きょらい》が「老の姿」と評していることである。また、同じく去来は、壮年の人や初心の作者は、「さび・しをりを容易に説くべからず」と言っていることである。即ち、芭蕉の探求する高次元の芸境は、精進を積んだ老練の境に至ることを必要とした。ここでも芭蕉は、俳諧を老後の楽しみとする前提条件として、「いよいよ俳諧御つとめ候て」と、一層の精進を要望している点に注目しなければならない。

六九、支考《しこう》代筆の口述遺書（その三）

元禄七年十月十日・五十一歳

一、[一]杉風《さんぷう》へ申し候《さうらふ》。ひさびさ《長い間の》厚志、死後まで忘れ難く存じ候。不慮《思いもよらぬ》なる所にて相果て、御いとまごひ《永別のごあいさつを》致さざる段、互に存念《心残り》、是非なきことに存じ候。いよいよ俳諧《はいかい》御つとめ候て、[二]老後の御楽しみになさるべく候。

一、[三]甚五兵衛殿へ申し候。ながなが御厚情にあづかり、死後までも忘れ難く存じ候。不慮《思いもよらぬ》なる所にて相果て、御いとまごひ《永別のごあいさつをも》も致さず、互に残念、是非なきことに存じ候。いよいよ俳諧御つとめ候て、[四]老後はやく御楽しみなさるべく候。御内室様の相変らざる御懇情《ごこんせい》、最後までもよろこび《うれしく存じました》申し候。

一、門人[五]かた、其角[六]《きかく》はこの方へのぼり、嵐雪[七]《らんせつ》を初めとして残らず《門人かた皆々に》、
御心得なさる《よろしくお伝え下さい》べく候。

元禄七年十月

ばせを
（朱印）

三 中川甚五兵衛。俳号、濁子《じよくし》。大垣藩士。大垣蕉門の一人。天和《てんな》二年以来の古参の門人で、藩務で長く江戸に在勤した。（二一九頁七行参照）

四 前頁注二参照。

五 主として、江戸蕉門の門人たちをさす。

六 其角（二一一頁注九参照）は当方（上方《かみがた》すなわち関西地方）へ来遊中ですが。其角は、この遺書の書かれた翌十一日に、急報に接して、芭蕉の病床に駆け付けている。

七 五六頁注四参照。

解説

芭蕉——その人と芸術——

富山奏

俳諧師《はいかいし》芭蕉と俳諧文芸

「芭蕉」と言えば、かくべつ文学の愛好者でなくても、まずは誰でも知っている名であろう。それほど、彼は有名で、大衆的な存在である。しかし、有名で大衆的存在であることは、かならずしも、正しく理解され認識されていることを、意味するのではない。時には、むしろ逆に、はなはだしい誤解や誤認が、疑いの余地のない正しいことと信じられ、それが一般の固定観念となって、定着している場合も乏しくない。例えば、芭蕉にしても、「旅の俳人」とのイメージは、かなり普及しているようである。彼が、「野ざらし」を覚悟で旅立ってより、なお「漂泊の思ひ」やみがたく、奥羽の山野に杖をひくまで、多くの旅寝をかさねたことは事実であり、彼の画像のほとんどが旅姿であることは、早くより、そうしたイメージが定着していたことを証する。だから、それは誤りではない。しかし、芭蕉の生涯における旅寝の日数は、蕪村や一茶のそれよりも、かなり少ないことは、周知されているのであろうか。また、それを承知の上で、なお且つ芭蕉だけを「旅の俳人」と呼ぶのであれば、それは、正しい認識が普及している証拠と、安心していいものであろうか。私は、なお、誤解や誤認の懸念を、捨て去ることができない。と言うのは、現在一般に、芭蕉を「俳人」と称して種々の論評が行われているが、私は、そうした情況に対してさえ、危惧《きぐ》の念を禁じえないのであるから。

さりとて、私は、芭蕉を「俳人」と呼称することを、誤りだと言うのではない。が、芭蕉をそのように呼ぶことは、誤解を招く恐れがないか、と懸念するのである。何となれば、現在、俳人といえば、われわれは普通、俳句の作者と考えるのではなかろうか。そして、ここに既に、誤解の因子が潜んでいる。と言うのは、芭蕉の生前には、一般に俳句という言葉は使用されておらず、もちろん芭蕉自身も使っていない。すなわち、この事実は、当時、俳句という名称で呼ばれる作品は存在せず、芭蕉自身も、みずからを俳句の作者とは考えていなかったことを、証するものである。これは、たとえてみれば、『源氏物語』の作者である紫式部を、「小説家」と呼ぶようなものである。それは、かならずしも誤りとは言えまいが、誤解の懸念の存する呼称ではある。が、物語と小説との相違以上に、芭蕉の創造した作品と現代の俳句との間には、いろいろの著しい相違点が存するようである。それで、私は、芭蕉を「俳人」と呼ぶことに、懸念を覚えるのである。では、芭蕉を何と呼び、彼の創造した作品を、何と称すればよいのであろうか。

ここで、「俳句」という言葉の氏素姓《うじすじょう》について、いささか紹介しておく必要がある。で、まず、この言葉の誕生について言えば、それは芭蕉よりはるか後世の、明治時代に入ってのことである。すなわち、明治二十三年に、三上参次と高津鍬三郎とは、共著で『日本文学史』を公刊し、その中で「俳句」の語を用いた。これが、学術用語としての初出であろう、と言われている。そして更に、この言葉が一般的な用語として普及するに至ったのは、その後に、正岡《まさおか》子《し》規《き》などが「俳句」の語の使用を提唱して以来のことである。すなわち、子規は「俳句」という名称を用いることによって、それを十七音節の短小な一句で完結した近代詩として、定位させようと考えたのである。この彼の主張は、写生説の唱道と共に強力に推進され、俳壇の共鳴を得て、ついに近代俳句の基礎を確立するに至ったのである。

ところで、「俳句」という名称が、このように歴史の浅いものであるとなると、当然、ではこの名称が誕生する以前の、芭蕉などの作品は、当時、何と呼ばれていたのか、との疑問が生じるに相違ない。が、前述したように、子規が「俳句」という名称を提唱したのが、十七音節の一句だけで独立した詩の確立を意図したものであったことから、容易に察せられるように、それ以前の作品――従って芭蕉の作品も――は、たとえ十七音節の一句で独立の形を取り、そのように扱われている句でも、本質的には、常に、それに呼応して接続する次の句の存在を――少なくとも、その存在の可能性を――、当然のこととして予料していたのである。そして、そのような作品を、「俳諧《はいかい》」という名称で呼んでいた。子規以前の俳諧が、そのように二句以上連続した形態を基調としていたからこそ、彼は一句独立の詩としての革新をなすに当って、その意図を、「俳句」という新たな名称を用いることによって、明示したのであった。従って、子規以降の俳人たちと同じく、芭蕉をも俳人と呼ぶことは、かならずしも誤りではないが、その場合の俳人とは、俳諧の作者の意であって、俳句の作者の意ではないことを、認識している必要がある。が、芭蕉の当時、俳諧の制作を専門とする者を、「俳諧師」と呼称していたので、そのように呼べば、誤解を招く恐れはないことになる。すなわち、芭蕉は、文字通りの意味で、まさしく「俳諧師」であった。

さて、「俳句」と「俳諧」との名称の相違に、ひどくこだわったようであるが、この名称の問題は、同時に内容の問題であり、両者の相違を明確に認識しておかないと、芭蕉に対する著しい誤解を犯す恐れがある、と考えたからである。そして、俳諧師芭蕉について語るためには、更に、俳諧という文芸について、歴史的に略述し、世界に比類のない（これは事実であって、決して誇張表現ではない）その特性を、紹介しておく必要がある。

まず、俳諧の歴史について言えば、その原初形態まで含めると、実に『万葉集』にまでさかのぼり、日本文学史の全過程にわたる。もっとも、『万葉集』においては、さすがに、まだ「俳諧《はいかい》」とは称していないが、同集の巻八に、次のような作品を収載しているのが、目をひく。

佐保《さほ》川の水をせきあげて植ゑし田を　尼《あま》つくる
刈る早稲飯《わさいひ》はひとりなるべし　家持《やかもち》つぐ

これは一見して明らかなように、一首の短歌を、十七音節の上句《かみのく》（当時は頭句《とうく》と言った）と、十四音節の下句《しものく》（当時は末句《まつく》と言った）とに二分して、それぞれ尼と家持とが詠《よ》み、問答唱和した作品である。これが、後世に俳諧と呼ばれる文芸の、基本となるところの原初形態である。もちろん、独立の文芸ジャンルとしての俳諧が盛行するまでには、なお長い歳月を必要とし、且つ、その歴史的過程においては、まず「連歌《れんが》」と呼称される時期が介在するのであるが、その作品構成の原理と形態においては、既に後世の俳諧の基本的要素を、完備していると言ってよかろう。しかも、その内包するユーモラスな滑稽《こつけい》性は、連歌よりも俳諧の本命とするところである。試みに、この作品を略解してみよう。

まず尼の詠んだ上句は、〈佐保川の水をせきあげて灌水《かんすい》し、苦労して稲をみのらせたこの田を〉と語りかけたのである。それに応答した家持の下句は、〈その田を刈り取って、美味な早稲《わせ》の飯として食べるのは、ただひとりこの私であるに相違ない〉、との意である。ずいぶん厚かましいことを、家持は答えたわけであるが、尼がそのような応答を期待して、語りかけたのでないことは、言わずと知れたことである。また、家持も、そんな厚かましいことを、本気で答えているのではない。すなわち、この問答唱和には、右に略解したのとは別の、ユーモラスな本意が込められているのである。その本意は、まず尼が、自分の大切な娘を稲にたとえて、〈手塩にかけ、苦心して育てあげた、この魅力的な私の娘を見て下さい〉と、自慢してみせたのに対して、家持も負けておらず、〈その素晴らしい娘さんの、夫としてふさわしい立派な男性といえば、天下にただ一人この私だけであって、ほかにはありますまい〉と、やり返したものである。すなわち、両人の詠みあげるところは、どちらも罪のない自慢であって、おそらく両人は、このように唱和してから、心地《ここち》よげに声を合せて哄笑《こうしょう》したことであろう。

そもそも、「俳諧」という言葉の字義は、「滑稽」の意であって、古くは『古今和歌集』の巻十九に、滑稽に興ずることを目的とした作を「俳諧歌」と称して、五十八首もまとめて収載している。試みに、その冒頭の一首を紹介すると、次のような調子である。

梅の花見にこそ来つれ鶯《うぐひす》のひとくひとくといとひしもをる　　よみ人しらず

この一首の意味は、〈梅の花を見るのが目的で、私はやって来たのであるのに、鶯のやつは「人が来る、人が来る」と鳴きたてて、まるで私が悪い事でもしに来たかのように、忌みきらったりすることだ〉と言うのであって、その意図するところは、鶯の鳴き声を「ひとく（人来）」と聞きなして、本来は「観梅《かんばい》」「鶯鳴《おうめい》」といった代表的な雅事を、滑稽な笑いに転じたところにある。すなわち、もと優雅で「哀れ」の抒情《じょじょう》を本命とする和歌文芸において、同じく優雅な事柄を題材としながら、それに知的な操作を加えて、笑いを意図した滑稽な内容にと転換させた作品を、俳諧歌と称しているのである。そして、この滑稽を主題とする俳諧歌の伝統は、常に和歌文芸の傍流の位置にとどまるものの、連綿として継承され、「哀れ」の抒情一辺倒となりがちな和歌文芸に幅を与え、滑稽性を捨てて「哀れ」の抒情に傾斜しようとする連歌の趨勢《すうせい》に抵抗して「俳諧の連歌」を唱え、ついには、連歌から独立した俳諧文芸を形成するのに、大いに貢献することになる。従って、俳諧師芭蕉が探求した芸境は、和歌と同等の風雅の世界であるが、きわめて風雅性の強い蕉風俳諧を開拓しつつあった、その最晩年においても、なお彼は俳諧の本命とする滑稽《こっけい》性を尊重し、それを「興《きょう》」と称して、門人たちに対しても、その重要性を強調しているのである。たとえば、他界する三箇月余前の、元禄七年六月二十四日に、門人の杉風《さんぷう》に宛てた書簡の中で、

　まづ「軽み」と「興」ともつぱらに御励み、人々にも御申しなさるべく候。

と示教している（二五七頁二行〜三行参照）のなどは、芭蕉の俳諧を考察するに当って、最も留意すべき点の一つである。

俳諧の歴史の、その初発の情況について語っていたのが、芭蕉のことにまで飛躍してしまった。話を、もとにもどそう。俳諧の原初形態として、『万葉集』に収載する、尼《あま》と家持《やかもち》とが問答唱和した作品を紹介したのであった。そして、このような作品が、やがて連歌と呼ばれ、更に俳諧へと発展して行く旨を述べたのであった。ところが、実は、連歌師たちは一般に、この尼と家持との唱和を、連歌の起源とは見なさないのである。そこで、そのことについても、一言断っておく必要がある。

そもそも、連歌の制作を専門とする連歌師たちが、連歌の起源と称して尊重する作品は、『日本書《にほんしょ》紀《き》』の神話の中に見える、日本武尊《やまとだけのみこと》と秉燭者《ひともしびと》との唱和である（五六頁八行〜九行参照）。同じ作品が『古事記』にも収載されているが、当時はもっぱら『日本書紀』の方を典拠としているので、それによって記すと、次のようである。

　にひばり筑波《つくば》を過ぎて幾夜《いくよ》か寝つる　日本武尊
　日日並《かかな》べて夜《よ》には九夜《ここのよ》日には十日を　秉燭者

連歌師たちが、連歌の起源と称するこの作品は、前掲の『万葉集』の、尼と家持との唱和と同様に、二人の唱和形式であって、一見したところでは大差ないように見えるが、実は、その作品構成の原理

が、本質的に著しく異なるのである。すなわち、『万葉集』の尼と家持との唱和の場合は、既に述べたように、一首の短歌を上句《かみのく》と下句《しものく》とに二分して、それぞれが片方を分担して詠《よ》んだ作品であった。従って、この唱和は、言わば一首の短歌を二人で合作したのであって、両人がそれぞれ分担した片方だけでは、どちらも一首独立の形態を備えていない。換言すれば、両人は初めから、互いに相手の句を期待し、両句を合せて一首とする予定で、唱和しているのである。このような前例のない手法は、当時としては、それ自体が斬新な、意欲的な試みであったことを、知らなければならない。それに較べて、『日本書紀』の日本武尊と秉燭者との唱和は、当時の和歌の一つの形式であった片歌《かたうた》（十九音節構成）一首を、それぞれが詠んで（日本武尊の方は十八音節であるが片歌としての形式には相違ない）唱和した作品であって、独立の二首の片歌を用いた作品である。従って、この唱和を仮に二分しても、それぞれが単独で、一首独立の形態を備えていることは、言うまでもなかろう。そして、このような片歌二首を用いた問答唱和は、当時流行していて、決して珍しい試みではなかった。ところが、そのように珍しくもない片歌の唱和の中から、連歌師たちが敢《あえ》てこの作品を選び出し、これこそ連歌の起源であると称し、この作品に基づいて、連歌を「筑波の道」などと呼称するようになったのは、もっぱら連歌を権威づけるための、素朴な作意であった。その証拠に、これに続く中古（平安時代）の連歌は、全く『万葉集』の尼と家持との唱和形式を、踏襲したものであった。試みに、その最も初期の一例を、紹介してみよう。

第二番目の勅撰である『後撰和歌集』の巻六に、次のような作品が見える。

秋のころほひ、ある所に、女どもの数多《あまた》、すだれの内に
侍《はべ》りけるに、男の歌のもと（上句《かみのく》）を言ひ入れてはべり

ければ、する忿（下句《しものく》）は内より、　　　よみ人しらず

白露のおくに数多《あまた》の声すれば

花のいろいろありと知らなん

この作品の詠《よ》まれた場の情況は、その前書《まえがき》に言うところに従えば、次のようである。すなわち、おそらくは御所の内でのことであろうが、ある秋の日に、局《つぼね》に女房どもが沢山あつまって、ペチャクチャとお喋《しゃべ》りに夢中になっていた。その外を、ある男性がたまたま通りかかって、好奇心をいだき、女房どものお喋りにチョッカイを出してみたくなった。『源氏物語』などに、しばしば描かれているような場面である。で、その男性は、早速すだれの外から、短歌の上句《かみのく》を即吟して、女房どもに語りかけたのである。このような場合、無視して何とも答えないのは非礼であり、答えようにも返歌が即吟できなければ、敗北の意識にさいなまれることになる。それで、すだれの内からは、女房の中の誰かが、ただちにその下句《しものく》を詠み次いで応答した、という次第である。一首の短歌を、上句と下句とに詠み分けて、男女が問答唱和した形式は、前にあげた『万葉集』の尼《あま》と家持《やかもち》との場合と、全く同じである。が更に、その内容の方も同様に、はなはだ機智《きち》に富んでいて、ユーモラスである。すなわち、まず男性の詠みかけた上句は、〈白露が置くのに、さまざまな音がするのは、一体どうしたことなのだろうか〉と言うのであるが、露が置くのに音がするなどということは、もちろん現実には有りえないことであって、全く別のいたずらっぽいチョッカイの意味を内に込めつつ、表面は優雅な秋の露を吟詠した姿を装ったのである。そして、女房どもが、そのチョッカイの意味を見抜き、且つ、どのように巧みに応答してみせるかを、ためしてみたのである。で、内に込めたチョッカイの意味は、「白露の」は「おく（置く）」の枕詞《まくらことば》のように取りなし、且つ「おく」に「奥」の意を掛けて、〈このすだれの奥

で、ペチャクチャと騒がしく、沢山の女房どもの話し声がするが、何を一体そんなにお喋りしているのですか〉と問いかけたのであって、女房どものお喋りにチョッカイを出したのである。従って、これに答えて詠んだ女房の下句も、二重構造になっていて、表面の意味は、〈白露が置くのに、さまざまな音がするのは、いろいろな種類の花が咲いているから、と御承知下さい〉と、上句の言うところに、理屈を合せて応じたのである。もちろん、花にいろいろの種類があっても、花の種類ごとに音が異なる、などということはないわけだが、問いかけている上句が、既に現実に有りえない理屈を言っているのであるから、それに巧みに理屈を合せれば、応答は成功したことになる。そして、内に込めたチョッカイに対しては、「花」を花のように美しい女房、すなわち自分たちの譬喩《ひゆ》として、〈すだれの奥で、沢山の人々の声がするのは、いろいろの花のような美女が寄り集まっているから、と御承知下さいませ〉と応酬したのである。この問答は、どうやら女房の切り返しの方が巧妙で、男性の敗北の感が強い。が、それはともかくとして、表面は花に置く露の優雅な場面を詠みながら、その本意は、非常に機智に富んでいてユーモラスである。このユーモアを主題とする点は、前にあげた『万葉集』の唱和と共通の性格であり、且つ、俳諧歌の滑稽《こっけい》性とも同質であることに、注意しなければならない。

さて、ところで、このような、一首の短歌を上句と下句とに二分して、問答唱和する作品は、年と共にますます盛んに作られ、第五番目の勅撰である『金葉和歌集』には、十九首も収載される。そして、和歌の一つのジャンルとしての存在を公認され、句に句を連ねた構成から、「連歌」という名称を与えられることになる。かくして、連歌はそれ以降、隆盛の一途をたどるが、制作手法の上でも、新しい変った試みがなされるようになる。その内で、特に注目すべき試みは、従来の方法を逆転して、まず下句《しものく》を詠《よ》んで問いかけ、それに上句《かみのく》を詠んで応答する新手法の、出現したことである。この逆転手法に、特に注目するのは、これが呼び水のはたらきをして、上句・下句・上句と、三句連続の作品が出現するようになったからである。それは、中古末期の院政時代のことである。が、このような三句連続の作品が、一たび作られると、それから先は、同じ手法の繰り返しで、上句と下句とを交互に付け次ぎ、四句以上に長く連続する作品が試みられて行ったであろうことは、容易に想像できよう。かくして、中世初期（鎌倉時代）に入ると、実に百句連続したものを「百韻」と称して、連歌の代表的な形式と定めるに至った。且つ、このように長く連続した作品を「鎖連歌《くさり》」と名付け、他方、従来の上句と下句とを一回付け次いだだけの作品を「一句連歌」と称して、両者を区別して扱うようになった。

ところで、『新古今和歌集』（第八番目の勅撰）の代表的歌人藤原定家《ふじわらのていか》が、『明月記』に書き留めているところによると、後鳥羽院《ごとばいん》の仙洞御所《せんとうごしょ》の和歌所《わかどころ》においては、院や定家をはじめとして、専門の歌人たちが、余技として盛んに鎖連歌を詠み楽しんでいたようである。そして、その後、中世の後期（室町時代《むろまち》）にかけて、鎖連歌はますます宮廷貴族の間に流行し、やがてその流行は宮廷外にも波及して、庶民社会にまで広がって行く。が、このような連歌の隆盛と、連歌人口の膨脹とは、自然の勢いとして、庶民の中からも、連歌を専門の職業とする人々、すなわち連歌師を、生み出すようになる。たとえば、室町時代の末期に活躍した飯尾宗祇《いいおそうぎ》は、連歌師の最高峰として尊敬され、芭蕉も敬慕している（五二頁二行〜四行参照）が、彼は生国も知れぬ下賤の出自である。

以上のような次第で、連歌文芸は、宗祇を頂点とする最盛期を迎えたが、その百韻に及ぶ長大な形式と、専門の連歌師による連歌道としての精進とは、連歌制作上の諸規範を求めるようになり、細目にわたる「連歌式目《しきもく》」を制定するに至る。しかし、詳細な式目を制定し、専門の連歌師たちが、中世的芸道意識で、真剣に制作するとなると、勢い彼らは、和歌の優雅に比肩する境地を目標とするようになり、連歌本来の滑稽《こっけい》性を、次第に喪失してしまう結果となった。試みに、当時の連歌の典型的な作品である「水無瀬《みなせ》三吟百韻」(水無瀬神宮の法楽《ほうらく》の連歌として、宗祇・肖柏《しょうはく》・宗長《そうちょう》の三人が詠んだ三吟百韻)の、冒頭の八句(懐紙《かいし》の初折表《しょおりおもて》の八句)を紹介すると、次のような調子である。

(発句《ほっく》)　雪ながら山もとかすむ夕《ゆふ》べかな　宗祇
(　脇《わき》　)　　行く水遠く梅にほふ里　肖柏
(第　三)　河風に一《ひと》むら柳春見えて　宗長
(四句目)　　舟さす音もしるき明けがた　祇
(五句目)　月やなほ霧わたる夜に残るらん　柏
(六句目)　　霜おく野原秋は暮れけり　長
(七句目)　鳴く虫の心ともなく草かれて　祇
(八句目)　　垣根を訪《と》へばあらはなる路　柏

右の表《おもて》八句を通覧するに、その詠出するところは、終始、優雅な和歌的世界であって、一句連歌や俳諧歌に見られたユーモラスな機智や、滑稽な可笑性は、全く影を潜めてしまっている。すなわち、発句に詠むところは、〈遠山の頂には残雪をなお留めながらも、麓《ふもと》には夕べの霞《かすみ》が立ち込めて、待望の春の来訪が感じられる〉といった、水無瀬神宮のほとりの、早春の夕暮れ時の風趣であり、それに付けた脇は、〈早春の野を、はるか彼方《かなた》へと流れて行く川の、岸辺《きしべ》近い里では、折から馥郁《ふくいく》として梅が咲きかおっている〉と、淀《よど》川の岸辺の、水無瀬の里の高雅な風情《ふぜい》をたたえて、発句に応じたものである。以下、第三は、河辺《かわべ》の柳の春景を言って、脇の梅の香に配合させ、四句目は、早朝から聞える舟音を言って、第三の河辺の春景に情趣を添える。難解な作ではないので、以下の句の説明は省略するが、詠出するところは、一貫して優雅な境地で、滑稽《こっけい》の要素は完全に消失している。これが、最盛期の連歌の、理想として志向した境地であり、言わば、連歌文芸の終着駅でもあった。

しかしながら、上述して来たように、連歌はもともと、俳諧歌と同じく、滑稽をその本領として誕生し、生長して来た文芸であった。従って、いかに尊重されたにしても、それとは異質の優雅を理想とし、そうした境地を終着駅とすることは、あえて言えば、連歌が和歌に征服され、完全に属領化されてしまったことを意味する。これは、連歌の本懐ではないはずである。しかし、わが国の文芸に浸透している和歌的優雅を至高の境地とする意識——王朝文化に育成されたこの意識が、連歌を文芸として向上させようと努力すればするほど、ますます強力に作用して、そのような結果になったのである。従って、そうした情況下においては、連歌の本領である滑稽性は、むしろ余技として制作する遊戯的な作品の方に発揮された。しかし、連歌の世界においても、和歌の世界における場合と全く同じ意識がはたらいて、連歌としては変質的な性格というべき優雅な作品が、逆に「純正の連歌」と尊称され、滑稽を主体とした作品は「俳諧の連歌」と呼んで、一段下に評価された。が、「俳諧の連歌」とは、そうした評価意識を去れば、まさしく、連歌のあるべき本領を、最も適切に表明した名称と言えよう。そして、中世も末期近くに及んで、ついに、この俳諧の連歌のために万丈の気を吐く巨人が、二人あらわれた。その一人は、『犬筑波集《いぬつくば》』の編者と伝える山崎宗鑑《そうかん》であり、もう一人は、『守武《もりたけ》千句』を独吟した荒木田《あらきだ》守武である。前者は、出自不詳で、京都西郊の山崎の地に閑居した俳諧師であり、後者は、当時衰微の極にあったとはいえ、伊勢内宮《ないくう》の長官の職に九年間も就任した神官である。

両者の身分は、このように著しく相違し、且つ、その作品も、前者の『犬筑波集』は、多数の作者の発句《ほっく》と付句《つけく》（一句連歌のように前句《まえく》に一句だけ付ける形式）との集成であるのに対して、後者の『守武千句』は、独吟の百韻十巻に追加の五十韻一巻を添えた格式ある編成の大神宮法楽《ほうらく》で、その点も大いに異なるが、共に、滑稽性を尊重した生気あふれる作風で、年々にマンネリ化する純正の連歌を尻目に、俳諧の連歌を謳歌《おうか》し、俳諧文芸独立の機運を醸成した。後世の俳諧師たちから、共に、俳諧の開祖として尊崇される所以《ゆえん》である。試みに、両者の作品の一部を、紹介しておこう。

そこで、まず、『犬筑波集』の作品を例示すると、次のような調子である。

（発句）

(1) にがにがしいつまで嵐《あらし》ふきのたう

(2) 卯月《うづき》きてねぶとに鳴くやほととぎす

（付句）

(3) 霞《かすみ》のころも裾《すそ》はぬれけり
佐保姫《さほひめ》の春立ちながら尿《しと》をして

(4) 切りたくもあり切りたくもなし
盗人を捕えてみればわが子なり

『犬筑波集』の編成は、付句作品を主体とし、発句単独で掲出の作品は付録的に扱われているのであるが、便宜上、ここでは発句作品を先にかかげた。いずれも、さして難解な作ではなく、句意は一見して明白と思うが、順を追って、いささか説明を加えてみよう。

まず(1)の発句は、「春寒き年」との前書《まえがき》が付けられている作であって、一句の意味は、〈既に春の季節になっているのに、いつまでも寒い北風が吹き荒れるとは、にがにがしいことだ〉と嘆じたのであるが、嵐の「ふき（吹き）」を「ふきのたう」と言い下して、「蕗《ふき》の薹《たう》」に言い掛け、且つ、心情表現の「にがにがし」に、蕗の薹の味覚表現としての「にがみ」の意を託することによって、陽春の気の到来を待ち焦がれる和歌的伝統の優雅な心情表白に、それと全く異質で卑俗な食物の味覚の意味を重ね、その両様の意の著しい雅俗の懸隔によって、滑稽《こつけい》性の表出を意図した作である。

次に(2)の発句《ほつく》は、〈初夏の卯月《うづき》（陰暦四月）とて、ほととぎすが音太い声で鳴くことよ〉と言ったのであるが、王朝の貴族たちが憧《あこが》れ、競って歌に詠《よ》んだ繊巧なほととぎすの声調を、音太い（低く鈍重な声）と貶《けな》しつけたところに、歌人や連歌師たちの伝統的意識——完全にマンネリ化した類型的観念——に対する、痛烈な皮肉と激越な抵抗反逆との精神がうかがえる。このような、意表をついた価値観の転換自体が、既に斬新な俳諧《はいかい》性である。が更に、この作においては、「卯月」に「疼《うづ》き」（ずきずきと痛む）、「ねぶと（音太）」に「根太《ねぶと》」（腫物《はれもの》）、「鳴く」に「泣く」、とそれぞれ別の意を託して、腫物が痛んできて泣くといった、何とも卑俗きわまる意味を重ね、(1)の発句の場合以上にはなはだしく懸隔した雅俗両様の意を、同一句の中に両立させている。そこに発揮される著しい滑稽性は、素朴《そぼく》な哄笑《こうしょう》であるが、われわれは、生気ある庶民的感覚に共感し、空疎に観念化した伝統的意識を揶揄《やゆ》している作者の心を、その中に読み取らなくてはならない。明らかに、新しい俳諧の時代が始まろうとしているのである。

さて、次に付句《つけく》の例に移る。すべて、十四音節の前句《まえく》に、発句と同じ十七音節の句を付けたものである。但し、前句のあることによって、前句と付句との呼応の間に、容易に意想外の構成をすることが可能となり、単独の発句だけの場合より、はるかに自在な場面を展開することになる。俳諧の本領は、やはり、この付句の形態の方に、一層顕著に発揮されている。そこで、まず(3)の例から見ていこう。この前句は、ただ春霞《はるがすみ》が深く立ち込めたと言うだけの内容である。但し、その表現は擬人法を用いて、春を人にたとえ、霞をその衣服に見立てている。裾《すそ》がぬれているとは、霞の深いことを言ったものである。が、このように、季節そのものを擬人的に表現することは、和歌以来の常套《じょうとう》的手法であって、決して目新しいものではない。従って、この前句は、言わば全く平凡な作である。その平凡な前句に、斬新な俳諧性を付与したのは、付句の方の趣向である。すなわち、前句の「ころも裾はぬれけり」との、擬人的表現をつかまえ、場面を人事に転じ、衣服の裾がぬれたというのだから、これは女が立ち小便をしたのだ、と付けたのである。もっとも、前句は「霞のころも」とあるので、ただの女ではなく、春をつかさどる女神《めがみ》佐保姫《さほひめ》のこととして、優雅に応じているが、女神が立ち小便をして裾をぬらすとは、ただの女の場合以上に突飛な発想である。但し、このような発想を、単に滑稽性を意図しただけの趣向、と解してはならない。佐保姫が立ち小便をして裾をぬらしたとは、古来歌人の尊崇する偶像を、汚泥《おでい》の中に投げ込んで、喝采《かっさい》し哄笑しているのである。そこには、前掲の(2)の発句の場合と同様の、空疎に観念化した伝統的意識を揶揄する、作者の痛烈な批判精神が感得される。この作品を、『犬筑波集』の巻頭に据《す》えているのも、まことに意味深長である。

右の(3)の例に較べると、次の(4)は、意図するところの俳諧性が、きわめて簡明率直である。すなわち、前句の「切りたくもあり切りたくもなし」とは、矛盾した気持を並べ立てたのであって、前句が既に、滑稽性を予定してかかっている。このような前句が期待しているのは、その滑稽な矛盾を、巧みに捌《さば》いてみせる付句の頓才《とんさい》である。従って、前句に言うところの矛盾がはなはだしいほど、それを捌いた才知は賞讃《しょうさん》され、俳諧性が顕著に発揮されたことになる。この作品の場合は、「切りたく」を

「斬《き》りたく」と、すなわち斬り殺したいの意と取りなし、憎むべき盗人を捕えたので斬り殺してやりたいとの心情と、その盗人が実はわが子であったと分って、斬り殺すに忍びないとの親子の心情とで、その矛盾を巧みに捌《さば》いている。成功した作と言えよう。が、この作品で特に注目される点は、作中に全く和歌的優雅の要素が認められないことである。すなわち、この作品においては、優雅を卑俗に転じて俳諧《はいかい》性を発揮するのではなく、優雅の要素は不要のものとして、初めから無視されているのである。そして、このような作品の発生したことは、ついに俳諧文芸が、和歌や連歌の支配を脱却して、独立の機運を迎えたことを示すものである。

次に、『守武《もりたけ》千句』の作品例としては、その巻頭の百韻の、初折表《しよおりおもて》八句を紹介しよう。それは、次のような調子である。

（発《ほっ》　句《く》）飛梅《とびうめ》やかろがろしくも神の春
（　脇《わき》　）　われもわれもの烏《からす》鶯《うぐひす》
（第　三）のどかなる風ふくろうに山見えて
（四句目）　目もとすさまじ月のこるかげ
（五句目）朝顔の花のしげくやしほるらん
（六句目）　これ重宝《ちようほう》の松のつゆけさ
（七句目）むら雨のあとにつなげる馬の角《つの》
（八句目）　かたつぶりかと夕暮の空

右の表八句は、一見して、その調子が、先に紹介した『犬筑波《いぬつくば》集』の作品と、相当に異なる。その最大の特色は、詠出するところが、案外に優雅で、卑俗性の乏しいことである。そして、このような特色は、偶然の結果ではなく、守武の主張する俳諧観に基づいている。すなわち、『守武千句』の跋文《ばつぶん》に、彼は次のように記《しる》している。

　俳諧とて、みだりにし、笑はせんとばかりは如何《いかん》。花実《くわじつ》を備へ、風流にして、しかも一句ただしく、さて、をかしくあらんやうに、世々の好士《かうじ》の教へなり。

この彼の主張の主旨は、およそ、次のような次第である。すなわち、〈俳諧だからといって、全く法則を無視した奔放な表現をし、滑稽《こっけい》であることばかりを目的としてはならない。和歌と同様に、「花実」(うるわしい表現と深い情緒《じょうちょ》内容と)を兼ね備え、風流に優雅であって、しかも法則によく適合していて、その上なお且つ、滑稽性があるように詠《よ》むべきだ、というのが、世々の俳諧を愛好する人の教えである〉。このような俳諧観に基づいて詠出したのが、前掲の作品であるから、『犬筑波集』の作品と調子が相違するのも、当然の結果である。さして難解な作品ではないが、いささか説明を加えておこう。

　まず発句は、神々の霊験《れいげん》の、ますますあらたかな春を、ことほいだ吟。「飛梅」とは、菅原道真《すがわらのみちざね》が九州の太宰府《だざいふ》に左遷されて、家を出る時、「東風《こち》吹かば匂《にほ》ひおこせよ梅の花あるじなしとて春な忘れそ」と詠んだ庭の梅樹が、道真の九州の配所まで飛んで行って、その庭に咲き匂ったという故事で、「かろがろしく」とは、神威に感じて、自由自在に梅樹の飛行するさまを言ったもの。但し、「神」に「紙」を言い掛けて、「紙」が「かろがろしく」飛ぶの意を含め、俳諧的滑稽性を発揮した。次に脇は、発句の梅樹が飛んだというのを受けて、それではと、鳥や鶯も、われもわれもと、われ勝ちに飛んだ、と応じた吟。これは、梅樹だけでなく、鳥や鶯までも飛んだと言い立てて、天満《てんま》天神《てんじん》の神威の、ますます盛んであることを、たたえたものであるが、発句の「飛梅」の「飛」に「鳶《とび》」の意を効《き》かせ、鳶《とび》が飛んだから烏《からす》や鶯《うぐいす》も飛んだ、との意をも重ねて、俳諧《はいかい》性を発揮した。更に第三は、脇の烏や鶯が飛ぶというのを受けて、折からのどかな春風が吹きわたって、楼閣からは若葉した山々が眺望される、と付けた吟。これは一見、前句と伴って、のどかな春の景観を詠《よ》んだだけ、のようにも見えるが、「ふくろう（吹く楼）」に「梟《ふくろふ》」の意を重ね、『荘子』に「鴟鵂《しきう》（梟）は夜、蚤《のみ》をとりて毫末《がうまつ》を察すれども、昼出づれば、目をいからすも丘山《きうざん》を見ず」（梟は夜には、蚤をとったり毛の先を見わけたりするが、昼間はいくら目を開いて見ても、丘や山さえ見えない、との意）とあるのを踏まえ、「丘山を見ず」と『荘子』に評された梟にも、「山見えて」と、ひっくり返して言いたてることによって、俳諧性を発揮した。そして、次の四句目に、「目もとすさまじ」とあるのは、この句を「梟」の句意の方に取りなして、付け次いだものである。以下の句の説明は省略するが、詠出するところの調子は、まさしく跋文《ばつぶん》に主張している通りである。

さて、以上のような『守武千句《もりたけ》』の俳風は、『犬筑波集《いぬつくば》』の徹底した俳諧性に較《くら》べて、後進的に見えるが、千句連歌と同じ格式の俳諧作品をものした点において、俳諧に独立の文芸ジャンルとしての権威を付与したことになり、時代を画するものである。そして、これから後の俳諧文芸は、もっぱらこの宗鑑《そうかん》と守武との作品を典範とし、この二人を俳諧の祖と尊崇して、いよいよ本格的な活動を開始することになる。その最も早く現れた有力な後継者は、近世（徳川時代）初頭の松永貞徳《まつながていとく》で、彼は、所謂《いわゆる》「貞門《ていもん》」一派の首班として、全国の俳壇に君臨する。芭蕉の俳諧活動も、藤堂新七郎家に奉公中に、その若主人である良忠《よしただ》（俳号・蟬吟《せんぎん》）をとりまく俳諧仲間の一員として、貞徳門下の高弟北村季《き》吟《ぎん》を介して、貞門風の教えを受けることに始まる。従って、当時の彼の作風は、もちろん貞門風で、その代表的な作品「貞徳翁十三回忌追善俳諧」（寛文五年作。蟬吟以下執筆《しゅひつ》まで八人の連衆《れんじゅう》による八吟百韻。当時芭蕉は宗房《そうぼう》と号し二十二歳）の、名残《なごり》の折《おり》（百韻は懐紙四枚を用い、はじめから順次《じゅんじ》、初折《しょおり》・二の折・三の折・名残の折と称する）の表《おもて》から、彼の詠んだ句を二例、その前句《まえく》と共に取り出して紹介すると、次のような調子である。

(1) 百韻の冒頭から数えて、七十九句目と八十句目の例。

年玉《としだま》をいたう又々《またまた》申しうけ　蟬吟
師弟《してい》のむつみ長く久しき　宗房（芭蕉）

(2) 百韻の冒頭から数えて、八十九句目と九十句目の例。

憂《う》さ積る雪の肌《はだへ》を忘れかね　蟬吟
氷《こほ》る涙の冷たさよ扨《さて》　宗房（芭蕉）

それぞれの句に対して、いささか説明を加えよう。まず(1)の場合は、蟬吟の句が、〈正月のお年玉を、沢山に今年もまたいただいて〉というのに、芭蕉が、〈師弟の親密な間柄は、もう長年にわたるものでありまして〉と付けたもの。が、芭蕉の句は、そのような一句全体の意味だけで、蟬吟の句に付けたのではなく、句の中の用語に工夫をこらし、蟬吟の句に「年玉」とあるので「師弟」と応じ、また、「又々」とあるので何年にもわたってのことと解して、「長く久しき」と応じた。且つ、「長く久しき」とは、蟬吟の句が正月のことを詠んでいるので、それに対応させて、年賀の祝詞を借用して表現したものである。このように、句の中の用語に技巧を用い、その技巧の巧妙さを俳諧性とするのが、貞門俳諧の特色であった。

次に(2)の場合は、蟬吟の句が、〈つらい思いのほどが積るばかりだ。ただ一度の逢瀬《おうせ》を持っただけの女の、雪のように白かった肌の色を忘れかね、恋い偲《しの》んでいると〉と、恋の思いを詠んだのに、芭蕉が同じく恋の句を詠《よ》んで、〈恋い焦がれて流す氷のような涙の、さてさて、何と身にしみて冷たいことよ〉と付けたもの。が、この場合も、一句全体の意味だけで付けたのではなくて、蟬吟《せんぎん》の句に「憂《う》さ」とあるので「涙」と応じ、「雪の肌《はだへ》」とあるので「冷たさ」と応じた。且つ、蟬吟の句は、一句全体の意味とは無関係に、自句の中で、「憂さ積る」の「積る」を、「雪」の積るにも言い掛けたことを、一句構成の技巧としている。すなわち、貞門俳諧《ていもんはいかい》においては、もっぱら用語技巧の巧妙さが、作者の手腕の見せ場であり、作品の評価基準であった。そして、それはもちろん、単独の発句《ほっく》の場合も、全く同様である。参考として、この当時の芭蕉の吟を、一句紹介しておこう。

貞門の高弟松江重頼《まつえしげより》編の『佐夜中山集《さよのなかやま》』に、寛文四年、二十一歳当時の、次のような芭蕉の発句を収載している。

　姥桜《うばざくら》さくや老後の思ひ出で

一句の意味は、〈姥桜が咲いていることよ。年老いて後の思い出とばかりに〉というのであるが、この句の手柄は、「姥桜」(晩春に咲く八重桜の一種)だから、その「姥」(老婆)の名のように、老後の思い出とばかりに咲いているのであろう、と言い立てたところにある。「姥桜」は、開花期に葉が無いので、「葉無し」すなわち「歯無し」に引き掛けての名称であるが、あくまでも、その名称から工夫した作であって、決して、晩春に遅れて咲いているから、との実感に基づいての吟ではない。なお、「老後の思ひ出で」との表現も、謡曲「実盛《さねもり》」に、「老後の思ひ出これに過ぎじ」とあるのを、文句取りしたのであって、それがまた手柄である。これを要するに、貞門俳諧においては、用語の知的技巧が、俳諧性発揮の本命であった。そして、芭蕉も時代の子として、このような貞門風から、俳諧に足を踏み入れたのであった。従って、この当時の芭蕉の作品には、将来の蕉風俳諧の創造を予見させるような兆候は、いまだ全く存在していなかった。

さて、この貞門俳諧の門流は、これより後、脈々として継承されて行くが、このような用語の知的技巧には限界があり、その手法は類型化し、魅力を喪失して行った。それに代って、俄然《がぜん》天下を風靡《ふうび》したのが、連歌師西山宗因《にしやまそういん》が余技として手がけた、所謂《いわゆる》「談林調《だんりんちょう》」の俳諧である。その最盛期は延宝《えんぽう》元年（芭蕉三十歳）以降の数年間で、既に専門の俳諧師として立身すべく、江戸に下向していた芭蕉も、大いに談林調を謳歌《おうか》している。その代表的な撰集『江戸両吟集』（延宝四年刊。桃青《とうせい》すなわち芭蕉と、信章《しんしょう》すなわち素堂《そどう》との、両吟百韻二巻を収載。当時芭蕉三十三歳）から、巻頭の百韻の、初折《しょおり》表《おもて》八句を紹介すると、次のような調子である。

（発《ほっ》句《く》）この梅に牛も初音《はつね》と鳴きつべし　桃青（芭蕉）
（脇《わき》）　ましてや蛙《かはづ》人間の作　信章（素堂）
（第三）春雨《はるさめ》の軽うしやれたる世の中に　信章
（四句目）　酢味噌《すみそ》まじりの野辺《のべ》の下萌《したもえ》　桃青
（五句目）摺鉢《すりばち》を若紫のすりごろも　桃青
（六句目）　むかし働きの男ありけり　信章
（七句目）胝《あかがり》のひらけそめたる空の月　信章
（八句目）　爪立《つまだ》てて行く足引きの山　桃青

右の表八句は、一見して、貞門俳諧とは調子が異なり、はなはだ難解である。その表現の手法は、実は貞門と同じく、用語や素材の技巧的な構成を手柄とするのであるが、有名な古歌・古典・故事をはじめとして、当時流行の謡曲や俗語・習俗などをも自由自在に取り入れ、それらを、人の意表を突くような表現に知的に構成し、そこに発揮される機智を誇りとしたので、貞門俳諧《ていもんはいかい》のマンネリズムを打破し、はなはだ生新な俳境を展開したが、勢い難解な作品が多くなった。ここに紹介した作品も、かなり難解である。いささか説明を加えておこう。

まず発句《ほっく》は、天満天神《てんまてんじん》（菅原道真《すがわらのみちざね》）の神徳をたたえた吟で、〈折から咲きかおる境内のこの梅に、鶯《うぐいす》はもちろんのこと、牛までもが、初音《はつね》のつもりで鳴き出すに相違ない〉、と言い立てた。梅は菅原道真の愛好した樹（三〇九頁一二行〜一四行参照）で、天神と縁が深く、牛も天神の使として尊重される。そのような、梅と牛とを素材として、天神の神徳をたたえた奉納吟であるが、更に、「梅」に「梅翁《ばいおう》」（西山宗因《にしやまそういん》の俳号）の意を託し、「牛」に作者自身（桃青《とうせい》すなわち芭蕉）を寓《ぐう》して、西山宗因の創始した談林調《だんりんちょう》俳諧の盛行を謳歌《おうか》し、愚鈍な自分のような者までもが、談林調の俳諧に興ずることだ、との意をも重ねた。非常に機智を働かせた表現である。次に信章《しんしょう》（素堂《そどう》）の脇《わき》は、発句を、牛までもが初音と鳴く――牛までもが俳諧を詠《よ》む、の意に受けとめ、〈牛までもが俳諧を詠むのであるから、まして蛙《かわず》は詠むであろうし、更に人間はもちろん詠むに相違ない。その人間の作である発句は、見事な出来ばえであります〉と、桃青（芭蕉）の発句をたたえて、挨拶《あいさつ》とした吟。なお、牛に較《くら》べて「ましてや蛙」と、牛よりも蛙の方が、当然すぐれた作者であるかのように言っているのは、古くは『古今和歌集』の序文に、「花に鳴く鶯、水に住む蛙《かはづ》の声を聞けば、生きとし生けるもの、いづれか歌を詠まざりける」とあり、また、当時流行の謡曲「白楽天《はくらくてん》」にも、「されども、歌を詠むことは、人間のみに限るべからず、（中略）花に鳴く鶯、水に住める蛙《かはづ》まで、唐土《たうど》は知らず日本《にほん》には、歌を詠み候《さうらふ》ぞ」、とあるのを踏まえた表現である。更に次の第三は、〈春雨《はるさめ》が軽やかに降る、万事軽妙洒脱《しゃだつ》なこの世の中で〉との意で、脇の蛙が俳諧を詠むというのに応じ、蛙までが春雨に浮かれて俳諧を詠むとは、何と「しやれ」た世の中であることよ、と付けたのである。発句から継続して、以上の三句の間には、談林俳諧隆盛の世を謳歌する気持があふれている。なお、用語上の技巧としては、脇に「蛙」とあるので「春雨」と応じ、また、「人間」とあるので「世の中」と応じている。更に、一句の中で、「軽うしやれたる」の語が、「春雨の」の述部と「世の中」の修飾部とを、一語で兼ねていることは、改めて言うまでもなかろう。が、「しやれ」とは、当時流行の世俗用語で、それを句の中に詠み込んでいるのは、もちろん意図的な表現であって、談林調の一つの特色である。以下の付句の説明は省略するが、四句目では、下萌《したもえ》の草が春泥《しゅんでい》にまみれている風情《ふぜい》を、「酢味噌《すみそ》まじり」と料理に言いなし、五句目では、『伊勢物語』に「春日野《かすがの》の若紫のすりごろも」とあるのを踏まえた優雅な表現の上に、台所の料理用具の「摺鉢《すりばち》」をかぶせ、六句目では、同じく『伊勢物語』の美男の伊達《だて》男である「むかし男」（在原業平《ありわらのなりひら》）を、「むかし働きの男」と下男に転じ、七句目では、抒情《じょじょう》的な月夜の明けがたを、「胝《あかがり》のひらけそめたる」と、皹《あかぎれ》の口を開くのに言い掛けて卑俗化し、八句目では、雅語である枕詞《まくらことば》「足引きの」を、皹が痛く爪先《つまさき》立てて足を引きずるさまとするなど、このような奇抜な手法は、談林俳諧の最も得意とする技《わざ》である。そして、これらの手法は、単に観念的な知的遊戯として、雅を俗に転じているだけでなく、当時の現実眼前の情況として表現しているところに、貞門俳諧に見られない生新さがある。談林俳諧が一世を風靡《ふうび》したゆえんである。

しかし、容易に想像できることであろうが、このような奇抜な手法がエスカレートすると、ついには独善的な放埒《ほうらつ》となり、やがては行き詰ることになる。そうした談林俳諧の末期症状は、早くも延宝八年（芭蕉三十七歳）当時には、顕著となった。その救済策として現れたのが、漢詩文調の俳諧である。すなわち、表現においては、漢詩文の訓読を借りた語調や文体を用い、内容においては、老子や荘子の孤高趣味や漢詩の詩情を借用して、それを談林の奇矯《ききよう》趣味に代る新たな俳風とし、俳諧《はいかい》を革新しようと試みた。芭蕉もその急先鋒《きゆうせんぽう》の一人で、延宝《えんぽう》末年から天和《てんな》年間にかけての彼の作品に、漢詩文への傾倒が顕著なのは、そうした事情によるものである。但し、延宝八年（芭蕉三十七歳）の冬、彼が在住九年に及ぶ江戸市中を去って、郊外の深川《ふかがわ》の草庵《そうあん》（後の芭蕉庵）に隠栖《いんせい》してしまったのは、また全く別の深刻な理由と、悲壮な決意とに基づくものであった。そして、このような、専門の職業俳諧師としては異常な彼の行動は、当然その俳風にも独特な性格をもたらし、時流としての漢詩文調とは異質の、彼独自の俳境を開拓して行くことになる。すなわち、蕉風俳諧の始祖としての芭蕉は、この延宝八年冬の深川隠栖を契機として、ようやく、その姿を顕在化して来るのである。蕉風俳諧を創造・樹立した芭蕉の、その人と芸術との紹介を目的とする本書が、もっぱら、この年以降の作品を収載したのも、以上のような理由によるものである。そして、その補足を、この解説で果たすつもりで、いささか駄文を書きつらねて来た次第である。

異端孤高の俳諧師芭蕉

延宝八年の冬、三十七歳の芭蕉は、九年間も住みなれた江戸市中の寓居《ぐうきよ》を、突然たたんで、郊外の深川の草庵（後の芭蕉庵）に、身をひそめてしまった。しかし、彼は当時、俳諧を専門の職業とする俳諧師であり、既に有力な江戸の宗匠として、その令名は天下に聞えていた。そして、江戸市中における俳交も広く、俳諧宗匠として権門の知遇も受け、彼の指導を請う門人も、決して少なくなかった。

従って、それらを総《すべ》て振り捨てて、辺鄙《へんぴ》な深川に隠栖することは、職業俳諧師としては自殺行為に等しく、世人を驚かす異常な行動であった。これは当然、深刻な理由があっての行動に相違なく、且つ、重大な決意の結果と考えなければならない。では、その深刻な理由とは、どのようなものであり、また、彼はいかに決意したのであろうか。

実は、芭蕉のこの深川隠栖については、現在なお、諸種の解釈が横行している。そして、それらの諸説の中には、無責任な主観的謬説《びゅうせつ》や、興味本位の創作的曲解も少なくない。また、専門学者の論考の中にも、種々の疑点が認められる。しかし、蕉風俳諧の創造者たる芭蕉にとって、この深川隠栖は重要な意味を持つ行動であり、彼の人と芸術との本質を、象徴的に示す重大事件であるので、是非とも解明しておく必要がある。ことに、芭蕉を、その生活と作品との総括的統一体として、把握《はあく》理解することの必要性を強調する私にとって、それは責務とも言うべきであろう。

無責任な主観的謬説や、興味本位の創作的曲解は、いま問題としない。真摯《しんし》な研究に裏付けされた学説として、現在もなお通行している諸解釈を大別すると、およそ三種に分類できる。その中でも、最も早くから提出されて、一時は学界を風靡《ふうび》したのが、最初にあげる第一説である。

第一説

芭蕉が深川に隠栖したのは、当時世上に流行する談林調の俳諧に対して、彼は違和を感じ、ついには、それを嫌悪《けんお》し忌避するようになったからである。

(その論拠)

深川に隠栖してから後、芭蕉の俳風は急激に変化して、顕著な漢詩文調となり、著しい老荘的孤高趣味を発揮するようになった。

この第一説に続いて登場し、現在も多くの賛同者を持っているのが、次にあげる第二説である。

第二説

芭蕉が深川《ふかがわ》に隠栖《いんせい》したのは、世俗的な俳諧《はいかい》宗匠としての生活に対して、彼は性格的に適合することができず、ついには、そうした生活を嫌悪《けんお》し忌避するようになったからである。

(その論拠)

深川に隠栖してから後、芭蕉は老荘的な隠逸孤高の生活を讃美《さんび》し、脱俗的な「侘《わ》び」の境涯に憧《あこが》れて、自己の日常生活において、そうした境地を実践すべく努力している。

以上の二説は、芭蕉にとって、何らかの嫌悪すべき事情が存在し、彼がそれを忌避するといった自発的行動が、深川隠栖であると解するものである。それに対して、深川隠栖を不本意な受身的行動と解するのが、次の第三説である。この説に賛同する学者も、案外に多い。

第三説

芭蕉が深川に隠栖したのは、江戸市中における俳諧宗匠としての生活に失敗し、その結果、経済的にも破綻《はたん》して、江戸市中での生活を維持できなくなったからである。

(その論拠)

江戸市中に門戸を構え、俳諧宗匠として最も脂《あぶら》が乗っていた延宝《えんぽう》五年から同八年まで(三十四歳から三十七歳まで)の間に、芭蕉は経済上の必要から、水道工事の現場監督を副業としている。

さて、以上に列挙した三種類の説は、考察の便宜上、現行の諸説を整理分類したのであって、諸学の主張するところには、類似の説でも、それぞれ幾分ニュアンスの相違があったり、また、右の三種類の説の内、二説にまたがるような論調のものも見られるが、然るべき論拠を明示した現行の諸説の概要は、おおむね上記の三種類の説に尽きるようである。そこで、この三種類の説に順次検討を加えることによって、芭蕉の深川隠栖の真の理由と、それが彼の俳諧師としての生涯にとって、いかに重大な意味を有する行動であったかを、解明しておこうと思う。

まず、第一説の、芭蕉の深川隠栖を、談林《だんりん》調の俳諧に対する嫌悪《けんお》・忌避が原因であるとする解は、この説を主張する人々が共通してあげる論拠自体に、問題がある。すなわち、言うがごとく、芭蕉が深川に隠栖してから後、彼の俳風は急激に変化して、顕著な漢詩文調となり、著しい老荘的孤高趣味を発揮するようになったことは、明白な事実ではあるが、そのような芭蕉の俳風の急激な変化は、むしろ逆に、隠栖による生活態度や環境の変化の方が原因であって、その結果俳風も急変したと考える方が、はるかに妥当な解釈である。従って、芭蕉の俳風の急変を論拠として、談林調を忌避するあまりに彼は隠栖したのである、と主張するためには、江戸市中に在住当時の彼の作品に——少なくとも隠栖直前の延宝七八年（三十六七歳）当時の彼の作品に、既に反談林的な傾向が相当顕著に認められることを明示し、且つ、そのような反談林的な傾向の延長線上に、その発展した俳風として、彼の隠栖後の作品の特色を、密接な関連性において位置付けて見せることが、絶対に必要である。ところが、隠栖以前の彼の作品に、そのような顕著な反談林的傾向を認めることは、およそ不可能である。そして、それは当然なのである。と言うのは、延宝八年当時の、『田舎句合《いなかのくあわせ》』や『常盤屋句合《ときわやの》』に記載する芭蕉の判詞や跋文《ばつぶん》にも、反談林的な主張は認められないのであるから。もっとも、その判詞や跋文の中で、彼は新傾向の漢詩文調に共鳴し、それを讃美して、「これを今の風体《ふうてい》といはんか」などとは言っている。が、その漢詩文調は、談林俳諧自体が脱皮すべく考案した新風であって、やがて俳壇を風靡《ふうび》する天和調《てんなちょう》へと発展する天下の流行である。決して、談林《だんりん》に反旗をひるがえし、芭蕉ひとりが唱道した新風のようなものではない。芭蕉の深川隠栖《ふかがわいんせい》後の作品に顕著な老荘趣味のごときも、当初は時流に乗じたまでのものである。延宝《えんぽう》九年刊の『次韻《じいん》』の作品にさえ、そうした時流謳歌《おうか》の姿勢が見えることは、それを証している。これを要するに、芭蕉の胸中に、隠栖を決意するほど強烈な反談林的情念——漢詩文調の新風を開拓しつつあった江戸談林俳壇に対する強烈な拒絶意識——が滾《たぎ》っていたと解することは、全く実情を誤認した空論と、断ぜざるを得ないのである。すなわち、談林調の俳諧《はいかい》に対する嫌悪《けんお》・忌避が原因で、芭蕉は深川に隠栖したのであると解する第一説は、全く成立し得ないのである。

第一説と較《くら》べて、いささか実情に則しているのが、世俗的な俳諧宗匠としての生活に対する嫌悪・忌避が原因で、芭蕉は深川に隠栖したのだと解する第二説である。但し、その論拠として、隠栖後の芭蕉が、老荘的な隠逸孤高の生活を讃美《さんび》し、脱俗的な「侘《わ》び」の境涯に憧《あこが》れていた事実だけを強調するのでは、不徹底の誇《そし》りをまぬがれない。それでは、第一説を奉ずる人々が、隠栖後の芭蕉の俳風の急変を論拠とするのと、五十歩百歩である。それ故に、第二説の論拠としても、江戸市中に在住当時の芭蕉の、俳諧宗匠としての生活態度に、既に世俗性を厳しく拒否する姿勢が認められることを、明示して見せる必要がある。が、この場合も、むしろ逆の姿勢の方が顕著である。そして、それは当然のことではなかろうか。芭蕉は寛文十二年（二十九歳）の春に、俳諧を専門の職業とする俳諧師として立身すべく決意して、はるばると江戸に下ったのであるが、その折に彼が頭に描いた俳諧師のイメージは、当時巷間《こうかん》に実在した俳諧宗匠の姿以外には有り得ない。そして事実、江戸下向後の彼は、それを目標として励んでいる。すなわち、まず彼は、離郷の折に立志記念として制作した句合《くあわせ》『貝おほひ』を、江戸の書肆《しょし》中野半兵衛かたから出版する。これは、江戸俳壇に自己の参加したことを告げ、その存在を顕示した行為である。それから後、彼は江戸俳壇の一員として、多くの俳諧師仲間と積極的に交渉を持ち、内藤風虎《ふうこ》（奥羽《おうう》磐城《いわき》の平《たいら》、七万石の城主）およびその次男露沾《ろせん》の江戸屋敷で催される風雅の会合にも参加して声名を馳《は》せ、延宝五年（三十四歳）ごろには、既に著名な俳諧宗匠として衆望を得ていたようで、翌六年には門下を率いて歳旦帳を公刊するまでに至っている。以上のような情況は、全く立志精励する俳諧師の尋常な姿であって、反世俗的な生活態度は、微塵《みじん》も察知することができない。そして更に、深川に隠栖する僅か半年前の延宝八年（三十七歳）四月には、『桃青門弟《とうせいもんてい》独吟《どくぎん》二十歌仙《かせん》』と題する撰集を出版した。これは、その題名に明示するごとく、桃青（芭蕉の別号）門下の高弟を糾合《きゅうごう》し、その作品集を公刊して世に問うたものであって、江戸はもちろん天下の俳壇を相手に、「桃青門弟」と表題に誇称するあたり、まことに意気盛んである。反世俗的な生活態度は、この時期に至っても、なお微塵も認められないのである。従って、以上のような芭蕉の俳諧師としての姿勢から推察すると、世俗的な俳諧宗匠の生活に対する嫌悪・忌避が原因で、芭蕉は深川に隠栖したのであると解する第二説も、はなはだ疑問となるのである。

　ただ、ここで是非とも言及しておきたい重要な事柄が一件ある。それは、当時世上に流行していた点取《てんとり》俳諧を、芭蕉ははなはだ好ましからず感じていたらしいことである。そもそも、点取俳諧の点とは、師匠が門人の作品に、批判評価の評点を加えることで、本来は初心者指導の一つの手段であったが、俳諧の大衆化と共に、当時はその本来の意味を失い、作者大衆が宗匠から嘉賞《かしょう》の点を多く受けることを競う遊戯と化し、そうした遊戯的俳諧を点取俳諧と呼んでいた。従って、点取遊戯が目的の作者大衆を相手とする宗匠は、俳諧指導の意識は乏しく、評点を請う作者を、もっぱら顧客として応対し、甘い評点を加えて阿《おもね》り、顧客の増加に伴う点料（評点を加える対価として受け取る金銭）の増収に心を奪われ、ついには、世人から「座敷乞《こ》食《じき》」と蔑称《べっしょう》されるほど堕落してしまった。そして、高点勝句に賞品を出すまで商業化すると、点取俳諧《てんとりはいかい》は大衆の射幸心と結び付いて、ますます隆盛過熱し、賭《と》博《ばく》的様相を呈し、幕府がしばしば禁止令を出すまでに至った。「五三、松村猪兵衛《いへえ》宛書簡」に「京都俳諧師、五句付《づけ》のことに付き閉門」（二四九頁四行〜五行参照）とあるのも、その一例である。芭蕉が、このような点取俳諧を、いかに苦々しく感じていたかは、「四一、菅沼曲水《すがぬまきょくすい》（定常）宛書簡」中の、いわゆる「芭蕉翁三等の文」（二〇八頁＊参照）と称して尊重される記事（二〇九頁六行〜二一〇頁九行参照）をはじめとして、「四〇、浜田珍碩《ちんせき》宛書簡」や「四三、向井去来《きょらい》（平次郎）宛書簡」などにも、はなはだ激越な調子で、繰り返し点取俳諧を邪道として排撃すべきことを強調しているのを見れば、極めて明白である。従って、彼が世俗の俳諧師仲間に伍《ご》して、宗匠として成功すべく励んでいた延宝《えんぽう》期においても、商業化して堕落した点取俳諧にばかりは、好感を持ち得なかったであろうことは、容易に推測できる次第である。現に、彼が評点を加えた点巻の伝存するものは乏しく、且つ、同じく加点と言っても、彼の場合は、教えを請う門人たちに対する指導を目的とした行為である。しかも、そうした指導のための加点すら、彼は決して好んで行ったのではない。例えば、「八、山岸半《はん》残《ざん》（重左衛門《じゅうざえもん》）宛書簡」の中で、彼は請われるままに懇切丁寧な指導を行いながらも、次のように希望を伝えている。

　先《ま》づ判詞むつかしく、気の毒なる事多く御座候ゆゑ、点筆を染め申す事はまれまれの事に御座候あひだ、重ねて御免なされくださるべく候。（四六頁五行〜七行参照）

すなわち、〈まことに他人の句に判詞を書くことは煩わしく、気詰りな事が多いので、句を批評する筆を執ることは、ごくまれなことであります。そんな次第ですので、私に再度句評を求めることは、お断り申し上げたい〉というのである。もう一例、紹介しよう。芭蕉は奥羽《おうう》に行脚《あんぎや》した折、酒田に十日間ほど滞在し、その土地の俳人淵庵不玉《えんあんふぎよく》の家に止宿した（「二三、おくのほそ道」の「鶴《つる》が岡《おか》の重《じゆう》行《こう》・酒田の不玉」の項——一四〇頁——参照）。その時、芭蕉に入門した不玉は、元禄六年の春、自作の独吟歌仙を江戸の芭蕉に送って、加点を請うて来た。遠隔の地に住む門人であり、当然の希望と言えよう。それで、芭蕉は来送の不玉の作品に評点を加えたが、その巻末に識語として、次のように書き付けているのが目をひく。

一巻熟覧、感吟ななめならず候《さうらふ》。近年、武府《ぶふ》の風雅、分々散々《ふんぷんさんざん》、たまたま邪路の輩《やから》も相見え候ところ、微軀《びく》方寸《はうすん》相伝へて、辺国鄙《へんこくひな》のかたはらより、かかる風雅を見せしめはべる、まことに殊勝《しゆしよう》のことに候。予、曾《かつ》て以て点削《てんさく》の筆を断つといへども、遠国《をんごく》の志といひ、先年行脚の情忘れがたきによりて、いささか評詞《ひやうし》・脇書《わきがき》加ふるのみなり。

さして難文ではないが、その概要を口訳すると、およそ以下のようである。すなわち、〈あなたが送って来た独吟歌仙一巻の作品を、つくづくと拝見し、ひとかたならず感心いたしました。近年、江戸の門人たちの俳諧は、てんでに勝手放題の遣《や》り口で、なかには点取俳諧の邪道に走る門人さえ居りますのに、あなたは、私の俳諧の精神を会得して、はるか遠隔の地である酒田から、このような立派な作品をものして見せて下さったことは、まことに喜ばしいことであります。私は、ずっと以前から、他人の作品に評点を加えたり、添削の筆を執ったりすることは、やめておりますが、あなたは、はるか遠隔の地から敢《あえ》て希望して来たのであり、また、先年、奥羽に行脚した折に、あなたに格別親切にして頂いた御恩も忘れられませんので、少々ばかり、批評や評価の言葉を、書き付けた次第であります〉というのである。流行の点取俳諧《てんとりはいかい》を「邪路（邪道）」と断じて排斥しており、ここに言う「点削《てんさく》の筆」とは、もちろん指導の手段としての「添削の筆」であるが、それさえ、ずっと以前からやめているると言うのであるから、その徹底ぶりは相当なものである。そして、このような芭蕉の徹底した評点拒否の姿勢は、専門の職業俳諧師としては、はなはだ異常なものであり、以前から俳壇の注目するところであった。例えば、元禄三年刊の俳諧点取集『物見車《ものみぐるま》』は、諸国の宗匠たちの評点を、いちいち槍玉《やりだま》にあげて、極めて意地悪く論評した書物であるが、芭蕉に対してだけは、「武江《ぶかう》の桃青《たうせい》（芭蕉の別号）は、いま粟津《あはづ》のほとりに住みて、世の俳諧に批判せずとなん」と言って、匙《さじ》を投げている。もちろん、芭蕉が、延宝《えんぽう》期において、既にそこまで徹底していたと断言するのではないが、彼は、営利的・商業的なものに対して、体質的に拒絶反応を持っており、延宝期においても、基本的な生活態度は、さして相違がなかったものと思われる。とすると、いまだ隠逸の志向などは全く持っていなかったにしても、彼の俳諧宗匠としての生活態度は、かなり特異なもので、他の宗匠たちに較べれば、反世俗的とも言うべき色合いが濃厚であったろうことは、容易に想像できる次第である。そして、このような、彼の反世俗的性格が、深川隠栖《ふかがわいんせい》の決断を助長したであろうことは、たしかであったろう。しかし、そのような反世俗的性格だけを原因として、職業俳諧師としては自殺的行為とも言うべき隠栖を説明することは、牽強《けんきょう》の誹《そし》りを免れないであろう。このような、生涯の命運を賭《と》した決断には、もっと根源的な、人生観の根底をゆるがす深刻な理由が、必ず潜んでいるものである。が、それについては後述するとして、次に、第三説に対して検討を加えておこう。

　第三説は、芭蕉が深川に隠栖したのは、江戸市中における俳諧宗匠としての生活に失敗し、その結果、経済的にも破《は》綻《たん》して、江戸市中での生活を維持できなくなったからである、と解するものであった。そして、その論拠としては、芭蕉は経済上の必要から、江戸の俳諧宗匠として最も脂《あぶら》が乗っていた延宝五年から同八年までの間に、水道工事の現場監督を副業としていた事実があると言う。たしかに、本職と場違いの副業を持つということは、本職の方が思わしくないことを、証するもののようである。それで、この説を奉ずる人々の多くは、職業俳諧師である芭蕉は、江戸市中で同業の宗匠たちと争って、結局商売に負けたのだと言う。すなわち、芭蕉の深川隠栖は、江戸市中における俳諧師としての生存競争に敗北した彼が、事業挫《ざ》折《せつ》の傷心をかかえて、辺陬《へんすう》の地に不本意な逃避をしたものである、と主張する。たしかに、晩年に大成した人の青年期に、そのような挫折・失意の苦闘時代を設定してみることは、物語としては面白いかも知れない。しかし、ひるがえって考えるに、職業俳諧師である芭蕉が、その本職とする商売に失敗して、経済的に破綻するとは、どういうことであろうか。当然、失敗したその商売は、収益につながるもの——すなわち点取俳諧であったことになる。が、既に前述したように、芭蕉は点取俳諧に対して、体質的に拒絶反応を持っている。従って、彼は点取俳諧を拒否することはあっても、それに失敗したとか、失敗して挫折感を懐《いだ》いたなどと言うのは、全くナンセンスである。従って、芭蕉が副業に従事したことを論拠として、深川隠栖を失意の逃避行のように解する第三説もまた、明らかに誤解なのである。ただ、芭蕉が水道工事の現場監督のような副業に従事したことは事実で、それが生活の資を得るためであったことは、間違いなかろう。そして、それは、芭蕉が経済的に苦しかったことを証する。但し、彼が経済的に苦しかったのは、営利的な点取俳諧を拒否したからである。俳諧を専門の職業とする俳諧師の、唯一の収入源は点取俳諧の点料であるから、職業俳諧師でありながら点取俳諧を拒否するのは、言わば、みずから糧道を断つようなものである。生活が成り立たず、他に収入源としての副業が必要となるのは、理の当然であろう。既に著名な宗匠で、評点を請うべく門戸をたたく来客も多かったであろう芭蕉が、平然として自宅を留守にし、副業などに従事していたのは、まさしく、営利的な点取俳諧《てんとりはいかい》を拒否する潔癖が、原因をなしていたのである。そして、このような芭蕉の生活態度が、いかに反世俗的で、特異なものであったかは、改めて言うまでもなかろう。

　なお、ここで、この第三説と同じく、深川隠栖《ふかがわいんせい》を失意の逃避行と見るのであるが、その主因を、水害による飢饉《ききん》と解する説が一部に行われているので、それにも言及しておこう。たしかに、芭蕉が深川に隠栖した延宝《えんぽう》八年の江戸は、風雨・洪水《こうずい》による飢饉で、惨状を呈していたようである。『米商旧記』には、「大風雨・洪水にて、米穀みのらず」とあり、更に『玉露叢《ぎょくろそう》』には、閏《うるう》八月六日の、おそらくは颱風《たいふう》の来襲によると思われる被害状況を、次のように記録している。

　閏八月六日。巳《み》の刻より風雨。午《うま》の刻より未《ひつじ》の刻に至るまで大風となり、江戸中にて吹き倒されたる家、三千四百二十戸余り。本所《ほんじょ》・深川にて溺死《できし》七百余人。水損米二十万石余り。本所・深川・木挽《こびき》町・築地《つきぢ》・芝あたり、海水あふれ、潮水床上より四五尺、または七八尺に及びたり。前代未聞《みもん》の事なり。

なお、これより一週間後の、十三日から十四日にかけても、再度颱風が江戸を襲撃しているようで、その混乱は大変なものである。が、このような、江戸市民に共通な――従って、他の俳諧師たちにも共通な――天災を原因として、特異な芭蕉の隠栖を説明するのは、いささか思い付きに過ぎるようである。ことに、彼の隠栖した深川は、――そこに門人杉風《さんぷう》の持家があり、その庇護《ひご》を受けるに好都合であったにしても――右に紹介した『玉露叢』の記録によると、当時最も甚大な被害地である。これでは、まるで、好んで死地に飛び込むようなものである。従って、経済的弱者である芭蕉の、当時の窮状を推測させる興味深い説であるが、そうした天災を、異常な行動である隠栖の原因と解することは、いささか恣意的《しいてき》に過ぎる見解で、必然性の乏しいものである。

さて、現行の諸説に順次検討を加えつつ、芭蕉の深川隠栖の原因・理由を探求して来たが、どうやら、満足の行く解答は得られなかったようである。すなわち、芭蕉が、延宝八年の冬、三十七歳で、突如として隠栖したのは異常な事態とて、その原因・理由を解明すべく、諸説横行し、種々の論評を加えているが、実は、これは未解決の重大問題なのである。そして、このような、芭蕉が生涯の命運を賭《と》した重大な行動の意味が未解明であるということは、芭蕉の、その人と芸術とに対する理解にも、同様に、はなはだしい誤解や曲解の存することを、懸念させるのである。そこで、以下に、卑見を開陳しておく。

元禄二年の晩春から晩秋にかけて、半歳に及ぶ奥羽行脚《おううあんぎや》を終えた芭蕉は、近江《おうみ》の国は石山の奥、国《こく》分《ぶ》山にある幻住庵《げんじゆうあん》に入った。庵住したのは、元禄三年四月六日から同年七月二十三日に至る僅かの期間であったが、彼はその住居がはなはだ気に入って、一時は永住すら考えたと見え、「幻住庵の記」(「二八、幻住庵の記」参照)に、「卯月《うづき》の初めいとかりそめに入りし山の、やがて出でじとさへ思ひそみぬ」(一六七頁六行〜七行参照)と記している。そして、このような庵住によって、気分も安らいだのか、過ぎ来し自己のはるかなる歩みの跡を回顧し、また、現在の心境を吐露して、次のように述べている。

(1) 予また市中を去ること十年《ととせ》ばかりにして、五十年《いそぢ》やや近き身は、蓑虫《みのむし》の蓑を失ひ、蝸牛《かたつぶり》家を離れて、奥羽《あうう》象潟《きさがた》の暑き日に面《おもて》をこがし、高砂子《たかすなご》歩み苦しき北海の荒磯《あらいそ》にきびすを破りて、今歳《ことし》湖水の波にただよふ。(一六七頁二行〜五行参照)

(2)

かく言へばとて、ひたぶるに閑寂を好み、山野に跡を隠さむとにはあらず。やや病身、人に倦《う》んで、世をいとひし人に似たり。つらつら年月の移り来し拙《つたな》き身の科《とが》を思ふに、ある時は仕官懸命の地をうらやみ、一たびは仏籬《ぶつり》祖室の扉《とぼそ》に入らむとせしも、たどりなき風雲に身をせめ、花鳥に情を労じて、しばらく生涯のはかりごととさへなれば、つひに無能無才にして
この一筋につながる。（一六九頁八行〜一三行参照）

まず、(1)の文章は、奥羽《おうう》行脚《あんぎゃ》の労苦を回顧し、いま琵琶湖《びわこ》のほとりに漂着して、幻住庵《げんじゅうあん》に心身を休めるに至った次第を語っているのであるが、その冒頭に、「予また市中を去ること十《と》年《とせ》ばかりにして」と言っているのが目をひく。彼が幻住庵に入ったのは、元禄三年であるから、その年から文字通り十年を逆算すると、延宝八年に当る。従って、「市中を去る」とは、まさしく、延宝八年冬に、江戸市中を去って深川《ふかがわ》に隠栖《いんせい》した事実をさして、言っているのであることが、知られる。そして、それに続けて、「蓑虫《みのむし》の蓑を失ひ、蝸牛《かたつぶり》家を離れて」と言うのは、深川の芭蕉庵を人に譲って、奥羽行脚へと旅立ったことである。ところで、奥羽行脚への旅立を語る枕《まくら》に、深川隠栖の件を据《す》えるのは、いささか異常ではなかろうか。旅立と入庵とでは、両者に必然的な関連がない。ことに、この両件は、間に八年余の歳月を隔てている。それを敢《あえ》て、このように記述しているのは、芭蕉の胸に、特殊な意識の存在したことを、物語るものである。その意識は、いかなるものであろうか。ここで考え得る最も妥当な解釈は、旅立と入庵とは全く異なった行動——むしろ逆の行動とも言うべきものであるが、芭蕉の方寸においては、根本的には同質の行動として、意識されていたのではなかろうか、ということである。すなわち、芭蕉の深川隠栖は、奥羽行脚と同質の行動であった。少なくとも、元禄三年に至って回顧してみると、芭蕉には、そのように自覚されたのである。当時、世俗の俳諧師が結庵《けちあん》するとい

えば、市中に門戸を構えて、みずから一派の宗匠として、何々庵第何世などと誇称するのが普通であったが、芭蕉の庵住は、それとは全く異質のもので、独り山野に杖をひく、行脚漂泊と同様の心境であった。それゆえに、深川隠栖が、行脚漂泊の境涯の第一歩として、自覚されたのである。そして、そのように自覚すればこそ、彼は、奥羽行脚の労苦を語る枕に、深川隠栖の件を据えたのである。従って、当然、延宝八年冬の深川隠栖は、それまでに獲得した世俗的な名声や宗匠としての勢力も捨て去って、独り飄然《ひょうぜん》として旅立つのと同様の決意で、断行されたのであった。事実、深川隠栖の後もなお芭蕉に随従した門人は少なく、延宝八年四月刊の『桃青《とうせい》門弟独吟《どくぎん》二十歌仙《かせん》』に参加した高弟においても、その半数を下廻ったようである。まして、遊戯的な気持で評点を請う連中は、全く彼を顧みなくなったに相違ない。ところで、このような芭蕉の姿勢は、まさに豹変《ひょうへん》であって、その直前までの彼の生活態度と、全く相違する。彼は、青雲の志を懐《いだ》いて江戸に下って以来、俳諧宗匠として大成すべく、懸命の努力を続け、着々と計画を実現し、「桃青門」を誇称して歳旦帳や撰集を公刊するまでに至っていた。深川隠栖直前の彼は、まさに功成り名遂げた状態であった。そうした世俗的栄達を、彼は隠栖によって、突如として総《すべ》て放棄したのである。言わば、コペルニクス的転回である。ところで、どうして芭蕉は、このように豹変したのであろうか。その理由を、功成り名遂げて、その空《むな》しさを悟ったのだ、と言ってすまし得るならば、ことは簡単である。しかしながら、普通ならば、隴《ろう》を得て蜀《しょく》を望むのが、人情ではなかろうか。まして、職業俳諧師の身で、俗縁を断って隠栖するのは、自殺的行為である。それを覚悟の上で敢行した彼は、既にこの段階で、身を乞食《こつじき》行脚の境涯に落す決意が、固まっていたのである。換言すれば、深川隠栖は奥羽行脚と同質の行動であり、延宝八年冬の深川隠栖を以て、旅の俳諧師芭蕉の誕生となし得るゆえんである。芭蕉自身、そのように自覚していたからこそ、奥羽行脚の労苦を語るに際し、まず深川隠栖《ふかがわいんせい》の件から起筆したのであった。ところで、それにしても、世俗的名声の頂点に在《あ》って、突如として乞食行脚《こつじきあんぎゃ》の境涯を志向するのは、普通ではない。そこには、やはり、点取俳諧《てんとりはいかい》を拒否し続け、水道工事の現場監督のような副業に従事してでも、文芸としての俳諧の純粋性を護持しようと努めた芭蕉の、厳しい精神の存在を察知することができる。そして、そのように文芸的純粋性を護持しようとすると、世俗的名声の向上は、ますます障害となる。何となれば、世俗的名声の向上は、当然、遊戯として俳諧を楽しむ大衆の評判を呼び、点取俳諧を事とする連中との交渉は、必然的に増大するからである。おそらく、延宝八年末には、そうした情況が、ついに極限に達したのに相違ない。そうした局面の打開策として、芭蕉は、万事を放擲《ほうてき》して、江戸市中からの脱出を決意した。それが、深川への隠栖であった。この深川隠栖が、芭蕉の生涯における、最大のエポックたるゆえんである。すなわち、この隠栖によって、芭蕉は、時流の先端を行く天才的俳諧師から、絶世の蕉風俳諧の創造主に飛躍したのであり、俳壇の名宗匠から、一介の旅の俳諧師へと、見事な変身を遂げたのであった。(2)の文章に、「たどりなき風雲に身をせめ、花鳥に情を労じ」と嘆じ、「つひに無能無才にしてこの一筋につながる」と述懐しているのは、この深川隠栖以降、完全に世俗の栄達に背を向けて、風雅一筋に、異端孤高の道を歩んで来た道程を、感慨を込めて回顧した彼の言葉である。言葉は簡素であるが、そこには、万斛《ばんこく》の涙が注がれている。まことに、深川隠栖は、彼の生涯を決定した重大事であり、それは、蕉風俳諧の創造主の、意義深い誕生日であった。本書が、もっぱら、この年以降の作品を収載したのは、以上のような、まことに深刻な理由に基づくものである。

なお、芭蕉の異端孤高の姿勢は、晩年に近づくに従って、年を追ってますます峻烈《しゅんれつ》となり、いよいよ徹底して行くが、それは当然、彼の俳境の進展と軌《き》を一にするので、次の項において、併《あわ》せて述べることにしよう。

蕉風俳諧の「軽み」

それぞれの流派が、さまざまの俳論書を公刊して勢力を競い、互いに派手な論争を展開していた当時、芭蕉は、全く黙し続けて、生涯に一冊の俳論書も著わさなかった。蕉門の有名な俳論書、『三冊子《さんぞうし》』『去来抄《きょらいしょう》』なども、みな門人の執筆で、且つ、それが上梓《じょうし》されたのは、芭蕉が他界した後のことであった。彼の生前、門人たちが、学習のために、その著作を請うても、芭蕉は、一門を率いる宗匠でもない自分に、そのようなものは必要ないとて、応じなかった、と『三冊子』に土芳《どほう》は記している。いかに随順する門人が多くなっても、一介の旅の俳諧師と覚悟した芭蕉には、もはや宗匠意識は、全く存在しなかったのである。従って、芭蕉の俳論に関する現在の研究作業は、もっぱら門人たちの著作を手掛りとして、行われている。「軽み」の論の場合も、もちろん同様である。しかしながら、このような研究方法には、実は、意外な誤解を招く危険性が潜んでいる。

現在の大学教育の場に、譬《たと》えを借りよう。門人の著作を手掛りとして、芭蕉の俳論を解釈するのは、言わば、学生のノートを手掛りとして、教師の学説を解釈するようなものである。たしかに、有能な学生の忠実なノートを、幾種類か照合調査すれば、教師の学説の究明は、相当に徹底させ得る。しかし、芭蕉が門人に示教した俳論は、大学の教室で講述する学説のような、客観的で体系的な理論ではない。すなわち、芭蕉の示教は、常に、或《ある》日或時或所で、或条件下の或門人に、或条件下の芭蕉が、或意識のもとに語り掛けた対機説法である。そして、この重層する「或」は、すべて特殊の性格を担《にな》っている。且つ、更に重大なことは、この「或」の特殊性は、消極的に示教の条件設定であるだけに留《とど》まらず、時には、積極的に、この「或」の特殊性が主導者となって、敢《あえ》て芭蕉をして示教の言を吐かせている場合が、少なくないことである。これもまた、芭蕉の示教が、作者としての創作理論であり、制作方法論であって、客観的で体系的な科学理論の、講壇的講釈ではないが故《ゆえ》である。換言すれば、芭蕉の示教した俳論は、常に具体的な個に密着した理論である。従って、個の特殊性から切り離しては、その俳論の真意は理解困難であり、恣《し》意的な曲解に走る危険性がある。門人たちの筆録を調査し、帰納的に結論を抽出しようと試みても、相矛盾する記述に逢着《ほうちゃく》して成功せぬ理由の一端は、このような事情に由来するのである。

ところで、このような個の特殊性を、最も忠実に温存しているのが、芭蕉の書簡である。すなわち、書簡の場合は、何時何所《いつどこ》で、いかなる条件下の誰に対して、どんな立場の芭蕉が、どのような意識で述べた示教であるかが、すべて明白である場合が多い。ことに、真蹟そのものが伝存するとなると、これは他人の手が全く介在しておらず、一字一句が芭蕉の生《なま》の言葉そのままであるから、極めて貴重である。ただ、この場合も、客観的・体系的な論述でないのが残念であるが、その点は、門人の著作も五十歩百歩である。

そこで、まず、芭蕉の書簡に見える「軽み」の論を、網羅《もうら》して紹介しよう。但し、それらの書簡は、重要で且つ興味深い内容なので、本書には全部収載している。従って、それぞれの書簡の特殊事情の説明は、そちらに譲って、ここには、直接「軽み」の論に関する部分だけを抜き出して、執筆年代順に列挙しよう。明確に「軽み」または「かろみ」の語を使用しているのは、全部で七通である。

(1) 元禄五年五月七日・四十九歳

「四三、向井《むかゐ》去来《きよらい》（平次郎）宛書簡」（二一六頁九行〜二一七頁四行参照）

この方俳諧《はいかい》の体《てい》、屋敷町・裏屋・背戸屋・辻番・寺かたまで、点取《てんとり》はやり候《さうらふ》。もつとも点者《てんじや》どものためには、よろこびにて御座有るべく候へども、さてさて浅ましく成り下がり候。なかなか「新しみ」など「かろみ」の詮議《せんぎ》思ひもよらず、随分耳に立つこと、むつかしき手帳をこしらへ、「磔《はりつけ》」「獄門」巻々《まきまき》に言ひ散らし、或《ある》は古き姿に手重く、句作り一円きかれぬことにて御座候。愚案この節、巻きてふところにすべし。予が手筋かくのごとしなど顕《あらは》し候はば、もつとも荷担の者少々一統致すべく、然らば却《かへ》つて門人どもの害にもなり、沙汰《さた》もいかがに料簡《れうけん》致し候へば、余所《よそ》に目を眠り居り申し候。

(2) 元禄七年二月二十五日・五十一歳

「五〇、森川許六《きよりく》（五介）宛書簡」（二三七頁四行〜六行参照）

美濃《みの》如行《じよかう》が三つ物は、「軽み」を底に置きたるなるべし。総じての第三は、手帳の部にありといへども、世上に面《つら》を出だす風雅の罪、許し置き候。

(3) 元禄七年閏《うるう》五月二十一日・五十一歳

「五二、河《か》合《あひ》曾《そ》良《ら》（惣五郎《そうごらう》）宛書簡」（二四五頁五行〜九行参照）

名古屋古老の者どもは、少し俳諧も仕下《しさ》げたるやうに相見え候。旦藁《たんかう》といふ者は、頃日《けいじつ》商ひにかかり、風雅もやめて居り申すよし、てんぽなるうはさなど相聞え候。中老・若手さかりに勇み、俳諧もことのほか精出だし候ゆゑ、よほど「かろみ」を致し候。

(4)

元禄七年六月二十四日・五十一歳

「五五、杉山杉風《さんぷう》（市兵衛）宛書簡」（二五六頁八行〜二五七頁三行参照）

そこもと宗匠ども、とやかくと難じ候《さうらふ》よし、御とりあへなさるまじく候。「随分追ひ付き候て、米櫃《こめびつ》の底かすらぬやうに致せ」と御申し、一円一円《いちゑんいちゑん》御構ひなさるまじく候。上方筋《かみがたすぢ》の沙汰《た》、杉風《さんぷう》はただ実《じつ》の人柄ゆゑ、拙者門人の飾りまでと存じ、子珊《しさん》といふ者は、前かた沙汰なき作者にて候に、このたび両人の働き、「さてもさても」とて、いづれも驚き入り申し候。桃隣《たうりん》はかねて俳諧《はいかい》あがり候沙汰を人々申しならはし候ゆゑ、なほこのたび尤もと請け合ひ候。おひおひ打ち返し申さざるやうに、御申しなさるべく候。まづ「軽み」と「興《きよう》」ともつぱらに御励み、人々にも御申しなさるべく候。

(5)

元禄七年七月十日・五十一歳

「五七、河合曾良《かあひそら》（惣五郎《そうごらう》）宛書簡」（二六〇頁二行〜八行参照）

沾圃《せんぽ》歌仙珍重、沾徳《せんとく》も出合ひ申され候よし、感吟申し候。京・大坂《おほざか》・膳所《ぜぜ》の作者、目はづかしき者ども見候あひだ、随分新意の「軽み」にすがり、劣りなきやうに勤められ候やう、御伝へ下さるべく候。『猿蓑《さるみの》』の追加、『別座鋪《べつざしき》』『炭俵《すみだはら》』の鳴り渡りおびただしく候ゆゑ、またいよいよ改め候はでは、先集のきず残念に候ゆゑ、八月中伊賀にてとくと改め、秋中には出板申すべく、他へは沙汰これ無く、沾圃へ御伝へなさるべく候。

(6)

元禄七年八月九日・五十一歳

「五八、向井《むかゐ》去来《きよらい》（平次郎）宛書簡」（二六二頁八行〜九行参照）

ここもと、たびたび会御座候へども、いまだ「軽み」に移りかね、しぶしぶの俳諧、さんざんの句のみ出で候て、迷惑いたし候。

(7) 元禄七年九月二十三日・五十一歳
「六三、窪田《くぼた》意専《いせん》（惣七郎《そうしちろう》）・服部土《はっとりど》芳《はう》（半左衛門）宛書簡」
（二七四頁八行〜二七五頁一行参照）

両吟感心。拙者逗留《とうりう》の内は、この筋見えかね、心もとなく存じ候ところ、さてさて驚き入り候。「五十三次」前句《まへく》共秀逸かと、いづれも感心申し候。そのほか珍重あまた、総体《そうてい》「軽み」あらはれ、大悦《たいえつ》すくなからず候。

さて、以上の七通の書簡を通覧するに、その最も早い(1)の書簡でも、元禄五年の芭蕉四十九歳当時の執筆であり、(2)以下の六通の書簡は、すべて芭蕉の没年に当る元禄七年、五十一歳に至っての執筆である。この事実は、「軽み」が、芭蕉最晩年の芸境であったことを、雄弁に物語るものである。すなわち、「軽み」の俳風は、芭蕉が、その生涯を賭《か》けて探究した俳諧道の終着駅であり、彼の唱道する蕉風俳諧の至高の芸境であった。従って、その「軽み」が、現在世上一般に解されているような、平淡味とか叙景的な句柄とかいう安易な俳風と、全く次元の隔絶した芸境であったことは、容易に推測できるであろう。

ところで、そのように高次元の芸境であるから、いかに芭蕉とて、一朝一夕にして「軽み」の芸境を悟得し顕現したわけではない。すなわち、「軽み」を唱道するに至るまでには、長い精進の道程があった。その精進の道程を遡《さかのぼ》ると、元禄二年当時の、奥羽《おうう》行脚《あんぎや》の道中における思索にまで到達する。その間の事情は、芭蕉と同郷の伊賀の国上野の門人で、終生忠実に芭蕉に随順した高弟服部土芳《はっとりどほう》が、『芭蕉翁全伝』や『三冊子《さんぞうし》』に記録するところによって、明らかとなる。その、およその事情は、以下のような次第である。

元禄三年の元旦を、近江《おうみ》蕉門の人々に囲まれて、膳所《ぜぜ》で迎えた芭蕉は、後日世論を沸かす歳旦吟、

　　薦《こも》を着て誰人《たれびと》います花の春

を詠《よ》み、正月もまだ三日の年頭早々に、伊賀の国上野に帰郷する。そして、引き続き約三箇月間、郷里に滞在する。従って、春の花も、伊賀蕉門の人々と賞することになるが、『芭蕉翁全伝』に記録するところによると、三月二日には、門人の風麦亭《ふうばくてい》（二四三頁注一〇参照）で、花見の俳席を催している。当日参会した人々は、亭主の風麦、正客の芭蕉以下、良品《りょうぼん》・土芳《どほう》・雷洞《らいどう》・半残《はんざん》（四四頁＊参照）・三《さん》園《えん》・木白《ぼくはく》（別号、苔蘇《たいそ》）の八人。ところで、この花見の席での芭蕉の即吟は、

　　木のもとに汁《しる》も膾《なます》も桜かな

との一句で、この発句《ほっく》は、芭蕉の会心の作であった。と言うのは、この句を吟詠した時、芭蕉は満足気に、みずからこの句を評価して、次のように語ったと、当日同席していた土芳は、『三冊子《さんぞうし》』に記録している。

　この句（前掲の花見の即吟）の時、師（芭蕉）のいはく、「花見の句のかかり（風情《ふぜい》）を少し心得て、「軽み」をしたり」となり。

すなわち、この花見の句を即吟した時、芭蕉は、それが「軽み」を発揮した作風であることに、満足の意を表明したのである。しかし、これは驚くべきことで、この事実は、彼が初めて書簡中に「軽み」について記すより、実に二年以上も前に、既に真剣に「軽み」の思考を凝らし、実作にそれを発揮すべく苦心を重ねていたことを、証するものである。そして、発句作品に「軽み」の風体《ふうてい》を具現し得た彼は、早速と、連句において、それを試みることになる。すなわち、三月二日の花見の席で、参

会した八人の者が連衆《れんじゅう》となり、正客の芭蕉のこの発句を立句《たてく》として、四十句に及ぶ変型歌仙《かせん》を興行したのは、花見の俳席として極めて自然なことであるが、注目すべきは、芭蕉は不日、この歌仙の後半を、不参の木白（おそらくは藤堂藩士としての公用のための不参）を除いて、他は前回と同じ七人の者を連衆として、改作すべく試みていることである。このように、不日にして、同じ連衆で後半だけを改作するということは、前回の作品の後半部分の出来が不満であると同時に、前半部分には見るべき点があるので、何とかしてこの一巻を、満足の行く作品に完成したいものと、切望していたことを示す。そして、前半部分の見るべき点とは、芭蕉が発句に発揮した「軽み」の風体が、多少とも認められたことに相違ない。が、改作した歌仙は、結局満足の行く作品とはならなかった。そこで彼は、更にもう一度、連衆を全く改めて、試みることにする。すなわち、三月中旬過ぎに至って、再び膳所に赴いた芭蕉は、早速と、近江蕉門の珍碩《ちんせき》（一六四頁＊参照）・曲水《きょくすい》（一六六頁注八参照）の二人を相手とし、同じこの花見の発句を立句に、改めて三吟歌仙一巻を興行した。このように、同一の発句を立句として、三回も歌仙を興行するのは、他に例の無い異常な処置であって、これは明らかに、発句と同様の「軽み」の風体を、連句作品にも具現しようと意図して、特に試みたものであるに相違ない。また、三度目に連衆を改めたのは、前二回の連衆の能力の限界を察知し、これを改めぬ限りは、目的を達成できぬと悟ったからである。そもそも、前二回は、帰郷して伊賀蕉門の人々と親睦の花見の俳席を催し、多数の参会者を、そのまま連衆として相手にしたのであるから、新風の「軽み」を指導するのには、無理な状態であった。指導を受けた門人にしても、一部の有能な者以外は、芭蕉の示教するところが理解できず、さぞ困惑したことであったろう。その点、三度目は、「軽み」の指導を意図して選出した連衆で、珍碩も曲水も、旧来の手法にとらわれぬ有能な新人である。この二人を相手に興行した三吟歌仙が成功し、『ひさご』の巻頭を飾るに至ったのは、当然の結果とも言えよう。

さて、以上によって、芭蕉が、元禄三年の春には、既に「軽み」の新風を考案し、その風体《ふうてい》を発句や連句に具現しようと努めていたことは、確認できたが、当時芭蕉が庶幾していた「軽み」とは、具体的には、どのような風体であったのだろうか。前掲の花見の発句についても、芭蕉が自評して、

花見の句のかかり（風情《ふぜい》）を少し心得て、「軽み」をしたり。

と語った、とだけしか伝えていない。これでは、「軽み」の具体相を解明するのに、全く手掛りになりそうもない。が、このわずかな評語も、注意深く見ると、いささか気になる点がある。それは、花見の宴席における即吟を評するのに、わざわざ「花見の句のかかりを少し心得て」と、ことわっている点である。それも、一見して明白に花見の情景を詠出しているこの句に対して、「少し」と限定しているのは、いかなる理由によるのであろうか。且つ、この芭蕉の自評は、明らかに、「軽み」の風体を具現し得たことの、満足感を表明した言葉であるが、その「軽み」顕現の前提条件でもあるかのように、「花見の句のかかり」の「心得」を説いているのは、両者の間に、何か重要な必然的関係の存在を、思わせるものがある。それは一体、いかなる必然的関係であろうか。

芭蕉が、「軽み」の風体を具現したと自認する、この花見の発句には、伝来の真蹟《しんせき》がある。それを見ると、次のような前書《まえがき》を添えている。

まづ初花《はつはな》をいそぐなる、近衛《このゑ》殿《どの》の糸桜、見わたせば、柳桜をこきまぜて、都は春の錦《にしき》、燦爛《さんらん》たり。

ところで、この前書の文は、芭蕉の創作ではなくて、謡曲「西行桜《さいぎょうざくら》」の一節を、そっくりそのまま借用したものである。もちろん、ひそかに盗用したのではなく、真蹟には文字の右側に、謡本《うたいぼん》と同様の譜点まで打って、この前書の文が、謡曲「西行桜」の一節を移し置いたものであることを、明示して

いるのである。では、彼はなぜ、そのようなことをしたのであろうか。これは当然、この前書に言うところの心を以て、この発句を解せよ、ということである。すなわち、この発句は、元禄三年に風麦《ふうばく》亭《てい》で花見の宴を催した折の即吟ではあるが、前書に記す謡曲「西行桜」の一節を心として解せよ、というのである。ところで、この「西行桜」の一節は、伝統的な都の花の名所を数えあげて讃《たた》える、その第一番の名所として、近衛家の糸桜を讃美《さんび》した部分であるから、元禄三年の伊賀山中での花見の風《ふ》情《ぜい》も、王朝以来の都の花見の風雅——すなわち、かずかずの和歌に吟詠されて来た伝統的風雅に通うものとして、その心で解せよ、ということになるのである。

さて、右のような解釈は、現代の感覚からすると、はなはだ受け入れがたいかも知れない。しかし、芭蕉は明らかに、そうした理解の仕方を、要求しているのである。しかも、そうした理解に及ばぬ者を、風雅に無縁の俳諧《はいかい》失格者、とまで極《き》め付けるのである。それには、次のような、明白な証拠がある。

既述のように、元禄三年の元旦を、近江《おうみ》の膳所《ぜぜ》で迎えた芭蕉は、歳旦吟として、

薦《こも》を着て誰人《たれびと》います花の春

と詠《よ》んだ。これは、前記の風麦亭での花見の即吟から、わずか二箇月前のことである。ところで、この歳旦吟について、芭蕉はみずから、その制作意図と一句に表明する主題とを、門人宛の書簡（「二九、此筋《しきん》・千川《せんせん》宛書簡」参照）の中で、端的に解明してみせている。その部分を引用して示すと、それは、次のようなものである。

五百年来昔、西行《さいぎやう》の『撰集抄《せんじふせう》』に多くの乞食《こつじき》をあげられ候。愚眼《ぐがん》ゆゑよき人見付けざる悲しさに、再び西上人《さいしやうにん》をおもひかへしたるまでに御座候。京の者どもは、「薦被《こもかぶ》り」を引付《ひきつけ》の巻頭に何事にや」

と申し候由、あさましく候。「例の通り京の作者つくしたる」と、沙汰《さた》人々申すことに御座候。

（一七二頁二行〜六行参照）

右の芭蕉の自解によると、この歳旦吟に彼が表明すべく意図した主題は、「西上人《さいしやうにん》をおもひかへ」すこと、すなわち、西行《さいぎよう》法師追慕の心の表明である。〈今から五百年昔に、西行法師は『撰集抄《せんじゆうしよう》』を著わし（当時は西行の著作と信じられていた）て、乞食《こじき》姿に身をやつした多くの高僧を顕彰したが、愚かな私は、そのような乞食行脚《あんぎや》の高僧には全く気付かずにいる。それが悲しいので、西行法師の心に倣《なら》って、新春早々、乞食姿に身をやつしている高僧のことを詠《よ》んで、歳旦吟としたまでのものである〉と言うのである。そして更に、この歳旦吟に対する、世人の無理解を慨嘆し、〈京都の俳諧師どもは、この歳旦吟を非難して、「薦《こも》を着て」などと乞食の句を、めでたい歳旦帳の引付《ひきつけ》の巻頭に載せるとは非常識である」と評した由であるが、およそ風雅を解しない浅見である。そのような浅見を伝え聞いた近江《おうみ》蕉門の人々は、「いつもながら、京都には風雅を解する俳諧師は全く居ない」と、もっぱら評判している次第である〉と言う。

　ところで、それにしても、この歳旦吟に言う「薦を着」た乞食が、実はただ人ではないことを匂わしているのは、わずかに「います」との表敬語を用いている点だけである。これだけで、直ちに、この句の主題が西行法師追慕の心であることを読み取れ、と要求するのは、いささか無理な注文のようである。が、この句は、前書《まえがき》を添えて歳旦帳に載せていたのではなかろうか、と思われる節がある。と言うのは、この歳旦吟は、他に三点、芭蕉の書いた草稿や書簡が伝存しているが、みな次のように、相似た前書を添えているからである。

(1) 真蹟《しんせき》草稿

都ちかきあたりに年を迎へて

(2) 元禄三年正月二日付、荷兮《かけい》(九四頁注五参照)宛書簡

都のかたを眺《なが》めて

(3) 元禄三年正月十七日付、万菊丸《まんぎくまる》(杜国《とこく》、四二頁注三参照)宛書簡

歳旦、京ちかき心

右の三種の前書は、いずれも都(京都)との関連を言う点が、特に目をひく。且つ、「眺めて」とか「心」とか言うのは、都にひかれる年頭の心懐を表明したのであって、決して、この句が都に近い膳所《ぜ》での作であるからと、単純な地理的説明を加えたのでないことは、明白である。

そこで、次に、都にひかれる年頭の心懐とは、どのようなものであったかを、たしかめてみる必要がある。その場合、有力な手掛りとなるのは、同じく元禄三年の夏、幻住庵《げんじゅうあん》に滞在中(一二八、幻住庵の記」参照)であった芭蕉が、たまたま京都に出かけて、折から、ほととぎすの鳴きわたるのを聞いて、即吟した次の一句である。

京にても京なつかしやほととぎす

この句の、上五の「京にても」の京が、折から中空にほととぎすの鳴き声のした現実の京都であることは、明白だが、中七の「京なつかしや」の京は、そのほととぎすの一声によって、芭蕉の胸中に触発された心象の京都である。それは、王朝の昔、ほととぎすの一声を聞きたくて、徹夜も辞さなかったという歌人たちが、優美な和歌の伝統を継承していた、風雅の象徴とも言うべき京都である。芭蕉が、ほととぎすの一声を耳にした瞬間に、そのような心象を胸に懐《いだ》き、「なつかし」と感じたのは、彼が常に京都を和歌的伝統の風雅の地と考え、平生から強い憧憬《しょうけい》の念を持っていたことを、証するも

のである。従って、歳旦帳に、「京ちかき心」などと前書を添えて掲載すれば、その句には、年頭には諸事格別古式ゆかしい都の、伝統的風雅を追慕する思いが込められている、と解すべきだ、ということになる。且つ、句中に、「薦《こも》を着て誰人《たれびと》います」と言えば、当然、西行《さいぎょう》のような高徳風雅な歌僧が、新春にも世をしのび、敢《あえ》て乞食行脚《こじきあんぎゃ》の境涯に身を置いているさま、と知るべきだ、ということになる。しかも芭蕉は、そうした理解に及ばぬ京都の俳諧師たちを、風雅を解し得ぬ「あさまし」き者どもと、酷評し、近江《おうみ》蕉門の人々も、それに同感であったというのである。

かくして、この歳旦吟と、その二箇月後の、風麦亭《ふうばくてい》での花見の即吟とは、発想・表現がはなはだ似ている。すなわち、まず第一に、両句ともに、詠出するところは眼前の実景であるが、本意を伝統的風雅に置いていること。それも、伝統的風雅の象徴として、京都の地と西行法師とを意識している点まで、共通している。次に、第二の共通点は、本意とする伝統的風雅鑽仰《さんごう》の心を、句中にはけざやかに表現せず、主として前書で示唆している点である。但し、両句とも、句中で本意に全く触れていないわけではない。すなわち、歳旦吟においては、既述のように、「います」との表敬語を用いて、乞食姿の人物の、実はただ人でないことを暗示している。同様に、花見の即吟においても、上五の「木のもとに」とは、西行法師の詠歌「木のもとに旅寝をすれば吉野山花のふすまを着する春風」を連想させる表現であり、中七の「汁《しる》も膾《なます》も」とは、木下長嘯子《きのしたちょうしょうし》の詠歌「閨《ねや》ちかき軒端《のきば》の桜風吹けば床《とこ》も枕《まくら》も花の白雪」を連想させる表現であって、既に、馬場錦江《ばばきんこう》の古注釈書『俳諧七部《はいかいしちぶ》通旨《つうし》』に言っているように、姿は異なっていても、句の心は、この二首の詠歌の伝統的風雅に通うものであることを、暗示しているのである。

さて、ながながと考察を続けて来たが、ここでようやく、話を芭蕉の自評の言葉、花見の句のかかり（風情《ふぜい》）を少し心得て、「軽み」をしたり。

にもどせることになった。まず、明白に花見の情景を詠出した句に対して、敢《あえ》て「花見の句のかかり」の「心得」のあることを説き、それも「少し」とことわっているのは、言うところの「花見の句のかかり」とは、和歌的伝統の花見の風雅心をさすのであって、眼前の花見の情景を意味しているのではないからである。そして、それを「軽み」顕現の前提条件としているのは、元禄の花見の宴の眼前の情景を吟じたこの句が、芭蕉の言うところの「軽み」の作となるためには、和歌的伝統の花見の風雅心を、本意として内に宿すべきであることを、明示したものである。それは、歳旦吟において、詠出するところは眼前の乞食であるが、それに、西行法師を典型とする伝統的風雅心を、本意として内に込めているのと、全く軌《き》を一にする手法である。

ところで、芭蕉はこの元禄三年の歳旦吟と同様の制作手法を、翌四年の歳旦吟（結局は休吟したが）においても志していたとみえて、元禄三年十二月下旬の去来《きょらい》宛書簡の中で、次のように述べている。

愚句元旦の詠、なるほど「かろく（軽く）」いたすべく候。ことごとしき工《たく》みのところにて御座無く候。（この書簡を元禄二年のものとする通説は誤り）

すなわち、元禄四年の歳旦吟も、できる限り「軽く」と心掛けて制作するつもりだ、と言うのである。そして、その軽き手法とは、手の込んだ技巧を排することだ、と言う。俳諧における手の込んだ技巧と言えば、三一二頁の所で紹介した姥桜《うばざくら》の句のように、「姥」は老婆だから「歯無し」すなわち「葉無し」であるとか、三一三頁の所で紹介した初音《はつね》の句のように、「梅」に梅翁《ばいおう》「牛」に作者芭蕉自身を託し、牛までもが鶯《うぐいす》にまねて初音を鳴くと言い立て、そのように愚鈍な私も梅翁の俳諧を謳歌《おうか》して興ずる、との意を託するなど、譬喩《ひゆ》・掛詞《かけことば》・見立《みたて》などの修辞法を駆使して、複雑な句の構成をし、それを手柄とする制作手法を言うのが、普通である。しかし、この書簡の場合、既に貞門《ていもん》や談林《だんりん》の俳諧《はいかい》とは全く無縁である芭蕉が、いまさら改まって、そのようなことを釈明するはずがない。とすると、ここで彼が敢《あえ》て「ことごとしき工《たく》み」を排し、「軽く」制作する旨を強調しているのは、それとは別の、更に深い特殊な制作意識を表明したもの、と解さなければならない。ところで、元禄三年の歳旦吟に認められた最も著しい特色は、既述のごとく、一見したところでは、眼前の実景を素朴《そぼく》に描写したような句柄であるが、実は、その内に、深遠な伝統的風雅心を、本意として宿していることであった。となると、芭蕉が敢て「軽く」と強調した手法は、そうした詠出法を意味するもの、と考えられる。且つ、このような歳旦吟の特色は、風麦亭《ふうばくてい》での花見の即吟とも全く共通の性格であるから、それを彼が自評して言った「軽み」も、制作手法としての「軽く」を、理念化した言葉と解せられる。かくして、元禄三年当時、芭蕉が発句の詠出法として強調した「軽み」とは、本意として内に深遠な伝統的風雅心を宿しながらも、その表現は素朴に、さりげなく眼前の実景描写のように行う手法であったことが、知られるのである。そして、当時芭蕉の強調した「軽み」が、そのような風体《ふうてい》を意味する理念であるとわかると、その立場から、当時の芭蕉の作品に再検討を加えて、現在未解明の本意を発見し得る場合が、決して少なくない。それは当然のことであり、「軽み」の立場から、当時の芭蕉の作品に再検討を加えることは、重要で且つ興味深い仕事であるが、それは別個に独立して扱うに値する量と質との仕事であるので、残念ながら、ここでは割愛しておく。ただ、このような「軽み」の理念の出自として、その母体とも言うべき、「不易・流行」の論にだけは、言及しておく必要がある。

　芭蕉が、俳諧理論として、「不易・流行」に思い至ったのは、奥羽《おうう》行脚《あんぎや》の途次である。そして、それを初めて口にしたのは、羽黒山《はぐろやま》に登り、土地の俳人図司左吉《ずしさきち》（一三七頁注一八参照）の入門を許した折のことである。すなわち、図司左吉は、その折の芭蕉の示教を、忠実に『聞書七日草《ききがきなぬかぐさ》』に書き留めているが、その記録の中に、「天地固有の俳諧」「天地流行の俳諧」「風俗流行の俳諧」といった言葉が見える。これは明らかに、「不易・流行」論の原初形態であって、その発展した論の記録としては、『去来抄《きょらいしょう》』に、

蕉門に、千載不易の句、一時流行の句、といふあり。これを二つに分けて教へたまへども、その元は一つなり。

とあり、また、『三冊子《さんぞうし》』には、

師（芭蕉）の風雅（俳諧）に、万代不易あり、一時の変化あり。この二つにきはまり、その本《もと》一つなり。その一つといふは、「風雅の誠」なり。

とある。そして、これと同じ趣旨の論は、蕉門の他の論書にも記録されている。従って、奥羽行脚以降に、芭蕉が、「不易」「流行」の語を用いて、門人に示教したであろうことは、まず疑いをいれる余地がない。

ところで、『三冊子』には、「不易」を説明して、更に次のように言う。

新古にもわたらず、今見る所、昔見しに変らず、あはれなる歌多し。これまず「不易」と心得べし。

すなわち、〈時代の新しい古いにも無関係で、現在見て受ける感銘が、昔の人が見て受けた感銘と変ることなく、永遠に深い感銘を与える古来の名歌が沢山ある。このように永遠不変な風雅性を、まず第一に「不易」と心得るべきである〉と言うのである。とすると、「不易」とは、芭蕉が「西行《さいぎゃう》の和歌における、宗祇《そうぎ》の連歌《れんが》における、雪舟《せっしう》の絵における、利休《りきう》が茶における、その貫道《くわんだう》するものは一《いつ》な

り」（六二頁一〇行～六三頁一行参照）と言う、その「貫道《くわんだう》」する「一《いつ》」なるものと同質であり、また、同じく芭蕉が「ただ釈阿《しやくあ》・西行《さいぎやう》の言葉のみ、かりそめに言ひ散らされしあだなるたはぶれごとも、あはれなるところ多し」（二三二頁三行～四行参照）と言う、その「あはれなるところ」とも同質である。そして、ここまで言えば既に自明であるが、それは、「軽み」の作が本意として内蔵する不易の伝統的風雅性である。

次に、「流行」（または「変化」）については、同様に『三冊子《さんぞうし》』に、次のように説明する。

千変万化するものは、自然《じねん》のことわりなり。変化に移らざれば、風あらたまらず。これに押し移らずといふは、一旦《いつたん》の流行に口ぐせ時を得たるばかりにて、その誠（「風雅の誠」）をせめざるゆゑなり。せめず心をこらさざる者、誠（「風雅の誠」）の変化を知るといふことなし。ただ人にあやかりて行くのみなり。せむる者は、その地に足を据《す》ゑがたく、一歩自然《じねん》に進むことわりなり。

すなわち、〈ものごとすべてが無限に変化し続けるのは、おのずから、そうなるべき道理なのである。だから、俳諧《はいかい》の場合も、刻々に変化して行くのでなくては、斬新《ざんしん》な俳風を打ち出すことができない。もし、そのような斬新な俳風を打ち出せないならば、それは、世間の一時的な流行に、たまたま自分の詠《よ》みぐせが適合しただけのことで、得意になってしまって、芭蕉の俳諧の根源である「風雅の誠」を、探究しないからである。「風雅の誠」を探究せず、「風雅の誠」に心を集中しないような者が、「風雅の誠」に基づいた俳諧の流行変化を会得するというようなことは、到底ありえないことである。そのような人は、せいぜい他人に追随して、そのまねごとをするだけである。それに反して、「風雅の誠」を探究している者は、一刻も同じ境地にとどまっておれなくて、一歩さきへと、おのずから前進するようになる。そうした道理のものなのである〉と言うのである。この『三冊子』の「流行」に関する解明は、それを安易な時流便乗と峻別《しゅんべつ》し、「風雅の誠」を探究することによってのみ可能と明示するところ、類書に出色の論理で、芭蕉の「流行」説の本質を突いた卓見であるが、この論に従えば、「風雅の誠」に基づく作品は、すべて必然的に流行して、常に斬新な相貌《そうぼう》を呈することになる。そして、それが、芭蕉の庶幾する芸境であったことになる。従って、そのように、無常転変の道理に則して流行変化する芭蕉の作品は、万物の流転するのと同様に、一作ごとに斬新な姿を顕現することになる。そして、そうあるべきものと、芭蕉は自覚していたのである。これは、まさしく、芭蕉が強調する「軽み」が、流転《るてん》変貌する眼前の現象を尊重し、常に斬新な姿の作品を意図する、その制作手法そのものである。かくして、永遠に不変な伝統的風雅を、流転する眼前の現実描写に、本意として内在させる「軽み」の作風は、まさに、「風雅の誠」を根源とする「不易・流行」の思索の結果、ついに到達した芸境であることが知られるのである。

　ところで、『三冊子』に記録するところによると、芭蕉は、このような「軽み」の芸境の、根本的修行法として、

　　高く心を悟りて、俗に帰るべし。

と示教したと言う。そして、この芭蕉の示教の言葉を、土芳《どほう》は、

　　常に「風雅の誠」をせめ悟りて、今なすところ俳諧に帰るべし。

の意である、と解明する。そして更に補足して、

　　誠（「風雅の誠」）をつとむるといふは、風雅に古人の心を探り、近くは師（芭蕉）の心よく知るべし。

と、具体的に説明している。すなわち、〈「風雅の誠」を探求するということは、不易の伝統的風雅性

を、西行《さいぎょう》法師などの古人の心の中から探究し会得することであり、身近には、そのような不易の伝統的風雅性を体得している芭蕉先生の心を、十分に理解し認識することである〉と言うのである。従って、心は常に高く、「風雅の誠」を悟得した境地に保持し、しかも、いざ句を吟詠するとの現場に臨んでは、卑近な現実界に新鮮な俳材を求め、それによって斬新《ざんしん》な姿の作品を次々と詠出する。芭蕉の唱道する「軽み」とは、そのような芸境であったことが知られる。

さて、元禄三年に、このような「軽み」の芸境を開眼《かいげん》した芭蕉は、それより以降、元禄七年の死去に至るまでの間、ひたすらに「軽み」の芸境の深化・顕現に精進する。殊《こと》に、その最晩年に及んで、彼がいかに情熱を込めて「軽み」を唱道したかは、三三三頁以降に列挙した七通の書簡を一見すれば、明白である。そして、その当時に成る『別座鋪《べつざしき》』（二五五頁注一六参照）・『炭俵《すみだわら》』（二六〇頁注八参照）・『続猿蓑《ぞくさるみの》』（二六六頁一行〜五行・八行〜一三行参照）が、代表的な「軽み」の撰集として世評の高かった事実（三三四頁(5)の書簡参照）は、その情況を如実に物語るものである。ただ、ここで、いささか解明を要するのは、元禄四年に刊行された『猿蓑』（二六六頁注三参照）と、「軽み」との関係である。すなわち、『猿蓑』は、「さび」「しをり」「ほそみ」などの風体《ふうてい》を特色とし、円熟の俳境を示す撰集とて、当時から「俳諧《はいかい》の『古今《こきん》集』なり」（『宇陀法師《うだのほうし》』）などと賞讃《しょうさん》されているが、現在の通説は、そうした『猿蓑』の風体を、「軽み」とは異質の俳風――あるいは「軽み」と相反する俳風、と解しているのである。そして、そのような見解が、さながら妥当な解釈であるかのように、普及し固定し、定説とさえなってしまっている。しかし、これは、はなはだ不合理で奇怪な誤解であって、仮にこのような通説が正しいとすれば、元禄三年に「軽み」の芸境を開眼し、門人にも示教して、その理念を実作に顕現すべく、あれほど熱心に精進していた芭蕉が、翌四年には、にわかにそれを弊履《へいり》のように放棄してしまって、「軽み」とは全く異質の俳風——あるいは「軽み」と相反する俳風を庶幾し、更にその翌五年には、再度逆転して「軽み」に復帰したことになる。そのようなことが考え得るだろうか。しかも、その「軽み」の代表的撰集に対して、それと全く異質あるいは相反する俳風の撰集たる『猿蓑』の、続篇たることを明示する題名「続猿蓑」を以て、その撰集に命名するようなことを、行うであろうか。更に、芭蕉は門人に対する書簡の中で、次のように言っている。

『猿蓑』の追加（すなわち『続猿蓑』）、『別座鋪』『炭俵』の鳴り渡りおびただしく候《さうらふ》ゆゑ、またいよいよ改め候はでは、先集（すなわち『猿蓑』）のきず残念に候。（二六〇頁五行〜七行参照）

すなわち、『続猿蓑』を『猿蓑』の「追加」と言い、また、『続猿蓑』に対して『猿蓑』を「先集」と呼び、且つ、〈『続猿蓑』の編集に際しては、既刊の『別座鋪』や『炭俵』の世評がさくさくたるものでありますので、一段と念を入れて検討しなくては、題名だけ『続猿蓑』などと称しても、先集たる『猿蓑』の名を汚すような結果になっては残念であります〉と言う。このような言葉は、明らかに、『続猿蓑』の作風が、『猿蓑』のそれを継承し発展させたものとして、意図し完成したものであることを証明している。念のため、もう一例、芭蕉の書簡の中の言葉を紹介しておこう。

『猿蓑後集《こうしふ》』（すなわち『続猿蓑』）、伊勢より支考《しかう》参り候を相手に、やうやう仕立て候。いそがしまぎれに取りかため候へば、心もとなく存じ候へども、前集（すなわち『猿蓑』）に大負けはすまじきやうに存じ候。（二六六頁一行〜三行参照）

すなわち、ここでも、『続猿蓑』を『猿蓑』の後篇と見る意識から『猿蓑後集』と言い、また、『猿蓑』を『続猿蓑』の前篇と見る意識から「前集」と呼んでいる。且つ、〈『続猿蓑』は、伊勢から支考が参りましたのを相手にして、二人がかりでやっと編集を完了しました。折からの多忙中に仕上げないことはないましたので、手落ちなく出来たか不安な気持ですけれども、『猿蓑《さるみの》』に大して劣るようなことはない出来ばえと思います〉と言う。このような言葉は、やはり、『続《ぞく》猿蓑』が『猿蓑』の作風を継承・発展させたものとの意識があってこそ、言える事柄である。従って、通説のごとく、『猿蓑』の風体《ふうてい》を「軽み」とは異質または相反する俳風とする見解が、はなはだしい誤解であることは明白である。しかも、このような極端な誤解が定説となって、天下に横行しているのは、その根底に「軽み」に対する誤解が原因となって横たわっている。すなわち、「軽み」を浅薄に平淡味とか叙景的な句柄と誤解してしまったので、それを「さび」「しをり」「ほそみ」の撰集たる『猿蓑』の風体を継承・発展させたものとしては、説明できなくなってしまったのである。誤解の根源は「軽み」に対する認識不足にある。そして、芭蕉の最晩年の芸境である「軽み」に対する認識不足は、結局、芭蕉の芸術そのものを誤解しているのだ、と言っても過言ではない。既に、芭蕉自身の言葉を幾多引用して、詳細に考察したごとく、「軽み」の風体が、その重要な本意として、和歌的伝統の風雅性を必ず内在せしむべきものであることを理解すれば、その本意が強力に発揮された場合、『猿蓑』のごとき風体の出現することは、理の当然なのである。『おくのほそ道』は、元禄七年に至っての完成（一〇六頁＊参照）で、『続猿蓑』所収の作品と同時代であるにもかかわらず、『猿蓑』に似た傾向のうかがえるのは、これも同様の理由によるものである。「風雅の誠」を根底に据《す》え、「不易・流行」の思索の結果の理念としての「軽み」を説く芭蕉は、終生、和歌的伝統の風雅性を本意として尊重することによって、俳諧《はいかい》の高次元な文芸性維持を意図したのである。ただ、その情熱を込めて尊重した本意を、極力内奥深く沈潜させて、もっぱら興趣を顕在化させ（二五七頁二行参照）、さりげない表現を採った時、最晩年の『続猿蓑』などに見られる風体が、出現したのである。

次に、『続猿蓑』巻頭の四吟歌仙《かせん》（三十六句続けた連句《れんく》作品の名称で、当時の連句の代表的形式）の、冒頭の六句（歌仙の場合は懐紙《かいし》の初折表《しょおりおもて》に六句記載）を紹介し、いささか説明を加えることにしよう。

（発句《ほっく》）八九間空で雨降る柳かな　芭蕉
（　脇《わき》　）　春の鳥の畠掘る声　沾《せん》圃《ぽ》
（第　三）初荷とる馬子《まご》も好みの羽織着て　馬《ば》莧《けん》
（四句目）　内はどさつく晩の振舞　里《り》圃《ほ》
（五句目）昨日《きのふ》から日和《ひより》かたまる月の色　沾
（六句目）　ぜんまい枯れて肌《はだ》寒うなる　蕉

この四吟歌仙は、元禄七年春の興行で、それは、紀行『おくのほそ道』がようやく完稿し、それを能書家の門人素龍《そりゅう》に清書させた同年初夏（一〇六頁＊参照）から、わずか一箇月ほど前のことであった。従って、この作品には、『おくのほそ道』と共通の制作意識が存するはずであるが、既述のごとく、『おくのほそ道』には『猿蓑』的傾向がなお濃厚に残存しているのに較《くら》べて、はるかに鮮明に最晩年の「軽み」の特色が発揮されている。その理由としては、『おくのほそ道』が、俳諧紀行として本格的に取り組んだ最初の作品（同時に最後ともなったので唯一の作品――一〇六頁＊参照）であったので、文芸性の高揚に専念し、「軽み」の点では未熟に終ったのではないか、と推測される。が、それはともあれ、この四吟歌仙によって、われわれは、芭蕉の到達した最晩年の芸境としての「軽み」の俳風を、具体的に認識することができるのである。

なお、それぞれの句の解釈に入る前に、もう一つ言っておきたいことがある。それは、この歌仙を興行するに際して、芭蕉が相手として選出した、三人の連衆《れんじゅう》についてである。このような連句《れんく》作品の場合、それが成功するか否かは、その制作メンバーである連衆の能力に、決定的な影響を受ける。その実情は、元禄三年春に、芭蕉が初めて「軽み」の歌仙を制作すべく意図し、苦心惨憺《さんたん》三回も同一の発句で歌仙を興行し、その第三回目に連衆を改めることによって成功した例（三三六頁二行〜三三八頁一行参照）一つを見ても、明らかであろう。従って、この作品の場合にも、芭蕉は連衆の選定に、極めて慎重であった。すなわち、まず脇を付けている沾圃《せんぽ》は、俳人としては野々口立圃《ののぐちりゅうほ》（貞門俳人であるが独特の立圃流を発揮した）にゆかりのある家柄で、芭蕉の後見で元禄六年に立圃二世を襲名したりしているが、それよりも宝生家《ほうしょうけ》十世の家元《いえもと》として有名な能役者であり、第三を付けている馬莧《ばけん》は鷺《さぎ》流の狂言師で、当時既に六十歳に近い老師であったという。また、四句目を詠《よ》んでいる里圃《りほ》は、これも能役者で、一説には沾圃の嫡男とも伝え、当時は既に初老に近かったようである。これを要するに、三人共に俳諧《はいかい》は初心かそれに近い人々ではあるが、みな一芸の専門家で、且つ老齢で年季の入った、芸能に練達の士たちである。俳諧に熟達した多くの高弟をかかえた晩年の芭蕉が、敢《あえ》てこのような連衆を選定して歌仙を興行したのは異常に見えるが、それには然《しか》るべき理由があった。その理由を、最も明快に語っているのは、『三冊子《さんぞうし》』に土芳《どほう》が記録している、次のような芭蕉自身の言葉である。

　多年俳諧好みたる人より、外芸に達したる人、はやく俳諧に入る。

すなわち、芭蕉は、〈長年の間、俳諧を愛好し嗜《たしな》んできた人より、俳諧は初心でも外の芸能に練達した人の方が、はやく私の唱道する俳諧――すなわち「軽み」の俳諧を会得することができる〉と言うのである。これはまるで、沾圃・馬莧・里圃の三人を連衆として選定するために言ったのか、と思われるほどにピッタリの言葉である。が、「かりにも古人の涎《よだれ》をなむることなかれ」「この道（俳諧の道）の我に出でて百変百化す」（共に『三冊子』）と説き、「変化流行」を尊重する（三四六頁六行〜一一行参照）彼は、また「俳諧は三尺の童《わらべ》にさせよ。初心の句こそ頼もしけれ」（『三冊子』）とも言って、つねづね初心を尊重していた。『ひさご』の巻頭を飾る「花見」の歌仙も、初心の珍碩《ちんせき》・曲水《きょくすい》を起用することによって、成功した作品であった（三三六頁二行〜三三八頁一行参照）。これを要するに、俳諧に年功を積んだ高弟たちは、たしかに熟練した巧者ぞろいであるが、常に変化流行して新風を鼓吹し、「新しみ」を尊重する（二一六頁一二行参照）芭蕉にしてみれば、その旧風に熟練した巧者が、かえって新風を理解させる場合の障害となったのである。その証拠に、芭蕉が一座した連句作品で、『俳諧七部集』に収載されている名品は、そのほとんどが、初心またはそれに準ずる作者を連衆に選んでいる。従って、天下に門人三千人などと称されながらも、晩年の芭蕉の意識では、自分の芸境を真に理解する門人は天下に一人も無い、との孤独感が切実であったに相違ない。ここに至って、芭蕉の孤独は、深川《ふかがわ》に隠栖《いんせい》して世俗の俳壇と訣別《けつべつ》した折よりも、はるかに深刻で、まさしく天下に独歩するものである。「所思」と題した吟「この道や行く人なしに秋の暮」は、そうした深刻な心懐を表白したものである（二七六頁注一参照）。まさしく、「異端孤高」とこそ称すべきであろう。ここに紹介する四吟歌仙も、連衆選定には十分な配慮をしたものの、その連衆は、結局、芭蕉の期待したほどには働き得なかったようである。その証拠に、この作品には、芭蕉自筆の草稿が伝存しているが、多くの推敲《すいこう》添削の筆を加えており、中には全く改作してしまった句や、作者名を変更してしまったものさえ認められる。従って、四吟歌仙の形式を取っているが、実質的には、芭蕉の独吟と言ってもよい作品である。ついでながら、現在巷間《こうかん》に、連句を「座の文芸」などと称することが流行しているが、少なくとも、芭蕉晩年の作品に関しては、なお慎重に考える必要がある。

さて、前置が長くなってしまったが、それぞれの句の解釈に入ろう。まず、発句《ほっく》。

八九間空で雨降る柳かな

この句は、草稿にも添削修正の跡はない。すなわち、当初から芭蕉の自作で、最後まで改変の必要を感じなかったことになる。中七を、『陸奥鵆《むっちどり》』は「空に雨降る」、『やはぎ堤』は「空は雨降る」として収録するが、共に誤伝であって、問題にならない。さて、一句の意味は、〈さきほどまで降っていた春雨は、もうやんだのに、何と八九間の高さの空から、ここだけは雨が降り続いていることよ。この大木の柳の下だけは〉と言うのである。春雨の晴間に、八九間もあるかと思われる柳の大木の枝を伝って、盛んに雫《しずく》が滴《したた》り落ちるさまを、まだこの八九間の空間だけは雨が降っている、と言い立てて興じたのである。その言い立てて興じたところに、俳諧《はいかい》性がある（二五七頁二行参照）。ところで、芭蕉は、「春雨の柳は全体連歌《れんが》なり。田螺《たにし》とる烏は全く俳諧なり」（『三冊子《さんぞうし》』）と説いたという。これは、連歌と俳諧との風趣の、本質的な相違を、対比して述べた言葉であって、〈春雨の降る中に柳がけむって見えるといった景観は、典型的な連歌の風趣である。田螺を烏がとっているといった光景は、典型的な俳諧の風趣である〉との意である。とすると、この芭蕉の発句は、極めて連歌的な景趣を詠出した作であることがわかる。すなわち、この発句は、大木の柳の枝から滴る雫を、ここだけ雨が降っているなどと言い立てて、興じた表現をしているが、その描くところの実景は、典型的な連歌の（従って和歌の）優雅な風趣なのである。従って、そのような興じた表現手法に気付かず、且つ明治以降の写生説に毒されてしまった多くの注釈書は、この句の和歌的風趣を賞讃《しょうさん》するだけで、肝腎《かんじん》の著しい俳諧的興趣を解明し得ないでいる。言わば、内在する伝統的風雅性だけを喧伝《けんでん》して、折角興じてみせたユーモラスな俳諧スタイルには、全く無知なのである。演劇に譬《たと》えれば、名優が、優雅な内容を、ユーモラスで軽妙な台詞《せりふ》に乗せて口にしたのに、観衆は深刻な表情をしていて、誰も笑わないようなものである。そうした折の、しらけた俳優の気持。芭蕉の霊が、もし今日の諸注釈書の解釈を知ったならば、さぞかし、そのような嘆きを味わうことであろう。

次に、脇《わき》。

春の鳥の畠掘る声

この句は、草稿の初案に「春の鳥の田をわたる声」とあるのを、添削修正したものである。が、その初案については後述するとして、まず、一句の意味を解してみると、〈陽春の鳥どもが、嘴《くちばし》で畠を掘り返しながら鳴き立てる声が姦《かしま》しい〉と言うのである。鳥どもが畠で餌《え》を漁《あさ》っているさまを、さながら百姓たちの農耕作業であるかのように、「畠掘る」と大袈裟《おおげさ》な表現をして興じたのである。ところで、この「畠掘る」との興じた表現は、芭蕉の添削修正によるもので、草稿の初案は「田をわたる」であった。従って、ここにも、発句の場合と同様に、興の表出を重視する芭蕉の制作態度（二五七頁二行参照）を、明白に読み取ることができる。が、更に、芭蕉が初案の「田をわたる」との表現を捨てたのには、もう一つ重要な理由があった。その理由は、「鳥の田をわたる」とは、当時、類型化した古色蒼然《そうぜん》たる表現となっていたからである。そうは言っても、現代の人々には恐らく通じ難く、諸注釈書もその点には言及していないようである。が、実は、貞門《ていもん》俳諧の代表的付合語《つけあいご》辞典である『俳諧類船集《るいせんしゅう》』には、「わたり鴉《がらす》」を固定化した成語として掲出し、「東雲《しののめ》」の付合語と定義している。また、「田」は「柳」や「鴉」と付合語である、として掲出している。とすると、当時、「柳かな」と詠《よ》んだ発句に、「鳥の田をわたる」などと脇を付けるのは、古風の貞門以来常識化している類型的マンネリズムを、ただ踏襲しただけのことに過ぎないのである。このような極端なマンネリズムを、「軽み」を唱道し「新しみ」を尊重する芭蕉が、許容できなかったのは、理の当然である。そうした点を全く解せず、「田」を「畠」に改めたのは、乾田は殺風景だが若草萌《も》える畠は風趣があるから、などと諸注釈書に受売り的に書いているが、古典を現代的主観で鑑賞した誤解、としか評しようがない。が更に、敢《あえ》て言えば、初案と成案との風趣を比較するにしても、乾田は殺風景だが若草萌える畠は風趣がある、などと評するのは、初案の句に対するスポットライトの当てかたを、誤っているのである。すなわち、初案の句の鳥は田園の上空を飛んでいるのであって、成案の句のように畠に降りているのではない。且つ、前述のごとく、「わたり鴉《がらす》」と「東雲《しののめ》」とは付合語《つけあいご》であるから、初案の句の鳥は当然「明け鳥」と解すべきである。となると、地上はまだ薄明である。句に表出する景観としては、「田」か「畠」かなどは問題にならないのである。付合として、発句《ほっく》に「柳かな」とあり、この句の主題が「鳥」であるから、そうした古風の手法で制作した初案の句においては、必然的に「田」とすべきことになったのである。そして、陽春の早朝、薄明の田園の空を、東雲に向って飛ぶ鳥の情景は、画題ともなっているほど、豊かな風趣の景観なのである。蛇足《だそく》の言を弄《ろう》したが、芭蕉が初案の句の風趣が不満で修正したのでないことは、以上で明白になったことと思う。

次に、この句を、発句に続けて解すると、〈八九間もある大木の柳の下だけは、まだ盛んに滴《したた》っているが、晴間を見せた陽春の田園には、百姓ならぬ鳥どもが、待ちかねたように早速と現れて、さながら百姓たちのように、嘴《くちばし》で畠を掘り返しながら鳴き立てる声が姦《かしま》しい〉と言うことになる。すなわち、脇だけであれば、餌《え》を漁《あさ》る鳥の所作を、百姓の農耕作業であるかのように「畠掘る」と、誇張表現をしただけの興であるが、雨後の情景を詠《よ》んだ発句に続けて解すると、予想に反して「百姓ならぬ鳥どもが」との意が生じ、鳥が百姓に代って農耕に精出しているかのような印象を与えて、一段とユーモラスな興趣を発揮することになる。そのような、両句相伴って発揮する興趣が、この脇の意図した付け技《わざ》であるが、更に、姦しい群れ鳥の鳴き声が、発句の陽春の気に感応して、一層それを活気ある情況へと発展させているところに、芭蕉が「匂《にほ》ひ」「響き」「移り」などと称して、晩年に尊重した手法を、感得することができる。

続けて、第三。

初荷とる馬子《まご》も好みの羽織着て

この第三は、草稿の初案に「立つ年の初荷に馬を拵《こしら》へて」とあるのを、全面的に改変して、「初荷とる馬子も仕着せの布子《ぬのこ》着て」とし、この再案を更に修正して、掲出句のように決定したものである。このように、初案・再案・定稿と、三段階の添削修正が行われたのは、芭蕉の苦心の推敲《すいこう》の跡を示すものであるが、また、それだけ一層、芭蕉の意図する「軽み」と「興」との具体相を、明瞭に物語るものでもある。そこで、まず初案の句から考察して行くことにしよう。「立つ年」とは、新しい年を迎えること、すなわち新年の意で、季語でもある。そして、「立つ年の」の「の」は切字《きれじ》的機能の助辞であるから、迎春の感動を込めた表現である。すなわち、一句の意味は、〈さあ、いよいよ新年だというので、初荷を取る行事のために、問屋《とんや》では初荷を運ぶ馬を華《はな》やかに飾り立てて〉と言うのである。そこに表出されている情景や、活気のある賑々《にぎにぎ》しい雰囲気《ふんいき》は、脇の初案の句「春の鳥の田をわたる声」に、よく適応している。また、修正した定稿の句「春の鳥の畠掘る声」に対しても、決して不都合な第三ではない。にもかかわらず、芭蕉はこれを全面的に改変して、「初荷とる馬子も仕着せの布子着て」とした。彼が、一応成功していると思われる初案の句を、このように全面的に改変したのは、実は、その主題を改める必要を感じたのである。すなわち、初案の句に表出するところは、新年のめでたい初荷《はつに》拵《ごしら》えの気分であるが、再案においては、句眼に「馬子《まご》」を据《す》えて、馬子たちが布子姿で揃《そろ》い立っている面白さに、変容させたのである。この改変が、仮にそうした意図のものでないとすれば、新年のめでたい雰囲気《ふんいき》は、初案の句の、上五に「立つ年の」と感動を込めて置き、初荷の馬拵えの華《はな》やかさを言っている方が、いきいきと表現していることになる。すなわち、再案は改悪と評さねばならぬことになる。しかし、再案は「馬子」を主題とする興趣の句であることを理解すると、事情は全く異なってくる。すなわち、再案の句においては、「馬子も」の「も」は、新年とて人々はみな着飾っているが馬子も、との意で、馬子たちが問屋《とんや》の主人から支給された新しい揃いの布子（木綿《もめん》の綿入れ）を着ているのを、馬子たちの新年の晴着の姿と見ての句作りである。その一句の意味は、〈初荷を取る馬子たちも、新しい仕着せの布子を、新年の晴着とばかりに、意気やかに着込んで〉と言うのである。ところで、この再案の句を、更に「初荷とる馬子も好みの羽織着て」と添削修正したのは、再案の句の興趣に、なお不満であったがためである。すなわち、「仕着せの布子」であれば、現実に馬子たちも着用する衣料であり、いわゆる新年の晴着と言うべき品ではないが、新品の仕着せは馬子たちにとって唯一の晴着で、それは初荷を取る時に着用すべく支給されたものに相違ない。従って、それを着込んだ馬子たちの面白さと言えば、新品を着て、平生に似合わず小ざっぱりとし、得意気に張り切っているさまぐらいである。ところが、これを「好みの羽織」と改めると、奇想天外のユーモアとなる。そもそも当時、馬子が羽織を着るようなことはなく、だから羽織などは持っているはずがない。それを承知の上で、「好みの羽織」と言ったのであるから、馬子たちは、無理して借衣《かりい》裳《しょう》しなければならない。いきおい質屋の暖簾《のれん》をくぐることになる。質屋には、貧乏侍の質流れなど、さまざまの紋所の羽織があり、そこで、どうせ銭を出して借りるならと、「好みの」品を選ぶことになる。さて、そうした羽織を着込んで出かけるとなれば、これは初荷取りの馬をひくのではない。従って、「初荷とる馬子」とは、この場合、初荷を取る役目の馬子、あるいは、明日は初荷を取ることになっている馬子（初荷取りは正月二日の行事）、の意であって、羽織を一着に及んで馬子たちが出かけるのは、荷主の問屋の旦那《だんな》から、元旦の振舞を受けるためである。次の四句目が、「内はどさつく晩の振舞」と付けているのは、明らかに、この第三はそうした場面、と見込んでいる証拠である。諺《ことわざ》に、「馬子にも衣裳」と言う。前句《まえく》に言う、鳥の姦《かしま》しく鳴き立てる畠中の小路をたどって、旦那の振舞を受けるべく、無理して借りた着なれぬ羽織の袖《そで》を気にしながら、いそいそと行く馬子たちの姿は、ありきたりのユーモア小説よりも、はるかに斬新《ざんしん》でユーモラスなのではなかろうか。ところで、なお一言しておきたい。それは、初案の句の「立つ年」は、新年の意で季語である、と言ったが、再案以降、この語は捨てられてしまった。季語が無ければ、雑《ぞう》（無季）の句ということになる。連句に雑の句は珍しいことでなく、法式上も認められている。但し、この歌仙《かせん》は、発句・脇が春季の句で、春季の句は三句続けて詠《よ》むのが、歌仙の作法である。従って、この句が雑であることは、作法上許されないのである。しかし、このように言えば、現代の人々は、「初荷」という季語の存在を指摘するに相違ない。が、これも、古典作品を現代の立場で解した錯誤であって、芭蕉の当時には、「初荷」はまだ季語として扱われていなかったのである。そこで考えられることは、芭蕉はこの句において、「初荷」を季語として扱う新しい試みを、敢《あえ》て断行したのではないか、ということである。芭蕉は、「季節の一つも探り出だしたらんは、後世によき賜《たまもの》」（『去来抄《きょらいしょう》』）と語った由であるから、この句の場合は、まさしく彼の主張を実践してみせたことになる。そして、これも、彼が常に「変化流行」を尊重し、「新しみ」を探究していたことの、一つの証左となるものである。

さて、せめて初折表《しょおりおもて》の六句は説明を加える予定であったが、あまりに紙数を要するので、ここで打ち切る。但し、歌仙《かせん》は三十六句の一巻全体で、まとまった一つの作品であり、且つ、その構成上、初折表は導入部にすぎない。そのような導入部に相当するところを紹介したのは、他の紹介例と歩調を合せ、比較照合の便を考えたまでのことである。そして、これだけでも、一応は芭蕉の作品の著しい特色は察知可能と考えるが、その冒頭の三句を説明しただけでは、いかにも物足りない。これだけでは、とても、芭蕉の最晩年の芸境の一端を窺知《きち》することも、困難ではないかと思う。いや、単に困難であるだけにとどまらず、誤解を呼ぶ恐れがあるのではないか、と危惧《きぐ》の念を禁じ得ない。それで、同じくこの歌仙の中から、もう一箇所、名残《なごり》の折の裏の一句目（「折立《おりたて》の句」と称する）から四句目にかけて、恋の句を含む部分を取り出して、紹介しておくことにしよう。但し、折立の句は発句とは異なり、前句《まえく》（すなわち、名残の折の表の十二句目に当る「折端《おりはし》の句」）に付けた付句《つけく》であるから、説明は、二句目以下に対してだけ、加えることにする。

（一句目）　削《そ》ぐやうに長刀坂《なぎなたざか》の冬の風　　里《り》
（二句目）　　まぶたに星のこぼれかかれる　　莧《けん》
（三句目）　引き立てて無理に舞はするたをやかさ　　蕉《しょう》
（四句目）　　そつと火入れに落す薫物《たきもの》　　沾《せん》

まず、二句目の「まぶたに星のこぼれかかれる」は、草稿にも添削修正の跡はない。すなわち、初案のまま決定し、改変する必要がなかったのである。但し、だからと言って、この句が馬莧《ばけん》の原作のままである、とは限らない。馬莧の、そもそもの詠出の際に、懇切な芭蕉の指導があった、と考えるのが妥当である。ことに、まぶたに星がこぼれかかる、との幻想的表現は、芭蕉の得意とする手法であって、全く芭蕉の自作である感が強い。彼は、詩情の高揚した時、素朴《そぼく》な写実を捨て、現実界を昇華させ、心象風景として描出し、そこに鮮烈な心懐を、象徴的に表白する。『おくのほそ道』の中の句に例を取れば、奥羽《おうう》への旅立に際し、離別の切実な心懐を表白して、彼は「行く春や鳥啼《とりな》き魚《うを》の目は泪《なみだ》」と吟じた。これは心象風景であって、決して写実ではない（一〇七頁注一九参照）。また、宝珠山立石寺《りゆうしやくじ》の清澄・寂寞《じやくまく》の境に観入しては、「閑《しづか》さや岩にしみ入る蟬《せみ》の声」と吟じた。これも心象風景であって（一三五頁注一五参照）、その蟬の種類や数を穿鑿《せんさく》して句意を知ろうとするのは、前の離別の句を解するのに、魚が泪を流すか調べてみるようなもので、全くナンセンスである。更に、北海の荒海《あらうみ》の彼方《かなた》の佐渡《さど》が島に、痛切な旅懐と悲痛な史的懐古とを奔騰させては、「荒海や佐渡に横たふ天の河《あまがは》」と吟じた。これもまた心象風景であって（一四三頁注一六参照）、現場の地理的条件の不合理を云々するがごときは、全く無意味なことである。さて、「まぶたに星のこぼれかかれる」の句であるが、この句の表出する幻想的な心象風景には、相異なる二種のイメージが浮んで来る。その一つは、満天の降るような星の冴《さ》えたイメージであり、もう一つは、まぶたにこぼれる星の光——瞳《ひとみ》にあふれる涙の哀愁のイメージである。この二種のイメージの協奏は、もちろん作者の意図したところであって、前者のイメージは、前句「削ぐやうに長刀坂の冬の風」の凛冽《りんれつ》の気に照応し、前句の描いた具体的情況を、幻想的な詩的世界へと誘導したものであり、後者のイメージは、その場面を哀愁の抒《じよ》情《じよう》へと転じさせるべく準備したのである。且つ、このような幻想的表現は、場面の展開を、ストーリーを追う物語的叙述で行うことを避けて、詩的幻想の世界におけるイメージ転換の手法を用いて行ったものであることに、注目しなければならない。そもそも連句作品は、鎖連歌《くさりれんが》（三〇二頁七行参照）以来の基本法式として、前後二句の間だけで一つの詩的世界を構成すべきもので、三句以上連続して同一場面を物語的に叙述しているようになることを、最も警戒する詩形式である。従って、三句の間において、いかに巧みに場面を転じているか、が重要な腕の見せどころとなる。すなわち、Aの句にBの句を付け、次にBの句にCの句を付けている場合、ABの二句で構成した場面をXとし、BCの二句で構成した場面をYとすれば、Xの場面とYの場面とが、Bの句を共有していながら、いかに相異なった詩的世界を構成しているか、が重要なのである。従って、この場合、XとYとの両場面に共有されるBの句の働きが、それぞれの場面構成に、重大な影響を与えることになる。Bの句が失敗すると、次のCの句が、Xの場面から転じたYの場面を構成するのに、非常に苦しむことになる。Bの句は、Aの句と協力して、すぐれた詩的世界であるXの場面構成を考えると同時に、次に来るCの句を迎え、それとも協力して、Xとは別個のYの場面を構成する能力を備えていることが、必要条件なのである。そこで、Aの句が固定した具体的表現をしている場合、Bの句は柔軟な表現を取ることが必要となる。言わば、この二句目は、そのBの句に該当するもので、その責任を巧妙に果した作品である。

さて、次の三句目「引き立てて無理に舞はするたをやかさ」は、当然、前句《まえく》の準備した哀愁の抒情《じょじょう》的雰囲気《ふんいき》に照応し、その雰囲気を具体的場面に構成したものである。すなわち、一句は悲劇的な恋の場面であって、〈いやがる女を強引に連れて来て、無理矢理に舞をまわせたところ、悲しみをこらえながら舞う女の、その今にもくずおれそうな風情《ふぜい》のなよなよとして、いじらしく、しなやかであることよ〉と言うのである。そして、具体的に表現したこの句を迎えて、前句「まぶたに星のこぼれかかれる」は、強《し》いられて舞をまう女が、こらえかねてハラハラと落す涙のこととなる。以上の三句のわたりにおいて、表出する場面は、寒風吹きすさぶ凜冽《りんれつ》の情景から、哀愁あふれる恋の場に、見事に転換した。なお、この句を恋と解するのは、単に「たをやかさ」との詞《ことば》があるだけでなく、俤《おもかげ》として、静御前《しずかごぜん》の故事を踏まえているからである。静は、源　義経《みなもとのよしつね》の愛妾で、義経と吉野山で別れて後、捕えられて鎌倉に送られ、鶴岡八幡宮《つるがおかはちまんぐう》で、源　頼朝《みなもとのよりとも》・政子《まさこ》らを前にして、義経恋慕の舞をまった。そして、その故事は、当時、「吉野静《よしのしずか》」「二人静《ふたりしずか》」「船弁慶《ふなべんけい》」などの謡曲に作られ、また歌舞伎《かぶき》に脚色されたりして、広く知られていた。それで、この句からは、容易に静御前の故事が連想され、恋の句と解されるのである。但し、それは、あくまでも俤としての連想であって、静御前を詠《よ》んだ句と断定してはならない。それらしい場面を創造した詩的世界である。言わば、文芸上伝統的に愛好されて来た有名な故事の心を、それと言わずして新しい詩的世界の中に創造して見せたのである。このような手法も、「軽み」の理念から発揮されたものである。ところで、このような古典的伝統の恋の情趣を、身近な元禄当時の世俗描写へと、更に転換させたのが、次の四句目の手腕である。

さて、次の四句目「そつと火入れに落す薫物《たきもの》」も、全く添削修正が行われていない。作者は沾圃《せんぽ》となっているが、芭蕉の指導による作品であることは、言うまでもない。ところで、この句が元禄当時の世俗描写であることは、「火入れ」の語の使用によって判明する。すなわち、「火入れ」とは、煙管《きせる》で煙草《たばこ》を吸うための火種として、炭火を入れておく小形の器で、煙草盆の中に灰吹《はいふき》（吸殻入れの筒形の器）と並べて置くもので、近世になって庶民の間にも普及した道具である。従って、薫物（種々の香木を粉にひいて蜜で煉《ね》り合せた煉香《ねりこう》）を焼《た》くのは王朝的風雅であるが、一句に描くところの場面は、元禄当時の世俗ということになる。但し、当時、一般庶民の家庭などで薫物を焼くことはなく、日常、煙草盆の火入れに火種を用意していて、王朝貴族の風雅に倣《なら》って薫物も焼くと言えば、まず京都の島原や江戸の吉原などを代表とする遊里である。とすると、この句は、元禄当時の遊里での場面を描いて、前句《まえく》の古典的伝統の恋の情趣を、当世の遊里での恋の情況に、転換したのである。ここにも、伝統的優雅と現実の世俗との接点が、認められる。すなわち、この句においては、前句の無理に舞をまわせた男は遊里の客と転じ、強《し》いられてたおやかに舞った女は遊女であったことになる。一句の意味は、〈ひそかに人目をしのんで、火入れの炭火に薫物を落して、芳香をただよわす〉と言うのであるが、それは、客である男が、遊女に対して、やるせない恋の思いを伝えるための、ひそやかな所作である。そこで、前句と続けると、〈相手の遊女に自分の切ない慕情の通じない客の男が、金の力と客としての権力とに物言わせて、無理強いに舞をまわせたが、その遊女が、今にもくずおれそうな風情で、なよなよと舞うのを見ているうちに、ますます恋心が募って堪えがたく、この胸の思いのほどの通じよと念じて、ひそかに人目をしのんで、火入れに薫物を落して、芳香をただよわす〉との意になる。強情に靡《なび》かぬ女心が腹立たしく憎く、しかも、恋心はますます募るばかりといった、恋する男の矛盾した心情を表白して、はなはだ巧みである。このような人情の機微の表白も、晩年の芭蕉の得意とする、一つの作風である。そして、それは当時の俳壇において、極めて斬新《ざんしん》な俳境の開拓として、注目すべき新風であった。

さて、ながながと書き連ねて来たが、私はなお、紙数の都合上、作品例の紹介を制限し、その説明も省略したため、誤解を呼ぶのではないか、と危惧《きぐ》している。しかし、芭蕉の最晩年に到達した芸境が「軽み」であり、その「軽み」の芸境が、元禄二年の奥羽《おうう》行脚《あんぎゃ》旅中における「不易・流行」の思索に端を発し、一見異質のごとき『猿蓑《さるみの》』的俳風を、その内包する要件の発露として経過することによって深化し、ついに到達した高次元の芸境であることは、一応解明し得たかと考える。また、奥羽行脚に至る「人生即行脚」「俳諧《はいかい》即行脚」との自覚は、既に延宝八年冬の深川隠栖《ふかがわいんせい》当時に誕生したものであり、従って、芭蕉独自の芸術を語るとすれば、この時点から開始すべきであることも、一応説明し得たかと考える。これを要するに、芭蕉独自の芸術——すなわち純粋な意味での蕉風俳諧は、市中《しちゆう》の隠《いん》として高悟帰俗の生活を実践し、行脚漂泊の旅寝の枕に思索探究を重ね、身を以て開拓創造した芸境である。その意味でこそ、芭蕉を「旅の俳諧師」と称すべきである。そしてまた、そのような深刻な意味での「旅の俳諧師」であるから、その人と芸術とは一枚の紙の表裏のごとき存在であって、分離して語ることができないのである。従って、蕉風俳諧とは、「芭蕉」と称する一個の芸術作品である。個々の作品は、すべて、その一部分を形成する要素に過ぎない。偉大な芸術的統一体は、幾多の見事な部分を具備しているが、部分は常に全的統一体の中において理解評価されるべきである。蕉風俳諧は——従って人間芭蕉も、そのような理解評価を必要とする、密度の高い芸術である。

付録

芭蕉略年譜

寛永二十一年　甲申　（一六四四）　**一歳**
（十二月十六日、正保と改元）

伊賀の国、上野赤坂町に生れる。出生月日不詳。幼名、金作。長じて通称を、甚七郎または忠右衛門といったと伝える。元服の後、宗房《むねふさ》と名乗り、三十一歳のころまで、これを俳号としても使用（「そうぼう」と音読）。父は松尾与左衛門。家系は平氏の流れを汲み、父の代に伊賀の国柘植《つげ》の郷から上野に移住したと伝える。父の社会的地位は、「無足人《むそくにん》」と称する地侍級の農民であったと推測される。芭蕉は六人兄弟の次男で、兄の半左衛門の外に、姉一人、妹三人があった。

明暦二年　丙申　（一六五六）　**十三歳**

二月十八日、父の与左衛門が死去する。享年不詳。法名、松白浄恵信士。

寛文二年　壬寅　（一六六二）　**十九歳**

藤堂《とうどう》新七郎家（藤堂藩の伊賀付の士《さむらい》大将、五千石）の嗣子《しし》、良忠《よしただ》（俳号、蟬吟《せんぎん》。当年、二十一歳）

に出仕したのは、この年のことと推測されるが、異説もある。その身分は、近習役と伝えるが、なお不詳。主君良忠《よしただ》の格別の愛顧を受け、その誘掖《ゆうえき》で俳諧《はいかい》を嗜《たしな》むようになる。伝存する芭蕉の最古の作品は、この年十二月二十九日立春に詠《よ》んだ発句《ほっく》「春や来《こ》し年や行きけん小晦日《こつごもり》」である。

寛文五年　乙巳　（一六六五）　**二十二歳**

十一月十三日、主君藤堂《とうどう》良忠（蟬吟《せんぎん》）の主催する「貞徳翁《ていとくおう》十三回忌追善俳諧」の百韻に、伊賀の貞門流故老俳人に伍《ご》して、若輩の芭蕉も一座する。これは良忠の格別の愛顧によるものであるが、芭蕉は他の故老に遜色《そんしょく》のない句を詠出する。この百韻が、芭蕉一座の連句作品中、伝存する最古のもの。また、この百韻に一座して名声を博した芭蕉は、初めて幼い俳諧の弟子二人を迎えた。その一人は、後の服部《はっとり》半左衛門保英《やすひで》こと伊賀蕉門の重鎮土芳《どほう》（『三冊子《さんぞうし》』の著者。当年、九歳）であり、もう一人は、後の医師中村柳軒《りゅうけん》こと佐脇柳照（柳喜とも。土芳よりやや年長）であった。

寛文六年　丙午　（一六六六）　**二十三歳**

四月二十五日、主君藤堂良忠（蟬吟）が死去する。享年二十五。芭蕉は、良忠の遺骨（遺髪・位牌《いはい》とも）を、高野山《こうやさん》の報恩院に納めに行ったと伝えるが、なお不詳。主君良忠と死別して後、芭蕉は致仕したようであるが、寛文十二年（二十九歳）春に至るまでの約六年間は、俳諧の制作を続けながらも、一時は京都の禅寺に入って修行し、また漢詩文の勉学にも勤めたようである。将来の立身の方針が定まらず、迷っていた時期である。

寛文十二年　壬子　（一六七二）　二十九歳

正月二十五日、伊賀の俳人の句三十番の発句《ほっく》合《あわせ》に、自判の判詞を加えて『貝おほひ』と題し、上野の菅原《すがわら》天神社に奉納する。その判詞は才気煥発《かんぱつ》であり、その俳風は数年後に俳壇を席巻《せっけん》する談林《だんりん》調を先取りしていて、芭蕉の異常な才能と鋭敏な時代感覚とが察知せられる。このような作品を菅原天神社に奉納したのは、専門の職業俳諧師として立身する決意を神に誓ったもので、この春に彼は新天地を求めて江戸に下る。そして江戸で、この『貝おほひ』を出版する。

延宝二年　甲寅　（一六七四）　三十一歳

春に帰郷して、旧主藤堂良忠（蟬吟）の俳諧の師匠北村季吟《きぎん》の来遊するに会い、京都に上って、三月十七日、季吟から「宗房生《そうぼうせい》（芭蕉）、俳諧執心浅からざるによつて書写を免じて、且つ、奥書《おくがき》を加ふるものなり云々」と奥書した『埋木《うもれぎ》』を授けられた、と推定される。『埋木』は季吟の著《あらわ》した貞門流の俳諧論書であるが、それを奥書して授けられたことは、両者の間に師弟関係の確立したことを示す。

延宝三年　乙卯　（一六七五）　三十二歳

五月、江戸に来遊した談林派の総帥《そうすい》西山宗因《にしやまそういん》歓迎の百韻に一座し、初めて「桃青《とうせい》」の俳号を使用。この年あたりから、内藤風虎《ないとうふうこ》（奥羽《おうう》磐城《いわき》の平《たいら》、七万石の城主）およびその次男露沾《ろせん》の江戸屋敷で催される風雅の会合に参加し、既に知名の俳諧師であったことが知られる。

延宝四年　丙辰　（一六七六）　**三十三歳**

春、親友山口信章《しんしょう》（俳号、素堂《そどう》）と両吟の天満宮奉納の百韻二巻を興行し、『江戸両吟集』と題して出版する。

夏、郷里へ旅立ち、六月二十日ごろ着郷。七月二日まで滞在して江戸にもどる。但し、その間に京都にも出向いている。

延宝五年　丁巳　（一六七七）　**三十四歳**

この年には、万句（百韻百巻）を興行して、宗匠立机《りっき》（俳諧師が一派を統率する宗匠として独立すること）していたと推定される。

この年から延宝八年までの四年間、江戸小石川の水道工事の現場監督のごとき副業に従事する。専門の職業俳諧師でありながら、営利的な点取《てんとり》俳諧を拒否し、経済的に苦しかったためと考えられる。

延宝六年　戊午　（一六七八）　**三十五歳**

正月、歳旦帳（一派の宗匠が門下の歳旦吟を集成した印刷物）を公刊配布したと推定される。

三月中旬、信徳《しんとく》・信章（素堂）との三吟百韻三巻を、『江戸三吟』と題して出版する。

延宝八年　庚申　（一六八〇）　**三十七歳**

四月、桃青一派の存在を誇示した『桃青門弟独吟二十歌仙』を出版する。

冬、江戸市中から、郊外の深川《ふかがわ》の草庵（後の芭蕉庵）に隠栖《いんせい》し、俳壇の俗流と絶縁する。

延宝九年　辛酉　（一六八一）　**三十八歳**

（九月二十九日、天和と改元）

春、深川の草庵に、門人李下《りか》から芭蕉の株を贈られて愛好し、やがて、庵号「芭蕉庵」、俳号「芭蕉」を用いるようになる。

七月下旬、其角《きかく》・揚水《ようすい》・才丸《さいまる》との四吟の百韻二巻・五十韻一巻を、『次韻《じいん》』と題して出版する。

天和二年　壬戌　（一六八二）　**三十九歳**

三月出版の千春《ちはる》撰『武蔵曲《むさしぶり》』に、初めて「芭蕉」の俳号を使用。

十二月二十八日、深川の芭蕉庵類焼、高山伝右衛門《たかやまでんえもん》（俳号、麋塒《びじ》）を頼《たよ》って甲斐《かい》の国谷村《やむら》に流寓。

天和三年　癸亥　（一六八三）　**四十歳**

五月、甲斐の国から江戸に帰る。但し、その住所は不詳。

六月二十日、郷里の母が死去する。享年不詳。法名、梅月妙松信女。

冬、知友門人の喜捨によって、深川に新築された芭蕉庵に移る。

天和四年　甲子　（一六八四）　**四十一歳**

（二月二十一日、貞享と改元）

八月、『野ざらし紀行』の旅へと江戸を出立。翌貞享二年四月末に及ぶ約九箇月間の旅。

九月八日、旅の途次の帰郷。四五日滞在。去年死去した亡母の霊を弔う。
冬、名古屋で、『冬の日』(「俳諧《はいかい》七部集」中の第一集)の五歌仙を興行。
十二月二十五日、旅の途次再び帰郷。郷里で越年し、翌貞享二年二月中旬まで約二箇月間滞在。

貞享二年　乙丑　(一六八五)　**四十二歳**

三月、東海道水口《みなくち》の宿《しゅく》で、芭蕉を慕って追って来た土芳《どほう》と当地の医師柳軒《りゅうけん》とに、寛文五年以来二十年ぶりの感激の対面をする。(藤堂藩士の土芳は、公務で長く播磨《はりま》の国に出張滞在していた)
四月末、江戸に帰着。『野ざらし紀行』の旅を終る。

貞享三年　丙寅　(一六八六)　**四十三歳**

八月下旬、尾張《おわり》蕉門の山本荷兮《かけい》編『春の日』(「俳諧七部集」中の第二集)が出版される。

貞享四年　丁卯　(一六八七)　**四十四歳**

八月、常陸《ひたち》の国鹿島《かしま》の月見を兼ねて鹿島神宮に参詣《さんけい》。その参詣記『鹿島詣《もうで》』が成る。
十月二十五日、『笈《おい》の小文《こぶみ》』の旅へと江戸を出立。翌五年四月二十日に及ぶ約六箇月間の旅。
十二月中旬(末とも)、旅の途次の帰郷。郷里で越年し、翌五年三月十九日まで約三箇月間滞在。

貞享五年　戊辰　(一六八八)　**四十五歳**

(九月三十日、元禄と改元)

二月十八日、亡父の三十三回忌追善法要。

三月、故主良忠《よしただ》（俳号、蟬吟《せんぎん》）の嗣子《しし》、良長《よしなが》（俳号、探丸《たんまる》）の邸《やしき》の花見に招かれ、往時を追懐して探丸と唱和する。

四月二十日、須磨に至って一泊。『笈の小文』の記事はここまで。但し、紀行作品としての『笈の小文』は、芭蕉の草稿の断篇を、芭蕉没後に門人が編成したもの。

四月二十三日〜六月六日、京都・湖南の間に滞在。

六月八日〜同月末、岐阜に滞在。その間に、長良川《ながら》の鵜飼《うかい》を見物する。

七月上旬〜八月上旬、名古屋・鳴海《なるみ》の間に滞在。

八月十日頃、信濃《しなの》の国更科《さらしな》の月を賞し、善光寺に参詣《さんけい》して江戸に帰るべく出立。月末江戸に帰着。その約二十日間の旅の記を『更科紀行』という。

元禄二年　己巳　（一六八九）　**四十六歳**

三月上旬、『おくのほそ道』の旅の出立準備として、深川《ふかがわ》の芭蕉庵を人に譲り、杉山杉風《さんぷう》の別宅に移る。このころ、山本荷兮《かけい》編『阿羅野《あらの》』（「俳諧七部集」中の第三集）に序文を書き与える。

三月二十七日（二十六日の可能性もあるが、一説に二十日とするは誤り）、『おくのほそ道』の旅へと江戸を出立。九月六日に及ぶ約六箇月間に近い旅。この旅中において、「不易・流行」の思索が始まり、最晩年の「軽み」の芸境へと深化発展することになる。

八月下旬、大垣に至って近藤如行《じょこう》の宅に滞在。

九月六日、伊勢大神宮の遷宮式奉拝のため、大垣を出発。『おくのほそ道』の旅を終る。

九月下旬、伊勢参宮を終えて帰郷。十一月末まで約二箇月間滞在。

十一月末、郷里を出立。奈良・京都・大津に遊び、膳所《ぜぜ》で越年する。

元禄三年　庚午　（一六九〇）　四十七歳

正月三日（四日とも）、膳所から帰郷。三月中旬（下旬とも）まで約三箇月間滞在。

三月二日、伊賀蕉門の小川風麦《ふうばく》の宅で花見の宴。その折の即吟発句《ほっく》は、「軽み」を発揮したと自認。早速、連句《れんく》においても「軽み」を試みるべく、同席の門人を相手に苦吟するが、不成功に終る。

三月中旬（下旬とも）、膳所に赴き、近江《おうみ》蕉門の浜田珍碩《ちんせき》（珍夕）・菅沼曲水《すがぬまきょくすい》を相手に、「花見」の三吟歌仙《かせん》を興行。「軽み」の発揮されたのを喜び、『ひさご』（『俳諧《はいかい》七部集』中の第四集）の巻頭に飾る。

四月六日〜七月二十三日、国分山《こくぶやま》の幻住庵《げんじゅう》に滞在。在庵中に『幻住庵の記』の稿の推敲《すいこう》を重ね、出庵の後に完成。

七月下旬〜九月下旬、湖南の地に滞在、おおむね膳所義仲寺《ぎちゅうじ》境内の無名庵《むみょう》に居住。その間、八月十三日に『ひさご』出版。

九月末、膳所から帰郷。十二月末まで約三箇月間滞在。但し、その間に、京都・湖南に出向く。

十二月末、大津の川井乙州《おとくに》の新宅に滞在し、越年する。

元禄四年　辛未　（一六九一）　四十八歳

正月上旬、大津から帰郷。三月末（四月上旬とも）まで約三箇月間滞在。但し、その間に、興福寺の薪能《たきぎのう》見物などで、一時奈良に出向く。

四月十八日〜五月四日、京都西郊嵯峨《さが》の落柿舎《らくししゃ》（向井去来《きょらい》の別宅）に滞在。滞在中の記録『嵯峨日記』は、文芸としての推敲を重ねた作品ではないが、芭蕉の日々の動静・俳交・心情などが如実にうかがえる。

五月五日〜六月十九日、おおむね京都の野沢凡兆《ぼんちょう》の宅に滞在。その間に、『猿蓑《さるみの》』（『俳諧七部集』中の第五集）の編集に、監修者として参加したものと推定される。

六月二十五日〜九月二十八日、おおむね膳所義仲寺境内の無名庵に居住。但し、その間に、一時京都に出向く。また、七月三日に『猿蓑』出版。

九月二十八日、膳所から江戸へと旅立つ。

十月二十九日、江戸に帰着。橘《たちばな》町の彦右衛門かたの借家に居住し、そのまま越年する。

元禄五年　壬申　（一六九二）　四十九歳

五月中旬、門人たちの尽力で、旧庵の近くに新築された芭蕉庵に、橘町の借家から転居する。

元禄六年　癸酉　（一六九三）　五十歳

三月下旬、芭蕉が格別の愛情を注いでいた甥《おい》の桃印《とういん》が、芭蕉庵で病死する。享年三十三。

七月中旬〜八月中旬、体力が衰え、持病に悩み、「閉関《へいかん》の説《せつ》」を認《したた》めて約一箇月間庵の門戸をとざし、人々との面会を絶つ。

元禄七年　甲戌　（一六九四）　五十一歳

四月、元禄二年以来推敲《すいこう》を続けていた紀行『おくのほそ道』が完成し、上代様《じょうだいよう》の書に巧みな柏木《かしわぎ》儀左衛門（俳号、素龍《そりゅう》）に清書を依頼する。いわゆる素龍清書本で、芭蕉はこれに自筆の題簽《だいせん》を付し、みずからの所持本とした。

五月十一日、帰郷すべく江戸を旅立つ。

五月二十八日、郷里に帰着。閏《うるう》五月十六日まで約二十日間滞在。

閏五月十六日～同月二十二日、おおむね膳所《ぜぜ》の菅沼曲水《すがぬまきょくすい》の宅に滞在。

閏五月二十二日～六月十五日、おおむね嵯峨《さが》の落柿舎《らくししゃ》に滞在。その間、六月二日に、江戸深川《ふかがわ》の芭蕉庵で、芭蕉と切実な間柄の女性寿貞《じゅてい》が病死したと推定される。六月八日に、その急報に接した芭蕉は、哀惜痛恨の激情を込めた書簡を、江戸の松村猪兵衛《いへえ》宛に急送する。

六月十五日～七月五日、おおむね膳所義仲寺《ぎちゅうじ》境内の無名庵《むみょうあん》に居住。その間、六月二十八日に、『炭《すみ》俵《だわら》』（「俳諧《はいかい》七部集」中の第六集）出版。

七月五日～同月中旬、京都に滞在。

七月中旬、京都から帰郷。九月八日まで約二箇月間滞在。その間、七月十五日の実家の盆会《ぼんえ》の折、亡き寿貞を哀惜して「数《かず》ならぬ身とな思ひそ霊《たま》祭り」と吟ずる。また、九月上旬に、各務支考《かがみしこう》を相手に、『続猿蓑《ぞくさるみの》』（「俳諧七部集」中の第七集）の編集をほぼ完成する（但し、出版は芭蕉没後の元禄十一年五月となる）。

九月八日、郷里を出立。大阪に向う。但し、体力の衰えはなはだしく、人々から気づかわれる。

九月九日、夜、大阪に到着。翌十日から二十日ごろまで、連日、夕方、発熱・悪寒《おかん》・頭痛に悩み、二十一日以後小康を得る。

九月二十九日、夜、下痢《げり》を催し、以後、日を追って容態が悪化する。

十月五日、朝、病床を、南御堂前《みどうまえ》の花屋仁右衛門《にえもん》の貸座敷に移し、芭蕉危篤の旨を、湖南・伊勢・尾張など各地の門人に急報する。

十月七日、芭蕉危篤の急報に接し、各地の門人が、相次いで病床に馳《は》せつける。

十月八日、槐本之道《かいもとしどう》が、住吉神社に、芭蕉の延命を祈願する。

十月十日、死期を悟った芭蕉は、郷里の兄松尾半左衛門宛に遺書を認《したた》め、別に三通の遺書を、文考に口述筆記させる。

十月十二日、午後四時ごろ死去。遺言により、遺骸《いがい》を膳所の義仲寺に収めるため、当夜、淀川の舟に乗せて運ぶ。

十月十三日、義仲寺に遺骸到着。

十月十四日、夜半零時、遺骸を義仲寺境内に埋葬する。導師、直愚上人《ちょくぐしょうにん》。門人の焼香、八十人。会葬者、三百余人。

象潟
卍干満珠寺
（蚶満寺）
むやむやの関
汐越
鳥海山
吹浦
酒田
最上川
出
羽
陸
北
上
川
衣川
中尊寺
平泉
一ノ関
白糸の滝
仙人堂
堺田
新庄
鳴子
尿前の関
あねはの松
緒だえの橋
戸伊摩
（登米）
岩手山
（岩出山）
鶴岡
板敷山
羽黒山
大山
温海
鼠の関
中村
湯殿山
月山
大石田
尾花沢
瑞巌寺
多賀城跡
松島
袖の渡り
おくの細道
石巻
金華山
仙台
塩竈
末の松山
宮城野
蓑輪笠島
暮点
山形
立石寺
岩沼
名取川
武隈の松
阿武隈川
奥
白石
鐙摺
飯塚（飯坂）
伊達の大木戸
瀬の上
鯖野
福島
文字摺石
村上
築地
新潟
越
弥彦
会津根（磐梯山）
二本松
黒塚
相馬
三春
安積山
檜皮（日和田）
須賀川
郡山
那須湯本
影沼
石河の滝
矢吹
白河
磐城
殺生石
白河の関
（旗宿）
高久
蘆野
後
遊行柳
勿来の関
下
余瀬
黒髪山
（男体山）
日光
玉入
（玉生）
黒羽
雲巌寺
東照宮
裏見の滝
鉢石
今市
那須の篠原
上
野
鹿沼
常
陸
室の八島
間々田
武
蔵
粕壁（春日部）
草加
千住
江戸
芭蕉庵
発
総
相
模
上
総
伊
豆
安
房

おくのほそ道足跡略地図

═══は芭蕉・曾良の足跡、
但し＝＝＝は記録不詳の部分
数字は『曾良随行日記』の日付
(　)内は現在の地名

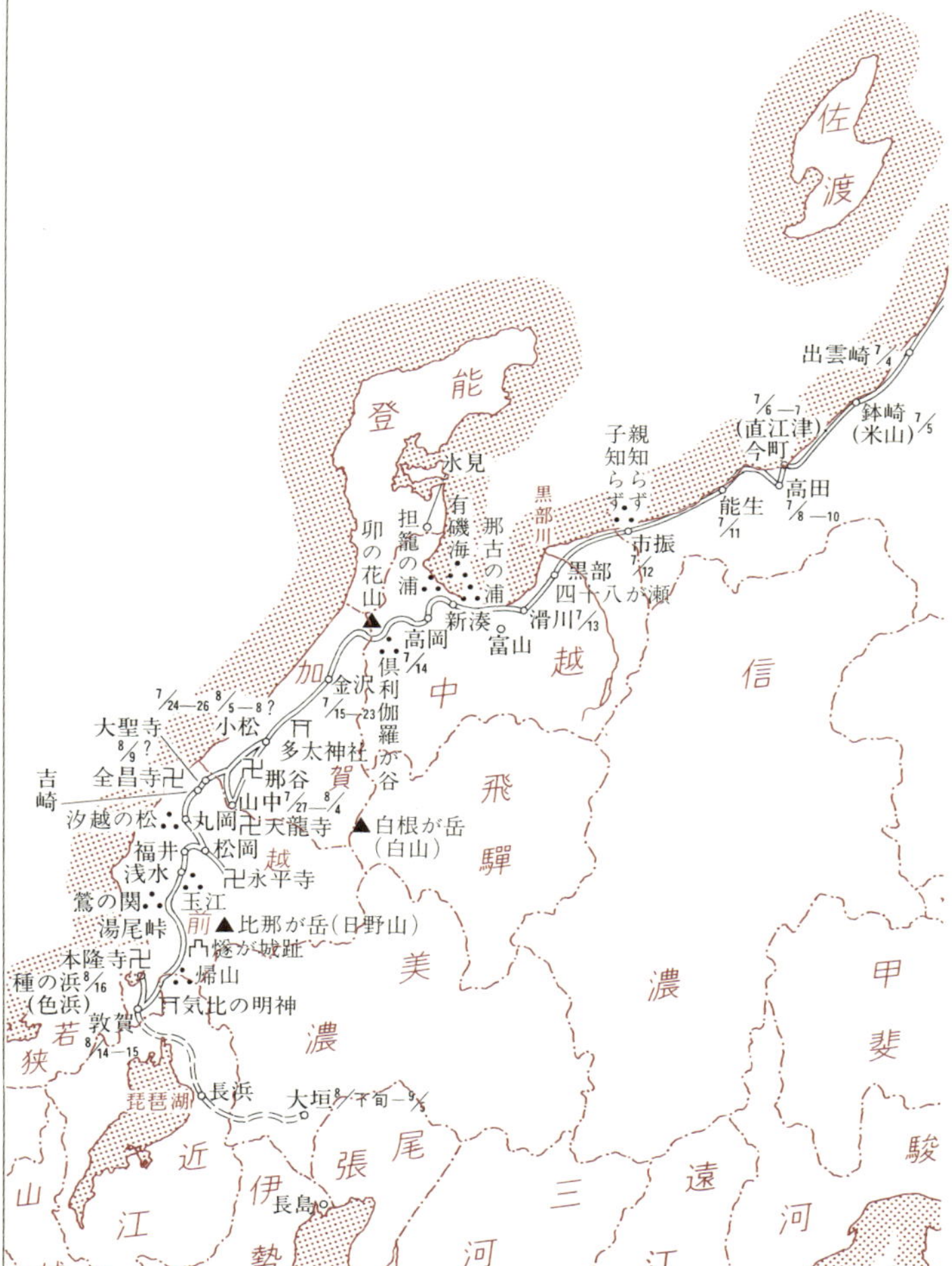

野ざらし紀行・笈の小文・更科紀行足跡略地図

芭蕉の足跡はそれぞれ下記のような線で示す（但し、いずれも推定の部分を含む）。
野ざらし紀行 ═══ 笈の小文 ━ ━ ━ 更科紀行 〰〰〰

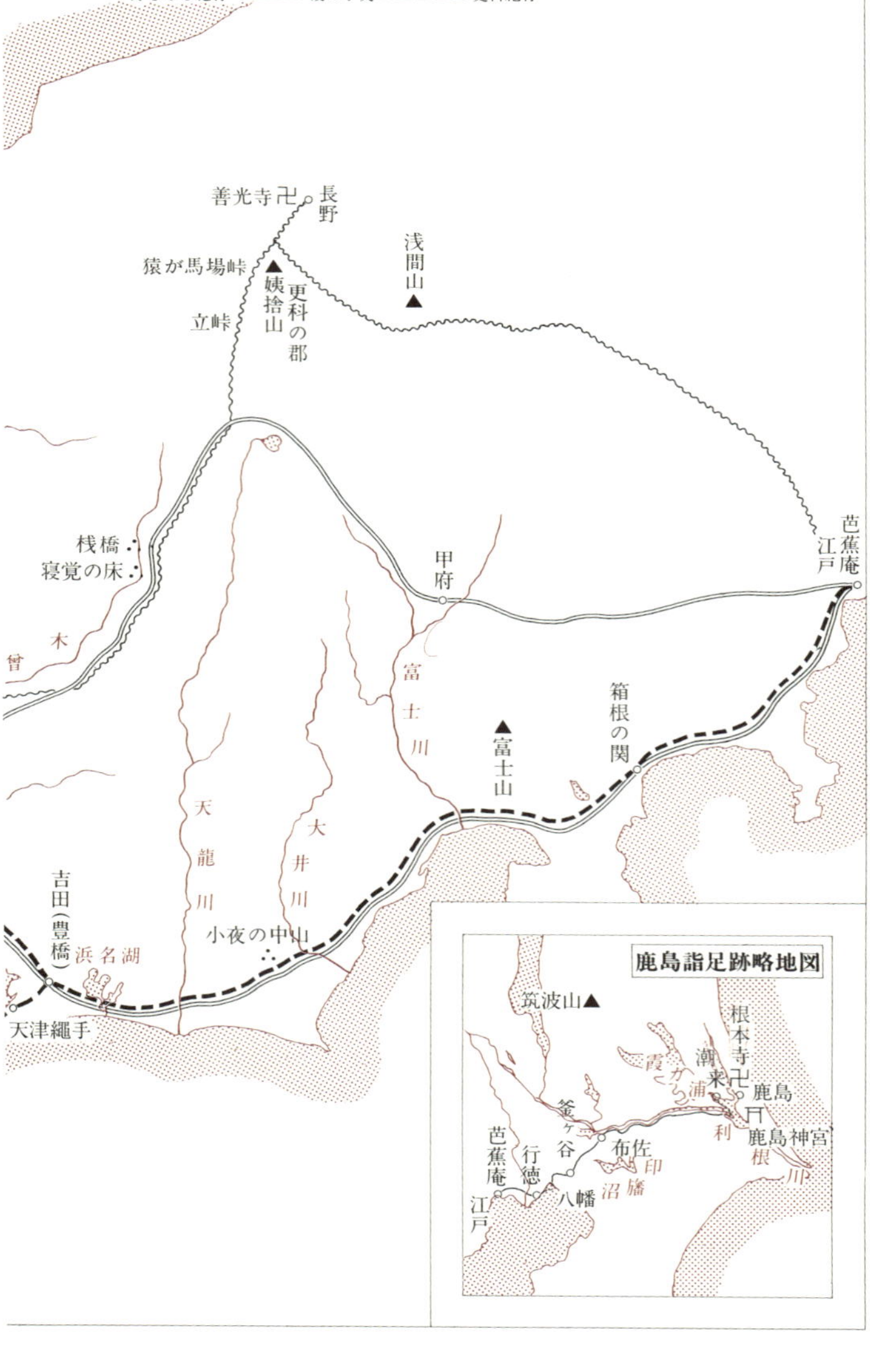

鹿島詣足跡略地図

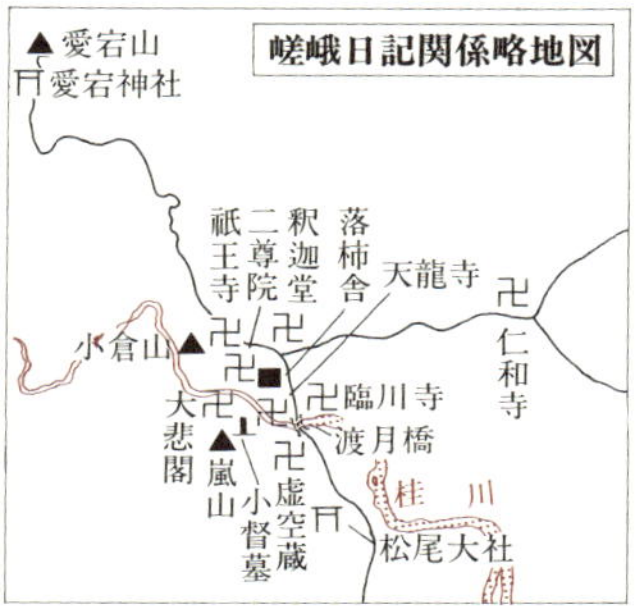
嵯峨日記関係略地図
愛宕山
愛宕神社
祇王寺
二尊院
釈迦堂
落柿舎
天龍寺
仁和寺
小倉山
臨川寺
渡月橋
大悲閣
嵐山
小督墓
虚空蔵
桂川
松尾大社

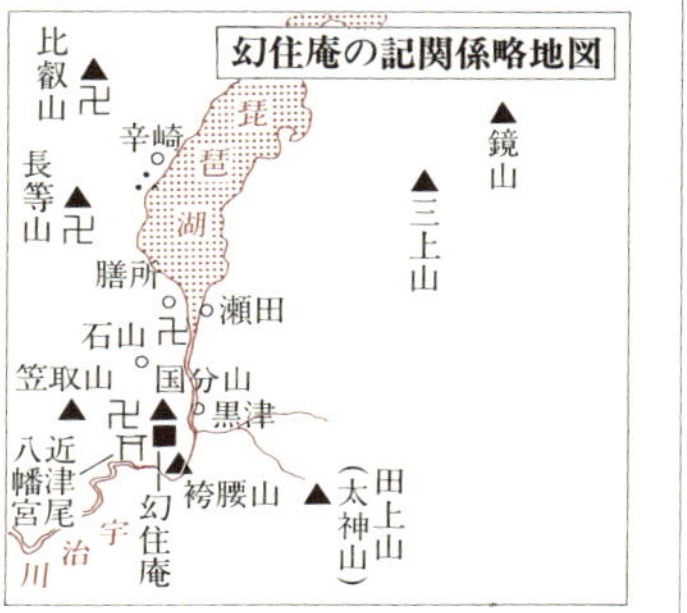
幻住庵の記関係略地図
比叡山
辛崎
琵琶湖
鏡山
長等山
三上山
膳所
瀬田
石山
笠取山
国分山
黒津
八幡宮
近津尾
幻住庵
袴腰山
田上山（太神山）
宇治川

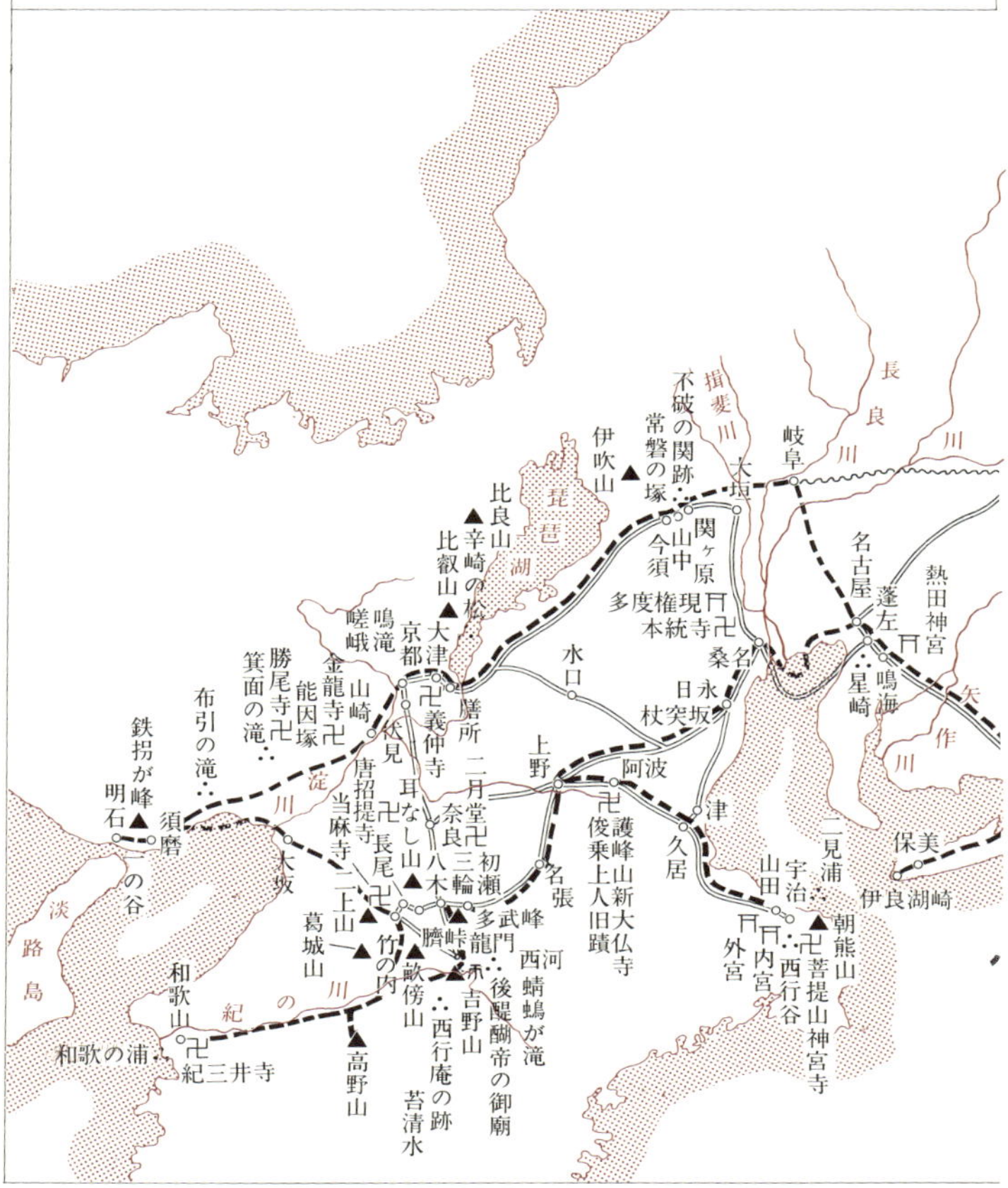
揖斐川
長良川
不破の関跡
常磐の塚
伊吹山
大垣
岐阜
琵琶湖
比良山
辛崎の松
比叡山
関ヶ原
山中
今須
名古屋
熱田神宮
嵯峨
鳴滝
京都
大津
多度権現
本統寺
蓬左
勝尾寺
箕面の滝
金龍寺
能因塚
山崎
水口
桑名
星崎
鳴海
矢作川
布引の滝
義仲寺
膳所
伏見
日永
杖突坂
鉄拐が峰
唐招提寺
上野
阿波
明石
須磨
淀川
耳なし山
二月堂
当麻寺
奈良
護峰山新大仏寺
俊乗上人旧蹟
津
久居
二見浦
保美
伊良湖崎
一の谷
大坂
長尾
八木
三輪
初瀬
名張
山田
宇治
二上山
葛城山
竹の内
多武峰
朝熊山
淡路島
臍峠
龍門
外宮
内宮
西行谷
菩提山神宮寺
和歌山
畝傍山
吉野山
西河
蜻蛉が滝
後醍醐帝の御廟
紀の川
西行庵の跡
苔清水
和歌の浦
紀三井寺
高野山

所収句初句索引

一、本文中に所収の句は、一部分を記載するだけの句も網羅《もうら》するが、解題・頭注・解説の中の句は除く。
一、表記は原文のままとするが、配列は表音式仮名遣《かなづかい》の五十音順とし、濁音・半濁音は清音の後に置く。なお、「ぢ」「づ」は「じ」「ず」の位置に、助詞「は」「へ」「を」は「わ」「え」「お」の位置に、それぞれ配列する。
一、初句が同じものは、二句目まで掲出する。
一、初句または二句目までを省略して記載しているものは、省略部分を（　）を付して補う。
一、（付句《つけく》）と付記してないものは、すべて発句《はっく》である。
一、作者名を付記してないものは、すべて芭蕉の句である。

新潮日本古典集成〈新装版〉

芭《ば》蕉《しょう》文《ぶん》集《しゅう》

令和元年六月二十五日 発行

校注者 富《と》山《やま》奏《すすむ》

発行者 佐藤隆信

発行所 株式会社 新潮社

〒一六二―八七一一 東京都新宿区矢来町七一

電話 〇三―三二六六―五四一一（編集部）

〇三―三二六六―五一一一（読者係）

https://www.shinchosha.co.jp

印刷所 大日本印刷株式会社

製本所 加藤製本株式会社

装画 佐多芳郎／装幀 新潮社装幀室

組版 株式会社DNPメディア・アート

乱丁・落丁本は、ご面倒ですが小社読者係宛お送り下さい。送料小社負担にてお取替えいたします。

価格はカバーに表示してあります。

ISBN978-4-10-620872-0 C0395

新潮日本古典集成

古事記	西宮一民
萬葉集　一～五	青木生子　井手至　伊藤博　清水克彦　橋本四郎
日本霊異記	小泉道
竹取物語	野口元大
伊勢物語	渡辺実
古今和歌集	奥村恆哉
土佐日記　貫之集	木村正中
蜻蛉日記	犬養廉
落窪物語	稲賀敬二
枕草子　上・下	萩谷朴
和泉式部日記　和泉式部集	野村精一
紫式部日記　紫式部集	山本利達
源氏物語　一～八	石田穣二　清水好子
和漢朗詠集	大曽根章介　堀内秀晃
更級日記	秋山虔
狭衣物語　上・下	鈴木一雄
堤中納言物語	塚原鉄雄
大鏡	石川徹
今昔物語集　本朝世俗部　一～四	阪倉篤義　本田義憲　川端善明
梁塵秘抄	榎克朗
山家集	後藤重郎
無名草子	桑原博史
宇治拾遺物語	大島建彦
新古今和歌集　上・下	久保田淳
方丈記　発心集	三木紀人
平家物語　上・中・下	水原一
金槐和歌集	樋口芳麻呂
建礼門院右京大夫集	糸賀きみ江
古今著聞集　上・下	西尾光一　小林保治
歎異抄　三帖和讃	伊藤博之
とはずがたり	福田秀一
徒然草	木藤才蔵
太平記　一～五	山下宏明
謡曲集　上・中・下	伊藤正義
世阿弥芸術論集	田中裕
連歌集	島津忠夫
竹馬狂吟集　新撰犬筑波集	木村三四吾　井口壽
閑吟集　宗安小歌集	北川忠彦
御伽草子集	松本隆信
説経集	室木弥太郎
好色一代男	松田修
好色一代女	村田穆
日本永代蔵	村田穆
世間胸算用	金井寅之助　松原秀江
芭蕉句集	今栄蔵
芭蕉文集	富山奏
近松門左衛門集	信多純一
浄瑠璃集	土田衞
雨月物語　癇癖談	浅野三平
春雨物語　書初機嫌海	美山靖
與謝蕪村集	清水孝之
本居宣長集	日野龍夫
誹風柳多留	宮田正信
浮世床　四十八癖	本田康雄
東海道四谷怪談	郡司正勝
三人吉三廓初買	今尾哲也